Le Siècle

Mme ANDRÉ LÉO.

MARIANNE

PARIS
BUREAUX DU SIÈCLE
RUE CHAUCHAT, 11.

A. VIALON DEL.   J. GUILLAUME SC.

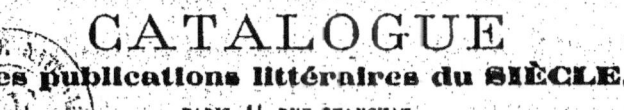

CATALOGUE
Des publications littéraires du SIÈCLE.

PARIS, 14, RUE CHAUCHAT.

Première catégorie.

MUSÉE LITTÉRAIRE.

9e série. — Les sept Péchés capitaux : l'Orgueil, l'Envie, la Colère, la Luxure, la Paresse, l'Avarice, la Gourmandise, E. SUE. Prix : 6 fr.
10e série. — Les Catacombes de Paris, Elie BERTHET, la Gorgone, DE LA LANDELLE; Gabrielle, Mme ANCELOT. Prix : 6 fr.
20e série. — Marcel, FÉLICIEN MALLEFILLE; Les Frères de la Côte, E. GONZALÈS; Le Conseiller d'Etat, F. SOULIÉ; Le Notaire de Chantilly, L. GOZLAN; Hermione Sénéchal, Hélène Raynal, PAUL FÉRNEY. Prix : 6 fr.
21e série. — Le Chemin le plus court, ALPH. KARR; Esaü le lépreux, EMMANUEL GONZALÈS; Blanche Mortimer, ADRIEN PAUL. Prix : 6 fr.
22e série. — Une Haine à bord, DE LA LANDELLE; Les Chauffeurs, E. BERTHET; Le Bossu, P. FÉVAL. Prix : 6 fr.
23e série. — Les Excentricités de sir Georges, Nicette, ADRIEN PAUL; Une Vengeance, Mme LÉONIE D'AUNET; Les Mendiants de Paris, Mme CLÉMENCE ROBERT; ? (Nouvelle) Thérésa, ADRIEN PAUL.
24e série. — Le Chevalier de Floustignac, A côté du bonheur, A. PAUL; Les Emigrants, E. BERTHET; Un Corsaire sous l'Empire, FULGENCE GIRARD; L'Or est une chimère, la Traite des blanches, Sans Famille, MOLÉRI. Prix : 6 fr.
25e série. — Thadéus le Ressuscité, M. MASSON et A. LUCHET, La Belle novice, E. GONZALÈS; Le Marquis de Sionclar, Mme LEBLANC, MOLÉRI, Le Nouveau monde, O. COMETTANT. Prix : 6 fr.
26e série. — Frère et sœur, A. LUCHET; Ivanhoe, WALTER SCOTT (trad. de Victor Perceval); La Dryade de Clairefont, E. BERTHET; Les Proscrits de Sicile, E. GONZALÈS. Prix : 6 fr.
27e série. — Les Géans de la mer, DE LA LANDELLE; Le Vengeur du mari, EMMANUEL GONZALÈS. Prix : 6 fr.
28e série. — L'homme des bois, ELIE BERTHET; En Amérique, en France et ailleurs, OSCAR COMETTANT; Bernard le potier de terre, Etienne Giraud, MOLÉRI; les Duels de Valentin, ADRIEN PAUL. Prix : 6 fr.
30e série. — Une Dette de Jeu, Les finesses de d'Argenson, ADRIEN PAUL; La Femme Guillaume, Suzanne, MOLÉRI; Le Gentilhomme verrier, ELIE BERTHET; Le Chasseur d'hommes, EMMANUEL GONZALÈS.
31e série. — Robin Hood, PIERCE EGAN (traduction de Victor Perceval); Marcelline Vauvert, FULGENCE GIRARD. Les Saboteurs de la forêt Noire, EMMANUEL GONZALÈS; les Martyrs de la Pologne, LOUIS NOIR. Prix : 6 fr.
32e série. — La Belle argentière, Vie PONSON DU TERRAIL; Les Anabaptistes des Vosges, les Marquards, une Noce dans le Poitou, ALFRED MICHIELS; Sur nos Grèves,

Giulia Falcom, FULGENCE GIRARD; Prix : 6 fr.
33e série. — Le Serment des quatre valets, Vie PONSON DU TRAVAIL; Souvenirs d'un simple Zouave, L. NOIR.
34e série. — La Reine des barricades, PONSON DU TERRAIL; Jeanne de Valbelle; C. BLANC; Les Mémoires d'un Ange, E. GONZALÈS; Les Chasseurs de chamois, A. MICHIELS. Prix : 6 fr.
35e série. — Comment on aime, ETIENNE ENAULT; Le Brouillard sanglant, LOUIS NOIR; Les Sept baisers de Buckingham, E. GONZALÈS et MOLÉRI; Le Curé du Pecq, Jean Lebon, GUSTAVE CLADEUIL.
36e série. — Jacques la Hache, LOUIS NOIR; Les Petits drames bourgeois, MOLÉRI; La Double vue, KERS BERTHET; Les Trois fiancées, EMMANUEL GONZALÈS. Prix : 6 fr.
37e série. — Le Colon d'Algérie, E. BERTHET; Les Amours du Vert-Galant, la Mignonne du roi, une Princesse russe, le Serment de la veuve, Gigurgolo, Jacqueline, l'Epave, Mes Jardins de Monaco, E. GONZALÈS; La Terre promise, Jambo, un Don Juan sur le retour, Partie et Revanche, MOLÉRI.
38e série. — Le beau Galaor, Vie PONSON DU TERRAIL; L'Ôtesse du Connétable, E. GONZALÈS; La Contessina, VICTOR PERCEVAL; Le Calvaire des Femmes, M.-L. GAGNEUR.
39e série. — La seconde jeunesse du roi Henri, PONSON DU TERRAIL; L'Epée de Suzanne, E. GONZALÈS, Campagne du Mexique, L. NOIR; les Cyniques, etc. J. VILBORT. Prix : 6 fr.
40e série. — Chroniques de la marine française (République), FULGENCE GIRARD; Contes d'une nuit d'hiver, ALFRED MICHIELS; le Dragon rouge, LÉON GOZLAN; la Tour du télégraphe, ELIE BERTHET.
41e série. — Contes des Montagnes, A. MICHIELS; le Faubourg mystérieux, L. GOZLAN; Souvenirs de Fontainebleau, A. LUCHET; Un Mariage sous le Second empire, H. MALOT; Les Prussiens en Alsace-Lorraine, RACH. Prix : 6 fr.
42e série. — Jean Bart et Charles Keyser, — les Grands de Portugal, l'Usurier sentimental, la plus heureuse des Femmes, — l'Ecole de la vie, DE LA LANDELLE. Prix : 6 fr.
43e série. — Les Drames de l'honneur; — l'Enfant trouvé, — Histoire d'une conscience, — Mademoiselle de Champrosay, ETIENNE ENAULT; les Crimes inconnus, E. BERTHET. Prix : 6 fr.
44e série. — Chroniques de la marine française (Empire), FULGENCE GIRARD; Les Muscadins, JULES CLARETIE. Prix : 6 fr.
45e série. — Une Belle-Mère, H. MALOT; Léa, ALFRED ASSOLANT; Le père Brafort, ANDRÉ LÉO; La Conquête de Plassans, EMILE ZOLA. Prix : 6 fr.

Deuxième catégorie.

ŒUVRES CHOISIES D'EUGÈNE SUE.

Tome 2e, 2e PARTIE. — Latréaumont. — Jean Cavalier ou les Fanatiques des Cévennes. — Le Colonel de Surville, Godolphin-Arabian. Prix : 4 fr. 50
Tome 3e, 1re PARTIE. — La Salamandre. — Atar-Gull. — Plick et Plok. — La Vigie de Koat-Ven. Prix : 4 fr. 50
Tome 3e, 2e PARTIE. — La Coucaratcha. — Le Commandeur de Malte. — Le Morne-au-Diable. — Les Aventures de Hercule Hardi; Kardiki. Prix : 4 fr. 50

NOUVELLES ET ROMANS CHOISIS D'ÉLIE BERTHET.

Tome 2e, 1re PARTIE. — Le Colporteur, le Val d'Andorre, la Croix de l'affut. — La Maison murée, le Pacte de famine, une Passion, le Dernier alchimiste, la Tour de Zizim, le

Chasseur de marmottes. — Le Roi des ménétriers. — Le Nid de cigognes. — La Mine d'or. Prix : 4 fr. 50
Tome 3e, 1re PARTIE. — l'Etang de Précigny, le fauconnier, la Ferme de l'Osseraie. — La belle Draplère, le château d'Auvergne. — Le Réfractaire, le Cadet de Normandie. Prix : 4 fr. 50
Tome 3e, 2e PARTIE. — Bastide Rouge, Roche Tremblante. — Mystères de la Famille. — Spectre de Chatillon. Braconnier, Château de Montbrun. Prix : 4 fr. 50
Tome 4e, 1re PARTIE. — Le dernier Irlandais. — Le Vallon suisse. — Une Maison de Paris. — La Marquise de Norville, la Nièce du Notaire, la Convulsionnaire, le Père Xavier, le Marquis de Beaulieu, les deux Mourants. Prix : 4 fr. 50
Tome 5e, 1re PARTIE. — L'Oiseau du désert, le douanier de Mer, le Juré. Prix : 4 fr. 50

Paris.—Imprimerie J. Voisvenel, 14, rue Chauchat.

André Léo.

MARIANNE

Si je vous raconte cette histoire, ce n'est pas seulement parce qu'elle a fait un bruit énorme dans Landerneau — je veux dire dans le chef-lieu d'un de nos départements de l'Ouest, — mais parce qu'elle se recommande particulièrement à l'attention des lectrices, et surtout de ces lectrices de vingt ans, qui, en lisant un roman, rêvent de leur propre avenir, et auxquelles l'auteur ici dédie ses pensées les plus intimes, sûr qu'elles ne seront ni dédaignées ni incomprises.

I

Le Dr Brou arriva dans la salle à manger, où l'attendaient sa femme et sa fille, en tenant à la main une lettre ouverte, d'un air très-préoccupé.

Ce fut Emmeline qui s'en aperçut la première. Elle courut à son père, et, lui ayant souhaité le bonjour en l'embrassant, elle prit son bras et l'entraîna vers la table.

— Qu'est-ce que c'est, petit père, une lettre de ma tante?

— Non, dit-il.

Pendant ce temps, Mme Brou mettait ordre gravement à la symétrie un peu négligée du couvert, et rangeait vis-à-vis, dans une diagonale parfaite, le sucrier et le pot à miel, le beurrier et les petits pains, au milieu desquels trônait une belle chocolatière de porcelaine blanche :

— Alors de qui est-elle? reprit Emmeline en prenant place à côté de son père.

— Tu es bien curieuse.

— Puisque tu apportes cette lettre, n'est-ce pas pour la lire?

— Peut-être. Mais, si tu étais moins curieuse, tu me laisserais manger mon chocolat.

Il tendit en même temps sa tasse, que Mme Brou remplit soigneusement.

— C'est peut-être une demande en mariage, dit cette dame à son tour.

Emmeline rougit.

— Non, répondit le docteur en insérant une tranche de beurre dans son petit pain. Mais je vois bien qu'il me faut tout de suite dire ce que c'est; car, entre deux femmes, je n'aurais pas une minute de paix.

— Papa, dit Emmeline d'un ton quasi-mutin et quasi-piqué, c'est qu'en entrant tu paraissais contrarié... Voilà pourquoi... et non pas par curiosité, ajouta-t-elle en faisant une petite moue et en se redressant d'un air de dignité.

— Cette lettre me donne fort à réfléchir, dit le docteur ; c'est une chose grave.

— En vérité, tu m'effrayes ! s'écria Mme Brou d'une voix étranglée.

Mais cela tenait à l'inglutition plus qu'à l'émotion. Emmeline prit un air effarouché.

— Bon Dieu ! papa.

— Te rappelles-tu, demanda le docteur à sa femme, quand nous sommes allés à Rochefort, il y a dix-neuf ou vingt ans, mon cousin Marcel Aimont?

— Oui, certainement, un officier de marine, un jeune homme charmant, très-comme il faut.

— C'est lui qui m'écrit.

— Ah!... j'ai dansé avec lui au Casino. Il était si bien dans son uniforme.

— Il s'est marié tout de suite après. Il devait venir nous voir, nous présenter sa femme, et il n'est pas venu.

— Mais il nous a expédié un magnifique panier d'huîtres, tu te rappelles? avec un turbot.

— Oui, mais depuis pas une fois il ne nous a donné de ses nouvelles.

— C'est vrai; mais d'un homme qui vit sur la mer, on ne peut pas exiger ce qu'on attendrait d'un homme du monde. Et que t'écrit-il maintenant?

— Voici sa lettre.

M. Brou, après avoir avalé une gorgée de chocolat, lut ce qui suit:

« Mon cher cousin,

Me pardonnerez-vous un silence trop long, qui pourtant n'a été causé par aucun changement dans mes sentiments de confiance et d'affection pour vous, comme vous le prouvera la demande que je viens vous faire. J'ai perdu ma femme après une union bien courte; je l'adorais, et le chagrin m'a jeté dans une telle misanthropie que j'ai laissé tomber toutes mes relations. Depuis deux ans, par suite d'une longue maladie contractée au Sénégal, je suis en congé illimité et je vis avec ma fille à Tregarvan, sur la rivière d'Aulne, dans le Finistère. Les meilleurs soins n'ont pu me rétablir, ni même l'amour de ma chère enfant et mon désir ardent de vivre pour elle. Mais... maintenant toute espérance est perdue et je viens vous demander la permission de vous confier Marianne, en vous nommant son tuteur, car je suis brouillé avec les parents de ma femme, qui s'étaient opposés à notre mariage, et n'ai de mon côté qu'une sœur, acariâtre et dévote à l'excès, près de laquelle ma fille serait malheureuse. Pour vous, mon cher Anatole, je connais votre honnêteté et votre bonté; j'ai pu apprécier, il y a longtemps, celle de Mme Brou, et j'ai su dernièrement par votre confrère, le docteur Moudley, des Sables, en visite chez ses parents de Brest, que vous étiez l'heureux père d'un fils et d'une fille des mieux doués, et l'un des médecins les plus estimés de Poitiers. Ma fille trouverait donc chez vous, avec des soins affectueux, un asile honorable, des amis de son âge et un milieu où elle pourrait, aidée de vos conseils, choisir un mari digne d'elle, quand la mort l'aura privée du père qui maintenant concentre toutes ses affections.

« Dites-moi, mon cousin, que vous acceptez ma prière; je vous en serai profondément reconnaissant, et j'essayerai, si mon médecin m'y autorise, d'entreprendre le voyage de Poitiers, afin de vous présenter Marianne, qui est, si j'osais le dire, étant son père, une des pupilles les plus aimables qui puissent flatter un tuteur, bonne, intelligente, d'un caractère élevé, charmante en un mot. Elle ressemble à sa mère. Ah! qu'il m'est cruel de la quitter! et que je voudrais pouvoir espérer de votre science, à vous, docteur, un miracle que les autres n'ont pas su faire. J'aurais dû vous écrire plus tôt. Mais à bientôt votre réponse, n'est-ce pas, mon cher cousin, et veuillez être, près de Mme Brou et de vos aimables enfants, l'interprète des sentiments de votre bien affectionné.

« MARCEL AIMONT. »

Les deux femmes avaient écouté cette lecture avec une vive attention, et leur attendrissement s'exprima par des exclamations.

— Comme c'est touchant! dit Emmeline.

— Pauvre jeune homme! s'écria Mme Brou. Oui, car je ne peux pas me le figurer en père de famille et sans son uniforme. Il te donne là une grande preuve de confiance...

Elle s'arrêta.

— Oui, c'est bien grave, en effet, prendre cette jeune fille chez nous, sans la connaître du tout, sans même l'avoir vue.

Elle regarda sa fille avec une sorte d'inquiétude et de complaisance mêlées.

— Car il n'est pas sûr qu'ils puissent venir. Pauvre Aimont!

— Et que décides-tu? demanda-t-elle à son mari.

— Mais... je suis embarrassé. Je désirerais obliger Aimont: sa situation est bien intéressante. D'un autre côté, introduire ainsi dans notre intérieur une jeune personne que, comme tu le dis, nous ne connaissons nullement...

— Oh! la fille de M. Aimont... doit être une personne très-comme il faut. Il était enseigne, je crois, déjà? Il a dû devenir au moins capitaine de vaisseau?

— Je n'en sais rien, car il ne me dit rien du tout. Vous voyez: du sentiment, beaucoup d'amabilité, de pathétique, rien de plus. Aucun détail précis et sérieux. Cela ne m'étonne pas; c'était une tête romanesque. Mais précisément cela m'inquiète, car enfin...

— Ils ont une certaine fortune au moins, j'espère?

— Eh! qui sait? Il avait en effet un assez

joli patrimoine; mais il y a vingt ans de cela, et c'était un homme capable de jeter l'argent pour un caprice, pour une générosité. Oui, un charmant garçon, comme tu l'as vu, mais peu sérieux. Ainsi, quand il nous a annoncé son mariage, il nous a écrit qu'il était au comble du bonheur; mais sa femme était-elle riche ou pauvre? pas un mot là-dessus. Je crois même qu'il ne nous disait pas le nom de la famille. C'était une tête comme cela. Maintenant pourquoi s'est-il brouillé avec les parents de sa femme? peut-être a-t-elle été déshéritée? Enfin, nous ne savons rien.

—Nous ne pouvons pourtant pas nous charger comme cela d'une orpheline, sans savoir pourquoi.

— Sans doute je le voudrais de tout mon cœur, mais nous n'avons pas une fortune à faire de ces choses. C'est très-fâcheux. D'un autre côté, c'est bien délicat. Je ne puis pas lui demander des explications. Il trouverait cela monstrueux. A dire vrai, si, étant ruiné, j'avais réclamé de lui pareil service, il aurait accepté sans hésiter. C'est un homme de premier mouvement, un excellent cœur. Malheureusement on ne peut pas se laisser aller... Il faut compter dans la vie. Je suis réellement fort embarrassé.

Mme Brou ne l'était pas moins. Ses traits rougissants, ses lèvres serrées et ses yeux vagues témoignaient du travail de son esprit; tout en rêvant, elle servit une seconde tasse de chocolat. Emmeline continuait de garder le silence d'un air préoccupé.

— Et toi, qu'en penses-tu, petite? lui demanda son père.

— Moi, je trouve aussi que c'est très-embarrassant, dit-elle d'un petit ton sage.

— Après tout, reprit Mme Brou, tu ne te charges pas de lui donner une dot à cette jeune fille; tu ne contractes envers elle qu'un devoir de surveillance jusqu'à sa majorité. Si elle n'a rien, on lui cherchera quelque emploi.

— Et lequel?

— Dame, je ne vois que demoiselle de magasin; mais, pour la fille de M. Aimont, ce ne serait pas convenable.

— Oh! dans ce cas, ce n'est pas à Poitiers qu'on la placerait, j'espère, s'écria Emmeline. Pour moi, j'en aurais trop honte.

— Cela n'a rien de déshonorant, dit sentencieusement le docteur.

Cependant il n'insista pas davantage, quand sa fille répondit:

— Je le sais bien, mais c'est égal; dans une ville où l'on est connu...

— Elle pourrait encore être sous-maîtresse, reprit Mme Brou.

— Mais ce n'est pas du tout ce qu'il entend. Ses expressions sont formelles: *Ma fille trou-*

verait chez vous des soins affectueux, un asile honorable, des amis de son âge et un milieu où elle pourrait, aidée de vos conseils, choisir un mari digne d'elle...

— Eh bien! alors, c'est qu'elle a de la fortune, dit Mme Brou d'un ton plein de conviction. Quand on n'a pas, on ne saurait prétendre à choisir un mari ni même à en trouver un.

— Il y a bien *choisir?* demanda Emmeline.

— Oui, *choisir* ou *trouver*, c'est à voir, dit Mme Brou.

— Il y a bien *choisir*, dit le docteur, et ce serait en effet concluant s'il s'agissait d'un homme plus positif qu'Aimont. Mais pour lui, du moment où sa fille lui paraît charmante, il peut fort bien ne pas douter qu'elle n'ait à choisir parmi tous les hommes de la terre. Enfin espérons que ces appréhensions n'ont rien de fondé, il serait étonnant qu'Aimont ne laissât rien.

— Certainement, répliqua Mme Brou; elle aura bien toujours assez pour payer sa pension. Nous ne serons pas trop exigeants.

— Alors tu consens à ce que nous la recevions ici?

— Mon Dieu! oui, pourvu que nous puissions seulement être indemnisés. Il faut bien faire quelque chose pour sa famille. Puis on verra, selon les circonstances...

— Cela est très-bien de ta part, ma chère dit le docteur; je reconnais là ta bonté ordinaire.

Mme Brou prit un air modeste et attendri.

— Et toi, Emmeline, reprit-il en se tournant vers sa fille, je pense que tu imiteras ta mère et que tu seras bonne pour cette jeune parente, si nous devons la garder à la maison.

— Certainement, papa.

Je cours à mes visites, dit alors le docteur en jetant sa serviette et se levant de table.

— Eh bien! que vas-tu répondre?

— J'y penserai.

Le soir, au dîner, la conversation tomba sur le même sujet, avec un nouvel interlocuteur: Albert Brou, frère aîné d'Emmeline, qui étudiait la médecine à Poitiers sous la direction de son père. C'était un jeune homme de vingt un ans, de figure ouverte; les yeux bleus, le teint blanc, une bouche riante, ornée de belles dents et surmontée d'une moustache déjà fournie; sur un front peu élevé, mais large, une forêt de cheveux châtains, une taille au-dessus de la moyenne, la tournure aisée; en somme, un très-joli garçon, comme on le répétait de toutes parts à Mme Brou, qui n'en était pas peu fière. Et peut-être Albert, de son côté, n'en était-il ni moins convaincu ni moins satisfait que sa mère, à en juger par un certain air de complaisance répandu sur ses traits. Soigné dans sa toilette et dans sa personne, il passait, de temps en temps, dans ses cheveux rejetés en arrière, une main blanche, ornée d'ongles taillés en pointe, de plusieurs centimètres de longueur.

Au sujet de l'arrivée d'une jeune cousine, Albert n'a que des sourires :

— Fort bien, dit-il, du moment qu'elle est charmante, moi, je ne demande pas mieux.

— Oui, mais c'est justement ce que je ne veux pas, s'écrie Mme Brou, et M. Aimont aurait dû penser à cela. Un jeune homme et une jeune fille qui ne sont pas frère et sœur, dans la même maison, cela n'est pas convenable.

— Oh ! maman, voyons. Est-ce que je suis un don Juan, moi ?

— Je pense et je suis certain, dit le père avec sévérité, que si une jeune personne confiée à ma garde habitait cette maison, elle serait sacrée aux yeux de mon fils.

— Tout ce qu'il y a de plus sacré, parbleu ! dit le jeune homme d'un ton plus railleur que solennel.

— Il pourrait s'enflammer malgré lui, reprit la mère. Quand on se voit tous les jours !

— On me prend pour un paquet d'étoupes, sur ma parole ! dit Albert. Voyons, faut-il que je jure de ne jamais lever sur elle un œil profane ?...

— Il leva la main.

— C'est égal, ce n'est pas prudent, ajouta Mme Brou avec insistance. Oui, à tous les points de vue, c'est une chose très-fâcheuse qu'un pareil projet, et ce M. Aimont a eu là une idée bien malheureuse pour nous.

— Il serait pourtant cruel de le refuser, dit M. Brou, et vraiment je ne crois pas devoir le faire. Mais voici un plan : je disais ces jours-ci que j'avais besoin de repos, et mon confrère Maison, qui n'est pas trop occupé, s'est offert à me remplacer. Eh bien ! je vais à Trégardan ; je vois Aimont et sa fille, je prends connaissance de leur situation, et, suivant l'occasion, je puis suggérer... par exemple, un rapprochement avec les parents maternels, ce qui serait tout à fait à l'avantage de la jeune personne ; enfin je verrai, et si je puis vous ôter cette épine du pied...

— C'est cela, dit Mme Brou ; fais pour le mieux, mon ami ; et surtout tâche d'éviter. Mon Dieu ! nous sommes si bien là ! tous quatre en famille ! Une étrangère gâterait tout ; puis c'est une responsabilité... surtout si elle est pauvre ! Alors ce serait un véritable fardeau.

— Je ne puis pas croire qu'elle n'ait pas au moins de quoi vivre...

— Est-ce qu'on sait ? avec un père à imagination vive, comme il semblait être, et qui a tant couru le monde. On ne pourrait pas la marier. Ce serait une charge éternelle...

— Après tout, mes fonctions expireraient le jour de sa majorité.

— Oui, mais je te connais ; tu es bon ; il faudrait toujours s'en occuper un peu ; ce serait un souci, une obligation... Il vaut mieux tâcher d'arranger les choses autrement.

— En vérité, maman, dit Albert, tes sentiments d'hospitalité ne me paraissent avoir rien d'exagéré, et toi, Emmeline, tu ne dis rien ? Voyons, ce serait une camarade, et vous iriez toutes deux, bras dessus bras dessous, en caquetant de chiffons, d'un air de mystère, comme tu fais avec tes bonnes amies.

— Vous croyez, monsieur le moqueur. Mais je ne la connais pas, moi ; et, comme dit maman, il vaut mieux rester entre nous.

Le Dr Brou écrivit à son parent une lettre aimable, où il lui disait que c'était au médecin d'aller voir le malade ; qu'il profitait d'une vacance nécessaire à sa santé pour se rendre à Tregarvan, et qu'ils causeraient ensemble de l'avenir de cette chère fille, sur lequel son père lui-même pourrait veiller longtemps, le docteur voulait l'espérer.

Le départ du docteur eut lieu peu de jours après cette lettre, et Mme Brou resta fort tourmentée, comme elle le répétait sans cesse ; elle confia même ce tourment à deux ou trois dames de P..., auxquelles elle tenait à donner des marques de sa confiance : c'étaient Mme la préfète, l'élégante Parisienne, femme du capitaine-major, et Mme Turquois, la femme du conseiller à la cour impériale, dont les filles étaient amies d'Emmeline. Ces dames prirent beaucoup de part au souci de Mme Brou, et les aphorismes pleins d'expérience et de sagesse furent échangés à ce propos : Il est toujours bien délicat d'introduire une personne étrangère dans la famille... on ne sait comment les choses peuvent tourner... et non-seulement à cause d'un jeune homme, mais d'une jeune fille même. On a élevé sa fille à soi comme on l'entendait ; on ne sait pas quelles idées, quelles habitudes apporte une nouvelle venue. Puis, le caractère... On n'a pas la même liberté que vis-à-vis de ses enfants... On est généreux et l'on a toujours beaucoup à souffrir.

— Au moins cette demoiselle a-t-elle de la fortune ? demanda Mme Turquois.

Et quand elle apprit qu'on n'en savait rien, elle s'exclama sur l'admirable bonté du docteur et de sa femme, affirma qu'ils étaient vraiment des gens d'un autre âge...

— Oui, l'on ne fait plus de ces choses-là ! Enfin !... vous en serez récompensés au moins dans l'autre monde. Pauvre Mme Brou ! comme c'est beau ! Et votre chère Emmeline, elle accepte cela sans murmurer ? Ah ! vraiment, tenez, c'est superbe ; il n'y a que vous pour agir ainsi.

Mme Brou reçut d'un air modeste ces compliments ; elle n'était pas toutefois décidée à les mériter, et toutes les ressources qui peuvent offrir aux filles de bonne famille dans l'embarras, bureaux de poste, bureaux de tabac, place de sous-maîtresses dans les pensionnats, et jusqu'au bandeau de la religieuse, défilèrent successivement dans sa tête, accompagnés des protecteurs, des intermédiaires et des voies et moyens par lesquels on les pourrait atteindre. Elle alla jusqu'à rédiger en pensée telle lettre à M. un tel et tel placet au ministre. Puis elle soupirait profondément. Oh ! oui, Mme Brou était *bien tourmentée* ! On est mère de famille et femme prévoyante ou on ne l'est pas.

Il y avait à peine deux jours que M. Brou était parti, quand le facteur apporta une lettre de faire-part entourée de noir.

Mme Brou eut un pressentiment.

— Bon Dieu ! si...

Elle ouvrit la lettre et fit un grand geste d'accablement : c'était l'annonce de la mort de M. Marcel Aimont, capitaine de vaisseau, âgé de quarante-huit ans, au nom de Mlle Marianne Aimont, sa fille, et de Mme veuve Cornerel, sa sœur.

— Nous sommes vraiment bien malheureux ! dit Mme Brou.

Elle donna quelques larmes à son propre sort. Puis vinrent les commentaires. Sans dire du mal du pauvre mort, il fallait convenir que c'était un homme qui ne se gênait pas. Sans même attendre un consentement... c'était contre toute convenance, car le docteur n'avait pas eu le temps d'arriver, et bien sûr le testament pourtant le nommait tuteur, il fallait y compter. A moins que M. Aimont n'eût pas fait de testament ; il n'y avait peut-être pas de raison... Mais restait la prière faite par le mourant, et le docteur n'avait en quelque sorte plus le droit de refuser. Il était si délicat...

Il est difficile de rendre combien Mme Brou *fut tourmentée*, et combien l'on s'en aperçut dans la maison, jusqu'à la réception de cette lettre du docteur :

«Ma chère amie,

» Arrivé depuis quelques heures, je t'écris à la hâte. Je suis débarqué dans une fort belle maison de campagne. Le pauvre Aimont est mort depuis trois jours, et ses obsèques ont eu lieu hier. Il paraissait fort estimé. La jeune fille est au désespoir. Elle est véritablement très-bien. Je vais prendre connaissance des affaires ; puis il me faudra l'arracher le plus promptement possible à ces

tristes lieux. Prépares tout pour sa réception. Elle est habituée au luxe. Je te télégraphierai le jour de notre arrivée.

» Ton mari affectionné,

» Dr ANATOLE BROU. »

Cette lettre *remonta*, comme elle le disait elle-même, Mme Brou. Elle et Emmeline la relurent dix fois pour y chercher des affirmations précises. Mais il était évident que le docteur lui-même ne savait pas grand'chose encore ; une fort belle maison de campagne, une jeune fille très bien, des habitudes de luxe, tout ceci ne se présentait pas mal.

— Mais, disait sagement Mme Brou, il n'y a là rien d'absolument certain, car il ne manque pas de gens qui ont des habitudes de luxe en disproportion avec leur fortune, ce qui les conduit à leur ruine. Et cela, c'est encore le pis de tout.

Son imagination alors fut hantée par le fantôme d'une jeune personne nourrie dans l'indolence et dans la mollesse, pleine de grands airs et ne possédant... que des exigences. Cette idée, par moments, affectait Mme Brou au point de lui faire jeter de profonds soupirs. Mais ensuite se *remontant*, de peur, ou plutôt dans l'espoir de se tromper.

Il y eut entre Emmeline et sa mère de grands débats au sujet de la chambre qu'on devait disposer pour l'inconnue.

La maison du Dr Brou était du nombre de celles qui composent le beau quartier, en même temps que le quartier neuf, de la vieille cité. Il l'avait fait bâtir lui-même sur les terrains vagues, voisins de la promenade, où s'élevaient alors seulement quelques chantiers. Elle était à un seul étage, avec mansardes, genre Louis XV, assez élégamment enjolivée, et donnant d'un côté sur la rue, avec retrait de quelques mètres, derrière une grille ornée de fleurs, ainsi que le perron. De l'autre côté, s'étendait un jardin anglais. La belle et vaste promenade qui fait l'orgueil de Poitiers et qui domine un bel horizon de champs, de coteaux, de prairies traversées par la rivière, se trouvait à quelques pas, au bout de la rue.

Cette maison, construite seulement depuis une dizaine d'années, était — est-il besoin de le dire? — une des joies les plus chères du ménage Brou. Les vieux bourgeois, à qui leur ville paraît un monde, et peut-être les envieux, la trouvaient seulement un peu éloignée du centre, bien qu'on puisse aller en vingt minutes d'une extrémité à l'autre de la ville de Poitiers. Soit pour sacrifier aux préjugés de ses concitoyens, soit qu'il craignît la marche, ou par représentation, le Dr Brou, pour faire ses visites, avait un cabriolet.

En Poitou, l'hospitalité est encore un dogme, et tout bon bourgeois a chez lui au moins une chambre d'ami. Il y en avait trois, au premier étage de la maison Brou, donnant sur le jardin, tandis que la chambre du docteur, et de sa femme, celle d'Emmeline qui lui était contiguë, et celle d'Albert, séparées des premières par un corridor, avaient vue sur la rue. Ces trois chambres avaient reçu, de la couleur des tentures, les noms de chambre bleue, chambre jaune et chambre blanche. Laquelle devait-on donner à Marianne?

Mᵐᵉ Brou jugea que la chambre blanche était la plus convenable pour une jeune fille; Emmeline objecta que c'était la moins belle et la plus petite; que, d'après les instructions paternelles, la chambre jaune conviendrait mieux. Quant à la chambre bleue, c'était le sanctuaire des splendeurs hospitalières, réservé aux étrangers de distinction; on en tenait les persiennes habituellement fermées et on ne l'ouvrait qu'à certains jours pour donner de l'air, Mᵐᵉ Brou présidant elle-même alors au soin de toutes choses.

La discussion fut longue et animée, chaque adversaire ayant une foule de raisons à faire valoir. Mais la prudence de Mme Brou à la fin l'emporta; car, dit-elle, une fois qu'on l'aurait mise dans la chambre jaune, on ne pourrait pas la lui ôter pour lui donner une chambre plus petite, tandis qu'on pourra toujours lui donner mieux, s'il le faut. La chambre blanche fut donc époussetée, le lit pourvu de draps, la toilette de linge et de savon; tout fut mis en ordre et l'on attendit le télégramme.

« Arriverons jeudi soir, neuf heures. Venez tous. Amenez voiture. Préparez chambre bleue.   BROU. »

— Préparer la chambre bleue! s'écria Mᵐᵉ Brou, toute stupéfaite et presque indignée. Je ne sais ce que pense ton père. C'est donc une marquise que cette petite-là?

Emmeline partageait l'étonnement de sa mère. On obéit toutefois, et ce fut avec une émotion pleine de curiosité que Mᵐᵉ Brou et ses deux enfants se rendirent à la gare à l'heure indiquée. On avait eu soin pour la circonstance de revêtir des robes noires, bien que le deuil d'un cousin si éloigné ne fût pas de rigueur. Albert avıt fait mettre un crêpe à son chapeau. Emmeline était fort triste et avait envie de pleurer. C'est que ce jour-là une idée subite l'avait saisie:

— Grand Dieu! est-ce que le deuil de cette cousine va nous empêcher d'aller dans le monde cet hiver?

— Je n'en sais rien, avait répondu Mᵐᵉ Brou. Nous consulterons ton père à cet égard.

On était alors au mois de novembre 186...

Le train arrive en grondant et en sifflant; les voyageurs commencent à s'écouler, et parmi eux paraît M. Brou, conduisant une forme féminine revêtue d'un ample manteau noir, coiffée d'un chapeau rond entouré d'un voile, et qu'il présente à sa femme et à sa fille comme Mˡˡᵉ Marianne Aimont.

— Vous êtes sous le coup d'un grand malheur, ma chère enfant, lui dit Mᵐᵉ Brou, mais nous nous efforcerons de vous consoler et de vous prouver que vous avez encore une famille, qui fera tous ses efforts pour adoucir la perte irréparable que vous avez faite.

Ce petit discours débité tout d'une haleine, avec le haut sentiment du bien-dire et des convenances qui distinguait Mᵐᵉ Brou, une voix douce et brisée sortit de dessous le voile:

— Je vous remercie, madame, de tant de bonté.

— Voici ma fille; j'espère qu'elle sera votre amie, dit ensuite M. Brou. Mon fils.

Une petite main, gantée de noir, serra tour à tour la main d'Emmeline et celle d'Albert; puis, celui-ci ayant été chargé par son père de s'occuper des bagages, le docteur et les trois dames montèrent dans la voiture, qui, partie au grand trot, se mit bientôt au pas sur les pentes roides qui conduisent de la gare à la ville de Poitiers. Ce fut à peine si pendant le trajet on entendit la voix de la jeune fille, malgré les efforts de Mᵐᵉ Brou pour soutenir la conversation.

Arrivée à la maison, les instances de son hôtesse ne purent la décider à rien prendre, malgré l'heure avancée, qui eût permis à des voyageurs l'oubli d'un dîner fait à la hâte au buffet.

— Il ne faut pas tourmenter cette chère enfant, dit le docteur; elle a besoin de repos et peut-être de solitude. Dès ce soir, comme toujours, elle doit être libre avec nous. Conduisons-la chez elle.

Et il accompagna lui-même sa pupille, escortée en outre d'Emmeline et de Mᵐᵉ Brou, jusqu'à la chambre bleue, qu'égayaient un feu clair et la douce lueur d'une lampe à globe d'opale. Là le docteur s'assura qu'aucun soin n'était oublié, prépara lui-même la potion que selon son ordonnance la jeune fille devait prendre en se couchant, sonna la femme de chambre et lui recommanda d'être aux ordres de Mˡˡᵉ Aimont, mêla enfin la tendresse d'un père aux soins d'un hôte attentif, au grand étonnement de sa femme et de sa fille; car s'il soignait les autres au dehors, il avait l'habitude de se faire servir à la maison.

Aussi, quand, descendus dans la salle à manger, où Albert venait d'arriver, ils furent tous les quatre assis près d'un feu que la fraîcheur de la soirée rendait agréable, et tandis que le docteur trempait des biscuits dans un demi-verre de malaga, Mme Brou laissa-t-elle échapper les pensées qui l'étouffaient :

— En vérité, s'écria-t-elle, en fais-tu des frais pour cette petite, jusqu'à lui donner la chambre bleue !

— Il faut, en effet, de grands soins, répondit le docteur, pour lui rendre la vie supportable d'abord, puis agréable. Cette jeune fille est au désespoir de la mort de son père, qu'elle aimait uniquement. Je suis blasé sur bien des douleurs ; mais celle-ci, quoique presque silencieuse, est navrante. Il paraît que malgré la longue maladie de son père, elle ne s'attendait pas à ce coup. Ce pauvre Aimont ! Je regrette bien de n'avoir pu du moins lui serrer la main. Il était adoré là-bas. Trois villages sont venus à son enterrement. En me voyant emmener Marianne, plusieurs de ces braves gens pleuraient et m'ont fait promettre de la rendre bien heureuse. C'était fort touchant.

— Cela fait l'éloge du père et de la fille, dit Mme Brou, et certainement nous agirons de notre mieux... C'est une douleur très-respectable. Pauvre petite ! Cependant je lui ai donné la chambre bleue pour ne pas te fâcher, puisque tu me l'avais mandé par dépêche ; mais on ne pourra pourtant pas la lui laisser. D'abord ça l'abîmerait ; puis, s'il nous venait quelqu'un d'important...

— Il ne nous viendra personne qui ait plus de droit à nos soins et à nos égards, répondit le docteur d'un ton sévère ; Marianne gardera la chambre bleue. Je serais désolé qu'elle pût trouver ici la moindre restriction au désir de lui être agréable. J'ai pris vis-à-vis d'elle un engagement sacré, et... il sera rempli. Il faut qu'elle se trouve heureuse au milieu de nous ; d'ailleurs...

Le docteur toussa comme pour chercher ses expressions, tandis que sa femme, à demi suffoquée, répliquait :

— Eh bien ! est-ce que nous allons devenir ses humbles serviteurs ?

— D'ailleurs, reprit-il, c'est notre devoir à tous les points de vue. Aimont a parfaitement fait les choses. Il a fixé lui-même la pension de sa fille à 5,000 fr., et m'a laissé en don ses chevaux, sa voiture, un fort beau cabinet d'histoire naturelle, et un diamant d'une grande valeur.

En même temps, posant son verre sur la cheminée, il découvrit sa main gauche, restée gantée jusque là, et montra un brillant d'une belle grosseur, plein de feux. A l'instant, tous les visages changèrent et prirent l'expression d'une admiration respectueuse. Emmeline joignait les mains en répétant :

— Que c'est beau !

— Des chevaux ! s'écria le jeune homme.

— Une belle voiture ? demanda Mme Brou. Mais alors ce sont donc des gens très-riches ? ajouta-t-elle d'une voix émue.

— Ma pupille, dit le docteur avec une certaine fierté, hérite au bas mot de 400,000 fr.; car il y a des terres susceptibles d'amélioration, et l'héritage de sa tante complétera le demi-million.

— Ah !...

— Ah !...

— Ah !...

— C'est fort beau ! Alors je conçois..., dit Mme Brou. Pauvre chère enfant ! Certainement nous ferons notre possible pour la rendre heureuse. Je veux qu'elle se plaise avec nous, qu'elle nous aime...

Elle regarda son fils.

— J'espère, reprit le docteur, que nous y travaillerons tous.

Il se tournait, en disant cela, du côté de ses enfants, mais appuya particulièrement son regard sur Albert.

— Certainement, répondirent-ils l'un et l'autre.

— Comment la trouves-tu ? demanda Emmeline à son frère.

— Moi, je ne l'ai pas vue ; j'ai seulement aperçu quelque chose de blanc dans un tas de draperies noires.

— Elle est fort jolie, dit le docteur.

Il s'étendit ensuite sur les détails de son voyage et de son séjour à Trégarvan, et cette conversation, pleine d'intérêt pour tous, ne cessa que vers minuit.

II

Le lendemain matin, vers onze heures, Mme et Mlle Brou frappaient discrètement à la porte de Marianne. Celle-ci vint ouvrir tout de suite, comme une personne levée depuis longtemps. Ces dames lui souhaitèrent le bonjour en l'embrassant et l'accablèrent de questions sur la manière dont elle avait passé la nuit, si elle se trouvait bien couchée, si rien ne lui avait manqué, etc.

— Nous pourrions oublier quelque chose, mais ce ne serait pas mauvaise volonté ; ah ! bien au contraire !... Il faut vous considérer ici comme chez vous et commander ce qu'il vous faut. Avez-vous trouvé bon votre chocolat ? C'est du chocolat à l'osmazôme que le docteur a ordonné pour vous, comme plus fortifiant. L'avez-vous trouvé bon ? J'espère que Louison ne vous a pas réveillée ? Je lui avais recommandé de frapper très-doucement. Et comment vous êtes-vous habillée toute seule ? Cela n'est pas raisonnable. Il fallait sonner. Cette fille est à votre service, ne l'oubliez pas. Nous serions si fâchés que vous vous gênassiez le moins du monde!...

Un peu étourdie de toutes ces protestations qui lui étaient faites par deux personnes à la fois, Marianne suffisait à peine à y répondre. L'expression douce et reconnaissante de ses traits secondait ses remerciments et son air abattu demandait trêve pour tant d'obligeances.

—Vous allez bien descendre pour déjeuner avec nous? dit enfin Mme Brou. Ce n'est pas qu'il faille vous gêner. Vous n'avez qu'à le dire, on vous servira dans votre chambre; mais la solitude ne vaut rien, et il sera bien mieux de descendre avec nous, qui ne demandons qu'à vous être utiles et à vous distraire.

— Je vous suis, madame, répondit la jeune fille avec un effort évident.

— Ah! c'est très-bien! dit Mme Brou.

— Venez, dit Emmeline en passant le bras autour de Marianne.

Elle l'entraîna ainsi jusqu'au bout de l'escalier, et elles entrèrent, en se donnant la main, dans la salle à manger, où le docteur et Albert les attendaient.

Le docteur alla au devant de sa pupille, qui était un peu sa malade momentanément, la regarda, l'interrogea, lui prit la main, et la fit asseoir à table entre sa fille et lui. Albert, après avoir salué la nouvelle venue, s'occupa de l'examiner à la dérobée, avec l'intérêt que tout homme de son âge éprouve pour une jeune personne dont on lui a vanté la beauté. Au premier coup d'œil, il fut presque déçu par ce visage pâle, ces yeux rougis, cet écrasement de tout l'être qui, atteint d'un coup trop rude, s'abandonne; au second coup d'œil, il fut frappé d'un air de noblesse qui lui parut même sévère; au troisième, il fut obligé de convenir que ni cette dignité ni cette douleur n'excluaient une grâce pénétrante qui se dégageait de chaque regard, si triste, si vague qu'il fût, de chaque mouvement, de chaque parole même insignifiante.

Marianne était de taille moyenne, plutôt élevée. Son corsage mince, que le vêtement noir amincissait encore, n'en offrait pas moins des ampleurs pleines de promesses pour la maternité comme pour l'amour. Son cou sortait, éblouissant de blancheur, du crêpe qui l'entourait; elle avait les cheveux châtains, relevés tout en l'air, et attachés sans faux chignon par un large ruban noir qui retombait sur le cou, au milieu des boucles naturelles de la chevelure. Autour du front, sur les tempes, les cheveux follets également se roulaient ou voletaient en petites boucles. Le front, élevé, s'arrondissait légèrement au milieu; les sourcils, châtains, hautement arqués, étaient assez touffus,

l'œil, à distance, paraissait noir; mais, pris obliquement par le jour, on y voyait reluire, comme dans les cheveux, des teintes fauves. Le nez, assez court, avait une courbe légèrement aquiline; la bouche, au repos, semblait petite, et il devait s'écouler longtemps avant qu'on pût juger si elle s'ouvrait largement pour sourire. Le menton, peu fort, était gracieusement ondulé.

— Elle serait en effet bien jolie, se dit Albert, si elle avait un peu plus de chaleur et de vivacité; mais elle a une bonne tête.

Et comme il étudiait en ce moment les systèmes de Gall et de Lavater, il se mit, pour exercer son talent de physionomiste, à comparer la tête de Marianne à celle d'Emmeline. Celle-ci, qui passait à Poitiers pour une jolie blonde, avait la tête plus petite, une chevelure longue et molle plantée bas sur un front bombé, et assez abondante pour n'avoir besoin d'aucun emprunt; cependant, fidèle à la mode, Emmeline portait un faux chignon qui la haussait d'un demi-pied, et dans lequel elle fichait des nœuds de rubans bleus, roses, rouges ou verts, suivant la robe et l'occasion. Ce lourd échafaudage cadrait assez mal avec le caractère de sa figure, plutôt piquante que majestueuse, et lui ôtait la grâce et l'ingénuité qu'auraient pu offrir des yeux bleu-gris très-vifs et très-parlants, un nez légèrement relevé, une bouche peu dessinée, mais ouverte sur de belles dents, et un menton retroussé orné d'une fossette. De taille plutôt petite que moyenne, Emmeline avait le buste court et mince, peu développé; mais elle n'était point dépourvue d'une grâce que lui prêtaient la jeunesse et la vivacité.

— Elles doivent être fort différentes de caractère, se dit Albert, et si le contraste y fait quelque chose, comme on dit, elles pourront s'aimer. Mais, bah! pour le reste, j'y perds mon Lavater. Je sais qu'Emmeline est étourdie, un peu fantasque, amoureuse de plaisir et de distraction, bonne fille au demeurant. L'autre paraît plus sérieuse; elle est pâle, elle pleure: il est clair qu'elle a du chagrin. Et voilà pourquoi j'étudie.

Il répondit à quelques questions de son père, déjeuna comme on déjeune à vingt ans, et partit pour l'École de médecine en songeant aux chevaux qui allaient arriver de Trégarvan.

Quant au docteur, il emmena sa pupille faire un tour de jardin, la força de causer un peu, et la laissa aux soins de sa femme et de sa fille pour le reste du jour.

Quelle distraction pouvait constituer la société de Mmes Brou? La source en devait être petite en elles-mêmes; car elles ne savaient parler que d'autrui, et toute leur vie semblait contenue dans leurs rapports avec *la société*, c'est-à-dire le beau monde des rentiers, des professions libérales et des fonctionnaires ; le reste n'étant que matière nécessaire, mais vile, qui ne comptait pas. Il y avait aussi la toilette, sujet intimement lié au premier, et qu'Emmeline possédait à fond ; puis les soins du ménage : économie, conserves, symétrie, ordre, étiquette, etc., où Mᵐᵉ Brou se piquait d'être de première force.

On ne pouvait cependant parler du monde et de ses plaisirs à une jeune fille qui pleurait la mort d'un père et que son deuil devait retenir longtemps dans la solitude ; mais cette jeune fille, se trouvant privée de sa mère, avait été maîtresse de maison. Mᵐᵉ Brou entama donc le sujet qui lui était cher, et les premières réponses de Marianne la ravirent en lui prouvant que celle-ci n'était nullement étrangère à l'économie domestique. Aussitôt, avec le débordement naturel à toute passion, Mᵐᵉ Brou se mit à étaler toutes ses connaissances en faisant appel à celles de sa jeune interlocutrice ; mais elle s'aperçut alors amèrement de son illusion. Si Marianne connaissait l'administration d'une maison, cependant elle était plus qu'indifférente au plaisir de traiter ces détails, et la conversation ne durait pas depuis un quart d'heure que déjà les courtes répliques de la jeune fille, évidemment distraites et faites avec effort, rendaient difficiles de plus longs développements.

— La Bretagne est le pays du bon beurre. Vous deviez faire là-bas d'excellentes pâtisseries. Aimez-vous à faire de la pâtisserie ?

— Oh non ! S'il le fallait, je saurais, je crois ; mais autrement...

— Il doit y avoir des mets particuliers au pays ?

— Oui, le galeton.

— Qu'est-ce que c'est ?

— Une galette de farine de sarrasin que les paysans font dans la poêle avec un peu de graisse.

— Mais cela doit être affreux ?

— Ce ne serait pas très-bon à manger à table ; mais dans nos courses, quelquefois, quand nous entrions chez les paysans, ils se hâtaient de nous en offrir, et nous en mangions de bon cœur, avec appétit.

Ses yeux se voilèrent et sa voix fléchit à ce souvenir.

— Vous aviez du poisson à souhait ?

— Oui, madame.

— Comment accommodez-vous le turbot ?

— Je ne saurais vous le dire exactement. Notre bonne faisait bien ces choses, et je ne m'occupais que d'ordonner les repas et la dépense.

— Et cependant il faut toujours donner un coup d'œil, c'est très-utile. Quand la maîtresse de maison ne veille pas à tout, ne met pas quelque peu la main à tout, ne serait-ce que pour faire sentir sa présence, les domestiques en prennent trop à l'aise et ne veulent plus souffrir d'observations. Ainsi j'avais une cuisinière qui...

Mᵐᵉ Brou raconta l'histoire de cette cuisinière, et puis celle d'une autre et enfin celle d'une troisième, au milieu de laquelle elle s'aperçut que Marianne, silencieuse, le regard vague et rempli de larmes, était à cent lieues de là, en Bretagne probablement.

— Je voulais l'emmener avec moi pour surveiller le dîner, dit-elle à sa fille dans un coin du salon ; cela l'aurait occupée, mais je vois qu'elle est trop grande dame pour cela. C'est ennuyeux ; on voudrait lui faire du bien, mais on ne sait comment. Tâche de la faire causer, toi.

Emmeline exhiba ses broderies, ses tapisseries, son crochet et ses tricots. Marianne s'offrit obligeamment à l'aider et prit une tapisserie. Mais quand Emmeline lui demanda ce qu'elle préférait et voulut l'intéresser à de grands projets en ce genre, la jeune Bretonne témoigna tout autant d'indifférence que pour les soins domestiques et culinaires.

— Quoi ! vous n'aimez pas à entreprendre de beaux ouvrages ?

— Non, je prends volontiers un ouvrage dans les mains en causant. Cela me semble donner à la conversation plus de naturel et de liberté ; on parle ou l'on se tait, comme on veut. Mais autrement cela ne me semble pas une occupation suffisante, et quand je suis seule, j'aime mieux lire, faire de la musique ou me promener.

— Cependant c'est utile.

— Quand on peut l'acheter ? Il y a tant de brodeuses qui ont besoin qu'on achète leur travail. Seulement j'ai trouvé quelquefois du plaisir à broder des pantoufles et un fauteuil pour... parce que je savais qu'il serait content, et... que moi-même j'aimais à lui voir.....

L'orpheline ne put achever. Sa douleur était trop grande pour ne pas remplir toutes ses pensées, et elle s'efforçait vainement de la contenir. Il eût été cent fois plus sage et plus humain de lui en parler que de chercher inutilement à l'en distraire ; mais les personnes peu sensibles éprouvent pour la douleur une sorte d'effarouchement craintif, et tout le secours qu'elles imaginent est de l'écarter au moyen d'objets extérieurs, comme ces nourrices qui se livrent à un tapage infernal pour empêcher de crier leurs enfants malades. Emmeline baissa donc pudiquement les yeux à cette allusion au père de Marianne, et tout aussitôt elle parla de sa maîtresse de musique, et d'une foule d'au-

tres choses toutes plus ou moins indifféren-
tes à Marianne, qui prit bientôt le parti d'aller se réfugier dans la solitude de sa chambre
pour échapper à la fatigue de ce caquetage.

— Elle nous donne vraiment un mal pour
la distraire ! disait Mme Brou.

Et, le lendemain, elle imagina de raconter
sa propre histoire à Marianne. Mais le récit
ne fut pas assez fidèle pour qu'on doive laisser la parole à l'héroïne.

— Mme Brou était la fille d'un paysan enrichi des environs de Poitiers; son père était en
sabots, sa mère en cornette; mais elle fut
élevée au Sacré-Cœur avec les filles de la
bourgeoisie et de la noblesse. De retour dans
ses foyers, la jeune personne se montra fière
de sa fortune vis-à-vis des simples paysans
et très-humiliée de ses parents vis-à-vis des
bourgeois des environs. Elle refusa d'épouser un fils de paysan, même parmi ceux qui
avaient été au collège, et, s'étant trouvée par
hasard en face du docteur Brou, qui venait
de passer sa thèse avec succès et commençait de poursuivre une clientèle, elle s'en
éprit dès l'abord et agit de manière à ne pas
lui laisser ignorer cette impression. Le docteur était alors un jeune élégant, de *bonne
famille*, comme on dit à Poitiers, de ceux qui
possèdent une généalogie de deux ou trois
générations d'avocats, de juges, de notaires ou
de médecins, — très-galant près des femmes,
de jolie figure, de bonnes manières, et qui
passait pour avoir beaucoup d'esprit. Il lui
manquait seulement de la fortune, et il cherchait une dot avec d'autant plus d'ardeur
qu'il avait laissé à Paris des créanciers exigeants. Mlle Pauline Chouron était un peu
niaise, un peu lourde, mal apparentée, — si
tant est que les sabots soient un mal, —
mais elle était fraîche, de bonne santé; elle
était amoureuse du docteur, ce qui rendait ses yeux presque éloquents, et le
père Chouron lui comptait quatre-vingt mille
francs de dot, en attendant la moitié d'un
héritage de deux cent mille francs. Le docteur épousa, paya ses dettes, acheta un cabriolet, et put bientôt fonder sa réputation,
grâce à ces dehors de la richesse qui, aidés
de quelque charlatanisme, prouvent le talent
aux yeux des sots. Il était devenu, en peu
d'années, un des médecins de Poitiers les
plus recherchés des femmes et les plus estimés de la Faculté. Aimable, intelligent,
habile à ne point se compromettre ni en
politique ni dans les relations sociales, il
n'avait d'ennemis que ceux qu'on ne peut
éviter et qu'il faut avoir : les envieux. Dans
la haute société, on l'aimait, on le recherchait. C'est lui qui était le médecin de la
préfecture, et il avait même été demandé
plus d'une fois à l'évêché. Beaucoup de jolies
femmes l'appelaient, de préférence aux jeunes médecins ; car, à la fois paternel et galant, il leur inspirait plus de confiance en
leur paraissant aussi aimable. Quant aux
pauvres, ils se pressaient à ses consultations
deux fois par semaine, et le docteur Brou
avait pour eux cette bonhomie bourrue du
supérieur bienfaisant qui les pénétrait de
respect.

Il avait été beau garçon dans sa jeunesse
et en avait gardé quelque chose: des traits
agréables, de l'assurance, de l'élégance, des
yeux encore très-vifs. On disait parfois :

— Comment un homme aussi bien a-t-il
pu épouser une femme si peu distinguée ?

Ce n'était pas toutefois une chose à étonner sérieusement dans un milieu où de telles
unions sont si fréquentes. C'était seulement
une manière de dire et de médire, et les
clientes n'en n'étaient pas fâchées, au contraire. On ne craignait pas la femme du docteur.

Ce n'était pas la faute de Mme Brou, si elle
était, au dire de ses bonnes amies, *si peu
distinguée*; la pauvre femme n'avait d'autre
but au monde que de le paraître, et elle avait
fait pour cela des efforts constants, depuis
et avant son mariage; sa vie entière était
consacrée à cette étude. Elle ne mettait pas
le pied dans un salon sans en examiner à
fond l'ameublement, les dispositions, sans
noter les détails du service, et surtout la
manière de se mettre et de parler de la maîtresse de la maison et de ses visiteuses; et,
comme elle avait de la mémoire et des facultés imitatives, elle reproduisait le tout
très-fidèlement. C'est ainsi qu'on la vit imiter
tour à tour plusieurs des femmes les plus
en vue de Poitiers, prendre leurs toilettes,
leur langage, leurs opinions, au point qu'on
disait d'elle, plaisamment : « J'ai rencontré
la copie de Mme une telle, » ou « Je suis allée
chez Mme Sosie aujourd'hui. »

Ce ridicule tenait chez Mme Brou à un défaut de grâce et de naturel irrémédiable; car
ce n'est certes pas une chose étrange que
l'imitation, c'est au contraire la chose la
plus habituelle du monde, et l'on ne voit
que cela. Mais ces opinions, ces modes, ces
travers, ces indignations, ces enthousiasmes,
ces épidémies de fureur ou de bêtise, qui
s'étendent à certains moments sur des na-
tions entières, et font que tout le monde
s'habille, marche, pose, parle et même pense
de la même manière, ont généralement une
telle empreinte de bonne foi et de naturel,
qu'on dirait des habitudes propres et des
opinions réfléchies. C'est comme une couleur bon teint : cela pénètre de part en part,
au point que les gens teints croient eux-
mêmes n'avoir jamais eu d'autre couleur.
Malheureusement pour Mme Brou, il n'en
était pas d'elle ainsi : elle pouvait tout imi-

ter, mais ne s'appropriait rien, et elle avait toujours l'air de dire — ce qu'elle pensait en réalité : — Voyez! n'est-ce pas comme cela qu'il faut dire et faire? ne suis-je pas convenable? n'est-ce pas là le modèle du comme il-faut? Et précisément à cause de cela, elle restait vulgaire, empesée, Gothon comme devant, et l'on était tenté de lui crier : Eh! non, ce n'est pas cela! vous jouez une parodie.

Ce n'était pas affaire de race, puisqu'on sait bien avec quelle rapidité une Louison de village se transforme en petite dame, ou en grande dame au besoin. Non, c'était une sorte de *jettatura*, comme le don d'une mauvaise fée. Cette pauvre femme n'avait qu'une passion, et cette passion était malheureuse. Plus elle voulait être *distinguée*, moins elle le pouvait.

Peut-être était-ce l'excès du désir qui créait cette préoccupation fatale au naturel? Irréprochable dans sa grammaire, dans sa politesse, dans sa mise, dans ses visites et dans ses réceptions, habillée de satin et de dentelle, Mme la doctoresse Brou restait la Pauline Chouron qui étant petite avait porté la coiffe ronde des Neuvillaises, attachée sous le menton par un galon fortement serré, qu'on appelle dans le pays la *bride*. Toute sa *distinction*, toute son élégance, tout son *appris*, lui restaient superposés, comme un vêtement d'emprunt.

Elle n'avait été ni laide ni jolie, et restait encore fraîche, avec un embonpoint de matrone, qui n'avait rien d'exagéré, si ce n'est qu'elle en paraissait gênée. Il est probable que la maigreur lui eût semblé de meilleur ton. Du reste, c'était une femme pleine de qualités : elle admirait son mari, adorait son fils, aimait sa fille; elle était bonne ménagère; son empressement à rendre des services à ceux qui n'en avaient pas besoin n'avait pas de bornes. Elle exigeait des autres, il est vrai, beaucoup de vertu. Mais la vertu n'est-elle pas la plus grande richesse? et les pauvres peuvent-ils se plaindre qu'on les oblige de s'en pourvoir? Peut-être les domestiques de Mme Brou lui trouvaient-ils des défauts, mais l'opinion de ces gens-là n'est pas reçue dans le monde.

Si toutefois il faut le dire, Mme Brou avait un défaut, un défaut grave, mais qui tenait encore à son grand amour de la distinction. Elle avait *convenablement* pleuré ses parents, mais leur perte l'avait soulagée d'un tourment énorme : celui de les voir arriver chez elle les jours de marché, dans un cabriolet mal tenu, avec leurs habits villageois et leur langage rustique. La coiffe de sa mère et les galoches de son père avaient enlevé à cette pauvre femme toutes les douceurs de l'amour filial. Depuis leur mort, Mme Brou avait rom-

pu avec le reste de la famille, et même elle voyait rarement sa sœur, bien que celle-ci portât *le chapeau*; mais c'était une petite notairesse de village, ayant d'assez mauvaises façons, parlant haut et riant à gorge déployée. Un seul parent avait été excepté : c'était un prêtre, un vieil oncle, dont Mme Brou s'honorait, parce qu'il était chanoine. On le recevait à dîner, une fois par semaine, avec de grands honneurs.

Il va sans dire que le récit fait à Marianne par Mme Brou laissa de côté tous ces détails. La doctoresse raconta seulement, en termes délicats, ses rêves de jeune fille au Sacré-Cœur et dans les *domaines paternels*; son amour pour M. Brou, qu'elle avait eu le bonheur d'enrichir; ses hautes relations, ses voyages, la naissance de ses enfants, leurs accidents, leurs maladies, leurs gentillesses et leur caractère. Après cela elle passa l'orpheline aux soins d'Emmeline, et la broderie reprit son empire. On n'osait pas ouvrir le piano, par suite de ce préjugé que la musique est un signe de joie. Le docteur ordonna une marche de chaque jour dans la vaste promenade publique, presque toujours déserte. Tel fut le cycle des distractions de Marianne dans la famille Brou, outre une abondance de prévenances et de petits soins qui la condamnaient à de perpétuelles actions de grâce.

Au bout de quinze jours de ce traitement, la tristesse de la pauvre fille tournait au marasme. Le docteur s'en aperçut. Epoux et père, il n'était sûrement pas sans illusions sur l'amabilité de sa femme et de sa fille; il croyait au charme de celle-ci et vantait la bonté de celle-là. Cependant, il se dit qu'une jeune personne intelligente comme l'était Marianne, et qui avait passé deux ans dans la société intime d'un homme aimable et instruit, devait avoir d'autres besoins. Mais comment les satisfaire, puisque le deuil de Marianne s'opposait à ce qu'elle vît le monde? Peut-être le docteur se flatta-t-il de remplacer par l'instruction et l'amabilité celui qui n'était plus; mais ses fonctions lui laissaient à peine le temps d'assister aux repas et d'échanger quelques mots avec sa pupille. On ne pouvait l'envoyer aux eaux dans l'hiver. Que faire?

Le docteur y songea quelque temps, puis il sourit et se frotta les mains. Il avait trouvé, mieux que trouvé, puisque c'était d'une pierre faire deux coups. Un jour, au sortir de table, il prit Albert dans son cabriolet pour le conduire à l'école.

— Je suis vraiment inquiet, lui dit-il, de ma pupille. Le pauvre Aimont, chargé de l'éducation d'une jeune fille, n'a guère, je crois, observé l'usage en pareil cas. Il l'a entretenue des choses qui l'occupaient lui-même, et, sans être une savante, Marianne a des goûts artistiques et intellectuels qui lui font trouver peut-être un peu bornées les occupations de ta mère et de ta sœur. Il est vrai que depuis l'arrivée de son piano, elle donne quelques heures à la musique; mais précisément, pour une sensibilité exaltée, cela est dangereux; elle ne joue que des choses tristes, et ta mère s'est aperçue, à l'altération de ses traits, au refus qu'elle fait d'ouvrir sa porte à ces moments-là, qu'elle tombe alors dans des crises de larmes. Il lui faudrait une étude sévère et positive qui occupât son esprit sans l'énerver, et j'ai pensé que tu pourrais lui rendre ce service, puisque moi je suis trop occupé pour cela.

— Quoi ? dit Albert. Que puis-je y faire ?

— Il s'agirait de lui donner, une heure par jour, une leçon d'hygiène et pour ainsi dire de médecine domestique.

— A une femme ! s'écria Albert. Et pourquoi faire ?

— Pour l'occuper, je te l'ai dit.

— Qu'elle prenne des leçons de piano, de solfége, de peinture même, si elle veut; mais des leçons de médecine !...

— Je n'ai pas dit des leçons de médecine, mais d'hygiène, et voici pourquoi j'y ai pensé: lorsque la moitié du village est venue prendre congé de Marianne, les uns en pleurant, les autres en me faisant mille recommandations de la rendre heureuse, j'ai vu qu'Aimont et sa fille avaient l'habitude d'assister ces pauvres gens dans leurs maladies, de leur donner non seulement des secours, mais des soins...

— Au hasard et probablement à rebours. Eh bien ! ils ont dû faire de jolies choses ! Il n'y a rien de plus funeste que cette prétention de médicamenter lorsqu'on ignore absolument...

M. Brou sourit de cette indignation, que tout écolier bien appris professe contre ce qui s'écarte des règles précises de l'enseignement littéral, et il interrompit Albert en disant :

— Marianne, à cette occasion, m'a précisément exprimé son regret de l'ignorance où elle se trouvait plongée à l'égard des plus simples prescriptions de la médecine. Le médecin ne venait à Trégarvan que toutes les semaines, et plus d'une fois le père et la fille, qu'on réclamait quand le moindre accident survenait, se sont trouvés malheureux de leur impuissance.

— Cela revient à dire qu'il est très-fâcheux qu'une localité soit privée de médecin, mais le remède à cela n'est pas assurément de donner à toutes les bonnes femmes des robes de docteur.

— As-tu fini, maudit ergoteur ? reprit le père impatienté. Nous allons toucher à l'é-cole de médecine, et nous ne nous sommes pas encore entendus. Il ne s'agit pas encore une fois de faire étudier la médecine à Marianne...

— Parbleu ! je l'espère bien.

— Mais de lui communiquer ces connaissances usuelles, faciles, qui peuvent, à un moment donné sauver un noyé, un apoplectique, arrêter une hémorrhagie, conjurer les suites d'un accident, du retard souvent fatal du médecin, combattre une fièvre, améliorer une constitution faible, soigner une femme en couches, un enfant. Le but véritable est de prévenir, chez une jeune fille de dix-huit ans, malade de chagrin, une chlorose ou une névrose qui pourrait atteindre sa constitution d'une manière fatale.

— Je ne demande pas mieux, mon père, dit Albert, un peu étourdi, si tu ne vois pas d'autre moyen....

— Non, je n'en vois pas d'autres. On pourrait essayer des plaisirs mondains, mais son deuil les interdit; on pourrait la faire voyager, mais je n'ai pas le temps d'accompagner ces dames; on pourra plus tard la marier, mais aujourd'hui c'est trop tôt. On pourrait lui donner un professeur de littérature, mais elle ne s'en soucie pas. Il n'y a que l'étude, et cette étude-là, pour laquelle elle ait marqué un désir, une préférence. Elle sait déjà assez bien la botanique, c'est un bon commencement. Fais-en une infirmière instruite, un bon pharmacien. Et ne crois pas que ces leçons te seront inutiles à toi-même, car il n'y a rien de tel pour apprendre que d'enseigner. Il ne faut pas non plus que tu croies la chose puérile: l'hygiène est la somme, le fruit de la science. Il faudra préparer tes leçons.

— Fort bien, répondit l'étudiant; reste à savoir si j'aurai le temps.

— Bah ! tu iras un peu moins au café, et ce n'en sera que mieux.

— Excepté pour moi.

— Comment ? te voilà bien malheureux de passer une heure par jour avec une charmante fille !

— C'est précisément ce qui m'embarrasse, et il me semble qu'on ferait mieux de lui donner un autre professeur.

— Et pourquoi cela ?

— J'entends un vieux. Il y a des choses délicates à dire...

— Tu les éviteras autant que possible, et, quand tu ne pourras pas les éviter, tu les diras simplement; je suis persuadé que ton élève les acceptera de même.

— Puis c'est une intimité, cela et la réserve qu'on m'a imposée vis-à-vis de cette jeune fille...

— Je ne t'ai rien imposé, dit M. Brou en appuyant sur ses paroles, ab— ment rien, que d'agir en homme bien élevé vis-à-vis d'une jeune fille honnête.

— Il n'en est pas moins vrai, reprit Albert avec une sorte d'humeur, que je dois la considérer comme une sœur et qu'elle ne l'est pas.

— Je ne t'ai jamais parlé de cela.

— Ah ! par exemple, s'écria le jeune homme. Je me rappelle encore les recommandations de ma mère et les tiennes à cet égard, le jour où l'on a reçu la lettre de M. Almont.

Pour le coup, le docteur trouva son fils un peu sot. On avait eu pourtant quelque raison de changer d'idées depuis ce jour-là.

— Il ne pouvait être question que de convenances, dit-il. Marianne est libre et toi aussi, et je ne vois pas pourquoi le fils de son tuteur aurait moins de droits qu'un autre vis-à-vis d'elle. Pour moi, je ne pourrais désirer qu'une chose, c'est qu'elle devînt, de son plein gré, membre réel de ma famille. Mais il n'est question pour le moment que de la guérir, ajouta-t-il avec bonhomie, et j'espère que tu m'y aideras de ton mieux.

— Dès que tu le désires, dit Albert avec un air de contrariété ; mais j'avoue que ça m'embarrasse fort et ne m'enchante pas.

Le cabriolet s'était arrêté. Albert descendit en serrant la main de son père, et celui-ci le regarda s'éloigner d'un air de doute et d'observation, jusqu'au moment où le cabriolet eut repris sa course dans les rues étroites de la cité poitevine.

La même proposition fut reçue tout autrement par Marianne. Quand le docteur lui en fit part, le premier sourire qu'on lui eût encore vu effleura ses lèvres. Cependant, ensuite, elle s'inquiéta du dérangement que cela pourrait causer à Albert. Mais, le docteur l'ayant assurée que cette leçon profiterait au maître autant qu'à l'élève, elle ne fit plus aucune objection et laissa voir le plaisir qu'elle éprouvait.

Il fut convenu que la leçon aurait lieu avant le déjeuner, dans la salle à manger où se tenaient d'ordinaire Mme Brou et sa fille, et celle-ci fut vivement engagée par son père à en profiter. Mais Emmeline trouvait cela si extraordinaire, si extraordinaire, qu'une demoiselle étudiât ces choses !

— Voyons, papa, ne m'obligo pas du moins à quitter ma tapisserie ; je tiens tant à l'avancer. Et puis je ferais rire Albert, car cela me paraît si drôle ! Au moins, quand j'aurai le nez baissé sur mon ouvrage, on ne verra pas, et j'écouteral... Mais il ne faudra pas me faire de questions.

— Tu es une petite folle, lui dit son père. Et il ne s'en occupa plus.

Albert n'était pas éloigné de partager l'opinion de sa sœur, et il ne se gêna pas, en l'absence de Marianne, pour laisser voir sa contrariété. Cela inquiéta son père.

— Serait-il possible qu'il eût de l'éloignement pour Marianne ? demanda-t-il à sa femme.

— Non, certainement, répondit celle-ci ; il ne s'en occupe pas, voilà tout, et c'est pour cela que la leçon l'ennuie.

— Marianne est pourtant très-attrayante.

— Elle n'a pas la gentillesse et la vivacité d'Emmeline, mais elle est fort bien assurément. Le mal est qu'il n'y pense pas du tout.

— Et puis, ajouta-t-elle en baissant la voix, quoiqu'ils fussent seuls, je crois qu'Albert a en ce moment un caprice pour Henriette.

— La petite couturière ?

— Oui, je lui ai même déjà dit de la laisser tranquille, je ne veux pas que chez moi...

— Il faudrait renvoyer cette fille.

— Oh ! elle se tient très-bien.

— Enfin on verra. Ces leçons une fois commencées...

— Oui, et le mieux est de ne rien dire. Pour Marianne, je crois que ce ne sera pas difficile. Elle m'a déjà dit qu'elle trouvait Albert bon et aimable. Je le crois bien ! Elle ne rencontrera pas ailleurs un plus gentil garçon. Mais pendant qu'elle est en deuil et ne voit personne, il faut tâcher de prendre l'avance.

— Oh ! dit le docteur, qui sentit un peu de malaise de l'extrême clarté de sa femme, nous ne voulons pas circonvenir Marianne ; nous ne faisons rien que de loyal et dans son intérêt. Cependant il ne faudra parler à personne de cette leçon. Elle n'a rien que de très-convenable, puisqu'elle se passera sous tes yeux ; mais le monde est si méchant !

— Je crois bien. On m'a déjà fait des allusions, que j'ai très-dignement repoussées.

Le jeune professeur fut très-gêné pendant quelques jours ; mais, en voyant que son élève ne l'était point, qu'elle ne cherchait très-sérieusement qu'à apprendre et comprenait à merveille, il s'entraîna lui-même. Habitué à ne voir que des femmes volontairement frivoles et superficielles par éducation, il se disait avec étonnement :

— Comme elle est intelligente !

A vrai dire, ce ne fut pas un attrait pour lui ; il était trop fils de la bourgeoisie et trop Poitevin pour cela ; mais il en fut pris de respect, et surexcité de point d'honneur, et, ne voulant pas être au-dessous de sa tâche, ainsi que son élève s'en apercevait, il se mit à préparer sérieusement les matières de la leçon. Pour cette même raison, il devint assidu à l'école, qu'il négligeait auparavant.

— Ma chère enfant, dit un jour le docteur à Marianne, en lui faisant faire à son bras, par un pâle soleil de janvier, le tour du jardin anglais, je vous sais un gré infini de votre influence sur Albert.

— Comment cela ? dit-elle étonnée.

— Vous êtes la seule à ne pas vous en apercevoir. Nous avions l'année dernière de fréquentes querelles ; il n'étudiait pas sérieusement. Aujourd'hui il ne manque pas un cours ; je le sais, j'ai vu ses professeurs. Albert est un bon garçon, d'un caractère aimable et facile, et c'est précisément grâce à cela qu'il se laissait entraîner par ses camarades, qui l'aiment beaucoup et ne peuvent s'en passer. Or ce n'est pas du côté de l'école que les excursions avaient lieu le plus souvent ; la jeunesse, hélas ! est frivole. Pour Albert, comme il est très-intelligent, il se disait : « Bah ! je rattraperai cela. » Et il le rattrapait en effet, mais d'une manière légère, insuffisante ; car la médecine est une science infinie et qu'on n'étudie jamais trop. Je souffrais de voir d'aussi belles dispositions, — il en a beaucoup, — ainsi gaspillées ; je me disais : Voilà un garçon qui pourrait devenir peut-être un des princes de la Faculté et qui perd son temps à des niaiseries Aussi, je vous le répète, Marianne, je vous suis très-reconnaissant...

— Mais vous vous trompez, mon cher tuteur ; je n'ai jamais dit à votre fils le moindre mot... D'abord j'ignorais et puis, je ne me serais pas permis...

— Sans doute, ma chère enfant ; mais cet heureux effet n'en a pas moins été produit par vous, c'est-à-dire par les leçons qu'il vous donne, où il met non-seulement de l'amour-propre, mais un sentiment d'intérêt, d'affection, sincères. C'est parce qu'il veut être digne de son élève que maintenant il se donne à l'étude avec plus d'ardeur.

— S'il en est ainsi, dit Marianne avec émotion, c'est moi qui dois lui être reconnaissante.

Touchée des bontés qu'on avait pour elle dans cette famille où l'on s'empressait à prévenir ses désirs, elle se sentait heureuse d'y avoir une influence utile ; de plus, elle sut à Albert beaucoup de gré de s'améliorer à cause d'elle. C'est en effet la plus grande séduction qu'on puisse exercer sur une personne d'un caractère élevé que de lui faire croire qu'on s'améliore sous son influence ; tous les bons instincts conspirent en ce cas sous forme d'attachement sérieux. De ce moment, l'intimité d'Albert et de Marianne fit de grands progrès, et la jeune fille y mit une bonne volonté qui força les réserves un peu boudeuses d'Albert. En dépit des préjugés dont il avait l'héritage, et qui le mettaient en garde contre une jeune fille très-intelligente et très-curieuse de savoir, il fut bientôt vaincu par la simplicité, la bonté, la grâce de Marianne, qui, d'ailleurs le traitait en frère aîné. Les leçons se prolongeaient, sans qu'il s'en aperçût, beau-

coup au delà de l'heure, et souvent des conversations fortuites empiétaient sur les leçons.

Comme il est d'usage dans la nouveauté des affections, Albert ne se montrait à Marianne que par les beaux côtés de sa nature. Un peu de timidité, d'embarras même, vis-à-vis de cette jolie fille, lui seyait admirablement, en effaçant cette quasi-fatuité, cette satisfaction de soi qu'il portait dans ses relations habituelles. Avec cela, possédant bien son sujet, qu'il avait étudié d'avance, et dont il avait pris soin d'éplucher ou de voiler les passages scabreux, il offrait l'image d'un jeune homme à la fois savant et modeste, plein de délicatesse. Il finit par être pour Marianne la personne de la maison avec laquelle elle se sentait le plus en rapport, et dont elle recherchait le plus volontiers la conversation. Albert, en effet, avec ce même charme de jeunesse que recherchent naturellement les jeunes, était autrement aimable et varié qu'Emmeline, et ce fut très-naïvement que Marianne marqua sa préférence pour lui.

La pauvre Emmeline était cependant martyre sacrée de l'amitié, du moins de la parenté, en ce qui touchait le deuil de Marianne, et ce n'était pas sans peine qu'elle cachait les regrets, les soupirs, les larmes amères que lui causait son absence des fêtes de l'hiver. Déjà deux bals — des bals superbes ! — s'étaient donnés sans qu'elle y parût. Quelle douleur pour une fille de 18 ans, qui n'a que deux objets en tête, briller de sa personne et conquérir un mari. Un jour, ses yeux rouges la décelèrent ; un mot de Mme Brou livra le secret, et Marianne, très-affectée de se voir une cause de chagrin pour sa cousine, obtint que l'on voulût bien, la laissant à la maison, conduire Emmeline au bal. Ces dames, dès lors, allèrent en soirée, accompagnées d'Albert, et le docteur resta près de sa pupille.

— Et pourquoi ne pas y aller vous aussi ? lui disait-elle, je puis bien rester seule.

— Laissez donc, répondait le docteur, ne voyez-vous pas que je suis trop heureux d'avoir une raison ?

— Comment donc ? ce ne serait pas convenable ! s'écriait Mme Brou.

Et Marianne, étonnée, répétait :

— Pourquoi ?

Mais le docteur, dans les soirées en tête à tête avec sa pupille, était si bonhomme et si aimable que Marianne en effet, ne put croire qu'il regrettât le bal. Brochant sur les leçons d'Albert, il éclairait de son expérience la littéralité du livre, racontait, mêlait la vie au précepte. Il parlait aussi de philosophie, de littérature, semblait un homme universel à cette écolière de dix-huit ans. En outre, elle l'aima ; car il était si bon ! La famille avait toujours une large part dans ses causeries. Il parlait avec tant d'affection et de respect de sa bonne femme ; avec tant d'amour de ses enfants, d'Albert surtout, l'espoir de la famille, le continuateur de son père. Il allait jusqu'à rapporter des traits de son enfance, charmants de cœur et d'esprit ; et sa tendresse inquiète le cherchait dans l'avenir. Aussi touchée qu'elle était sincère, Marianne écoutait en souriant, jusqu'au moment où le docteur s'interrompant lui-même :

— Eh bien ! qu'est-ce que je dis là ? Je suis un vieux fou ! je me laisse aller avec vous, ma petite amie, à radoter en père complaisant.

Alors, il s'occupait d'elle-même, et elle regrettait qu'il ne s'abandonnât plus. Marianne s'attacha promptement à cette famille, et lorsque dans le silence de sa chambre, repliée sur elle-même, pleurant toujours le passé, elle songeait vaguement à sa destinée, elle se disait que son pauvre père, contraint de l'abandonner, n'avait pu faire un meilleur choix.

III

Le printemps succédait à l'hiver, et le jardin s'embaumait du parfum des premiers lilas.

Il y avait cinq mois que Marianne habitait au milieu de la famille Brou. Les habitudes s'étaient faites, régularisées, et tout y allait paisiblement, si paisiblement que le docteur commençait à s'impatienter. Il n'était pas de ceux qui croient à l'amitié d'homme à femme, et cependant c'était un sentiment de ce genre qui semblait exister entre Marianne et Albert. Absence d'inquiétude, abord tranquille, franches poignées de main, plaisir d'être ensemble, de causer ensemble, mais trop franc pour avoir rien de secret. Bien plus, Albert commençait à se familiariser assez avec la présence de Marianne pour laisser percer çà et là le bout d'oreille de ses défauts ; une ou deux fois, il avait été presque rude à l'égard de sa jeune cousine. Cela tournait décidément à la fraternité de famille. Le docteur n'était pas content.

— C'est assez qu'une chose soit avantageuse pour que ces diables d'enfants n'en veuillent pas, se disait-il avec dépit. Une fortune superbe, une fille jolie, bonne, bien née, charmante ; il ne trouvera jamais tant de biens réunis, et l'imbécile laisserait prendre cela à d'autres ! Qu'attend-il pour être amoureux ?

Se rappelant qu'il y avait déjà deux ou trois ans, il avait pu craindre pour son fils un essor trop vif des passions de la jeunesse, il n'y comprenait rien. C'est que son propre désir l'aveuglait sur les conséquences de l'éducation qu'il avait donnée. Albert avait été nourri dans l'idée qu'il ne devait penser au mariage que vers trente ans, vingt-cinq au plus tôt, et que jusque là il avait le champ des amours faciles. Cet arrangement adopté, il devait regarder toute jeune fille honnête comme fruit défendu ou du moins réservé à d'autres temps, et n'éprouver vis-à-vis d'elle que le trouble léger causé par la différence des sexes, combiné avec la peur d'un engagement sérieux et prématuré.

Albert n'était point un de ces idéalistes dont le cœur ou l'imagination s'enflamment à l'encontre des idées reçues. Après tout, dans la corruption même de sa pensée, résidait une honnêteté relative ; il ne voulait pas prendre un engagement pour le trahir. Il devait, l'année suivante, aller achever ses études à Paris et ne pouvait être reçu docteur avant d'avoir au moins vingt-cinq ans. Des fiançailles de quatre années lui eussent paru chose fantastique. Albert n'avait que les vices de son éducation, point de perfidie personnelle, et, près de sa cousine, le respect, l'amitié, prévenaient un désir que la cupidité seule inspirait à son père.

Celui-ci avait trop largement pratiqué ce qu'on nomme folies de jeunesse, et trop bien connu la vie des étudiants à Paris, pour douter un seul instant que son fils ne cédât à son tour aux séductions ou plutôt aux habitudes du milieu, à l'influence du temps et de l'absence ; mais comme c'était un esprit plus net et un homme de plus d'expérience, il importait peu à ses yeux que l'engagement fût trahi d'un côté, pourvu que de l'autre on n'en sût rien. Aussi ne comprit-il pas même l'instinctive bonne foi qu'Albert devait à sa jeunesse. La jeunesse, si mal élevée qu'elle soit, a toujours quelque candeur, et, dans un accès de mauvaise humeur, il dit rudement à sa femme :

— Ton fils n'est qu'un sot ! Qu'est-ce qu'il peut y avoir là-dessous ?

Quoique vraiment formalisé de l'épithète appliquée à son idole, Mme Brou ne comprit pas davantage. Elle se mit à chercher ce qu'il y avait là-dessous, et ses soupçons se portèrent de nouveau sur la jeune couturière à la journée, autour de laquelle elle avait vu Albert tourner assez galamment.

Cette jeune fille était une des habituées de la maison ; elle y passait à certaines époques des semaines entières, pour remettre en état les vêtements de l'année précédente et pour la confection de ces petites robes à bon marché, dont tout le prix est dans la quantité des garnitures et dans le nombre infini de coups d'aiguille qu'elles réclament. Économie sur les prix de la grande faiseuse.

— Cette petite est fort adroite, disait Mme Brou, et elle m'épargne beaucoup d'argent.

De plus, Henriette venait chaque semaine pour les raccommodages, auxquels ne s'abaissaient pas les mains de ces dames, occupées de plus beaux ouvrages. *Cette petite* était une jolie fille d'une vingtaine d'années, de mise très-modeste et de manières très-réservées, — chose nécessaire pour se faire une clientèle dans la bonne bourgeoisie de Poitiers, qui est sévère à l'égard des prétentions ouvrières, — mais cette douceur n'avait rien d'emprunté, elle touchait même à la mélancolie, et quand Henriette levait sur quelqu'un ses grands yeux noirs, il était aussi difficile de ne pas être ému de sympathie que de ne pas admirer la coupe exquise de ces beaux yeux et leur noir profond sur un iris légèrement bleu.

Ils avaient charmé plus d'un jeune homme dans les maisons bourgeoises où travaillait Henriette; mais elle passait pour une vertu farouche. Restait à savoir si Albert s'était sérieusement occupé d'elle, et en ce cas si elle avait pu résister sérieusement à Albert. Mme Brou trouvait la chose improbable. Là pouvait donc être l'obstacle, la diversion fâcheuse. Mais comment s'y prendre pour le savoir ?

Ce fut Marianne elle-même qui fournit l'occasion. Elle avait pris en amitié la jeune ouvrière, souvent elle l'emmenait dans sa chambre pour travailler avec elle à des arrangements de toilette; elle lui avait fait des cadeaux de ses propres vêtements et prenait plaisir à causer avec elle. Henriette s'exprimait bien ; elle était discrète, sincère, et, sans se l'avouer, Marianne trouvait dans la conversation de cette ouvrière plus de sérieux et même de variété que dans celle d'Emmeline. C'est que la pauvre Henriette connaissait la vie pour avoir déjà beaucoup souffert.

Dans le village qu'ils habitaient, au milieu des plus pauvres populations bretonnes, Marianne et son père avaient contracté des habitudes de bienfaisance, que la jeune fille désirait continuer à Poitiers, et c'était évidemment dans cette prévision que M. Aimont, par son testament, avait désiré que sa fille jouît sans contrôle d'une somme de 5,000 francs par an. Tout en trouvant la chose exorbitante, M. Brou s'y conformait. En réponse au désir de sa pupille, il lui avait indiqué des malades pauvres à soulager, et plusieurs fois Marianne, désireuse de connaître par elle-même les besoins de ses protégés, s'était fait accompagner chez eux par Henriette.

On sait que dans la bourgeoisie, à Poitiers moins que partout ailleurs, une jeune personne ne sort jamais seule, et quand ses parents ne peuvent l'accompagner, doit être du moins suivie d'un garde du corps, c'est-à-dire d'une bonne, autre jeune fille souvent. Marianne préférait la compagnie d'Henriette à celle de la femme de chambre; celle-ci d'ailleurs était retenue par son service le matin. Or jamais, au grand jamais, Mme Brou n'aurait permis ces courses l'après-midi, à l'heure où le beau monde circule dans les rues. Alors *ses filles* ne devaient être accompagnées que par elle ou par M. Brou. Pour de petites sorties du matin, passe encore, et pourtant ce n'était pas trop convenable; elle en gémissait, mais Marianne le voulait tant ! Elle eut été si contrariée ! Pouvait-on rien refuser à cette chère enfant ?

Du moins, la personne chargée d'accompagner Mlle Aimont, ce joyau confié à la surveillance en chef de Mme Brou, devait être digne d'un tel emploi. Mme Brou prit donc à part son fils, et d'un ton solennel :

— Je ne m'inquiète pas d'ordinaire de tes fredaines, lui dit-elle ; mais ici le cas est différent. Il s'agit de Marianne...

— De Marianne ! s'écria le jeune homme très-surpris.

Et Mme Brou vit avec plaisir une rougeur envahir les traits de son fils.

— Je n'ai rien à me reprocher vis-à-vis de Marianne, ajouta-t-il d'un air fâché.

— Ce n'est pas ce que je veux dire, et il me semble, au contraire, que tu n'as qu'un tort envers elle : c'est de ne pas l'admirer autant qu'elle le mérite. Une si jolie personne... Si j'étais un homme, moi, j'en serais fou. Non, je veux seulement parler de cette petite Henriette. Marianne, qui est bonne, l'a prise en amitié et cause beaucoup avec elle ; elle s'en fait même accompagner dans ses courses du matin. Moi, je ne voudrais pas contrarier Marianne ; mais cela m'inquiète, parce que je ne sais pas jusqu'à quel point on peut se fier à cette petite. Voyons, dis-moi cela. C'est une question d'honneur que je t'adresse ; car, tu dois le comprendre, si cette jeune fille avait le moindre reproche à se faire, ne fût-ce que de légèreté, je ne souffrirais pas qu'elle accompagnât Marianne, et je la remercierais tout de suite de ses services. Quand on a des jeunes personnes dans sa maison...

Elle disait vrai, la bonne dame : c'était une question d'honneur, puisqu'au besoin elle demandait à son fils une trahison. Il est vrai qu'on ne pouvait mettre en comparaison l'intérêt d'une *petite* ouvrière comme Henriette avec l'intérêt d'une belle héritière comme Marianne.

Albert avait déjà répondu par un éclat de rire.

— En vérité, maman, je vois que je t'inspire une merveilleuse confiance. Tu me crois occupé comme ça à courtiser la brune et la blonde !... Et l'école de médecine donc ?

— Oh ! je sais bien que ce n'est pas elle qui a le plus de charmes pour un garçon de ton âge, et j'ai fort bien vu que tu faisais la cour à Henriette. Allons, je te l'ai dit, sois franc, c'est ton devoir.

— Je l'ai trouvée gentille et je le lui ai dit pour lui faire plaisir, voilà tout.

— Et que t'a-t-elle répondu ?

— Elle m'a dit ce que les joues d'une jeune fille qui sait rougir disent en pareil cas; puis elle a pris un petit air dégagé en me jetant quelques paroles qui voulaient signifier : Ça m'est bien égal ! Mais je n'en ai rien cru.

— Mauvais sujet ! Et après ?

— Après ? Mais c'est tout.

— Tout ce que tu veux me dire.

— Ah ! maman..., réellement...., Après j'ai voulu l'embrasser, et alors elle m'a appliqué la main sur la joue, sans même prendre le temps d'ôter son dé, ce que j'ai trouvé dur.

— Et ensuite ?

— Que, diable ! veux-tu de plus ? Ah ça ! maman, tu as une imagination.... Eh bien ! parole d'honneur ! c'est tout, absolument tout ; car elle s'est armée en guerre pour tout de bon, et moi, ne voulant pas porter sur la figure les marques d'un dé à coudre et ne voyant pas d'autres profits à récolter, j'ai battu en retraite honteusement.

— C'est bien vrai ?

— Maman !...

— Je te l'ai dit, c'est à cause de Marianne. Tu ne voudrais pas plus que moi que la réputation et la pureté de la cousine courussent le moindre danger.

— Non certainement.

— Alors je puis être tranquille ? Tu n'es pas amoureux de cette petite, bien sûr ?

— Eh ! non, puisqu'elle n'a pas voulu. Voyons, je te l'ai avoué ma défaite ; que te faut-il ?

— Tu n'aurais pas dû songer à cette fille, puisque je la prends chez moi. Fais dehors ce que tu voudras, mais tu dois respecter la maison de ta mère. Je ne parle pas, bien entendu, des affections permises, c'est-à-dire le mariage. Quant à un amour comme celui-là, j'en serais bien aise au contraire, et....

— Nous en reparlerons quand j'aurai trente ans, dit Albert en regardant sa montre et en prenant son chapeau.

Il s'en alla *faire ce qu'il voudrait hors de la maison*, la conscience déchargée d'avance de tout embarras et de toute hésitation par les recommandations de la morale maternelle. Il ne faut pas en vouloir particulièrement à Mme Brou. Sur vingt femmes de la bourgeoisie, il n'en est pas quatre qui se fassent scrupule de parler ainsi à leurs fils,

dès qu'ils ont atteint la vingtième année, tant est complète l'acceptation du fait général, tant est corrompu le jugement vulgaire. Et ces *honnêtes* mères de famille ne pensent même pas que d'aussi dangereuses paroles peuvent être, pour beaucoup de jeunes gens, une incitation plutôt qu'une absolution. Pourquoi hésiter devant un agréable péché pardonné d'avance ? et comment croire mal ce que les *honnêtes femmes* absolvent si aisément ? Ce n'est pas la moindre cause de la corruption des mœurs que cette corruption de l'opinion.

— Je crois, dit Mme Brou à son mari, qu'Albert n'est point occupé d'Henriette ni peut-être d'aucune autre ; mais il ne songe pas du tout au mariage. Il faudrait lui en parler.

— Non, dit le docteur. C'est trop délicat. Je ne veux pas avoir l'air de capter la fortune de ma pupille...

— Comment donc ! Ne faut-il pas qu'elle se marie ? Et quel mal y a-t-il à la pourvoir d'un beau et bon garçon, plein d'intelligence ?... Car elle ne peut pas trouver mieux.

— Tu le crois du moins, répondit en souriant le docteur ; mais je ne puis donner à Albert que 50,000 francs de dot, et Marianne aura plus d'un demi-million...

— Eh bien ! n'aura-t-il pas un état, lui ? et puis n'est-ce pas un homme ? Les hommes n'ont pas besoin de dot et ils peuvent prétendre à tout.

— Ce serait fort bien s'ils s'aimaient d'eux-mêmes. Je ne dois pas m'en mêler... Je devrais plutôt paraître avoir la main forcée. D'un autre côté, Albert est à un âge où il ne calcule pas encore, parce qu'on ne doute pas de l'avenir. Lui parler de notre désir serait peut-être l'en détourner.

— Ma chère, poursuivit le docteur d'un air magnanime, je serais heureux que ce mariage eût lieu, par intérêt pour mon fils et par l'attachement que j'ai déjà conçu pour Marianne; mais la délicatesse nous défend d'agir dans cette affaire.

Il sortit majestueusement, laissant Mme Brou furieuse de cette abnégation, dont elle fut dupe.

— Eh bien ! non, elle n'y renoncerait pas, elle, comme cela ! N'était-ce pas leur bonheur à tous deux ? Quel mal y avait-il donc ? Le docteur était toujours ainsi, trop grand, trop délicat .. C'est bien comme cela qu'agissent les autres ! ..

Par égard pour la défense de son mari, Mme Brou ne parla point à son fils et ne s'engagea dans aucune entreprise décisive ; mais, à partir de ce moment, ce fut de sa part un système de facilités, d'insinuations, qui eût été fort clair pour une naïveté moins grande que celle de Marianne. Mᵐᵉ Brou faisait remarquer à son fils en toute occasion les perfections de Marianne; elle s'arrangeait, sous divers prétextes, pour les laisser seuls pendant la leçon; elle vantait continuellement à Mˡˡᵉ Aimont le cœur, l'intelligence et les agréments d'Albert. Moitié instinct, moitié finesse, Emmeline entra dans le complot; elle était fort bien avec Marianne, devant laquelle elle ne se gênait pas d'exprimer ses fantaisies et qui la comblait de cadeaux. Ce fut elle qui osa le plus.

— Je voudrais bien qu'elle fût tout à fait ma sœur, disait-elle en se pendant au cou d'Albert. Je l'aime tant, elle est si bonne !

Un jour qu'Albert, dans la salle à manger, parcourait le journal, pendant que les jeunes filles étaient au jardin, M. Brou dit à sa femme :

— Ma pupille n'a pas encore mis le pied dans le monde et on me la demande déjà en mariage.

— Un amoureux de dot, dit aigrement Mᵐᵉ Brou.

— C'est ce que j'ai craint, répliqua le docteur, et j'ai pris des informations. On m'a juré que ce monsieur en était devenu passionnément amoureux pour l'avoir vue seulement à la promenade et qu'il ne savait pas même qu'elle fût riche. Il lui trouve un air si pur, si doux, une grâce si charmante ; enfin c'est un enthousiasme complet. Je le conçois. Moi, je voudrais que Marianne ne se mariât pas avant sa majorité : cela m'engagerait moins. Cependant je ne puis pas refuser de lui parler d'une alliance qui serait très-convenable.

— Et pourquoi cela? s'écria Mᵐᵉ Brou ; n'a-t-elle pas le temps? Nous ôter cette enfant-là, qui fait le charme de la maison, que nous aimons déjà comme si elle était notre fille!

Elle tira son mouchoir, et ce n'était point hypocrisie. L'idée de voir partir Marianne aux bras d'un mari étranger la mettait réellement au désespoir.

— Ce n'est pas là ce que j'avais rêvé, reprit-elle en tournant la tête vers son fils, qui, tout en gardant le journal devant ses yeux, visiblement écoutait; non, non, j'avais fait un autre rêve,... mais apparemment il serait trop beau!...

— Tu t'emportes trop vite, observa le docteur d'un ton bonhomme; il n'est pas dit que Marianne acceptera.

— Tu ne devrais pas même le lui proposer. Elle est encore trop jeune, trop inexpérimentée; elle a sur bien des points des idées de petite fille. Elle serait malheureuse, et je ne le veux pas. Ah ! si mes vœux pouvaient se réaliser !

— Chut ! dit tout haut le docteur en montrant Albert; nous devons rester neutres dans tout

ceci. Je crois comme toi qu'une union préparée par une connaissance intime, un engagement de quelques années, ne peuvent qu'assurer le bonheur de ceux qui le contractent ; mais il faut qu'il soit fait librement, et cela ne nous regarde pas. En tout cas, je ferai mon devoir.

Il se leva.

— Quoi ! tu vas lui en parler tout de suite?

— Pourquoi pas ?

M. Brou sortit. Mᵐᵉ Brou, au coin de la cheminée, continua de pousser de grands soupirs, et Albert continua de regarder fixement le journal. Emmeline rentra presque aussitôt.

— On me renvoie, dit-elle ; papa a des secrets à dire à Marianne, à ce qu'il paraît. Qu'est-ce que c'est, maman?

— Si je le savais, ma fille, je ne te le dirais pas, puisque ton père a cru devoir te le cacher, répondit Mᵐᵉ Brou avec dignité.

Emmeline reprit sa tapisserie et son babillage.

— Tu ne vas pas à l'école, Albert? Il est une heure.

— Mêle-toi donc de tes affaires, petite.

— Eh bien ! il est gentil, maman, aujourd'hui.

Un quart d'heure ne s'était pas écoulé depuis la disparition du docteur qu'il rentra, accompagné de Marianne. En entendant leurs pas dans le corridor, Albert s'était levé et se tenait en face de la porte, son chapeau à la main. Marianne avait de plus vives couleurs qu'à l'ordinaire; elle semblait émue, la limpidité de son regard était troublée comme par des visions nouvelles. Albert ne l'avait pas encore vue ainsi. Il sentit son cœur se serrer et attendit.

— Voilà cette chère enfant qui ne veut pas nous quitter encore, dit le docteur à sa femme.

Celle-ci embrassa Marianne avec beaucoup de démonstrations, et Albert sentit le sang bondir joyeusement dans ses veines.

— Alors c'était pour un mariage ? s'écria Emmeline. Oh ! comme je suis contente qu'elle ne veuille pas !

Elle sauta au cou de Marianne.

— Embrassement général ! dit jovialement le docteur, s'emparant à son tour du front de sa pupille.

— Il n'y manque plus qu'Albert ! dit Emmeline d'un ton d'enfant terrible.

— Moi, je vais à l'école ! cria le jeune homme.

Et il partit comme un trait. Cela *abattit les bras* à Mᵐᵉ Brou, qui ne put s'empêcher d'en marquer sa stupéfaction.

— Ne fais donc pas cette mine-là, lui dit à l'oreille son mari. Ça n'est pas mauvais, au contraire.

Le docteur apparemment s'y connaissait; car, à partir de ce moment, il y eut un changement chez Albert. Il devint sérieux, bouddeur, irritable parfois, et cela fut d'autant plus remarquable, que depuis quelque temps, au contraire, Marianne était plus expansive. Maintenant sa tristesse ressemblait à ces rosées d'avril qui font pencher languissamment les belles fleurs épanouies. Sous l'influence du printemps sans doute, sa jeunesse et sa beauté rayonnaient chaque jour d'un plus vif éclat. Au sortir de cet hiver d'écrasante douleur, c'était comme une résurrection de ses dix-huit ans qui voulaient, malgré tout, donner leurs fleurs, leurs parfums, leurs harmonies. Ses joues avaient repris le rose, en dépit du deuil, et ses yeux, au milieu de leur douceur rêveuse ou ingénue, lançaient par moment des flammes sans le savoir. Emportée par une impulsion nouvelle, il lui arrivait facilement de mêler ses rires à ceux d'Emmeline et d'Albert, et de jouer ou plaisanter avec eux dans un accès de vivacité charmante. Mais alors sans doute, se reprochant ces gaietés involontaires, elle s'enfuyait dans sa chambre, et on ne l'en voyait sortir que pâlie et les yeux rougis.

Un jour, elle jouait au volant dans le jardin avec Albert et Emmeline; il faisait un vent frais qui à chaque bouffée emportait le volant hors de la ligne droite; on courait après et on le manquait: c'étaient de fous rires. Le plaisir de cet exercice avait exalté Marianne; elle courait, se précipitait à droite, à gauche, bondissait en arrière. Sa taille souple et jolie prenait d'exquises attitudes; ses yeux étincelaient, ses joues éclataient, et de ses lèvres entr'ouvertes s'échappaient de frais éclats de rire, toutes les fois que le volant en péril se trouvait manqué ou relevé. A la fin, essoufflée, lasse, elle s'abandonna sur un banc, la raquette en main, et, se renversant à demi, la tendit de loin à Albert. Il vint à petits pas, les joues colorées, tout sérieux, la regardant. Il n'échangea qu'un seul mot avec sa cousine et prit la raquette; mais joua languissamment, tout en tournant souvent les yeux du côté de Marianne. Celle-ci, un moment encore étourdie et souriante par l'action du jeu, se calma bientôt, devint sérieuse; on la vit baisser la tête un instant, et tout à coup elle partit comme une flèche dans la direction de la maison.

— Où vas-tu, Marianne? lui cria Emmeline — car elles se tutoyaient depuis quelque temps.

Albert avait laissé tomber le volant, et regardait aussi la fugitive, qui entra, sans répondre, dans la maison.

— Elle va pleurer dans sa chambre, dit Emmeline. C'est toujours ainsi quand elle s'amuse un peu. Mon Dieu! il faut pourtant être raisonnable; on ne peut pas toujours pleurer... Eh bien! tu ne joues plus?

— Non, dit-il.

Et il alla s'asseoir sur le banc où se trouvait Marianne un instant auparavant, répondant à peine à Emmeline, qui, l'accusant de maussaderie, le laissa. Albert, demeuré seul, attacha les yeux sur la fenêtre de Marianne, qu'il apercevait entre deux lilas; puis, à son tour, il rentra.

Une heure s'était écoulée, quand Marianne, ouvrant la porte de sa chambre, vit Albert au seuil de la sienne, à l'autre bout du corridor. Il semblait être là depuis un moment; car il était immobile, les yeux fixés du côté de Marianne. En la voyant, il tressaillit, fit le mouvement de rentrer dans sa chambre, puis, se ravisant, il alla vers elle.

— Vous m'attendiez, mon cousin? dit-elle naïvement.

— Oui, balbutia-t-il; c'est-à-dire non... je...

Elle attacha sur lui ses beaux yeux étonnés.

— Eh bien! oui, reprit-il, je savais ce que vous faisiez et j'en éprouvais beaucoup de peine.

— Ce que je faisais....

Elle rougit.

— Oui, je le sais, reprit Albert, et cela se voit assez d'ailleurs. Oh! tenez, vous avez tort, Marianne; pourquoi ne pas être gaie, comme votre jeunesse le veut? Vous reprocher cela comme un crime? Non, ce n'est pas bien. Et cela nous fait tant de peine! Moi, je me serais battu d'avoir ri, puisque cela vous a fait pleurer.

— Ce n'est pas votre faute, c'est la mienne. Oh! que je regrette de vous attrister!

— Est-ce pour moi?... Non! c'est qu'il est trop pénible de vous voir malheureuse. Votre père, qui était si bon et vous aimait tant, s'il était là, ne voudrait pas vous voir pleurer.

— C'est vrai, mais comment ne pas souffrir de ne l'avoir plus?

— Sans doute, notre affection est trop peu de chose pour vous.

Marianne releva sur lui ses beaux yeux humides.

— Oh! ne dites pas cela, Albert; je ne suis pas ingrate, et si vous saviez combien je vous trouve bon pour moi, combien je suis touchée de vous voir du chagrin à cause de moi! Je vous aime bien tous, mon cousin, et vous plus encore aujourd'hui que les autres jours!

En même temps, avec un abandon charmant et sincère, elle l'embrassa.

Mais, si Marianne était capable de donner un tel baiser, Albert ne l'était point de le recevoir; il resta d'abord étourdi; puis un flot de sang lui monta au visage, et son trouble fut tel que la naïve enfant ne put manquer de s'en apercevoir. Au premier instant, elle fut sur le point de lui demander ce qu'il avait ; puis le sens confus de la femme, encore si peu développé chez elle qu'il avait de ces absences, lui vint, et elle rougit à son tour et baissa les yeux. Un moment, ils restèrent ainsi en face l'un de l'autre comme deux coupables pris en faute ; puis s'ébranlèrent en même temps.

— Vous descendez, ma cousine ? dit Albert en balbutiant.

— Oui... je descendais.

Il la fit passer devant lui, et en la suivant les yeux du jeune homme brillaient d'un éclat humide. Marianne fut distraite le reste du jour ; Albert, plus songeur que jamais.

On est toujours plus ou moins ignorant de la vie à dix-huit ans ; néanmoins les jeunes filles élevées dans les villes, sans même parler des filles du commerce et des filles du peuple, forcément averties par tout ce qui les entoure, arrivent plus promptement à démêler le rôle que leur tracent les passions ou la malignité d'autrui. Pour Marianne, enfermée dans un pensionnat dès l'enfance, après la mort de sa mère et tandis que son père courait la mer ; puis, de quinze à seize ans, jusqu'à dix-huit, remise aux soins paternels d'un officier de marine, bon, instruit, intelligent, mais qui, en fait d'éducation, ne savait guère que chérir sa fille, confinée dans une campagne à demi sauvage, Marianne n'avait rien appris que théoriquement, et cela même d'une manière insuffisante, fantaisiste, sans ordre aucun. Son père lui avait ouvert le beau, le bien, lui cachant le reste, se plaisant à idéaliser ce cher trésor d'amour et d'intelligence, pour lequel il eût voulu fonder, quelque part dans l'éther, un paradis. Jusqu'à la misère qu'il l'appelait à soulager, il la lui avait poétisée, lui cachant le vice, qui presque toujours en est une des faces, ne lui montrant que le malheur.

Pleine de vol par elle-même, idéaliste, enthousiaste, l'enfant n'avait rien vu de ce qu'on lui cachait ; elle était, en quelques points, comme l'avait remarqué Mme Brou, d'une étonnante ignorance. Aussi se demanda-t-elle avec inquiétude pourquoi Albert tant rougi et ne lui avait plus parlé ; si elle avait mal fait de l'embrasser. Mais ce n'était pas la première fois : au premier de l'an, au jour de sa fête, aux petits jeux que Mme Brou leur faisait jouer le soir, Albert l'avait embrassée. N'étaient-ils pas cousins ? Et, cette fois encore, n'y avait-il pas une raison, puisqu'il se montrait si bon pour elle ? — Oui, mais pourquoi cette fois avait-il rougi ? Il avait donc trouvé que c'était extraordinaire, que ce n'était pas convenable ?

Cette conclusion causait à Marianne une grande mortification. L'amour-propre inquiet, sa raison à demi éclairée, un certain trouble que lui avait causé le trouble d'Albert, l'agitaient vivement et ramenaient constamment sa pensée sur ce problème.

Le soir, elle se trouvait seule dans la salle à manger quand Albert rentra. En voyant son cousin, toutes les pensées qui avaient occupé la jeune fille pendant la journée lui revinrent à la fois et la déconcertèrent ; son visage se couvrit d'une éclatante rougeur. Ce fut peut-être cette raison qui décida tout, car Albert dut chercher à se l'expliquer, et lui qui jugeait les choses avec beaucoup plus de précision que Marianne, il se dit : M'aimerait-elle ?

Ce fut un vif ébranlement pour son indifférence, déjà fort entamée. Il est bien peu d'humains à qui cette pensée d'être aimé ne cause un attendrissement profond. Elle peut donner du charme à la laideur même. Que ne donne-t-elle pas à un être déjà charmant ? Albert, dans l'éloignement où il était d'un prompt mariage, détournait les yeux de sa jolie cousine, et se gourmandait lui-même lorsqu'il se sentait près de l'admirer trop. Il ne les détourna plus ; il s'abandonna, le cœur palpitant, au plaisir de la trouver ravissante. Maintenant, le regard voilé, il épiait ses moindres mouvements, et il lui semblait qu'il ne l'avait encore jamais vue, qu'elle n'était plus la même. Les étincelles de vie, peut-être d'amour, qu'il voyait briller dans ces yeux autrefois voilés de larmes, le brûlaient au cœur. Oh ! que de choses infinies dans cet œil éclatant et doux qui parlait avant la bouche et disait bien plus ! Sous la peau transparente, émue, de ces joues d'un ovale si pur, de ce beau front successivement colorés de toutes les nuances, du blanc au rose vif, il semblait que le sentiment courût avec le sang. Tout revivait en elle à présent : la lèvre riait, le geste vif éclatait d'une grâce nouvelle, ses cheveux flottaient avec la brise du printemps, sa taille souple elle-même semblait se plaire à se balancer comme la branche au vent. Toute cette force printanière, un moment brisée par l'orage, s'épandait, refleurissait.

Désormais, pour assister à cette fête de voir et d'admirer Marianne, Albert dédaignait tout autre plaisir ; il ne mit plus les pieds au café. Il n'alla plus dans la ville que de l'école à la maison, et le chemin lui sembla long, bien qu'il le fît à la course ; l'école même souvent fut abandonnée. Avant tout, Albert fut le compagnon fidèle de toutes les promenades au jardin ; il accompagnait également ces dames à la promenade publique, et le soir, quand Marianne s'était retirée dans sa chambre, il s'en allait au jardin regarder sa fenêtre éclairée, avec l'espoir de la voir passer dans la chambre, et peut-être venir s'accouder sur la balustrade, en allongeant sa tête rêveuse au-dessus de ce nid de feuillages et de parfums qu'elle aimait. Albert alors, à petits pas, se rapprochait, et quand, de derrière le massif le plus proche, il l'avait longuement contemplée et la voyait près de se retirer, il avançait plus encore, se faisait voir ; des phrases un peu banales, et pourtant pleines d'intérêt, s'échangeaient. Quelquefois, la conversation devenait une causerie, à laquelle Albert s'arrachait à grand'peine et qu'il emportait dans son souvenir pour la savourer encore ; c'était tout au moins un bonsoir dit avec des inflexions différentes et cent fois plus douces que celles du bonsoir officiel.

— Je ne sais pas ce qu'a Albert, maman, disait Emmeline d'un air à demi ingénu, à demi malin, en brodant près de sa mère, mais à présent, il ne bouge plus d'avec nous. Je ne dis pas qu'il soit très-aimable, car le plus souvent il ne dit rien ; Marianne non plus. C'est moi qui dois soutenir toute seule la conversation.

— Eh bien ! laisse-les, s'ils t'ennuient, et viens causer avec moi, répondait Mme Brou, qui n'osait pas s'expliquer plus clairement.

Mais la bonne dame, elle aussi, faisait ses observations et rayonnait de joie ; elle pensait même que c'était grâce à son habileté, à son expérience et à sa sagesse que tout avait si bien tourné.

Quant à Marianne, elle trouvait son cousin bon, affectueux, et l'aimait beaucoup ; mais tout d'abord, elle n'y vit pas autre chose. Ayant fini par oublier la gêne que lui avait causée pendant quelques jours le baiser inconvenant dont on avait tant rougi de part et d'autre, elle était redevenue simple et bonne camarade avec son cousin, comme auparavant ; elle le rencontrait avec plaisir, mais elle ne le cherchait pas, et, dans son exigence croissante, que secondait la pensée présomptueuse qu'il avait conçue, Albert ne tarda pas à s'en apercevoir.

Les amoureux, comme on sait, s'entendent par intelligence secrète. Deux esprits ardemment tendus vers le même but découvrent les mêmes moyens, devinent par analogie leurs pensées, leurs intentions réciproques ; cela même devient une exigence intime quand on aime. Or Marianne ne devinait rien. Plus d'une fois, lorsque Albert l'attendait au jardin, elle montait dans sa chambre, et ces causeries du soir, dont il eût voulu faire des rendez-vous, restaient, grâce à elle, de simples rencontres, un hasard. Elle ne le sentait pas là, sous sa fenêtre, tout frémissant d'impatience et de désir, l'appelant, l'attendant en vain. Insoucieuse, elle ouvrait son piano et ne chantait pas même une tendre romance, mais étudiait tout bonnement

ou lisait, ou bien, assise dans un coin sombre, rêvait au père chéri, absent à jamais. Pendant ce temps, une âcre amertume, une ardente irritation, envahissaient le cœur d'Albert, et quand enfin la lumière s'éteignait sans que Marianne eût paru, il se retirait en l'accusant de caprice, de légèreté ou même de coquetterie, mots dont à peine elle savait le sens, mais qui pour lui, pauvre enfant hâtivement corrompu, faisaient déjà partie du bagage appelé « connaissance du monde ».

Un matin que, sortie avec Henriette, Marianne arriva en retard pour la leçon, elle trouva Albert dans une agitation extrême.

— Je vous attends depuis plus d'une demi-heure, s'écria-t-il.

Étonnée, elle tira sa montre.

— Oh ! mon cousin, voyez, dix minutes seulement.

— Puisque le temps vous a paru si peu long, je n'oserai pas me plaindre.

— Si vous saviez, j'ai vu de si tristes choses !...

— Tant pis, la tristesse ne vous vaut rien ; aussi j'ai peur que nos leçons vous ennuient.

— Oh ! pouvez-vous dire cela ? C'est vous peut-être qui n'avez pas le temps, et c'est cela qui vous rend méchant.

— Ah ! c'est moi qui... fort bien. C'est juste, les femmes n'ont jamais tort.

— Réellement, Albert, on dirait que vous êtes sérieusement fâché ?

— On se trompait ; je suis ravi, enchanté. Il est si doux d'être oublié ! Henriette a une conversation pleine de charme, n'est-ce pas ?

— C'est une bonne fille, dit Marianne, et quelle aimable chose, mon cousin, que la bonté !

— Je suis de votre avis, ma cousine, et je vous rends grâce d'être si bonne pour moi !

Il était réellement furieux, et ce qu'il y avait au fond de sa rage, c'était ceci :

— Elle m'oublie, donc elle ne m'aime pas. Est-ce que je pourrais oublier, moi, l'heure du rendez-vous ? Orgueil d'enfant gâté pour une part, mais douleur sincère.

Marianne se tut ; ne pouvant toutefois s'expliquer un si âpre mécontentement pour si peu de chose, elle se sentit blessée de l'humeur d'Albert. Ayant ôté son chapeau, son mantelet, ses gants, elle s'assit en silence à la petite table, de chaque côté de laquelle ils se plaçaient, et Albert commença brusquement la leçon.

Elle fut sèche, bien que Marianne s'efforçât de la rendre aimable ; mais pour lui chaque coup d'œil qu'il jetait sur la charmante fille assise en face de lui redoublait son chagrin, son irritation. Quoi ! cette fine et adorable taille, ces mains délicates, cette magnifique chevelure que des rayons amoureux venaient baiser, ce front si intelligent, cet air ingénu, cette voix dont les sons pénétraient jusqu'à son cœur!... elle ne voulait pas être à lui! Elle ne l'aimait pas! Pourquoi donc rougissait elle? pourquoi était-elle si bonne parfois? pourquoi était-elle si séduisante? pourquoi se faisait-elle aimer?

Il se rappelait alors toutes les déceptions qu'il avait subies, il rougissait d'avoir eu la folie de se croire aimé; il se disait qu'elle serait pour un autre, elle! et qu'il la verrait se marier bien avant qu'il pût prétendre... Et qui sait si, avec ses airs d'ingénuité, elle n'avait pas voulu se faire aimer de lui? —les femmes sont si coquettes! —jouir du plaisir de l'enchaîner pendant qu'elle n'en avait point d'autre près d'elle. Puis ensuite, quand elle serait entourée d'une foule d'adorateurs, se moquer de lui? Les femmes sont si perfides! Il lui prenait tantôt l'envie de rugir et tantôt celle de pleurer; ces secrètes pensées brouillaient singulièrement ses démonstrations, et il avait par moments l'air si étrange que Marianne en fut frappée.

— N'êtes-vous pas malade, Albert? Assurément vous avez quelque chose.

—. Ah! vous croyez?...

— Comme vous me regardez! On dirait que vous êtes fâchée contre moi. Ce n'est pourtant pas à cause de ces dix minutes? non, vous n'êtes pas si susceptible que cela?

— Certainement. J'aurais beau manquer à un rendez-vous, moi, cela ne vous ferait rien?

— Je vous attendrais patiemment, et si vous ne veniez pas, même pas du tout, je penserais que vous avez eu de bonnes raisons.

Le jeune homme faillit éclater de colère, il mit sa tête dans ses mains.

— Je vois que vous n'êtes pas bien, vous avez mal à la tête? Laissons là cette leçon qui vous fatigue.

Marianne en même temps fit le geste de se lever.

—C'est plutôt moi qui vous fatigue, dit Albert d'une voix étranglée par l'indignation.

Et, se levant lui-même, il sortit d'un pas emporté.

— Qu'est-ce qu'il peut avoir? se disait Marianne stupéfaite, en regardant la porte par où son cousin avait disparu.

Et, froissée par tant de rudesse et d'étrangeté, elle avait des larmes dans les yeux, quand Mme Brou entra dans la salle à manger.

C'était dans cette pièce qu'on se tenait d'ordinaire, le salon étant réservé pour les visites, les réceptions, l'apparat. Grande et jolie, fraîche d'aspect, éclairée par deux grandes fenêtres, et meublée élégamment, elle offrait un séjour agréable. L'ample cheminée de marbre gris, qui l'hiver rassemblait toute la famille autour des clartés et des chaleurs d'un bon feu, était déjà remplie d'un tapis de mousse, piqué de fleurs en chenilles, ouvrage d'Emmeline; deux bocaux de poissons rouges l'ornaient, de chaque côté, d'un bloc de coraux sous verre. Au fond de la salle, en face de la cheminée, était un grand buffet de chêne sculpté, deux étagères dans les angles; au milieu, la table à rallonges. Les sièges étaient de chêne sculpté également. Dans l'embrasure de la première fenêtre, sous l'abri de rideaux de mousseline blanche et de damas brun, se trouvaient le fauteuil de Mme Brou, la table à ouvrage de ces dames et leurs corbeilles; dans l'autre, la table à écrire, où travaillaient Albert et Marianne, où chacun, à l'occasion, écrivait.

Comme une bonne ménagère qui revient avec empressement de sa surveillance à ses travaux, Mme Brou se dirigea tout droit vers sa table à ouvrage; mais, ayant par hasard tourné la tête du côté de Marianne, restée debout à sa place:

— Qu'avez-vous, ma chère enfant? s'écria-t-elle.

Sans savoir pourquoi, Marianne eût préféré n'avoir pas à répondre à cette question, et elle se permit le petit mensonge qui consiste à répondre « rien, » justement quand il y a quelque chose d'un peu difficile à dire. Et puis, en effet, ce n'était pas elle qui avait, mais Albert.

Mme Brou vint alors tout près de la jeune fille, et, la regardant attentivement dans les yeux:

— Voyons, mon cœur, est-ce qu'on croit pouvoir cacher quelque chose à sa tante? Elle vous aime trop pour ne pas voir que vous avez une contrariété.

A de si tendres paroles, comment ne pas se rendre? Marianne avoua donc la mauvaise humeur d'Albert.

Un grand soupir fut la première réponse de Mme Brou.

— J'ai déjà remarqué cela, ma chère Marianne, dit-elle. Ou, cette belle et franche humeur qui le rendait si aimable et parfois si spirituel est depuis quelque temps profondément troublée. Je l'ai interrogé plusieurs fois sans pouvoir le faire parler. Albert a un chagrin, cela est sûr, et je crains.

Elle noya la fin de sa pensée dans un nouveau soupir, plus profond encore.

—Vous soupçonnez ce que c'est? dit Marianne.

— Je crains de le savoir.

— Ah!... et pouvez-vous me le dire, ma tante?

—A vous? répondit en tressaillant Mme Brou; à vous, Marianne! Oh! non, je ne le

puis pas. Il en sera ce que le ciel voudra...
C'était un danger à prévoir; mais... quand on
a fait son devoir, on ne doit rien regretter.
Je crains seulement que mon pauvre fils soit
bien malheureux.

Elle leva les yeux au plafond et alla s'asseoir à sa place, où elle prit son ouvrage
d'aiguille, mais sans rien faire que contempler ses propres pensées et pousser de nouveaux soupirs. Marianne, rêveuse, regardait
sa tante.

— Pourtant, dit-elle timidement, je ne puis
pas croire que ce soit sérieux ; mais tout à
l'heure Albert semblait fâché contre moi,
parce que je suis arrivée un peu après
l'heure.

Mme Brou haussa les épaules avec un gémissement étouffé.

— Mon Dieu ! oui... Ah !... mais ne vous
reprochez rien, ma chère enfant ; ce n'est pas
votre faute à vous ! Votre seul défaut est
de vous faire trop aimer, et vous laisserez
d'amers regrets quand vous quitterez cette
maison.

— Oh ! je ne pense pas à vous quitter... ce
serait de l'ingratitude.

— Vous n'y pensez pas encore, soit ; mais
vous êtes à l'âge où l'on inspire des passions
et où l'on en ressent. Votre avenir, comme
celui de toute femme, est le mariage, et
alors... Fasse le ciel que vous soyez plus
heureuse que...

La sensibilité de Mme Brou ou ses scrupules ne lui permirent pas d'achever; elle tira
son mouchoir. A ce moment, la femme de
chambre vint mettre le couvert pour le déjeuner. Embarrassée de l'énigme au milieu
de laquelle elle se sentait elle-même enveloppée, Marianne monta dans sa chambre. Elle
se trouvait dans un de ces moments où la
vérité vous enserre, vous presse, et pèse sur
vous sans qu'on la voie, où, tout environné
de lumière, on n'en sent, ainsi qu'un aveugle, que la chaleur. Qu'était-ce donc que ce
chagrin d'Albert dont Mme Brou ne pouvait
pas lui parler à elle ? Après les discours de
sa tante, il était devenu clair pour Marianne
qu'elle y était pour quelque chose; mais
comment ?

Deux ou trois fois, qui l'eût observée eût
vu son visage, penché sous la rêverie, se
colorer d'un rose plus vif. C'était la vérité qui se
formulait dans sa pensée, mais à la manière
d'un éclair, suivi de ténèbres, simple supposition, qu'un mouvement de tête ou d'épaules
immédiatement déclarait folle. L'idée de
l'amour et du mariage — pour les jeunes filles,
seul roman en deux chapitres, — est toujours
latente dans leur esprit ; mais de 15 à 18 ou
20 ans, suivant le milieu, cette idée ne fait
qu'y flotter à l'état de théorie : c'est le rêve,
qu'un abîme d'immatérialisation sépare encore
de la réalité. Elles y songent beaucoup, et, si
le fait se présente, elles en sont presque étonnées et craintives. C'est que — du moins
chez les natures idéalistes, — ce rêve si beau,
si grand, si merveilleux, ne s'accommode
pas aisément des formes réelles. Ce papillon
bleu ne vole bien que dans l'éther.

— Quoi ! c'est là un prince ? disait avec
une déception profonde une fille candide.

Elles disent de même :

— Quoi ! c'est là un amant ? ce serait l'amour ?

D'autre part, la décente hypocrisie à laquelle les oblige l'usage contribue à leur
composer à cet égard comme une double vie,
l'une secrète, l'autre extérieure, qui, pour
être en contradiction, ne sont ni l'une ni
l'autre menteuses. Trop ignorante pour ne
pas être indécise, la jeune fille passe de l'une
à l'autre avec une élastique bonne foi. Si
elles ne disent pas tout ce qu'elles pensent,
elles ne croient pas non plus tout ce qu'elles
rêvent. Si timides, si réservées, si facilement
effarouchées, si sages dans leurs paroles,
ont-elles vraiment laissé leur imagination
s'égarer sur l'image de quelque beau jeune
homme prosterné à leurs genoux ? Elles ne
savent plus ; au plein jour de la vie, s'évanouissent les fantômes de la solitude ; la
majesté du précepte a fait fuir les fantaisies
du rêve. Elles rougiraient de ce souvenir jusqu'à ce qu'elles aient le loisir de le reprendre. Elles savent si peu, que croire et douter
leur est également facile, et leur seule volonté ferme est d'aimer et de savoir : les
deux grands buts de la vie.

Au milieu de la rêverie où Marianne était
plongée, le parfum des lilas, qui entrait par
la fenêtre ouverte, l'attira. Elle vint s'accouder sur la balustrade et jeta les yeux dans
le jardin. Dans l'allée presque en face, était
Albert. Il leva la tête, leurs regards se rencontrèrent, et Marianne éblouie baissa les
yeux ; son cœur en même temps se prit à
battre avec force. Elle se retira de la fenêtre
et alla s'asseoir dans un coin sombre. Un
mot lui bourdonnait aux oreilles, et lui remplissait le cœur et la tête : l'amour ?

L'amour d'Albert pour elle ! Albert !... Oui,
ce regard ! Jamais elle n'en avait vu d'aussi
beau, d'aussi éclatant, et qui dit si bien :
— De tout l'épanouissement de la vie et de la
jeunesse qui rayonnent en moi, je t'admire,
je t'aime, je vole à toi ! — Il avait été, ce regard, tout un poème sans paroles, et maintenant, de souvenir, Marianne le voyait encore briller, tout étincelant et tout humide,
comme un feu réfléchi dans l'eau. Oui, ce ne
pouvait être que de l'amour, un tel regard !
Marianne le voyait, elle osait se le dire, et
elle en resta à la fois éblouie et frémissante,
saisie de charme et d'effroi, ne sachant

pas si elle en était heureuse ou fâchée. Pour la première fois, l'amour, cet avenir dont tous lui parlaient sans qu'elle répondît, ce rêve lumineux de sa vie auquel elle pensait tout bas, sans savoir quand et comment il se rendrait sensible et s'incarnerait pour elle, il était venu ! Il était là !... là, tout près d'elle ! Elle en frémissait d'admiration et de peur.

Quoi !... Albert ?... Était-il possible ?... Est-ce que vraiment ce pouvait être lui ? Non !... Pourquoi pas ?...

Elle couvrit de ses deux mains son visage. Oh ! elle ne savait pas ! elle ne savait pas !...

Le cœur de la jeune fille se reprit à battre tumultueusement, elle devint toute éperdue.

La vie entière ! l'avenir déjà fait, si vite !... Et ce ne serait pas autre chose que cela ?...

Eh bien ! qu'y a-t-il à lui reprocher ? N'est-il pas bon, intelligent, aimable ? Tout le monde en dit tant de bien ! Marianne aussi l'aimait, oui, certainement elle l'aimait !... Seulement elle n'aurait jamais cru, jamais pensé,... non ce n'était pas cela qu'elle avait pensé... Mais quoi ?... Pauvre Albert ! quelle idée il avait eue de l'aimer ? Et alors est-ce qu'il serait malheureux si... Oh ! sans doute ! Qu'il était beau, ce regard ! Il l'aimait donc bien ?...

— Mademoiselle, le déjeuner est servi.

Marianne se sentait agitée d'un tremblement nerveux. Elle répondit toutefois :

— J'y vais.

A la hâte, elle mit de l'eau sur son front, respira un flacon d'odeurs et descendit. A mesure qu'elle approchait de la salle à manger, elle se sentait plus déconcertée. Elle allait se trouver en face d'Albert ; tout le monde allait la regarder, voir son trouble peut-être ?... Sous l'empire de cette crainte, comme il arrive aux natures énergiques, elle se sentit calme tout à coup, et entra de son air habituel. Tous étaient réunis, même Albert. Marianne salua le docteur, qu'elle n'avait point encore vu, et comme d'ordinaire s'assit à table auprès de lui, ayant Albert en face d'elle.

Chacun disait son mot, Marianne elle-même. Lui seul se taisait. Le docteur en fit la remarque, et dès lors Albert prit part à la conversation, quoique d'un enjouement un peu forcé. Alors, au milieu de ces personnes qui mangeaient et causaient comme à l'ordinaire, dans tout ce prosaïsme habituel, se produisit pour Marianne un phénomène propre aux natures idéalistes — pour lesquelles une si grande différence existe entre leur idéal et la réalité, qu'elles peuvent difficilement les croire d'accord, — elle se dit qu'elle avait exagéré, qu'elle s'était trompée, que rien de ce qu'elle avait cru voir n'était vrai ; elle se moqua de sa peur, d'elle-même, re-

devint à l'aise et discourut d'une façon gentille et dégagée avec le docteur.

Après le déjeuner, tout le monde passa ensemble au jardin, et l'on alla s'asseoir sous les marronniers, qui déjà donnaient de l'ombre. Là Mme Brou essaya de rétablir la bonne harmonie, que rien ne troublait, en voulant réconcilier Albert et Marianne, qui, disait-elle, malgré leurs dénégations, étaient fâchés. Le docteur se réserva de juger l'affaire et partit presque aussitôt. Mme Brou quelque temps encore soutint ses dires avec plus ou moins de prétentions à la malice et à l'arbitrage maternel ; puis, tout à coup, elle se rappela qu'elle avait à surveiller pour le dîner certains apprêts de cuisine, et elle s'éloigna. Dix minutes après elle appelait :

— Emmeline ! Emmeline !

— Que veux-tu, maman ?

— Qu'est-ce que tu as fait de mon écheveau de laine rouge ?

— Il doit être dans la corbeille.

— Je ne le trouve pas.

Emmeline se dirigea vers la maison et Albert et Marianne restèrent seuls.

Également embarrassés, ils gardaient le silence. Albert cueillit une fleur de lilas, qu'il mit dans sa bouche. Marianne en cueillit une autre qu'elle roula entre ses doigts. Puis, ses craintes dissipées la reprirent, elle se leva pour rentrer à son tour.

— Vous partez ? lui dit Albert d'une voix rauque.

— Mais... je vais rejoindre Emmeline...

— Emmeline va revenir.

— Ah ! vous croyez ?...

Et elle se rassit.

— Cependant je n'en suis pas sûr, dit-il amèrement, et si cela vous gêne de rester avec moi...

— Oh ! comment pouvez-vous le supposer ?...

— C'est tout simple, je me rends justice : je ne suis pas aimable.

— Vous ne l'êtes pas depuis ce matin, c'est vrai ; mais ce n'est pas votre habitude, et si c'est que vous ayez quelque ennui, je ne vous en voudrai certainement pas.

Ayant dit cela, elle rougit, car elle venait de toucher à un sujet brûlant.

— Vous croyez que j'ai de l'ennui, reprit Albert ; vous êtes bien bonne d'y faire attention.

— Ne vous occupez-vous pas aussi de mes chagrins ?

— Oh ! pour vous, cela est si naturel. Pour moi, ce n'est pas la peine.

— Ce que vous dites là est injuste, et je vois bien, comme l'assure ma tante, que vous êtes fâché contre moi.

— Moi ! fâché contre vous ? dit il avec émotion. Si vous saviez combien cela m'est difficile.

— Alors dites-moi que vous ne l'êtes pas.

— Je vous le dirai si vous voulez.

— Mais je ne demande que la vérité.

— Oh ! dit le jeune homme d'une voix altérée, la vérité est si difficile à dire.... comme à savoir....

— Comment ! n'est-ce pas là le plus simple?

— Vous croyez, reprit Albert avec un amer sourire. C'est tout le contraire. La vérité est partout et nulle part ; elle n'existe pas à l'état simple. Il faut des centaines d'années pour en arracher un atôme des entrailles de l'être universel, et encore n'est-on jamais sûr que la démonstration ainsi faite ne sera pas renversée par une démonstration nouvelle. Nous savons que nous souffrons, quand la souffrance nous étreint de ses ongles : voilà le plus certain. Encore souffrons-nous quelquefois pour ce qui nous devrait être un sujet de joie, tandis que nous nous réjouissons pour ce qui devient plus tard une source de pleurs et le désespoirs.

Il continua sur ce ton poétique l'amplification de son idée, dans les nuages de laquelle flottait la figure barbue de son ancien professeur de philosophie, jointe à ses chagrins de la matinée, à l'image d'un rameau vert imprégné de soleil, qui flottait au vent... le cœur tout gonflé de séve printanière, il finit par déclarer la vie une chose stupide, amère, où, comme le dit le poète, *rien n'est bon que d'aimer ! n'est vrai que de souffrir !*

— S'il est bon d'aimer, cela est vrai également, observa la jeune fille.

— Aimer, n'est-ce pas souffrir? répondit-il.

Une larme vint mouiller les yeux de Marianne.

— Oui, quand on a perdu ceux qu'on aime, dit-elle.

— Pardon, ma cousine, de vous attrister ; je suis bien ennuyeux et je vous tiens là des discours désolants, au lieu de vous distraire.

— Je ne m'en plains pas, puisque vous êtes triste ; je voudrais pouvoir effacer votre chagrin.

— Vous, Marianne? Oh ! non, je ne le veux pas.

— Quoi !...

Elle resta interdite ; il reprit :

— Je veux le garder toujours !

— Mais... je ne comprends pas...

C'était le contraire, elle croyait comprendre et recommençait de trembler.

— Garder un chagrin volontairement, pourquoi ?.

Elle essaya de sourire et ne put s'empêcher de rougir.

— Il y a des souffrances, dit Albert avec exaltation, qu'on ne changerait pas pour des bonheurs étrangers ., Pardonnez-moi, Marianne. Vous me trouvez extraordinaire, je le vois ; oui, je le vois bien. Et moi aussi, depuis quelque temps, je ne suis vraiment plus le même ! Je... je ne savais qu'on pouvait être ainsi... Ce matin, je le sais, j'ai été vis-à-vis de vous injuste et inconvenant ; pardonnez-moi, chère... chère Marianne. Je ne suis pas toujours maître de mes impressions. Mais si vous saviez combien je vous..., combien je ne voudrais pas vous fâcher !... Marianne ! m'en voulez-vous, dites ?

— Oh ! non.

Tous les deux, très-émus, s'étaient levés. Albert avança la main vers celle de Marianne, qui la lui donna. Il garda cette main dans la sienne en frémissant. C'était celle qui tenait la petite branche de lilas ; il la prit doucement, et, d'un ton suppliant :

— Me permettez-vous ? dit-il.

— Oh ! elle est déjà si fanée.

Il ne répondit pas à cette objection et prit la fleur.

Marianne retira sa main. Ils se mirent à marcher à côté l'un de l'autre ; Albert contemplait Marianne à la dérobée. Puis ils s'entretinrent du soleil, qui était chaud, des plantes qui poussaient, des lézards qui traversaient l'allée ; et bientôt Marianne, oppressée, reprit le chemin de la maison.

— Vous rentrez déjà ? lui dit Albert d'un ton doux et triste.

— Oui, je vais étudier mon piano.

Il soupira sans répondre.

Marianne courut dans sa chambre, et, après avoir tourné la clef dans la serrure, elle se jeta sur sa causeuse, comme une personne écrasée. Elle voyait bien que son cousin l'aimait, elle n'en pouvait plus douter.

— Comme il est bon et triste ! se dit-elle.

Et frémissante elle se mit à pleurer.

IV

Oui, Albert était bon, et triste, et charmant, car il était amoureux. Et comment ne le fût-il pas devenu ? Tant d'influences combinées : la beauté, le charme de Marianne, leur intimité, la jeunesse, les incitations paternelles et maternelles, intenses quoique secrètes, suggérant l'idée, créant l'occasion, et constamment agissantes, ne fût-ce que par le désir. Jusqu'au printemps qui s'en mêlait, et, de sa brise molle et de ses enivrantes haleines, soufflait à l'oreille du jeune homme : Aime, aime Marianne ! Elle aussi est un printemps ; elle est fraîche et embaumée comme la fleur qui s'ouvre au matin ; elle est vierge comme tout ce qui sort du réveil de l'être ; elle est la vraie jeunesse en qui tout aspire et monte et que rien n'a flétri. Belle de tous les charmes de la nature, elle a de plus l'âme qui se connaît et parle et c'est pour arriver à vivre et à s'épanouir dans le sang de ses veines, dans les rayons de ses yeux, dans la volupté de sa bouche, dans la pudeur de son front, dans la moelle de ses pensées, que la terre gonfle son sein, que les germes croissent, que la lumière brille, que la sève monte et descend, que la brise s'exhale, que la végétation couvre le sol, que l'animal suit le rêve de sa vie. En elle, tu trouveras bien plus que le plaisir : tu trouveras la vie même dans son expression la plus complète, la grande vie dans son infini.

Ces voix, ces influences avaient pénétré Albert ; il s'était ému d'une vie nouvelle. Tout ce qui dormait en lui de jeunesse et d'idéal s'était réveillé ; il était devenu bon et attendri. Lui, que les gâteries de sa mère avaient rendu égoïste, des élans le prenaient parfois qui le rapprochaient du dévouement. Il comprenait qu'on peut donner son sang, son argent, son plaisir même, avec une joie supérieure, et plus d'une fois il lui arriva de désirer pareille occasion, pourvu que ce fût en présence de Marianne. Il rêva des actes d'héroïsme, après lesquels il venait tomber mourant à ses pieds. A la vérité, la chose n'allait jamais plus loin, et il ressuscitait sous les baisers et les soins de son amante, pour une vie de gloire et d'amour.

Dans la discussion, Albert perdit le ton sec et affirmatif de l'écolier. Il ne récita plus les tirades qui ébahissaient d'orgueil sa mère ; on eût dit qu'il doutait maintenant de lui-même et n'imaginait plus que son premier devoir fût d'éblouir les gens. L'amour l'avait tiré de sa personnalité, il vivait dans une autre. Il voulait être aimé, et maintenant il entrevoyait les infinis de la science et de l'amour. Ses exigences habituelles avaient presque disparu, et sa mère, qui surtout les supportait et les choyait, ne le reconnaissait plus, de même que les bonnes, émerveillées de n'être plus grondées ou même injuriées par lui. Il n'était plus difficile que pour sa toilette, dont il prenait plus de soin, sans pour cela jeter ses pantalons à la tête de Louise, quand il ne les trouvait pas assez bien brossés.

— Pauvre cher enfant, quel trésor ! se disait Mme Brou. Notre pupille pourra dire qu'elle a trouvé chez nous le bonheur de sa vie !

Car elle ne doutait point que Marianne ne répondît à l'amour d'Albert. Et comment aurait-elle pu faire autrement ?

Albert n'avait pas cette confiance, et c'est là justement peut-être ce qui le rendait si charmant. Après le premier moment de douleur et d'irritation, quand il avait reconnu que sa présomption l'avait trompé, que les rougeurs de Marianne n'étaient que l'effet de son impressionnabilité de jeune fille, qu'elle n'avait pas cet ardent besoin de lui qu'il avait d'elle, alors, ne pouvant autrement faire, il était devenu triste et soumis. Déjà fort amoureux, il l'avait été bien davantage. Il est peu de jugements humains qui n'aient besoin de la difficulté pour se prouver à eux-mêmes l'excellence de la conquête. Marianne indifférente lui avait paru plus désirable encore. Oui, maintenant il était tout à elle, sans réserve ; il l'adorait, il n'avait plus au monde d'autre ambition. Il n'existait plus d'autre ravissement que de la voir, de la suivre, de l'entendre ! Plus d'autre malaise que d'en être loin, plus d'autre malheur que de n'en pas être aimé.

Sur cette attente, ses jours étaient pleins de joies et de craintes. La jeune fille, sans aucune coquetterie, lui dispensant alternativement de charmantes affections et des réserves menaçantes. Elle rougissait, se troublait, quand, dans le tête-à-tête, l'amour silencieux d'Albert se traduisait par mille indices ; mais elle se refusait en même temps à l'entendre, à le seconder. Elle était émue, touchée, mais ne s'abandonnait pas. On eût dit qu'elle se retirait, comme un enfant qui a peur. Par moments, triste, en d'autres, rêveuse. Quelquefois il croyait la voir s'élancer vers lui ; puis un geste, un mot, le glaçaient. Et pourtant il n'osait plus l'accuser. Les expressions de la physionomie de Marianne étaient si naïves, si involontaires, qu'on y lisait toutes ses impressions intérieures. Il fallait la croire sincère, même en renonçant à la comprendre. Trop amoureux pour oser brusquer une explication, Albert attendait le mot de l'énigme en espérant et désespérant.

Mme Brou trouvait que cela traînait un peu. Emmeline regardait à la dérobée, en curieuse qui ne sait pas. Le docteur, dont l'observation, bien que fine, n'allait guère au delà du phénomène physique, souriait et se frottait les mains.

— C'est la lutte d'une enfant timide entre la nature et la pudeur. L'on sait comment cela finit, se disait-il à lui-même.

Marianne, elle, s'accusait d'inconséquence et de sécheresse de cœur.

— Quoi ! se disait-elle, n'aimé-je pas Albert, puisqu'à le voir troublé devant moi, je suis troublée moi-même ? puisque je me sens doucement émue d'être l'objet de cet amour ? puisqu'il m'attire et me plaît ? Oui, cela est beau d'être aimé, cela est beau et touchant de voir sur un visage fleurir tant de belles choses : la bonté, l'amour, l'enthousiasme, et l'on ne peut faire autrement que d'être reconnaissante envers celui qui devient plus grand et meilleur par l'amour qu'il a pour vous ! Je l'aime, puisque je pense tant à lui, et que la vie depuis ce temps me paraît plus émouvante et plus belle. Mais alors, quand je crois qu'il va me parler et me demander d'être sa femme, pourquoi ai-je peur ? Oui, peur ! et je ne veux pas ! C'est que je me sens trop enfant sans doute ? Oui, ce doit être cela ! Ou bien je serais une ingrate, une égoïste, une coquette ? Ah ! ce serait trop affreux ! Pauvre Albert ! non je ne suis pas égoïste ; il ferait mieux d'aimer une autre que moi, et je le voudrais !

De plus en plus agitée par ce malaise, elle évita son cousin, se retira dans sa chambre et s'occupa davantage des malheureux qu'elle aidait.

Un jour qu'Henriette, la jeune ouvrière, travaillait à la maison, Marianne la vit essuyer furtivement une larme et remarqua sur ses traits une altération profonde. L'ayant emmenée dans sa chambre sous un prétexte, elle l'interrogea. Le chagrin de la jeune fille avait peine à se contenir ; il déborda, et ce furent des flots de douleur et de misère qui s'épanchèrent aux pieds de Marianne, saisie de tristesse et de pitié.

Ils étaient sept : le père, la mère et cinq enfants, dont Henriette était l'aînée. Et ce qu'elle avait eu de mal, hélas ! depuis sa naissance ; car elle avait aidé la mère à élever tous les autres, sans compter un de plus qui était mort et qu'elle avait tant pleuré ! Oui, l'on avait du mal ; mais pourtant cela allait mieux d'abord, on joignait les deux bouts à grand'peine ; mais enfin l'on n'avait point d'affront à craindre de personne, et si l'on ne mangeait que du pain, eh bien ! c'était entre soi ; les petits étaient propres, la maison bien tenue ; nul n'avait à dire, au contraire, et l'on pouvait porter la tête haute dans le quartier. Dans ce temps-là déjà, le père commençait bien d'aller au cabaret, mais il n'y restait pas trop longtemps ; il rapportait encore de bonnes semaines à la maison, et son patron, M. Démier, le charpentier d'à côté, là tout justement, n'était pas mécontent de lui. Peu à peu, tout s'est gâté : le père s'est mis à boire non plus seulement le dimanche, mais le lundi et les autres jours. Et, plus il lui venait d'enfants, moins il songeait à l'ouvrage. La pauvre mère, couturière aussi, comme Henriette, se tuait de travail ; elle allait en journée, quoique nourrice, et même malade. Mais, quoi ! ce n'était jamais que huit sous, avec sa nourriture, et ça ne suffisait pas seulement au pain des enfants. Sans le travail d'Henriette, on n'aurait pas mangé à la maison. Il y avait dix ans, bien qu'elle

n'en eût que vingt, qu'elle maniait l'aiguille ; tous ses gains y avaient passé, et pourtant elle n'était pas des plus malhabiles, Mlle Marianne le savait bien, quoiqu'elle eût appris quasi toute seule. Pour l'aîné des garçons et pour la cadette, le père avait encore aidé à payer l'apprentissage, comme pour le loyer. Maintenant plus rien. A la prière de la mère, M. Démier s'était entremis ; il avait, comme on dit, lavé la tête à son ouvrier, et l'avait fait consentir à ce que l'argent fût remis non à lui, mais à sa femme. Bon ; ça n'avait pas duré longtemps, et comme le père s'ennuyait de ça, il avait fini par quitter M. Démier après lui avoir fait des sottises. Alors ç'avait été la fin des fins, il n'avait plus apporté un sou à la maison, et elles avaient eu beau prier, donner des à-comptes, le propriétaire, las d'attendre, avait fait vendre... leur mobilier !

La voix manqua à la pauvre fille ; elle s'abandonna sur une chaise, et il était facile de voir que ce malheur lui paraissait le plus grand qui pût frapper une honnête famille. Chez les ouvriers de province, en effet, tout aussi bien que dans la bourgeoisie, l'opinion publique est le maître souverain, l'arbitre de l'honneur ; et de même encore, pour eux, l'honneur ne consiste pas seulement à être honnête, mais à paraître au mieux avec la fortune, à être proprement logé, proprement mis, à suffire à ses engagements. Orgueil peu réfléchi, peu intelligent des vraies conditions de la justice, et qui, pour une bonne part, se compose de vanité ; mais orgueil honnête et fier qui — telles étant les conditions de l'estime publique — les veut remplir. Celui qui, pénétré d'une vérité supérieure, peut braver le mépris ou ce qui s'en rapproche tant, — la compassion publique, — est des forts et des rares parmi les humains. Sous un tel faix, la plupart des autres natures fléchissent. La honte qu'ils ne peuvent surmonter, après les avoir dévorés, les abandonne, les laissant résignés à l'abjection, flétris pour toujours. Le peuple constate le fait, sans en démêler les causes, et, d'un grand courage, acceptant cette lutte inégale contre la fortune, il est considéré comme un opprobre d'être vaincu.

Oui, quand, pendant plus de vingt années, on a caché sous une mise décente et sous un sourire extérieur ses privations et ses chagrins ; qu'à l'aide d'efforts constants, surhumains, on s'est maintenu dans le rang des respectés, des indépendants, de ceux qui, suivant l'expression consacrée, ne doivent rien, et ne demandent rien à personne, se voir tout à coup dépouillés du vêtement dont on drapait sa misère, exposé sous les yeux de la pitié publique, mégère soupçonneuse et louche, tombé dans la foule abjecte et grouillante des débiteurs insolvables, des mendiants, de ceux à qui l'enrichi, au front dur, à la parole insultante, peut dire en pleine rue : « Tu me dois, tu me voles, tu gardes ce qui est à moi ! »

Voir traînés au dehors, à la vue de tous, les meubles du foyer, ces vieux amis qui ont assisté à votre naissance, qui vous sont si intimes qu'on ne peut les séparer de sa propre vie, dieux lares de la maison, aujourd'hui comme autrefois, là dans la rue, livrés à la curiosité, à l'envie, au rire des badauds, au décri des chalands, et les voir passer en d'autres mains, pour un prix infime, eux ! ces reliques ! ces trésors ! qui sont à vous, qui emportent une part de votre âme, qui savent tous vos secrets et toutes vos douleurs, et qui portent votre nom ! Ô déchirement ! ô honte ! ô profanation ! — Tout cela était dit par les sanglots d'Henriette, et Marianne les comprenait.

Émue de pitié, d'un mouvement adorable, elle passa le bras autour du cou de la pauvre éplorée et l'embrassa. Aussitôt la physionomie d'Henriette s'éclaira d'une vive expression de reconnaissance, et joignant les mains :

— Oh ! mademoiselle ! que vous êtes bonne ! Vous ne me méprisez pas, vous !... Oh ! voyez-vous, s'il ne fallait que donner ma vie pour vous !...

C'était beaucoup pour un baiser ! Mais dans cette ville aristocratique et cléricale, dans ce milieu bourgeois où les rangs sont si marqués, où les usages sont des dogmes, le baiser donné par la riche héritière à l'ouvrière insolvable et expropriée était un acte de fraternité naturelle, comme la fraternité chrétienne n'en comporte pas. Mme Brou l'eût sévèrement blâmée. Elle eût dit à sa pupille : « La *charité* ordonne de soulager les pauvres, mais sans s'abaisser jusqu'à eux. » En effet, quand d'attendrissants tableaux nous représentent des grandeurs princières et épiscopales qui daignent se courber sur les haillons de leurs frères — en Jésus-Christ — il n'y a pas là de confusion possible ; la séparation, que dis-je ? le contraste, existe dans l'esprit comme dans la forme. Et c'est justement cela qui produit l'effet, l'attendrissement... résultant tout entier de la distance franchie, de l'immense différence du grand au petit, du pasteur à la brebis, de la pourpre au haillon... Mais dans une chambre, sans public et sans mise en scène, à huis clos, un baiser donné spontanément par une demoiselle de bonne maison à une ouvrière, cela c'est tout bonnement une familiarité compromettante, et même... tranchons le mot... démocratique.

Il faut dire, à l'excuse de Marianne, qu'elle n'en savait rien et n'y pensa pas.

En revanche, elle fut loin de le regretter, quand elle vit le bien qu'elle avait fait.

— Oh ! si vous saviez comme je vous aime ! disait la pauvre Henriette en lui pressant les mains. Il n'y a que vous de bonne comme ça ! A présent, si les autres me méprisent, je penserai que vous m'avez embrassée, et ça ne me fera plus rien.

— Mais comment n'êtes-vous pas venue me trouver, Henriette ? J'aurais payé ce loyer.

— Oh ! mademoiselle, jamais je n'aurais osé. Pensez donc : trois termes accumulés ! Et puis, ajouta-t-elle en sanglottant de nouveau, *demander !...* Nous n'avons jamais fait ça... et, s'il faut mourir... eh bien !...

— Je vous *prêterai*, dit vivement Marianne, et vous me rendrez cela quand vos frères seront établis. Pourtant, votre scrupule est bien exagéré, il me semble ; quand on ne peut pas...

— Oh ! ça ne fait rien ! Nous ne voulons pas être des mendiants ; mieux vaudrait se jeter à l'eau...

— On peut sans honte emprunter à ses amis. Et puis ce n'est pas votre faute, mais celle de votre père. N'est-il pas honteux de votre malheur ?

— Lui !... Il a seulement battu la mère et les petits pour les empêcher de pleurer.

— Battus ! s'écria la jeune fille avec horreur. Il bat votre mère ?

— Hélas ! si c'était la première fois ! Oui, allez, il la bat et souvent !... D'abord toutes les fois qu'il est ivre, et puis quand elle veut tâcher de lui faire entendre raison. Oh ! allez, mademoiselle Marianne, il vaut encore mieux pleurer son père que d'avoir à le mépriser. Si vous saviez ce que j'ai souffert depuis que je suis au monde ! Voir la pauvre maman se tuer de fatigue et pleurer toute l'eau de ses yeux, et s'en aller peu à peu, voyez-vous ; car elle n'y peut pas tenir longtemps !... Eh bien, n'a-t-il pas le courage de la battre encore lorsqu'il rentre et qu'il la trouve souvent à minuit, occupée à raccommoder nos pauvres hardes qui tombent en morceaux ! Le pauvre petit, le dernier, qui n'a pas huit ans, quand il voit le père, il se sauve... Il l'a tant frappé, un jour, que le petit en a été malade. Oh ! je le déteste, voyez-vous, et j'ai trop de honte d'avoir un père pareil ! Il aurait bien voulu me battre aussi, mais alors, moi, j'ai pris un couteau et je lui ai crié : Je me défendrai ! Mon confesseur m'a dit que c'était bien mal, je le sais, mais je recommencerais tout de même, parceque je ne veux pourtant pas souffrir ça. Il me craint et ne bat pas la mère devant moi. Si elle lui avait résisté plus tôt... parceque c'est lâche, voyez-vous, ces gens-là ! Mais elle n'y a seulement pas pensé ; les femmes sont si bêtes ! Et à présent c'est trop tard, l'habitude est prise...

— Mais votre mère devrait se séparer.

— Ah! c'est bon pour les riches, ça; il faut de l'argent.

— De l'argent! pour empêcher de si vilaines choses. Est-ce possible? Enfin, s'il en faut vraiment, je vous en donnerai alors; vous serez tranquilles, vous et votre mère, et vous pourrez élever les enfants hors de ce mauvais exemple.

Henriette adopta avidement cette idée. Voir sa mère paisible, pouvoir se refaire peu à peu, fût-ce en dix ans de labeur, un intérieur décent, rompre avec cette honte et ce malheur...

Il y en avait encore deux à élever: l'un qui ne faisait qu'entrer en apprentissage, l'autre qui aurait eu tant besoin d'aller à l'école; puis les deux aînés après elle. Le garçon commençait à gagner quelque chose; Madeline était au pair chez sa maîtresse, une repasseuse. Ah! si l'on pouvait venir à bout!... On eût été si heureux avec un père honnête et rangé! Ce n'est pas pourtant qu'il eût jamais fait tort à personne. C'est le vin seulement qui l'avait perdu...

— Allons voir votre mère et les enfants, dit Marianne.

— Oh! mademoiselle; vous voulez?...

— Oui, nous avons ce crêpe à acheter; puis j'ai une malade à voir, qui doit avoir besoin de nouveaux fortifiants. Je vais dire à ma tante que je sors avec vous......

Mme Brou ne put s'empêcher d'adresser une remontrance amicale à la jeune fille.

— Mon Dieu! Marianne, vous devriez faire le moins possible de ces courses-là, mon enfant; je vous l'ai dit cent fois, ce n'est vraiment pas convenable... Vous y tenez?... Mon Dieu! je fais tout ce que vous voulez,.. je ne sais rien vous refuser... Au moins vous n'irez pas bien loin, n'est-ce pas?

Elles partirent.

— Est-ce bien loin où vous habitez maintenant? demanda Marianne, qui commençait à ne pas prendre au sérieux le code des convenances qu'élaborait incessamment Mme Brou.

— Oh! non, c'est à cinq minutes; une seule pauvre chambre sans papier,.. c'est tout ce qu'on a pu trouver... Quand on n'a plus que deux lits et une table, les gens ne se soucient pas,.. Et tout, ça me fera grand tort, voyez-vous, mademoiselle, parce que les pratiques n'aiment pas, ne serait-ce que pour venir vous demander, entrer dans un taudis... Ah! si je voulais me mettre seule, je viendrais bien à bout de payer une jolie chambre et même de me ramasser un mobilier... Mais jamais je n'abandonnerai ma pauvre mère!

Marianne fut saisie de tristesse à l'aspect de cette femme, déjà vieille avant quarante ans, maigre, épuisée, pâle, de ce teint blafard et transparent qu'ont les personnes dont peu à peu la vie se retire. Elle fit à Marianne les honneurs de sa pauvre chambre avec cet air de simplicité et même de distinction qu'ont en province, encore plus qu'à Paris, les ouvrières honnêtes et rangées. Avec de vifs remercîments, elle s'excusa d'accepter la plupart des offres de la jeune fille, disant que leur travail — elle l'espérait du moins — pourrait suffire; elle consentit seulement à recevoir les mois d'école de l'enfant, pour qu'il pût aller ailleurs que chez les frères, où ils étaient battus quelquefois, à ce qu'on disait; car c'était l'intérêt de l'enfant d'apprendre; et pour cela elle n'avait pas droit de refuser. Elle parla incidemment de son mari, mais d'une manière si digne que Marianne n'osa point aborder la question des torts de cet homme et laissa le soin à Henriette de faire la proposition de séparation. Mlle Aimont caressa l'enfant, le trouva beau, l'embrassa, demanda permission à la mère de lui donner quelque chose pour du bonbon, et mit dans la petite main une pièce de dix francs. En même temps, elle prenait congé; mais la mère, ayant vu la couleur de l'or, ôta vivement la pièce des mains de son fils, et la rendant à Marianne:

— Mille pardons, mademoiselle. Vous êtes bonne! Ça me fâche de vous refuser, mais nous ne recevons pas l'aumône, voyez-vous. Ça ne se peut pas!... Nous sommes trop fiers, c'est vrai, pour notre fortune, mais que voulez-vous?...

— Ne puis-je pas vous aider comme amie d'Henriette? dit Marianne.

— Oh! amie... c'est bien joli à vous de dire ça, mademoiselle, mais l'on n'a d'amis que de son rang.

Il fallut céder, et Marianne remplaça docilement la pièce de dix francs par une de dix sous; puis elle prit congé de cette femme avec respect.

Après avoir renouvelé la provision de vin de quinquina et autres fortifiants d'une pauvre malade moins récalcitrante, les deux jeunes filles revinrent du côté de la maison Brou.

Elles en étaient tout proches, quand elles rencontrèrent une femme d'une quarantaine d'années, vêtue comme une artisane: robe de laine unie, petit châle et bonnet, qu'Henriette salua du nom de Mme Démier. C'était la femme du charpentier, dont la maison et le chantier touchaient presque à la maison du docteur. Il y avait forcément quelques relations de voisinage; mais c'était la première fois que Marianne voyait Mme Démier. Celle-ci avait adressé un salut tout amical à Henriette.

— En voilà, elle aussi, une bonne personnel dit Henriette à Mlle Aimont. Si charitable ! Il ne se passe pas de jour qu'elle ne rende service à quelqu'un. Son mari s'en fâche quelquefois, quoiqu'il ne soit pas méchant; mais il tient à ses intérêts, lui. C'est comme ça qu'il a fait fortune ; car ils ont du bien, à ce qu'on dit, et ils font de leur fils un médecin comme M. Albert. Mais il n'y a pas moyen qu'elle se corrige, la brave femme ! Elle dit : « Non, je ne peux pas m'empêcher de donner quand je vois les gens souffrir. » Aussi elle se cache un peu de son mari. Et vous avez vu comme elle m'a saluée ! Elle n'aurait pas souri de même à un des premiers de la ville, allez ! car elle n'aime pas les grands, elle, mais — tout au rebours des autres — les malheureux. Elle sait ce qui nous est arrivé, je l'ai bien vu, et, si vous n'aviez pas été là, elle serait venue m'embrasser.

— Mais j'aurais été bien aise de lui parler, dit Marianne.

— Oh ! alors, la première fois que nous la rencontrerons... Et quand elle aura un *gros chagrin*, comme elle dit, c'est-à-dire quand elle ne pourra pas trouver assez d'argent pour venir en aide à quelqu'un, je vous le dirai aussi, mademoiselle si vous voulez.

— Vous me ferez plaisir, ma chère Henriette.

Fort impressionnée des événements de cette matinée, Marianne parla au déjeuner des malheurs d'Henriette et de sa famille.

— Quoi ! l'on a saisi leurs meubles ? s'écria Mme Brou. Je ne savais pas cela. Et comment ont-ils pu se mettre dans un pareil cas ? Je croyais, moi, que c'était une honnête famille.

— Certainement, dit Marianne, c'est une honnête famille, sauf le père, qui est ivrogne et boit tout son gain.

— Je ne savais pas cela ! répéta Mme Brou, d'un air très-scandalisé. C'est fâcheux pour cette petite. Mais comment, Marianne, vous êtes allée comme cela dans cette maison? Je comprends, pour des malades, que vous indique M. Brou. Mais vous ne pouvez pourtant pas vous compromettre dans toutes sortes de misères; vous auriez dû me consulter. Vous agissez comme si vous aviez trente ans.

— Quel mal ai-je fait ? demanda Marianne confuse et blessée.

— Je ne dis pas que vous ayez fait du mal, je dis seulement que ce n'est pas convenable. N'est-ce pas, Anatole ?

Le docteur avait remarqué le mécontentement de sa pupille. Il dit d'un air bonasse :

— Je comprends parfaitement Marianne; elle a un grand cœur, elle aime à soulager ceux qui souffrent. Rien de plus respectable; mais cela offre en effet des inconvénients.

— Et lesquels ? je vous prie, demanda la jeune fille.

— D'abord ce n'est pas l'usage, et le monde peut y trouver à redire. Puis, pour votre âge, il est dangereux de voir la vie trop à nu. Elle n'est pas toujours belle dans sa réalité.

— Je le sais déjà, mon oncle. Mais faut-il que, par une délicatesse de petite maîtresse et de peur d'avoir la vue blessée, je m'abstienne de faire du bien ?

— Non ! non ! nous ne voulons pas aller à l'extrême, comme vos conclusions; ce que vous ne comprenez pas, ma chère Marianne, c'est qu'il y a des différences de situations. Quand vous serez mariée, par exemple, alors vous pourrez — dans une certaine mesure — approcher ces misères et vous exposer à entendre bien des choses ; mais à présent, à dix-huit ans...

— Oh ! j'en ai bientôt dix-neuf.

— Cela ne fait pas une grande différence, reprit en souriant le docteur. A cet âge, une jeune fille... Bref, ce n'est pas l'usage, et vous devez penser qu'il y a de bonnes raisons...

Marianne, émue, insista.

— Quand les malheureux ont besoin de vous, peut-il y avoir de bonnes raisons de s'abstenir ? Les préceptes de mon père étaient tout autres ; je l'ai vu sortir avec la fièvre pour porter lui-même des consolations...

Elle ne put en dire davantage.

— Ah ! Marianne, s'écria M. Brou, que vous me rendez mon devoir pénible en ce moment ! Vous savez bien, méchante enfant, que personne ici ne veut vous contrarier... A Trégarvan, votre père vous accompagnait; ici... Tu ne pourrais donc pas sortir avec Marianne ? demanda-t-il à sa femme.

— Cela reviendrait à abandonner la surveillance de ma maison, répondit celle-ci. On ne peut faire ces petites courses que le matin. Ce n'est pas l'après-midi, quand on est habillée.

— Que c'est ennuyeux, dit Emmeline, qu'il faille toujours que nous soyions surveillées, comme si nous n'étions pas sages !

Elle se rengorgea d'un air plaisant et mutin. Marianne, elle, blessée, se taisait.

— Eh bien ! ma chère enfant, composons, reprit M. Brou. Restreignez seulement vos sorties autant que possible, faites faire par d'autres ce que vous pourrez ; mandez ici, près de vous, vos protégés.

— Évidemment, répondit Mme Brou, c'est aux gens qu'on oblige à se déranger !

— Et seulement dans les cas où vous le jugerez indispensable, agissez par vous-même. Nous nous fions à vous. Tout ceci d'ailleurs, croyez-le bien, n'est que dans l'intérêt de votre réputation.

Marianne s'inclina, trop péniblement émue pour parler.

— Eh bien ! reprit le docteur, ne voulant pas la laisser sous cette impression, que pensez-vous faire pour la famille de la petite couturière !

— Elles craignent tant de paraître recevoir l'aumône, qu'elles ne m'ont permis que de m'occuper du plus jeune enfant, pour l'envoyer à l'école. Je ferai bien accepter du vin de quinquina à la pauvre femme, qui est épuisée; mais le plus urgent serait de la séparer de son mari. Il la bat et va jusqu'à voler ce qu'elle gagne ; il bat aussi ses enfants et ne s'occupe pas de les nourrir. Est-il possible qu'un homme soit aussi infâme ?

— Ah ! dit le docteur en soupirant, il y a dans le peuple des vices affreux. Il est rare que la misère ne soit pas le fruit de l'inconduite. Je vois de telles plaies que j'en suis souvent épouvanté...

Était-ce bien sur le peuple que tombait cette phrase ? car la clientèle du docteur était la plus distinguée de la ville.

— Oui, ce peuple, que des utopistes nous présentent comme une divinité nouvelle, à qui l'on voudrait remettre toutes les libertés, il faut pour cela être bien pervers ou bien aveugle ! Qu'ils aillent, ceux-là, visiter les cabarets ! N'est-ce pas le plus bas de tous les vices que l'ivrognerie ? Eh bien ! il y a peu de pères de famille qui n'en soient atteints. Confiez donc à ces brutes-là nos destinées !

— Est-il possible ? dit Marianne attristée.

— Mon père, dit Albert, qui hantait, sans trop d'excès d'ailleurs, la jeune démocratie, tant que le peuple sera privé d'instruction et n'aura pas d'autre distraction que les cabarets !

— Ah ! c'est vrai, dit-elle en jetant à Albert un doux regard.

— Bah ! l'instruction. Ce ne sont pas ceux qui ont été à l'école qui valent le plus, c'est souvent le contraire ; ça leur donne des prétentions ridicules et dangereuses, voilà tout.

— Certainement, dit Mᵐᵉ Brou, les plus bêtes sont les meilleurs ; ça sait du moins obéir ; tandis que les autres, ça raisonne.

— Enfin, reprit le docteur, c'est un triste monde, et voilà pourquoi, ma chère Marianne, votre pureté ne peut se mêler à cette fange. Je ne prétends pas vous empêcher de les secourir ; malgré tout, l'humanité est là ; mais c'est décourageant. Il faut faire le bien pour sa satisfaction personnelle, car autrement, on pourrait presque dire que ça ne sert à rien.

— La mère d'Henriette aurait dû se plaindre au tribunal, n'est-ce pas, monsieur ? demanda Marianne en ramenant l'entretien

à la question. Elle peut former une demande, mais il faut des preuves sérieuses.

— Une séparation ! cela est bien délicat; et surtout il ne faudrait pas paraître vous occuper de choses semblables, Marianne : ce ne serait pas convenable.

Est-il besoin d'ajouter que cette observation était faite par Mᵐᵉ Brou ? Une vive rougeur empourpra le visage de la jeune fille.

— Des enfants, dit-elle, une malheureuse femme, maltraités par un misérable, ne serait-ce pas ce qu'il peut y avoir de plus inconvenant ?

— Sans doute, c'est bien fâcheux. Mais aussi une rupture, combien c'est grave ! Un mari est toujours un mari, un père est toujours un père, et il faut y regarder à plus d'une fois avant de briser ainsi la famille.

— Permets, maman, dit Albert; une famille où le chef distribue des coups en guise de pain me paraît assez peu édifiante pour qu'on ne tienne pas à la conserver.

— Il y en a tant comme cela.

— Est-il possible ? s'écria Marianne. Mais alors raison de plus pour apporter des remèdes à un si grand mal.

— Est-ce un remède que la séparation ?

— C'est au moins un refuge, dit encore le jeune homme. Je suppose qu'on soit attaqué par des brigands ; faut-il se laisser tuer, au lieu de prendre la fuite, parce que fuir n'est pas un moyen d'extirper le brigandage ?

Mᵐᵉ Brou trouva que son fils avait bien de l'esprit, et elle lui sourit en répliquant :

— Toi, tu plaisantes toujours.

— Pas du tout. Je te réponds par une simple comparaison.

— Mais, dit Marianne, quand un homme en bat un autre, on l'arrête.

— Oui et on le condamne à la prison.

— Eh bien ! pourquoi n'arrête-t-on pas aussi un homme qui bat sa femme et ses enfants, sans même que ceux-ci soient obligés de se plaindre ?

— Oh ! cela c'est tout différent !... La famille...

— Est une chose si respectable, reprit Albert, qu'on y jouit du droit d'être battu et même du devoir de se laisser battre. On ne touche pas à ces choses-là, c'est trop sacré !

Emmeline se mit à rire, et l'orateur fut de nouveau récompensé par un regard de Marianne, lequel regard disait évidemment, dans son approbation reconnaissante : Je vous remets la cause, plaidez pour nous deux.

Fier de cette confiance, Albert s'exalta : il déclara que l'ivrogne devrait ipso facto être déchu de ses droits d'époux et de père ; que tout homme qui battait sa femme pour quelque motif que ce fût devait aller en prison; que les voisins, qui, dans ces pauvres logements, avaient toujours connaissance du fait, devaient le déclarer à l'autorité ; que le soin de cette autorité était de protéger les faibles, et que si le gouvernement s'occupait ainsi de maintenir l'ordre véritable, au lieu de le faire consister uniquement à se maintenir lui-même, il élèverait les mœurs, au lieu de les dépraver...

— Voilà bien la jeunesse ! répondit le docteur. Des gens qui trouvent que le gouvernement se mêle trop des affaires des citoyens veulent lui concéder le pouvoir de pénétrer dans le sein des familles, d'intervenir entre l'époux et l'épouse, entre le père et les enfants !

— Entre l'oppresseur et l'opprimé, assurément, interrompit Albert.

— Et la société même a-t-elle le pouvoir de priver de ses droits un père, un époux, d'agir contre la nature ? de séparer ce qu'elle a uni ?

— Ce que Dieu lui-même a uni, ajouta Mme Brou.

Et, se levant de table, elle rompit la discussion, qu'elle craignait de voir dégénérer en querelle, le docteur n'admettant pas que son fils pût avoir raison contre lui.

Comme à l'ordinaire, pendant que les domestiques levaient le couvert, on passa dans le jardin, et Marianne, dont les arguments du docteur étaient loin d'avoir convaincue, marcha près de son cousin en lui parlant d'un air affectueux. Emmeline allait et venait près d'eux, le docteur et sa femme suivaient.

— Je ne suis pas contente de cette petite Henriette, dit Mme Brou à son mari. Albert a tort d'entretenir Marianne de toutes ces choses et de lui demander des secours ; cela n'est pas délicat.

— Ne trouves-tu pas, ajouta-t-elle, que Marianne devient fort indépendante ? Elle a parfois une façon de vouloir juger par elle-même. Ce caractère-là pourrait bien causer des ennuis à Albert. Qu'en dis-tu ?

— Chut ! dit le docteur. Quand elle sera devenue sa femme, si la chose a lieu, il sera temps d'y penser. Marianne a été gâtée par son père, cela est clair ; mais nous n'y pouvons rien maintenant. Il ne faut pas qu'elle se trouve mal avec nous, surtout il ne faut jamais la contrarier de front trop vivement.

— Pourtant, si elle commet des inconvenances ?

— Cela ne peut aller loin. Songe qu'en la mécontentant, en l'éloignant de nous, tu pourrais provoquer le malheur de ton fils. Il en est fou, ce pauvre garçon.

— Que trop ! Cela tarde bien à s'arranger. Il me semble qu'elle y met de la coquetterie. J'ai voulu l'autre jour en dire un mot à Albert, il s'est sauvé. Tu ferais peut-être bien d'en parler à Marianne.

— Moi, jamais ! s'écria le docteur. Je ne m'en mêlerais pour rien au monde. Je te l'ai dit, je te le répète, et j'espère, ajouta-t-il avec dignité, que tu en tiendras compte, nous devons rester neutres dans tout ceci.

— Il s'agit pourtant du bonheur de notre fils.

— Allons donc, dit-il en se penchant vers elle et en lui montrant du coin de l'œil les deux jeunes gens engagés dans un entretien plein d'intérêt et dont l'émotion se peignait sur leurs visages, ne vois-tu pas que cela va bien ?

Un homme d'esprit, en effet, ne risque pas de se compromettre sans utilité ; le docteur, se frottant les mains, retourna vers ses malades.

Pourtant il se trompait, et la conversation des deux jeunes gens n'allait pas si bien.

Ils avaient continué de traiter le point en discussion, c'est-à-dire le mariage, d'une manière, il est vrai, vague et général, d'autant plus vague et plus générale que l'étaient également leurs idées à tous deux sur cette question. Albert avait continué de prendre chaudement le parti de la femme opprimée, et avait promis à Marianne de s'informer de la marche à suivre pour une séparation judiciaire. Ce petit complot à eux deux les ravissait.

— Je vous suis bien obligée, mon cousin, de penser ainsi, lui avait dit la jeune fille, et je suis étonnée, je vous l'avoue, qu'on semble me blâmer de vouloir arracher cette malheureuse femme à une telle situation.

— Vous savez, ma cousine, ce sont les vieilles idées : ne jamais toucher à rien, de peur de casser quelque chose. Moi, je dis qu'on doit toujours réprimer un acte odieux. Si on laisse toute liberté aux méchants, alors...

— J'avoue que je ne comprends pas les raisons de mon oncle et de ma tante ; car, ainsi que vous le disiez très-bien, Albert, c'est précisément parce que le mariage est sacré qu'il ne doit pas être un avilissement et une tyrannie.

— Parfaitement. Cet homme est un misérable. Lever la main sur une femme ! On devrait envoyer aux galères pour cela ; n'est-ce pas cent fois pis que de voler ?

— En effet, dit-elle doucement émue de trouver dans Albert un tel champion de la cause féminine.

Encouragé par ces doux regards, lui eût volontiers sacrifié à Marianne, et ses parents, et le code entier. Il reprit avec feu :

— Oui, c'est là la pire des infamies, et surtout vis-à-vis de celle qu'on a pris l'engagement d'aimer et de protéger.

— Ah ! dit Marianne, comme saisie d'une pensée nouvelle, c'est vrai. Cet homme et cette femme se sont aimés, puisqu'ils se sont mariés. Et maintenant... Oh ! que cela est affreux !... Le cœur peut-il changer ainsi ?

— Non, dit tendrement le jeune homme ; c'est plutôt qu'ils ne s'aimaient pas.

— Alors pourquoi se seraient-ils mariés ?

— Ah ! il y a souvent d'autres raisons...

— Comment ? et lesquelles ?

— Des raisons de convenance, comme on dit ; des rapports de famille, d'intérêt.

— Je ne puis pas comprendre cela, reprit-elle avec un léger frémissement ; pour passer ensemble toute la vie, il faut bien s'aimer.

— Oh ! oui, Marianne !

Il dit cela d'un ton si harmonieux, si doux qu'elle y sentit l'amour, et en reçut l'impression d'attendrissement et de malaise qui lui était habituelle en pareil cas.

— Oh ! oui, reprit-il, il y a eu pourtant autrefois un temps où je pensais là-dessus comme les autres. Je me disais : quand j'aurai passé ma thèse, que je serai fixé quelque part, qu'il sera temps de paraître un homme sérieux, alors je me chercherai une femme. Comme si l'on pouvait trouver ainsi !... Oh ! j'ai bien changé !...

— Ah ! dit-elle.

Elle ne savait que répondre et rougit. Cette émotion enhardit Albert. Ils étaient seuls. Poussé par l'instinct des amoureux, Albert, tout en causant, avait entraîné Marianne vers la partie du jardin la plus éloignée et la plus ombreuse, pompeusement appelée le *bois* ; tandis qu'après le départ du docteur, Mme Brou, sortant immédiatement de la neutralité qui venait de lui être recommandée, avait rallié près d'elle Emmeline, et l'occupait, dans le parterre près de la maison, à débarrasser de leurs parasites les juliennes et les rosiers. A l'air équivoque dont Emmeline avait regardé s'éloigner son frère, il semblait qu'elle ne fût pas dupe des prétextes maternels, et, tout en causant avec sa mère, elle jetait de ce côté des regards furtifs.

L'amour du jeune homme éprouvait enfin le besoin de s'exhaler :

— A présent, reprit-il, je sais qu'on ne trouve en ne cherchant pas, qu'on aime sans pouvoir s'en empêcher... et que, soit pour le bonheur ou pour le malheur, on n'y peut rien.

Sérieuse, intimidée, la tête penchée sur la poitrine, la jeune fille se taisait toujours.

— Et vous, Marianne ?

— Moi !... oh !... je ne sais pas !... je ne pense pas à cela... je ne sais pas !...

Et elle voulut retourner vers la maison. Albert l'arrêta.

— Vous ne savez pas, dit-il avec amertume. Oh ! Marianne ! dites que vous ne voulez pas ! car vous savez, vous savez bien que je vous aime !... Mais vous rêvez un avenir plus brillant. Vous nous dédaignez !... Vous voulez partir un jour en laissant la maison vide !... et moi je voudrais mourir avant ce jour-là.

Éperdu de sa propre audace et déchiré par l'idée de ce cruel avenir qu'il imaginait, le jeune homme pâlit et se jeta sur un banc en cachant sa tête dans ses mains. Marianne, d'abord foudroyée par cette déclaration, en voyant la douleur de son cousin, s'élança vers lui, et d'une voix douce, presque suppliante :

— Je vous en prie, Albert, ne soyez pas malheureux ainsi ! Oh ! si vous saviez quelle peine vous me faites !...

— Oui, vous me plaignez, dit-il, et c'est tout !... Eh bien ! dites-moi que vous ne m'aimez pas, que vous ne m'aimerez jamais ! Dites-le-moi franchement ; il faut que je le sache, parce que...

L'emportement de son geste, l'éclat de son regard, brillant de passion et humide de larmes, ses traits bouleversés, augmentèrent le trouble de la jeune fille. Elle prit résolument une des mains d'Albert.

— Oh ! mais si, mon cousin, je vous aime !... Seulement je ne voudrais pas... je ne voudrais pas qu'il fût question d'autre chose que d'amitié entre nous... parce que je me trouve trop jeune... Il me semble que je suis encore une petite fille... moi, je ne sais rien du tout... Je ne me trouve pas digne d'être une femme, une maîtresse de maison, une... C'est si grave tout cela... Plus tard, peut-être... Pourquoi ne vous aimerais-je pas, mon cousin ?... Vous êtes si bon pour moi et... je vous trouve bien aimable, je vous assure. Ne vous faites donc pas de peine, Albert ; attendez seulement un peu... deux ou trois ans.

Elle s'arrêta, confuse, haletante, espérant de l'avoir apaisé ; mais, moins naïf qu'elle, Albert courba la tête sous de telles consolations. Il se dit qu'il n'était pas aimé, et le lui dit bientôt à elle-même avec une passion, une amertume, qui touchaient à l'emportement.

Mme Brou, usurpant à l'égard d'une belle rose Bourbon le rôle de la Providence, et non moins équitable qu'elle, venait d'opérer le massacre d'une nuée de pucerons, quand elle vit passer, comme un spectre, son fils, son cher fils, le visage sombre et bouleversé ; les armes lui tombèrent des mains.

— Grand Dieu ! que peut-il avoir ? s'écria-t-elle, et elle suivit aussitôt.

Restée libre, Emmeline se hâta de laisser les pucerons, pour se mettre à la recherche de sa cousine, qu'elle trouva, toute éplorée, sur le banc que venait de quitter Albert.

— Qu'as-tu? lui demanda-t-elle en l'embrassant.

— Oh! rien!...

— C'est à croire, comme te voilà.

— Tu aimes mieux que je le devine?... Est-ce que je n'ai pas vu comme Albert te regarde? est-ce que je ne viens pas de te voir passer, là, près de nous, d'un air tout désespéré? Vous vous êtes fâchés?

— Je lui ai fait de la peine... et cela me désole.

— Pauvre petite! dit Emmeline en s'asseyant près de sa cousine et en passant le bras autour d'elle avec ces airs de chatterie qu'aiment à prendre beaucoup de jeunes filles. Eh bien! si tu en es fâchée, ce n'est pas difficile à arranger.

— Oh! si!

— Pourquoi donc?

Marianne se taisait.

— Est-ce qu'il t'a fait une déclaration?... Que tu es sotte! Dis-moi le donc, puisque je le devine.

— Non, Emmeline, laisse-moi, je t'en prie.

— Ah! ma chère, ce n'est pas bien; tu n'as pas confiance en moi. Je croyais que nous étions amies.

— Mais cela regarde Albert.

— Eh bien, n'est-il pas mon frère? Ah! et puis tu vois bien!... tu viens de l'avouer; il t'a fait une déclaration? Tu es bien heureuse! Moi, cela ne m'est pas encore arrivé. Après cela, on ne peut m'en faire qu'au bal, et, en dansant un quadrille, ce n'est pas commode. Maman ne veut pas que je valse. Ce n'est pas convenable pour une demoiselle... Et puis nous sommes allées si peu dans le monde cet hiver. Et comment t'a-t-il dit?... Je voudrais bien le savoir... Cela me paraît drôle d'Albert, parce qu'il est mon frère. Et tu as fait la sévère, dis?

Importunée de ce babillage, Marianne essuya ses larmes et se leva.

— C'est fort bien, ma chère; il paraît que je te gêne! J'étais venue pour te consoler; mais si je t'ennuie.

— Tu ne m'ennuies pas, dit la pauvre enfant, qui éprouvait le besoin de ne pas se fâcher avec tout le monde.

Elle prit le bras d'Emmeline, et elles marchèrent ensemble dans l'allée qui circulait autour du bois; Marianne la tête penchée, toute chargée de tristesse; l'autre, insinuante, curieuse, l'œil au guet.

— Tu ne m'ennuies pas, reprit Marianne; mais tu vois, je suis si triste...

— Eh bien! ma chère, c'est justement pour cela que je ne te quitte pas. Pauvre amie! Mais enfin, est-ce qu'Albert a été inconvenant avec toi?

— Oh! non.

— Alors, je ne comprends pas ce qui peut t'affliger tant. Il t'a dit qu'il t'aimait? Et toi, qu'as-tu répondu? Est-ce que tu ne veux pas devenir Mme Brou? Damel si ce n'est pas ton sentiment?

— Et le sais-je? Je voudrais ne pas penser à tout cela.

— Bon Dieu! à quoi penses-tu donc, alors? Est-ce possible que tu ne songes pas à te marier?

— J'y pense vaguement; j'ai bien le temps!

— Quelle indifférence, ma chère! tu ne fais rien comme les autres. Moi, je suis sûre que toutes les demoiselles y pensent, et même ne pensent qu'à cela. On dit le contraire, c'est reçu; mais personne n'y croit. Et, en effet, qu'avons-nous autre chose à faire, du moment que nous sommes des demoiselles à marier?

— Moi, je trouve qu'il faut un peu le temps de se revoir, d'étudier, de connaître un peu la vie, de savoir enfin ce qu'on fait.

— Oh! tu es philosophe. Mais cela t'est bien facile; tu sais que tu es riche, et que tu auras toujours assez de prétendants à choisir.

— Ce n'est pas cela, car si je pensais qu'on m'épouserait pour ma fortune, je ne me marierais jamais.

— On peut bien vous épouser pour vous-même, mademoiselle; vous êtes assez charmante, de l'avis de tous. Pauvre Albert! c'est lui qui n'y pensait pas d'abord, je l'ai bien vu. Puis c'est venu peu à peu, en te voyant tous les jours. Ainsi, tu l'as renvoyé aux calendes grecques?

— Non; je lui ai dit que je l'aimais bien, mais que je ne voulais pas, que je n'osais pas encore...

— Que tu n'osais pas? Est-elle drôle!

— C'est alors qu'il s'est écrié que je ne l'aimais pas, qu'il était perdu! que sa vie était maudite!... Des folies!... Et il s'est enfui comme un homme désespéré.

— En te laissant toi-même désespérée... Mais alors rien n'est perdu, il me semble, et vous m'avez l'air de faire de la tragédie sans aucun motif. S'il ne s'agit que d'attendre, c'est justement ce qu'il faut, puisque Albert ne peut pas être docteur avant trois ans. Voyons, ma petite chatte, ai-je bien compris?

— Je ne voudrais pas me décider encore.

— Mais tu ne dis pas non, hein! Mon frère ne te déplaît pas?

— Oh! non, certes.

— Alors, dit Emmeline en embrassant sa cousine, il n'y a pas tant de mal. Veux-tu que je le lui dise?

— Oui, répondit Marianne avec empressement ; mais...

— Je ne t'engagerai pas, sois tranquille. Oh ! non. Moi, je serais charmée que tu devinsses ma belle-sœur ; mais tu dois rester libre, et si tu ne veux pas, il faudra bien qu'Albert se console. Chère petite ! au moins nous serons toujours amies, n'est-ce pas ?

Elles revinrent à la maison au bras l'une de l'autre.

Emmeline était parfaitement sincère dans ses démonstrations pour Marianne, comme dans sa demi-indifférence pour le sort d'Albert, et son désir de jouer un rôle aimable et utile dans ce petit drame familial. Marianne était une amie précieuse. Et d'abord une amie ! chose désirée de toutes les jeunes filles, car c'est une occupation et une contenance ; puis n'est-ce pas quelque chose de charmant, vous le savez, messieurs et mesdames, que deux jeunes filles enlacées au bras l'une de l'autre, se donnant la réplique, la pose, le moyen de faire valoir mutuellement les grâces de leur attitude, de leur sourire, de leur esprit et de leur tendresse, plusieurs d'entre elles s'embrassant gracieusement à la barbe des barbus, invite coquette. Ensuite Marianne n'était pas une amie ordinaire : Emmeline lui devait la joie extrême de parcourir en calèche, au trot de deux beaux alezans, la ville de Poitiers, ni plus ni moins que les plus grandes dames de la ville, outre celle de voir accomplies les fantaisies de toilette qu'elle n'eût point obtenues de sa mère ni de son père, très-rigide sur la dépense. De plus, grâce à la présence de Mlle Aimont, la maison était sur un pied plus comfortable et plus luxueux en toutes choses, et c'était pour Emmeline le même attrait que pour l'anguille une crue d'eau. Elle était donc sincère dans ses démonstrations, et, tandis qu'elle se flattait et se promit de rester, quoi qu'il arrivât, l'amie de Marianne, elle n'en désirait pas moins, s'il était possible, resserrer par les liens de famille cette amitié.

Pendant l'entretien des deux jeunes filles, Mme Brou avait arraché à son fils la confidence de son désespoir. L'indignation de cette mère fut immense. Quoi ! cette Marianne ! cette petite sotte ! Parce qu'elle avait de la fortune !... et pas de cœur !... Oser refuser un tel garçon !... Albert !... son fils !... Le fils du Dr Brou !... Un pareil assemblage de perfections !... C'était incroyable !... Et il fallait que cette petite créature fût un monstre !... oui, un monstre d'ingratitude !... Après toutes les bontés qu'on avait eues pour cette pimbêche !... C'était épouvantable ! c'était odieux ! c'était insensé ! c'était infâme !

Elle en dit tant qu'elle blessa l'amour d'Albert. Il défendit avec feu la liberté de Marianne, et Mme Brou, attendrie, exaltée de tant de générosité, fondit en larmes. Ah ! son fils était un saint, un héros ! Et il ne fallait pas avoir plus de sentiment qu'une autruche pour ne pas l'aimer, que dis-je ? l'adorer !

Cependant Mme Brou elle-même trouva qu'il n'y avait pas lieu de désespérer et s'attacha à relever le courage d'Albert. Du moment où elle n'avait pas dit non !... Chose étrange, Mme Brou n'en tenait pas moins à avoir pour belle-fille ce monstre d'ingratitude. Cette mère tendre ne craignait pas pour le bonheur de son fils et ne s'indignait pas de l'alliance de ce *héros* avec cette *pimbêche*. Il y avait là d'autres charmes, d'autres qualités, d'autres assurances, qui compensaient tout.

On ne se retrouva qu'au dîner, où l'air morne, accablé ou gourmé de tous, étonna et inquiéta fort le docteur. Albert étant sorti, les deux jeunes filles étant allées faire un tour de jardin, sur l'invitation de Mme Brou, celle-ci se hâta de raconter à son mari le forfait de Marianne et l'incroyable disgrâce d'Albert.

Le docteur fut atterré. Quoi ! il s'était trompé à ce point dans ses prévisions ? Quelle chute de tant de beaux rêves et quel embarras ! Car maintenant la vie commune entre Albert et Marianne devenait plus que difficile. Envoyer Albert immédiatement à Paris ? Il n'y avait guère que ce moyen. Mais, et la ville de Poitiers, à qui l'on devait compte d'un tel changement à des projets bien connus ?... Avouer sa disgrâce ou la faire deviner, ce qui revenait au même, jamais !... Ces provinciaux, eux, savent de quel poids pèse l'opinion publique d'une localité ! Le docteur vraiment ne savait à quoi se résoudre : par-dessus tout, le regret de voir la richesse de sa pupille échapper à son fils le désolait. Mais n'y avait-il pas moyen d'espérer encore ? M. Brou n'écoutait qu'avec une demi-confiance les suggestions de sa femme à cet égard ; ignorant combien l'amour change momentanément les caractères, il se fiait plutôt au désespoir de son fils, qu'il savait porté à se défier de lui-même, quand vint Emmeline, qui s'était débarrassée de Marianne et qui raconta d'un ton important son entretien avec sa cousine. Le docteur donna une petite tape sur la joue de sa fille, l'embrassa, et convint qu'Albert avait trop tôt *pris la mouche*.

— Je ne le savais pas si exalté, ajouta-t-il avec étonnement. Tout peut encore s'arranger.

Il recommanda vivement à sa femme de ne se mêler de rien, toujours au nom de la délicatesse que leur imposait leur rôle de tuteur ; et puis, lui, il prit *in petto* le parti des grands politiques, l'expectative, avec l'intention de tirer parti des circonstances et de les faire naître au besoin.

Il ne chercha nullement à relever le courage et l'espérance de son fils. Albert parut au repas d'un air profondément triste et y garda un mutisme presque absolu. De son côté, le docteur prit une contenance morose, et sut, en peu de paroles, exprimer des craintes pour la santé d'Albert. Quant à Mme Brou, elle devint une sorte de représentation — du moins pour l'expression du visage — de la mère aux sept douleurs. Elle ne cessait de soupirer, et il y avait des moments — par exemple quand elle entendait les pas de Marianne dans le corridor — où il lui était impossible de retenir ses larmes.

La pauvre enfant ne fut pas longtemps à se sentir vaincue par le chagrin de toute cette famille. Quand déjà, au premier moment, elle se trouvait dure envers Albert, la vue continuelle de ce muet désespoir dont elle était la cause l'énerva, l'attendrit de plus en plus, et entama ses secrètes réserves. En outre, il semblait que tout concourût à lui fournir des réflexions favorables à Albert. A propos d'un petit drame conjugal dont la femme était victime, nouvelle de ville pendant huit jours, l'entretien général roula sur tant d'autres femmes malheureuses, parce qu'elles avaient épousé leurs maris sans les bien connaître et par caprice d'un jour.

— En ménage, l'estime et l'amitié valent mieux que l'amour, disait sentencieusement le docteur.

Mais ce fut Albert lui-même qui s'éleva avec feu contre cette théorie.

— Non, dit-il, l'amour est nécessaire; il n'y a ni bonheur ni vertu sans lui. Tous ces gens-là n'aimaient pas.

Ses yeux brillaient de l'ardeur de la foi qui l'animait. N'était-il pas digne d'être aimé, ce jeune homme autrefois peut-être un peu frivole, mais que l'amour initiait à toutes les générosités, aux conceptions les plus élevées?

Marianne en vint à le rechercher timidement et se plut à lui témoigner mille confiances, mille affections. Elle eût ardemment désiré de le consoler. Pour cela, il ne fallait qu'une parole, une seule! Mais cette parole était tout. Et quand Marianne pensait à la dire et l'avait en quelque sorte sur les lèvres, un serrement de cœur la prenait, un instinct profond la retenait. Chose étrange! Ainsi que le disait Emmeline, Marianne était donc bien différente des autres? Elle avait autant de peur d'engager sa vie que la plupart en ont de hâte. Préférait-elle donc à l'amour la liberté? Si bonne, si aimante qu'à dix-huit ans elle recherchait les joies de la bienfai-

sance avec autant d'ardeur que les autres jeunes filles recherchent les plaisirs égoïstes de la vanité, pouvait-elle redouter les devoirs d'épouse et de mère? Cette fille de marin avait-elle rêvé de courir le monde? Non, ce n'était rien de tout cela; c'était une voix confuse qui lui murmurait de vagues aspirations et comme le regret de l'inconnu...

Mais le rêve de l'inconnu est faible contre des influences toujours présentes. Le docteur Brou vit qu'il ne s'agissait que d'une circonstance pour tout décider et il y songeait, quand la Providence, — elle a dirigé tant d'entreprises de toute nature que cette responsabilité de plus ne saurait la compromettre, — quand la Providence lui vint en aide.

V

Un soir — on attendait pour se mettre à table l'arrivée du docteur et de son fils, — Louison vint dans la salle à manger, toute haletante.

— Madame... madame! un grand nuage rouge qu'on voit du jardin. Ça doit être un incendie ou bien un miracle!...

— Vous me donnez la *chair de poule*! s'écria Mme Brou, et aussitôt elle sortit, suivie ou plutôt précédée d'Emmeline, que tout événement faisait courir.

Au-dessus du mur du jardin, du côté du sud, se montrait en effet, une vaste lueur mouvante, d'un rouge sinistre.

— C'est un incendie, cria Marianne de sa fenêtre; je vois les flammèches!

Emmeline était déjà sur l'escalier, et bientôt tout le personnel de la maison, y compris la cuisinière, fut réuni dans la chambre de Marianne, la remplissant d'exclamations sur l'événement.

— Il faudrait y aller, dit Marianne, pour aider.

— Y aller, dit Mme Brou au comble de l'étonnement, en regardant sa nièce des pieds à la tête, y aller! Vous parlez pour ces filles apparemment, car vous ne voudriez pas...

— Mais, madame, répliqua Marianne, c'est un grand danger. Tous les bras sont bons pour faire la chaîne.

— Grand Dieu! Marianne, taisez-vous et ne dites jamais ces choses-là devant personne! Dans votre village, ce pouvait être bon; mais ici... les femmes qui se respectent ne vont pas dans les cohues!... Est-il possible que vous ayez de ces idées-là?

— Eh bien! nous, madame, laissez-nous aller, dirent la cuisinière et Louison, seulement pour voir.

— Ce n'est pas très-convenable, dit Mme

Brou ; je n'aime pas que les gens de ma maison...

— Seulement pour voir, madame, et nous viendrons vous dire des nouvelles.

— Ah ! oui, maman, laisse-les partir, dit Emmeline.

— Mais ton père et ton frère vont arriver, et il faut servir le dîner...

— Grand Dieu ! s'écria-t-elle en regardant à sa montre, mais ils devraient être ici. Ils auront couru à cet incendie ! Ah ! ciel ! Eh bien ! allez, et, si vous voyez ces messieurs, dites-leur de revenir bien vite, que je les attends, que je serai sur les charbons ardents jusqu'à leur retour.

Les bonnes s'envolèrent avec la hâte de filles curieuses, tenues sévèrement, pour qui ce sinistre était une aubaine, et Mme Brou resta sur les charbons ardents dont elle avait parlé, où elle parvint bientôt à mettre également ses deux compagnes, à force d'imaginer les dangers qu'avaient pu braver son fils et son mari. Marianne pourtant pensait que d'autres personnes étaient certainement dans cette situation et en frémissait d'angoisse. Le roulement du cabriolet s'était fait entendre, on se précipita dans la cour. Le docteur venait en effet de l'incendie ou plutôt il avait fait un détour pour juger de la gravité. C'était assez considérable. Le foyer s'était déclaré dans de mauvaises maisons de la rue de la Tranchée, habitées par des ouvriers.

Ces gens-là se logent dans des bicoques vermoulues, et puis ça ne prend aucun soin, aucune précaution !

— Ça brûlait comme de la paille. Les pompes arrivaient, mais trop tard.

— Tu n'as pas vu Albert ? s'écria Mme Brou.

— Non ; il n'est pas encore arrivé ? Ah !... Allons, sois donc tranquille ; il va revenir.

— Pensez-vous, mon oncle, demanda Marianne, qu'il y ait des personnes en danger ?

— Je ne sais pas, je n'ai pu arriver assez près, et je ne voulais pas rester de peur de vous inquiéter...

— Albert se sera exposé ! je le connais ! criait Mme Brou. Ah ! que je suis malheureuse ! Si c'était convenable, j'irais...

— J'irais moi-même plutôt, dit le père ; mais à quoi bon ? Il y a là beaucoup de monde et pourquoi veux-tu croire que ton fils particulièrement se soit exposé...

Il ne put être question de se mettre à table ; on sortit sur le perron, afin de voir plus tôt revenir Albert. Là se passèrent quelques minutes d'une angoisse, impitoyablement alimentées par les exclamations et les gémissements de Mme Brou ; tout à coup débouchèrent les bonnes effarées.

— Grand Dieu ! allez-y, monsieur, crièrent-elles, faites-le descendre ; il faut qu'il veuille se périr. Tout le monde dit qu'il n'en reviendra pas !

— Qui donc, imbéciles ? hurla le docteur.

— M. Albert ! Il est monté sur le toit, et les flammes sortent, que c'est horrible !

Mme Brou se trouva mal, et le docteur la laissant aux soins des jeunes filles, courut avec des jambes de jeune homme vers le lieu où son fils était en danger.

— Albert ! Albert ! disait Marianne en sanglotant.

En la voyant pleurer, Mme Brou se releva un instant et d'un air terrible :

— Il est bien temps !... C'est vous !... C'est vous qui êtes cause !...

Puis elle retomba en poussant un cri perçant :

— Mon fils ! mon fils ! Albert !

Emmeline, elle aussi, pleurait et tremblait comme une feuille au vent. Un épouvantable quart d'heure se passa.

Au bout de ce temps, une voiture parut à l'angle qui bornait la vue du côté de Blossec. Une tête d'homme, agitant un mouchoir blanc, se penchait à la portière. C'était lui ! c'était Albert ! La voiture s'arrêta devant la grille, et ce fut le docteur qui descendit le premier, soutenant son fils. Albert était pâle et avait la main entourée de linges.

Ce jour-là, Mme Brou franchit les convenances, je veux dire la grille du petit hôtel, sans châle ni chapeau, et serra son fils dans ses bras avec des démonstrations folles, au milieu desquelles elle cria :

— On n'a pas le droit d'être héroïque quand on a sa mère !

Emmeline à son tour se jeta au cou de son frère, et Marianne vint aussi embrasser Albert ; puis, au milieu de tant de déclamations et de cris, elle ne dit rien, mais son vif serrement de main et son regard éloquent comprirent pour le jeune homme plus que tout le reste.

Entièrement oublié pendant cette scène, le docteur promenait sur chacun des acteurs, et sur deux avant tout, son regard observateur et sagace.

— Assez d'épanchements, dit-il tout à coup. Albert n'a maintenant qu'une chose à faire : se mettre au lit et se bien soigner. Dépêchons-nous.

— Mais non, mon père, s'écria le jeune homme ; je ne suis nullement malade. Je suis guéri, je n'ai rien ! Je vais même faire honneur au dîner.

— Tu vas te coucher, répéta le docteur d'un ton péremptoire. Tu me permettras peut-être de juger de ton état et d'être ton médecin.

Étonné, le jeune homme dut céder. Il monta, suivi de sa mère, et le docteur, avec les jeunes filles, rentra dans la salle à manger, où il se promena de long en large d'un air préoccupé.

— Qu'a donc Albert, père ? demanda Emmeline.

— Il a, ma fille, qu'il veut braver la douleur comme il a bravé la mort, et cela pour ne pas vous inquiéter ; mais il a grand besoin de soins, car il a fait une chute grave. Ne dis rien de cela à ta mère, elle est déjà trop impressionnée ; mais pour vous, mes anges, qui serez plus raisonnables, ayez bien soin de lui quand je ne serai pas là, et faites rigoureusement exécuter mes prescriptions. Il ne faut pas que ce garçon-là devienne poitrinaire.

Au dîner, il raconta l'épisode émouvant, dont Albert, dit-il, avait été le héros. Une vieille femme, restée dans les combles d'une des maisons incendiées, se montrait à une des lucarnes et jetait ces cris d'horreur et de désespoir que la peur d'une mort horrible arrache à la créature vivante. Mais on hésitait devant la grandeur du péril ; car, la maison où elle se trouvait n'était qu'un assemblage de bois et de plâtras, que déjà tordait l'incendie, et qui semblait devoir à chaque instant s'abîmer dans le brasier. Les pompiers, arrivés trop tard, étaient absorbés par le service de leurs machines. Albert alors, et quelques autres jeunes gens, avaient dressé une échelle dans le seul endroit où elle pût s'appliquer, et qui malheureusement était assez loin de la lucarne. Puis Albert à leur tête s'était risqué sur le toit brûlant, qui menaçait de s'effondrer sous leurs pieds. Il atteignit la lucarne, enleva la malheureuse au milieu de tourbillons de flammes et des fumée, la remit à un de ses compagnons, et les suivit sur l'échelle, ayant déjà reçu une grave blessure à la main. Dans la descente, un des échelons que léchaient les flammes se rompit, et Albert fut précipité d'une assez grande hauteur.

— C'est cette chute qui m'inquiète, ajouta le docteur, surtout dans l'état de santé où se trouve Albert. La mélancolie est une fâcheuse prédisposition et le plus grand auxiliaire des maladies. Il a la fièvre. Je crains qu'une congestion au poumon ait pu se produire. Il avait la respiration oppressée depuis quelques jours.

— Donnez-moi vos instructions, mon oncle, dit Marianne d'un ton à la fois mélancolique et résolu, et permettez-moi d'être la garde-malade d'Albert.

Le docteur la contempla avec attendrissement.

— Ce serait avec bonheur, ma chère enfant, lui dit-il ; car je suis sûr que... vous le guéririez ! Mais pourtant... non ! cela ne m'est pas permis.

— Je vous en prie, dit Marianne avec des larmes dans les yeux ; vous ne pouvez pas me refuser.

— Je serais trop cruel pour mon fils, en vous interdisant de joindre vos soins à ceux de votre tante et de votre cousine ; mais... Tenez, je laisse Mme Brou arbitre de votre intervention, sachant bien que je puis me fier à elle en tout ceci.

Assurément il le pouvait. Dès le soir même, Marianne était installée au chevet d'Albert. Ce n'était pas que Mme Brou y eût consenti. Non, certes ; car ce n'était pas convenable. Mais Marianne avait tant insisté pour voir son cousin, que Mme Brou lui avait permis d'entrer avec elle-même ; puis Mme Brou était sortie pour faire une tisane. Ce n'était pas sa faute si elle seule savait bien faire les tisanes, et ne devait-elle pas s'occuper du cher malade avant tout ? Elle avait d'ailleurs laissé Emmeline en tiers. Mais Emmeline, que sa mère avait chargée de plusieurs choses à faire ce soir même, était sortie à son tour. Innocence de jeune fille ! Peut-on deviner qu'un tête-à-tête permis au jardin ou au salon soit défendu dans une chambre ?

Restée seule ainsi avec Albert, Marianne s'était aussitôt avancée vers lui, et, avec un souci plus grand encore des convenances, elle avait pris la main du jeune homme. Elle ne parlait pas encore, mais quelle agitation révélaient ses yeux à demi baissés, ses joues colorées, son sein oppressé ! Albert la regardait avec une angoisse mêlée d'ivresse. Que venait-elle donc ainsi lui apporter ?

— Cher Albert ! dit-elle enfin, cher Albert !...

Sa voix s'arrêta ; elle pressa longuement la main de son cousin, et se laissa tomber sur la chaise qui était au chevet du lit.

— Que vous êtes bonne, Marianne ! lui dit-il.

Et il retenait en soupirant la main chérie dans les siennes.

— Oh ! c'est vous qui êtes bon, vous qui exposez votre vie pour sauver celle des autres !...

— Bah ! je n'ai rien ou presque rien fait. Il est si naturel de courir au secours de ceux qui se brûlent ou qui se noient !

— Oui, mais c'est pourtant beau. Ah ! si vous n'en étiez pas revenu !... Albert !...

— Eh bien ! ce n'aurait peut-être pas été un grand malheur.

— Ne dites pas cela. Qui donc s'en serait consolé ?

Il la regarda en soupirant :

— Vous la première ici, Marianne, puisque vous ne m'aimez pas.

— Albert ! moi je ne vous aime pas ! Ah ! si vous saviez ce que j'ai souffert quand j'ai cru... et puis ma tante, qui m'a reproché...

Elle fondit en larmes.

Albert se souleva énergiquement.

— On vous a reproché ?... C'est indigne, cela ! C'est une chose que je ne souffrirai pas, qu'on vous persécute à cause de moi ! Je partirai plutôt ! N'êtes vous pas libre ?

— Oui, cher Albert ; mais je ne veux plus l'être, je veux...

— Que voulez-vous donc, Marianne ? lui demanda-t-il en tremblant ; car le trouble, les pleurs, la rougeur de la jeune fille le saisissaient d'espérance.

— Je veux vous aimer, Albert, autant que vous l'avez désiré !...

Elle s'arrêta de nouveau, les lèvres entr'ouvertes par un souffle haletant, le front courbé. Il poussa un cri de joie et l'enlaça de ses bras.

— O Marianne !..... Marianne !..... Est-ce possible ?... tant de bonheur !... Vrai ?... C'est bien vrai ?... répétait-il ébloui, en couvrant de baisers les mains de la jeune fille.

— Oui, répondit-elle, d'une voix douce. Vous êtes si bon et si généreux, Albert !...

Ce fut à peine s'ils entendirent la porte s'ouvrir, et si Marianne eut le temps de se reculer un peu. Cependant Mme Brou, si sévère sur les convenances, ne dit rien en voyant sa nièce assise au chevet du lit de son fils.

— Voici la tisane, mon chéri ; elle n'est pas trop chaude, parce que je l'ai mise un moment sur la fenêtre. Bois tout de suite.

— Eh ! maman, je n'ai pas besoin de tisane ! je ne suis pas malade ! je suis guéri ! je suis très... très bien !...

Il se rejeta de l'autre côté, dans l'ombre, en voyant le regard de sa mère s'appuyer sur lui et sentant son visage tout plein de rayonnements, Mme Brou glissa un regard du côté de Marianne, et parut satisfaite de l'émotion qu'elle vit également sur les traits de la jeune fille. D'un ton gourmé, elle n'en demanda pas moins où pouvait être Emmeline ; mais celle-ci ne fut grondée de son absence ni ce soir-là ni les jours suivants.

Marianne rentra dans sa chambre, emportant un regard d'Albert, qui lui versa tout un monde d'amour, de reconnaissance et d'adoration. Elle avait le cœur trop plein du bonheur qu'elle venait de donner pour ne pas se sentir heureuse en même temps que profondément émue. Ne pouvant songer à dormir ni à s'occuper d'autre chose, elle s'assit dans le coin le plus sombre de la causeuse, et bientôt, se trouvant gênée par la lumière, elle l'éteignit. Alors, à demi couchée, le front sur son bras étendu et ses cheveux bouclés ruisselant autour de sa tête, elle se plongea dans ses pensées.

Quel acte elle venait de faire ! Elle avait donc engagé sa vie entière ? Oui !... Mais elle ne pouvait le regretter. Comme il était heureux ! Et bon, généreux, sincère ! Oh ! il méritait bien d'être aimé !... Quel beau regard ! Le regard est la parole de l'âme. Oh ! elle était bien aimée !...

Maintenant c'était fini ! sa vie était faite ! sa vie était une avec celle d'Albert ! Elle avait pris seule cette grave résolution !... O père chéri, tu n'étais plus là pour me conseiller ; mais n'est-ce pas la famille que tu as élue pour te remplacer près de moi ? Je reste où tu m'as placée.

Les yeux fermés, l'esprit tendu, elle cherchait à voir sa vie future, au dehors bien simple. Elle serait dans trois ans la femme d'Albert ; ils se fixeraient à Poitiers ou ailleurs, à Paris peut-être ? Ah ! comme on serait mieux à Trégarvan ! On n'avait pas besoin d'une riche clientèle, on ferait du bien. Voudrait-il cela, lui ?...

Ici la vie intérieure intervenait avec ses mystères de toute nature. Voudraient-ils ensemble ? Aurait-il toujours cette ardeur à la satisfaire ? L'aimerait-il toujours de même ? Cet amour, qui l'avait appelée à lui donner sa vie, parce qu'il l'aimait, justifierait-il toujours ce don immense ? Feraient-ils comme tant d'autres qui avaient cessé de s'aimer ?

Elle frémit à cette pensée ; mais elle se rappela ce qu'avait dit Albert à ce propos :

— Ces gens là ne s'aimaient pas.

Et cette explication lui sembla très-juste. Eux, ils s'aimaient. Elle ne pouvait douter de l'amour d'Albert, et, quant à elle-même, oh ! certes, cette émotion troublante et charmante qu'elle éprouvait devant cet amour... c'était bien de l'amour aussi. Les beaux regards qu'il jetait sur elle la pénétraient au cœur. Tout à l'heure, quand il avait couvert ses mains de baisers, elle avait frémi dans tout son être, et ce qui lui gonflait ainsi le cœur, si fortement qu'elle y portait la main, comme pour contenir l'effort intérieur, qu'était-ce donc ? C'était son bonheur à lui ! C'était l'amour !

Elle songeait encore, et des questions confuses naissaient et mouraient dans son esprit, avant d'avoir acquis une forme précise, comme ces légères vapeurs qui sortent de terre sous les rayons du soleil et s'y absorbent. Entre le premier baiser d'amour qu'elle venait de recevoir et l'apparition des petites têtes blondes et roses qu'elle voyait flotter à l'horizon, résidait un monde inconnu, sur lequel tous se taisaient, et que ce mystère faisait supposer plein d'attraits et de profondeur. Elle restait là, demi frémissante et demi-charmée, comme sur le bord d'un précipice fleuri qui attire, mais où l'on craint d'être emporté malgré soi.

Alors une voix légère, douce et pure, s'é-
leva, qui remplit tout l'espace d'ondes claires, lumineuses et ruisselantes : c'était le
rossignol qui chantait ses amours. Emue
comme s'il lui parlait à elle-même, la jeune
fille écouta; puis elle alla s'accouder à sa
fenêtre pour entendre mieux. Elle se disait :
C'est l'amour qui inspire à ce petit oiseau sa
mélodie. Que de beaux accents n'a-t-il pas
inspirés à l'homme aussi ! Et, à défaut de
chant, que de mélodies inédites dans l'âme,
révélées par le regard ! Oh ! oui, c'est une
grande chose que l'amour : c'est la poésie du
monde !

Les étoiles resplendissaient; il semblait à
Marianne qu'elles la regardaient et lui disaient : Aime, pauvre enfant ! l'amour est
la grandeur infinie qui dépasse l'espace et le
temps; aucun être sans lui n'a connu la vie.
Dans l'herbe, les vers luisants jetaient leurs
feux d'amour, et les fleurs, secouant leur
pollen et leurs parfums, confiaient au vent
leurs caresses. Jamais la jeune fille n'avait
mieux senti la nature, ne l'avait trouvée si
grande et si belle. Elle-même se sentit plus
forte, plus compréhensive, meilleure, et
comme sacrée par une religion nouvelle;
elle venait de vouer sa vie, de faire un serment : son enfance était finie, elle devenai-
membre actif de l'humanité ! Cela l'émut
d'attendrissement et de fierté, et, reconnaissante envers celui qui l'avait initiée à cette
nouvelle vie, elle murmura : Oui, je t'aime,
cher Albert !

A partir de ce moment, ils vécurent déli-
cieusement des joies de leur amour, que,
d'un commun accord, ils gardaient secrètes.
La surveillance peu gênante de Mme Brou
leur laissait toujours de temps en temps
quelque tête-à-tête ; en présence des autres,
un regard, un mot, leur suffisaient pour se
répéter qu'ils s'aimaient, qu'ils étaient heureux.

Afin d'être plus libre de voir Marianne, Albert, dès le lendemain, malgré l'ordonnance
paternelle, quitta sa chambre, jura qu'il
n'était pas malade, qu'il mourait d'appétit,
et se mit à table. Mais il ne put manger, son
bonheur l'étouffait.

— Tu vois bien que tu es malade ! s'écria
le docteur irrité.

Il trouvait que son fils gâtait une situation
superbe ; cependant, aux rayons qui trans-
perçaient les paupières d'Albert, malgré lui,
à l'air absorbé, doucement rêveur de Marianne, il comprit qu'on pouvait se passer
de ses ordonnances et se borna à recommander qu'Albert ne quittât point la maison.
C'était le meilleur moyen d'être obéi. Albert
n'avait nulle envie de courir le monde. Assis
dans la salle à manger, près de Marianne,
causant avec elle et la regardant sans cesse,

ayant mille prétextes de toucher sa main
d'effleurer ses cheveux, il eût accepté de
passer là sa vie. Seul avec elle, pendant les
fréquentes absences de sa mère et de sa
sœur, à peine osait-il davantage. Il l'adorait
pieusement, il ne pouvait comprendre encore
son bonheur.

— Suis-je digne de vous? lui disait-il avec
l'humilité charmante de l'amour. Non, mais
je tâcherai de le devenir. Et il se sentait des
forces nouvelles, portées avec puissance vers
le beau et le bien ; tout son être palpitait de
sentiments généreux; il ne se reconnaissait
plus et lui disait avec candeur : « Vous
avez fait de moi un autre homme ! » Il versait
son cœur devant elle, il était plein d'élans
naïfs; jeune, ardent, sincère, et Marianne,
de plus en plus heureuse et confiante, jouissait du bonheur de l'admirer en l'aimant.

Le lendemain de l'incendie, comme ils
étaient réunis tous les quatre dans la salle à
manger, Emmeline, ayant ouvert l'*Echo
pictavien*, s'écria :

— Oh ! par exemple, voilà comment on
raconte les choses ! Mais c'est indigne !

— Qu'est-ce donc ?

— C'est l'incendie. Je ne sais pas qui a
écrit cela. On n'y parle que de M. Pierre
Démier, et c'est à peine s'ils ont mis le nom
d'Albert.

— Est-il possible? s'écria Mme Brou; il faut
que ce rédacteur soit imbécile !

— Mais, dit Albert...

Il se tut. Emmeline avait commencé de
lire :

« Hier un violent incendie a éclaté dans la
rue de la Tranchée, au sein de ces bicoques
habitées par des indigents dont on connaît
l'imprévoyance, le désordre et l'imprudence.
Allumé sans doute par quelque ivrogne ou
par quelque petit polisson jouant avec des
allumettes, l'incendie s'est rapidement pro-
pagé dans ces misérables demeures, la plupart en bois vermoulu, et l'on a pu craindre
un instant pour la belle maison neuve de
MM. Frémond, qu'on est heureusement par-
venu à préserver. Quelques personnes de la
classe ouvrière ont reçu des brûlures en cherchant à sauver leur misérable mobilier; mais
aucune perte de vie n'est à déplorer, grâce à
la courageuse initiative de quelques-uns de
nos concitoyens. Une vieille femme, oubliée
dans un grenier, poussait à sa lucarne des
cris déchirants ; mais la maison où elle se
trouvait, envahie de tous côtés par les flammes, menaçait ruine. M. Pierre Démier, un
de nos plus brillants élèves en médecine,
s'empare d'une échelle et, malgré les repré-
sentations qui lui sont adressées, l'applique
au mur brûlant et monte. Cet exemple intré-
pide est bientôt suivi : trois autres jeunes
gens s'élancent après lui, parmi lesquels

nous sommes fiers de citer M. Albert Brou, le fils de l'éminent docteur. Mais déjà l'héroïque Démier est à la lucarne. Les flammes redoublent d'intensité, elles l'entourent, le lèchent; elles semblent vouloir lui disputer leur proie. La vieille femme hésite, pousse des cris perçants; on craint qu'elle n'entraîne son sauveur. Un instant, une fumée rougeâtre les dérobe aux yeux des spectateurs, qui jettent des cris d'angoisse. Enfin l'on voit reparaître Pierre Démier, traînant après lui celle qu'il arrache à une mort épouvantable, au péril de sa propre vie. Mais le toit semble près de s'effondrer : seraient-ils sauvés? Albert Brou est au sommet de l'échelle, il pose un pied sur le toit. Tout le monde lui crie : N'allez pas! n'allez pas !

En effet, la moindre surcharge peut causer l'effondrement. M. Brou s'arrête. Pierre Démier arrive enfin près de l'échelle et il remet la malheureuse presque évanouie à Albert Brou, qui, chargé du fardeau, descend quelques échelons et le remet à la personne qui le suit. Pierre Démier descend à son tour et un immense soupir de soulagement s'échappe de toutes les poitrines. Un instant après, la maison tout entière fondait dans la braise. Mais tous étaient sauvés ! et l'on n'avait plus qu'à remercier la Providence de n'avoir point permis que nos jeunes et vaillants concitoyens fussent victimes de leur dévouement. »

— C'est d'une absurdité! s'écria Mme Brou. Aller faire un héros de ce Pierre Démier, le fils de notre charpentier; tandis qu'Albert !...

Elle se leva dans un transport d'indignation :

— Je croyais que l'*Écho pictorien* était un journal qui se respecte, mais...

— Me sera-t-il permis de donner mon avis? dit Albert.

— Sans doute, parle; je veux que ton père aille exiger une rectification. -

— Voyons, maman, un peu de calme. Tu n'y étais point, n'est-ce pas, et j'y étais? Eh bien! le récit est amphigourique et boursouflé, mais après tout assez exact. Pierre a été réellement l'initiateur du sauvetage, c'est lui qui a porté l'échelle.

— Mais c'est toi qui as monté.

— Oui, ma... après lui.

— C'est to... qui as arraché la vieille femme, qui as marché sur le toit brûlant, au milieu des flammes !...

— Non, mille fois non ; c'est Pierre.

— Ton père nous l'a dit.

— Mon père s'est trompé ou plutôt on l'a trompé, car il n'est arrivé qu'après l'événement et quand je venais de tomber, ainsi que Pierre, aux derniers échelons, parce que l'échelle était rongée par le feu. C'est Pierre qui est allé sur le toit jusqu'à la lucarne, et

je l'attendais en effet au haut de l'échelle, prêt à lui porter secours, si.....

— Prêt! oui, sans doute, héroïque enfant, et ce n'est pas ta faute si ce Pierre a passé devant. Voilà comment se font les réputations. D'ailleurs tu es toujours trop modeste, toi.

Albert se mit à rire.

— Voyons, maman; il ne faut pas être jalouse comme ça. Je voudrais bien être le héros, moi, puisque ça te ferait plaisir, et que peut-être on m'en aimerait davantage. (Il regarda Marianne.) Mais enfin ce n'est pas moi cette fois-ci ; je tâcherai de prendre ma revanche un autre jour.

— Non, vraiment! s'écria-t-elle; pour cela, je te le défends. C'est assez comme cela. Veux-tu me faire mourir? Tu n'as pas le droit de t'exposer.

— Alors il ne faut pas en vouloir à Pierre d'avoir pris ma place. A propos, je voudrais bien avoir de ses nouvelles, car c'est lui qui a dû se brûler ! Puis il est tombé de plus haut que moi.

— Bah! un garçon de sa classe ne se sera pas fait de mal ; ils sont habitués... D'ailleurs tu n'es pas lié avec lui.

— Mais si, dit Emmeline; je l'ai vu l'autre jour avec Albert, qui l'emmenait dans sa chambre.

— Albert ! Je t'avais défendu de te lier avec ce garçon, dit Mme Brou; il y a assez de jeunes gens de notre rang, sans que tu ailles chercher un ouvrier...

— Mais Pierre est un des plus distingués de l'école, et du reste un excellent garçon ; ce n'est pas lui qui est ouvrier, c'est son père.

— C'est la même chose! répliqua d'un ton sec la fille de *maître* Chouron. Si tu l'engages à venir chez toi, il faudrait donc aussi que tu allasses chez lui... Cela ne convient pas au fils du Dr Brou ; je te l'avais dit, et je suis mécontente que tu n'en aies pas tenu compte.

— Ne t'échauffe pas là-dessus, maman ; Pierre est trop fier lui-même pour se lier avec nous, et il a plus d'une fois dédaigné nos avances. Il ne songe d'ailleurs qu'à travailler. S'il est venu ici quelquefois, c'est parce que naturellement nous nous rencontrons en chemin et que je lui ai demandé des explications, pour lesquelles j'avais besoin de lui montrer mes cahiers. Mais, l'autre jour, quand je l'ai engagé à monter simplement,—j'étais avec Turquois et Chevin,—pour causer et fumer avec nous, il a refusé sous un prétexte...

— Tu lui demandes des explications, toi, à ce garçon-là. Est-ce possible?

— Puisque je te dis qu'il est peut-être le

plus fort de nous tous. Tu as des préjugés, ma pauvre maman !...

En ce moment, les yeux de Mᵐᵉ Brou, déjà très-contrariée de toutes ces choses, tombèrent sur Marianne, qui semblait écouter attentivement, et tout aussitôt son visage animé s'enflamma davantage. Se tournant brusquement vers Emmeline :

— Comment se fait-il, mademoiselle, que vous vous permettiez de lire les faits-divers, quand cela vous est défendu ?

— Mon Dieu ! maman, répondit la jeune fille, saisie de cette brusque interpellation, c'est que je voulais voir qui prêchait à Saint-Pierre, voilà tout, et...

— Un sermon et un incendie, ça n'est pourtant pas la même chose, il me semble ?

— Non ; mais, après le sermon, j'ai vu l'incendie, et alors j'ai voulu lire, parce que je pensais qu'on faisait l'éloge d'Albert.

— Pas du tout, c'est l'éloge de M. Pierre, fils du charpentier d'à côté. Je ne l'aurais pourtant pas cru de l'*Echo pictorien*, qui est un journal de bons principes.

— Ne lui en veux pas, maman, dit Albert, qui avait pris le journal, il y a tant d'autres bonnes choses ; tiens, rien que deux miracles pour aujourd'hui : l'un à Sainte-Radégonde, l'autre à la campagne. Et puis des tirades bien senties contre les incrédules et les républicains. Ne la gronde pas, va.

— Toi, tu ris de tout, dit Mᵐᵉ Brou, trop en colère pour goûter cette fois les facéties de son fils.

Et elle s'en alla à la cuisine sans doute pour exhaler sa mauvaise humeur aux dépens des bonnes. Emmeline ne tarda pas à s'absenter également, les deux amants restèrent seuls. Ce fut Marianne qui s'approcha la première en prenant la main d'Albert.

— Moi aussi, je suis mécontente, dit-elle.

Cependant elle souriait.

— Vous aussi, Marianne ? Oh ! alors, si j'avais su, je me serais tout bonnement jeté dans le brasier.

— Méchant !... je suis mécontente d'un mot que vous avez dit en me regardant : qu'on vous aimerait encore davantage, si votre courage eût mieux éclaté.

— Ah ! Marianne ! c'est bien vrai ? Vous ne m'en voulez pas d'être au-dessous du récit que vous a fait mon père ? Ma mère m'en veut bien, elle.

— Pas moi.

— Oh ! vous, vous, Marianne ! C'est que vous êtes la divinité du beau et du bien. Vous êtes si bonne ! Mon Dieu ! que ferai-je pour être en effet un héros, c'est-à-dire un homme digne de vous ? Ah ! oui, je regrette bien de n'être pas monté le premier, de n'avoir pas atteint la lucarne plus tôt que Pierre !... Mais une autre fois...

— Vous avez été sincère, cher Albert ; vous n'avez point cherché à vous parer d'un héroïsme qui cependant était dans votre pensée, et je vous aime mieux ainsi. Que cela est triste de faire d'un dévouement une vanité !...

Il la regardait avec ivresse parler ainsi de son air doux et pensif, en baissant les paupières sous les regards enthousiastes qu'il attachait sur elle, mais sans pouvoir cacher les flammes pures de son œil noir et l'incarnat croissant de sa joue. Il tenait dans les siennes les deux mains de Marianne et les baisait alternativement.

— Oh ! c'est assez, disait-elle à demi-voix en cherchant à retirer ses mains.

— Est-ce que je vous fâche, Marianne ? Ah ! si vous saviez... quel bonheur !...

— Oh ! alors, dit-elle naïvement, en lui abandonnant ses mains.

Pourtant, l'instant d'après, elle les retirait encore, impressionnée, confuse de ces baisers brûlants, et ne sachant qu'invoquer dans son trouble, le monde extérieur revint à sa pensée.

— Ah ! si l'on venait ! Laissez-moi !

Il la laissa, et tout de suite elle courut à la fenêtre à demi ouverte, et mit sa tête dans ses mains.

— Que cela est grand et doux, l'amour ? pensait-elle. Pourquoi suis-je émue ainsi ?

L'air, embaumé des parfums des lilas, des glycines et des marronniers, caressait ses joues brûlantes, et lui infusait dans sa tiède haleine toutes les harmonies du printemps. Au bout d'un instant de rêverie, Marianne releva son front sérieux et, regardant fixement Albert, qui l'avait suivie :

— Si je croyais, dit-elle, que nous ne dussions pas nous aimer toujours, je préférerais mourir.

Il répondit par d'enthousiastes serments.

Les fenêtres de la salle à manger donnaient sur la rue, en face de la grille à demi ouverte. Une personne parut et pénétra dans le jardin en se dirigeant vers la porte de la maison. C'était un jeune homme qui portait un cahier roulé sous le bras.

— Eh ! c'est Pierre ! s'écria Albert.

En même temps, il poussa la persienne à demi fermée. Le jeune homme s'approcha et échangea une poignée de main avec Albert, et rougit légèrement en saluant Marianne.

— J'ai appris à l'école que vous étiez malade par suite de l'affaire d'hier, dit-il à Albert, et je venais demander de vos nouvelles. Je vois avec plaisir que vous n'êtes pas alité.

— Je n'ai véritablement aucun mal, répondit Albert ; ce n'est qu'une excessive prudence de mon père qui me retient à la maison. Moi aussi, je m'inquiétais de vous, et avec plus de raison ; car c'est vous seul, mon cher Pierre, qui vous êtes sérieusement exposé.

— Bah ! je n'ai eu que les cheveux roussis et quelques écorchures, qui heureusement ne m'empêchent pas d'écrire.

— En effet, vous avez fait couper vos cheveux; c'est pourquoi, au premier abord, je ne vous remettais pas. Mais cela vous va très-bien.

Pierre rougit de nouveau sur ce compliment.

— Mais, continua le jeune Brou, si vous avez perdu vos cheveux, en revanche vous avez gagné de figurer avec grand honneur dans les colonnes de l'*Echo pictorien*.

— On m'a montré cela. C'est pitoyable ! Et j'en suis en colère. Comment ! on ne peut pas monter sur un tréteau sans tomber sous la prose de ces gens-là ?

— Mais, monsieur, dit alors Marianne, ils vous ont rendu justice.

— Oh ! mademoiselle, pardon, c'est une chose, la justice, qui n'est pas de leur compétence. Ils ont mis mon nom dans de sottes phrases à effet, ils ont boursouflé une chose toute simple, ils m'ont fait danser au bout de leurs ficelles. Je n'aime pas cela. Est-ce qu'une bonne action a besoin de compliments ? Faut-il avoir le désagrément d'être hissé sur un tréteau, et barbouillé de noir et de blanc, parce qu'on a eu la joie d'être utile ? Ce serait à en dégoûter... si c'était possible...

— Mais, dit encore la jeune fille, il faut pourtant faire connaître les belles actions : cela élève les âmes.

— Alors qu'on taise au moins les noms, reprit le jeune homme. Vous ne sauriez croire comme cela gâte la joie que l'on éprouve... car enfin c'est un grand bonheur, je ne le cache pas, d'avoir arraché une créature à la mort. Vous avez dû sentir cela, vous aussi, Albert ?

En achevant ces mots, la voix de Pierre s'altéra un peu, et ses traits exprimaient une émotion si noble et si élevée, que Marianne en ressentit pour lui une sympathie soudaine. Déjà elle l'avait considéré avec autant d'intérêt que de curiosité, et le trouvait un peu étrange, mais d'une étrangeté qui lui plaisait. Il n'avait rien de la tournure et des manières des jeunes gens de la bourgeoisie qu'elle avait vus jusque-là ; il était grand, brun de cheveux et un peu de visage, avec une barbe déjà développée, bien qu'il ne semblât guère plus âgé qu'Albert. Ses traits étaient peu délicats, presque rudes, et pourtant cette figure avait une expression extraordinaire de bonté, de franchise et d'idéalisme. Cela tenait sans doute à l'ampleur de son front, qui occupait presque la moitié de son visage, ou bien à

l'expansion du sourire qui ouvrait ses lèvres sur deux belles rangées de dents blanches.

Pierre Démier n'était pas irréprochablement habillé, la coupe et la couleur de ses vêtements sentaient la petite boutique; il n'avait nullement l'élégance mondaine. Pourtant il ne manquait pas d'une bonne grâce particulière, celle de la force d'abord, puis du naturel, et une aisance qui résultait précisément de son insouci de la mode et des conventions, chose presque aussi rare chez les artisans que chez les bourgeois.

— Après ça, mon cher, dit Albert en continuant le même sujet, ce que nous avons fait n'était qu'une petite comédie de liberté, vous savez, et sans la Providence...

Pierre haussa les épaules.

— Sûrement, dit-il ; mais alors pourquoi ont-ils des pompes ?

— C'est une simple impiété. La Providence n'avait qu'à éteindre. Mais, à propos, pourquoi faisait-elle flamber ?

Il se mit à rire.

— C'est bien ridicule, reprit Pierre ; mais quand on pense que tout un département, — il n'y a pas mille têtes à excepter, — que ces sottises sans la moindre objection, que cela s'imprime depuis des siècles et s'imprimera peut-être... (il devint rêveur) combien de temps encore ?... C'est triste, allez !

Marianne entendait ces choses pour la première fois, et, toute saisie de la nouveauté, réfléchissait.

— Nous vous scandalisons peut-être, chère cousine ? lui dit Albert.

Avant qu'elle eût pu répondre :

— Oh ! je ne crois pas ! s'écria Pierre.

Etonnée, elle le regarda.

— Non, dit-elle, j'y pense.

Il s'inclina doucement, sans ajouter un seul mot.

— Mais nous discutons là debout, dit Albert ; n'entrez-vous pas, mon cher Pierre ?

— Non, merci.

— Comment ? Vous veniez me voir...

— Pardon, je venais seulement demander de vos nouvelles ; on m'attend à la maison.

Il salua de suite et partit.

Quand il fut de l'autre côté de la grille :

— Cette nature-là me plaît, dit Marianne.

— Oui, répondit Albert ; c'est dommage qu'il ne soit que le fils d'un charpentier. Mais sûrement il se fera sa place.

Il prenait la main de Marianne pour la ramener dans l'intérieur de la chambre, quand il vit sa mère.

— Marianne, dit celle-ci, permettez-moi de vous faire une observation : si c'eût été un jeune homme de notre rang, vous auriez dû vous retirer de la fenêtre. Une jeune fille ne doit causer avec un jeune homme qu'en présence de ses parents. Pour celui-ci, cela n'a pas d'importance. Mais quelle vanité ridicule ! C'est parce qu'on l'a mis sur le journal qu'il va se montrer ainsi partout. Quelle petitesse chez ces gens-là !

Albert et Marianne protestèrent en vain, Mme Brou *savait ce qu'elle disait*.

— Des gens simples ! s'écria-t-elle. Des charpentiers qui veulent faire de leur fils un médecin ! Allons donc ! Je vous dis que c'est pétri de prétentions, et moi, cela m'exaspère. Les prétentions des gens vulgaires, il n'y a rien de plus méprisable. A présent, le monde est fait de telle sorte qu'il n'y a plus de démarcations, il n'y a plus moyen de se distinguer. Nous allons au bouleversement de la société.

Ces opinions paraîtront sans doute peu avancées ; mais il ne faut pas trop les reprocher à Mme Brou, car elles lui ont été inculquées par la bonne bourgeoisie poitevine, à laquelle elle s'honore maintenant d'appartenir ; du moins, cette nombreuse majorité de la bourgeoisie qui suit les instructions pastorales de Mgr Pie, en y ajoutant celles des révérends pères jésuites et dominicains, qui se partagent ou plutôt se disputent l'empire des âmes dans la vieille cité. M. Brou cependant est libéral, et Mme Brou a une confiance aveugle autant qu'orgueilleuse dans le génie de son mari. Mais, pas plus que tant d'autres maris, le docteur n'a converti sa femme. Peut-être n'y tient-il guère ? Ou bien la logique de l'Église serait-elle supérieure à celle du Dr Brou ?

VI

Il faut bien des nuages pour cacher le soleil ; il faut une dissimulation profonde pour cacher l'amour, et la jeunesse, heureusement pour elle, a plus de soleil que d'ombre. Le secret d'Albert et de Marianne ne tarda pas à être le secret de toute la maison, y compris le domestique et les bonnes, qui sont, comme chacun sait, les surveillants naturels de leurs maîtres, et rétablissent ainsi, dans le mal, l'égalité naturelle à laquelle ils ne croient pas. Les bonnes souriaient quand elles voyaient nos amoureux s'échapper dans le jardin l'un après l'autre ; elles riaient tout à fait en voyant Mme Brou donner à son parterre des soins exagérés et retenir sa fille auprès d'elle, tandis qu'Albert et Marianne s'enfonçaient dans les massifs. Oui, ni la délicatesse du docteur, ni la convenance de Mme Brou, ni d'une part tant de bonhomie, ni de l'autre tant de dignité, n'avaient donné le change à la science psychologique de Mariotte, de Firmin et de Louison. Tous les trois avaient fort bien vu que M. et Mme Brou voulaient absolument marier leur fils à leur pupille, et qu'ils faisaient pour cela tout ce qu'on peut faire, sans agir ouvertement. Retranchés dans leur cuisine, comme des spectateurs dans une loge, ils s'amusaient du spectacle, et, dans l'entr'acte, en jasaient. Autant de paroles blessantes, d'humiliations, de gronderies, infligées pendant le jour par Mme Brou à ses bonnes, autant de rires et de bons coups de langue à huis clos, le soir. Et, comme on avait ses amis au dehors, qu'on les rencontrait au marché, au cabaret, à la sortie de l'église, la chronique Brou circula bientôt dans les offices du monde comme il faut, d'où elle avait déjà passé aux salons, quand M. Brou se décida enfin à ouvrir les yeux.

Ce fut un soir de la fin de mai, qu'on parcourant les massifs d'un pas à la fois leste et prudent, M. Brou vit Albert et Marianne causer en tête-à-tête dans l'allée du bois ; si complètement tête-à-tête que la fin de l'amoureuse causerie fut un baiser. Il fit aussitôt crier le sable, tout en regardant de l'autre côté, par ménagement pour Marianne ; mais les deux amants n'en durent pas moins soupçonner qu'ils avaient été vus, et la jeune fille, effarouchée, s'en alla bientôt cacher dans sa chambre son inquiétude et sa rougeur.

Resté seul avec son fils, M. Brou s'arrêta, se campa magistralement sur la colonne vertébrale, leva la tête, prit un visage sévère, et, regardant son fils, jeta ce seul mot, d'une voix solennelle :

— Albert !

— Mon père, dit en frémissant un peu le jeune homme, dont cette attitude et cette interpellation levèrent les doutes, et qui se mit en garde aussitôt.

— Je viens de m'apercevoir d'une chose dont je ne me doutais guère...

— C'est, parbleu ! bien cela, pensa Albert, qui rougit et n'en demanda pas moins : « Ah !... Quoi donc ? »

— Tu pouvais t'en douter en te rappelant à quel moment je suis arrivé tout à l'heure. Que tu aies conçu de tendres sentiments pour la cousine, cela ne m'étonne pas et ne me déplaît pas ; mais ces sentiments peuvent et doivent se concilier avec le respect que mérite une jeune fille confiée à ma protection, à ma surveillance. Il ne peut être question ici d'une amourette cachée, d'une passion secrète, et mon fils doit être le premier à regarder la pupille de son père comme un objet digne d'amour sans doute, mais sacré. Je devais donc être le premier instruit de tes sentiments, et, sous les yeux de ta noble mère, d'une sœur ingénue, tu ne devais pas chercher à obtenir de Marianne ces faveurs qu'autorisent seulement des fiançailles ouvertes, suivies d'un prompt mariage.

— En vérité, dit Albert à la fois confus et blessé, je ne me crois pas, mon père, si coupable. J'aime Marianne, j'ai le bonheur d'en être aimé ; nous voulons nous marier, c'est bien simple, et, dans cette situation, un baiser ne me semble pas un crime...

— Il est du moins un danger, dit magistralement le docteur. Un premier baiser en entraîne d'autres, la jeunesse vous emporte... Et quelle rougeur nous monterait au front, si nous pouvions être accusés d'avoir suborné une jeune fille qui nous a été confiée, et cela dans un but cupide, afin de rendre le mariage nécessaire... car on ne manquerait pas de le dire... Ah ciel ! ajouta l'honorable chef de famille en levant les bras vers le ciel qu'il invoquait et qui, du bleu le plus souriant, ne semblait nullement irrité de l'aventure. — Ah ! ciel, une pareille injure à mes sentiments désintéressés ! Une pareille tache sur notre honneur, ce serait affreux !...

— Si vous saviez combien est grand mon respect pour Marianne, et quelle est sa pureté à elle, vous ne nous outrageriez pas ainsi, dit Albert avec indignation.

— Oui, je sais !.... je sais !.... Les premiers enthousiasmes !... Et moi aussi, j'ai été jeune !... On fait des rêves d'azur, on se nourrit de regards célestes et de becquètements furtifs. On baise la trace de ses pas, on fait des vers, on n'aspire qu'aux ravissements de l'amour pur. Mais notre nature est une diablesse exigeante, à qui il faut toujours du nouveau et du plus. On est trop amoureux pour chercher ailleurs des compensations, et l'on arrive tout doucement... où l'on protestait qu'on ne voulait pas aller...

— Vous n'avez pas le droit... dit Albert suffoqué.

— J'ai le droit de l'expérience, et, comme père en outre, le droit de conseil, de remontrance, reprit avec sévérité M. Brou. Sache m'écouter : il faut que tu deviennes ostensiblement, du moins pour nous, le fiancé de Marianne, et qu'en même temps vous n'ayez plus de relations qu'en notre présence. Je préviendrai à ce sujet ta mère, que jusqu'ici sa confiance en toi a aveuglée, et dès ce soir je veux parler à Marianne. Toi, tu me donneras, je l'espère, ta parole d'honneur de ne plus chercher d'entretiens clandestins avec ma pupille ; autrement la cohabitation deviendrait impossible, et je me verrais forcé de t'envoyer de suite à Paris. Cela dérangerait tous mes plans et même tes études, mais en aucune occasion on ne me verra balancer avec le devoir, avec l'honneur !...

En parlant ainsi, comme il ramenaient leurs pas vers la maison, l'apparition d'Emmeline coupa court à l'entretien et laissa Albert sans réplique, sous le coup de la solennité de cette déclaration. Confus, irrité, blessé, de tous les jets de lanterne que son père avait promenés sur leur pur amour, meurtri de la chute qu'il venait de faire, des délices de ce baiser partagé à la brutale et sévère morale paternelle, il retourna sur ses pas et alla s'enfoncer tout seul dans les profondeurs feuillues, où il aimait tant à conduire Marianne. Ne plus la voir que devant témoins ! n'était-ce pas trop cruel ? trop injuste aussi, car, ainsi qu'Albert l'avait dit à son père, le respect, l'amour même, ne lui permettaient que de chastes pensées. Il en était au point qui devrait être considéré comme le point culminant de l'amour, où le seul bonheur d'aimer et d'être aimé remplit l'être et le déborde. Il se disait quelquefois que trois ans c'était bien long, mais seulement parce que ces trois ans devaient comporter de longues séparations. L'amour de cette fille charmante l'avait élevé dans un monde nouveau. Il se sentait soulevé par des flots d'amour et de courage ; il travaillerait ; il deviendrait un homme remarquable ; il le fallait bien pour qu'il fût digne d'elle ! Quelle force ! quelle ardeur ! quelles joies supérieures ! Tout plaisir vulgaire était loin désormais de sa pensée ; il n'avait pas même besoin de s'en défendre. L'homme aimé de Marianne ne pouvait que les dédaigner. Et même... Ah ! s'il avait su !... s'il avait su quel bonheur lui était réservé, comme il eut été meilleur, plus sage !...Mais il redeviendra digne d'elle, à force d'amour.

Albert avait une de ces organisations d'artiste qui ne marchandent pas avec l'idéalisme, à l'occasion. Dans l'ombre parfumée des massifs, ses yeux bleus attachés sur les nuages mordorés du couchant, qui s'éteignaient peu à peu, ses blonds cheveux au vent, son jeune visage enflammé d'amour et de poésie, il murmura un hymne à sa chère fiancée, en répétant avec transport ce mot qui, prononcé par son père, lui charmait encore l'oreille. Mais, quoi ! ne plus toucher des lèvres sa douce main, son beau visage ?... Ne plus la voir, dans leur solitude à deux, troublée, indécise, jeter les yeux autour d'elle, pour les ramener bientôt avec tendresse dans ses yeux à lui ; tantôt le retenir d'instinct, et tantôt s'abandonner avec une confiance supérieure, qui l'intimidait plus encore. N'avoir plus de ces ravissements ! Ne la voir qu'en présence de la curieuse Emmeline et sous les yeux de Mme Brou, qui déjà semblaient à Albert deux plateaux de balance, occupés à peser les convenances de tel mot, de tel regard, d'un chuchottement...

Ah! quel regret! quel supplice!... Mais non, fou qu'il était! la voir! là voir!... Ne pas être à cent lieues d'elle, il y avait là malgré tout des trésors de joie. Et il s'en contenterait, trop heureux encore!...

Car il n'y avait pas à résister à la volonté paternelle. On pouvait discuter avec M. Brou, —c'était un bon père et il aimait à se montrer tel;—seulement il n'y avait point d'exemple qu'avec lui la discussion eût servi à quelque chose, et sa volonté, une fois exprimée, ne changeait point. Il n'y avait d'autre ressource que les petites infractions possibles que comporte toujours la tyrannie, le monarque ne pouvant être partout. Albert y songea un peu et se rapprocha de la maison pour contempler la fenêtre de Marianne.

Elle était éclairée, et voilà ce qui se passait à l'intérieur:

M. Brou n'avait pas perdu de temps, il était monté chez sa pupille. Déjà confuse et inquiète, Marianne éprouva un saisissement en voyant entrer son tuteur, qui ne venait jamais dans sa chambre à l'ordinaire. Sans parler, elle lui offrit un siège et se hâta d'allumer une bougie, le jour ayant disparu.

— Vous voilà bien seule et bien pensive dans cette ombre, ma chère enfant, lui dit-il, et vous feriez mieux d'aller folâtrer avec Emmeline, que votre absence attriste; car nous vous aimons tous ici. Il faut rester enfant le plus longtemps possible, cela est également bon pour l'âme et pour le corps.

Il s'assit et, la voyant troublée, qui cherchait pour lui répondre des paroles banales, il dit tout à coup après l'avoir fixement regardée:

— Je viens de causer avec Albert.

Le front de la jeune fille se baissa, et ses joues s'empourprèrent.

— Mon enfant, reprit le docteur, si votre père ne m'avait pas confié vis-à-vis de vous une mission sacrée, je n'éprouverais qu'un sentiment: la joie, une joie profonde de savoir Albert aimé par vous. C'est bien rare qu'on puisse apprécier d'avance et connaître déjà comme une fille celle qui devient l'arbitre de la destinée d'un fils chéri. Voir son bonheur assuré par les grandes et sérieuses qualités qui vous distinguent, avoir pour belle-fille une personne que nous aimons déjà comme notre propre enfant, c'est là un bienfait de la Providence qui nous comblerait tous... si vous étiez majeure, ou si votre cher père vivait encore et pouvait ratifier votre volonté; mais vous êtes malheureusement orpheline, vous n'avez que dix-neuf ans, et c'est moi qui suis chargé par votre père de veiller sur vous, de diriger autant que possible vos volontés, votre choix, de garder votre réputation, d'assurer votre bonheur... Eh bien, ma chère Marianne, comprenez-vous com-

bien ma situation est délicate, et combien ce que j'eusse considéré comme un bonheur, en d'autres circonstances, me semble presque un malheur... Oui, ou tout au moins une situation pleine d'épines et de dangers...

Il s'arrêta, et la jeune fille balbutia:

— Non, je ne comprends pas, monsieur. Pourquoi cela?

— Vous ne comprenez pas que dans une situation où tout me commande de ne voir, de n'imaginer que votre propre intérêt, de le démêler et de le défendre avec un soin jaloux, en un mot, d'atteindre à la plus haute impartialité, je me vois partial malgré moi, engagé par mes sentiments de père, et ne pouvant plus démêler si j'agis dans votre seul intérêt ou pour le bonheur de mon fils. Albert vous aime, il vous aimera toujours; votre abandon serait le désespoir de sa vie, et vous voulez que je sois neutre et que je puisse vous conseiller froidement?

M. Brou s'était levé; il arpentait la chambre avec agitation. Marianne courut à lui.

— Mais, mon cher tuteur, que craignez-vous? et pourquoi le bonheur d'Albert ne serait-il pas le mien?

— Sans doute, pourquoi pas?... Mais peut-être sommes-nous aveugles tous deux, mon enfant, vous par... amour, moi par amour paternel. Or dans cette affaire si délicate de votre mariage, je le répète, ce n'est pas un tuteur aveugle qu'il vous faut.

La jeune fille, redevenue calme en face de l'agitation de son tuteur, sourit.

— Je n'ai point d'inquiétude, dit-elle, et vous n'avez à vous faire aucun reproche; vous n'en aurez jamais....

— Non, si, comme je l'espère, vous êtes heureuse; mais, à défaut de vous, d'autres m'en adresseront. Vous ne connaissez pas la malignité publique, on m'accusera de vous avoir influencée en faveur de mon fils. Ah! la fortune est quelquefois une chose terrible. Si vous étiez pauvre, notre bonheur ne serait pas moins grand de vous avoir pour fille... que dis-je! il le serait bien plus; car je n'aurais pas à encourir ces soupçons, ces accusations odieuses de l'opinion, qui, pour un homme d'honneur, sont le plus cruel des supplices. Moi, me voir soupçonné d'une captation, après toute une vie d'honneur et de désintéressement passée dans les fonctions les plus délicates!...

— C'est pour cela, monsieur, qu'on ne vous accusera pas, on ne l'oserait, et ce sont là des choses méprisables.

M. Brou se rassit en fixant les yeux à terre d'un air sombre.

— Oui, reprit-il, la prière de votre père a été pour moi sacrée, et j'ai béni le jour où vous êtes entrée dans ma maison, Marianne;

car, outre la mémoire, si chère pour moi, de ce pauvre Almont, je vous ai jugée au premier coup d'œil. Vous deveniez ma fille ; je n'ai pas assez compris que pour Albert vous pouviez, vous deviez être autre chose qu'une sœur. Mais d'ailleurs avais-je le choix ?...

— Sans doute, dit Marianne, et c'est ce qui vous justifierait complètement, si vous aviez besoin de l'être. La responsabilité revient toute à mon cher père, à... Albert, dit-elle en rougissant, et à moi.

— Elle est plus grande, ma chère enfant, que vous ne pensez. J'ai parlé tout à l'heure de votre fortune ; elle me crée encore bien d'autres soucis. Marianne, le monde adore la richesse. Vous ne seriez pas ce que vous êtes, vous n'auriez ni beauté, ni agréments, ni charme de caractère, que vous n'en auriez pas moins une foule d'adorateurs qui emploieront près de vous l'adulation, les beaux sentiments. Ils vous feront croire qu'ils vous adorent quand ils ne seront passionnés que pour votre dot. Il y en aura de beaux, d'insinuants, d'habiles. Vous ne connaissez pas encore le monde, la vie ; vous ne vous connaissez pas vous-même, mon enfant, et vous vous êtes engagée déjà !... Albert sera loin de vous... Il n'aura pour lui que la sincérité de son amour et le souvenir... Et vous, en proie à tant de séductions, Marianne, lui resterez-vous fidèle ?

— Ah ! monsieur !... s'écria-t-elle en protestant.

— Mon pauvre Albert peut être brisé par la perte de cet amour, auquel je l'ai si imprudemment exposé... Je le connais : sous une apparence légère, il cache une profonde sensibilité...

— Monsieur, dit Marianne, vous aviez la bonté de me louer tout à l'heure, et maintenant vous me croyez capable d'une trahison...

— Eh ! ma chère petite, le cœur peut changer. Je sais que vos intentions sont toujours droites et pures ; mais, je vous l'ai dit, vous ignorez le monde et ses séductions.

— Je ne tiens nullement à les connaître. Vos craintes, monsieur, sont bien fausses ; mais il est facile de les apaiser, et je resterai dans la retraite jusqu'à ce que...

— Jamais, mon enfant, jamais ! s'écria M. Brou en se levant avec vivacité. Non, dussions-nous en être victimes, dût Albert en recevoir la mort, vous irez dans le monde, vous serez libre de choisir, vous ferez vous-même votre destinée. Et, pour que ma conscience n'ait rien à se reprocher et puisse me rendre témoignage au milieu des attaques dont, je le prévois, je serai l'objet, je vous le dis d'avance, Marianne, je ne consentirai pas à votre mariage avec mon fils avant votre majorité. Maintenant, mon enfant, ajouta-t-

il en se rapprochant d'elle et en lui prenant la main, j'ai une chose à vous demander dans l'intérêt de votre réputation et de la mienne : c'est que vos doux entretiens consentent à ne point s'écarter de l'aile maternelle de Mme Brou, et ne s'exposent jamais ni à troubler les chastes rêves d'Emmeline ni à tomber sous l'observation grossière de nos gens.

Ayant ainsi parlé, en accentuant d'un ton pénétré chacune de ses phrases, le docteur se disposa à se retirer ; tandis que Marianne, péniblement froissée par ses dernières paroles, ne montrait aucune envie de l'en empêcher. Il s'arrêta alors, et, d'un ton plein d'onction et de paternité :

— Bonsoir.... mon enfant !... Bonsoir... ma chère fille.

Entraînée par cette dernière expression, Marianne s'avança et lui présenta son front humide et rougissant. Le docteur la serra contre sa poitrine, et s'il n'alla pas jusqu'à la bénir, c'est que la réalité, malgré tout, a ses pudeurs, en dépit de tous nos siècles de littérature.

Il laissait la jeune fille dans une agitation dont elle fut longtemps à se remettre. C'était en elle une confusion de choses pénibles, de mots inquiétants, de pudeurs froissées, d'indignations et de fiertés soulevées, qui tremblaient et s'entre-croisaient en elle, comme les diverses parties d'un paysage dans le miroir d'un lac agité. Enfin elle réussit à classer un peu ses idées. Avant tout, deux choses lui étaient pénibles : la défiance qu'on montrait de ses propres sentiments, et le peu de joie qu'en somme paraissait causer son alliance. Assurément, il n'était pas venu à l'esprit de Marianne de faire intervenir sa fortune entre ses sentiments à elle et ceux d'Albert ; mais peut-être inconsciemment avait-elle jugé que cette considération ne pourrait être qu'agréable pour la famille. Et voilà qu'au contraire, la délicatesse du Dr Brou faisait un malheur de cet avantage...

Marianne, un peu déconcertée, se plut toutefois à admirer le désintéressement de son tuteur. Quel homme délicat et quel caractère élevé ! Ainsi, quoique tremblant pour le bonheur de son fils, il ne voulait pas que sa pupille s'engageât avant d'être majeure ; d'avoir eu tout le temps de la réflexion et d'avoir acquis la plénitude de sa volonté !

— Après tout, se dit-elle, il n'y a pas pensé ; mais cela ne change rien. Nous ne pouvions pas nous marier avant qu'Albert eût fini ses études. Pauvre Albert ! il trouve ce temps si long !...

Une rougeur envahit le visage de Marianne. Elle se rappelait les dernières recommandations de son tuteur ; il les avait vues s'embrasser, cela était bien évident. Oh ! qu'elle avait été imprudente et faible ! Mais aussi ! elle ne savait comment le refuser ; il en était si heureux ! Et puis cela était bien naturel, puisqu'elle l'aimait. Cependant, oh ! maintenant, non, jamais !

Elle se cacha le visage dans ses mains; ses joues brûlaient. Elle s'en voulait mortellement à elle-même,.. à Albert, un peu, oh ! bien peu... Et l'on avait pu lui recommander de respecter la chasteté d'Emmeline, de se défier des regards des domestiques ! Des larmes de honte s'échappèrent de ses yeux.

— Oh ! non, plus jamais !

Le docteur pouvait être maintenant tranquille. Toutes les fiertés de sa pupille, tous ses sentiments personnels surexcités, secondaient les deux choses qu'il avait à cœur : le maintien de la foi jurée et la sévérité des apparences. Albert et Marianne s'épouseraient, et nul n'aurait à en médire. Malheureusement c'était un peu tard et, pour gagner la bataille, il avait fallu se compromettre un peu. Mais M. Brou et sa femme étaient loin de s'en douter Ils étaient de ces bourgeois, très-nombreux, qui croient leurs domestiques incapables de les comprendre, et s'étonnent bonnement ensuite des *insignes suppositions* du public, si mensongères ! Le ciel en est témoin ! Et vraiment, il s'en faut de si peu qu'ils ne le croient ainsi ! N'en aurions-nous pas été presque persuadés nous-mêmes, vous et moi, si nous avions eu l'indiscrétion de pénétrer, le soir même, dans la chambre à coucher de M. et Mme Brou, et que nous eussions entendu le docteur raconter à sa femme ses faits et gestes de la soirée, reproduire, du même ton pénétré, les observations qu'il avait présentées à son fils et à sa pupille, en y ajoutant encore de nouveaux développements profondément sentis ?

— Enfin, dit-il en achevant son discours, je ne dis pas, certes, que ce mariage me soit désagréable ; mais, à bien prendre, il a, pour un homme délicat, de grands inconvénients.

— Mon ami, répondit noblement Mme Brou, c'est que tu pousses toujours la délicatesse à l'extrême ; sois donc plus tranquille. Ce n'est pas notre faute si ces deux jeunes gens s'aiment, cela est tout naturel, et pourvu que nous observions toutes les convenances, ainsi que tu l'as sagement décidé, on ne peut rien avoir à nous reprocher.

Elle parla même des consolations de la conscience, et les deux époux s'endormirent satisfaits d'eux-mêmes. Pourquoi pas ? Il y avait déjà plus de deux mois que le docteur avait dit à sa femme : *ton fils est un sot !* La mémoire d'un homme si occupé laisse échapper bien des choses. Il n'y avait pas deux jours, il est vrai, que Mme Brou protégeait avec un

soin jaloux, en même temps que la santé de ses rosiers, les tête-à-tête de son fils et de Marianne; mais quoi ? elle n'eût pas manqué de bonnes raisons pour établir qu'au soin d'une famille, les convenances n'exigeaient pas tant de rigueurs. Et puis alors savait-on ?... L'observation des *convenances* a cela de bon, comme les pratiques religieuses, qu'elle laisse l'esprit et la conscience libres de vagabonder à leur ombre en toute liberté. Maintenant on veillerait sur ces chers enfants, sur ces fiancés ; car ils l'étaient désormais, et un peu de prudence et de contrainte ne rendrait pas leur amour moins fidèle et moins assuré.

Le lendemain matin, Marianne était à peine levée qu'elle reçut la visite et la bénédiction maternelle de Mme Brou ; puis ce fut Emmeline qui vint se pendre à son cou en lui disant :

— On m'a tout dit, méchante dissimulée. C'est égal, je te pardonne, car je suis si contente que tu deviennes ma sœur !

Ce fut complété par un entretien en famille au jardin, où l'engagement d'Albert et de Marianne fut précisé, consacré, béni par de tendres et solennelles congratulations, mêlées, comme la veille, de craintes et d'espérances. La jeune fille, surmontant sa timidité, écarta les craintes par de nouvelles protestations. Non, ses sentiments ne pouvaient changer, elle n'était ni vaine ni inconstante : son orgueil froissé le lui répétait à elle-même, et, bien qu'il ne lui fût pas possible d'être plus sincère et plus touchée qu'elle ne l'avait été quand d'elle-même elle s'était fiancée à Albert, cependant elle se sentait maintenant engagée d'honneur autant que de sentiment. Le bonheur de cette famille et sa considération, qui, à cause de ce mariage, allait être compromise, c'était à Marianne de les conserver et de les défendre. Elle le ferait désormais ; elle se sentait mariée comme si le prêtre et le maire y eussent passé. Douce, timide même, dans la vie ordinaire, Mlle Aimont avait un grand fonds de susceptibilité, de fierté et de décisions, qualités naturelles que les exemples et les leçons de son père avaient encore fortifiées. Tout cela étant sacré devait être décidé.

A dater de ce moment, l'idée d'une unité de famille s'établit en effet, et régna de plus en plus entre ces cinq personnes, qui se regardaient comme liées pour la vie. Il y eut plus de laisser-aller, d'intimité dans leurs rapports. Vis-à-vis de leurs parents, Albert et Marianne se traitèrent en fiancés, et, si le jeune homme, de temps à autre, profita d'un instant de solitude pour baiser une main qu'en famille il se contentait de serrer, parfois discrètement, s'il tendit souvent à oublier les recommandations paternelles, Marianne, forte de ces recommandations, les fit observer. Ils n'en étaient pas moins fort heureux, ou peut-être davantage. La sérieuse observation de ce lien lui donnait un charme plus constant, une plénitude plus grande. Albert avait repris ses cours avec ardeur, il se distinguait aux examens commencés. Emmeline raffolait de sa petite sœur, qui contentait toutes ses fantaisies. Le docteur joignait la tendresse d'un père à l'aimable galanterie d'un tuteur, et M⁽ᵐᵉ⁾ Brou, tout en s'efforçant de former sa future belle-fille aux plus hautes prescriptions de l'étiquette, ne s'appliquait pas moins à lui plaire et à lui présenter le sein de la famille Brou comme une nouvelle édition de l'Eden.

La douceur et la tranquillité de cette vie pénétraient en effet Marianne. Elle voyait plusieurs fois par jour son fiancé et puisait dans ses regards une source intarissable d'heureuses rêveries. Libre dans la maison, elle pouvait, selon son goût, se renfermer dans sa chambre ou se mêler aux entretiens et aux travaux de ces dames, faire de la musique, lire ou étudier. Le soir, on sortait à pied ou en calèche, soit pour gravir, au trot des deux beaux chevaux amenés de Trégarvan, les coteaux qui entourent la ville et dominent des paysages délicieux, soit pour suivre les longues et belles allées de Blossac, parmi les groupes des promeneurs de la ville. Là on rencontrait les amis et les connaissances de la famille, on prenait des chaises et l'on causait. Marianne était l'objet d'une curiosité discrète. Plusieurs de ces dames et demoiselles liaient conversation avec elle, et cherchaient à entrer dans son intimité. Sans parti pris, sans savoir elle-même pourquoi, elle se liait peu. D'une part, elle était encore trop endolorie de son chagrin, elle craignait le monde, et, de l'autre, elle avait le cœur trop plein. Son deuil lui servait à repousser les invitations ; mais, au bout de huit mois, il avait bien fallu, cédant aux instances d'Emmeline et de sa mère, mêler à ce noir un peu de blanc.

— Certainement, cette chère enfant nous accompagnera dans le monde, l'hiver prochain, disait M⁽ᵐᵉ⁾ Brou. Mais il faut encore la laisser un peu tranquille, ajoutait-elle en confidence ; une si grande douleur ! Ce père était de sa part l'objet d'un culte !

— Il serait par trop étrange de faire jouer à cette belle héritière le rôle de Cendrillon, disait par-derrière l'élégante Parisienne, femme du capitaine-major.

— Et ce serait dommage ! répondait avec componction M⁽ᵐᵉ⁾ Turquois, qui avait deux filles et un fils à marier.

— Il me la faut cet hiver à mon premier bal, s'écriait la préfète, et je n'admets pas

d'excuses. Je préviendrai M⁽ᵐᵉ⁾ Brou que les convenances l'ordonnent.

M⁽ᵐᵉ⁾ la préfète n'avait qu'une fille ; mais son neveu, un don Juan de vingt-cinq ans, habitait la préfecture, et, de peur qu'il ne fît la cour à sa cousine, car il était sans fortune, elle avait hâte de le marier. Dans bien d'autres têtes à l'entour, l'idée de l'*héritière des Brou*—c'est ainsi qu'on désignait Marianne—faisait flotter plus d'un rêve, quand elle ne servait pas de thème aux malignités ; car ceux précisément qui convoitaient l'*héritière* pour un fils ou pour un neveu trouvaient abominable que les Brou s'en fussent emparée, et ne désespéraient pas de la leur souffler.

— S'ils gardent trois ans ce trésor-là... disaient en riant la plupart.

Et M⁽ᵐᵉ⁾ Tourlot, la femme du major, brune piquante, qui charmait les plus graves magistrats et dont les femmes enviaient la désinvolture, tout en la blâmant, disait :

— Je vais bien m'amuser à la galerie ! Qui tient pour le jeune Albert ? Moi, je tiens pour... l'autre.

— Vous ne croyez donc pas, madame, à la fidélité ? observa d'un air galant un vieux conseiller.

— Eh ! monsieur, des amants qui se voient tous les jours ! Et pas d'obstacles ! Pendant deux ou trois années !... Allons donc ! Pénélope elle-même y perdrait sa tapisserie. Ulysse du moins était absent !

— Mais Albert aussi le sera.

— Alors, reprit-elle, l'*autre* sera présent.

Et elle se mit à rire, ce qu'imitèrent autour d'elle tous les bons amis des Brou. Ceux-ci se croyaient fort à couvert, parce que jamais à la promenade Albert ne donnait le bras à Marianne, mais seulement Emmeline ou le docteur.

M⁽ˡˡᵉ⁾ Almont continuait aussi ses œuvres de bienfaisance, un peu au hasard, toutefois, vu les obstacles qu'opposait M⁽ᵐᵉ⁾ Brou à ses excursions. Mais elle eut bientôt un allié précieux dans sa voisine, femme du charpentier, M⁽ᵐᵉ⁾ Démier. Par l'entremise d'Henriette, Marianne lui ayant une fois envoyé 100 fr., pour un de ses protégés, la bonne femme, quelque temps après, vint tout franchement parler à M⁽ˡˡᵉ⁾ Almont de nouveaux malheureux qui méritaient secours. Cette visite eut lieu en présence de M⁽ᵐᵉ⁾ Brou. La doctoresse fut convenable avec la femme du charpentier ; elle la fit asseoir et lui parla *avec bonté*. Elle ne pouvait faire autrement, M⁽ᵐᵉ⁾ Démier étant une des femmes les plus estimées du quartier, et son mari d'ailleurs étant propriétaire. Et puis, du moment qu'elle ne venait que pour une raison spéciale, qu'elle se tenait bien selon son rang, portait le petit bonnet de l'artisane, et se faisait prier deux fois avant de s'asseoir, il n'y avait rien à dire. Marianne la reçut mieux encore, la remercia de sa démarche et la pria de recourir à elle en toute occasion. Il ne fallait pas prier beaucoup pour cela Mᵐᵉ Démier. Connue pour son bon cœur dans presque tout Poitiers, les malheureux accouraient chez elle. Sa compassion toutefois n'était pas banale ; elle voulait connaître par elle-même, voyait, s'enquérait, et cherchait les moyens de tirer les gens d'embarras plus fructueusement que par l'aumône.

— On peut se fier à elle, disait Mᵐᵉ Brou à Marianne, et cela vous épargnera, ma chère enfant, de voir par vous-même, ce qui est bien difficile. Il n'y a pas de mal à dire des Démier, ce sont de braves gens, et ils n'ont que ce ridicule d'avoir voulu faire de leur fils un *monsieur.*

Mᵐᵉ Démier revint donc de temps en temps voir Marianne, qui la recevait de préférence dans sa chambre, où elles s'entretenaient mieux. La bienfaisance, comme tous les bons sentiments, a sa pudeur. Marianne se plaisait dans la conversation de cette femme simple et bonne, qui, avec des aperçus pleins de jugement, était tolérante sans faiblesse et compatissante pour tout ce qui souffrait.

Il faut dire que Mᵐᵉ Brou n'était pas sans déplorer les *prodigalités* de Marianne, mot qui s'appliquait exclusivement aux œuvres de bienfaisance ; car le don d'un bijou ou d'une robe à Emmeline s'appelait d'un autre nom : attention généreuse et délicate.

— Il est effrayant, disait la doctoresse à son mari, de voir Marianne dépenser ainsi plus de la moitié de son argent. Ce sont là des habitudes qu'elle ne pourra pourtant pas garder quand elle sera mariée.

Et plus d'une fois elle essaya de déterminer le docteur à arrêter sur ce point ce qu'elle appelait les *excès* de sa pupille.

— Il faudrait pourtant, reprenait-elle, apprendre à Marianne quelques principes d'économie : par exemple, lui faire capitaliser seulement par an un millier de francs.

Mais le docteur, sans différer d'avis au fond avec sa femme, trouvait qu'il était dangereux de taquiner Marianne sur ses goûts et agissements et recommandait toujours d'éviter de la contrarier.

— Cela cessera de soi-même, disait-il, quand elle ira dans le monde ; ou bien le mariage changera naturellement tout cela.

Comme beaucoup d'autres, il pensait que toute la difficulté est d'arriver au mariage, et qu'il faut y conduire la femme par un chemin de fleurs ; après quoi le code arrange tout, et la cage garde l'oiseau. J'ai vu bien des braves gens être de cet avis et ne point faire autrement.

Le docteur se contenta donc de faire observer plusieurs fois à Marianne qu'il fallait s'attendre à de grandes déceptions quand on voulait faire le bien. « On y dépense beaucoup de cœur et d'argent, et tout cela en pure perte. D'abord on ne fait que des ingrats ; puis on se trouve vis-à-vis de gens atteints de vices invétérés, que rien ne peut guérir. De plus, ces gens-là manquent d'économie ; ils ne savent rien mettre de côté, et il y en a qui font des dépenses auxquelles regarderait un bon bourgeois. Que voulez-vous ? la misère est la misère, et on ne peut pas la détruire. »

— Cela est vrai, disait Mᵐᵉ Brou, on doit être charitable pour l'amour de Dieu, voilà tout, et afin de gagner le ciel. Mais il faut bien de la religion pour surmonter le dégoût que ces gens-là vous inspirent.

Marianne recevait ces conseils avec un embarras triste : elle était trop jeune, trop ignorante pour avoir réfléchi sur un tel problème. Jusque là, pour elle, la misère était une injustice du sort, qu'elle souffrait de voir, et les pauvres des malheureux, qu'elle soulageait avec délices. Elle ne savait rien de plus, sinon que son père lui avait dit que c'était le devoir des riches de soulager les pauvres, et cette parole pesait pour elle plus que tout autre. Elle fermait son esprit aux aphorismes de M. et Mᵐᵉ Brou. En les écoutant, Marianne en éprouvait une impression pénible et la subissait aussi longtemps qu'elle ne pouvait détourner la conversation : c'était tout. Une fois pourtant, la conduite d'un de ses protégés ayant donné raison aux théories du docteur, elle se sentit épouvantée ! Oh ! si c'était vrai que la misère fût le vice, et qu'il fallût détacher son cœur de ceux qui souffrent, quelle horrible chose ! La jeune fille ne se sentait point l'insouciance superbe du docteur et de sa femme, qui, tout en déclarant que les couches inférieures de la société n'étaient qu'une sorte de fumier social, dormaient si bien là-dessus, à l'aide des bons matelas qu'ils possédaient ! Elle passa des heures cruelles, n'osant dire à personne le sujet de son tourment. C'est qu'à ses yeux la question se présentait ainsi : aimer ou maudire, sauver ou abandonner ? Si les pauvres étaient réellement méprisable valaient-ils encore la peine d'être secourus ? La jeunesse est comme l'enfance de l'humanité : elle ne voit que le bien ou le mal, Dieu ou Satan ; elle damne ou adore. Heureusement Mᵐᵉ Démier vint ce jour-là, et Marianne lui confia son chagrin. L'excellente femme poussa de vraies exclamations, blâma le coupable et finit ainsi :

— Eh ! que voulez-vous ? les malheureux ne sont pas parfaits. Il y en a que la misère abrutit, d'autres qu'elle rend méchants. C'est bien triste ! Mais les heureux ne sont point parfaits non plus.

Ce mot resta dans le cœur de Marianne, et à l'occasion s'y développa en réflexions intelligentes. Elle en aima davantage Mme Démier, et dès lors les aphorismes du docteur et de sa femme furent dépensés en pure perte plus que jamais.

C'avait été également une grande surprise pour Marianne quand elle avait appris que la mère d'Henriette repoussait le secours qui lui était tendu et refusait de se séparer de son mari. Ce respect de l'esclave pour sa chaîne, cette affection instinctive survivant à tout ce qui crée et entretient l'affection, ne pouvaient être compris par la jeune fille. Se plaindre et refuser d'écarter la cause de son mal est un effet d'éducation chrétienne et sociale, qui, pour être stupide, n'en est pas moins fréquent; mais ceux que la vie n'a pas encore brisés ont peine à le concevoir. Henriette, aussi bien que Marianne, blâmait sa mère en ceci. Mlle Almont n'en continua pas moins d'aider cette pauvre femme, qui s'abandonnait elle-même; elle lui fournissait des fortifiants, habillait les enfants, payait l'école, et comblait de petits cadeaux Henriette, qui l'adorait.

Les mois s'écoulaient ainsi, et l'époque du départ d'Albert devint proche. Séparation redoutée des deux amants, et en même temps reconnue par eux désirable et nécessaire, puisqu'elle devait aboutir à leur union. Albert se promettait que deux années, après les études qu'il avait déjà faites, lui suffiraient pour obtenir le grade de docteur. Il étudierait avec tant de zèle! Marianne également l'espérait; Mme Brou le jugeait possible; on avait fini par y compter. Ils n'en étaient pas moins longs, ces deux ans, bien longs, quoique les vacances de Pâques et les grandes vacances dussent les couper agréablement.

— Et puis n'irions-nous pas voir Paris? avait dit timidement Marianne. Il faut bien voir Paris!

— Mais oui, avait répliqué Mme Brou. C'est une bonne idée. N'est-ce pas, Anatole? Il faut bien que ces jeunes filles voient Paris.

Emmeline avait battu des mains et crié de joie, M. Brou n'avait pas dit non, Albert avait conclu:

— C'est une chose convenue.

Et l'on avait agité l'époque du voyage. Au mois d'août, par les grandes chaleurs, on partit pour la campagne: une fort jolie campagne que les Brou possédaient à Ligugé, une des stations du chemin de fer les plus voisines de Poitiers. Le docteur, après ses visites, s'y rendait chaque soir. Albert avait terminé ses cours; il ne partait pour Paris qu'en octobre. Nos amoureux eurent là deux mois et demi de charmantes vacances. Au milieu des splendeurs de la nature, ils sen-

taient mieux le charme de leur amour. Tantôt errant au milieu de rochers agrestes, et tantôt dans les belles prairies qui bordent le Clain sous un soleil splendide, au milieu des herbes, des fleurs, des parfums, d'un essaim d'insectes et d'oiseaux, ils s'aimaient et vivaient avec ivresse. Emmeline et sa mère, il est vrai, les accompagnaient toujours; mais encore avaient-ils bien les instants où seuls, en face l'un de l'autre, ils pouvaient s'épancher avec plénitude. Cette association, par elle-même si enthousiaste, avec une jeune fille aussi intelligente qu'ingénue et d'un caractère plein de noblesse, avait singulièrement élevé Albert. Plus réfléchi, plus doux, il ne mettait plus dans ses jugements cette légèreté sceptique qui affecte la supériorité et n'est guère qu'une marque d'insuffisance; il se montrait bon, sensible, parfois ingénieux. Sa santé même s'était fortifiée, et ces deux mois à la campagne en firent — Mme Brou du moins le déclarait — le plus beau garçon du monde. Elle pensait encore tout bas qu'un pareil jeune homme pouvait prétendre à tout, et que Marianne était bien heureuse.

Mais ces beaux jours passèrent, les feuilles des peupliers jonchèrent la prairie; le colchique pâle, au pistil d'or, y remplaça les œillets et les marguerites. Le cœur des amants se serra, comme faisait le sein de la nature, et l'on revint à Poitiers pour les préparatifs du départ.

La veille, M. Brou emmena son fils dans son cabinet; là il lui compta la somme nécessaire au voyage et à l'installation, lui donna l'adresse de quelques personnes et finit par ces paroles, prononcées d'un ton à la fois docte et paternel:

— Maintenant, Albert, je te recommande le travail; il t'est plus nécessaire qu'à tout autre. Ton avenir tout entier dépend de la promptitude de ton succès. Je n'ai pas besoin de te dire que tu laisses ici ton bonheur; nous y veillerons fidèlement. Mais plus ton absence sera longue et plus le danger sera grand: « Souvent femme varie. » Nous ne pouvons pas empêcher Marianne de voir le monde; elle y sera vivement recherchée et l'on fera des efforts pour la conquérir. Cependant Marianne a un caractère sérieux qui me donne espoir. C'est à toi surtout qu'il appartient d'entretenir son amour par des lettres assidues; mais plus courte sera l'épreuve, je le répète, mieux cela vaudra. Veille surtout à ce que ta conduite ne puisse pas fournir d'armes contre toi à tes rivaux. Par les femmes, — elles sont assez perfides pour cela, — tout pourrait arriver aux oreilles de la fiancée. Prends garde! J'ai été jeune comme toi et je connais la vie des étudiants. Pour beaucoup, l'étude n'est qu'un prétexte. Je n'admets pas que tu puisses être de ceux-là; mais, à côté d'un tel excès, il y a bien des distractions qu'il faut éviter. Par exemple, pas de *ménage*; ça, c'est un fléau. Ces filles sont bavardes, remuantes; elles aiment le plaisir et vous entraînent malgré vous. Ensuite, la chose est sue de tous les étudiants du pays, on en jase au retour, et, comme je te l'ai dit, un rival peut avoir l'indélicatesse d'en profiter. Nous avons une partie serrée à jouer, ne l'oublie pas. On cherchera de tous côtés à t'enlever Marianne; base là-dessus tous tes plans. La jeunesse a ses besoins, et je ne suis pas plus dur qu'il ne faut être; mais j'estime que des satisfactions passagères doivent suffire à un jeune homme sérieux et soucieux de son avenir. Surtout ne te laisse captiver par aucune de ces petites filles; on se sert de ces femmes-là, on ne les prend pas au sérieux. N'oublie jamais le bonheur qui t'attend ici et rends-toi digne de le posséder. Enfin sache bien que j'entends ne dépasser, sous aucun prétexte, la somme fixée pour ta pension, et que, si tu faisais des dettes, je ne les payerais pas. Compte là-dessus.

Ce discours achevé, M. Brou se leva et mit la main sur l'épaule de son fils en ajoutant quelques paroles encourageantes. Albert, se levant également, balbutia qu'il emportait les meilleures résolutions, qu'il ne songeait qu'à bien travailler..., qu'il comptait absolument sur Marianne.... Il était dans la situation d'un homme qui vient de recevoir un grand coup de poing, dont il est encore tout étourdi. Une fois, au commencement, il avait interrompu son père par une courte exclamation; mais le docteur avait continué. Une vive rougeur était montée alors au visage d'Albert et il s'était tu; maintenant il ne protestait pas. Pourquoi? Quelle était cette fausse honte? de quoi se composait-elle? Il était pourtant indigné et se sentait comme meurtri.

En sortant du cabinet de son père, il ne voulut pas rentrer dans la salle à manger où l'attendait Marianne; il se rendit dans le jardin avec le désir de ne pas la rencontrer, et, une fois au grand air, il fut parcouru de ce frisson, brr, qu'on ressent après une émotion pénible, peur ou dégoût.

— Les pères, se dit-il, ne comprennent pas l'amour. Chère Marianne! je ne redoute point qu'elle puisse changer, et moi aussi, je veux lui rester fidèle.

— Albert! Albert!...

C'était Mⁿᵉ Brou qui cherchait son fils et se pendit à son bras.

— Je ne sais pas comment faire, lui dit-elle, pour faire ranger dans ta malle ce pâté de perdreaux truffés. Elle est pleine comme

un œuf. Je vais en ôter les habits d'été, dont tu n'auras besoin que plus tard.

— Maman, laisse donc! Je ne veux pas de ce pâté.

— Tu n'en veux pas? Par exemple! Il faut que tu aies toujours quelque chose dans ta chambre, pour prendre un morceau quand tu auras veillé tard. Et puis, on est si mal nourri dans ces pensions. Pauvre enfant, va! Je t'enverrai un panier de vin de Bordeaux, mais je ne veux pas que ton père le sache. Veux-tu aussi des prunes à l'eau-de-vie?

— Non, maman; merci.

— Tu dis toujours non, mais je sais bien que tu aimes les friandises. Ah! quand je ne serai plus là pour te soigner... Pauvre petit! Ne vas pas t'enrhumer surtout! Puis, ajouta-t-elle en baissant la voix, pas de folies! Il y a des garçons qui se sont perdu la santé là-bas. Ah! ciel! que vas-tu devenir, quand je ne pourrai plus veiller sur toi?

— Sois tranquille, maman; je te reviendrai tout comme me voilà. Si je m'enrhume, je me soignerai; ne faut-il pas que j'apprenne?

— Je t'enverrai aussi de mes sirops. A Paris, c'est fait avec des drogues, ça ne vaut rien.

— Une idée, maman: si tu mettais dans ma malle un peu de tout, afin que je puisse le trouver à l'occasion.

— Mauvais enfant, tu plaisantes, quand j'ai le cœur brisé de ton départ. Ah! moi qui ne t'avais jamais quitté...

— Je reviendrai, chère mère, et nous ne nous quitterons plus.

— Et ne manque pas d'écrire souvent à Marianne. Il faut cela. Tu m'écriras aussi, et si tu as de petits ennuis... Tu sais bien que je t'ai toujours gâté, méchant Bébert!

Le soir, dans l'ombre, au jardin, un entretien plus doux, plus profond, releva l'âme d'Albert et consola presque la douleur de Marianne. Jamais le jeune homme n'avait donné à son amour des accents plus enthousiastes, plus tendres; on eût dit qu'il voulait le venger des abaissements que lui avaient infligés d'autres pensées. Aussi, que pouvait-on sur elle, sinon s'élever aux plus hauts sommets de l'amour et de la confiance, lorsque de sa voix douce et tendre, elle disait:

— Nous ne serons point séparés, Albert. Ma pensée sera près de vous et je sentirai la vôtre près de moi. Pendant que vous étudierez là-bas pour devenir un homme utile, moi je réfléchirai, j'apprendrai pour devenir digne de tous mes devoirs de femme. Cher ami, ces deux années ne seront pas perdues; elles nous sont plutôt nécessaires. Nous sommes trop jeunes encore pour nous marier; car il ne s'agit pas seulement d'être heureux, mais aussi d'être capable de remplir sa tâche et de rendre heureux... les autres.

Elle lui dit encore :

— J'ai compris, à quelques mots de votre mère, que l'on craignait votre absence pour mon amour, Albert. C'est bien peu me connaître. Je suis sûre que vous n'avez pas cette crainte et quant à moi, je vous ai donné toute ma confiance et je sais que vous m'aimerez là-bas comme ici. Que sont donc les êtres qui pourraient ainsi changer ?

Enivré d'amour et de respect, l'adorant, il répondit par les serments les plus vifs et les plus tendres; ils se quittèrent pleins de foi, de courage, d'amour.

Le lendemain, après un déjeuner rapide, où nul ne mangea, où tous les yeux étaient pleins de larmes, M. Brou, tirant sa montre, se leva :

— Allons ! Il est temps.

Mme Brou poussa un gémissement, et se précipitant sur une assiette du dessert :

— Ah !... Et ces raisins, Albert ? si tu les emportais pour ta route ? Cela te rafraîchirait.

Il eut bien de la peine à s'en défendre; mais il reçut en cachette un petit porte-or, qu'en l'embrassant elle lui mit dans la main. Albert embrassa ensuite sa sœur et Marianne ; après quoi la mère éplorée vint se rejeter dans ses bras. Enfin, entraîné par le docteur, qui seul l'accompagnait à la gare, il partit, emportant un dernier regard de Marianne, d'une ravissante éloquence, et qui lui resta dans les yeux jusqu'à Paris.

VII

La ville de Poitiers est bâtie sur une colline en forme de promontoire, et aplatie au sommet, qu'entourent deux rivières, le Clain et la Boivre, profondément encaissées entre des coteaux abruptes, hérissés la plupart de rocs nus, noirs et sourcilleux, qui surplombent de fertiles prairies. A part les vieux et beaux monuments qu'il lui a laissés le catholicisme des premiers siècles, et celui du xe et xiiie siècle, son vieux palais des comtes, et sa vaste promenade de Blossac, Poitiers est un grand village mal bâti, aux maisons basses, la plupart accompagnées de jardins; aux rues étroites, mal pavées, silencieuses, qu'assouplissent encore les longues murailles de plusieurs couvents. La cité gauloise n'est plus représentée, — si toutefois ce témoin n'est pas celui d'un autre âge, — que par un dolmen dans la campagne ; la cité romaine, que par des arènes ruinées.

Çà et là, dans cet ensemble roman, gothique et vieillot, l'époque moderne a posé quelques maisons neuves, une vaste et dispendieuse préfecture. Mais le vieil esprit que recèle la pierre, depuis le tombeau de la femme de Clovis, où se font annuellement des miracles, jusqu'aux portes tracées par les huguenots, qui ont aussi leur légende miraculeuse, cet esprit catholique et aristocratique est resté l'atmosphère de la ville; il y a des classes, d'ailleurs entièrement séparées; une aristocratie légitimiste, encore puissante par sa fortune et son prestige, la vieille bourgeoisie de souche poitevine et la classe ouvrière indigène. Chacun de ces mondes-là vit à part des autres, sauf le monde ouvrier, qui hante les deux avec un mélange de haine et d'amour; mais on n'en sait pas moins réciproquement tout ce qui se passe; on cause surtout, dans le monde bourgeois, des événements qui ont lieu dans la famille de M. le marquis de X..., ou de Mme la baronne Y...; on s'attendrit sur les malheurs; on fouille les vices et les ridicules, tout cela avec une égale complaisance; car tout cela établit ou ne rétablit l'égalité; on ne dédaignera pas non plus de s'intéresser aux familles ouvrières méritantes; on les estime, on les choiera même, pourvu qu'elles sachent rester à leur place, être zélées, dévouées au besoin, et qu'elles sachent apprécier la condescendance.

En dépit de la morgue et des commérages, règne entre ces trois mondes une sorte de fraternité de secte. L'église, le confessionnal et le couvent les rassemblent, et malgré leurs différences, ils se retrouvent tous dévots et Poitevins contre l'ennemi commun, c'est-à-dire ce qui, forme ou fond, tient au progrès ou, pour parler plus justement, au moderne. Les vrais commérages, ceux qu'envenime la dévotion haineuse, les bons coups de dents, les flèches les mieux aiguisées, sont réservés pour les hérétiques, parpaillots et fils du siècle, qu'on appelle la colonie, autrement dit les fonctionnaires de passage envoyés par l'autorité, depuis le préfet, en passant par le membre du parquet, et l'employé des finances, jusqu'au lieutenant de garnison. Cette catégorie a beau représenter le pouvoir, fréquenter l'église et contribuer à l'ornement de la ville, elle n'en vient pas moins d'on ne sait où; elle n'en a pas moins des manières plus dégagées, un ton moins lourd, des allures hétérodoxes. Elle sent le fagot, et avec elle ceux des Poitevins qui la fréquentent. C'est donc une bonne proie pour l'oisiveté des esprits, et on peut la déchirer à loisir. On ne voit pas ces gens-là, mais on les connaît, on les épie, on sait par les bonnes les détails privés de leur existence, et des yeux et des langues braqués derrière les vitres les assassinent au passage.

Il y a cependant un certain groupe de

fonctionnaires de l'État qui, bien qu'étrangers, sont à bras ouverts acceptés par les membres de la cité. C'est l'évêque et son clergé, avec les révérends pères que l'ordre des jésuites et celui des dominicains entretiennent dans la ville. C'est qu'ils sont, ceux-là, les citoyens de la vraie, de la grande cité, les fils de la Rome céleste et papale ; ils n'apportent point un autre air et d'autres coutumes ; ils parlent la langue natale, et l'on s'entend avec eux à demi-mot.

Pourtant l'harmonie ne règne pas dans ce monde ultramontain ; il existe au contraire, entre les deux chapelles rivales des dominicains et des jésuites, une lutte sourde mais profonde, lutte grosse d'ambitions cléricales, de vanités pieuses, d'intrigues dévotes, et qui partage naturellement le troupeau. Telle famille tient pour les bons pères jésuites ; telle autre, pour les saints pères dominicains. Le clergé métropolitain s'indigne de voir son prestige éclipsé par celui des pères noirs ou blancs, et chacun des souverains en calotte qui gouverne chacune des nombreuses paroisses de Poitiers voit avec douleur passer la plupart de ses ouailles sous cette domination étrangère.

On ne vit à Poitiers ni de politique ni de science, — à part quelques archéologues, — ni d'art, ni de littérature, ni de plaisirs mondains ; on y vit de haine contre l'esprit nouveau et de préférences entre les soutanes.

Sous l'Empire, c'est-à-dire à l'époque de cette histoire, il n'existait dans le département de la Vienne que deux journaux : l'un, celui de la préfecture, et l'autre, celui de l'évêché. Et c'était merveille de voir comme, au fond, ces deux nobles organes s'entendaient sur les bons principes et répandaient avec ensemble, parmi les populations du département, l'amour du trône et de l'autel ; la sainte fureur contre les brigands, pillards, assassins et autres démocrates, qui osaient attaquer ces bases sacrées de l'ordre social, et de bonnes petites calomnies qui devaient servir à faire connaître ces monstres aux petits bourgeois, aux femmes dévotes et aux bons paysans épouvantés.

Les Brou, de bonne famille poitevine, avaient le tort de sacrifier à Baal et de voir la colonie, sans que leur position les y obligeât absolument comme les Turquois, par exemple. Cependant la réputation du docteur, devenue officielle par la croix qu'il portait, rendait la chose excusable. Ils n'en voyaient pas moins, outre leur parenté, un noyau de vieille bourgeoisie, qui se réunissait chez eux dans l'intimité des petites soirées, et s'y heurtait quelquefois, mais rarement, jamais sans un vif intérêt de curiosité maligne, avec les autres intimes appartenant à la colonie. Le divertissement habituel de ces soirées était

le boston pour les personnes âgées, et le trente-un pour les jeunes gens. L'hiver précédent, le deuil de Marianne lui avait permis d'échapper à ces plaisirs, elle se retirait alors dans sa chambre. Mais désormais cela ne lui était plus permis, et peu de temps après le départ d'Albert, les petites soirées recommencèrent. Il y venait l'oncle de Mme Brou, le chanoine, assisté quelquefois d'un jeune abbé ; un chef de bataillon en retraite, parent de M. Brou ; trois douairières pourvues de deux nièces, d'une petite-fille et d'un carlin, deux vieilles filles, un vieux garçon ; la nièce de M. Brou, mariée à un professeur, et ses deux enfants ; un jeune médecin qui recherchait la faveur de M. Brou et celle d'Emmeline ; un cousin, clerc de notaire ; un propriétaire campagnard et sa femme, qui venaient produire leurs filles dans le monde ; la famille Turquois et quelques autres.

A la table de boston retentissaient les mots de *cœur ! carreau, je passe, atout*, etc. Les cartes se battaient et se distribuaient. La douairière disait un mot au carlin, qui lui répondait par un bâillement ; le professeur lançait une citation latine ou française, toujours classique ; le chanoine ou l'abbé ripostait ; le chef de bataillon ne disait rien, il jouait avec discipline et stratégie. Le propriétaire prenait des renseignements sur les hommes à marier, sa femme tricotait ; l'une des vieilles filles était dominicaine et l'autre jésuitesse ; elles échangeaient parfois des mots acidulés ; les autres douairières parlaient de choses d'église ; le vieux garçon passait pour un esprit fort, parce qu'il lançait quelques pointes au travers des démêlés cléricaux, en protestant *de son respect pour la religion*. La nièce de M. Brou aidait sa tante à faire les honneurs, c'est-à-dire à faire servir des sirops à un moment donné et à boucher les lacunes de la conversation, entre deux parties, par des observations d'une parfaite insignifiance. Parfois on abordait le scandale du jour, en baissant la voix, pour n'être pas entendu de la jeune table ; ou bien l'on déchirait à toutes mâchoires les amis des Brou, ceux de la colonie qui n'étaient pas là. Mme Turquois était une femme paisible et distinguée, qui avait l'air de dire des choses charmantes en ne disant rien. Elle regardait de temps en temps Marianne, de l'air dont un chat bien élevé regarde un rôti succulent, puis elle couvait d'un regard maternel son fils et ses filles ; et soupirait doucement en agitant les aiguilles de bois de son tricot.

Quelquefois, entre les hommes et les femmes restés en dehors du jeu, la conversation se partageait en s'animant, et l'on entendait, de part et d'autre, retentir des phrases comme celle-ci :

— Une cuisson de dix minutes, madame, pas davantage !

— Vous croyez ? Pourtant quatre ou cinq minutes de plus, il me semble... du moins c'est mon petit avis, la conservation serait plus sûre.

— Non, madame, ne le croyez pas; dix minutes suffisent. La saveur est plus fine, l'éclat plus beau. Voyez-vous, j'ai confiance dans la personne qui m'a donné cette recette autant qu'en mon confesseur.

— Ah ! mesdames, comme le Père Magnan prêche à ravir ; en sortant, j'en étais tout remuée.

— Il y avait des gens qui pleuraient.

— Qu'a-t-il dit ?

— Quoi ! vous n'y étiez pas ? Il prêchait sur l'immaculée-conception. M. Milano m'a dit qu'on n'avait jamais rien entendu de plus profond sur ce sujet.

— C'est un saint homme.

— Oui, et une si belle tête ! une onction !... Rien qu'à le voir ouvrir la bouche, on se sent touché.

— Il y avait là Mme Fredon, avec une robe de satin noir. Est-ce ridicule ? et sa grand'mère, la tripière, était encore là !...

— Ne m'en parlez pas. Les choses d'aujourd'hui, c'est à faire dresser les cheveux, C'est comme la Girin, l'ancienne mercière. Euh ! quand je vois ça, la main m'en démange, et je voudrais les souffleter en leur criant : à la boutique ! à la boutique !

— Il y avait aussi Mme Tourlot, *la major.* Vous ne devineriez jamais dans quelle toilette. Un corsage de laine rouge à la Garibaldi ! Dans une église, est-ce assez indécent ? Moi, je m'attendais à chaque instant que le bedeau allait la prier de sortir. Elle regardait aussi avec son lorgnon et faisait tourner la tête à tout le monde !

— Dame ! c'est son état, à ce qu'il paraît.

— Oh ! oh ! vous êtes méchante !

— Quand on est militaire, il faut bien avancer.

Et du côté des hommes :

— L'anarchie règne en Espagne...

— Que voulez-vous ?... la loi de décadence des empires... L'Espagne a atteint son plus haut point de splendeur et de prospérité sous Charles-Quint, comme la France sous Louis XIV. On ne recommence pas le grand siècle. Nous ne pouvons plus que descendre, comme les preuves en sont trop claires et trop abondantes ; le réalisme, le socialisme, l'hydre révolutionnaire.

— Il est certain, messieurs, disait le propriétaire, que les bras sont maintenant à un prix exorbitant. Un journalier vous demande 1 fr. 50 c. l'hiver et jusqu'à 3 fr. dans l'été. On ne peut plus vivre.

— Messieurs, quand j'étais petit, un beau

poulet se payait dix sous ; un bon domestique de ferme, 40 à 50 francs à l'année, et il ne voyait de lard sur son assiette que le jour de Pâques. Au train où nous allons, il faut compter avant peu sur la fin du monde.

— Hum ! observait le docteur, cependant la population a crû de moitié depuis ce temps-là.

— Justement ; comment voulez-vous faire ? C'est une bonne guerre dont on aurait besoin.

— Il ne manque pas de gens à notre époque à qui un peu de plomb dans la tête ne siérait pas mal, etc. etc.

On faisait aussi des calembours et l'on se passait les rébus du journal de modes.

A la table de trente-un on riait beaucoup, surtout celles des jeunes filles qui avaient de belles dents ou un joli cou, qu'elles renversaient avec grâce. M. Brou, Mme Brou, ou leur nièce Mme Turquois, y présidaient tour à tour. Les jeunes gens faisaient assaut d'esprit. Alfred Turquois tournait autour de Marianne, et s'épuisait à dire des choses aimables en jetant de temps en temps dans la glace un coup d'œil furtif; Emmeline déployait une gaieté folle en marquant ses points, et l'on refaisait à l'usage des jeunes gens l'éternel proverbe de *malheureux au jeu, heureux en amour.* Ceci faisait baisser les yeux à Mlles Turquois, qui n'avaient d'autre interlocuteur que l'abbé, d'ailleurs fort sémillant et qui s'efforçait évidemment de prouver qu'un ecclésiastique pouvait être aimable, même un peu mondain, sans manquer aux commandements de l'Eglise. Le jeune médecin, le clerc de notaire, s'empressaient auprès d'Emmeline, tout en regardant du coin de l'œil, avec des airs pensifs, l'*héritière des Brou*; mais elle était si passive et si rêveuse, si distraite parfois, que rien n'était moins encourageant. Elle marquait ses points, s'occupait d'une jeune enfant qu'elle avait placée près d'elle, et répondait laconiquement aux amabilités d'Alfred Turquois. De temps en temps, elle s'efforçait de sourire; mais la pauvre enfant s'ennuyait horriblement, jusqu'à en éprouver des bâillements nerveux, qu'elle contenait à grand'peine. Habituée à s'occuper intelligemment, à se rendre compte de ce qu'elle faisait, douée d'un esprit actif et lucide, elle étouffait dans ce cercle lourd et stupéfiant. Aucune des paroles qu'elle entendait ne lui apportait l'impression d'un sentiment ou d'une idée, non pas que les personnes elles-mêmes fussent généralement privées d'idées ou de sentiment; mais parce qu'elles étaient là chacune un rôle tracé d'avance, et ne se demandaient pas ce qu'elles pensaient, mais ce qu'elles devaient penser.

Au reste, à supposer qu'il y eût chez les

jeunes certaines qualités natives compri-
mées, il ne devait rester chez les autres aucun vestige de quoi que ce fût de particulier. Tout ce monde-là était frappé au même
coin d'inertie morale et de routine intellectuelle, et s'y complaisait. Les jeunes, évidemment, avaient pris le mot d'ordre comme
un devoir sacré. Puis étaient-ils vraiment
jeunes? Il y avait fort à en douter. Ces fi-
gures-là, pour la plupart, étaient stéréoty-
pées : elles reproduisaient des portraits de
famille. La petite nièce était l'image vivante
de la grande tante, la même sécheresse de
lignes et d'expression, et la descendance,
augmentée de l'éducation, n'avait fait qu'exa-
gérer le type primitif.

Marianne espéra s'habituer à ces petites
soirées; elle ne le put; son malaise, au contraire, et son impatience, ne firent que croî-
tre. Il lui prenait par moments des envies de
bâiller, de s'étirer, de crier, de s'enfuir,
presque irrésistibles; elle courait quelquefois dans la salle à manger, ouvrait la fenêtre et s'exposait au froid pour se remettre
les nerfs. Il y avait là un effet moral autant
que physique, elle sentait peser sur elle une
écrasante immobilité. Dans ce milieu catho-
lico-bourgeois, l'ennemi, c'est le mouvement.
Le retour du lundi, jour de ces réunions,
était donc pour Marianne un objet d'effroi.
Elle écrivait plaisamment à Albert que le
goût qu'elle éprouvait pour le monde prenait des proportions inquiétantes.

Il n'en fut pas de même toutefois lorsqu'il
s'agit d'aller au bal. D'abord la joie d'Emmeline et ses transports eussent suffi à prévenir favorablement sa compagne; puis, la
grâce de son costume et la beauté nouvelle
dont il la révélait, ne furent nullement in-
différentes à la jeune fille. Elle y trouva le
charme d'une artiste, et baissa doucement
les yeux à se voir si belle. Tout bas, son
cœur lui disait :

— Quel malheur qu'Albert ne soit pas là !
Elle garda ce sentiment tandis que la voiture les emportait vers la préfecture, et ce
fut une modeste fiancée, et non point une
jeune fille avide d'hommages, qui entra dans
la salle de bal au bras du Dr Brou.

Elle fit sensation; on l'attendait; elle était
la curiosité du bal et bientôt elle en fut la
reine. Sa toilette simple, toute blanche, lui
donnait un charme délicieux de pureté, en
harmonie avec sa taille et son visage. Elle
portait sur une robe de dessus en satin
blanc une robe de tulle, à tunique bordée
dans l'ourlet d'un large ruban de satin blanc;
son corsage, plus décent que les autres, qui
entourait ses épaules et cachait entièrement
sa gorge, était rattaché par des bouquets de
lilas blanc; une branche pareille, retenue
par un ruban de satin blanc, formait sa coif-

fure, d'un style grec charmant. La toilette
d'Emmeline était pareille, mais l'échafaudage
de cheveux, le type un peu vulgaire, et la
vivacité composée de la fille de Mme Brou,
donnaient à cette toilette un tout autre caractère. Emmeline, malgré sa légèreté, sentit
cette nuit-là qu'il n'était pas de son intérêt
de soutenir avec sa cousine un parallèle, et
elle revint un peu boudeuse.

— Bon Dieu ! ma chère, quelle moisson
d'hommages ! Il n'y en aura bientôt plus que
pour toi seule, et nous allons toutes ne plus
servir qu'à orner ton char. Eh bien ! tu t'es
fort amusée, je l'ai bien vu, toi qui faisais
tant la dégoûtée. Ce que c'est que d'être va-
niteuse, sans qu'on veuille en avoir l'air !

Il y avait l'épine de la jalousie sous ces
paroles, et Marianne en fut troublée, sans
bien comprendre pourquoi. Oui, elle s'était
amusée. Là, on glissait, on dansait; les visages souriaient, comme les lumières et les
fleurs. C'était charmant. Puis il n'y a point
de femme, — et les hommes, pour ce qu'il y
a d'analogue, éprouvent le même sentiment — qui ne jouisse, au moins dans les
premiers temps, d'être admirée. Elle n'avait
rien vu de tout ce qui l'entourait, que la sur-
face; les regards des hommes ne lui avaient
paru que ce qu'ils voulaient paraître : doux,
flatteurs et respectueux. Des voix insinuan-
tes, et qui se faisaient harmonieuses pour
oser bruire à son oreille, lui avaient fait entendre l'accent de l'amour sans en prononcer
le mot; mais elle avait souri de tout cela,
sachant bien qu'on n'aime pas si vite, prenant ces choses comme une partie de la musique du bal. Elle-même, elle avait bien vu
que sa beauté était une harmonie et ne trouvait pas étonnant qu'on l'admirât. Quel bonheur d'avoir à donner à Albert plus qu'elle
n'avait cru d'abord ! de partager avec lui
l'encens qu'on brûlait pour elle !

Mais Mme Brou commençait à être fort partagée; elle s'était enorgueillie jusque là des
perfections de Marianne, puisque Marianne,
à ses yeux, faisait en quelque sorte partie
d'Albert. Mais pourtant il était dur de voir
sa fille à elle, sa propre fille, éclipsée par
cette étrangère. Là, tout à côté d'Emmeline,
on ne voyait que Marianne, on ne s'empressait que pour elle. Elle avait dû refuser dix
invitations, tandis qu'Emmeline était restée
une fois sur sa chaise. C'la était mortifiant.
Affaire de nouveauté : le monde est si bête !
Certes, Emmeline était bien jolie, et même
cette toilette lui allait mieux qu'à Marianne,
oui vraiment ! Elle était si fraîche et avait
tant de gentillesse !... Ah ! mais, voilà... Emmeline n'a pas quatre cents et quelques mille
francs à donner à un mari...

Cette réflexion rejetait Mme Brou dans toutes ses craintes. Certainement c'était à la

fortune de Marianne que tous ces gens en voulaient, et le neveu de la préfète... elle avait fort bien vu... Il y avait quelque chose là-dessous ! Un garçon si dangereux... et cette petite pouvait fort bien avoir la tête tournée de tout cela !...

Le lendemain de ce bal fut, comme beaucoup d'autres lendemains de fête, sombre et maussade. Emmeline tournait à l'aigre, Mme Brou était d'une douceur encore plus acide. Le docteur seul, plus galant que jamais, semblait savoir gré à sa pupille des hommages qu'elle avait reçus. Sa présence et sa conversation aux repas consolait un peu Marianne, qui, depuis le départ d'Albert, se sentait bien seule avec ces deux femmes, dont l'une était aussi roide que l'autre était insinuante et brouillon ; mais qui s'entendaient parfaitement pour lui offrir le même vide d'idées, la même fausseté de sentiments. Certes, elle s'efforçait de les aimer, mais elle n'y parvenait pas très-bien. La jeune fille, il est vrai, occupait ses meilleures heures à sa correspondance avec Albert, très-vive, très-active, et, en ces premiers jours, débordant de regrets, d'inhabitude de l'absence. Cependant un peu d'expansion parlée, vécue, avec ses semblables, est nécessaire aussi ; pour cela Marianne se plaisait bien plus avec Henriette, et comme sa toilette exigeait maintenant tant de soins, elle prenait l'ouvrière dans sa chambre des heures entières. Henriette, elle, pensait ce qu'elle disait ; elle avait un air rêveur qui en faisait imaginer plus encore ; elle était sensible, intelligente ; elle s'associait à votre pensée. A cause de Mme Brou, Marianne n'eût pas osé dire qu'elle eût volontiers fait son amie de cette jeune fille ; mais elle l'aimait et les réserves imposées, qui établissaient un mur entre elles, la gênaient.

Chez Henriette, du moins, il n'y avait aucune trace d'envie, de jalousie ; c'était une sorte de culte qu'elle avait pour Mlle Aimont. Elle l'admirait en toutes choses, le lui disant à elle-même si naïvement, que Marianne, confuse dans sa modestie et ne pouvant se fâcher, prenait le parti de sourire. Quand elle revit Henriette après le bal, déjà l'ouvrière savait quel succès avait eu Mlle Aimont et elle en était toute fière.

— Ah ! mademoiselle, allez, les autres femmes ne sont pas contentes de vous ; mais les jeunes gens, c'est autre chose. Il paraît que Mme la préfète voudrait vous faire épouser son grand coquin de neveu ? Oui, ça serait un joli cadeau, un monsieur qui aime toutes les femmes, qui n'a rien, et qui dépense comme un millionnaire. Vous auriez l'honneur de payer ses dettes. Il y a aussi le fils du colonel, qui allait disant à tout le monde : Je l'aime ! Celui-ci c'est un bébé,

il n'a que dix-huit ans. Il vous fait des vers.

— Mais, Henriette, d'où savez-vous tout cela ?

— Ah ! voilà, mademoiselle. J'ai mon petit doigt qui me dit tout. Je sais bien des choses, allez, qui se passent où une pauvre fille comme moi ne va pas.

Elle finit par dire qu'elle était allée la veille en journée chez les Turquois, et qu'elle tenait la plupart de ces détails de M. Alfred.

— Pour celui-là, il vous admire bien aussi, mais honnêtement, et vous n'en aurez point d'ennui. C'est un si bon jeune homme ! Il est comme vous, tenez, pas méprisant. Il dit que tout le monde se vaut bien. Mais il n'y a que vous deux, comme ça. Ce n'est pas sa mère ni ses sœurs qui pensent de même. Et pourtant ces demoiselles devraient être plus modestes et plus douces aux petites gens ; elles ne se marient pas parce qu'elles n'ont pas de fortune. Tout le monde n'est pas désintéressé. Un homme qui aime une femme rien que pour elle-même, c'est si rare, et ce n'est pas toujours le moyen d'être heureux !

Elle soupira profondément et s'absorba dans un silence plein de pensées en fixant dans le vague ses beaux yeux rêveurs. En la regardant, Marianne se dit :

— Comme elle serait jolie, elle aussi, dans une robe de bal !

Et la fantaisie la prit d'habiller ainsi Henriette, — elles étaient de la même taille à peu près ; — Henriette accepta l'idée avec un sourire. Elles procédèrent à la toilette et bientôt, habillée et coiffée par les soins de Marianne, la jeune ouvrière se trouva transformée en une gracieuse et brillante demoiselle.

En se voyant dans la glace de l'armoire, qui la reproduisait des pieds à la tête, Henriette jeta un cri d'admiration ; puis son front s'anima d'un rayon de fierté, et ses grands yeux noirs, à l'ordinaire si doux, étincelèrent.

— Ah ! vous voyez ? dit-elle. Eh bien ! qui donc dirait que je ne suis pas une demoiselle comme une autre ? Ne suis-je pas cent fois mieux qu'Ernestine et Léonie Turquois, qui me regardent de si haut ? Ah ! que je suis malheureuse de n'être pas née comme elles... Oh ! oui, je le suis !

Elle porta les mains à son visage avec un tel geste de désespoir, que Marianne, stupéfaite de ce résultat qu'elle n'avait pas prévu, regretta sa fantaisie. En même temps, elle fut saisie de l'idée qu'Henriette ayait raison, que son sort était injuste. Elle vit d'un coup d'œil sa propre vie en regard de celle de cette pauvre fille, condamnée à travailler sans relâche, sans plaisir, sans compensation, et pourtant organisée, elle aussi, pour être aimée, admirée, pour goûter les joies de son âge. Qu'avait-elle fait pour que sa pauvre jeunesse lui fût ainsi volée?

Cette idée-là, qui lui venait pour la première fois, tenait Marianne sous l'empire d'un saisissement douloureux. Que faire à cela? que pouvait-on faire? Un instant, elle pensa qu'elle pourrait après sa majorité donner une dot à Henriette. Bien, mais les autres? Il y en a tant d'autres ainsi! Oh! que cela est triste et cruel!... Et la jeune fille, accablée du poids de ces injustices, de ces douleurs, dont Henriette lui représentait au vif l'image, s'assit en pâlissant.

— Quoi? qu'est-ce qu'il y a? Je vous ai fâchée? cria l'ouvrière en se jetant sur elle d'un air éperdu. J'ai dit des folies! Pardonnez-moi. Je vous aime bien, je ne suis pas une ingrate. Je ne voudrais pour rien au monde vous faire de la peine. Qu'est-ce que j'ai dit de mal?

— Rien; vous n'avez rien dit que de vrai, et c'est justement cela qui m'a fait de la peine. C'est étrange, mais je n'avais pas encore pensé combien votre vie et celle des autres comme vous a peu de joies. Non, cela ne devrait pas être ainsi.

— Ah! oui! personne n'y pense en effet. Mais à quoi bon ce rêve? Tenez, il faut que j'ôte cette parure! ça me fait mal.

Elle détacha la ceinture, puis elle eut un mouvement contraire, la remit en frémissant, et revint devant la glace, où elle resta, les yeux fixes. Marianne, profondément triste, la regardait et songeait.

— Ah! je voudrais seulement, murmura Henriette d'une voix basse, émue, je voudrais seulement qu'on me vît ainsi!

— Qui? demanda Marianne.

— Qui?... répondit Henriette en tressaillant, oh! personne! Je dis que je voudrais qu'on me vît si belle. Mais les gens se moqueraient de moi. Et pourtant,... qui sait? pourquoi ce bonheur n'arriverait-il pas un jour?

Elle semblait encore là-dessus avoir son idée à elle, et Marianne n'osa pas la lui demander.

Emmeline décidément n'était pas d'humeur aimable. Elle voulut, pour le prochain bal, celui de la générale, une robe rose; c'est le rose qui lui seyait le mieux. Elle décida en outre que Marianne y serait en bleu. Marianne y consentit, tout en faisant cette observation:

— Mais tu voulais que nous fussions toujours habillées pareillement?

— Moi, ma chère, je ne demande qu'à te voir belle, et je suis sûre que le bleu te va beaucoup mieux.

Emmeline alla plus loin; elle voulut choisir elle-même la toilette de sa *chère Marianne* et prit une robe d'un bleu faux, avec une coiffure d'un goût douteux. Stupéfaite de cette surprise, Marianne, après un peu d'hésitation, déclara qu'elle ne pouvait porter ni la robe ni les fleurs.

— Comment! s'écria Emmeline, tu me ferais cet affront?

— Mais... je ne t'avais pas priée de choisir... Ta nuance me déplaît... puis cette guirlande est lourde et vieillotte. Qu'est-ce que cela te fait? Les magasins changeront sans difficultés.

— Oui, quand tu leur auras dit que j'ai mauvais goût, que je ne sais pas ce que je fais! C'est fort bien. Je ne m'attendais pas à pareille chose de ta part. Non, jamais!

— Je suis bien fâchée... pourtant... je t'assure que je ne puis pas me décider à porter cela...

— Parce que c'est moi qui l'ai choisi? Bien! bien! tu es bien mon amie, va; je suis maintenant fixée là-dessus.

— Comment peux-tu me faire une scène pour si peu de chose?

— Si c'est peu de chose, pourquoi tiens-tu à changer? Mais je le sais bien, c'est que tu tiens à tes *triomphs* plus qu'à toute autre chose. On voulait avoir l'air de ne pas aimer le monde, et puis on ne pense plus qu'à la coquetterie. Tu m'ôtes une illusion, va!

En même temps, Emmeline éclata en sanglots à l'autre bout de la chambre, jeta l'ouvrage de tapisserie qu'elle avait entre les mains, et s'enfuit.

Etonnée d'une telle extravagance, Marianne fut sur le point de céder; mais... en vérité, non; elle n'en eut pas le courage. S'enlaidir ainsi! paraître de mauvais goût... après avoir été si fêtée!... Non, son amour-propre ne put s'y décider, et, pour se donner une bonne raison, elle se dit même que si elle ne résistait pas dès la première fois à une prétention pareille, on la verrait sans doute se renouveler. Elle renvoya donc l'étoffe et la fleur. Emmeline en fut en colère et en larmes pour tout le jour et garda rancune à sa cousine. Le docteur gronda sa fille; mais Mme Brou, tout en ayant l'air d'en faire autant, eut à l'égard de Marianne des insinuations perfides que la jeune fille sentit, et qui lui furent très-pénibles.

La brouille s'effaça, mais le charme était rompu. Désormais la belle entente des premiers temps, ces empressements, ces chatteries, et, du côté de Marianne, cette confiance attendrie, reconnaissante, tout cela perdit sa chaleur. Marianne sentit que sa tante et sa cousine avaient un intérêt différent du sien et des arrière-pensées qui lui étaient hostiles. Devenues jalouses et par conséquent malveillantes, Emmeline et Mme Brou s'occupèrent assurément de cacher ce sentiment; mais elles s'occupèrent aussi de le satisfaire par ces observations aigres-douces, ces jeux de physionomie, ces interprétations faites ou soufiertes, par cette critique sévère, et ce plaisir de mordre, en un mot, qui constitue le fond de tant d'amitiés.

A vrai dire, Marianne manquait de dévouement. N'avait elle pas son fiancé, quand Emmeline cherchait encore le sien? N'avait-elle pas assez de fortune, assez de beauté, pour pouvoir consentir à s'enlaidir un peu? Elle voulait éclipser les autres et en être aimée! C'était trop ambitieux et trop naïf.

Elle eut à ses pieds les jeunes gens les plus distingués de la ville. Elle écouta d'une oreille curieuse leurs compliments, leurs amabilités, leurs déclarations voilées. Elle y répondait en souriant, d'une façon légère et décourageante. Cependant, comme on savait bien que c'était elle qu'il fallait séduire, et qu'une demande au tuteur, c'est-à-dire au dragon chargé de défendre ce trésor, n'eût été qu'un pas de clerc, les prétendants audacieux allaient plus loin. Le beau neveu de la préfète, l'irrésistible vainqueur de plus d'une de ces dames de la société, affirmait-on, risqua l'aventure à la fin du carnaval. A lui, comme aux autres, sérieuse cette fois, Marianne répondit simplement :

— Je suis fiancée.

Cela fit scandale.

— Sont-ils arrivés, ces Brou, à s'emparer de l'esprit de cette jeune fille! s'écriait-on.

— En vérité, c'est indigne !

— C'est infâme !

— Mais ce petit Albert n'est qu'un enfant, ce n'est pas là un mariage sérieux.

— Se dépêche-t-il au moins, d'étudier là-bas ?

— Il en est capable, et la chose en vaut la peine ; cependant il y a bien des étudiantes et de joyeux compagnons sur le chemin de l'école.

— Il ne peut, quoi qu'il fasse, revenir avant trois ans.

— Trois ans ! s'écria le bel Horace, le neveu de la préfète, qui ne se tenait pas pour battu. Trois ans ! Ah ça ! mais ces Brou sont étonnants ; ils sont donc capables de croire à tout ?

Le jeune Turquois ne faisait pas tant de bruit ; il soupirait doucement et avec mélancolie, cherchant à se faire comprendre, sans rien compromettre. Il avait un esprit insinuant, varié, qui rendait sa conversation agréable. Souvent il faisait sourire Marianne par un trait heureux ; mais lui, souriait à peine. Son regard tendre et voilé, ses soupirs, ses paroles discrètes, inachevées, tout disait en lui :

— Je suis homme à ne point guérir de cet amour que je n'ose vous dire.

Un matin, Marianne, sortie avec Henriette, le rencontra sur son chemin. Il rougit, salua d'un air embarrassé, et s'éloigna rapidement. Tournant la tête du côté d'Henriette, Marianne vit les joues de la jeune ouvrière couvertes du plus beau carmin.

— Qu'avez-vous ? lui demanda-t-elle.

— Mais rien, mademoiselle... Avez-vous vu comme M. Alfred a eu l'air saisi de vous voir ? Il ne s'y attendait pas.

— Oui, il m'a semblé qu'il rougissait.

— Ah ! c'est un jeune homme si vrai, voyez-vous ; on voit tout ce qu'il pense sur sa figure. Il y en a bien peu comme celui-là.

— M'aimera-t-il réellement ? se demanda Marianne.

Mais elle n'était pas fille à jaser de ces choses et garda pour elle cette pensée.

L'homme est un animal sociable, chose belle et grande, mais il l'est à l'excès. Certaines natures—il faut dire presque toutes—subissent la pression du milieu qu'elles habitent au point d'y voir fondre en peu de temps les opinions qu'elles y avaient apportées d'ailleurs et jusqu'à leurs sentiments. Ce phénomène se produit avec d'autant plus d'intensité, au temps actuel, que très-peu de gens ont une croyance faite ; beaucoup moins encore, des convictions étudiées. N'étant sûr de rien, comment résister ? pourquoi ? Les forts eux-mêmes d'ailleurs, ceux qui savent ce qu'ils croient, subissent encore, au moins comme un malaise, l'influence du milieu ; comment les autres la braveraient-ils ?

Albert s'était logé rue des Grandes-Ecoles, près du boulevard. Il prit pension non loin de là, dans une maison que fréquentaient d'autres étudiants poitevins, parmi lesquels deux amis : Emmanuel Fourachon, fils du percepteur de Poitiers, élève de seconde année, et Henri Labobière, fils d'un notaire de Neuville, en compagnie duquel Albert était venu à Paris. Les étudiants de seconde et troisième année qui se trouvaient dans la pension firent bon accueil aux nouveaux-venus et se chargèrent de les piloter dans le monde latin. Henri Labobière ne demandait qu'à tout connaître ; Albert, une fois casé, plein de la sainte ardeur qu'il avait emportée du foyer, ne s'occupa que de l'Ecole de médecine, d'écrire à sa chère Marianne et d'étudier.

— Tiens ! c'est un piocheur, dirent de lui les autres, en le considérant avec cette curiosité que provoque toujours l'exception.

Cependant, comme les piocheurs sont une variété connue et classée, qui après tout n'est pas si rare, on l'aurait laissé tranquille là-dessus, si Henri Labobière n'eût raconté qu'Albert, au contraire, était de son natu-

rel un garçon aimable et bon vivant, et n'é-
tait devenu sérieux que depuis ses fiançailles avec une belle et riche cousine, à laquelle il avait sans doute juré de rester
fidèle. Dès lors, ce fut différent. Ainsi posée,
la chose parut comique. — Tiendra-t-il ? —
Ne tiendra-t-il pas ? C'était un bon sujet de
plaisanteries pour des gens qui n'aiment pas
à se casser la tête hors des leçons. Un orateur
de la bande fit en présence d'Albert une tirade sur l'amour pur, avec des yeux au ciel
et des gestes mélodramatiques; un autre lui
passait un quatrain sur la fidélité en lui demandant confidentiellement son avis; un
troisième, au contraire, après avoir émis des
théories plus qu'échevelées, priait Albert de
l'excuser. Celui-là lui présentait sa maîtresse
en disant d'un air pudique : — C'est ma
fiancée. Toutes ces plaisanteries, bien qu'elles
restassent courtoises et dans le ton de la
bonne humeur, n'en furent pas moins très
sensibles à Albert. Il eut le malheur de le
laisser voir; elles continuèrent.

Cela le gêna, l'humilia. Quoi donc ! il rougissait de son amour ? Ah ! vis-à-vis de lui-
même, non sans doute. Seul, avec la chère
image de sa fiancée, en lisant ses lettres
adorables, il méprisait de haut ces vaines
railleries; mais, vis-à-vis de ses camarades,
c'était différent. Il n'avait pour eux ni grande estime ni attachement, il les eût de bon
cœur envoyés au diable; cependant il avait
absolument besoin de leur considération.
Rien n'est susceptible comme l'amour-propre de ces jeunes fils de famille que leur
éducation a boursouflés d'ambition, qui
n'ont vu dans l'histoire humaine, telle qu'on
la leur présente, que des dominateurs à qui
leurs parents ont répété sans cesse : Sois le
premier ! Lui paraître ridicule à ses camarades, quand il eût cru de son droit et de
son devoir de leur paraître supérieur ! Ah !
sa fierté en était indignée, et c'était une
souffrance qu'il cherchait vainement à étouffer. Il se réfugia le plus possible dans ses
études et dans son amour avec une bonne
volonté sincère, mais il n'en fallait pas moins
s'exposer chaque jour au supplice de ces
railleries, et maintenant, quand même on le
laissait tranquille, il savait-il pas bien la
pensée qu'on avait à propos de lui ?

Mais, en vérité, qu'avait-elle, cette pensée,
de si insultant ? Est-ce donc une honte
d'aimer et d'être aimé ? D'être aimé, non; cela
est au contraire une marque de puissance;
mais aimer, c'est-à-dire se donner en échange, c'est là qu'est la niaiserie, l'infériorité.
Car il faut être indépendant. A vingt ans,
pour être sûr d'être un homme, il faut ne
rien respecter, ne rien croire et ne rien aimer
que soi. C'est alors que du haut de ce vide
on est supérieur. Ce triste amour-propre de

l'enfant d'aujourd'hui, Albert l'avait encore,
du moins avec ceux qui en étaient atteints.
Il savait bien qu'il aurait pu se parer de sa
riche fiancée, pourvu que, dédaigneux de la
confiance qu'elle avait en lui, de son propre
amour, il eût eu des maîtresses en attendant;
mais aimant, respectant sa foi, il n'avait qu'à
rougir de sa loyauté.

Depuis quand l'homme moderne a-t-il mis
de l'amour-propre et de la fanfaronnade dans
ses vices? Pour marquer cette transformation,
il faudrait remonter aux premiers signes de
décadence d'une morale, d'une foi antihu-
maine. Quand le bien et le mal, le juste et
l'injuste, sont triés de telle sorte qu'ils restent confondus, que ce qui est donné comme
le bien, à beaucoup d'égards, est le mal, et
que ce qui est appelé mal contient une por-
tion considérable de justice, la révolte, quand
elle survient, prend tout simplement les
choses à l'opposé, laissant subsister la confusion. Il s'agirait de faire un triage nouveau,
plus intelligent, plus vrai; mais la révolte
n'a pas le temps, et c'est ce qui saute aux
yeux, c'est l'antithèse qu'elle prend pour
drapeau.

Car jusqu'ici malheureusement le progrès
est une bataille, et par conséquent le philosophe un combattant. Il y a nécessité pour
lui de donner des coups et d'en recevoir;
en se battant, on ne médite pas à l'aise ni
de sang-froid. Le gros de l'armée, il va sans
dire, y songe moins encore. Le défi s'en
mêle; on est injurié, on accepte bravement
l'injure; puis la tradition se fait et fixe la
confusion pour longtemps en créant des
fétiches et des évangiles nouveaux. C'est dans
ce sentiment que Diderot répond à sainte
Thérèse, Blanqui à de Maistre, Robespierre
à Catherine de Médicis...

A bas Dieu! donc vive Satan! Foin du
faux devoir, donc plus de devoir ! A bas la
superstition ! vive le scepticisme ! L'ascétisme est un outrage à la nature; à nous,
l'ivresse des sens. Le mysticisme est une
folie; donc rien que de palpable ! Plus
de servitude, donc plus de lien!

Tel est le courant qui, depuis deux siècles, entraîne d'une marche inégale l'humanité, la moralisant et la démoralisant tout
ensemble, jusqu'à ce qu'il l'élève à une morale supérieure. Il a créé la doctrine de
l'égoïsme et celle de la solidarité; il a fait de
la politique une sentine d'hypocrisies et de
lâchetés, mais il a détruit le droit divin. Il
a donné Turcaret pour successeur à Mont-
morency, mais Turcaret en a pour bien
moins longtemps; il a fait la bohème,
mais il a fourni les bataillons de marche du
siège, jeunes héroïsmes trompés. Il ne voit
pas encore bien l'avenir, mais le passé du
moins excite sa haine.

Dans ce chaos, la question des mœurs est encore la plus embrouillée, et d'autant plus que tous les partis s'y rencontrent, les uns continuant la vie du prince et le droit du seigneur; les autres, par réaction contre la morale chrétienne et la tyrannie familiale, par naturalisme. Le bon, le mauvais, le pire, la faiblesse et la prétention, l'idéalisme et la grossièreté, tout y concourt. Enfin toutes les voix de ce monde: écrits et paroles, journaux, livres, discours, œuvres sérieuses et œuvres légères, badinages et sentences, propositions principales et phrases incidentes, tout établit, soutient et répète que l'homme, surtout le jeune homme, a droit aux amours faciles dans un monde de femmes spécial et nécessaire. Conviction si générale que de la bouche des pères, elle a passé dans celle des mères, et de là, tout discrètement, dans le chaste cœur des jeunes filles à marier. On a beau faire des catégories, plus le monde va, moins il en comporte; c'est une fatalité dont il faut prendre son parti.

Si Albert n'eût pas quitté Marianne, il eût sans peine gardé complets son enthousiasme et sa foi. Mais elle n'était plus là, et des régions où elle fait monter, de l'air pur du petit jardin de Poitiers, il était tombé en plein quartier latin. Pas plus que la vapeur ne peut éviter d'être condensée en passant d'un air chaud dans un air froid, il ne pouvait éviter de subir l'impression de ce changement d'atmosphère. Il avait pour lui son amour et contre lui le reste du monde.

Pourtant la raillerie, même dans la jeunesse parisienne, n'est pas éternelle; elle cède devant la persistance de la volonté, surtout devant la bonne humeur de celui qu'on raille. Albert n'était pas dans ce dernier cas; mais ses camarades n'étaient pas non plus des Méphistophélès qui eussent besoin de sa chute; ils prenaient au fond très-facilement leur parti de son rigorisme, c'est lui qui ne pouvait se consoler d'avoir été persiflé. Ensuite ce fut l'exemple qui le prit, l'entoura, le pénétra par tous les pores. Chacun de ces jeunes gens n'avait pas de maîtresse en titre; la plupart vivaient d'occasions et c'étaient les pires. On se racontait ses aventures. Les uns parlaient des femmes d'un air vainqueur; les autres, d'un ton sceptique. On s'accordait à les mépriser, les femmes. Et Albert fut bientôt gagné à cet avis par la connaissance de ces dames. Elles allaient et venaient dans la vie de ces étudiants comme des papillons dans une prairie. On les rencontrait un peu partout, dans la rue, au café, à la promenade, dans les chambres de ces messieurs; elles vous regardaient beaucoup et bientôt vous parlaient familièrement; il n'y avait pas besoin d'être présenté. On en voyait d'assez décentes; mais d'autres, et particulièrement les inoccupées, vous faisaient la cour effrontément. Certaines se plaisaient dans un cynisme à faire rougir les vieux garçons; mais, comme les auditeurs de ces gentillesses en riaient, elles se croyaient très-crânes et très-amusantes. Une d'elles, à qui l'on reprochait d'être grossière et bête, répondit : « Puisque c'est ça qui vous plaît le mieux. » Ces dames trouvèrent Albert joli garçon et le lui dirent. Il s'efforça d'être à la fois aimable et froid.

— Qu'est-ce qu'il a donc? demandèrent-elles.

— Il a une fiancée.

Elles se mirent à rire aux éclats.

Mais Albert s'était élevé trop haut pour être tenté si vite de descendre, et jusque là ! Il passa l'hiver dans cette sagesse, travaillant fort, prenant goût à l'étude; heureux des lettres de Marianne, les relisant avec amour, y répondant avec joie; vivant dans l'avenir, et plus content dans sa chambrette, où il pouvait rêver d'elle tout à son aise, qu'en aucun autre lieu.

En face de sa fenêtre, à un étage au-dessous, était la fenêtre d'Emmanuel Fourachon. Par un des premiers beaux jours de février, cette fenêtre s'ouvrit et une tête brune y parut en compagnie de celle d'Emmanuel. Deux yeux très-éveillés se levèrent sur Albert et un joli sourire suivit ce regard; tandis qu'Emmanuel, du geste, présentait l'un à l'autre sa maîtresse et son ami; puis les deux amoureux allongèrent le cou dans la rue, se tournant toujours du même côté, se regardant comme deux tourtereaux. A un moment, le jeune homme avança les lèvres; elle se retira vivement, d'un geste gracieux et grondeur; puis elle rentra dans la chambre. Emmanuel ferma la fenêtre. Ce jour-là, Albert se trouva plus seul. Dans la chambre à côté, on entendait parfois les éclats d'une voix fraîche. Que sa chambre à lui était silencieuse et vide!

Quelques jours après, revenant de l'école avec Emmanuel :

— Monte donc avec moi, lui dit celui-ci; je veux te présenter à ma petite femme.

Il monta. Marie le reçut avec gentillesse et l'invita à dîner. C'est elle qui avait préparé le repas.

— Maintenant, dit-elle, je ne veux plus qu'Emmanuel mange à la pension. C'est si gentil de manger ensemble! Quelquefois nous irons au restaurant, mais comme cela nous avons plus d'économie.

Elle causa de tout avec eux, de ce qu'elle ne savait pas, aussi bien que de ce qu'elle savait, et, sans plus de gêne, elle chanta une chanson au dessert, alluma leurs cigares et fuma le sien. Après quoi, elle prit son ouvrage; elle était lingère, et sa main légère fit voler l'aiguille, tandis que de temps en temps, elle jetait un mot dans la conversation.

Les deux jeunes gens descendirent ensemble et Emmanuel raconta comment il avait connu Marie.

— Elle mourait de faim et de froid dans sa chambrette au sixième, là-haut, dit-il; les pauvres filles gagnent à grand'peine 25 sous par jour. Je la loge et je la nourris, et n'en dépense pas plus pour cela. C'est un petit ange. N'est-elle pas charmante?

— Oui, dit Albert.

— Ces filles-là, reprit Emmanuel, c'est ce qu'il y a de mieux. Les vraies étudiantes, celles qui ne travaillent pas, sont trop chères à entretenir, trop gourmandes et trop paresseuses. Quant aux lorettes, elle ne nous prennent qu'en second ou en troisième, et il est désagréable de se cacher quand on n'a pas même affaire à un mari. Puis ces femmes-là sont payées; c'est un vol et une mendicité. Je te conseille de faire comme moi... quand tu seras las d'être fidèle, ajouta-t-il en riant.

Pour Henri Labobière, il habitait les coulisses du théâtre de Cluny et on ne le voyait plus à l'école. Albert, le rencontrant un jour, lui en fit des remontrances amicales. Henri éclata de rire:

— Mon cher, tu tournes au Caton; prends garde! C'est ridicule. Et que t'en revient-il? Tu ferais bien mieux de t'amuser. Quand tu seras établi et marié, tu pourras te dire enterré sans avoir vécu. Tiens, je ne voudrais pas à ce prix de la fortune de ta belle cousine. Avoir une femme au bras, toujours la même; une femme à grandes prétentions, des marmots sur les genoux! Être M. le docteur, une cravate blanche; des malades toute la journée, la croix peut-être un jour; et n'avoir pas la consolation de se dire: Au moins, j'ai passé deux ou trois ans de bon temps; j'ai fait l'amour à ma guise, sans me gêner; j'ai eu qui je voulais, j'ai laissé qui m'ennuyait; j'ai fait la vie de bohème; j'ai bu, j'ai ri, j'ai chanté, j'ai manqué d'argent, j'ai fait des folies; j'ai envoyé promener la règle et les convenances. Au moins ces souvenirs-là rafraîchissent.

Il débita ainsi tout Murger, qu'il savait par cœur; puis il se moqua du *sentiment*. Pauvre sentiment! grand vilipendé de la dernière moitié de ce siècle, qui n'a pourtant pas pour excuse l'excès de la raison.

— Et qu'est-ce que ça lui fait, à cette jeune fille, que tu t'amuses, tant que tu ne peux pas l'épouser? Ça ne lui fait pas tort d'un iota. La fidélité! l'amour pur! les myosotis! les étoiles! les médaillons de cheveux! quelles bêtises! Tu as tort de nourrir ta

fiancée de tout ça. Ta femme n'en sera que plus exigeante. Les femmes sont ce qu'on les fait. Moi, j'ai ma sœur qui va épouser Saurin de Neuville, un brave garçon, un Hercule!... Parce qu'il a fait une escapade qu'on a sue, ne parlait-elle pas de rompre? Je lui ai fait entendre raison et elle a fini par dire que ça ne lui faisait rien. Une femme doit sa fidélité, à la bonne heure! mais l'homme, point. L'homme, étant supérieur à la femme, n'a point de comptes à lui rendre. Proudhon a dit: ménagère ou courtisane. La ménagère n'est pas le plus gai; tu en auras assez le reste de ta vie; jouis donc de la courtisane en attendant. Mais, si tu veux déjà revêtir le froc et le cilice du mariage, au moins laisse-moi goûter tranquillement les joies de la jeunesse. En ce moment, je ne donnerais pas Julia pour un diplôme. Elle est à croquer, cette petite, et coquine en diable! Mais je la tiens ferme, et je la bats, et si elle essaye de me faire des traits, C'est ainsi qu'il faut mener les femmes, quand on ne veut pas en être mené: ce qui est honteux pour un homme.

En achevant ces mots, Henri se redressa dans sa petite taille et frisa sa moustache d'un air de tambour-major. Albert était trop amoureux de sa fiancée pour que toutes ces jolies choses à l'égard des femmes ne l'eussent pas blessé; pourtant il ne les releva pas, et se contenta de faire observer à Henri que ce n'était pas dans les coulisses des petits théâtres qu'il obtiendrait son diplôme.

— Et que m'importe? Je resterai une année de plus, voilà tout. C'est ici qu'est la vie, et non pas ailleurs.

Bon gré, mal gré, Albert dut aussi faire la connaissance de Julia, qui, sans trop de crainte d'être battue, lui fit les doux yeux.

Quinze jours ne s'étaient pas écoulés, qu'Henri, furieux et désolé, rencontrant Albert au café, venait se plaindre à lui de cette *petite coquine* qui l'avait *roulé* indignement. Il avait failli avoir un duel.

— Mon cher, la femme est le désespoir et la perdition de l'homme. La meilleure ne vaut pas un ver de terre mâle. Il faudrait constamment mener cela à coups de cravache; encore, d'une bête vicieuse, on ne tire jamais rien. Vois-tu, je les méprise... plus que je ne peux l'exprimer.

Il demanda une bouteille de champagne, en but les trois quarts à lui seul; puis se mit à pleurer, et ensuite à danser et à casser des verres. Il fallut qu'Albert le mît en voiture et le reconduisît chez lui. Pendant ce temps, il criait: « Albert, la femme est un être méprisable! Ne te marie jamais. Quant à moi, je veux rester célibataire. L'homme sage ne confie point son bonheur à cette faible et perfide créature. Je méprise la femme! Oui! femme, entends-tu? je te méprise! »

Cette affirmation n'eût pas été suffisante pour convaincre Albert; mais de toutes parts lui en venaient de pareilles, et même de la chaire de ses professeurs.

C'était alors l'époque où venaient de retentir les imprécations de Proudhon contre la femme, il n'y avait du moins qu'un ou deux ans.

De vigoureuses réponses avaient été publiées: l'une sous le nom de Juliette Lamber, l'autre par Mme d'Héricourt, et l'on discutait cette question avec d'autant plus d'ardeur, que le silence était encore imposé sur les questions politiques. Michelet, de son côté, venait d'écrire l'*Amour* et la *Femme*. Après les commérages du jour, on ne parlait guère que de ces choses, et de part et d'autre, avec passion. Un grand nombre d'hommes, qui s'en étaient toujours doutés, avaient été ravis d'apprendre que la femme leur était radicalement inférieure et qu'à son égard la justice n'existait pas. D'autres, qui trouvaient pourtant la chose un peu dure, s'étaient senti le cœur ému pour la *pauvre petite*, qui, présentée par Michelet, leur demandait grâce, à mains jointes, et ils disaient: Que voulez-vous? la femme est une malade, elle n'est pas responsable; il faut la conduire doucement, en avoir pitié. Il y avait enfin des hommes et des femmes qui protestaient au nom de la dignité humaine, de la logique et de la science même, faussement invoquée par leurs adversaires; mais ceux-là étaient en si petit nombre qu'on ne les entendait guère, d'autant moins que tous les autres criaient très-fort.

Avant d'avoir connu Marianne, Albert, qui n'avait point de férocité dans le cœur, tenait pour Michelet. Au fond, il se sentait doucement flatté dans son amour-propre d'avoir une femme qui lui dît: « Pense à ma place, tu es mon maître, » et qui, pendue à son bras, se ferait porter par lui comme *son enfant*. Il avait bien eu la crainte confuse que ce fût un peu lourd; mais, pour être dieu, on peut prendre un peu de peine. Seulement, en présence de Marianne, ces idées s'étaient évanouies. Elle était trop intelligente et trop forte pour qu'il pût l'imaginer dans un pareil rôle.

Ce qui s'exhalait de cette charmante fille n'était point la maladie, mais la santé, celle de l'esprit comme celle du corps. Il n'y avait donc plus pensé, et, après un instant de lutte, c'est lui qui s'était mis à aspirer vers elle, comme tout à l'envi l'y poussait.

Mais Albert avait maintenant changé de monde. Outre la plupart des étudiants, plusieurs professeurs de l'école étaient proudhoniens, et ne se gênaient pas pour écraser en chaire, au nom de la science — de Proudhon, — la femme et l'amour. (1) A côté de cela, que de démonstrations vivantes !

Tout le monde sait que la nature toute particulière de la femme, tant, — et si profondément, — étudiée, est un assemblage de douceur, de pudeur, de soumission et de dévouement. Cette règle toutefois comporte quelques exceptions: d'abord tant d'héroïnes, qui ont été autre chose et plus que cela ; puis les reines, les femmes de cour, les femmes du grand monde, généralement et en tout temps renommées pour leurs intrigues, leur ambition, et l'absence de leur corsage ; les bourgeoises égoïstes, vaines et calculatrices; la paysanne, cette femme de la nature, qui a si verte langue et si bons poings; les femmes du demi-monde qui... mais nous sommes au quartier latin. Ici la douceur et la pudeur féminines étaient représentées par des chercheuses d'aventures, effrontées ou coquettes, suivant l'occasion, et Albert n'avait pas seulement à se combattre lui-même, mais à repousser la tentation qui sans cesse venait l'assaillir.

Un soir de la fin de février, lorsque déjà des souffles printaniers parcouraient l'atmosphère, une pluie torrentielle creva tout à coup sur Paris. Albert, qui à ce moment se trouvait rue de Lille, se réfugia sous une porte cochère. Peu d'instants après, une petite forme humaine vint, en sautillant sur la pointe des pieds, comme un oiseau, s'abattre près de lui. Elle était enveloppée d'un waterproff dont le capuchon entourait sa tête, et l'on n'apercevait de sa personne que des jambes très-fines, autour desquelles elle retroussait haut et sans façon le bas de ses jupes. A peine arrivée, son premier mouvement fut de regarder Albert; puis elle se mit à contempler ses propres jambes, en secouant la tête à droite et à gauche, comme pour dire : « Sont-ils malheureux d'être ainsi mouillés, ces petits pieds ! Que de taches de boue ! Quel dommage ! » Et elle les tournait et retournait par-ci par-là, dans toutes les attitudes possibles, en jetant, de temps en temps, un coup d'œil furtif sur Albert. Il faut convenir que les pieds étaient assez fins, les jambes assez bien modelées; mais les bottines laissaient à désirer : dans le haut, l'élastique, lassé de son métier, avait quitté sa prison de soie et s'épanouissait en frisures; la semelle en était devenue si mince qu'elle justifiait parfaitement cette exclamation:

— Dieu ! mes semelles sont transpercées !

(1) Un brillant chirurgien, oracle des étudiants, leur prêchait, d'après les doctrines d'un grand et rude maître, l'infériorité de la femme et la royauté de l'homme, la vanité de l'amour... (Michelet, livre de l'*Amour*.)

Aïe ! aïe ! je vais prendre du mal, bien sûr !

Ayant dit cela, elle se décida à lâcher les jupes, qui retombèrent sur ses pieds; alors elle rejeta le capuchon de son waterpoof, secoua la tête, et releva sa voilette en lançant de nouveau sur Albert un regard, cette fois très-clair; puis elle se mit à arranger son manteau, à secouer sa robe, à lisser ses cheveux ; elle se livra enfin au soin de sa toilette, tout en poussant de petits soupirs de fatigue et d'émoi : on eût dit un oiseau lissant ses plumes. Enfin, voyant que son compagnon d'infortune avait pris le parti de ne point engager la conversation, elle s'approcha de lui résolument :

— Monsieur, pensez-vous que la pluie dure longtemps ?

Elle avait fait cette question de l'air de la plus parfaite confiance dans les lumières de celui qu'elle interrogeait, et elle attendait la réponse, le cou tendu avec une touchante candeur, comme on attend un oracle :

— Je ne le sais pas plus que vous, madame.

— Ah ! tant pis, je croyais... les hommes sont si savants ! Je croyais qu'ils savaient aussi cela. Que vous êtes heureux, vous, d'avoir de grosses bottines ! Moi, je ne sais pas comment je vais faire à présent pour rentrer chez moi. La rue est une rivière.

— Cela s'écoulera, dit Albert.

— Monsieur a de la patience. Oh ! les hommes ont le temps d'attendre ; mais moi, j'ai à préparer mon costume pour demain, parce que je suis actrice. Ah ! ça donne bien du mal, allez ! Et quand je songe que je demeure rue Saint-Victor !...

— C'est en effet très loin.

— Vous ne demeurez pas si loin que ça ?

— Non.

La nuit tombait, le gaz n'était pas encore allumé. Il faisait sombre sous la porte cochère. Cependant Albert avait pu voir que sa compagne d'occasion était jeune, avait des cheveux bruns frisés, la peau blanche, en somme, la beauté du diable, sans parler des jambes, qui avaient été si bien exhibées. Il s'éloigna de quelques pas; elle se rapprocha et continua la conversation, se répondant à elle-même quand il ne répondait pas. La pluie tombait toujours, mais elle s'était ralentie. Albert avança la tête dans la rue. La jeune femme eut peur qu'il s'éloignât et mit la main sur son bras.

— Vous ne partez pas, j'espère ? lui dit-elle d'un ton plaintif et suppliant ; voyez-vous, j'aurais peur de rester là toute seule. Elle ajouta : Là ! voyons ! vous ne me payerez pas une pauvre petite voiture ?

Albert hésita. Il avait bonne envie d'en prendre une pour lui-même, et le sort de cette petite créature, sans chaussures dans la boue, lui faisait pitié. Puis les cheveux bruns frisés lui avaient rappelé ceux de

Marianne. Il n'y avait donc pas de danger. En ce moment, une voiture vint à passer ; elle était vide, Albert l'appela.

— Ah ! que vous êtes gentil ! dit la petite actrice.

Elle sauta dans la voiture, et Albert y monta ensuite en donnant son adresse au cocher. Il n'avait pas eu le temps de s'asseoir que la jeune femme lui saisissait les deux mains.

— Que vous êtes bon ! Je vous aime bien, I...

— Madame, c'est un prêt sans intérêt, dit-il en la repoussant à sa place.

— O quel farouche !... Eh bien ! mais... je ne vous parlais que de ma reconnaissance... Il ne faut pas être fat.

Il y eut un silence, puis elle reprit la parole en demandant au jeune homme s'il allait souvent au théâtre de X...

— Oui, quelquefois.

— Il me semble vous y avoir vu.

— Quel rôle jouez-vous ?

— Oh ! je ne suis encore que dans les seconds rôles ; mais plus tard j'espère... On m'a applaudie, l'autre soir, vous savez, dans le rôle de Christine, quand j'ai dit : « Non ! » vous savez, en frappant du pied. Ça a empoigné toute la salle. Oh ! si ce n'était pas que cette Léontine a ensorcelé le directeur, je pourrais bien jouer les amoureuses.

Elle babilla quelque temps là-dessus, puis elle demanda à Albert s'il avait une maîtresse.

— Oui, dit-il.

— Ah ! c'est cela. Eh bien ! vous lui êtes fidèle, c'est très-bien. Moi, je n'ai personne, parce que... je n'entends pas prendre le premier venu. J'ai un cœur !... Mais voilà ce que c'est, dans notre carrière, la délicatesse nous perd. Les directeurs sont des chiens; ils nous prennent à leur service, sans payer ou à peu près rien, et, quand on se plaint, savez-vous ce qu'ils répondent ?

— Non.

— Ils disent : « C'est votre affaire de trouver qui fasse le reste; moi, ça ne me regarde pas » (1). Oui, monsieur, ils disent tous cela, et ils nous trouvent encore heureuses d'avoir leur théâtre pour nous mettre en vue, à ce qu'ils prétendent. Bientôt ils nous demanderont de l'argent. Savez-vous combien je gagne ? Cinquante francs par mois, et il me faut de belles robes pour paraître sur la scène. Aussi je n'ai pas même de bottines pour sortir. Allez, la vie est bien dure pour nous.

— C'est vrai, dit Albert.

Et il se leva, car la voiture s'arrêtait à sa

(1) La chose est assez connue, mais elle m'a été personnellement affirmée par une ancienne actrice, honnête mère de famille, à qui la même parole fut dite et qui se retira du théâtre pour cette raison.

porte. L'actrice se précipita pour lui serrer la main :

— Je vous remercie bien, lui dit-elle ; sans vous, j'attrapais un rhume, c'est sûr. Vous aurez en moi une amie, car vous êtes un jeune homme charmant. Voici mon adresse. Je tâcherai de vous envoyer des billets pour vous et pour votre dame.

Tandis qu'il payait le cocher et lui donnait l'adresse de la jeune femme, elle regardait la rue et la maison, puis une dernière fois elle le salua avec le plus engageant sourire.

En rentrant chez lui, Albert trouva Emmanuel, qui l'attendait et lui dit :

— Je suis venu te chercher pour Paul Théry, qui est très-malade. J'ai déjà passé trois nuits près de lui, et Marie craint que je tombe malade à mon tour ; si tu pouvais me remplacer ce soir ?

— J'irai certainement, dit Albert. Paul Théry, ce grand garçon à figure carrée, n'est-ce pas ? avec des taches de rousseur. Je lui ai à peine parlé.

— Oui, on ne le voit guère, parce qu'il est en ménage.

— Ah ! comme toi.

— Oh ! depuis bien plus longtemps. Il est venu ici avec sa maîtresse, une fille de son pays, de Montmorillon. Paul fait sa troisième année.

— Et depuis ce temps ils n'ont pas changé ?

— Non, et ne changeront pas ; ça, c'est légendaire. Si tu voyais cette pauvre petite femme, c'est à faire pitié. J'ai beau être là, elle ne dort pas. Je crois pourtant qu'on le sauvera. C'est Broca qui le voit. Il m'a dit ce matin : « Cela va mieux ; si les mêmes symptômes continuent, il s'en relèvera. »

Ils causèrent alors de la maladie. Emmanuel donna ses instructions à Albert ; puis ils s'en allèrent dîner, et Emmanuel conduisit son ami chez le malade.

Dans une grande chambre bien tenue, Albert vit Paul Théry couché, le regard éteint, et qu'il eut peine à reconnaître ; près de lui, une jeune femme très-pâle, aux yeux brillant de fièvre, à l'orbite creusé. Elle accueillit Albert avec reconnaissance, s'assura elle-même qu'il avait été mis au fait de toutes choses, et rendit compte, avec une extrême lucidité, de tous les symptômes de la journée.

— Qu'en dis-tu ? demanda Emmanuel à Albert.

— Si tous les malades étaient soignés avec cette intelligence, répondit-il...

— Oh ! dit la jeune femme, que voulez-vous ? C'est une seconde vue. Je vois, je sens, je souffre tout.

La nuit, le malade eut une crise, accompagnée d'un peu de délire, pendant laquelle, penchée sur lui, tenant ses mains dans les

siennes, la jeune femme tentait, on l'eût dit, de lui insuffler sa propre vie. Après cela, une torpeur, au sortir de laquelle Paul Théry retrouva tout d'un coup sa lucidité.

— Louisa, dit-il, je suis bien malade, chérie.

— Oui, mais tu vas mieux.

— Je ne sais pas. Tout à l'heure, il me semble que j'ai été bien près de la mort. Que deviendras-tu, si je meurs ?

— Sois tranquille, répondit-elle d'un ton bref, ne t'inquiète pas de ça.

— Ta famille ne te recevra plus... Pauvre abandonnée !...

— Je te dis de ne pas t'inquiéter de ça.

— Oui, parce que tu penses à mourir aussi... Mais, non, il ne faut pas. Cela ne pouvait pas durer, tu sais bien... Louisa, tu ne sais pas ce que je pense ?...

— Dis, mon chéri.

— Eh bien ! si je mourais, nous n'aurions pas besoin de nous séparer et... ce serait mieux...

— Tu as peut-être raison... et du moins alors je pourrais... te suivre... Elle ne put retenir ses larmes et s'affaissa sur l'oreiller. Le malade aussi pleurait, et leurs larmes se confondaient, et ces deux têtes pâles et flétries brillaient d'un étrange rayonnement intérieur. Albert crut devoir les arracher à ces impressions douloureuses :

— Je vous préviens, dit-il, que tout ceci n'est pas en situation. Vous avez de longs jours à passer ensemble, Théry va beaucoup mieux, et cette nuit a confirmé les espérances de Broca.

— Ah ! c'est vous, Brou ? dit le malade. Je vous remercie d'être venu. Est-ce vrai ?... Après tout, la vie est si différente du bonheur... que ce n'est pas la peine de se réjouir ou de craindre...

— Ne me dispute pas les jours qui m'appartiennent encore, lui dit-elle à demi-voix ; calme-toi, guéris !

— Je veux ce que tu voudras, répondit le malade avec un tendre sourire, et il s'endormit, la main dans la main de son amante.

Paul Théry guérit en effet, et Albert, qui l'avait soigné plus d'une fois, fut désormais des intimes du petit ménage. Paul et Louisa y vivaient réellement en « gens mariés », d'une vie régulière et paisible. La jeune femme était pudique et gracieuse. Elle recevait les amis de *son mari* avec la familiarité usitée dans le monde latin, mais de telle façon pourtant qu'aucun d'eux, même le plus léger, n'eût osé lui manquer de respect.

Un jour qu'Albert, Emmanuel et un autre étudiant étaient réunis chez Paul, et que la conversation roulait sur les exigences de la famille :

— Nous savons chacun ce qui nous attend,

dit Emmanuel. Nos parents nous couvent et nous mitonnent là-bas, au pays, une petite fille qu'ils ont choisie pour être leur bru, non pas qu'elle leur plaise sérieusement, mais parce qu'elle a une belle dot, une parenté, etc. Pour ce motif, qu'elle nous plaise ou non à nous-même, elle deviendra notre femme, tant on fera valoir de bonnes raisons, d'objurgations paternelles et maternelles, d'enguirlandements de toutes sortes. Après cela, nous serons encaissés et ficelés dans la vie bourgeoise toute faite à perpétuité, avec une femme catholique qui, de temps en temps, essayera de nous ramener aux bons principes et qui nous fera confesser à l'heure de la mort. Plus j'y songe, moins j'ai envie de passer ma thèse.

— Et moi donc! dit Paul en soupirant.

— Toi, c'est encore plus fort ; il me semble qu'alors tu serais bigame.

— Non, dit Louisa avec vivacité ; Paul ne m'a point trompée, et je n'ai point voulu me laisser dire de sottises. Les lois du monde s'opposent à notre union, je le savais ; je n'étais qu'une ouvrière ; ses parents ne pouvaient y consentir jamais. Eh bien ! puisque nous nous aimons, nous nous sommes dit : Il vaut mieux être heureux trois ans que de ne pas l'être du tout. Et, au lieu de coudre à Montmorillon, j'ai emporté mon aiguille à Paris. Mais il est bien entendu qu'il me quittera quand le temps sera venu et je ne lui ferai pas de reproches.

— Et qu'il se mariera? demanda Emmanuel en regardant curieusement Louisa.

— Et qu'il se mariera! répéta-t-elle d'un ton résolu, sans pouvoir toutefois réprimer un frémissement presque insensible qui parcourut son visage et un scintillement aigu de son œil noir, qu'elle baissa en même temps sur son ouvrage.

Paul ne disait rien, et Albert, se rappelant ce qu'il avait entendu pendant sa première nuit de veille, pensait qu'une telle résignation, pour être crânement exprimée, n'en était ni plus naturelle ni moins douloureuse.

Au milieu de ces mœurs légères ou cyniques, de ces exemples, des confidences, des récits d'hôpital, de ce mépris de l'amour et de la femme affiché partout, et qui, à chaque pas, le prenait aux yeux ou aux oreilles, Albert sentait s'évaporer cette dévotion enthousiaste que l'amour lui avait mise au cœur. Certes, il aimait toujours Marianne, il désirait toujours leur union ; il la regardait même, elle, plus que jamais comme une femme à part des autres ; mais sa ferveur n'en était pas moins diminuée. On a beau se complaire en soi et les siens, se mettre à part des autres, on n'en sent pas moins la force du lien qui réunit sa propre nature à celle d'autrui, l'homme à l'humanité. S'il est vrai que celle-ci soit abjecte, inutile de vous croire des ailes, et vous sentirez bientôt se replier celles que votre imagination a rêvées. Ce qui était grand à vos yeux deviendra petit; ce qui était pourpre deviendra haillon. L'œil donne l'objet, mais la vue intérieure seule en donne la valeur et la signification, et cette vue, malheureusement et heureusement, est variable à l'infini, suivant l'observateur et l'application. D'autre part, ce n'est jamais en vain que la corruption touche notre esprit; elle y imprime sa tache. Quoi qu'on fasse, le blanc pur de l'ignorance en restera sali. Ce n'est pas tout que l'action, la connaissance du mal est aussi un abaissement, et sur ce point la solidarité qui unit l'être à son époque et à son milieu est chose aussi effroyable que fatale. Si mal élevé qu'eût été Albert, l'amour intellectuel et tendre à la fois de sa cousine l'avait porté tout d'un coup dans une région nouvelle, en écartant momentanément les scories déjà amassées. Maintenant elles revenaient envahir son esprit, augmentées de toutes celles qu'y déposaient chaque jour les discours et les faits. Ces faits, pour une part, étaient de ceux que des livres spéciaux peuvent seuls rapporter ; ces discours venaient de tous côtés et des sources les plus autorisées.

On était à la fin de mars, les vacances de Pâques étaient proches, et Albert allait bientôt retourner à Poitiers et revoir sa fiancée. Il alla prendre congé des amis de sa famille, M. et Mᵐᵉ Milhau, qui l'avaient plusieurs fois engagé à dîner. Ce fut Mᵐᵉ Milhau qui le reçut, et l'entretien, après avoir roulé sur l'événement de la semaine, tomba sur le sujet des vacances. Mᵐᵉ Milhau saisit cette occasion de vanter les joies de la famille.

— Ah! monsieur, dit-elle avec sentimentalité, vous connaîtrez plus tard combien ces joies sont préférables aux fiévreux plaisirs de la jeunesse.

— Qu'appelez-vous *fiévreux plaisirs*, madame? demanda Albert avec un peu d'ironie : l'éloquence de nos professeurs? les émotions de l'amphithéâtre? les banquets de la pension?

— Oh! vous faites l'hypocrite, reprit-elle; on sait bien la vie que mènent les jeunes gens. Ce n'est pas un reproche que je veux vous faire ; mais, puisque vos parents vous ont adressé à nous comme à de vieux amis, vous pouvez bien nous permettre quelques conseils. Je ne vous dis pas de rester chaste, ce serait trop demander; mais du moins préservez-vous des excès où tombent tant d'autres, gardez votre santé, et, dans le choix des femmes auxquelles vous vous adresserez, conservez du moins votre dignité.

L'entrée de M. Milhau évita à Albert, abasourdi, l'embarras de répondre. La bonne dame se hâta de mettre son mari au courant de l'entretien.

— Certainement, dit celui-ci en serrant la main d'Albert, il faut bien que jeunesse se passe; mais, comme vous le dit ma femme, mon jeune ami, pas d'excès : ils perdent le corps et l'esprit. Arrivé à un certain point, il devient impossible de s'en relever, et c'est à cela que nous devons ces fruits-secs de l'étude, ces étudiants de 25ᵉ année, qui font le désespoir de leurs familles et finissent à l'hôpital.

— Voilà d'honnêtes gens, se dit Albert en sortant, aux yeux desquels je passerais pour un phénomène, s'ils savaient la vérité.

Il se rappela en outre le consentement tacite de son père et de sa mère, et se dit tout bas qu'il était bien sot de se priver de plaisirs que tout le monde, même les plus respectables, lui accordaient si libéralement.

De là Albert se rendit à l'école de médecine, où le plus proudhonien des professeurs allait faire son cours. Il trouva là, par exception, Henri Labobière, qui n'assistait presque jamais aux leçons, et Pierre Dénier, qui au contraire y était assidu, mais qu'Albert voyait à peine, parce qu'ils habitaient assez loin l'un de l'autre et ne mangeaient pas dans la même pension.

— Je suis venu, mon cher, dit Henri Labobière, pour entendre parler des femmes. Le sujet de la leçon y prêtant, je connais Z..., il va nous en dire de belles.

— Il ferait mieux de nous parler de ce qu'il sait, répliqua Pierre.

— Bah ! vous croyez que Z... ne sait pas ce qu'il dit.

— Je ne me défie pas de sa science, mais de son jugement. Connaître les faits et en tirer les conséquences sont deux choses différentes; certains esprits réussissent parfaitement dans la première opération, qui échouent dans la seconde.

— Je vois que Z... ne vous plaît pas.

— Je lui sais gré de l'instruction qu'il nous communique, mais je ne le suis pas dans les digressions où il s'égare. Je regrette que ceux qui devraient le plus se renfermer dans le véritable esprit scientifique courent ainsi après des fusées, et prennent feu pour des opinions courantes, qu'ils n'ont pas approfondies.

— Et moi qui croyais Pierre ennemi des femmes ! s'écria Labobière en riant.

— Il serait aussi sage d'être ennemi de moi-même.

— Allons, je vois que vous vous serez attendri ; mais j'avais entendu dire que vous étiez plus continent que Scipion.

L'arrivée du professeur mit fin à cette conversation, et comme l'avait deviné Henri Labobière, le sujet y prêtant, la femme fit les frais de la leçon.

Il la montra impure dans sa chair et vile dans son âme, inférieure à l'homme à tous égards, et plus qu'inférieure, corruptrice; attachée à lui, la misérable, comme l'agent du vice, le tentateur éternel, la raison de toutes les faiblesses et de tous les énervements. Car elle est antipathique à la justice, l'incarnation en ce monde du caprice et de l'arbitraire, mobile, instinctive, perverse, dépravée, digne enfin du feu éternel, comme elle avait été l'auteur de la chute du premier homme.

Il ne dit pas tout à fait cela, mais il semblait qu'il dût le dire ; et pourquoi ne le dit-il pas, puisque son maître Proudhon s'était bien gardé, dans son réquisitoire, d'oublier la faute d'Ève et l'avis de la Genèse ; et puisque sur ce point les vieux pères de l'Église et le savant professeur s'entendaient si bien ?

Albert sortit de là, presque dégoûté de l'amour, et, comme, en même temps, le savant professeur avait exalté chez l'homme la *force mâle,* — cette force mâle qu'il partageait avec les animaux et qui le créait pourtant, on ne sait comment, roi du monde intellectuel, — le jeune homme sentait s'agiter en lui des impressions troubles, instinctives, plus exigeantes que jamais. Il se disait : Je ne suis qu'un sot, et l'on a eu raison de se moquer de moi. La fidélité, quelle niaiserie ! à quoi bon ? pourquoi ? D'abord la femme, n'étant pas égale, n'a pas droit au contrat égal ; étant en dehors de la justice, la parole donnée ne peut obliger vis-à-vis d'elle. Puis la *force mâle,* une faculté si précieuse et qui confère tant de droits..., est-ce à elle de la régir ? Folie ! présomption ! La *force mâle* est le dieu du monde, et chaque homme est un prophète.

Oui... Qu'importe ? La loi de la nature n'est-elle pas que toute faculté s'exerce et que tout besoin soit satisfait ? Toutes ces recherches de sentiment, toutes ces affectations de pureté, fadaises ridicules ! exigences inventées pour établir une suprématie immorale, à l'encontre du vrai droit, du seul droit que l'homme représente. Belle affaire, après tout ! Une simple rencontre, le fait le plus commun et le plus insignifiant... Quoi de plus, quoi de moins ? Des billevesées ! Une femme n'a à demander à l'homme qu'elle épouse que de bons traitements et rien de plus...

A cette heure, toute poésie lui semblait morte, et de même toute noble exaltation. Albert ne savait même plus trop s'il aimait encore ; et cela devait être, car qui avilit la femme avilit l'amour.

Il avait seulement la tête lourde et le

cœur malade. Se sentant incapable d'étudier, il entra dans un cabinet de lecture ; le premier livre qu'il vit sur la table était Proudhon. Il l'ouvrit au hasard :

« Entre la femme et l'homme, il peut exister amour, passion, lien d'habitude et tout ce qu'on voudra ; il n'y a pas véritable société. L'homme et la femme ne vont pas de compagnie. La différence des rêves élève entre eux une séparation de même nature que celle des différences de race met entre les animaux. Aussi, loin d'applaudir à ce qu'on appelle aujourd'hui l'émancipation de la femme, inclinerais-je bien plutôt, s'il fallait en venir à cette extrémité, à la mettre en réclusion...

« Réduction de la femme au néant par la démonstration de sa triple et incurable infériorité, voilà où nous a conduits jusqu'à présent l'analyse...

« Sans doute, une pratique mieux entendue de la vie conjugale rassérénera le ménage et y mettra l'équilibre ; mais je n'y vois pas moins ce qui d'abord éclate à tous les yeux : le sacrifice que fait un homme de sa liberté, de sa fortune, de ses plaisirs, de son travail, le risque de son honneur et de son repos, à la possession d'une créature dont avant deux ans, six mois peut-être, en raisonnant au point de vue de l'amour proprement dit, il aura assez...

« La vie de la femme, selon le vœu de la nature, est une jeunesse perpétuelle...

« Les hommes ne s'occupent de l'éducation des femmes qu'en vue d'eux-mêmes, à dit une femme. Et en vue de quoi, s'il vous plaît, voulez-vous que nous nous en occupions ?...

« La conscience est immuable... »

— Tout cela est pourtant un peu étrange, se dit Albert. Et il posa le livre pour en ouvrir un autre : c'était l'Amour, de Michelet.

« La femme est une malade... La femme est toujours plus haut ou plus bas que la justice...

« Il faut que tu crées ta femme, elle ne demande pas mieux.... Nous ne voulons pas une Pandore toute faite, mais à faire.....

« .... Déjà entamé par la vie, par une éducation cruelle, par la réaction violente qui la suit pour le plaisir, je me sens bien peu capable de prendre ce jeune cœur plein d'amour, qui me veut pour son créateur, son dieu d'ici-bas.... ai-je gardé le sens d'aimer ?...

« .... Elle se sent libre alors, pourvu que tu sois son maître...

« .... Les mères veulent que le mari soit charmé de la trouver à ce point petite fille. Et en effet, cela l'étonne (lui qui n'a vu que des femmes perdues). »

Albert s'enfonça quelque temps dans la lecture de ce livre, plein de tendresse et de poésie, mais d'une tendresse énervante et d'une poésie fantaisiste, et où la femme n'est peut-être pas moins maltraitée (avec les meilleures intentions du monde) que dans les folles et furieuses pages de Proudhon. Ce qu'il remarqua surtout fut ce consentement tacite donné aux amours débauchées du jeune homme. En effet, le créateur, ce dieu, à qui l'on remet, pour la refaire à son image, la femme, l'autel d'amour et de pureté, est un homme qui n'a vu que des femmes perdues !

Peu importe. La logique de tels livres n'est nullement gênée par ces incohérences. Mais Albert ne s'arrêta pas à ces détails ; devant l'offre de la royauté absolue, peut-on réfléchir ? Il se dit :

— Eh qui donc ne parle ainsi ? Tous les auteurs les plus estimés ont-ils jamais dit autre chose ? Depuis Anacréon, Horace et Tibulle jusqu'à Brantôme et Marot, jusqu'à Musset ! La femme, c'est la beauté ; l'amour, c'est la volupté, et la volupté, c'est la fleur de la vie, dont tout homme doit s'enivrer, à moins que la triste folie des ascètes ne se soit emparée de son cerveau ? Encore une fois, qui pense et dit le contraire ? Personne. Voltaire, La Fontaine, ont prostitué leur plume. En sont-ils moins dieux ? et s'avise-t-on même de les en blâmer ? Musset et Murger, morts de leur excès, n'en sont pas moins pleurés et honorés. Rolla, suivant le poète, trouve l'amour sur le sein d'une prostituée. Stendhal, celui qui dit au jeune homme en lui parlant de la femme : « Ayez-la, c'est d'abord ce que vous lui devez. » Théophile Gautier, qui a vanté les débauches hors nature, le galant Mérimée, font les délices des gourmets et occupent les premières places de la littérature, de l'académie ou du sénat. Au fond, on ne saurait le nier, et la société ne prend pas la peine de le cacher, la morale officielle est une comédie ; personne n'y croit, excepté les femmes qui le veulent bien, et encore, puisque la galanterie ne saurait se passer d'elles, il est entendu qu'une bonne part d'entre elles n'y doivent pas croire. Il est bon de ménager en ceci le préjugé, chacun le sent dans l'intérêt de son propre ménage ; mais tout le reste du monde est excepté, et cette réserve faite, sous le voile léger du décorum officiel, chez quel homme ne trouve-t-on pas un fond inépuisable d'indulgence, quand ce n'est de tendresse, pour les péchés amoureux ?

A mesure qu'il se disait ces choses, Albert les voyait par le souvenir, par le fait présent, général, et dans cette contemplation, les yeux attachés sur le monde, il se mit à rire.

— En vérité, se dit-il, comme les apparences nous bouchent les yeux ! Chaque homme à peu près ayant son passé de jeunesse, — quand il se contente du passé, — la femme qui vit à ses côtés me paraît bien exposée, outre les filles issues de son sang, parfois de ses maladies, outre les fils qui marcheront sur ses traces, outre les femmes exemptes du préjugé... Ma foi ! il s'en faut de peu que le monde ne soit, à ce point de vue des mœurs, une vaste réunion d'augures qui se regardent sans rire.

Puis il pensa à Mᵐᵉ Milhau et à ce qu'elle venait de lui dire.

— A la bonne heure ! voilà une femme franche et une bonne femme. Elles sont tant d'ailleurs comme cela. Le monde s'achemine vers la franchise, en ceci comme en toutes choses, et, si cela continue, il ne tardera guère à enlever son dernier vêtement. Quel imbécile j'étais ! ajouta-t-il.

En ce moment, il ne se comprenait plus, il se trouvait niais à faire pitié. Un bêta de cœur ! un femmelin ! Non, il n'était pas un homme, un vrai mâle !

Il sortit dans cet emportement et regagna à grands pas le boulevard Saint-Michel.

— Où allez-vous donc si vite ? lui dit quelqu'un.

C'était un littérateur du quartier, qui assistait quelquefois aux leçons et dont Albert avait fait la connaissance au café. Ils remontèrent ensemble le boulevard, tout en parlant — il n'y avait que cela dans l'air — des femmes. Le littérateur en dit tout le mal possible : perfides comme l'onde, rusées comme le serpent, changeantes comme la lune, noires comme l'enfer, etc. etc.

Pendant cette diatribe, la douce et pure figure de Marianne vint se placer sous les yeux d'Albert.

— Allons donc ! observa-t-il avec un peu d'humeur ; *toutes*, c'est beaucoup dire, et Mᵐᵉ R...?

M. R... aussitôt se redressa d'un pouce.

— Ah ! celle-ci, dit-il d'un air plein de doux mystères, celle-ci !... A part des autres, jeune homme ! Celle-ci !... on n'en parle pas.

Albert dissimula un sourire, tandis qu'il se disait, lui aussi : Et Marianne, donc ! et ma mère ! et ma sœur ! — Il avait la tête un peu détraquée, et, sentant le besoin de reprendre des forces (il avait laissé passer l'heure du dîner de la pension), il entra au café des Écoles pour se faire servir à dîner. Henri Labobière et deux ou trois autres étaient là avec des femmes, et riaient et buvaient. Albert alla s'asseoir à côté d'eux.

— Mes belles, dit Labobière, je vous présente un sage.

Elles le regardèrent effrontément des pieds à la tête ; il riposta par des propos vifs, auxquels Labobière applaudissait. Une de ces dames avait pris à cœur la conquête d'Albert ; il ne s'y opposa point, et ils étaient dans les meilleurs termes quand tout à coup la grossièreté de cette femme lui fit mal au cœur ; il s'échappa et revint chez lui.

Mais, à partir de ce jour, il vécut dans une agitation extrême. L'être humain est essentiellement modifiable au gré de son imagination ; ce qu'il croit devoir faire, il le peut. De même, s'il se croit ou veut être moins fort que la passion, elle le domine. Cependant, peu de jours encore, et il allait revoir Marianne. Oserait-il, pourrait-il l'aborder de l'air dont il l'avait quittée, s'il lui revenait parjure ? Il se rappelait ses derniers mots : « Je vous ai donné toute ma confiance, Albert, et je sais que vous m'aimerez là-bas comme ici. » Devant une foi si pure, il se sentait honteux de ses mauvaises pensées, et elles s'évanouissaient. Vingt fois par jour ainsi, il changeait de point de vue ; et chaque matin il se disait : Plus que dix, plus que neuf, plus que huit jours ! Non, il sentait que vis-à-vis d'elle, il ne pouvait facilement feindre ; que dans leurs épanchements, s'il en devenait indigne, sa gêne le trahirait, que sous le regard clair de ces beaux yeux si purs il baisserait les siens malgré lui ; et cette crainte le retenait.

Un jour qu'il venait de recevoir une lettre de sa fiancée, la dernière qu'il dût recevoir jusqu'à leur prochaine entrevue, lettre toute remplie de joie, d'attente et de doux appel, il entendit frapper à la porte.

Il ouvrit. C'était la petite actrice aux bottines usées, Armandine Ganlin. Elle était là, pimpante, souriante, en assez fraîche toilette, et lui jeta tout d'abord un sourire très-familier.

— Enfin !... Je vous ai cherché par toute la maison. Vous ne m'aviez pas dit votre nom ; c'est très-mal !

En même temps, elle était entrée. Devant l'air un peu gêné d'Albert :

— Vous êtes seul !... Je vous apporte des billets de spectacle pour vous et votre... elle n'est pas ici ?

— Non, madame, vous désirez faire sa connaissance ?

— Oh ! je tiens surtout à la vôtre... Et puis, ça dépend. Est-elle bien jolie ?

— Pas tant que vous.

— Vous voulez vous moquer, je le vois bien ; je sais que je ne suis pas jolie. Et elle se regardait dans la glace d'un air complaisant. Mais... d'abord j'ai du talent... Vous verrez demain ; car vous viendrez bien, n'est-ce pas ? Je joue dans le rôle de Denise. On dit que c'est mon triomphe. Enfin vous verrez.

— Je suis sûr d'être charmé. Et puis ?...

— Et puis, quoi !...

— Vos autres qualités ?

— Ah ! vous vous moquez toujours !... Eh bien !... on peut avoir avec moi un billet de spectacle tous les soirs.

— Vous parlez de l'heureux mortel qui...

— Je ne parle de personne, puisqu'il n'y a personne en ce moment.

— Ah vraiment ?

— Oui, c'était un gentil garçon, je ne dis pas; mais qui, au lieu de m'aider, ne songeait qu'à me tirer de l'argent. Vous sentez...

— Je le crois bien. Une horreur! Au lieu de vous payer les plus jolies robes, de faire en un mot son devoir...

— Il ne m'en faut pas tant, allez, de jolies robes; je suis bien économe, et pas coquette, moi... quand on me connaît...

— On vous adore.

— Taisez-vous, mauvais plaisant.

— Vous n'aimez pas la plaisanterie ?

— C'est selon, quand elle est sérieuse...

— Mais voilà un mot profond. Vous ne me disiez pas que vous aviez de l'esprit.

— Si j'en ai, c'est sans le savoir. Je dis ce qui me passe par la tête, voilà tout, excepté quand je récite mes rôles.

— Alors vous ne jouez jamais la comédie que sur le théâtre?

— Assurément.

— Vous êtes un phénix !

— Vous ne le croyez pas ? Mais j'en vaux peut-être bien une autre. Tenez, je m'en vais; laissez-moi seulement me chauffer les pieds, car il fait encore aujourd'hui diablement froid.

Elle s'assit près de la cheminée et allongea les pieds sur les chenets en relevant sa robe.

— Vous avez des bottines neuves?

— Oui, j'ai reçu mon mois hier, et je les ai mises pour venir chez vous. Elles ne sont pas mal, n'est-ce pas, pour 25 francs?

— Charmantes! Mais ce qui me plaît surtout, dit-il en s'agenouillant sur le tapis, c'est de revoir ce petit pied et cette jambe fine que vous m'avez déjà montrés l'autre jour, sous la porte cochère où j'ai eu le bonheur de vous rencontrer. Vos bas ne sont plus mouillés ?

— Ça ne vous regarde pas.

— Mais si, votre santé m'est si chère !... Vous savez bien...

A ce moment, un nouveau coup fut frappé à la porte. C'était Emmanuel. En voyant la jeune femme, il voulut s'excuser; mais Albert le retint, et Armantine partit, d'un air pincé, toutefois en faisant promettre à Albert qu'il profiterait de ses billets.

— Je crains de t'avoir dérangé, dit Emmanuel.

— Au contraire, tu es venu jouer le rôle de la Providence.

Et il se disait à lui-même : — Et je pars après-demain ! Je l'ai échappé belle !

N'était-ce pas se féliciter à tort ? Et revenait-il le même? De celui qui s'est élevé si haut que le mal lui est impossible à celui qui lutte et lutte mal, tout près de succomber, la différence est immense. Marianne était trop prévenue pour s'en apercevoir ou du moins pour s'en rendre compte, et, près d'elle, dans cette atmosphère de chaste amour et de grâce enivrante qui l'entourait, Albert fut si promptement repris et subjugué qu'il en oublia comme un mauvais rêve le monde d'où il sortait et où il allait rentrer. Avec une pareille femme à son bras, oh ! comme aisément il pouvait braver les séductions, les railleries, les pensées malsaines! Il en était presque aussi fier qu'amoureux. Les triomphes de Marianne, l'hiver précédent, les ambitions, les désirs sincères qu'elle avait découragés, l'enorgueillissaient, lui qu'elle préférait à tous, et la lui rendaient encore plus chère. Elle avait su même se parer d'une grâce nouvelle. Au contact du monde, son esprit s'était affiné; elle avait, avec le même naturel, des gestes plus jolis, des intonations plus variées, un jeu de physionomie plus spirituel. Il n'eut pas de peine à renouveler leurs doux serments avec une bonne foi presque entière. La quinzaine passa comme un seul jour, et les adieux furent encore bien tristes.

— Dans quatre mois et demi, nous nous reverrons de nouveau, disait Marianne.

— Ah ! c'est bien long! disait-il.

Et quand il revit des hauteurs de Juvisy, le soir, l'énorme et flamboyante Babylone, où, parmi les flèches, les tours, les coupoles, dans la lueur rougeâtre, émergeait le dôme du Panthéon, il frémit en répétant !

— Que c'est long !...

IX

« Poitiers, 20 mai 185.

» Mademoiselle,

» Veuillez croire que je n'ignore pas combien la démarche que je fais en vous écrivant peut passer pour inconvenante; mais j'ai confiance que vous la comprendrez, et, me restât-il un doute, je ne la ferais pas moins, car l'intérêt d'un être malheureux me paraît devoir dominer de très-haut des usages égoïstes et des susceptibilités personnelles. Je n'ai pu décider ma mère à vous parler d'Henriette. Elle l'eût voulu; mais, Mme Brou le lui ayant défendu, elle croit devoir respecter cette volonté. Mademoiselle, il faut donc que ce soit moi qui vous dise quelle

situation désespérée est faite à cette malheureuse fille, — il le faut bien, puisque nul
autre ne vous le dirait, — que vous pouvez
la sauver et que je ne le puis pas...

» On m'accusera de ne pas respecter la
chasteté de vos pensées, mademoiselle, comprenez bien, je vous en prie, que jamais démarche n'a comporté plus de respect que
celle que je fais en ce moment près de vous.
Si je vous respectais moins, si je n'avais pas
compris, pour vous avoir vue de près une
seule fois et par tout ce qu'on m'a dit de
vous, que votre nature est aussi élevée que
généreuse, c'est alors que je n'oserais pas
vous parler et me dirais : La formalité, chez
elle comme chez les autres, étouffera le
cœur; elle se croira offensée. Mais je sais
qu'il n'en sera pas ainsi; je crois de plus
que vous avez en ces choses le droit et
le devoir même de connaître la vérité. Il faut
que vous sachiez, vous si entourée d'égards
et de défenses, comment sont traitées les filles du peuple, vos pareilles par l'âge et par
le cœur. Ce qu'on craint tant de vous faire
entendre à vingt ans, elle l'entendent, elles,
dès l'enfance, et personne ne se récrie contre cette inconvenance là. Il y a pourtant
excès de part et d'autre; car, tandis que
chez elles l'innocence est détruite avant que
la raison soit formée, vous, à vingt ans, vous
devriez connaître la vie avant de vous engager.

» Mademoiselle, cette jeune ouvrière que
vous aimiez, que tous respectaient, Henriette, a été lâchement séduite par un homme
de votre monde, M. Alfred Turquois. Il lui
avait promis de l'épouser, elle se croyait sincèrement aimée. Le secret de cette liaison a
été découvert par Mme Turquois, et cette dame, violemment indignée, non pas contre
son fils, mais contre Henriette, l'a chassée,
accablée de mépris et perdue de réputation.
A son tour, le père d'Henriette, cet infâme
ivrogne, a crié que sa fille lui ôtait l'honneur, l'a battue et l'a chassée. La mère, toujours faible, ne sait que pleurer. Elle aussi
d'ailleurs croit son honneur engagé à maudire sa fille.

» Abandonnée des siens, insultée par tous,
Henriette s'est adressée à l'homme qui l'a
perdue. Il ne lui a pas même répondu. Elle
descendait à la rivière pour s'y jeter, avec
l'enfant, abandonné comme elle, qu'elle doit
mettre au monde, quand ma mère, qui la
cherchait, l'a rencontrée et traînée presque
de force chez nous. Elle y est depuis quelques jours; mais notre dévouement pour
elle est combattu par un obstacle fort grave;
mon père n'est pas exempt du préjugé qui
condamne la femme trompée à porter seule
tout le poids de sa faute ou de son erreur, il
croit de plus devoir assigner des limites à la

bienfaisance de ma mère; en un mot, il s'op-
pose à ce qu'Henriette reste à la maison, et
nous refuse les moyens de l'établir ailleurs.
Joignez à ceci, mademoiselle, que le désespoir enlève à cette malheureuse tout souci
d'elle-même. Incapable de supporter à la
fois l'abandon de celui qu'elle aimait et le
mépris public, elle semble n'avoir qu'un désir : en finir avec la vie. Je m'efforce vainement de lui rendre l'estime d'elle-même et
quelque espoir en l'avenir. Le peu que j'ai
gagné sur son esprit par le raisonnement,
par de longs entretiens, une heure de solitude, un élan de douleur l'efface. Enfin
je vais partir, et je vois ma mère incapable
seule de soutenir et de sauver cette malheureuse jeune fille. Votre nom, mademoiselle,
est souvent sur ses lèvres; votre mépris,
qu'elle suppose, est ce qui lui est le plus
douloureux à supporter. Vous pourriez la
relever moralement et votre secours matériel peut la sauver. Suis-je excusé, mademoiselle ?

» Agréez l'assurance de tout mon respect.

» PIERRE DÉMIER. »

Assise dans sa chambre, sur la causeuse,
et tenant cette lettre à la main, Marianne la
relisait pour la troisième fois. Elle était fort
pâle, ses mains tremblaient; en même temps
qu'un vif chagrin, une stupeur profonde
émanait de ses traits, de son attitude, de
tout son être, vibrant sous cette commotion.
L'impression qu'une toute conscience éclairée
peut recevoir d'un fait semblable ne suffit
pas en effet à faire comprendre l'impression
fulgurante qu'en recevait ce jeune être, touché pour la première fois. Pour elle, si cela
était funeste, cela était plus étrange encore.
Henriette!... Ce jeune homme l'avait abandonnée, Henriette était mère... et il repoussait son enfant et son... amante. Car ce
n'était pas sa femme, et pourtant... Cette
différence entre l'amante et la femme, voilà
où l'esprit de Marianne flottait, surpris, indécis, plein de soulèvements instinctifs, que
suspendaient tout à coup des points d'inter-
rogation plus vagues encore.

Elle n'était pas arrivée à près de vingt ans
sans avoir entendu parler de filles séduites
et d'enfants trouvés; non. Mais dans ces
vingt premières années où l'être humain re-
çoit pêle-mêle l'impression de tant de choses, il ne peut donner son attention à toutes à
la fois, et Marianne n'avait pas une de ces imaginations qui prennent à tâche précisément
de sonder ce qu'on leur cache et que ce côté
des choses en même temps attire le plus.
Elle n'avait reçu la perception de tels faits
qu'au travers des voiles de cette jeune et
chaste ignorance, qu'il est impossible d'ana-
lyser, parce qu'on ne la comprend plus

après l'avoir perdue. Tout au plus, ce souvenir peut-il donner, à ceux qui se souviennent et s'analysent le mieux, une vague impression des divers enveloppements de la connaissance.

Cette fois, Marianne s'arrêtait devant ces faits avec l'intention de les comprendre. Déjà elle avait été saisie de la question par son propre engagement de fiancée ; mais l'émoi de la pudeur, une douce confiance, en avaient écarté ses yeux. A présent, elle y revenait sérieusement ; elle voulait savoir le mot de ce sphinx qui, lui aussi, dévorait des victimes humaines. Chose bien étrange, et plus mystérieuse que ce qu'elle cherchait, Marianne connaissait l'histoire naturelle ; elle avait étudié, superficiellement d'ailleurs, l'anatomie et la physiologie, et cependant elle ne savait pas.

Mais tout à coup elle se leva comme en sursaut. Ce n'était pas de comprendre qu'il s'agissait ; avant tout c'était de la secourir, elle, la malheureuse Henriette !

Lui écrire !... ce n'était pas assez... Et d'ailleurs par qui faire porter la lettre ? L'argent ? Marianne jouissait de la liberté de sa correspondance, et cela parce qu'elle l'avait exigé, non sans scandaliser Mᵐᵉ Brou, qui professait que toutes les lettres d'une jeune fille doivent être lues par sa mère ou sa tutrice ; mais, quant à la liberté d'action, c'était autre chose : elle ne pouvait sortir seule, et toute commission donnée à la bonne tombait sous le contrôle de Mᵐᵉ Brou. C'était par Mᵐᵉ Démier seulement, ou quelquefois à l'aide d'Henriette, que Marianne pouvait agir sans avoir à rendre compte minutieusement de ses motifs ; et ces deux auxiliaires lui manquaient depuis quelques jours. Henriette, plus d'une fois, Marianne l'avait demandée ; on lui avait répondu qu'elle travaillait à la campagne. Mais cette réponse avait été faite d'un tel air que le soupçon de quelque chose d'insolite avait effleuré l'esprit de la jeune fille ; puis, c'avaient été des demi-mots entre Mᵐᵉ Brou et la femme de chambre, parfois la conversation brusquement interrompue lorsque Marianne entrait :
— Ah ! pauvre Henriette ! Depuis combien de temps souffrait-elle si amèrement sans qu'un mot de consolation eût pu lui être adressé par celle qui l'aimait toujours !

Oui, toujours !.... Puisqu'elle était malheureuse !

Mais n'était-elle pas coupable aussi ?

Pierre Démier, à ce qu'il semblait, ne le pensait pas, et cependant tout le monde condamnait Henriette. Ah !... Et cet Alfred Turquois !... Marianne se rappela avec horreur qu'il lui avait fait une cour assidue et très significative tout l'hiver, pendant que

d'un autre côté il persuadait Henriette de son amour et lui promettait de l'épouser !

Mais ce jeune homme était donc un monstre ? Et Albert qui le voyait intimement et le croyait son ami !

A ce moment, la pensée de la jeune fille s'arrêta sur Pierre. Jusque là, trop saisie de la révélation, elle n'avait pas eu le temps de songer à celui qui l'avait faite. Ah ! c'était un grand cœur, un noble esprit. S'il se trouvait à Poitiers en ce moment, c'est que, pendant les vacances de Pâques, lorsqu'une épidémie régnait à Poitiers, qu'un des médecins de l'hospice en avait été victime et que plusieurs craignaient de s'exposer, il s'était offert, lui, avait soigné jour et nuit les moribonds, et enfin avait été atteint lui-même. Heureusement sa constitution avait triomphé de la maladie, et, maintenant rétabli, il allait partir pour reprendre ses études. Marianne savait tout cela ; elle avait partagé les inquiétudes de Mᵐᵉ Démier pour son généreux enfant. Oh ! comme il avait bien fait de la prévenir du malheur de cette pauvre Henriette ! Comme il était bon et juste ! Marianne se sentit saisie pour lui d'estime et de reconnaissance. — Il faut que ce soit M. Pierre qui devienne l'ami d'Albert, à la place de ce Turquois.

Si elle envoyait Louison chercher Mᵐᵉ Démier ?... Mais on va demander pourquoi ; il faudrait mentir, chose que Marianne ne peut supporter. Et puis le besoin de son cœur est plus ardent, elle veut voir Henriette, lui parler, la consoler. Henriette aussi a besoin de cette entrevue, M. Pierre le dit, malheureuse, vouloir mourir !... — Des larmes coulaient des yeux de Marianne, et par moments des frémissements parcouraient son corps. Sous ses yeux flottait aussi l'ombre de ce vague enfant, et tout son cœur frémissait.

On a voulu lui cacher cela. Mᵐᵉ Brou trouve évidemment que ce n'est pas convenable. Dès lors elle n'acceptera jamais que Marianne aille visiter Henriette. Oui, sur ce point, la jeune fille pressent une résistance invincible. Elle se rappelle que sa tante a impitoyablement sacrifié, sur de vagues soupçons, une jeune veuve de leur connaissance, qu'on ne la voit plus. A plus forte raison, l'ouvrière.... Mais alors comment faire ?

Il n'y avait qu'à désobéir complètement ou à s'abstenir.

Marianne hésita quelques instants ; mais l'idée du malheur et du désespoir d'Henriette l'envahit avec tant de force qu'elle se fût crue coupable, lâchement égoïste, de ne pas aller à son secours. La maison du charpentier n'était pas si loin ; quel usage ridicule enchaînait ainsi les pas de la jeune fille dans l'enceinte de la maison et la réduisait à l'inertie ? Quoi ! elle ne pouvait pas aller seule chez la digne Mme Démier, sa voisine ? Quelle absurdité !

— Eh bien ! j'irai, se dit-elle.

Toutefois l'idée d'une scène violente avec sa tante lui fit battre le cœur. Mme Brou, qui devait être avec Emmeline dans la salle à manger, verrait de la fenêtre sa nièce à la grille et s'élancerait assurément sur ses pas.

Alors Marianne pensa à la petite porte à l'usage du jardinier, qui ouvrait au fond du jardin sur une ruelle. Par là, elle pourrait sortir sans être aperçue, et, sans doute, il lui serait facile de gagner par les derrières la maison du charpentier. A peine cette idée lui fut-elle venue qu'elle l'exécuta. Elle descendit légèrement l'escalier, passa d'un pas plus furtif encore devant la porte de la salle à manger, prit son chapeau de jardin dans le corridor, sortit en observant si personne ne la suivait et fila entre les massifs jusqu'à la petite porte. Elle eut peine à l'ouvrir, car on se servait rarement de cette issue et les verroux étaient rouillés ; cependant, non sans meurtrir ses mains délicates, elle en vint à bout et tira la porte derrière elle.

Marianne était dans une ruelle déserte qui serpentait entre des murs ; c'était la première fois qu'elle se trouvait seule hors de la maison. Un léger froid la saisit ; mais, ne s'arrêtant point à cette impression, et son cœur battant seulement un peu plus vite, elle suivit la ruelle d'un pas rapide, et au bout d'un instant, reconnut le mur du chantier Démier aux longs bois de charpente qui, dressés contre, le dépassaient. Mais il n'y avait point là d'entrée ; elle continua donc de longer le mur, avec la vive appréhension d'aboutir à une impasse ou à quelque autre habitation étrangère. Beau scandale dans Poitiers en ce dernier cas ! La nièce de Mme Brou, la belle héritière, Mlle Marianne Almont, courant les ruelles ! Cette pensée empourpra les joues de la jeune fille, bien qu'elle fût loin de comprendre jusqu'où pouvait aller la malignité d'un tel commérage ; mais, au lieu d'hésiter, elle pressa le pas plus encore, avec la résolution des natures qui, plutôt que d'attendre, poussent au danger. — O bonheur ! Tout à coup le mur cesse, et, par-dessus une haie basse qui entoure un jardinet, Marianne voit devant elle la maison du charpentier. Elle est bientôt près d'une claie qui forme l'entrée ; elle la pousse, elle entre et s'arrête. Un homme est dans le jardin, il se retourne. Ah ! c'est M. Pierre heureusement !

Lui-même l'a aussitôt reconnue et accourt vers elle. Comme sa figure est éclairée !

— Oh ! mademoiselle !... oh ! que c'est bien !

Et, sans plus de façon, il prend la main de la jeune fille et la serre très-fort, comme il eût serré la main d'un camarade. Marianne le voit bien ainsi, et lui rendrait volontiers ce fraternel serrement de main, si la sienne n'avait été pour cela trop comprimée.

— Vous voyez, dit-elle, je me suis échappée...

C'est seulement en disant cela que Marianne s'aperçoit qu'elle n'a pas seulement fait une escapade enfantine, mais un acte fort grave ; car elle vient de rompre avec l'autorité de la famille, et, chose qui, à ses propres yeux, rend le fait plus grave encore, elle s'est cachée pour le faire ; elle n'a pas eu la dignité, la franchise de sa révolte.

Elle fut si frappée de ces considérations, qu'elle en ressentit tout à coup un malaise extrême. Ses joues, empourprées par la course et l'émotion, pâlirent ; un moment elle fut saisie d'un regret, elle ne vit plus ce qu'elle allait faire, et des larmes vinrent baigner ses yeux.

Ce changement subit était trop apparent pour échapper aux yeux de Pierre ; il en fut vivement surpris. Au moment où il croyait féliciter une héroïne, c'est une fille tremblante qu'il a devant lui.

— Vous sentez-vous mal, mademoiselle ? lui dit-il.

Et il fait asseoir Marianne sur un banc grossier, fait d'une planche posée sur deux pieux, à l'ombre d'un chèvrefeuille.

Marianne s'assied sans dire un mot, toute absorbée par le point de vue nouveau qui l'a frappée, et Pierre, désappointé, presque mécontent, se tient debout près d'elle. Très-absolu dans ses idées, comme on l'est d'ailleurs toujours à son âge, — quand on a des idées, mais tout au moins dans ses jugements, — très enthousiaste sous des dehors assez froids, lui, jeune homme, n'ayant pas subi cette surveillance de tous les instants, ce joug de famille si étouffant pour la femme, que souvent il énerve à jamais sa volonté, il ne pouvait comprendre cette hésitation après l'acte, cette faiblesse dans la décision, cette sorte de remords au sein d'un généreux élan.

— Regretteriez-vous d'être venue, mademoiselle ? demanda-t-il.

Marianne releva la tête :

— Oh non ! dit-elle simplement ; il faut que je voie cette pauvre Henriette. Je ne puis pas la laisser dans son désespoir. Mais je pense à présent combien ceci paraîtra grave à mon oncle et à ma tante que j'aie quitté la maison seule et furtivement.... c'est ce qui me fait de la peine.

— On ne s'apercevra peut-être pas de votre absence.

— Peut-être ; mais j'aime encore moins

cela; il fallait bien m'échapper, puisqu'on ne m'eût pas laissée sortir. Mais je le dirai en rentrant, je viens d'y songer, ce sera mieux; et maintenant je suis plus tranquille. Voulez-vous me conduire près d'Henriette, monsieur Démier?

Une émotion pleine de respect se peignit sur le visage de Pierre; il s'inclina devant la jeune fille, qui s'était levée, et la conduisit vers la maison. Arrivé à la porte qui donnait sur le jardin, il pria Marianne de s'arrêter et ouvrit doucement, pour s'assurer qu'il n'y avait personne dans le corridor; puis il s'effaça pour la laisser entrer.

— Ma mère n'est pas ici, malheureusement, dit-il.

Ils montèrent jusqu'aux mansardes, sises au-dessus du premier étage, et là, Pierre, s'arrêtant encore:

— Ne pensez-vous pas, dit-il, que je devrais la prévenir? Elle est si ébranlée, que votre vue pourrait lui causer une trop vive secousse.

Marianne, en attendant, s'approcha de la fenêtre qui donnait sur le chantier. Protégée par la vitre, elle vit en face d'elle un homme qui s'occupait d'équarrir une poutre à grands coups de hache. Déjà courbé par l'âge ou par la fatigue, grand, maigre, anguleux, il n'en paraissait pas moins énergique et fort, et la hache, sans cesse levée, retombait sans cesse au même endroit, faisant voler en éclats le bois et l'écorce, et traçant de plus en plus longue une ligne blanche, droite comme un cordeau.

A ce moment, cet homme releva la tête pour jeter un coup d'œil sur le travail de deux ouvriers qui, un peu plus loin, sciaient un bloc de bois, et Marianne put observer sa figure. Elle était déjà sillonnée de rides et la barbe blanchissait; le front élevé, rigide, semblait marqué d'une honnêteté scrupuleuse; les traits, rudes et fatigués, n'en exprimaient pas moins une certaine bonhomie; l'œil vif brillait d'énergie. Marianne lui trouva une assez grande ressemblance avec Pierre et ne douta pas que ce ne fût le père Démier, qu'elle n'avait jamais entrevu. Un cri qui retentit dans la chambre à côté lui fit comprendre qu'Henriette venait d'être instruite de sa présence, et saisie d'une émotion plus vive, elle s'avança, tandis que la porte s'ouvrait. Pierre vint à elle rapidement.

— Elle vous attend; elle est bien émue! Je descends. Quand dois-je revenir vous chercher, mademoiselle?

Elle répondit:

— Dans une demi-heure.

Et il franchit le seuil de la petite chambre au moment où Henriette, pâle et chancelante, venant à sa rencontre, s'y présentait.

La pauvre fille! Heureuse de revoir Ma-

rianne, elle ne put cependant supporter sa vue et s'affaissa sur ses genoux en se cachant le visage dans ses mains. Bien troublée, elle aussi, Marianne d'abord voulut prendre les mains d'Henriette et la relever; mais elle ne put en venir à bout, et, pénétrée par ces soupirs, ces gémissements, ces crispations de douleur, elle-même fondit en larmes, et, passant le bras autour du cou d'Henriette, leurs sanglots se confondirent.

— Henriette! ma pauvre Henriette! du courage! calmez-vous un peu! Venez vous asseoir... ici...

— Oh! est-ce possible?..... Est-ce possible que vous soyez si bonne?... Vous ne me méprisez pas, vous! Comment faites-vous pour ne pas me mépriser?

— Non! non! disait Marianne, vous êtes si malheureuse!... Je n'ai point cessé de vous aimer.

— Alors je ne la suis plus tant, malheureuse... Il vous seule!... Vous seule vous pouviez me faire du bien, et vous êtes venue!... Oh! merci! merci!

Elle s'était assise comme l'avait voulu Marianne, et celle-ci s'était placée de même tout près d'Henriette, qui, les mains jointes sur ses genoux, la taille affaissée, regardait sa généreuse amie avec une sorte d'adoration. Il y avait moins de trois semaines qu'elles ne s'étaient vues, et Marianne la reconnaissait à peine: ses joues étaient avachies, son teint flétri, ses lèvres sèches, et jusqu'à ses yeux autrefois si beaux, si doux, qui, rougis par les larmes, n'avaient plus d'autre éclat que celui de la fièvre. En voyant ces ravages, la pensée de Marianne se reporta vers celui qui avait détruit cette fleur de vie qu'était l'Henriette d'autrefois, et un mouvement âpre, fougueux, amer, jusque-là inconnu par elle souleva son sein: c'était de la haine, et, poussée par une force indépendante de sa volonté, ses lèvres murmurèrent:

— Ah! l'infâme! l'infâme!...

Henriette avait douloureusement tressailli.

— Que dites-vous?... de qui parlez-vous?... Ah! que savez-vous... s'il ne souffre pas aussi?... Oui sans doute, il aurait dû me répondre; mais on l'empêche peut-être... si vous saviez...

Marianne fut stupéfaite. Quoi! la malheureuse pouvait croire aimer encore! au sein de cet abandon... A l'expression de ses traits, Henriette comprit.

— Je vous semble folle!... que voulez-vous? Ah! je l'accuse aussi par moments... il me semble même que je le hais... et puis, quand on a tant aimé, comment cesser comme cela, si vite... on ne peut. Il y a des fois où je donnerais ma vie pour le voir encore... Ma vie!... quel bon marché je ferais!... Ah!

mais ne pensez-vous pas.... qu'il a pourtant fallu que je l'aie bien aimé ?...

— Et tout à coup, impétueusement, les mains jointes, le regard ardent :

—Vous l'avez vu, bien sûr, vous l'avez vu ! Parlez-moi de lui, dites-moi ce qu'il fait, s'il paraît malheureux, s'il est bien pâle... Que vous a-t-il dit ?...

Marianne restait silencieuse, presque épouvantée. Dire ce qu'elle pensait de ce misérable, prouver à Henriette qu'elle n'avait été que trompée, jamais aimée... Serait-ce la tuer ou la guérir ? Elle n'osait parler, elle ne savait que dire, et s'indignait et s'étonnait de la persistance d'un tel amour.

— Vous ne voulez pas me répondre, dit Henriette. Oh ! vous avez raison sans doute, et je vous offense en vous demandant cela ; mais si vous saviez ce que je souffre !...

— Vous ne m'offensez pas, je n'y songe pas même, je ne puis penser qu'à vous ; seulement je ne puis comprendre que vous l'aimiez encore.

— Alors, si cela ne vous offense pas, dites-moi seulement si vous l'avez vu.

— Je l'ai vu, il y a quelques jours, un instant...

— Et quel air avait-il ?

—Oh ! maintenant que je sais... c'est épouvantable. Il avait son air ordinaire et même dégagé...

—Vous savez bien, mademoiselle, qu'il faut feindre dans le monde. Est-ce qu'il peut ne pas souffrir, voyons ?

— Il devait vous écrire, venir vous voir, s'occuper de vous..... Ne le défendez pas.

— Ah ! oui, sans doute .. allez, je ne le sais que trop... Mais ses parents... qui sait s'il ne travaille pas à gagner leur cœur ?

— Ah ! fit Marianne en détournant la tête avec une expression telle qu'Henriette y vit une conviction profonde. Elle regarda fixement Marianne ; puis une lueur brilla dans ses yeux, qui semblèrent se creuser encore.

—Vous êtes bonne, vous, pourtant... pourquoi donc voulez-vous absolument le condamner ? Qu'en savez-vous ? Il ne vous a pourtant pas fait la cour, lui, comme les autres ? Vous voyez bien qu'il m'aimait.

Marianne avait baissé les yeux à terre et elle ne répondait pas.

— Vous ne répondez pas ? Il vous a fait la cour, lui !... ce n'est pas possible ! Vous me le diriez, que je ne le croirais pas.

La jeune fille continuait de se taire, et ce silence était plus affirmatif que toute parole. Henriette jeta un cri.

— Non, je ne veux pas le croire ! Mais pourquoi vous taisez-vous comme cela ? Vous voyez bien que vous me faites mourir... Si c'est vrai, alors dites-le.

— Henriette, il ne faut plus vous occuper de cet homme ; il faut vivre seulement pour... Je vous aiderai, vous ne serez point abandonnée...... Henriette, ah ! pauvre malheureuse !

Bien malheureuse en effet ; elle se trouvait mal et Marianne dut lui donner des soins. Quand elle eut retrouvé quelque force, elle pleura abondamment ; puis, dans une exaltation qui ressemblait au délire, des paroles et des soupirs s'exhalèrent de ses lèvres :

— Infâme ! oui, c'est bien infâme ! tromper à ce point ! Je ne croyais pas que ce fût possible ! Mettre ensemble, dans sa bouche, des baisers et des mensonges ! Ah !... mais s'il ne m'a pas aimée, il n'a donc fait que me salir... Oh !... Oh !... c'est horrible ! Et j'ai pu me donner à ce monstre, moi ! qui étais fière et chaste ! Oui, je l'étais. Mais il me disait : « Je t'aime ! je passe les nuits à t'appeler ! Je suis trop malheureux de t'aimer tant ! Lui malheureux par moi quand j'aurais donné mon sang pour lui avec joie ! Est-ce qu'on peut refuser l'homme qu'on aime, quand il vous dit qu'il est malheureux ? Mais non ! qu'ils me jettent la pierre, eux, qu'est-ce que ça me fait ? Je l'aimais, je le croyais. Elles se croient bien fortes, celles qui se gardent jusqu'à l'autel, et moi je leur dis que ce sont des égoïstes, des sans-cœur ! Se défier de l'homme qu'on aime ! Alors c'est qu'on ne l'aime pas... Oui, je lui ai donné plus que ma vie. J'étais fière, vous le savez. Il me disait : « Puisque tu seras ma femme ! N'est-ce pas comme si tu l'étais déjà ? Dès que je serai substitut, je t'épouserai. Mon père ne voudra pas de sommations, il consentira. » Moi, d'abord je m'étais dit : C'est vrai. Être une dame, sera-ce beau ! Mais après je n'aimais que lui. Ah ! si du moins il m'avait aimée ! Je ne me plaindrais pas de souffrir. Mais ce qui est pire que tout...

Elle s'arrêta brusquement et regardant en face Mlle Aimont :

— Ayez pitié de moi ; vous le voyez, je ne suis pas maîtresse de mon pauvre cœur. Quand vous serez partie, je voudrai douter encore. Dites-moi en paroles ce que votre air m'a dit. Répétez-moi que c'est vrai, qu'il vous faisait la cour pendant qu'il me jurait à moi... Dites-le tout haut, que je l'entende, parce que vous, je vous croirai....

— C'est vrai, Henriette ; il était près de moi des plus assidus. Il ne m'a pas demandée en mariage, parce que je l'ai toujours découragé ; mais sa manière d'être vis-à-vis de moi ne me laissait pas de doute, et même il m'avait inspiré le regret de le rendre... malheureux. Aussi, quand j'ai appris... me suis-je dit : C'est un monstre.

— Oui, répéta l'ouvrière d'une voix éteinte, c'est un monstre ! Ils sont tous ainsi ! mais je le croyais, lui, si différent des au-

trés !... Ainsi, perdue ! et pas même... aimée... Oh ! c'est trop !

Elle était baignée de larmes, tout son
corps tremblait; par moments, des cris lui
échappaient, elle cachait sa tête dans ses
mains.

— Horreur !.. tant d'amour ! Toute mon
âme !... Et n'être que son jouet !... Il a pris
mon honneur et ma vie pour son plaisir !...
Et savez-vous ?... Il en sera fier !... O infamie! ce sont leurs jeux ! Ah ! fils de l'enfer !
Et cet homme-là jugera les autres, pensez
donc ! Mais ces choses-là sont trop fortes. Je
veux l'aller dire partout. Je me vengerai !...
Hélas ! et c'est de moi qu'on se moquera. Il
abandonne son enfant, son propre enfant ; il
le jette à la rue, comme on y jette les ba-
layures de sa maison, et cela fait rire...
Tenez, je suis bien aise de m'en aller de ce
monde ; il fait horreur !...

Presque aussi pâle et aussi tremblante
qu'Henriette, Mlle Almont écoutait en frémissant ce langage, ces révélations. Souffrante dans sa pudeur, indignée dans sa justice, étourdie de tout ce qui se découvrait à
ses yeux, elle s'efforçait toutefois d'écarter
ses impressions personnelles pour s'occuper
avant tout de la malheureuse qu'elle était
venue secourir

— Non, dit-elle ; Henriette, vous chasserez
cet homme de votre souvenir, et vous vivrez
pour votre enfant... et pour moi, qui suis
votre amie et le resterai toujours.

— Mon amie, vous, mademoiselle !... Ah !
vous dites cela par excès de bonté. Vous,
l'amie d'une fille perdue, chassée par sa famille, à laquelle pourtant elle avait consacré
tout son travail et toute sa jeunesse, méprisée du monde !...

— Je le sais, Henriette ; mais qu'importe,
si l'on a tort, si l'on est injuste ? Quand je
suis venue, je ne savais pas ; je craignais...
je ne savais pas... Mais à présent je suis sûre
que vous êtes cent fois plus malheureuse que
coupable.

— Oh ! merci ! disait la pauvre fille en
baisant les mains de Marianne ; vous me rele-
vez le cœur, vous me faites tout le bien que
je puis encore sentir ; vous m'aimez encore,
et vous ne me méprisez pas !...

A ce moment, un coup fut frappé à la
porte. C'était Pierre.

— Il faut que je vous quitte, dit Marianne,
car on pourrait me chercher à la maison.

Et elle raconta comment elle était venue.

— Hélas ! on vous grondera, s'écria la pauvre Henriette ; vous aurez du chagrin à cause
de moi, et je ne vous verrai plus. Ah ! ç'aurait été trop de bonheur !

Elles s'embrassèrent étroitement. Henriette,
sanglottante, s'affaissa sur une chaise, près
de son lit, et Marianne, les yeux pleins de

larmes, sortit sur le palier, où Pierre l'attendait.

— Ma mère n'est pas encore rentrée, mademoiselle, dit-il. Si vous le permettez, je
vais vous accompagner. J'ai regardé dans le
jardin, il n'y a personne; mais d'un moment
à l'autre mon père peut rentrer à la maison,
et il ne faudrait pas...

Marianne cherchait à se remettre :

— C'est là votre père, monsieur ? demanda-t-elle, en jetant par la fenêtre un nouveau
coup d'œil sur le travailleur qu'elle avait
remarqué précédemment, et dont la hache
allait toujours le même train.

— Oui, mademoiselle; il y a près de quarante ans qu'il travaille ainsi, et depuis
vingt-trois ans il a frappé plus fort afin de
me donner l'instruction qui lui a été refu-
sée. Je lui dois beaucoup d'amour et de respect.

— Oh ! certainement, monsieur Pierre, et
il est heureux aussi d'avoir un fils tel que
vous, dit Mlle Almont avec émotion.

— Ai-je le bonheur, mademoiselle, de vous
avoir inspiré de l'estime ?

— Oh ! monsieur, je sais ce que vous avez
fait à l'incendie et dernièrement à l'hôpital,
et puis la lettre que vous m'avez écrite...

— Je suis bien heureux de l'avoir fait !

Ils parlaient ainsi en descendant l'escalier;
sur le palier du premier étage, Marianne
s'arrêta.

— Permettez-moi, dit-elle, de vous remettre ceci pour Henriette. (Elle lui remit 300 f.)
Je ferai plus tard tout ce qu'il faudra. Je
pense qu'il serait nécessaire de l'arracher à
cette ville, ou du moins de la placer dans un
quartier reculé où elle ne serait pas connue
et où votre mère pourrait encore la voir...
moi aussi peut-être... Mais je ne suis pas libre... Ah ! qu'elle est malheureuse ! et que
je voudrais pouvoir la consoler !

Pierre ne répondit pas ; mais il regarda
Mlle Almont avec une expression singulière,
il semblait très-ému. Ils traversèrent en silence la maison, puis le jardin. Arrivés à la
ruelle, Mlle Almont s'arrêta.

— Je crois qu'il vaut mieux maintenant
que je rentre seule, dit-elle. Adieu, monsieur Pierre, et merci !

— Merci ! répéta-t-il avec trouble.

Ce fut elle qui lui tendit la main. Il la
serra doucement, et la suivit du regard,
tandis qu'elle filait comme un oiseau le long
de la haie jusqu'au mur, derrière lequel elle
disparut.

La jeune fille acheva son court trajet sans
encombre, poussa la petite porte, remit les
verroux, et se retrouva dans le jardin. S'était-
on aperçu de son absence ? L'avait-on cher-
chée ? C'est ce qui restait à savoir, et elle n'y
tenait qu'à cause des domestiques, ayant

résolu de déclarer elle-même son escapade.

Marianne avait dans le caractère cette susceptibilité vive et fière qui avait distingué le brillant officier de marine Marcel Almont; elle ne pouvait supporter de s'humilier jusqu'à feindre et de paraître vouloir tromper; quoique un peu émue intérieurement, elle s'avança donc d'un air calme et d'un pas mesuré vers la maison.

Aucun mouvement insolite ne se manifestait; en passant devant la cuisine, Marianne vit la cuisinière à ses fourneaux; dans la salle à manger, Louison mettait le couvert, tandis que Mᵐᵉ Brou lisait l'*Echo pictorien*, et que du salon retentissaient les tapotements d'Emmeline sur le piano. Mᵐᵉ Brou, en voyant sa nièce, ne fit aucune observation, et le docteur arriva peu après pour le déjeuner, car tout cela s'était passé dans la matinée.

Pendant le repas, la présence des domestiques ferma la bouche à Marianne; mais après que la table eut été desservie, et comme le docteur parcourait à la hâte le journal, avant de retourner à ses visites, on entendit tout à coup, au milieu d'un silence, tomber cette étrange phrase:

— Je suis allée voir Henriette ce matin.

Le docteur leva la tête, en homme ébahi à qui l'on dirait que la lune est allée visiter les étoiles fixes; Mᵐᵉ Brou fit un soubresaut sur sa chaise, et Emmeline ouvrit les yeux et la bouche en allongeant le cou, de cet air affriandé que tout événement peignait sur sa figure; mais cette fois la chose allait jusqu'à l'émerveillement.

— Hein? que dites-vous, ma chère Marianne? dit le docteur. Henriette quoi? Je n'ai pas bien entendu.

— C'est une chose impossible! s'écria Mᵐᵉ Brou.

Emmeline alla s'asseoir bien en face de Marianne, et de façon à voir tout le monde à la fois.

— Non, madame, reprit Marianne, dont l'apparence calme était un peu démentie par l'inflexion de sa voix; j'ai appris le malheur de cette pauvre Henriette et qu'elle désirait ardemment me voir. Elle habite ici tout près, et craignant, je l'avoue, d'être retenue ou de subir une longue discussion, j'y suis allée sans vous prévenir.

— Vous avez fait cela! s'écria Mᵐᵉ Brou, et vous le déclarez avec cette impudence!...

Elle se leva, tourna dans la chambre sans savoir ce qu'elle faisait, leva les bras en l'air et tomba dans un fauteuil.

— Vous m'injuriez, madame, dit Marianne, dont le visage devint pourpre.

— Et qu'est-ce qu'on peut vous dire quand vous faites des choses... des choses!.. Aller voir une fille perdue!... Quitter la maison seule... mais vous êtes donc devenue folle!..

— Assez! dit vivement le docteur en se tournant vers sa femme; il faut du moins rester calme, et je désire parler seul avec Marianne de tout ceci. Ce que vous nous dites là, ma pupille, est bien extraordinaire, et j'avoue que j'aurais traité de menteur quiconque serait venu me raconter un tel fait. Ainsi, connaissant la conduite méprisable de cette fille, vous êtes allée la voir, et, sachant bien que jamais on ne vous permettrait une pareille démarche, vous avez quitté la maison à notre insu, abusant de la confiance que nous avons en vous, et faisant à votre réputation le tort le plus grave!

— Monsieur, je ne croyais pas avoir abusé de votre confiance, car je ne vous ai jamais promis de sacrifier mes affections à la crainte de l'opinion, et quant à ma réputation...

— De l'affection pour une pareille créature! s'écria Mᵐᵉ Brou en levant les mains au ciel, vous osez dire...

— Ce n'est pas son malheur qui doit m'empêcher...

— Son malheur?... dites son crime, dites son abjection. Est-il rien de plus méprisable qu'une fille qui s'oublie à ce point?

— Et que direz-vous donc de M. Turquois?

Emmeline fit un petit soubresaut, de l'air d'un chat qui tombe le nez sur la crème.

— Vous êtes étonnamment instruite, mademoiselle, reprit Mᵐᵉ Brou, et je vous aurais cru plus de modestie. Qui donc vous a si bien informée? Il est vrai que vous venez de causer avec une personne qui a pu vous en apprendre long, mais je ne vous aurais jamais crue capable de rechercher de pareilles sociétés.

M. Brou se tourna de nouveau vers sa femme, et la réduisit au silence par un regard fulgurant; elle continua seulement de soupirer, d'étouffer et de lever les yeux et les mains au ciel pendant le reste de l'entretien.

— Je désirerais, en effet, reprit le docteur, savoir qui vous a appris cette scandaleuse histoire, dont nous avions jugé devoir préserver vos oreilles et celles d'Emmeline. J'avais défendu aux domestiques d'en dire le moindre mot devant vous.

— Ce ne sont pas les domestiques, monsieur.

— Qui donc, alors?

— Je ne puis vous le dire.

— Serait-ce Mᵐᵉ Démier? Elle avait promis...

— Non, monsieur, ce n'est pas elle, je ne l'ai pas vue depuis bien des jours. Mais permettez que je ne réponde plus à ces questions.

— Avoir du caractère est une fort belle

chose, dit amèrement le docteur, mais il faudrait mieux choisir l'occasion de le déployer. Vous me causez, Marianne, une surprise bien douloureuse ; j'aurais cru, je l'avoue, que mes droits de tuteur, les droits de l'hospitalité, ceux de l'affection que nous avons pour vous et les liens nouveaux qui nous unissent, nous assuralent de votre part plus de confiance et plus de respect.

Marianne baissa les yeux ; elle ne pouvait nier qu'elle ne fût pas coupable vis-à-vis de ses parents.

— Serait-il donc possible, reprit M. Brou, qui vit le succès de cette attaque au cœur et à la raison de sa pupille, serait-il possible que vous eussiez rompu, de votre propre résolution, le contrat fait entre vous et nous par la dernière volonté de votre père, qui vous a confiée à nous jusqu'à votre majorité ? Dans quelle situation me placeriez-vous, Marianne ? Le devoir qui m'a imposé votre père m'oblige de couvrir d'une protection attentive et sûre non-seulement votre personne, mais votre réputation ; or, abusant, je le répète, de la confiance que m'inspiraient et votre caractère et ces conventions tacites, qui interdisent à une jeune personne bien élevée de franchir certaines limites, profitant de l'absence de surveillance que cette confiance vous procurait, vous avez fait une démarche qui vous compromet gravement aux yeux du monde ; car laissons de côté la convenance de la chose en elle-même, quelle qu'ait été votre hardiesse, vos intentions, j'en suis persuadé, sont restées bonnes ; vous avez su, en exposant à un tel contact votre dignité, votre chasteté, les sauvegarder encore ; mais le monde ne tient pas compte de cela ; il ne juge que sur les apparences, et ses jugements sont sans appel.

— Ils sont trop injustes, dit Marianne, pour que je puisse les respecter...

— Vous ne connaissez pas encore ce que vous voulez braver ; mais, puisque vous êtes si vaillante pour vous-même, ne parlons que de moi et de la douleur profonde que j'éprouve, Marianne, à voir que vous m'avez ôté les moyens de remplir mon devoir vis-à-vis de vous, un devoir d'autant plus sacré qu'il m'a été imposé par votre père mourant, et sans parler de mes propres sentiments pour vous, dont l'honneur m'est aussi cher que le mien. Et maintenant que dois-je faire ? J'ai été jusqu'ici pour vous un père, un ami confiant. Bien que vous décliniez mon autorité, mon devoir reste le même. Faut-il donc que j'emploie des moyens indignes de vous comme de moi ? Une surveillance étroite, offensante, et qui pourtant désormais peut seule me répondre que le nom de la fille de Marcel Aimont ne sera pas outragé par d'odieux propos ?

Le docteur, d'un geste tragique, jeta sa tête dans ses mains.

— Monsieur, s'écria Marianne, je reconnais, je sais que j'ai eu tort envers vous, et j'en suis très-affligée... bien que je ne puisse regretter le soulagement que j'ai donné... Je me suis trouvée placée entre deux sentiments contradictoires, et j'aurais été trop heureuse si vous aviez pu partager celui qui m'entraînait vers... oui, on a beau l'insulter, vers une personne digne d'affection et si malheureuse !... Mais enfin, laissez-moi vous rassurer, personne ne m'a vue pendant ce court trajet.

— Dieu en soit loué ! dit le docteur en levant les yeux au ciel. Et maintenant, Marianne, puisque vous reconnaissez loyalement avoir eu tort vis-à-vis de moi, que dois-je attendre de vous ? Dites-moi vous-même si vous me condamnez au rôle d'un tuteur vigilant et soupçonneux, ou si nos rapports doivent être, comme auparavant, ceux de l'affection et de la confiance.

— Je vous promets, monsieur, de ne plus sortir seule, dit la jeune fille d'un ton sérieux et triste.

— J'ai votre parole, dit M. Brou en lui tendant la main ; c'est bien, mon enfant, et me voilà plus tranquille qu'avec tous les verrous du monde. Je vous en remercie, malgré le chagrin que vous m'avez fait.

— Je n'ai pas promis de ne pas secourir...

La jeune fille ne put achever, elle fondit en larmes.

— Aimer encore une créature pareille ! reprit avec un élan d'indignation Mme Brou.

Marianne essuya ses larmes et fit un effort :

— Pourquoi, dit-elle, est-on si dur à son égard ? Elle aimait, elle a été trompée. Cet homme lui avait promis de l'épouser.

— Ah ! ah ! ah ! fit Mme Brou ; et cela était si risible qu'elle semblait ne pouvoir arrêter l'éclat strident de ce rire qui fouettait de telles prétentions.—Ah ! ah ! ah ! une petite ouvrière épouser le fils d'un conseiller à la cour ! Ah ! ah ! voilà qui est superbe ! Oui, il paraît qu'elle a cru ça ! Elle a toujours été pleine de vanité, cette petite pimbêche. Ah ! elle s'imaginait devenir une dame ! C'est bien fait.

Emmeline, fidèle à son rôle de jeune fille bien élevée, se taisait toujours, mais partageait la gaieté de sa mère et discrètement souriait. Les larmes de Marianne s'étaient séchées.

— Vous riez, madame, dit-elle avec un éclair dans le regard. Un misérable a menti, trahi lâchement en parlant d'amour ! Il a perdu la vie d'une jeune fille, il abandonne son enfant, et vous ne songez qu'à rire de...

— Mademoiselle, s'écria Mme Brou en se levant et courant, les bras étendus, vers sa fille, comme pour la couvrir de sa protection, songez que vous parlez devant Emmeline ! Ma fille ne doit pas entendre de telles paroles, respectez au moins son innocence.

Marianne rougit d'indignation et de douleur ; pour la seconde fois, elle se voyait insultée par sa tante, par la mère d'Albert.

Le docteur sentit l'imprudence de sa femme et essaya de la réparer.

— Marianne a la rudesse de l'innocence, comme d'autres en ont les timidités, dit-il ; c'est affaire de caractère. Emmeline d'ailleurs n'ignore probablement pas qu'une jeune fille peut devenir mère en dehors du mariage, quand elle n'a pas craint d'abjurer sa pudeur en écoutant les serments d'un séducteur ; et puisque nous en sommes venus à traiter un sujet sur lequel il eût mieux valu jeter un voile, je dois m'attacher, ma chère Marianne, à une idée que vous me paraissez avoir rapportée de votre entretien avec Henriette, et à laquelle vous aurez été poussée par la pitié : c'est que la faute de l'homme et celle de la femme, en pareil cas, puissent être mises sur la même ligne. La vertu n'est pas la même pour l'un et pour l'autre. Je ne vais pas jusqu'à approuver l'opinion du monde, qui fait une gloire à l'homme de la multiplicité de ses conquêtes ; cependant il lui est permis de demander sans honte ce que la femme ne peut accorder sans s'avilir. Car, pour elle, la pudeur et la modestie sont son apanage ; sa tâche est de conserver la famille et de l'édifier. La femme est tout sentiment. L'homme, plus passionné, plus fougueux, et qui règne par l'intelligence, n'est point astreint aux mêmes lois. C'est à elle d'opposer à ses désirs la douce barrière de la raison et de la pudeur ; malheur à celle qui les enfreint : elle a perdu l'honneur de son sexe. La femme qui se respecte ne doit aimer qu'à l'abri des lois ; c'est alors seulement qu'elle peut se livrer aux élans de son cœur, et se dévouer, s'il le faut, jusqu'au martyre, à son époux et à ses enfants. Mais celle qui se donne sans exiger de garanties a mérité l'abandon ; celui même qui a su triompher de sa faiblesse méprise bientôt la femme qui n'a pas su lui résister ; abandonnée par lui, méprisée de tous, elle expie, par la honte et le malheur, sa coupable passion et sa folle confiance ; car pour elle la vertu par excellence est la chasteté.

La tête penchée sur sa main, Marianne écoutait sans répondre.

— J'espère, dit le docteur, que vous reconnaissez la justesse de ces maximes, qui sont les lois mêmes de la raison et de la nature.

— De la nature ? murmura la jeune fille, en frémissant. Un homme qui abandonne son enfant !

— C'est intolérable ! exclama la digne Mme Brou, à qui ce mot d'enfant paraissait décidément le plus choquant de la langue humaine. En sa qualité d'homme intelligent, M. Brou fut au contraire légèrement embarrassé de l'argument ; toutefois il se remit très-vite :

— Je ne nie pas, dit-il, que cet abandon ne soit cruel. Mais à qui la faute ? Si la femme n'avait pas oublié ses devoirs, un tel fait serait-il possible ? Et c'est ce qui prouve quelle noble tâche la nature lui a assignée : celle de conservatrice de la famille et des mœurs.

Il se leva, tira son gilet sur son ventre, et poursuivit, tout en serrant sa trousse dans sa poche :

— Et... laisses-moi vous dire ceci, mon enfant : Cette justice sévère que le monde prononce sur la femme coupable, il l'étend aisément, si injustement que ce soit, sur celles qui se montrent indulgentes pour de telles erreurs, se fondant sans doute sur cette loi que tout crime dont on n'a pas la pensée est naturellement repoussé avec horreur. Il est des exceptions évidemment, vous en êtes une. Mais songez bien que le monde n'en admet pas, et que ce qu'il pardonne le moins à la femme, c'est l'indépendance de l'esprit et, à plus forte raison, celle des actes.

Ayant ainsi parlé, le docteur serra la main de Marianne et sortit. Mais il avait à peine fait quelques pas dans le corridor qu'il appela sa femme en réclamant quelque objet. Mme Brou se rendit à cet appel, et le docteur, l'entraînant presque sous la porte cochère :

— Tes attaques vis-à-vis de Marianne, lui dit-il, sont insensées, parce qu'elles sont trop acerbes ; il faut éviter par-dessus tout de blesser son orgueil. Elle ne te pardonnerait pas, et ceci pourrait tourner contre ton fils ou faire ton propre malheur.

— Il me semble qu'en fait d'insensée, il n'y en a qu'une ici, et que ce n'est pas moi, dit avec une noble indignation Mme Brou ; est-ce que je peux me tenir d'entendre de pareilles choses ? Elle corrompt l'imagination d'Emmeline, — je n'ai pas élevé ma fille à entendre ces choses-là, — et, quant au bonheur d'Albert, je commence fort à en douter. Une jeune personne qui ne se soumet à rien, qui raisonne de tout, qui veut tout savoir par elle-même ! Et comment se conduira-t-elle plus tard, si déjà...

— C'est tout le contraire, interrompit vivement le docteur. J'ai vu assez de femmes dans ma vie, et je sais que ce ne sont pas les plus orgueilleuses qui trompent le plus leurs maris. Celles-là y vont franchement.

Tu oublies que c'e t par Marianne elle-même que nous avons a pris son équipée. Et tu comptes cela pour rien ! Avec elle, on joue cartes sur table : c'est énorme.

— Un caractère pareil ! reprit M⁽ᵐᵉ⁾ Brou, sans paraître saisir la valeur de l'argumentation ; oui, c'est vrai qu'on voit toujours sa pensée, mais ce n'en est pas plus aimable pour cela. As-tu remarqué ? Lorsqu'elle est fâchée, elle nous dit toujours : Monsieur, madame, et c'est seulement quand elle est de bonne humeur qu'elle nous appelle mon oncle et ma tante. Est-ce convenable, cela ? et devrait-elle se permettre de ne pas avoir toujours le même ton vis-à-vis de nous ? Moi qui avais tant rêvé pour Albert une petite femme qui s'occuperait à le choyer et ferait toutes ses volontés.

— On n'a pas tout ce qu'on rêve, dit le docteur, et 500,000 francs tout venus ou à peu près sont un rêve qui n'est pas souvent une réalité. Enfin, même quant à la personne, je répète qu'on peut tomber beaucoup plus mal. Sache donc te contenir, sois prudente, sois bonne, surtout respecte toujours ses intentions. Je te le recommande, je t'en prie, et au besoin je te l'ordonne, ajouta-t-il sans trop de roideur, mais avec l'aplomb d'un homme sûr de son pouvoir.

Cependant M⁽ᵐᵉ⁾ Brou partageait peut-être cette erreur commune d'aimer la soumission pour les autres plus que pour soi-même ; car, après le départ de son mari, elle resta grommelante et revêche, évitant seulement, au grand détriment des bonnes, de rentrer dans la salle à manger, où elle supposait que Marianne pouvait être encore.

Dès que M. et M⁽ᵐᵉ⁾ Brou eurent quitté la salle à manger, Emmeline, qui pendant tout l'entretien avait offert le mutisme et l'immobilité d'une jeune personne bien élevée, devant laquelle se débattent des questions auxquelles la pudeur lui interdit de se mêler, Emmeline bondit de sa chaise aux côtés de sa cousine, et, se penchant sur la table où Marianne était accoudée :

— Comment ! méchante petite, tu fais de ces énormités ! Tu t'en vas toute seule !... et tu as vu cette... Henriette ? Dis-moi un peu ce qu'elle t'a dit. Elle doit être bien honteuse ! Qu'est-ce qu'elle t'a dit ?

Marianne, d'un air contrarié, leva sur Emmeline ses yeux rêveurs.

— Je ne puis pas te rapporter cela, répondit-elle.

— Oh ! voyez-vous ? mademoiselle fait des mystères à présent. Quels airs de maman ! Ma chère, elle t'a donc appris bien des choses ?

— Elle a beaucoup pleuré ; elle souffre horriblement ; elle se confiait à moi... Et tu veux que je te raconte cela comme un spectacle ? Non.

— Tu es toujours pleine de cachotteries. Mais ce n'est pas par curiosité que je te le demande, moi ; c'est par intérêt. Pauvre fille ! je l'aimais bien. C'est grand dommage qu'elle se soit conduite ainsi. Comme tu dis, c'est très-mal à ce M. Alfred ; mais, ma chère, les hommes sont comme cela. C'était à elle de ne pas s'y laisser prendre. Elle savait bien qu'il ne l'épouserait pas. Est-ce que c'était possible ? Une ouvrière ! Il fallait qu'elle eût perdu l'esprit. Je la croyais plus intelligente.

— Et toi aussi, c'est elle que tu accuses ! Et si cet Alfred Turquois vient ici, tu le recevras comme à l'ordinaire ?

— Ma chère, comment veux-tu ? D'abord je suis censée ne rien savoir, moi ; il ne serait pas convenable de paraître instruite...

— Et tu parleras, tu riras avec lui comme à l'ordinaire ?

— Il le faut bien, et puis... Bah ! il a fait comme les autres, voilà tout.

Marianne eut un frissonnement. Elle resta un instant silencieuse ; puis, regardant Emmeline :

— Et s'il te demandait en mariage ?

— Moi !... Oh ! il n'est pas riche ; il ne conviendrait pas à papa... Ou bien il faudrait qu'il eût une belle place ; mais, dans ce temps-là, je serai mariée... probablement.

— Alors, s'il avait une belle place et si ton père le voulait pour gendre, tu ne le refuserais pas ?

— Mais, ma chère, il n'est pas mal ; c'est un fort joli garçon, et très-intelligent à ce qu'il paraît. Comme tu es curieuse de me demander cela ! Je ne suis pas jalouse d'Henriette, va ; je n'ai jamais pensé à M. Turquois.

Elle regardait Marianne en souriant de son air mutin et dégagé, et, la voyant de nouveau pencher la tête sur sa main, comme sous le poids de pensées pénibles, elle reprit :

— Mais qu'est-ce que tu as donc ? Tu l'aimais donc bien, cette Henriette, que cela te rend si triste et que tu fais pour elle de telles équipées ! Dis-moi, est-ce qu'il y a longtemps que cela durait entre elle et M. Turquois ?

— Je ne sais pas, dit Marianne.

— C'est-à-dire que tu ne veux pas me répondre. Puisqu'elle t'a fait ses confidences... Écoute, ma chère, tu n'agis pas bien avec moi ; entre amies, on se dit tout.

— Et que veux-tu que je te dise ? reprit Marianne avec un peu d'impatience. Elle l'aimait, elle croyait qu'il était sincère ; elle est abandonnée et malheureuse. Tu sais tout cela.

— Et elle est enceinte ? dit Emmeline en baissant la voix.

— Oui.

— Tu l'as vu ?

— Je n'ai pas remarqué.

— Oh ! tu es comme cela, tu ne vois jamais rien. Moi, je me demande comment tout cela est possible. Qu'est-ce qu'un homme peut dire à une femme pour la séduire ? C'est bien étrange, n'est-ce pas ?

— Oui.

— Alors elle ne t'a pas dit comment il l'avait trompée ?

— Non, et je n'aurais pas voulu le savoir. Ce sont là de mauvaises curiosités, Emmeline.

— Ma chère, moi cela m'amuse de savoir. On est toujours à nous cacheter quelque chose ; on parle devant nous à demi-mots et avec des clignements d'yeux : c'est agaçant ! Nous sommes comme des choses précieuses et fragiles, qu'on place, bien épousseté, en montre, sur la cheminée, et qui ne voient rien de ce qui se passe dans les autres coins de la maison. Il m'arrive quelquefois, en parlant même étourdiment, de voir les figures qui rient autour de moi. J'ai dit quelque bêtise, c'est sûr ; il me vient un pied de nez, et je ne sais pas pourquoi. C'est ennuyeux.

— Qu'est-ce que cela fait ? Ce qu'on nous cache ne nous regarde pas.

— Mais si, cela nous regarde ; c'est justement ce qui nous regarde qu'on nous cache ainsi. Est-ce que nous sommes faites pour autre chose que pour être mariées ? Alors... on peut bien être curieuse, il me semble... entre jeunes filles comme nous.

— Moi, je ne le suis pas, dit Marianne en se levant pour couper court à cette conversation.

— Non ! avec cela que tu ne te mêles pas des choses défendues ? En as-tu dit tout à l'heure !... Et tu n'es pas hardie, n'est-ce pas ? Va, tu as un drôle de caractère ! C'est comme cette idée de vouloir toi-même dire que tu étais allée voir cette fille ! Tu avais donc peur qu'on le sût ?

— Non, mais je ne veux pas tromper.

— Ma chère, tu peux te vanter d'être extraordinaire, oui !... Alors tu t'en vas ? Mademoiselle va réfléchir toute seule dans sa chambre ?... C'est bien ! c'est très-bien !...

— J'ai des lettres à écrire, dit Marianne.

Et elle sortit. Accablée d'émotions et toute chargée de pensées, elle éprouvait le besoin d'être seule et surtout de fuir le caquetage d'Emmeline sur des sujets qu'elle sentait, elle, si graves qu'ils lui prenaient tout le cœur.

Elle monta dans sa chambre, tourna la clef, et se jeta sur sa causeuse, asile ordinaire de ses rêveries. D'abord des larmes abondantes la soulagèrent, puis son esprit flotta sur tout ce qui l'avait frappée dans cette matinée : la douleur déchirante de l'abandonnée, la noblesse de Pierre, l'infamie de ce Turquois, les remontrances de son oncle et les traits acérés de Mme Brou. Tout cela, tour à tour, suscitait en elle des attendrissements profonds ou des révoltes, des ressentiments pleins d'âpreté, de colère. En revenant à la scène qu'elle venait d'avoir avec ses parents, elle se demandait si réellement elle avait tort, si elle aurait dû détourner pudiquement les yeux de ce malheur qui frappait une autre jeune fille, et s'associer tacitement à la réprobation dont on l'accablait. Et elle se répéta : Non ! non ! de toute l'énergie de son cœur. On faisait valoir le danger de sa propre réputation ; mais faut-il donc refuser de secourir ceux qui souffrent, parce qu'on peut courir en cela quelque risque ? Ce serait la doctrine d'un égoïsme odieux. Ensuite la fierté de la jeune fille s'indignait d'être à ce point sujette au soupçon. Quoi donc ! Le moindre contact !... Un acte de bienfaisance !... et d'amitié, oui, elle n'en rougissait pas ! Et pour cela, on oserait l'accuser elle-même, la flétrir d'ignobles soupçons !...

Le sang alors lui bouillait au cœur, et elle se redressait en disant : Que m'importe leur fausse et fragile estime ? N'est-ce pas à moi que je dois avant tout compte de moi-même !...

Une idée lui vint qui la fit bondir. Qui l'accuserait ainsi ? qui s'indignerait de sa démarche !... Un monde où, comme on l'affirmait à l'envi, dominaient les Turquois... Oh ! quelle étrange infamie !... Elle mit les mains sur son front, et rougit non pour elle, mais pour l'humanité.

Ou bien encore des femmes irréfléchies, esclaves de tous les mots d'ordre, comme Mme Brou. C'était pour ces gens-là qu'il eût fallu étouffer sa conscience et sa pitié, être injuste et dure pour les victimes !...

Car Marianne ne pouvait hésiter sur de tels faits. Plus elle les contemplait et plus sa conviction devenait précise, inflexible : Henriette n'était pas méprisable et Alfred Turquois l'était. Il l'avait trompée sciemment, froidement en quelque sorte ; il avait fait des promesses qu'il ne voulait pas tenir ; il avait mêlé, comme l'avait dit la pauvre indignée, des baisers à des mensonges, l'amour à la trahison. Henriette, malgré tout, avait-elle été coupable ? Là-dessus, Marianne ne savait, n'osait se prononcer. Mais pourquoi donc n'avait-elle pas d'indignation contre Henriette ? pourquoi souffrait-elle de son malheur, au lieu de lui en vouloir, et ne l'en aimait-elle pas moins, peut-être davantage ? Ah ! cela, Marianne le savait bien : c'est qu'en effet Henriette était malheureuse, c'est que — coupable ou non — elle souffrait, c'est que sur elle seule retombaient la punition et toutes les conséquences. Elle était donc la victime, et, dans la faute commune, tandis qu'il avait la part de la trahison, elle avait celle du dévouement. Il ne souffrait pas, lui; il restait debout, inentamé, irresponsable, presque triomphant. Oui, c'est cela. Si elle avait commis une faute, ce n'était que contre elle-même; elle avait pu être imprudente, imprévoyante, mais ce n'étaient pas là des crimes. Le crime, ce crime que signalait la voix aigre de Mme Brou, non, ce n'était pas Henriette qui l'avait commis; c'était l'homme qui, par des serments d'amour, avait appelé cette femme à une union menteuse et qui, père, commettait cette monstruosité d'abandonner son enfant!

Mais alors comment se pouvait-il que ce fût Henriette qui fût méprisée, rejetée de tous, et M. Turquois absous? Ici Marianne ne comprenait plus, et elle restait stupéfaite de cette anomalie, de cette injustice énorme! Il lui eût fallu douter de sa propre conscience pour croire que le monde n'eût pas tort. Et d'autre part, elle n'était pas moins étonnée de cette conclusion! Tout le monde avoir tort, et elle seule contre lui, Marianne, avoir raison!...

Ah!... Il y avait aussi M. Pierre! Elle eut en y pensant un élan de joie. Non, elle n'était pas seule. Il était bon et juste, lui, vrai, compatissant! Oh! quelle estime elle avait pour lui! Comme son jugement la rassurait et la fortifiait dans le sien propre!

Et Albert! Oh! Albert sûrement pensait de même! Ils étaient à peu près du même âge, ils faisaient les mêmes études, ils devaient avoir les mêmes idées. Oui, les idées nouvelles, plus jeunes et plus généreuses; c'est cela! Oh! certes! Albert devait penser ainsi.

Ensuite elle se mit à penser aux raisons que son oncle lui avait données, et qui lui avaient tout d'abord paru bien étranges. La femme était ceci, l'homme était cela. Ainsi la nature en eût fait deux êtres différents, et non pas faits pour s'entendre, comme le veut leur destinée? La femme est tout sentiment; l'homme, tout passion et tout intelligence. Elle n'est pas bien savante, Marianne, mais il lui semble pourtant qu'une chose hors de doute et bien établie, c'est que l'intelligence est le contre-poids de l'instinct, qu'elle a pour mission de le régler et souvent de le combattre, et que, dans la carrière progressive de l'humanité, plus on devient intelligent et moins l'on reste instinctif. Si l'homme est vraiment doué particulièrement de cette noble faculté de l'intelligence, il devrait donc être dans le monde le régulateur, le sage et non pas le tentateur, et si la femme est tout sentiment... D'abord qu'est-ce que le sentiment? Un instinct intelligent ou une connaissance instinctive? Bien que Marianne ait déjà beaucoup lu, elle n'a pas assez de métaphysique pour résoudre la question, et ce n'est pas étonnant puisque le sentiment, sur lequel on a tant raisonné, n'a pas été défini. Elle a du moins assez de logique pour s'étonner que la femme, tout sentiment, ait pour devoir absolu de n'aimer que sur garanties et de ne se dévouer qu'en raison des lois. Tout ce discours de son oncle lui a paru un pêle-mêle d'étranges contradictions, de non-sens véritables! Et pourtant M. Brou est un homme d'esprit et de savoir. Est-ce qu'il n'aurait jamais réfléchi sérieusement sur ces choses? ou lui convient-il qu'elles soient ainsi?

L'amour? le mariage? Marianne avait cru jusque là que l'amour était la préface du mariage simplement, et maintenant voilà qu'ils se présentent sous deux faces distinctes, séparées. Elle ne voyait d'abord l'enfant que dans le mariage, et voilà que l'amour seul le donne aussi, mais dans le parjure, dans le deuil, dans l'abandon! Mais un père, une mère, un enfant: pourtant cela est bien la famille. Comment cet Alfred Turquois peut-il ne pas se trouver engagé? Le mari d'une femme, n'est-ce pas le père de son enfant? Le mariage ne peut pas être seulement une phrase, c'est un lien vivant.

Elle se perdait avec trouble et tristesse dans ces pensées. Un grand chagrin pour elle était aussi de penser qu'elle ne devait plus revoir Henriette, surtout pour le bien qu'elle eût fait à la pauvre abandonnée. Mais elle avait promis. Au moins, indirectement elle ne cesserait pas de la protéger.

S'arrachant enfin à sa méditation, Marianne se leva et s'alla mettre à son bureau. Elle y venait chercher dans Albert une consolation et un appui. Après lui avoir raconté tout ce qui s'était passé, ce qu'elle avait dit, son dissentiment avec la famille et son chagrin:

« Dites-moi, cher ami, votre sentiment à cet égard. J'éprouve un grand besoin qu'il soit semblable au mien, et d'ailleurs je n'en doute guère. Vous aimez, donc vous devez souffrir de voir outrager l'amour. Si ce jeune homme n'était pas si indigne, j'ai songé que vous pourriez lui écrire; mais il me semble trop perverti pour qu'on puisse le faire changer de sentiment. Vous l'avez cru faussement votre ami, car vous ne pouviez vous entendre. Et même Henriette pourrait-elle l'aimer encore? Je ne le pense pas.

» Quant à M. Pierre Démier, n'est-ce pas, Albert, qu'il sera votre ami, comme il est déjà le mien? Seulement, ne dites à personne, je vous prie, sa démarche vis-à-vis de moi. Je suis épouvantée de voir combien on juge sévèrement les actions les plus simples et souvent les meilleures, dès qu'elles s'écartent des règles adoptées. Il a en lui-même le sentiment qu'on l'accuserait d'agir ainsi, et je lui dois le secret, que je n'enfreins que pour vous. Car vous cacher à vous, mon cher fiancé, la moindre chose, je ne dis pas de ce qui se passe en moi, mais de ce qui entre dans ma vie, ce serait une faute contre la confiance et l'amour qui nous unissent. Et encore, et surtout, j'ai besoin de tout vous dire. Comment des êtres peuvent-ils mêler le mensonge à l'amour ou plutôt à ses apparences? Aimer et trahir! Albert, j'ai l'âme toute meurtrie de ces choses. Elles me causent un étonnement si douloureux!... Il me semble que ma vie en est diminuée, que ma pensée même en est froissée à jamais. Ah! c'est une chose affreuse, l'impression que fait le mal à pénétrer seulement dans la pensée! Puis aussi, pour nous qui aimons, l'amour est ce qu'il y a de plus saint au monde, et nous nous sentons comme frappés dans notre propre cœur n'est-ce pas, Albert?

» Écrivez-moi bien vite, je vous en prie. Je suis si triste! »

X

Ce fut Armantine Garelin qui remit cette lettre à Albert. Non pas qu'ils demeurassent ensemble; mais elle montait souvent chez lui, et la concierge, qui la connaissait bien, lui remettait les lettres quand elle passait.

Quand il décacheta la lettre, elle se pencha même sur son épaule; mais il la repoussa durement.

— Eh bien! tu es gentil ce matin. Je voulais voir seulement si c'était une femme, comme il me semblait à l'écriture. Après ça, comme ça vient de la province, ça ne me regarde pas.

Elle alla s'accouder à la fenêtre, bâilla en regardant les passants, et fit un signe amical à Marie, la femme d'Emmanuel, qui, assise à sa fenêtre ouverte, où elle cousait, venait de lever la tête.

Armantine, elle, ne cousait jamais, bien qu'elle usât beaucoup et qu'elle fût toujours à entretenir Albert de nécessités indispensables touchant ses robes, ses bottines, ses chapeaux, etc. Mais aussi elle était artiste, et les artistes, surtout quand ils ont, comme Armantine, de l'avenir — ils en ont tous — dédaignent les travaux et les soins vulgaires.

Cependant elle se retourna bientôt, et vit Albert, qui, le front rouge et l'air sombre, pliait la lettre et la plaçait dans son tiroir. Elle alla se jeter à son cou.

— Qu'est-ce que tu as, mon petit cœur? Est-ce papa ou maman qui te gronde? Tu as l'air tout chose.

— Non, je n'ai rien.

— Tu ne veux pas me le dire. Tu as tort, parce que je ne souffrirais pas, moi, qu'on fît du chagrin à mon Bébé. Voyons, est-ce une vieille tante? une ancienne maîtresse? J'espère bien qu'elle n'aurait pas le temps de venir te relancer jusqu'ici. Je lui ferais ça!

En même temps, elle leva les bras et la jambe, et fit en cadence un geste connu des Parisiens; mais toutes ces gentillesses ne pouvaient dérider Albert.

— Laisse-moi, dit il; j'ai à travailler.

— Quel ours! Tu étais si gentil tout à l'heure! Tu veux rester seul... avec ton chagrin?... Tu as tort! Il vaudrait mieux venir dîner ce soir, avec sa petite femme, au restaurant. Dis, veux-tu?

— Je ne puis pas.

— Qu'il est maussade! C'est égal, je t'adore. Adieu, mon amour.

Elle s'en alla, puis rentra presque aussitôt.

— C'est que j'aurais voulu attendre, parce qu'il doit venir un petit paquet.

— Encore! dit Albert avec impatience.

— Oh! presque rien. Eh bien! puisque ça te contrarie, je dirai à la concierge de me le garder jusqu'à demain.

— Il me semble que tu pourrais bien faire adresser chez toi.

— Puisque je t'ai dit que je n'avais pas confiance en ma concierge! elle chipe tout. Allons, à demain, dis?

Elle l'embrassa de nouveau avec mille démonstrations de tendresse et partit définitivement.

Albert, les sourcils froncés, écouta le bruit de ses pas se perdre dans l'escalier; puis respira comme un homme soulagé. Mais presque aussitôt, face à face avec sa pensée, il redevint plus sombre encore; il se promena dans la chambre, et ses yeux se portèrent sur le tiroir où il avait mis la lettre de Marianne. Elle était là, et cependant il la sentait peser d'un poids énorme sur sa conscience; il étouffait, il se mit à la fenêtre. Marie, qui était à la sienne, lui fit un geste amical. Il vit passer dans la rue des étudiants et des étudiantes, qui, bras dessus bras dessous, allaient déjeuner ensemble: cela le remit un peu.

— Suis-je bête! se dit-il. Est-ce qu'elle peut comprendre les choses autrement, la pauvre petite? Non, certainement; son éducation, ses idées... la pudeur et la délicatesse de son sexe... car elle n'est pas du même sexe qu'Armantine... et surtout Clémence... Non assurément.

Ici les idées d'Albert divergèrent un peu. Marianne était une vraie femme... un peu

sérieuse! pourtant; les autres n'en étaient
pas; cependant... il y avait là bien des variétés, et quelque confusion dans le type...
Mais on n'est pas forcé de réfléchir à propos
de tout, et Albert, se remettant sur ses
pieds, poursuivit son monologue :

Elle ne comprend pas les droits de la
force mâle et les exigences irrésistibles...
que certains physiologistes affirment, que
d'autres nient, mais que les affirmations des
romanciers-philosophes et des philosophes-
romanciers prouvent surabondamment. Lui
ôter son illusion serait la flétrir; il faut donc
bien que je la trompe... Car l'esprit de la
femme ne peut supporter l'éclat de la
vérité seule; il lui en faut une, féminine,
à son usage. Pauvre chère Marianne! Je
l'adore dans son ingénuité, dans sa pureté; mais elle est bien un peu agressive
au moins. Ce diable d'Alfred! Il n'y a pourtant pas de quoi le pendre. Ah! il a bien su,
lui, triompher de cette Henriette! Bah! je
ne l'avais pas sérieusement essayé; un beau
brin de fille! Seulement elle prend la chose
de trop haut. Mais c'est Marianne qui est
inquiétante! Il est certain que ma mère a
raison, il n'y a que les convenances pour
tout sauver. Oui, Marianne a tort évidemment
de se mêler de ces choses, qui ne regardent
pas les filles bien nées. Elle est trop hardie,
trop nette, trop courageuse! Elle s'emporte
comme cela, et veut tout savoir par elle-
même, ma parole d'honneur! Qu'elle attende
un peu, que diable! En attendant, cela
pourrait devenir dangereux. Bah! Poitiers
est loin de Paris. C'est égal, elle a trop de
confiance en elle-même, et pas assez...

Peut-elle avoir plus de confiance en
toi? lui dit sa conscience.

Il resta étourdi de l'argument, au point de
pirouetter sur lui-même, et, se retrouvant
ainsi les yeux dans sa chambre et le nez sur
le tiroir, il sentit de nouveau le même *mal
de mer* le reprendre.

Ah! décidément, il ne faut pas être
femmelin. Ce sont là des bêtises. Parbleu!
je me moque pas mal d'Armantine! Celle-ci
ou celle-là, qu'est-ce que ça me fait? Aussi
cela n'a pas d'importance. La vraie fidélité
est dans le cœur...

Il descendait en plein la doctrine de Mo-
lina, quand, un haut-le-cœur le reprenant, il
jugea que décidément il n'était pas bien, et
avait besoin de se distraire. Ma foi! à demain
les études... et la réponse!

« Écrivez-moi bien vite. Je suis si triste. »
Albert emportait malgré lui cette phrase
dans son cœur, et elle le rongeait. Et lui
aussi, il était si *triste*... qu'il avait par moments envie de pleurer; mais il en aurait eu
trop de honte et ne commit pas cette faiblesse.

En passant devant le café de la Jeune
France, il vit à la même table deux personnes de sa connaissance : un étudiant de
dixième année, inconnu à l'amphithéâtre et
aux cours, mais ami de toutes *des dames* et
coryphée de la Closerie des Lilas, et un étudiant amateur, venu des bords de la Neva au
quartier latin. Puisqu'il s'agissait de se distraire, Albert ne pouvait mieux s'adresser.
Il vint leur frapper sur l'épaule et s'assoit
près d'eux.

— Que nous veux-tu, jeune sage? dit le
vétéran.

— Justement cette épithète, Radou, afin
de la mettre dans une lettre et de l'envoyer
à papa. Voulez-vous la signer?

— Ma signature ne vaut rien sur ce mar-
ché-là, vous le savez. Et puis je retire l'épithète, il n'y a de sages que les fous.

— Bravo! dit Stéphan Basilowitch.

— C'est mon avis pour aujourd'hui, reprit
Albert. Voulez-vous un punch?

— Parbleu!... Cet enfant a du bon, je l'ai
toujours dit. Vous avez un petit chagrin?

— Assez pour avoir envie de m'amuser.

— A la bonne heure, c'est de la philosophie. Et de quoi s'agit-il? Une grondërie paternelle? Si vous n'êtes pas ferré là-dessus...

— Il ne m'en vient pas encore, ça sera
pour plus tard; je me borne à les mériter.

— Alors, qu'est-ce que c'est? une histoire
de femme?

— Peut-être.

— Peuh! Est-ce qu'on s'afflige de ça? Si
c'est Clémence qui te résiste, prends Juliette;
tu auras Clémence plus tard. Avec ça, que
c'est toujours la même chose.

— Vous avez l'expérience.

— Un peu, et je ne donnerais pas une
chope de bière pour la différence. Une femme, c'est toujours la femme; ça ne vaut ni
moins ni pis, et, en somme, ça ne vaut pas
cher. Il en faut, c'est un malheur; mais se
faire du chagrin pour ça! Il n'y a que le
punch qui vous soit fidèle.

— Et qui ne vous demande pas de l'être,
riposta Albert.

— Oh! oh! s'écria Radou, parlons qu'il
s'agit d'une femme du monde. Un petit adultère, hein? Une idéaliste qui vous donne
un rendez-vous une fois par semaine, passe
les nuits avec son mari, et vous écrit le matin : Mon amour, ma passion, je ne vis que
de toi, et si je croyais que tu pusses m'être
infidèle!... j'en mourrais de douleur. Elle
vous aura vu assis au café à côté de Made-
leine ou de Zélie, et menace de se tuer, n'est-
ce pas?

— Ce n'est pas cela, dit Albert. Mes réflexions portent sur la fidélité en général,
dans le ménage et dans la société. C'est une
idée de thèse.

Radou se mit à rire.

— Sur ma parole, il a encore des scrupules de conscience, dit-il au Russe. Je le devine. La fiancée aura appris quelque chose ?

— On ne parle jamais d'elle ici, dit Albert d'un ton sérieux.

— Oui, je connais ça : une fleur ! un ange ! une sainte ! un être à part ! (Il croisa les bras et leva les yeux au ciel.) Comme toutes les fiancées, un rayon, une goutte de rosée, qui sait admirablement faire les confitures et ignore absolument comment se font les enfants... Ne vous fâchez pas, Brou, je parle en général. Eh bien ! non, mon cher, ces anges-là ont su s'élever au niveau des progrès du siècle, et j'en ai vu plus d'une — je suis aussi de ma province, moi — j'en ai vu plus d'une repousser avec l'aplomb d'un père de famille la maîtresse gémissante et chargée d'enfants qui venait réclamer ses droits, au *sens et de la bénédiction nuptiale* — comme à l'Ambigu. — Oui, une petite rousse entre autres, à peine la beauté du diable, mais bien dotée, Mlle Miramine, la veille de son mariage : — Ce que mon prétendu a fait jusqu'ici ne me regarde pas. Mes droits ne commencent qu'à partir de demain. — C'est aujourd'hui une maîtresse femme et elle mène haut la main son mari, ce qui est un tort. Toutes les demoiselles à marier d'aujourd'hui en sont là, et la force de l'opinion est telle que plus d'une de ces petites personnes le dit carrément tout haut. Aucune n'a plus la prétention ridicule et sentimentale d'imposer un mensonge de fidélité. Mais la femme ne peut pas être parfaite. Aussi n'en sont-elles pas encore venues à supporter sans gémissements ou sans fâcheries l'infidélité du mari ? Toujours les préjugés spiritualistes. Et Et voilà pourquoi je reste garçon.

Il partit de là pour une charge à fond de train contre Dieu, le *sentiment*, la chasteté et la religion ! tout cela pêle-mêle. Albert le laissa dire en savourant son punch à petites gorgées ; tous ceux qui connaissaient Radou, le sachant professeur en titre de matérialisme au café de la Jeune-France, s'attendaient à la tirade obligée. Le coryphée de la Closerie était au matérialiste sérieux ce que le braillard est au démocrate, ce que tout cerveau confus et toute vanité en éveil sont à chaque théorie qu'ils embrassent. Parfois les étudiants s'amusaient à le mettre en colère contre Dieu, car malgré sa négation, il poursuivait très-certainement d'une haine toute personnelle. Ce jour-là particulièrement, en haine du sentiment et des entités métaphysiques, il célébra la débauche. L'amour, c'est l'attrait des sens. Quoi de plus ? — Rêverie, folie, spiritualisme, christianisme. La fidélité, le devoir, des mots ! A quoi tout cela tient-il ? A la Genèse, à la création, à l'Eden.

Le vrai dieu du monde, c'est le plaisir, c'est l'instinct, dont la fille publique est la prêtresse, etc. etc.

Le Russe était tout oreilles.

— Je vois, dit-il à Radou, quand celui-ci reprit haleine, je vois que nous nous entendons, et je suis heureux de trouver enfin des Occidentaux sans préjugés. Vous êtes dans le vrai ; vous supprimez purement et simplement la morale, cette invention des théocraties, qui a coûté tant de larmes et de douleurs à l'humanité. Vous proclamez la liberté de l'amour.

— Parbleu ! s'écria Radou, vive l'amour libre, ce consolateur des chaînes du ménage, ce vengeur de l'ascétisme et des pruderies bourgeoises ! Admirez, jeune homme, poursuivit-il en s'adressant à Albert, voilà un Cosaque qui vient vous enseigner à être logique.

— Mais, objecta Stephan Basilowitch, un peu surpris, qu'appelez-vous consolateur ? C'est rédempteur qu'il faut dire. L'amour libre ne laisse point subsister les chaînes du mariage, et rend à la femme, aussi bien qu'à l'homme, toute sa liberté.

— Vous plaisantez ? dit Radou.

— Je suis fort sérieux, répondit le Russe.

— Allons donc ! La liberté de l'amour donnée à la femme, mais alors ce serait la promiscuité complète !

— Pourquoi pas ? Et quelle différence y voyez-vous ?

— Il y a, reprit Radou, vivement agité, une différence de nature qui ne permet pas... La femme est inférieure à l'homme, ceci est un fait ; elle n'a donc pas comme lui le droit de se livrer à ses passions. De plus, elle a des instincts de pudeur qui veulent être satisfaits... et...

— Toutes ces affirmations sont *a priori*, dit le Russe avec sang-froid. Ce que vous appelez l'infériorité de la femme, c'est-à-dire l'infériorité de sa production scientifique et littéraire, est abondamment justifiée par la différence d'éducation et par l'influence du préjugé ; rien ne prouve d'ailleurs son infériorité absolue, et, cette infériorité existerait-elle, ce ne serait pas une raison pour qu'elle fût privée du droit de se livrer à ses passions. Les instincts de pudeur que vous affirmez peuvent et doivent tenir également à l'éducation, comme le prouve l'absence totale de pudeur chez certaines catégories de femmes.

— Ah ! Et le sentiment, si dominant chez elles ! s'écria Radou d'une voix rauque.

— Le sentiment ? dit le Russe en souriant et en regardant Radou d'un air qui lui dit baisser les yeux ; je ne m'attendais pas à trouver cet argument dans votre bouche, tout *occidental* que vous soyez. Allez-vous me parler aussi du devoir et de la fidélité, que vous venez tout à l'heure de déclarer être des mots?

— Alors vous supprimez le mariage? demanda Radou hébété.

— Certainement. Il n'y a plus que des couples unis par leur volonté : les uns pour une heure ; les autres, s'il leur plaît, pour des années; chacun suivant son humeur. Des couples ou... des groupes.

— Ah ! fit Radou.

— N'avez-vous pas dit tout à l'heure que, dans l'essor échevelé de sa liberté et de sa jeunesse, l'homme pouvait avoir plusieurs maîtresses à la fois ? Pourquoi la femme n'au-rait-elle pas plusieurs amants ?

— La polyandrie ! exclama Radou suffoqué.

— Pourquoi pas ? Il ne peut y avoir, comme vous le prétendez, deux races distinctes dans une espèce aux mariages mêlés. Au moins, faudrait-il des sélections rigoureuses. Mais il n'y en a pas. Refaites les castes de l'Inde alors, et encore, là même, interviennent les classes intermédiaires, qui brouillent en dessous tout l'ordre établi.

— Il faut pourtant avoir des fils...

— Vous qui professez le célibat ! On en aura cependant.

— En commun !...

— Si l'on veut.

— Et la famille ?

— Et la propriété ? dit le Russe ironiquement, et la religion ?

— Sacrebleu ! monsieur, oui, l'héritage...

— C'est la société qui élève les enfants, rébondit froidement l'Oriental.

— Ça n'est plus de la bohème, ça ; c'est de la bestialité.

— Pardon, c'est de la bohème égalitaire. De quel droit prétendez-vous qu'il y ait une classe de femmes destinées à vos plaisirs et une autre au soin de vos intérêts et de votre progéniture ? Si vous revenez, dites-vous, à la nature, la femme y doit revenir comme vous. En réalité, c'est toujours ici la même chose que je vois partout. Au lieu de consulter la logique, vous consultez vos intérêts et vos passions. La théorie sérieuse vous est étrangère. Vous vous croyez, monsieur, très radical ; vous aviez tout à l'heure la bonne intention de m'instruire, et un moment vous m'avez donné l'illusion de trouver un occidental logique. Mais cela ne se peut pas. Il n'y a en Occident que des variétés de conservateurs. Vous n'avez encore pu vous détacher de l'idée de privilège. Il vous en faut au moins un. J'ai trouvé des personnes qui mettaient de côté le privilège du rang, celui de la richesse, celui de l'éducation ; je n'en ai pas encore trouvé qui mette de côté le privilège du sexe. Il paraît pourtant qu'il y en a, mais j'ai bien peur qu'alors ils ne se rattrapent sur d'autres. Cependant d'où pouvez-vous faire

dater un privilège, si ce n'est d'une genèse et d'un dieu quelconque ? Où sont vos lettres patentes ? Votre opinion procède en droite ligne du mystère de l'Eden, des lois de Moïse et des pères du christianisme.

— Monsieur !... dit Radou exaspéré. Ne me parlez pas de ces bêtises-là. Vous savez combien je les méprise. Nous parlons entre hommes, et non pas... Supposez-vous marié ? Vous plairait-il que votre femme...

— Certainement, répondit le Russe avec le même sang-froid. Tchernichewsky, l'un des maîtres du *nihilisme*, bien qu'il ait été dépassé par ses disciples, a montré dans son roman des maris qui insistent près de leurs femmes pour qu'elles cèdent au penchant qui les entraîne vers un autre, et ces maris-là ne sont pas des idéalités, mais des types, des portraits, dont l'auteur n'a fait que changer le nom.

— C'est impossible ! fit Radou en sautant sur sa chaise, tandis qu'Albert écoutait d'un air ébahi.

— Je puis vous l'affirmer, reprit Stephan en souriant. Bien que je n'aie que vingt-cinq ans, je suis marié depuis trois ans, et ma femme actuellement étudie à l'université d'Heidelberg, en compagnie d'un de mes amis.

Il alluma son cigare en disant : « J'ai un rendez-vous. »

Il partit après leur avoir touché la main. Quand il fut un peu éloigné, Radou regarda Albert :

— En voilà un Cosaque ! dit-il.

Et là se bornèrent ses réflexions ; car, un moment après, avec de nouveaux venus, il reprit sa thèse ordinaire.

Albert quitta le café tout étourdi. Lui-même était fort mécontent du *sauvage* et de ses théories.

— Si c'est là que nous allons, se disait-il avec humeur, je ne regrette pas d'être né un peu plus tôt.

Mais une image le rassurait à cet égard, celle de Marianne, posée devant son esprit avec son regard paré d'un doux sourire.

— Non, ce n'est pas là que nous allons, lui disait-elle.

Mais où ? Il ne le savait pas et ne le cherchait guère.

— Après tout, se dit-il quand il eut tourné deux heures du Panthéon au pont Neuf et eut échangé vingt bouts de conversation avec ses camarades, après tout, on ne peut demander à un homme autre chose que de suivre les mœurs de son temps.

Il dîna au café, en compagnie de Labobière et de quelques autres, but outre mesure, et se laissa entraîner au bal Bullier. Là, dans ce milieu où le point d'honneur et l'émulation consistent à lutter d'indécence et d'abruiissement, il resta plus persuadé que jamais qu'il y avait bien deux morales : l'une à l'usage des jeunes gens et l'autre à l'usage des honnêtes femmes. Celles du bal Bullier restaient en dehors.

Du diable, s'il se trouvait en effet, dans ce pandémonium du vice bête et de la dépravation insensée, une seule trace de ces vertus pudiques et paisibles, qui sont la *nature* de la femme. Jamais on ne se débarrassa mieux de sa nature, si nature il y avait. Au milieu de cette foule hurlante et dégingandée, où tout l'*idéal* consistait à se montrer le plus indécent possible, Albert éprouva l'étonnement et le dégoût de ceux qui voient ce spectacle pour la première fois. Toutefois, comme il était en joyeuse compagnie, il se garda de se montrer *bégueule* ; mais il refusa de danser et parvint bientôt à s'isoler. Tandis qu'il attachait des yeux troublés sur ces danses épileptiques, sur ce monde étrange et tourmenté, deux figures saisirent son attention, et saillirent pour lui du cadre général comme ces personnages où le peintre met sa pensée.

C'était, parmi les danseurs, un homme assez grand, maigre et pâle, qui dansait avec son chapeau rejeté en arrière et d'une désinvolture qu'on eût pu appeler celle de la lassitude ou du parti-pris. Avec une souplesse de saltimbanque, il lançait en l'air ses bras et ses jambes *de pantin*, comme s'ils n'eussent été attachés à son corps que par des ficelles; il bondissait, touchait terre et rebondissait en l'air, provoquant des applaudissements enthousiastes, sans que sa physionomie exprimât autre chose que le calme le plus complet, l'indifférence la plus parfaite. Il faisait cela comme on remplit une fonction habituelle, et, quand ce fut fini, il se retira du même air et alla s'abandonner sur un banc, dans une sorte d'accablement sourd et résigné. Albert se demanda l'âge de cet homme, sans pouvoir le dire. Il n'était pas vieux et n'était pas jeune non plus : son teint était jaune, flétri, tanné comme une peau roulée dans toute sorte de mordants ; ses traits demeuraient sans expression, excepté celle de l'hébètement, et cependant ces traits appartenaient à un type distingué, cette tête était élevée, au front vaste. La nature avait voulu faire de cela un homme et ce n'était qu'un pantin.

L'autre figure était celle d'une femme, qui pendant les danses était restée assise et qui gardait dans ses mouvements, comme dans sa toilette, une certaine décence. Elle était évidemment triste, peut-être même dédaigneuse, et ne cherchait pas beaucoup à le cacher. Bien qu'elle fût encore belle, son teint avait cette même pâleur jaune et flétrie qu'avait celui de l'homme, et comme lui, moins que lui cependant, elle devait

avoir passé la trentaine. Son expression était beaucoup plus intelligente, mais amère; elle était seule, et jetait autour d'elle des regards tantôt mornes et lassés, tantôt inquiets et chercheurs, plus las encore.

Albert les regardait tour à tour, quand un de ceux qui l'accompagnaient, Mérut, vint s'asseoir avec sa danseuse, près de l'homme et lui parla d'un air de connaissance. La curiosité attira Albert près d'eux.

— Mon cher, lui dit Mérut, je te présente Nestor Miletin, coryphée du bal Bullier et de plusieurs autres, pilier du café C..., étudiant de vingtième année.

— Ce sont des titres..., dit Albert en saluant, d'un air sérieux.

— Des titres qui en valent d'autres, *plusse* ou *moinsse*, répondit Miletin ; mais pouah! j'ai pas de gloriole, ayant reconnu qu'il n'y avait de quoi en rien du tout. Monsieur est un nouveau?

— Albert Brou, de Poitiers, étudiant en médecine, première année.

— Ah! alors monsieur est comme Hercule, prêt à choisir entre la vertu et la volupté. Regardez : la volupté, voilà !...

Il montrait de la main des effrontées plus ou moins mal tournées, qui rôdaient près d'eux et regardaient particulièrement Albert.

— Nous n'avons pas mieux que ça, ajouta-t-il, mais c'est à vot' service.

Et il se rattacha sur lui-même en repoussant son chapeau sur sa nuque.

— Voulez-vous une absinthe, Nestor ? dit Mérut.

— Ça n'est jamais de refus, vous savez bien.

Ils se levèrent et allèrent s'asseoir à une table du café. On servit l'absinthe; Nestor avala son verre d'un seul coup, sans eau, et parut se ranimer. Poussé par Albert et par Mérut, il se mit à causer.

— Vous êtes de Poitiers, dit-il à Albert; vous devez connaître Horace Fauque?

— Oui.

— Nous le voyons encore ici quelquefois; c'est un bon vivant.

Puis il raconta sa propre histoire. Il était fils d'un bon bourgeois de la Nièvre, qui le destinait à perpétuer sa dynastie dans le pays, après s'être couvert de lauriers dans la grande ville; et c'était probablement pour qu'il fût sage et écouté dans les conseils qu'on l'avait nommé Nestor. Mais il s'était mis à flâner, à s'amuser et n'avait plus su faire autre chose. Bah! la vie de bohème, c'est la meilleure! Il avait été l'ami de Murger; oui, du grand Murger, et de bien d'autres, qui, après avoir fait la bohème, s'en étaient retirés et étaient devenus des personnages, même et surtout des conservateurs. Après tout (il haussa les épaules), qu'est-ce que ça fait? Rouler dans une ornière ou dans l'autre ! Celle-ci vaut autant.

— Mais votre famille ? dit Albert.

— Ma famille (ses pommettes se recolorèrent), elle est comme toutes les familles. Elle pensait que je devais arriver à tout, et il est certain qu'à dix-sept ans j'étais un petit prodige. Et de l'enthousiasme ! et du feu dans les veines à en ranimer un monde ! Bah ! tout cela est mort ; n'en parlons plus. Mon père est mort en me maudissant, ma mère fait dire des messes pour moi et me sert une petite pension alimentaire. Je suis mort. Il paraît que j'ai mangé ma fortune, je n'en sais rien. Que voulez-vous que j'aille faire maintenant avec des gens gourmés ? On me compterait les verres d'absinthe. Je reste donc ici. C'est un peu bête ; mais, que voulez-vous ? le monde tout entier n'a pas le sens commun, et ici ou là c'est la même chose.

— Lisez-nous quelque poésie sombre ou gaillarde, comme vous les faites si bien, demanda Mérut.

— Je n'en fais plus, puisque je vous dis que je suis mort. Respect à ma cendre. Ci-gît Nestor !

Il avala un second verre d'absinthe, que Mérut avait demandé pour lui, et s'accouda sur la table, la tête dans ses mains.

En ce moment, Albert aperçut en face de lui la femme qu'il avait déjà remarquée ; elle se promenait en agitant son éventail. S'était-elle aperçue qu'Albert la regardait ?

— Carline, demanda-t-il à la danseuse de Mérut, connaissez-vous cette femme ?

Carline était une blonde grassouillette, fière de ses vingt ans.

— Ça, dit-elle en jetant un coup d'œil dédaigneux sur la femme pâle et mûre, qui en retour la foudroya d'un regard de reine, c'est Marina, une ancienne.

— Ces enfants, reprit Nestor, qui avait relevé la tête, ça ne respecte rien. Marina, ma petite, c'est une ancienne, oui, c'est vrai ; mais ça n'est pas une autruche. C'est une femme, ce n'est pas un chiffon. On l'appelle la duchesse. Son règne va passer ; pourtant, si vous l'aviez vue, il y a seulement six mois, elle vous aurait encore ébloui. Pour le moment, elle est seule ; puis elle vient d'être malade. Un chagrin de cœur. Elle en a du cœur. Voyez, elle est fière ; elle s'aperçoit qu'on parle d'elle ; elle s'en va. Quelque jour, on la repêchera dans la Seine, mais elle n'aura jamais ni volé ni mendié. Ça n'est pas une cajoleuse, ça, c'est une viveuse. Elle a fait comme moi ; elle a voulu s'amuser ; or, quand on passe ici un peu trop de temps, on y reste, même en s'y embêtant. Marina s'embête sérieusement, elle finira mal. Cependant elle cherche encore et gare à celui qui tombera sous sa griffe. Celui-là, le

dernier, elle le tiendra bien. Mais elle choisit, elle, du moins. Puis elle a de l'esprit à vous revendre à toutes, mes petites chattes. Pauvre Marina ! Bah ! nous sommes tous morts ou mourants. Mais, voulez-vous que je vous dise, nous avons été plus vivants que vous !

On entendit appeler du côté des danses :

— Nestor !

— Nestor !

— Ah ! dit-il, encore !... Allons !... j'y vais, mes petits enfants.

Il se leva, battit un entrechat et alla rendre aux danseurs leur coryphée.

Albert voulait partir, ses amis le retinrent. Il finit par se laisser aller aux avances d'une de ces dames, et sortit avec elle et une dizaine d'autres couples ; il ne rentra chez lui qu'à midi. Il s'entendit appeler par sa concierge.

— Monsieur, Mlle Armantine est venue ; elle a emporté un paquet à l'adresse de monsieur, qu'elle a dit qui était pour elle.

— Quelle sorte de paquet ?

— Oh ! ça venait du Grand-Condé ; c'était une tarlatane pour son costume de Babet, et puis des rubans. Elle me l'a fait voir.

— Combien y en a-t-il les unes sur les autres de ces chiffons ? se demandait Albert avec inquiétude en montant l'escalier. Il va me tomber sur le dos un autre mémoire un de ces jours.

Albert en était donc là ? Il n'y a que la foi qui sauve, et depuis longtemps il l'avait perdue. On peut garder une vertu, quelque prix qu'elle coûte, mais non plus quand on vient à croire que cette vertu n'est qu'un préjugé, même un ridicule. Pour le plus grand nombre des esprits, les faits sont des preuves, et de ces preuves, Albert était entouré, pressé, aveuglé. Si la crainte du regard de sa fiancée l'avait retenu avant les vacances de Pâques, quand il vit devant lui le reste de l'année, il n'essaya plus de lutter et s'abandonna. Après une aventure où les conseils de Mme Milhau, en ce qui touche la dignité, n'avaient pas même été suivis, — si tant est que la dignité eût quelque chose à voir en tout cela, — Albert tomba dans les lacs d'Armantine. La pauvre fille, condamnée à manquer de déjeuners ou de bottines et sûrement des costumes nécessaires à sa profession et à ses succès, cherchait naturellement ce qui lui manquait. Le logement et la mise d'Albert lui avaient fait augurer une bourse bien garnie ; elle ne l'avait pas perdu de vue, et, le voyant venir au théâtre sans dame, avec un ami, elle avait jugé qu'il était seul. Ne l'eût-il pas été d'ailleurs, la loi du commerce est la concurrence, et rien n'empêche les femmes d'en user aussi. Armantine devint donc violemment éprise d'Albert et s'arrangea pour le lui faire savoir. Il ne refusa pas de le croire, il eut la bonté d'en être flatté. Dans son désir de plaire, elle était si aimable qu'elle lui parut charmante, et qu'un beau matin il se trouva chargé de payer un mémoire du magasin de nouveautés qui s'élevait à la somme de 275 fr. Certes, c'était bien peu pour une actrice de talent comme Armantine; quand elle gagnerait 60,000 fr. par hiver, elle rembourserait toutes ces misères. Mais en attendant on ne voulait plus — les marchands sont si bêtes! — lui rien donner à crédit, et, à moins d'aller toute nue, ce que son petit chou ne voudrait pas, il fallait bien que son petit chou la tirât de peine.

Albert, il va sans dire, n'avait pas d'argent de reste, s'étant établi sur le pied de la pension très-suffisante que lui faisait son père; mais M. Brou, inflexible sur les comptes, ne lâchait rien au delà qu'après minutieuses justifications. Albert obtint 200 francs de sa mère, et, en homme prudent, alla lui-même avec Armantine porter cet argent au magasin.

— Vous voudrez bien nous attendre pour le reste, dit-il, et il donna son adresse.

Armantine eut dès lors un nouveau crédit ouvert dont elle usa largement, parlant beaucoup de son mari, fils d'un grand médecin de province, mais faisant tout inscrire sous le nom d'Albert et porter chez lui, où elle allait le prendre elle-même. Comme elle était contente, et se dépêchait de profiter de cette bonne fortune, car on ne sait jamais ce qui peut arriver dans le ménage le plus uni du quartier Latin!

En se retrouvant à son bureau, Albert se sentit décidément indisposé contre Marianne. Qu'avait elle besoin de se mêler de telles choses? Et comment osait-elle, même..... Ce n'était pas du tout convenable, et elle pouvait se faire mal juger... Il fallait convenir qu'elle avait ses idées à elle et que son caractère laissait à désirer... Hum!... quand ils seraient mariés, il aurait bien quelques réformes à faire!

Cependant il relut la lettre de la jeune fille, et de nouveau se sentit ému.

..... Pauvre petite! Oui, elle m'aime bien! Si elle se mêle ainsi de ce qui ne la regarde pas, c'est excès de cœur. Et, si elle en avait moins après tout, elle me planterait là pour un plus riche. Qu'est-ce que je vais lui répondre?

Plaider les circonstances atténuantes pour Turquois?... doucement, pourtant!... Ah! si elle savait!... c'est qu'elle serait capable, elle, de ne pas me pardonner! Ce serait payer cher une Armantine. Et cependant c'est elle seule, Marianne, que j'aime, oui, réellement. Je vais le lui dire sur tous les tons; au fond, les femmes ne demandent pas autre

chose, et, si mon indignation contre l'infâme séducteur n'est pas assez violente, le côté faible sera sauvé par l'autre.

C'est ce qu'il fit, remplissant de phrases d'amour quatre pages, et, à vrai dire, s'y essoufflant un peu; consacrant une dizaine de lignes seulement à l'affaire d'Henriette. Il commençait par plaindre celle-ci vivement, et par approuver Marianne de l'avoir secourue. Mais, quant à être allée la voir, tout en adorant l'ingénuité de sa chère fiancée et son grand cœur, il regrettait cette démarche pour plusieurs raisons: d'abord le dissentiment qu'elle avait produit dans la famille; puis le risque d'un mauvais propos effleurant celle qu'il adorait, et qu'il voulait voir honorée de la terre entière, dût-il pour cela risquer sa propre vie, afin d'imposer silence aux méchants. Turquois était plutôt faible que pervers; il s'était laissé entraîner par un goût trop vif pour cette jolie fille, qui n'avait pas su lui résister; il n'avait pas, lui, pour se préserver, l'amour d'une Marianne! Cette même faiblesse le soumettait maintenant aux conseils, aux ordres de sa famille, dont il était dépendant. Il ne pouvait d'ailleurs épouser Henriette: c'eût été perdre son avenir, se tuer par le ridicule. Toutefois il était inexcusable de n'avoir pas fait tout au monde pour encourager et soutenir cette pauvre fille. Quant à Pierre Démier, Albert l'estimait beaucoup, malgré ses allures froides et son caractère bizarre; mais Pierre, d'ailleurs si bien intentionné, devait à son éducation l'ignorance complète des convenances, que pour cette raison même, il affectait de mépriser. Recommençaient alors des serments d'amour et des adorations, sous lesquels disparut le dernier blanc de la troisième page.

— Ouf! se dit alors Albert, ça doit être ça!

Il relut soigneusement, corrigea quelques passages, ferma sa lettre et prit dans son tiroir le portrait de Marianne, qu'il baisa amoureusement.

— Pauvre chère petite fiancée! Oui, va, je t'aime bien! Le reste, ce n'est rien: Tu verras quand nous serons ensemble.

En la regardant encore, avec ce petit air doux, fin et candide qu'elle avait sur ce portrait, des larmes lui vinrent aux yeux.

— Oui, oui! je l'aime, se dit-il. Ah! si l'on était seul à Paris!

Il descendit déjeuner, jeta sa lettre à la poste, et n'y pensa plus.

Cette lettre, que Marianne attendait avec impatience, lui causa un froissement pénible. Jamais elle n'avait mieux senti la dissonance qui depuis quelque temps se faisait de plus en plus grande entre elle et son fiancé. Cette profanation de l'amour, qui résonnait si douloureusement en elle, il sem-

blait ne l'avoir pas sentie, et malgré la douceur de la forme, elle comprit un blâme sous
ses observations. Ceci la troubla profondément. Elle avait donc eu tort? Sa première
impression fut un mouvement de confusion,
presque de remords; et d'autant plus vif que
l'avant-veille encore, elle avait fait contre
le séducteur d'Henriette un acte décisif de
réprobation, qui de nouveau l'avait exposée
aux reproches de Mme Brou, aux observations
peinées de son tuteur. Voilà ce qui avait eu
lieu.

Mme la préfète avait donné une soirée pour
l'anniversaire de sa fille, soirée d'été, dans
les salons et dans les jardins illuminés de
lanternes vénitiennes; soirée ravissante, dont
tout le monde avait parlé, surtout ceux qui
n'y étaient pas. La famille Brou, invitée des
premières, n'avait pas manqué d'y assister
avec un empressement très-vif. « Charlotte,
c'est-à-dire la fille du préfet, n'était-elle pas
l'intime amie d'Emmeline? Telle était du
moins la prétention de Mme Brou. Les Turquois étaient également de la fête, et l'aimable Alfred était accouru des premiers
s'inscrire sur le carnet d'Emmeline et de
Marianne. Déjà celle-ci avait salué froidement Mme Turquois, dont les jours précédents
elle avait évité la présence en gardant la
chambre pendant une visite de ces dames.
Quand Alfred, avec ce même air de tendre
et langoureuse adoration qu'il prenait toujours vis-à-vis de Marianne, s'inclina devant
elle en la priant de lui accorder la première
schottish, un flot d'indignation vint battre le
cœur de la jeune fille et ses traits exprimè-
rent puissamment ce qu'elle ressentait.

— Non, monsieur, répondit-elle, d'une voix
presque dure et pourtant contenue.

Le charmant Alfred se redressa d'un air
surpris; mais, ne pouvant si vite douter des
égards qu'on lui devait, il dit d'une voix insinuante :

— Alors la seconde, n'est-ce pas ?

— Aucune ! reprit Marianne.

Cette fois, le doute n'était plus permis.

— Qu'y a-t-il donc, mademoiselle, que
j'aie mérité de pareilles rigueurs, demanda-
t-il d'un ton glacial et scandalisé.

Plusieurs autres jeunes gens entouraient
Marianne, à ce moment, pour l'inviter à leur
tour, attendant la fin de ce dialogue et ne pouvant manquer de l'entendre. Troublée, mais
dominée par l'indignation plus que par la timidité, la jeune fille jeta pour toute réponse
à l'audacieux interrogateur ce nom, accompagné d'un regard méprisant :

— Henriette.

Une légère pâleur se répandit sur le visage du jeune Turquois, et il se retira en saluant sans répondre un mot.

Mme Brou, assise à côté de sa nièce et té-

moin de cette scène « incroyable, » était restée muette d'indignation et... de convenance. Les autres témoins, qui la plupart igno-
raient l'aventure, avaient mal entendu ou
n'avaient pas compris, mais devaient chercher à s'éclairer. C'était un scandale un
scandale commis par sa nièce, chez Mme la
préfète, et contre une famille amie !... Ah !...
Mme Brou suffoquait ! Elle faillit s'évanouir
et ce ne fut que la crainte d'augmenter le
scandale qui la retint. Pauvre Mme Brou !
Elle était vraiment bien malheureuse ! Elle
fit signe à son mari, qui n'était pas loin de là,
et le pria de l'emmener au jardin, en priant
Mme Tourlot, la femme du major, de veiller
sur ses filles, qui partaient pour le quadrille,
et de les lui amener, dès qu'il serait fini.

Mme Tourlot, assise de l'autre côté de Marianne, avait vu et entendu toute la scène,
et l'avait parfaitement comprise. Elle dansait ce quadrille avec le neveu de la préfète,
Horace Fauque, et se hâta de tout lui raconter.

— Eh mais ! dit-il, c'est une originalité,
cela ! Elle est vraiment particulière, cette
jeune fille. C'est charmant ! Aidez-moi donc
à l'obtenir pour femme, dites, vous qui êtes
si habile et si séduisante. Vrai ! Cela m'irait !
Voulez-vous que nous fassions alliance ?

— A quelles conditions ?

— Comment ! êtes-vous si peu désinté-
ressée ?

— Pas du tout; c'est vous qui parlez d'alliance. Eh bien ! qui dit alliance dit traité,
conditions par conséquent.

— Vous êtes un vrai diplomate, c'est
pourquoi j'insiste sur votre concours.

— Ne le croyez pas. Si j'étais diplomate, il
y a longtemps que M. Tourlot serait chef de
bataillon.

— Mon oncle entend bien vous aider.

— Vraiment ? Oh ! comme je vous serais
reconnaissante !

— Prouvez-le moi en m'aidant à devenir
un mari. Moi, un mari ! ce sera singulier
pourtant. Mais cette belle enfant en vaut le
ridicule, parole d'honneur ! Et même elle
l'efface, n'est-ce pas ?

— Il y a peut-être un moyen.

— Ah ! voyons?

— Puisqu'elle est si indignée contre les
séducteurs...

Elle s'arrêta en regardant malignement le
lovelace, qui, souriant aussi, d'un air hypocritement innocent, répliqua :

— Je ne comprends pas.

— Il faut lui donner à penser sur la conduite de son fiancé là-bas.

— Ah ! j'y suis. Une jolie petite trahison.
Vous êtes adorable !

— Seulement il faudra par contre lui
vanter...

Elle se mit à rire.

— La pureté de mes mœurs ? Eh bien !
pourquoi pas ? Les jeunes filles sont si cré-
dules... quand elles veulent l'être. Ceci, c'est
mon affaire. Mais avant de bâtir, il faut dé-
molir, et c'est pour cela que je compte sur
vous.

— Ne vous gênez pas ! Elle est belle, cette
mission que vous me confiez. Cette bonne
Mme Brou qui m'affirmait l'autre jour que
j'étais son intime amie.

— Eh bien ! on n'est jamais trahi que par
les siens. Après tout, quel mal y a-t-il à dire
la vérité ? On trompe cette jeune fille.

— Mais je n'en sais rien.

— Allons donc ! je n'en sais rien non plus,
mais je vous l'affirme. Au reste, je ferai causer Emmanuel Fourachon et Labolière. Chère
madame, quelle bonne idée ! quel fin esprit
vous avez ! Vous me permettrez bien d'aller
vous voir de temps en temps, pour notre petit complot ?

— Pas trop souvent ; vous êtes si compromettant !

— Ah ! je serais si heureux de vous compromettre !

— Comment ?

— Mais oui, parce qu'alors, le plus grand
mal étant fait, cela ne vaudrait plus la peine
d'y regarder.

— Vous êtes... Non, cela est abominable !..
Je ne dirai rien de vous.

— Si.

— Non.

— Je vous assure que si, et je compte sur
vous comme vous pouvez compter sur nous.

En même temps, il la reconduisait à sa
place, où il s'inclina profondément devant
elle. Marianne et Emmeline arrivaient en ce
moment.

— Je suis chargée de vous conduire au jardin, près de M. et de Mme Brou, mesdemoiselles, dit Mme Touriot.

Et, se retournant vers le bel Horace, qui
offrait ses hommages à Marianne :

— Vous devriez, lui dit-elle, nous faire
danser un quadrille sans numéro.

Elle prit le bras de Marianne et fit signe
au major d'offrir le sien à Emmeline. Ils rencontrèrent promptement M. et Mme Brou qui
surveillaient le péristyle. Mme Brou, venait
d'épancher sa colère dans le sein de son mari, elle se sentait mieux. Mais la soirée était
admirable, la fraîcheur délicieuse ; les lanternes vénitiennes faisaient dans les arbres
un effet charmant. Le quadrille sans numéro
suspendit les engagements de ces demoiselles ; on accéda facilement à la proposition
émise par Mme Touriot de faire un tour de
jardin.

Le docteur voulait prendre le bras de sa
pupille.

— Laissez, dit l'aimable Parisienne c'est
moi qui veux la gronder.

Et, sur cette entrée en matière, elle mit
l'entretien au cœur de la question.

— Ma chère enfant, dit-elle à Marianne,
permettez-moi de vous parler en amie. Certes, vos excellents parents vous diront la
même chose ; mais on penche toujours à
croire les conseils des parents intéressés ou
surannés, tandis que venant d'une femme
qui n'a que peu d'années de plus que vous,
et que l'amitié seule peut porter à vous présenter ses observations, elles vous persua-
deront peut-être davantage. Tout d'abord
sachez bien que je vous admire sincèrement ;
je ne suis pas de ces jalouses qui ne peuvent
supporter les dons de l'esprit et de la beauté chez les autres femmes. Pour moi, ils me
gagnent le cœur au contraire. Eh ! bon Dieu,
si l'on tient à être admirée, il y a assez
d'hommes pour cela ! Je vous admire donc
et je vous aime, et bien qu'en votre qualité
d'héritière, vous puissiez vous permettre
beaucoup d'excentricité, je n'en souffre pas
moins de vous voir donner prise à la critique
dans un monde qu'à tous les points de vue
vous devriez dominer. Mais pour le dominer
il faut le connaître, et cette connaissance-là,
ajouta-t-elle en regardant Marianne avec un
fin sourire, vous n'en avez pas le premier
mot.

— Je l'avoue, madame, dit la jeune fille
mais, quant à le dominer, je n'y tiens nullement, je vous l'assure.

— Et vous croyez n'avoir pas intérêt à le
connaître, ne fût-ce que pour votre propre
sécurité ?

— Pour cela, oui sans doute.

— Eh bien ! vous avez déjà deviné, chère
mademoiselle, que je veux parler de l'exécution que vous venez de faire tout à l'heure,
avec une inflexibilité digne de nos plus
vieux conseillers et une grâce qu'ils n'ont
jamais eue. Cela m'a fait de la peine, un peu
pour le coupable et beaucoup... pour vous.
Je me suis demandé combien d'effroyables
déceptions vous attendent, vous si pure, si
sévère, si ignorante, que vous croyez M. Turquois un monstre parmi les autres hommes.
Mais, ma chère enfant, il a fait hier ce qu'un
autre fait en ce moment, ce que d'autres feront demain. Chaque homme, jusqu'au jour
de son mariage — bien souvent après — est
une sorte de Minotaure qui dévore le plus
grand nombre possible de jeunes filles... ou
de jeunes femmes. Le mariage n'étant pas
plus sacré pour eux, ils ne s'en cachent pas ;
ils s'en vantent, ils en rient : c'est un lieu
commun. Je m'étonne que vous ayez ouvert un livre sans y voir des allusions — que
vous n'aurez sans doute pas comprises — à
ces déréglements de jeunesse, si bien accep-

tés, qu'un père n'oserait pas les reprocher à son fils, pourvu que le mémoire n'en soit pas trop fort. Cela est passé dans l'usage, dans les mœurs; aucun jeune homme bien élevé n'y voudrait manquer. Ce n'était pas assez de tolérer ce mal; on est allé jusqu'à soutenir qu'il était nécessaire, et la science n'a pas dédaigné d'inscrire dans ses ordonnances... Mais, cher enfant, je vous dis là des choses bien étranges à vos oreilles, et que je ne me serais pas permis d'exprimer, si je n'avais vu, par l'exemple de tout à l'heure, que vous n'affectez point, comme ces autres demoiselles, une ignorance trop anglaise et qui à vingt ans n'existe point. Votre ignorance ne touche qu'aux habitudes d'un monde que vous n'avez pu connaître encore, et vos illusions à ce sujet sont si grandes, que je crois vous rendre service en les dissipant. La petite scène de ce soir vous fera passer pour très-hardie, quand vous êtes seulement plus sévère et plus chaste que les autres. Voilà ce qui m'indigne et ce que je voudrais empêcher. Il est peu de ces demoiselles, — je n'en excepte pas même votre cousine, et vous pouvez l'interroger à cet égard, — qui ne pardonne d'avance à son prétendu tous les torts de ce genre qu'il lui aura plu d'avoir. Ne vous donnez pas le ridicule de croire au merle blanc, il n'existe pas; dansez avec M. Turquois ou refusez tout le monde. Et rappelez-vous bien ce que je vous dis : Il n'est pas un homme, vieux ou jeune, étranger ou parent, ami ou indifférent, de la main duquel vous ne devriez retirer votre main, s'il vous répugne de la mettre dans celle de ce pauvre Alfred.

Mme Touriot avait cessé de parler et contemplait furtivement sa jeune compagne à la lueur des lumières éparses dans le feuillage. Marianne, les yeux fixes, la tête un peu penchée sur la poitrine, ne répondait pas. Des rougeurs fugitives avaient, pendant le discours de Mme Touriot, passé sur son visage, et maintenant elle semblait pâle, si ce n'était l'effet de la lumière verdâtre qui l'entourait.

Elle ne répondait pas, mais suivait docilement sa compagne, qui, voulant prolonger la conversation, l'entraînait toujours. Derrière elles venaient Emmeline et le major, qui s'essoufflait à faire de l'idylle pour soutenir l'entretien, tandis qu'Emmeline répliquait par des naïvetés de pensionnaire. Sous l'écharpe légère qui recouvrait les épaules de Marianne, un long frémissement la parcourut.

— Auriez-vous froid? demanda maternellement Mme Touriot.

— Non, je n'ai pas froid; mais ce que vous me dites, madame, est horrible!

— Ah! pardonnez-moi. J'ai eu tort peut-être; je vous ai fait du mal! Vous m'en voulez d'avoir déchiré le voile...

— Non, madame; vous avez agi dans une bonne intention, je ne puis vous en vouloir, et même... oui, quelque pénible qu'elle soit, je préfère toujours connaître la vérité. Mais...

— Vous doutez encore? Eh bien! soit, mon enfant, les illusions sont douces à votre âge. Soyez plus prudente seulement.

— Oui, madame; je vous remercie.

Elle retomba dans le silence, et Mme Touriot la vit trop impressionnée pour pouvoir prêter l'oreille à d'autres propos. L'aimable Parisienne remit donc à plus tard une ingénieuse explication du caractère d'Horace, qu'elle avait imaginée, et l'on rentra bientôt dans la salle de bal. Marianne fut sérieuse et distraite tout le reste de la soirée. Dans la salle, on se racontait l'affaire Turquois, et plusieurs se demandaient, en voyant l'air triste de la jeune fille:

— Est-ce qu'elle avait du goût pour lui?

— Se croit-elle victime d'une trahison?

— Le cousin ne lui tient donc pas tant au cœur que nous le supposons?

— Il y a de l'espoir.

Dans la voiture enfin, pendant le trajet du retour, Marianne reçut les reproches de son oncle et de sa tante, et arriva en larmes à la maison.

Seule ainsi — avec Pierre — contre tout le monde, dans quelle impatience elle attendait la lettre de son fiancé! Jamais elle n'avait tant éprouvé le besoin de l'avoir avec elle, d'être avec lui. Chose étrange, par ce retour des pensées virginales, le but de toutes les paroles de Mme Touriot n'avait pas été atteint, pas même effleuré. Ce qu'on avait dit de tous les hommes ne s'appliquait point à Albert. N'était-il pas pour Marianne l'être seul, à part de tous?

Mais, après la lecture de la lettre, l'effet fut tout autre. Albert lui-même était venu témoigner de son propre sentiment et attirer en ce qui le touchait l'examen. Aussi fut-il désormais le pivot de toutes les pensées de Marianne à ce sujet.

D'abord l'habitude et la foi prirent le dessus; elle se dit : J'ai tort sans doute, et se repentit de ses audaces. Mais sa nature était trop élevée, trop sincère, pour qu'elle pût consentir sérieusement à abjurer ce qui tenait aux fibres les plus délicates de son cœur. D'un autre côté, s'il ne se fût agi que de théories, elle eût peut-être glissé, comme tant d'autres, sur un sujet où ses ignorances et sa pudeur également lui inspiraient tant de réserves; mais un fait était là, palpable, saignant, inhumain : la femme trahie, l'enfant abandonné. Marianne aimait, elle aussi; elle aussi voulait être mère; l'amour était la base de sa vie, et par cela même sa religion, car elle se respectait trop pour fonder sa vie sur un mensonge et pour donner son âme au hasard. Il fallait que l'amour et la famille, qu'il crée, fussent une vérité ; mais les vérités existent par elles-mêmes et non par l'usage qu'on en fait. Etait-ce dans une parole étrangère, prononcée sur eux, que pouvaient consister l'union de deux êtres et la naissance d'un troisième : vérité au delà de l'autel, erreur en deçà ? Non, ce ne pouvait être ainsi. Ces choses-là ne sont pas dans les mots, mais dans le cœur, dans les entrailles, dans la vie. Et le sceau vivant de l'union de l'homme et de la femme, c'est d'abord la foi, la volonté commune ; puis cet être nouveau qui les réunit, et de sa main débile et de ses regards candides, les enlaçant de liens indénouables, leur dit : Je suis ! donc mon père et ma mère vous êtes époux, car vous ne pouvez ni l'un ni l'autre m'abandonner.

— Oh ! oui, cela est ainsi, se disait-elle frémissante, et le sein déjà palpitant de maternité, oh ! oui, l'abandon de l'enfant est un sacrilège, et c'est un sacrilège aussi que de prendre un autre être sans se donner à lui. Comment font les hommes pour consacrer l'amour et le mépriser tout à la fois ? pour tantôt honorer la famille et tantôt la fouler aux pieds ?

Non, elle ne pouvait douter : elle voyait, elle touchait, elle était sûre. S'il était possible encore aux êtres sans foi de nier la confiance, d'avilir, d'insulter la femme, on ne pouvait pas nier l'enfant ; il était là, tout éclatant d'innocence et de confiance, fort de sa faiblesse, armé d'un droit absolu. Oh ! comment pouvait-on le méconnaître ?

Comment ? pourquoi ?... Marianne chercha et frémit. Oh ! c'était épouvantable, mais c'était vrai : cet oubli des droits de la nature ne tenait qu'à une question d'argent. Les Turquois ne doivent épouser que des filles dotées. Peuple ou non, cela est peu de chose ; affaire d'argent, toujours. Et c'est pour cette raison qu'ils font de l'amour un jeu infâme ; c'est pour cela qu'ils jettent à la voirie leurs enfants !

Albert ! Albert !... Il n'y a pas songé, bien sûrement. Oh ! comment n'a-t-il pas senti cela ?

Un malaise, un trouble profonds remplissaient l'âme de la jeune fille. Elle se sentait comme sous le poids d'un malheur. Lequel ? Elle ne savait, mais instinctivement elle pleura beaucoup. Tout ce qu'il y avait en elle de religieux et de chaste était en émoi. Elle souffrait au plus intime de son être, dans un monde de susceptibilités vagues, indéterminées, mais sensibles à l'excès. C'était plus qu'un croyant frappé dans son culte ; c'était une femme atteinte au plus profond

d'elle-même, dans sa dignité, dans ses intérêts et dans sa pudeur, comme dans sa foi.

Les instructions de Mme Touriot lui revinrent en même temps à la mémoire, et ce fut alors que leur généralité prit pour elle un caractère importun et menaçant : une pensée lui traversa l'esprit, qui jeta un voile de pourpre sur son visage, un doute à peine formulé et rejeté par elle avec indignation. Ce ne fut d'ailleurs qu'un éclair. Elle se leva, courroucée contre elle-même, passa la main sur son front, comme pour se défendre de penser davantage, se mit au piano, le quitta bientôt pour aller à la fenêtre, et enfin descendit près de sa tante et de sa cousine, bien qu'elle préférât ordinairement la solitude à leur compagnie.

Elle trouva le chanoine, oncle de Mme Brou, dans la salle à manger. C'était le jour où il venait dîner en famille. Il regarda Marianne d'un air goguenard, et continua de commérer, comme il faisait d'ordinaire. Ce prêtre était de la vieille époque, tout rond dans ses manières, sans gêne, grivois à l'occasion, bavard et à l'affût de tous les cancans, homme du fait et de la formule, répétant par cœur tout ce qu'on lui avait appris et n'ayant jamais réfléchi, parfait catholique sincère. Il avait pourtant ses petites malices, et n'entama le plus sérieux et le plus nouveau de ses commérages qu'après l'arrivée de M. Brou.

— Vous ne savez pas, dit-il alors, que les Turquois disent beaucoup de mal de vous ?

— Comment, s'écria Mme Brou. Est-il possible ? des amis !...

— Eh ! Eh ! il paraît que Mlle Marianne a fait un mauvais compliment au jeune homme. Eh ! eh ! ça ne lui a pas fait plaisir, et ça se comprend, une belle demoiselle !...

— Voilà le fruit de vos étranges sorties, Marianne, dit Mme Brou en lançant à sa nièce un regard courroucé ; mais enfin, poursuit-elle en se retournant vers le chanoine, ce n'est pas notre faute à nous.

— Ah bien ! dit le vieillard, ils ne l'entendent pas comme ça ; au contraire, c'est vous qui avez tout fait. Mlle Marianne, à ce qu'ils prétendent, voyait de bon œil le jeune Alfred, et alors, de peur que la dot n'échappât à votre fils, vous auriez noirci le jeune homme et instruit votre pupille du tendre péché qu'il a commis avec la petite couturière ; et là-dessus, ils crient que c'est indigne, que c'est une véritable captation, et que votre avarice ne recule devant aucune infamie, jusqu'à ne pas craindre de salir l'imagination de votre pupille par ces histoires et de la pousser à des scènes scandaleuses. Moi...

— Monsieur ! s'écria M. Brou.

Il s'était levé, pâle et tremblant de colère, et vint mettre sa main sur le bras de son oncle. Bien que l'intempérance de langue du vieux prêtre lui fût connue, il ne s'attendait pourtant pas à tant de crudité, et la chose en elle-même, et le fait que de telles paroles étaient dites devant Marianne, le mettaient hors de lui.

— Eh bien ! quoi ? demanda le chanoine avec une imbécillité sénile, fallait pas le dire ?... Vous savez, moi... je ne fais pas de façons ; je dis tout à la bonne franquette. Ah ! ah ! ah ! Mais aussi votre aimable nièce a trop d'esprit pour croire un mot de tout ça. Et c'est ce que j'ai dit à ceux qui m'en ont parlé : C'est de la calomnie ! Brou est incapable ! Ça n'a pas le sens commun.

— Ah ! nous sommes cruellement punis ! dit Mᵐᵉ Brou, en levant les yeux au ciel, du bien que nous avons voulu faire.

Elle courut à son mari.

— Ah ! mon ami, du courage ! Le témoignage de ta conscience doit te suffire.

— Il me suffira, dit le docteur d'une voix altérée ; cependant j'avoue que le coup est rude. Ces Turquois, vouloir me déshonorer ! moi qui les croyais amis !

— Tu vois quelles étaient leurs visées.

— Ils n'ont jamais cherché qu'à nous trahir, je le vois bien maintenant, s'écria Mᵐᵉ Brou.

Elle s'arrêta sous le coup d'œil impérieux et significatif de son mari. Emmeline était venue se jeter au cou de son père ; Marianne s'approchait également..

Les jugements humains sont si remplis de passion, que le fait d'être la cause ou plutôt l'occasion d'un mal, né de la méchanceté d'autrui, quand même votre intention a été pure et votre acte légitime, vous couvre toujours d'une fâcheuse responsabilité. Marianne avait justement témoigné le mépris qu'elle éprouvait pour un coupable, ce coupable se vengeait par d'odieux propos ; la faute n'en était qu'à lui. Et cependant Marianne ne se sentait pas moins écrasée sous le ressentiment de son oncle, de sa tante et de sa cousine, en y ajoutant même la malice du chanoine, qui la regardait de ses petits yeux égrillards. Aussi s'excusa-t-elle en disant d'une voix entrecoupée combien elle regrettait d'avoir provoqué d'aussi indignes calomnies.

— Que ceci vous serve donc de leçon, ma chère Marianne, lui dit le docteur d'un ton sévère et douloureux. Les jalousies du monde sont atroces, et une femme doit veiller avec soin sur ses moindres actes pour ne pas les exciter. A plus forte raison n'est-il ni de votre âge ni de votre sexe de vous poser en redresseur de torts.

— Je n'avais rien prémédité, mon oncle,

répondit Marianne ; c'est quand j' 1 i vu ce... monsieur venir du même air qu'autrefois me demander à danser : le cœur m'a bondi, j'ai refusé.. Je ne sais pas comment j'aurais pu mettre ma main dans la sienne.

— Vous voyez pourtant qu'il faut apprendre à contenir de tels mouvements ; et puis, je vous l'ai déjà dit, votre affection pour Henriette vous exagère les torts de ce jeune homme. C'est contre elle surtout que vous devriez être indignée.

— Parbleu ! dit le chanoine en haussant les épaules, c'est aux filles à se garder.

— Est-ce donc là aussi le jugement de l'Eglise ? se demanda Marianne tout bas.

Bientôt après, on se mit à table. Le docteur ne mangea pas, et les soupirs de sa femme rendirent le repas funèbre. Toute la soirée se passa en discussions sur l'événement et en lamentations. M. Brou était extrêmement affecté.

— Toute une vie d'honneur n'est rien, disait-il, devant la calomnie. Pour peu que les faits y prêtent, on la croit toujours. Ah ! Marianne, votre fortune nous coûte bien cher.

Il revint plusieurs fois sur ce sujet. Certes, il ne regrettait pas l'engagement de son fils et de sa pupille. Ils s'aimaient, c'était leur bonheur, c'était sacré ; mais, si Marianne n'eût été qu'une orpheline sans fortune, la situation eût été bien plus simple et plus avantageuse, car l'honneur est le premier des biens, etc., etc.

Comme tout ce qui la frappait, la jeune fille écoutait ces paroles en silence ; elle ne prit part à la conversation que par répliques obligées et semblait absorbée dans ses réflexions.

Mais, aussitôt après le départ du chanoine, comme le docteur exprimait encore la même douleur et le même regret :

— Mon oncle, dit-elle avec affection et en lui prenant la main, il y a un moyen de justifier votre honneur et de prouver d'une manière éclatante votre désintéressement. Je viens d'y penser et j'y suis bien décidée. Ma fortune vous gêne, elle est un prétexte à calomnies contre vous. Eh bien ! quoi de plus facile que de la réduire ? Je ne suis pas majeure, c'est vrai ; mais vous pouvez me faire émanciper. Dès lors, je me dépouille de 60,000 fr. pour une œuvre utile, par exemple de secours pour les filles séduites, et qui leur donne le moyen d'élever elles-mêmes leurs enfants. Alors, ma dot n'étant plus qu'une dot ordinaire, la calomnie tombera d'elle-même, et nous aurons de plus...

Marianne avait soutenu sans trouble le regard perçant du docteur ; elle s'arrêta devant la figure horripilée de Mᵐᵉ Brou. Celle-ci n'avait pas même la force de lever les bras au ciel, et disait d'une voix dont les intonations parcouraient toute la gamme de la stupéfaction :

— Décidément elle est folle ! oui, folle à lier !

— Comment, madame ? observa la jeune fille avec un accent d'irritation.

— Voyons ! Tu ne peux pas dire cela sérieusement, s'écria Emmeline.

C'est justement ce que s'était demandé le docteur, et le but du regard dont il avait enveloppé sa pupille. Parlait-elle sérieusement, cette enfant terrible, ou bien, avec une malice machiavélique, avait-elle résolu de percer à jour l'inanité des regrets appliqués au chiffre de sa dot ? Il était rassuré par le regard limpide et convaincu de Marianne, mais il n'en restait pas moins embarrassé...

— Mon enfant, dit-il avec majesté, je ne puis accepter un tel sacrifice...

— Et pourquoi ? Puisque je le ferais avec joie. J'ai déjà éprouvé qu'il était pénible d'exciter l'envie. Vous voyez quels maux elle produit. Je souffre d'avoir été pour vous la cause involontaire d'un si grand chagrin, d'un tort public. C'est avec bonheur que je vous verrai vengé, et d'un autre côté j'aurai fait du bien...

— Non, jamais ! ce n'est pas votre tuteur, celui que votre père a chargé de vous conserver votre fortune, qui peut consentir à être l'agent de votre ruine.

— Je ne serai pas ruinée pour cela. Plus de cent mille francs encore, outre l'héritage futur de ma tante ! Il y a des gens qui passent pour riches avec cela, et combien ont beaucoup moins !

— Vous êtes trop jeune. Vous ne savez pas à quoi vous renoncez. Plus tard, vous auriez des regrets, et moi... je resterais accablé de remords.

Mme Brou était allée respirer près de la fenêtre, où Emmeline l'avait suivie, et elle rafraîchissait, à grands coups d'éventail, son visage enflammé, tout en soufflant au dehors l'air chaud et chargé d'émanations caloriques qui lui gonflait la poitrine.

— Elle me fera mourir avec ses idées, disait-elle à sa fille à demi-voix ; tout ça n'est pas naturel. Vois-tu, elle le fait exprès.

— Il est certain, répondit Emmeline d'un air plein de sous-entendu. Oui, elle est aussi par trop extraordinaire. Non, ce n'est pas naturel.

— Ma chère fille, reprenait le docteur en réponse à une nouvelle objection de sa pupille, je reconnais en tout ceci la grandeur et la générosité de votre caractère ; mais, encore une fois, je ne consentirai jamais à vous voir ainsi vous dépouiller...

— Et pourquoi ? Doutez-vous que pour moi, comme pour vous, l'honneur ne soit pas plus précieux que l'argent ? Et votre honneur n'est-il pas lié au mien ?

— Mes engagements vis-à-vis de votre père...

— Mon père était le plus généreux des hommes. Je l'ai vu sacrifier un héritage par un point d'honneur. Il m'approuverait, au contraire, vous devez le croire.

Le docteur suait sang et eau. Il était évident qu'il ne se laisserait point mettre à bout d'arguments par cette petite fille, lui qui n'avait pas fait sa rhétorique inutilement ; mais ce débat en se prolongeant l'excédait. Il n'était sans doute pas moins indigné que sa femme de l'étrange idée de son extravagante pupille, et, de temps en temps, un regard dur, une inflexion amère, venaient contraster avec la douceur voulue de sa voix et les épithètes tendres ou admiratives qu'il prodiguait à sa chère Marianne.

— Enfin, dit-il un peu brusquement, c'est impossible. La loi ne fait pas de sentiment. Pour vous émanciper, il faudrait un motif ; nous n'en avons pas.

— Comment donc ? Il est assez sérieux.

— Légalement, non.

— Vous croyez...

Elle baissait les yeux, et le docteur respirait, heureux d'en être quitte, lorsque, relevant la tête :

— Eh bien ! dit-elle ; nous pouvons du moins annoncer hautement cette résolution. Je serai majeure dans un an. On se lie aussi par sa parole.

Une vague rougeur bistra le teint jauni du docteur et une crispation de sa lèvre s'acheva dans un faux sourire.

— Écoutez, ma chère enfant, reprit-il ; sans doute, les soupçons jetés sur mon honneur m'ont été bien douloureux. Le premier a été cruellement rude ; il l'a été, il faut bien que je l'avoue, jusqu'à m'enlever la saine appréciation des faits. Nous sommes, à tout âge, soumis à l'affolement de la passion. Mais la discussion que je viens d'avoir avec vous m'a fait du bien en me ramenant au sens des réalités. Non, mon enfant, rassurez-vous, l'honneur d'un homme, quand il a mon âge, ma réputation et mes services, n'est pas à la merci d'un propos odieux. Ce serait faire la part trop belle au mal en ce monde, ce serait calomnier l'humanité. De tels soupçons même sont trop au-dessous de moi pour que je veuille m'abaisser à les combattre. Je n'aurai qu'à me présenter et ils s'évanouiront devant mes pas. Laissons donc tout ceci. Nous avons fait fausse route. Mes concitoyens connaissent mes travaux désintéressés, mes fatigues pour le bien public ; ils me rendront justice, et mes calomniateurs en seront pour la honte qu'ils ont méritée !...

M. Brou s'était levé ; il regarda la pendule, qui marquait l'heure du coucher. La discussion était close. Que faire contre un président, votre adversaire, qui lève la séance ? Marianne resta muette. Puis d'ailleurs n'étaient-ce pas là de bonnes raisons ? Si vraiment il en était ainsi, si les choses s'arrangeaient si bien toutes seules, si l'honneur du docteur devait rester intact et même être vengé, il n'était plus besoin évidemment d'aucun remède héroïque. Au bout d'un instant de silence, Marianne ouvrait la bouche. Était-ce pour insister encore ou se désister ? Le docteur ne voulut pas le savoir. Il reprit la même thèse avec de nouveaux développements, alluma un bougeoir, et mit en finissant un baiser sur le front de sa pupille.

— Bonsoir, mon enfant.

Puis il se retira d'un pas majestueux et décisif.

A partir de ce moment, M. Brou supporta angéliquement la calomnie ; mais, quant à Mme Brou, il n'était pas en son pouvoir de pardonner à sa future belle-fille tant d'excentricités accumulées.

— Non, disait-elle à son mari, je ne peux pas la comprendre, et je n'ai plus du tout confiance au bonheur d'Albert. Une personne à qui il tombe dans la tête des idées de l'autre monde et qui vous les dit comme ça !... Qui ne se demande jamais, avant de parler ou d'agir, si c'est convenable ? Et encore !... s'occuper des filles perdues, une demoiselle comme il faut ! N'est-ce pas impudique ? Vois Emmeline, quand on parle de ces créatures, elle baisse tout de suite les yeux, et l'on voit bien qu'elle ne voudrait pas y toucher du bout du pied. Voilà une jeune fille bien élevée. Mais ta pupille ! Non, ce n'est pas comme ça que j'avais rêvé la femme d'Albert, et, je te l'avoue, à 50,000 francs de moins, j'en aimerais mieux une autre.

Pauvre Marianne ! avait-elle réellement pour 250,000 fr. de travers ? Le docteur, bien que fort contrarié, en homme pratique, inclinait à l'indulgence.

— Tout cela passera avec l'âge, disait-il. Elle a été mal élevée, on ne peut le nier ; mais c'est affaire à son mari de la réformer. Pour nous, nous n'avons qu'à conduire les choses tout doucement jusqu'au mariage, et alors notre tâche sera finie. Ayons patience jusque là.

XI

L'été se passa toutefois sans nouveaux orages, à part une brouille solennelle avec les Turquois, qui fit dire plus de paroles, tant dans la maison Brou qu'au dehors, qu'il

n'en faudrait pour résoudre la question sociale, si, de part et d'autre, on s'écoutait seulement un peu. Mais ni les Turquois ni les Brou n'écoutèrent, ils se bornèrent à parler. Et de plus, chacun d'eux, bien loin de désirer s'entendre avec son adversaire, n'aurait eu qu'un désir, celui de le mettre en petits morceaux.

En revanche, l'élégante et spirituelle Marthe Touriot, la femme du major, devint plus que jamais l'amie intime des Brou. Elle ne se brouilla point cependant avec les Turquois, mais elle en disait énormément de mal : c'était une compensation Elle faisait aussi beaucoup de compliments à Mme Brou, et lui disait parfois : « Chère Mme Brou, vous qui savez si bien tout ce qui est convenable, donnez-moi donc un conseil. »

Il n'en fallait pas plus pour que Mme Touriot devînt une femme accomplie.

— Elle se refait beaucoup depuis quelque temps, disait la fantasque Parisienne, la digne bourgeoise.

Et vraiment, il y avait entre elles des airs de fille aînée et de mère amie fort amusants. Marthe Touriot se donnant vingt-huit ans, il était bien naturel qu'elle aimât la société des jeunes personnes ; elle chantait et jouait avec Marianne, et donnait à Emmeline quelques bonnes leçons. Mme Brou prit tant de confiance en *sa jeune amie* qu'elle consentit à lui envoyer fréquemment *ses filles* pour goûter et faire de la musique. Mme Touriot les reconduisait le soir et souvent restait à dîner avec la famille. C'étaient d'aimables journées. Marianne, elle aussi, trouvait la jeune femme charmante et se plaisait beaucoup dans sa société.

Comme elles étaient l'une et l'autre de bonnes musiciennes et avaient de jolies voix, elles étudièrent des duos et des morceaux à quatre mains, qu'elles devaient exécuter aux petites soirées de la préfecture. Cela obligeait Marianne de se rendre fréquemment chez Mme Touriot, où Emmeline, n'ayant rien à faire dans ces études, ne l'accompagnait pas. Quelquefois, le piano étant au salon, elles étaient interrompues par des visites ; un jour ce fut celle du bel Horace. Quoi de plus simple ? C'était un hasard. Il parut lui-même étonné de voir Marianne ; mais son respect et son empressement pour elle n'en furent que plus spontanés, et il était même difficile de ne pas les trouver touchants après le refus que l'hiver précédent Marianne lui avait infligé. Il fut très-aimable, mais sans vivacité, avec une certaine grâce langoureuse.

Après son départ :

— Pauvre garçon ! dit la belle Marthe je ne sais vraiment pas ce qu'il a depuis cet hiver ; mais il n'est plus reconnaissable. Autrefois il était si gai ! puis il avait le

défaut de tant d'autres, il était fort galant
vis-à-vis des femmes. Et pourtant ce n'était
pas la même chose : chez lui, c'est plutôt
de l'idéalité, de la poésie ; la femme lui paraît l'être par excellence de la création ; il
l'admire, il l'adore, et je sais par un exemple
qu'il s'est contenté de satisfactions platoni-
ques en certaine circonstance où on lui at-
tribuait une bonne fortune. C'est, en réalité, un enthousiaste, et une femme qu'il aimerait véritablement en ferait ce qu'elle voudrait. Comme il est beau garçon et que les
femmes en raffolent, on lui a fait une fort
mauvaise réputation ; mais, en tout cas, il est
devenu d'une sagesse et une tristesse qui
inquiètent sa tante. Elle me disait l'autre
jour : « Je ne puis pas savoir ce qu'il a, mais
je croirais que c'est une passion malheureuse. » Eh bien ! mon ange, reprenons-nous
ce duo ?

Tout en s'approchant du piano, Marianne
se rappelait le dernier mot d'Horace Fauque,
lorsqu'elle avait répondu par un refus à sa
déclaration : « Vous me rendrez à jamais
malheureux ! » Aussi ne put-elle s'empêcher
de rougir.

— Mais, reprit Mme Touriot en s'asseyant
devant le clavier, vous qui êtes si sévère,
vous trouveriez sans doute que c'est juste,
si M. Horace souffrait un peu, comme peut-
être il a fait souffrir ?

— Vous me supposez si méchante ? Non...
Un premier accord mit fin à l'entretien.

Mais, quelques jours après, Mme Touriot
pria Marianne de lui dire à qui elle pouvait
remettre 50 francs qu'on lui avait donnés
pour Henriette.

— Vous ne savez pas qui ? C'est M. Horace Fauque. Il m'a dit : « Cette malheureuse fille m'intéresse beaucoup. Je l'ai vue,
elle paraissait honnête, et surtout je lui sais
gré d'avoir trouvé une protectrice aussi pure.
Je ne sais où elle est, et d'ailleurs je ne puis
l'aller voir moi-même, ce serait l'exposer à
des soupçons. Mais faites-lui savoir, je vous
prie, qu'elle pourra s'adresser à moi plus
tard et que je m'occuperai de l'avenir de son
enfant. » Il m'a dit aussi qu'il trouvait Alfred Turquois très-coupable d'avoir perdu
l'existence d'une fille honnête, et que pour
lui il n'avait jamais eu pareil reproche à se
faire, même quand il était étudiant à Paris.

Marianne donna l'adresse de Mme Démier,
par qui seule elle avait des nouvelles d'Henriette. La pauvre fille avait été placée au
faubourg de Montbernage, dans une honnête
famille d'agriculteurs, et vivait là respectée,
sous le nom d'une jeune veuve, à qui le soin
de sa santé imposait le séjour de la campagne. Elle y recevait presque tous les diman-
ches la visite de Mme Démier.

— Elle est toujours bien triste, disait l'excellente femme, et l'on a bien de la peine à
lui remonter l'esprit. Pourtant sa mère est
venue la voir, et ça lui a fait grand bien à
la pauvre abandonnée. Elle a aussi de l'ouvrage. Les gens chez qui elle est se sont attachés à elle et la soignent bien, il ne lui
manquerait que de prendre son mal en pa-
tien ; mais c'est ce qu'elle ne sait pas faire ;
et chaque fois qu'on va la voir, on la trouve
plus pâle et plus maigre. Elle se ronge le
cœur. Espérons qu'une fois son enfant venu
au monde, elle se consolera en s'attachant à
lui.

Le dernier mot de Mme Touriot relatif au
bel Horace contenait une flèche empoisonnée
que Marianne emporta dans son cœur : « Même quand il était étudiant à Paris ! » La vie
des étudiants à Paris était donc abominable ?
Il n'y avait pas d'autre conséquence à en
tirer.

Mme Touriot n'avait point reçu la confidence des liens qui unissaient Albert et Marianne, et dont on faisait un mystère absolu
dans la famille Brou. Le bruit public seul
avait pu l'en instruire, mais sans doute elle
n'y croyait point et avait dit cela en toute
innocence ou sans y penser.

Eh bien ! la conduite des autres n'impli-
quait pas celle d'Albert.

Ce raisonnement eût paru sans réplique à
Marianne, quelques mois plus tôt. Aujour-
d'hui ce n'était plus la même chose. Le ton
des lettres d'Albert avait changé. Marianne
essayait de se le nier à elle-même, à en douter; mais elle le sentait douloureusement et
avec une persistance fatale. Un rhétoricien
peut paraître ému sans l'être, en des sujets
qui sont du domaine de l'intelligence et de
l'imagination ; mais dans les choses du cœur
règne une harmonie secrète, plus fine que
celle de l'oreille, où toute dissonance frappe
aussitôt celui des deux qui a gardé la tona-
lité première. On peut être trompé sur la durée du sentiment, — et dans ce cas le trompeur est lui-même sa propre dupe;— on l'est
difficilement sur l'intensité, car tout sentiment vrai vibre dans la parole et donne aux
plus simples d'esprit le secret de l'éloquence.
Écrite ou parlée, Albert l'avait eu cette éloquence du cœur; Marianne avait senti vibrer
le verbe divin, l'amour. Maintenant, la sono-
rité n'était plus la même, la musique devenait savante, étudiée, elle ne chantait plus ;
l'amoureux n'était plus poète.

Elle le sentait ; mais c'était chose impal-
pable, toute intérieure, et une part de doute
environne toujours ce qui échappe à l'appréciation de nos sens, au calcul, à la mesure.
Aussi Marianne préférait-elle douter de son
appréciation, bien que chaque lettre reçue
d'Albert renouvelât chez elle la même im-

pression, qu'on eût pu comparer également à celle d'un abaissement d'atmosphère. Albert avait beau se répéter devant le portrait de Marianne : Je l'aime ! oh ! oui, je l'aime ! Il l'aimait en effet comme on aime naturellement ce qui est bon, avantageux et charmant ; mais tout le parfum, toute la fleur, toute la vérité de cet amour, s'en étaient allés avec la confiance trahie. Tromper, c'est être seul, et l'amour est la fusion de deux êtres, d'autant plus grande et plus douce qu'elle est plus complète. Albert lui-même sentait sa déchéance et regrettait la belle fièvre qui l'avait élevé autrefois au-dessus de sa propre sphère ; mais il n'était pas en son pouvoir de la retrouver.

Parfois, sous les suggestions de Mme Touriot, un doute se formulait dans l'esprit de Marianne ; mais aussitôt, en s'indignant contre elle-même, elle le repoussait, et elle n'en était ensuite que plus aimante, se reprochant d'avoir offensé Albert dans sa pensée.

Arrivèrent enfin les vacances, et de nouveau les fiancés se trouvèrent réunis. La joie du retour, la vive émotion que lui causaient les grâces et la beauté de Marianne, sauvèrent à Albert l'embarras qu'il craignait. Il fut moins aimant, mais plus amoureux : nuances difficiles à apprécier pour une ingénue comme Marianne et même pour de plus expérimentées. A le voir heureux de sa présence, avide de ses regards et de ses sourires, ivre d'un baiser, la jeune fille ne se souvint plus qu'il y avait des doutes possibles au monde. Peut-être n'était-il pas très-sentimental ; mais il l'écoutait avec charme et le répétait, de peur de se tromper. Ils recommencèrent l'idylle des premiers jours, moins fraîche, moins embaumée, mais charmante encore et plus brûlante, un midi après une aube. Emue, quelquefois étonnée, Marianne par moments devenait pensive. Qu'avait-elle à dire ? Elle ne savait rien. Une femme seule, qui eût déjà souffert et pleuré, aurait pu formuler cette pensée : moins de passion, plus d'amour.

D'Henriette, ils parlèrent peu : Marianne l'osant à peine, Albert n'y tenant pas du tout. Mlle Aimont cependant en était fort préoccupée, août étant le mois où l'enfant abandonné devait déchirer ce sein maternel déjà brisé.

— Elle est bien faible ! disait avec inquiétude Mme Démier, qui avait promis d'apporter aussitôt à Marianne la nouvelle.

Pierre aussi était en vacances, et la mère et le fils ne devaient point quitter la malade. Marianne avait pourvu à tous les soins matériels ; mais l'essentiel manquait, hélas, près de ce lit, près de ce berceau, et bien souvent la pensée de la jeune fille allait trouver la pauvre solitaire, et son cœur se gonflait en la voyant souffrir.

Le 9 août, à quatre heures de l'après-midi, Albert, Emmeline et Marianne, se trouvaient à Liguzó, dans le pré faisant suite au jardin qui borde la rivière, quand Louison accourut prévenir Albert qu'on demandait à lui parler.

— C'est M. Pierre Démier, ajouta-t-elle ; il dit que c'est pressé et le voilà qui vient.

Pierre en effet suivait la femme de chambre. Il s'arrêta à peu de distance, adressa un profond salut aux deux jeunes filles, et attendit Albert, qui se hâta d'aller au devant de lui. Marianne les vit d'un air sombre *échanger quelques paroles* ; Albert tourna la tête du côté de Marianne, il semblait indécis ; elle s'avança vivement.

— Vous m'apportez des nouvelles d'Henriette, monsieur ? demanda-t-elle à Pierre.

— Oui, mademoiselle ; elle désire vous voir, elle vous appelle à grands cris...

— Ah ! mon Dieu ! mais comment va-t-elle ?

— Mal, et c'est pourquoi je suis ici. Elle est accouchée d'un enfant mort. Elle-même, selon toute apparence, va le suivre, et elle veut vous dire adieu.

Une exclamation étouffée sortit des lèvres de Marianne, une pâleur extrême se répandit sur ses traits, et, regardant Albert :

— Allons ! s'écria-t-elle.

— Ma chère Marianne, dit le jeune Brou, vous savez combien une pareille démarche ferait de la peine à mes parents ; d'ailleurs c'est bien loin, et déjà peut-être il est trop tard.

— Je ne le crois pas, dit Pierre. Elle peut mourir ce soir ; mais, quand je l'ai quittée, elle m'a paru pouvoir lutter encore plusieurs heures... J'ai une voiture, et nous y serions dans trois quarts d'heure au plus.

— Je vous remercie, mon cher Démier, reprit Albert, contrarié ; nous allons négocier cela, et plus tard ou plutôt demain matin...

— Elle va mourir ce soir, et vous parlez de demain !... s'écria Marianne. Albert, j'ai promis de ne pas sortir seule, sans cela je serais déjà partie ; mais vous pouvez venir avec moi. Si vous ne veniez pas, je ne pourrais pas vous le pardonner...

L'éclat de son regard, son accent passionné, ne souffraient pas de réplique ; avec un regret visible, Albert céda.

— Nous reviendrons ce soir, dit Marianne en se tournant vers Emmeline, qui s'était approchée à petits pas et faisait semblant de cueillir des fleurs, en écoutant de toutes ses oreilles et en regardant de tous ses yeux.

— Mais, ma chère, tu as tort... Et puis, tu ne sortiras pas comme cela, s'écria la fille de Mme Brou en voyant sa cousine filer dans le sentier, sans autre parure qu'un négligé blanc et bleu et son grand chapeau de paille.

Cette sage observation fut perdue ; les trois complices, conduits par Marianne, qui avait pris les devants, avaient déjà franchi la haie qui séparait le pré du chemin, et allaient rejoindre, à l'abri des regards de Mme Brou, la voiture amenée par Pierre. Emmeline fut réduite, pour toute consolation, à courir en hâte à la maison prévenir sa mère de ce scandaleux événement et à jouir de l'émoi qu'il excita. Mme Brou, à peine eut-elle compris, courut à la grille, suivie de sa fille; mais l'une et l'autre purent voir seulement la voiture disparaître au loin dans la poussière. Mme Brou, ce jour-là, montra une grande force d'âme; contenant sa stupeur et son indignation, pour ne point donner l'éveil aux domestiques, elle alla se renfermer dans sa chambre, où elle se livra, en compagnie d'Emmeline, à toutes les exclamations, à toutes les suffocations et à tous les gestes dramatiques légitimés par une telle violation des convenances.

Pendant ce temps, les coupables que la voiture emportait, mornes et préoccupés, échangeaient à peine quelques paroles. Pierre était triste et réservé; Albert songeait au mécontentement de ses parents, au retentissement que pouvait avoir cette équipée et se disait péniblement que sa chère Marianne était peut-être d'un caractère un peu difficile et sûrement trop énergique. La jeune fille, tremblante d'émotion, avait au bord des paupières des larmes qu'elle retenait à grand'peine et qui l'empêchaient d'adresser à Pierre les questions qui se pressaient au bord de ses lèvres ; cependant quand on s'approcha du faubourg de Montbernage, elle fit effort pour demander, d'une voix altérée, si réellement il n'y avait plus d'espoir.

— Je n'ai pas assez d'expérience pour me prononcer, mademoiselle ; j'ai fait prier le Dr Nicot de venir, et nous allons sans doute le trouver près d'elle.

— Mais votre impression ?...

— Est fatale, je vous l'avoue... mais je puis bien me tromper... Cette malheureuse fille a été minée lentement par la douleur et le dégoût de la vie ; ses forces me paraissent complétement épuisées, et les tortures qu'elle vient de subir, car l'accouchement a été long et pénible, l'ont achevée. Elle a eu pourtant de l'énergie; mais, depuis qu'elle a vu son enfant mort — on n'a pu le lui cacher — elle n'a, cela est visible, qu'un désir, mourir elle-même le plus tôt possible. Seulement elle voulait vous voir, elle vous attend...

— Si vous saviez, ajouta-t-il, avec quelle ardeur et quels accents elle vous demandait... Vous... non pas vous, mademoiselle, mais qui que ce soit qui ait des entrailles comprendrait que j'aie couru vous chercher. Ma mère elle-même m'a dit en pleurant : Va !...

Pierre n'acheva pas, et ces derniers mots étaient sortis de sa gorge avec peine. Marianne le regarda d'un air touché, tandis que ses larmes à elle, faisant irruption, inondèrent son visage.

— Sans doute, dit Albert, les vœux des mourants sont des ordres.

Et il serra la main de Pierre, ce dont Marianne le récompensa en lui serrant la main à son tour. La voiture s'arrêta. Mlle Aimont essuya vivement ses larmes et descendit; soutenue par son fiancé, ils suivirent Pierre au premier étage. Pierre entra le premier, dit quelques mots, et l'on entendit un faible cri.

— Oh ! qu'elle vienne ! Oh ! vite !

Marianne entra et vit dans le lit, sur un oreiller que soulevait par-derrière Mme Démier, une sorte de fantôme aussi blanc que les linges qui l'entouraient, et qui tendait vers elle des bras décharnés. — Henriette ! ce ne pouvait être qu'elle, et pourtant Marianne ne la reconnaissait pas! Elle s'avança, terrifiée ; ce ne fut qu'à deux pas qu'elle retrouva le regard aimant de ces grands yeux, maintenant énormes, et quelque ressemblance fugitive dans ces traits creusés. Mais c'était elle! Et Marianne serra ce squelette dans ses bras, et ses larmes recommencèrent à couler, baignant comme une rosée d'amour cet être misérable, desséché par l'abandon et par l'amertume.

Sous la douceur de cet embrassement, la mourante se laissa aller en fermant les yeux. Pierre eut peur; il saisit une des mains d'Henriette, consulta le pouls, et, rassuré, se rapprocha de sa mère.

— Cette amitié l'aurait sauvée peut-être, lui dit-il tout bas ; mais il fallait que les bonnes mœurs fussent vengées !... et que M. Turquois devînt magistrat...

Une contraction agitait ses traits, son œil jeta un éclair. La bonne Mme Démier avait répondu par une pantomime expressive et triste ; elle ajouta tout bas :

— M. Nicot est venu.

— Qu'a-t-il dit ?

Elle haussa les épaules avec un coup d'œil significatif et dit ensuite négligemment :

— On a porté l'ordonnance à la pharmacie.

Debout près de l'entrée, Albert regardait autour de lui. Cette chambre, assez vaste et propre, donnait sur la campagne, et, par la fenêtre ouverte, on entendait les oiseaux chanter dans les arbres, illuminés par le soleil couchant. Dans un coin, derrière le lit de la malade, on voyait un petit berceau d'osier, garni de percale blanche, aux rideaux fermés, sous lesquels reposait l'enfant mort. Près de la fenêtre, sur une table, une corbeille pleine de pelotons de fil, avec la ménagère, les ciseaux et le dé de l'ouvrière : et une autre, plus grande, contenant la layette préparée. Puis des flacons de pharmacie encombrant la cheminée. Mᵐᵉ Démier vint apporter une chaise à Albert. A ce moment, la voix d'Henriette se fit entendre au milieu des sanglots et des hoquets.

— Merci ! merci !... Je savais bien que vous viendriez. C'est la dernière fois... J'avais tant besoin de vous voir !... Cela vous a peut-être bien dérangée... à cause... mais on est exigeant quand on se meurt... on dit : C'est la dernière fois... je ne ferai plus de peine à personne !... Il me faut cette douceur-là... il y a si longtemps que je n'en ai plus...

— Henriette ! dit Marianne — et l'on entendait à peine sa voix. — il faut que vous viviez ! chère Henriette, oh ! tâchez de le vouloir pour l'amour de moi !

— Et pourquoi faire ? chère... Vous voyez bien... si l'enfant avait vécu, alors j'aurais tâché... Pauvre petite ! c'est moi qui l'ai tuée... Je ne l'ai pas fait exprès... On ne peut pas avoir le cœur mort et vivre .. Je me disais parfois souvent : Je l'aimerai ; mais qu'est-ce qu'elle serait devenue ? une bâtarde, vous savez... Nous étions toutes les deux un rebut du monde. Ah ! ce n'est pourtant pas juste ça, du moins pour la pauvre enfant... Mais c'était une fille, et il vaut bien mieux qu'elle soit morte... Si les femmes savaient leur sort, elles ne voudraient pas venir au monde.

De ses grands yeux fiévreux, elle contemplait Marianne :

— Oh ! que vous êtes toujours belle, vous ! et jeune et fraîche !... autant que vous êtes bonne !... Quel bien ça fait de vous voir !... Ah ! faites attention qu'on ne vous rende pas malheureuse, vous ! Les hommes sont si abominables pour les femmes... excepté lui, dit-elle en cherchant des yeux Pierre Démier... oh ! celui-là ! Mais il n'y en a pas beaucoup qui lui ressemblent.

— Henriette, dit Pierre en lui serrant la main, voici M. Albert Brou, qui vous a amené Mˡˡᵉ Aimont.

Henriette jeta sur Albert un regard assombri.

— Ah ! merci, monsieur, dit-elle. Puis, reportant aussitôt sur Marianne ses yeux, qui brillèrent d'un éclat plus doux :

— Je suis bien bavarde, n'est-ce pas ? mais j'ai tant de choses à vous dire ! Je vous ai tant causé quand vous n'étiez pas là.

Elle regarda autour d'elle avec un muet désir.

— Voulez-vous que nous vous laissions, Henriette ? dit Pierre, et en même temps, il sortit.

Albert le suivit.

— Si je croyais que vous puissiez vous passer de moi, dit alors Mᵐᵉ Démier, j'irais voir si l'ordonnance est faite.

— Oh ! restez, vous, répondit Henriette ; vous n'êtes pas de trop, jamais, vous. C'est elle qui remplace ma mère, ajouta-t-elle en s'adressant à Marianne ; ma mère, qui n'ose pas manquer une fois de faire le dîner de son mari pour soigner sa fille qui se meurt. Les voilà, les femmes ! Et c'est ce que je voulais vous dire : il ne faut pas être si bonne ou, pour dire le mot, si bête, comme elles sont toutes, comme j'ai été, moi, toute la première. Les hommes ne sont pas plus raisonnables que nous, voyez-vous ; c'est tout le contraire, parce qu'on les gâte, et c'est pourquoi ils sont plus fiers et se croient le droit de faire toutes leurs volontés. Je sais bien que les lois sont pour eux ; mais encore il ne faut pas aller au devant, comme font tant de sottes, qui croient tout ce qu'on leur dit et les servent à genoux. Mᵐᵉ Démier, elle, résiste bien à son mari, qui pourtant est un brave homme, lorsqu'il s'agit de faire du bien. C'est comme cela qu'il faut faire, autrement ils deviennent fous d'orgueil et de dureté, comme des rois, à qui tout est permis. Lui, tenez, au fond peut-être n'était-il pas plus mauvais qu'un autre. Les autres n'en font-ils pas autant ? Je lui aurais rendu service de le refuser ; il n'aurait pas notre mort sur la conscience ; mais je l'adorais, j'étais folle de lui !... Ah ! que j'ai pensé depuis... Voilà comme on nous élève : la femme n'a rien à faire que d'aimer. Alors, naturellement, nous aimons, nous autres, nous y mettons tout... toutes nos pensées, toute notre âme... Et puis, on vient dire après : ce n'est pas ça ; il fallait vous garder, être prudente, savoir ce que vous faisiez. N'est-ce pas pour se moquer ? Ah ! ce n'est pas, allez, la vie que je regrette ; elle est trop laide comme cela.

Mais vous... vous, vous ne pouvez pas penser comme moi. Et s'il y a du bonheur au monde, ça devrait être pour vous. Je le voudrais tant ! Si vous saviez combien je vous aime ! Vous seule, toute seule, des belles et des heureuses, vous être mise à m'aimer comme cela, au lieu de me mépriser, comme font les autres. Hélas ! vous avez mal choisi... Je vous ai bien mal payée... Maintenant on vous fait honte de moi... Mais que ça ne vous empêche pas d'avoir pitié des autres et de les aimer aussi. Les pauvres filles ont un cœur, allez !... Et tant de misère !... Mais c'est de vous que je veux parler ! Ah ! si j'osais tout vous dire... tout ce que je pense, et celui que j'aurais rêvé pour vous... Car je serais sûre comme cela que vous seriez heureuse. Mais non, je ne peux pas vous le dire; comme vous avez une autre idée, vous ne me croiriez pas. Eh bien ! seulement, je vous en prie, je vous en conjure, prenez garde ! car vous aussi vous pourriez être trompée.... d'une autre manière..., Les femmes le sont tant ! Ne vous engagez pas sans bien savoir. Oui, regardez-y à dix fois. Vous détestez celui qui m'a perdue, mais tant d'autres font comme lui ! Je sais bien tous ceux qui m'ont fait la cour, et que, si j'avais voulu, ç'aurait été celui-ci, au lieu de l'autre. Il n'y a que M. Pierre qui soit juste et bon. Ah ! lui aussi je voudrais qu'il fût heureux, et sa femme le sera. Mais pour vous, chère amie, — laissez-moi une seule petite fois vous appeler ainsi, — oui, je vous le dis, faites bien attention ! Tâchez de n'épouser qu'un homme digne de vous et qui soit tout de cœur à vous. Ah ! si l'on vous rendait malheureuse ! il me semble que j'en souffrirais là où je vais. Où, je n'en sais rien. Je sais que j'ai bien souffert !...

Elle renversa la tête tout à coup et son teint prit un ton livide. Elle avait parlé avec une violence fébrile, la parole se précipitant de plus en plus jusqu'à ce que le souffle lui eût manqué. Son visage alors eut une contraction qui semblait annoncer la mort et dont Mme Démier fut épouvantée.

— Ma chère fille, lui dit-elle, ne parlez plus, cela vous fatigue. Voulez-vous que j'envoie chercher M. le vicaire ? Il est si doux ! Cela vous fera du bien de l'écouter.

La malade ne pouvait répondre, mais elle fit un signe négatif.

Au bout d'un moment, Henriette répondit :

— Non, murmura-t-elle. Je sais bien ce qu'ils disent. Ils sont comme les autres, ils trouvent bien tout ce qui se fait et contentent les malheureux de paroles. Je suis mieux avec vous deux qui m'aimez et ne me méprisez pas. Oh !... mais je suis mal !... Adieu... chère... Marianne... Non... partez !... Je sens... Allez... ça vous ferait trop de mal !...

— Oui, partez, mademoiselle, dit Mme Démier, voyant bien que l'agonie commençait.

Mais Marianne refusa vivement. Saisie par l'enthousiasme de la pitié, de l'affection que lui inspirait Henriette, elle s'assit résolûment à son chevet, prit là main de la mourante, et pencha sa tête sur l'oreiller, que les belles boucles de ses cheveux inondèrent. Etranges sœurs ! L'une éclatante de beauté, des richesses de la vie et de la nature, et l'autre flétrie, épuisée, maudite, presque morte !

— Oh ! Henriette, dit Marianne, j'ai eu tort

de ne pas t'avoir prise plus près de moi, je t'aurais peut-être sauvée ; je le devais ! Oh ! pourquoi n'étais-je pas libre et n'ai-je pas mieux compris ? Pardonne-moi, pauvre amie, pauvre malheureuse !

— Merci !... oh ! que tu es bonne ! ma vraie... amie... sois heureuse, toi !... toi !... je t'en prie !... Oui, prends garde !... Ne te laisse pas tromper !..... toi..... M. Pierre..... amie.....

Ses lèvres s'agitaient encore, mais aucun son n'était plus perceptible. Exaltée par le sentiment d'une amitié passionnée, qui naissait de cette mort, Marianne couvrit de baisers le visage de la mourante, tandis qu'éperdue, Mme Démier courait appeler son fils. Il était sur le palier avec Albert, penchés l'un et l'autre à une fenêtre donnant sur la rue et causant en camarades d'études, sans autre intimité, de la maladie. A l'appel de Mme Démier, ils se précipitèrent dans la chambre. Henriette n'existait plus.

Longtemps, à demi couchée sur ce lit de mort, et la main de la morte dans les siennes, sourde aux appels d'Albert, qui voulait l'emmener, Marianne pleura. Tout à coup, le roulement d'une voiture se fit entendre, et un pas monta l'escalier. C'était M. Brou, qui, ayant obtenu du père Démier l'adresse d'Henriette, venait chercher son fils et sa pupille. Il entra d'un air gourmé, salua légèrement, et, s'approchant de Marianne, lui prit la main en la priant de le suivre. Elle le regarda, regarda la morte, puis se tourna vers Mme Démier :

— Je dois donc vous laisser chargée de tout, chère madame. Y a-t-il besoin ?...

— Non, ma chère demoiselle; nous avons tout ce qu'il faut, et tout sera fait pour le mieux, soyez tranquille.

Marianne alors, se levant, alla embrasser Mme Démier, serra la main de Pierre, déposa sur le front de la morte un dernier baiser, et, prenant le bras d'Albert, suivit son tuteur.

M. Brou avait en bas une voiture de louage. Ils y montèrent. A peine la voiture était-elle en marche que le docteur adressa de vifs reproches à son fils; blottie au fond de la voiture, la figure dans son mouchoir, Marianne le releva.

— Monsieur, dit-elle, c'est moi qui ai exigé cela d'Albert, et cette preuve d'affection qu'il m'a donnée, je lui en serai toujours reconnaissante.

— Je sais déjà que rien ne vous retient, Marianne, de faire votre volonté; mais, si vous avez de l'influence sur mon fils, j'aurais espéré qu'il en avait aussi sur vous, assez du moins pour empêcher de telles équipées, au nom de votre réputation, à laquelle il a bien droit de s'intéresser. Vous croyez pouvoir braver impunément les lois du monde; vous vous abusez.

Il parla ainsi longtemps avec plus de ressentiment et d'humeur qu'il n'en avait encore montré. Albert lui répliquait faiblement, en plaidant seulement les circonstances atténuantes. Quant à Marianne, absorbée dans sa douleur, dans le souvenir affreux de ce qu'elle venait de voir et d'entendre, elle restait étrangère à ce qui se disait près d'elle. Ce fut avec la même impassibilité qu'elle subit les reproches de sa tante, et, à voir comment à peine elle répondait, on l'eût dit seulement étonnée de ces bourdonnements enfantins autour de l'horrible drame qui venait de s'accomplir et dans lequel elle restait comme enveloppée.

Ce fut pour elle un deuil nouveau, moins douloureux sans doute que la perte de son père, mais plus lugubre et qui lui ouvrait sur la vie de sombres échappées, dont elle avait peur. Les paroles de la mourante lui revenaient sans cesse dans l'esprit : « Prenez bien garde !... Vous aussi, vous pourriez être trompée... d'une autre manière... Vous détestez celui qui m'a perdue... mais les autres font ainsi. »

Et ces avertissements, se joignant à ceux de Mᵐᵉ Touriot, la frappaient d'une terreur secrète. Croyait-elle donc qu'Albert... Oh! non, non ! s'écriait-elle, c'est impossible ! ni maintenant ni jamais, je ne puis douter de lui ! C'est impossible ! c'est impossible ! répétait-elle sans cesse à chaque doute nouveau, et la simple foi n'y était plus.

— A-t-on jamais vu, disait Mᵐᵉ Brou, indignée, un si grand chagrin pour une fille pareille ? Nous qui sommes ses parents, elle ne nous pleurerait pas comme ça ! C'est de la folie.

Aussi commença-t-elle sagement à jeter dans l'esprit de son fils les préventions nécessaires pour qu'il ne se laissât pas aller à trop de faiblesse, et qu'il sût reprendre sa femme comme il faudrait.

— Il n'y a pas de risque à présent qu'il lui dise rien, pensait-elle; mais plus tard il s'en souviendra.

Et Mᵐᵉ Brou pensait justement. Ses insinuations ne soulevaient aucune opposition chez Albert, il était bien au fond de cet avis; seulement il n'aurait voulu, pour rien au monde, contrarier Marianne, et il se montrait sympathique à sa douleur, comme s'il l'eût partagée. Touchée de le trouver partout sur ses pas et triste comme elle, la jeune fille avait des élans de confiance et d'effusion.

— O Albert, disait-elle, seule avec lui au fond du jardin et le visage couvert de larmes, tandis qu'à demi prosterné devant elle, il baisait ses mains, ô cher Albert, c'est bien étrange, n'est-ce pas, mais je l'aime plus à présent, la pauvre morte, que je ne l'avais jamais aimée. Il me semble que c'était une sœur à moi, que j'aurais dû défendre et sauver. Les usages sont impitoyables. Je n'ai pu l'aimer comme je voulais, quelque chose me barrait toujours le chemin. Et elle est morte... le cœur brisé... parce qu'elle était pauvre ! Il aurait demandé sa main à genoux, si elle avait été riche, et parce qu'elle était pauvre, il lui a pris tout, la vie, l'honneur, l'amour, la foi, tout ce qu'elle avait; il l'a désolée et tuée ! N'est-ce pas un assassinat, cela, Albert, dites ? Plus qu'un assassinat, puisqu'on a tué l'âme aussi ?...

Votre mère me trouve étrange d'aimer et de pleurer cette victime. On l'accuse encore... de faiblesse, de vanité... Je me rappelle, Albert, qu'un jour elle essaya... c'est moi qui l'avais voulu... une de mes robes. Elle était si jolie ainsi ! Elle se regardait avec joie d'abord, et puis cela lui fit mal, et à moi aussi. N'est-il pas naturel d'aimer ce qui est beau ? de vouloir être belle quand on est jeune ? Leur faire un crime de cela !... Moi, je souffre en pensant à toutes ces jeunesses étouffées par les laideurs et les tristesses de la misère. Henriette m'a dit de les aimer et je le ferai. Il me semble maintenant qu'elles sont toutes mes sœurs... et les miennes. Pauvres sœurs ! elles sont bien malheureuses, n'est-ce pas, Albert ?

— Ma chère, mon adorable Marianne, ne vous faites pas tant de chagrin ! Il faut être bonne, sans doute; mais soyez-le pour moi aussi, pour votre Albert, qui voudrait ne voir jamais une larme dans ces yeux.

— Albert, vous m'aimez ? dit-elle tout à coup avec énergie en plongeant son regard dans celui du jeune homme.

— Ah ! Marianne !...

— Eh bien ! ne me trompez jamais !...

Le regard de sa fiancée lui faisait la sensation d'une lame; il baissa les yeux. Elle crut l'avoir blessé et reprit vivement :

— Oh ! ne croyez pas, Albert, que je pense pas dire... Si je cessais de vous estimer, j'aurais donc cessé de vous aimer ! Je veux dire... ne me cachez rien de vos pensées; ouvrez-moi votre cœur tout entier, comme je vous ouvrirai tout le mien ! Il faut nous voir et nous mirer en quelque sorte l'un dans l'autre, Albert, j'en ai besoin !... Si vous saviez... Ah ! j'ai honte de vous l'avouer !... Tout ce qu'on me dit... et ce que je vois... que j'apprends sur la vie... oui, j'ai honte d'être si peu forte ! Cela me fait peur, Albert, et me donne de mauvaises pensées... La tête par moments me tourne... je sais... je sais que j'ai tort. Oh ! cher ami, ne m'en veuillez pas, je vous prie. Oui, j'ai tort; c'est affreux ! Vous devez bien peu m'estimer, Albert;

mais apparemment je suis trop faible pour résister à l'impression des faits. Tenez, en ce moment où je vous parle, je comprends que c'est odieux ; je sais bien que vous m'aimez... que vous... fussiez-vous le seul au monde, vous êtes incapable de trahir... Pour nous deux au moins, l'amour est une vérité, n'est-ce pas ? Pardonnez-moi ! j'ai besoin que vous m'aidiez. J'ai l'esprit malade ; soyez bon pour votre pauvre Marianne, mon cher fiancé. Raffermissez-moi ; dites-moi que le reste du monde peut mentir, insulter l'amour ; mais, que nous deux au moins nous dominons ces fanges, que nous nous aimons vraiment, Albert.

Elle se penchait sur son épaule, en tournant vers lui ses beaux yeux, toute éperdue de cet aveu, pleine de confusion, au point qu'il faillit tomber à ses genoux, lui tout dire et implorer son pardon ; mais à temps il se retint en se disant : Non, tout serait perdu ! Et puis elle était si belle, que l'amour, — du moins ce qu'il appelait ainsi, — l'emporta sur la confusion, et il la pressa sur son cœur en délire, avec tant de serments que Marianne, rassurée, lui sourit à travers ses larmes et sentit le besoin de s'excuser encore.

Un des premiers jours de septembre, — la famille Brou était toujours à la campagne, — comme on achevait de déjeuner, Louison vint apporter à Albert une enveloppe non timbrée. A quoi, en fille qui ne cache point les informations qu'elle peut avoir, elle ajouta :

— C'est un domestique du théâtre qui l'a apportée ; il est venu en voiture pour ça.

— Un domestique du théâtre ? répéta Emmeline.

— Je ne sais ce que cela signifie, dit Albert.

Il décacheta l'enveloppe et en retira le coupon d'une loge de premières.

— C'est curieux, dit-il.

— Qui peut t'envoyer cela ? demanda sa mère.

— Je n'en sais rien.

Le docteur était absent. Mme Brou prit le carton et, tandis qu'elle le regardait, Emmeline s'écria :

— Il y a quelque chose d'écrit derrière.

Mme Brou retourna le carton :

— Souvenir à...

Elle s'arrêta brusquement, d'un air effaré, garda un instant le silence, et passa le carton à Albert.

— Qu'est-ce que c'est ? un secret donc ! dit Emmeline.

— C'est que je ne puis pas lire ; c'est trop mal écrit, répondit Mme Brou.

Mais son trouble était visible, et elle roulait des yeux étranges, comme si elle disait : Vous voyez, je sais garder un calme digne et

superbe dans les circonstances les plus terribles.

La curiosité d'Emmeline était vivement excitée, mais Albert avait déjà mis la carte dans sa poche.

— C'est un acteur que j'ai connu à Paris, dit-il, qui m'envoie cela.

— Il est donc à Poitiers maintenant ?

— Oui, vous savez que nous avons une troupe nouvelle ?

— Ah ! Est-il bon ?

— Assez.

Emmeline allait poursuivre ses questions, mais Mme Brou se leva de table et Albert sortit aussitôt.

— Qu'est-ce qu'il y a ? se dit Emmeline.

Car elle était bien sûre qu'il y avait quelque chose. Pour Marianne, à son regard absorbé, à sa contenance passive, il était à croire qu'elle n'avait rien vu ni rien écouté.

On vit peu Albert le reste de la journée, et Mme Brou garda un air mystérieux qu'émaillaient seuls quelques soupirs. Le soir, quand le docteur arriva, elle alla au-devant de lui et ils montèrent ensemble dans leur chambre. Puis le docteur passa dans celle d'Albert, qui venait de rentrer.

— Ce que vient de me dire ta mère est-il possible ? Tu reçois des lettres de tes maîtresses ici, sous les yeux de ta mère et de ces demoiselles !...

— Permets, papa, ce n'est pas ma faute, et j'étais à cent lieues de prévoir...

— Soit ! mais à défaut de la décence, la plus simple prudence aurait dû t'ordonner de tenir ces relations loin de la maison. Une actrice à Poitiers, à deux pas de ta fiancée ! cela est indigne et insensé.

— Mon père, dit Albert, si tu avais bien voulu me demander tout d'abord les explications, tu te serais épargné cet emportement. La personne qui m'a écrit est une ancienne connaissance faite à Paris et par laquelle je pouvais d'autant moins m'attendre à me voir relancé ici, qu'elle m'avait quitté, de son propre gré, plus d'un mois avant les vacances. Maintenant, comment a-t-elle osé me faire passer un pareil mot, sur une carte destinée à être vue... C'est ce que je ne puis comprendre. Ce n'est pas une dévergondée.

Il remit en même temps le coupon à M. Brou, qui lut au dos :

« Souvenir à mon chéri Bébert.

» Armantine. »

— Quelle effronterie ! Marianne pouvait voir cela... au lieu de remettre ce carton à ta mère, si tu l'avais passé à ces demoiselles !... c'était possible...

— J'en frémis encore, dit Albert, et je ne puis comprendre une pareille façon d'agir.

— Tu m'affirmes que cette fille est une *ancienne* maîtresse ? C'est bien vrai ?

— Sur l'honneur !

— Tu ne lui as laissé aucun gage, rien de compromettant ?

Albert réfléchit.

— Non, je ne crois pas lui avoir écrit deux lignes. Elle venait elle-même souvent... Je n'avais rien à lui dire, et, je le répète, c'est elle qui m'a planté là, en me faisant une scène impossible, une querelle qui n'avait ni queue, ni tête, ni bras, ni jambes. Je n'y comprenais rien, sans m'en soucier beaucoup d'ailleurs, quand j'ai appris qu'elle avait conquis un Américain lesté de dollars.

— Mais alors comment se serait-elle engagée au théâtre de Poitiers ?

— On m'a dit qu'il l'a laissée quinze jours après.

— C'était avant ton départ de Paris ?

— Oui, peu de temps avant.

— Et elle n'avait fait aucune tentative pour se remettre avec toi ?

— Aucune, et elle a bien fait !

— Tout cela me semble un coup monté, dit le docteur en regardant son fils. L'éclat de cet envoi à la campagne, en voiture, par un domestique de théâtre et qui s'annonce comme tel, le choix de l'heure ! tout cela me semble organisé dans un autre but qu'un *souvenir.*

— J'y ai pensé, dit Albert ; mais qui, diable !... Je ne vois pas...

— Ce peut être une vengeance des Turquois ou une entreprise de quelque autre, d'un prétendant... Il s'en est fallu de peu que cette bombe n'éclatât sous les yeux de Marianne. Je n'ai pas besoin de te dire qu'il faut veiller à ce que rien de semblable ne puisse se reproduire ; nous avons besoin d'une extrême prudence.

Emmeline demanda vainement des nouvelles du coupon de loge. On lui apprit qu'il était pour le soir même ; il était trop tard et de plus Mme Brou se dit fort souffrante. Emmeline pria son frère d'en obtenir d'autres. Sa mère dit qu'il n'était pas convenable qu'Albert eût des relations avec un acteur, et la curieuse eut beau tourner autour du mystère : il lui fallut prendre son parti de n'y rien voir.

Le lendemain, un autre message arriva, porté cette fois — ce qui était bien plus grave — par le messager de Ligugé, colporteur de paquets de toute espèce, à qui le domestique du théâtre était venu remettre la lettre en lui apprenant qu'elle venait d'une jeune et jolie actrice, qui paraissait connaître et aimer beaucoup M. Albert, etc. Cette lettre, pleine de tendres reproches sur l'absence d'Albert au théâtre, la veille, constatait qu'Armantine avait eu pour son début un *succès fou* dans un rôle de première amoureuse, et réclamait avec instance une entrevue. Elle fut jetée au feu ; mais l'on n'y pouvait jeter les propos du messager, qui, arrêtés à la cuisine par la vigilance de Mme Brou, devaient déjà circuler dans le village. Les Brou furent épouvantés. Il y avait là certainement un complot perfide ; et, devant l'audace de ces premières tentatives, on pouvait à chaque instant redouter un coup mortel.

M. Brou n'hésita pas. Dès le soir même, Mme Brou s'alla coucher en se plaignant de grandes douleurs, et le docteur, en descendant de sa chambre, déclara à ses enfants qu'il n'avait pas voulu, pour ne pas les inquiéter, leur parler de symptômes fâcheux qui s'étaient produits depuis quelque temps dans la santé de Mme Brou ; mais que ces symptômes s'aggravant, il jugeait un changement d'air nécessaire et de plus l'air salin de l'Océan. En conséquence, il venait de décider sa femme à partir pour Douarnenez, où l'on pourrait encore prendre des bains de mer, et l'on irait ensuite faire une visite à Trégarvan.

Marianne en tressaillit de joie. Emmeline fit une observation ingénue :

— Quoi ! maman qui est si fraîche et si ronde, et qui mange si bien ?

Le docteur répondit qu'il y avait des maladies cachées, d'autant plus à surveiller. Il était en effet très-soucieux et disait à son fils et à sa femme :

— Oui, je reconnais en ceci la main d'un ennemi. Quelle perversité ! Est-il possible qu'il y ait des gens si peu délicats ?

Albert et les dames partirent deux jours après, sans faire d'adieu à personne, et le docteur, qui devait les aller rejoindre un peu plus tard, annonça à toutes ses connaissances qu'ils étaient allés dans le Midi.

XII

Un soir, le long de la rivière,
A l'ombre des noirs peupliers,
Près du moulin de la mounière,
Passait un homme de six pieds ;
Il avait la moustache grise,
Le front couvert, le manteau bleu ;
Dans ses cheveux soufflait la bise :
C'était le diable ou le bon Dieu.
Sa voix, qui sonnait comme un cuivre,
Etc. etc.

— Quel joli ramage ! dit Albert.

Il était assis à ce moment chez Emmanuel, à qui il était venu dire un mot, et qu'il attendait en causant avec Marie. La chanson venait d'en haut, comme du gosier d'un oiseau planant dans l'air. Cependant les oiseaux, même ceux de Paris, qui sont aussi Parisiens, ne chantent pas les chansons de Pierre Dupont. Albert soupçonna donc tout bonnement que la voix venait de la mansarde, au-dessus de l'appartement d'Emmanuel, et il se pencha à la fenêtre pour mieux écouter.

On était à la fin de mars et il faisait une de ces soirées qui vous apportent par bouffées tous les enivrements du printemps; l'air était humide et doux, les branches se gonflaient, les moineaux piaillaient et fourrageaient dans les lierres de Cluny, les hirondelles commençaient à raser de l'aile les tours et les palais; on voyait les enfants essaimer sur les promenades; les jeunes filles qui passaient avaient sur la joue un carmin plus vif et dans le regard des feux inconscients. Une sorte d'alacrité, de joie, de sourire, était dans l'air, et les vieux murs eux-mêmes se faisaient aimables et doux en mettant des fleurs dans leurs rides.

A peine finie, la chanson recommençait; tous les couplets défilaient l'un après l'autre, et la jolie voix rebondissait de note en note, avec l'entrain d'un coureur qui se plaît à sauter et à se détendre, avec la joie d'un chevreau lâché dans un pré; tandis que par la fraîcheur et l'éclat du timbre, la rondeur et la pureté des sons, elle faisait penser à ces ondelettes des ruisseaux champêtres, toutes pleines de lumière, qui ne se séparent et ne se choquent harmonieusement que pour se baiser et se confondre.

— Vous avez là un mélodieux voisinage, reprit Albert.

— N'est-ce pas? dit Marie. Ça vaut mieux que le cornet à pistons que nous avions. Il empêchait Emmanuel de travailler; aussi nous l'avons fait renvoyer en louant la chambre comme pour nous, et j'y ai mis une de mes amies, une fille bien comme il faut. Elle entend parfaitement nous payer, à ce qu'elle dit. C'est une bonne travailleuse. Seulement elle est toute contente de ne payer qu'à la fin du mois, parce que ça lui fait une avance, vous comprenez! Elle est occupée à s'arranger là-haut, et elle est si contente! Puis la belle saison qui vient! Pauvre fille! elle a failli mourir gelée cet hiver.

Albert ne demanda pas, — cette idée même était à cent lieues de son esprit, — pourquoi, comment il se faisait qu'une bonne travailleuse pût être exposée à mourir de froid? Il demanda seulement :

— Est-elle jolie?

Et tout l'intérêt qu'il portait à la chanteuse était évidemment contenu dans cette question. Il n'y en mettait pourtant ni préméditation ni même grande curiosité. Il disait cela naturellement, comme l'eût dit à sa place tout autre homme d'une époque où la femme n'est pas considérée comme l'être humain, appartenant en particulier à telle moitié de l'humanité, mais comme un être spécial fait pour l'homme et non pour soi-même. La femme donc étant faite pour l'homme, autrement dit pour le plaisir et pour la reproduction, qu'est-ce qu'une femme laide? qu'est-ce qu'une femme vieille? Des êtres inutiles, des monstres en dehors du *vœu de la nature*, puisque ce vœu de la nature si mal rempli est — Proudhon l'affirme — l'éternelle jeunesse de la femme. Tout être rebelle à sa destinée mérite sinon la mort, du moins le mépris : telle était bien la logique d'Albert et pourquoi, sans s'arrêter au froid ou à la faim qu'avait pu ressentir l'ouvrière, il attachait son intérêt pour elle au résultat de cette question : Est-elle jolie?

Marie fit une petite moue de personne experte et indulgente.

— Mais oui, elle n'est pas mal. Une figure assez gentille, des yeux gris, — ce qui n'est pas si beau que des yeux noirs ou bleus, — mais très-doux; les cheveux blonds, un petit air agréable. Mais c'est une personne sévère, elle ne veut pas d'amant.

— Eh bien! cela m'est égal; seulement en êtes-vous sûre?

— Puisqu'elle n'en a pas donc, et c'est bien sa faute; je sais qu'elle a trouvé. Moi-même, je lui disais cet hiver, quand je la voyais si pâlotte : « Ma chère, il faut te faire aider; on n'est pas obligée de mourir de faim. » Elle baissait les yeux et disait : « Non, je ne peux pas. » Elle lui a bien souvent porté quelque chose; elle nous faisait de la peine. Après ça, c'est qu'elle n'aime personne, voilà. Et moi aussi, si je n'avais pas aimé Emmanuel...

La chanson avait cessé depuis deux minutes; tout à coup la porte s'ouvrit, et entrèrent pêle-mêle un rayon de soleil, une voix claire et fraîche, et une jeune fille, de petite taille, aux cheveux blonds, aux yeux gris, à l'air modeste et doux.

— Si vous voyiez comme tout est bien arrangé maintenant, Marie...

C'était la jolie voix qui tout d'un trait avait dit cela. Quant à la jeune fille, elle fit un pas en arrière en voyant Albert et devint toute rouge, et, avec un accent de confusion, elle reprit :

— Ah! je vous croyais seule. Pardon!

— Mais vous ne nous dérangez pas, dit Marie; monsieur attend mon mari.

En même temps, elle avança une chaise à sa visiteuse.

— Non, merci; je m'en vais...

— Mademoiselle, dit Albert en se levant, évidemment, vous ne veniez pas pour vous en aller. C'est donc moi qui vous mets en fuite. J'en serais désolé; je vais plutôt partir moi-même.

Il prit son chapeau et s'alla placer près de la porte.

— Mais, monsieur, je vous en prie, s'écria la jeune fille, pas du tout! ce n'est pas vous...

— Alors, Lina, voyons, asseyez-vous, dit Marie avec l'autorité d'une maîtresse de maison. C'est le moyen de prouver à M. Albert qu'il ne vous fait pas peur.

— Oh!... non certainement, répondit Lina en s'asseyant. Je venais vous dire que ma chambre était maintenant tout à fait bien arrangée. Il n'y a plus rien à mettre en place, et comme cela elle a si bon air! Je vais pouvoir maintenant travailler toute la soirée.

— Eh! reposez-vous donc un peu. Vous vous tuez de travail.

— Il le faut bien. J'ai de l'ouvrage pressé.

— Vous n'en manquez jamais?

— Ça dépend, quelquefois. Oh! c'est bien rare d'avoir de l'ouvrage toute l'année. Pourtant ça ne va pas trop mal.

— C'est qu'elle travaille si bien, dit Marie en s'adressant à Albert. Ce qu'elle fait surtout, c'est des chemises d'homme. C'est piqué!... Eh bien! à s'arracher les yeux là-dessus depuis l'aube jusqu'à minuit, elle ne peut pas gagner plus de 1 fr. 25.

— C'est selon, reprit Lina; quand c'est de l'ouvrage de confection ou d'autres. Avec l'ouvrage de maison, je puis gagner jusqu'à 2 fr., mais c'est rare. Et quelquefois aussi, à la confection, pas moyen, en se tuant, de gagner plus de 1 franc par jour.

— Et payer une chambre 25 fr. par mois, vous jugez? reprit Marie en s'adressant à Albert. Avec ça, manger, se blanchir, s'entretenir... est-ce possible?

— Si j'avais seulement encore mon mobilier, reprit la jeune fille; mais d'être en garni...

— Oui, reprit Marie, parce qu'elle a été malade, croiriez-vous que ce gueux de propriétaire lui a fait vendre ses meubles? Faut-il être?...

— Oh! mais ça ne fait rien, interrompit la jeune fille, embarrassée de faire ainsi les frais de la conversation; à présent, ça ira peut-être mieux.

Et elle essaya de parler du temps, en jetant par la fenêtre un regard charmé sur le ciel bleu. Elle sentait peser sur elle l'attention d'Albert. Il la regardait en effet beaucoup, attiré par cette candeur et cette timidité qu'il n'avait pas vues depuis longtemps et qui lui rafraîchissaient les yeux. Elle était jolie en outre, non tant par ses traits, qui n'avaient rien de frappant, ni par sa fraîcheur; car, bien qu'elle fût toute jeune, elle paraissait déjà fatiguée; mais par un charme qui émanait de sa physionomie, de son attitude, et qui devenait de plus en plus pénétrant, à mesure qu'on s'en imprégnait. Ces yeux gris, dont Marie avait quelque peu médit bien injustement, n'avaient rien à envier aux yeux bleus ou noirs; car, en les voyant, il était impossible de ne pas croire que la couleur grise était la plus jolie de toutes pour des yeux de gazelle ou de jeune fille; doux, pénétrants, timides et lumineux à la fois, l'étincelle s'y absorbait et en jaillissait tour à tour. Le front candide portait cependant une empreinte sérieuse, et, dans l'expression du menton et de la bouche, un petit air de vaillance résolue, un peu forcée, faisait penser aux luttes déjà soutenues par cette enfant. Mais le fond de sa nature était bien une sorte de timidité instinctive, un peu sauvage. Elle semblait éprouver du malaise sous l'œil de cet étranger; à quelques paroles qu'il lui adressa, elle répondit brièvement et se leva tout à coup.

— Bon Dieu! est-elle pressée! dit Marie.

— Oui, j'ai perdu une journée pour déménager; il faut bien que je la rattrape.

Et elle s'enfuit.

— Voilà sa vie! dit Marie, quand elle se retrouva seule avec Albert: coudre, coudre, toujours coudre! Et pas d'autre, à dix-huit ans! Dame! c'est triste, n'est-ce pas? On peut bien pardonner à celles qui prennent un peu de répit, ajouta-t-elle, comme si elle se parlait à elle-même.

— C'est vrai, dit Albert. Pauvre petite fille! Voulez-vous que je lui fasse un cadeau?

— Vous? Oh! elle ne l'accepterait pas.

— Sans intérêt, dit-il en riant.

— Non, elle est trop fière.

— Avec intérêt alors.

— Pas davantage, puisque je vous dis qu'elle ne veut pas prendre d'amant: c'est son idée.

— Elle est baroque. Dites-lui donc qu'il faut vivre, que diable! et que ça n'est pas vivre que de passer les jours et les nuits à piquer une aiguille dans de la toile blanche.

— Il est sûr que pour rester sage il faut joliment le vouloir.

— Et après ça, pourquoi faire?

— Dame! dit Marie embarrassée, ça vaut mieux tout de même, à ce qu'on dit.

— Qui est-ce qui le dit? Les gens chagrins ou payés pour ça, les prêtres, les magistrats, les gardiens de la société. Mais elle s'en moque si bien, la société, qu'elle sera toujours plus aimable et plus polie pour une jolie fille comme vous, dans sa robe de soie du dimanche, payée par Emmanuel, qu'elle ne le sera pour une pauvre petite ouvrière comme celle-là, qui passe, avec sa vertu, dans sa robe fanée. Qui est-ce qui l'honore, je vous prie? On ne la voit même pas, on marcherait dessus sans s'en apercevoir, et sa vertu ne lui sert qu'à être mise au rebut et mourir de faim.

— Ça, c'est vrai, dit Marie.

Elle n'ajouta rien, et, devant cette approbation quasi silencieuse, Albert, qui avait parlé avec chaleur, qui s'était lancé, s'arrêta, un peu surpris de sa course. Qu'est-ce que ça lui faisait après tout? Il se leva :

— Je commence à croire qu'Emmanuel ne reviendra pas, dit-il; ayez donc la complaisance de lui dire de venir chez moi ce soir.

Et il descendit. Quand il fut dans la rue, il leva les yeux vers la fenêtre de la mansarde; mais la chanteuse ne s'y montrait pas et la jolie voix ne se faisait plus entendre.

Il n'en fut pas de même le len......ain. La fenêtre de la mansarde était j..... e en face d'Albert, et dès l'aube un flot.....notes perlées et bondissantes vint frapp.... à sa vitre. Il écouta quelque temps; puis se leva, et se mit à la fenêtre, bien que l'air fût assez piquant. La mansarde était ouverte aux rayons du soleil levant, et la chanson y courait, joyeuse, le long des murailles; mais Albert ne voyait rien de l'intérieur, cette fenêtre étant plus élevée que la sienne. A la fin, pourtant, une tête blonde, coiffée d'un réseau blanc, parut; une main s'allongea dehors et secoua la poussière d'un torchon blanc, puis la voix fit encore quelques tours dans la chambre et la mansarde se ferma. Il ne faisait pas bon encore à laisser les fenêtres longtemps ouvertes.

— Elle est vraiment gentille, cette petite, se dit Albert, et il resta rêveur.

En quittant sa famille, à la fin des vacances précédentes, Albert avait reçu de son père de sages conseils, non précisément de vertu, mais de prudence. On avait des ennemis jaloux, cela était certain. Cette Armantine n'avait-elle pas été jusqu'à écrire à Mlle Aimont en se présentant comme une fille séduite? Heureusement on avait l'œil sur la correspondance de Marianne, sans le lui dire, bien entendu. Toute lettre de provenance suspecte était habilement ouverte, examinée et supprimée au besoin. Un véritable cabinet noir enfin existait dans la maison, et Mme Brou trouvait que sur ce point les bons principes étaient enfin satisfaits. Mais le plus sûr était désormais d'ôter tout prétexte aux dénonciations, en un mot, de n'avoir pas de maîtresse : Marianne et sa dot étaient à ce prix.

Cette fois, dans un discours tout nouveau, avec l'autorité d'un vieux praticien, M. Brou démontra à son fils que la chasteté n'avait rien d'anti-hygiénique et d'impossible; elle était au contraire la vertu des forts, l'agent par excellence des grandes conceptions, des fortes études. Le cerveau étant le réservoir de toutes les forces, plus on en laisse à son service et plus il en emploie; la force mâle, au lieu de se gaspiller en vains plaisirs, se concentre en œuvres fécondes. La femme est l'énervement de l'homme, etc. etc. Et suivit un tableau des désordres sociaux dans lequel la courtisane, seule responsable, fut traitée comme elle le méritait.

Albert, encore sous l'influence de Marianne, s'était empressé de promettre une sagesse exemplaire, que pendant tout le mois suivant il avait gardée sans effort; puis des occasions s'étaient présentées, et qui n'a que des raisons de prudence y succombe facilement. Du moins Albert n'avait pas eu de maîtresse en titre; aucun pied féminin autre que les pieds en pantoufles de lisière de sa concierge n'avait franchi le seuil de sa chambre. Cela était prudent, et il était fort content de lui.

Ce n'est pas que l'étude le passionnât pour cela. Non, il était comme la plupart des fils de la bourgeoisie, qui, bourrés de latin au sortir du collège, et bachelier à seize ou dix-sept ans, n'ont jamais eu le loisir de sentir naître l'amour de l'étude, mais ont eu en revanche tout le temps d'en contracter le dégoût. Il étudiait comme les autres, non pour la science, mais pour son diplôme. Il s'imposait bravement certaines heures, qu'il employait de son mieux, non sans effort; après quoi, il courait se distraire, avec ses amis, au café, parfois au théâtre. N'ayant plus à subvenir aux besoins de toilette d'une maîtresse, il s'était laissé aller plus d'une fois à des *extras* de consommations; un moment, le goût du jeu l'avait pris, — *il faut bien faire quelque chose*, — et il avait perdu des sommes très-fortes pour un étudiant, qui l'avaient obligé de recourir à la bourse de sa mère et à celle de ses amis. La faiblesse de Mme Brou pour son fils était grande; mais, sous le contrôle sévère de son mari, ce qu'elle pouvait était peu de chose. Il était résulté de tout cela qu'Albert devait au café une somme assez considérable, qui s'accroissait tous les jours, et que, pour solder ses dettes de jeu et donner un à-compte au marchand de nouveautés chez lequel Armantine s'était fournie d'une garde-robe complète, l'héritier des Brou avait dû emprunter chez un usurier. Il s'en était affligé un moment, mais après tout qu'était-ce que 5 ou 6,000 francs de dettes pour un fils de famille qui devait épouser prochainement une riche héritière ?. Labobière n'en avait-il pas déjà le double ? et tel autre, encore bien plus ? Il avait donc repris tout doucement son train de vie, se répétant l'indulgent axiome : *Il faut qu' jeunesse se passe.* Après tout, puis-qu'il devait se marier si tôt, il n'était pas défendu d'aller un peu vite.

Albert eût peut-être oublié la jeune chan-teuse, mais elle était là si bien à portée de son oreille et de son regard !... Il finit par se sentir attiré vers elle d'une façon singuliè-re; il avait besoin de l'entendre. Puis il éprouva un ardent désir de la revoir et de lui parler :

— Diable ! non, se dit-il ; j'y reviendrais, et puis... Non, non, pas d'aventures ! Soyons sage comme un saint Jérôme, c'est convenu.

Malheureusement Albert n'avait pas l'ha-bitude de se contraindre; il lutta un jour ou deux, puis monta l'escalier d'Emmanuel, hésita un moment devant la porte de son ami, la dépassa, et monta l'escalier de la mansarde d'Adelina Gérardot, lingère. Il son-na, le cœur battant.

L'ouvrière, à la vue d'un jeune monsieur, parut légèrement surprise et resta sur le seuil.

— Que voulez-vous, monsieur ? demanda-t-elle d'un petit air sérieux.

— Vous prier, mademoiselle, de me faire une demi-douzaine de chemises très-soignées. Je suis des amis d'Emmanuel et de sa *femme.*

— Ah ! je me disais aussi qu'il me sem-blait vous avoir déjà vu. Eh bien ! asseyez-vous, monsieur, et dites-moi comment vous les voulez.

Elle ouvrit la porte toute grande et le fit asseoir à l'entrée, dans un vieux fauteuil.

Quelle aimable petite chambre ! Elle avait su donner un ton virginal et un air de pro-preté à ce garni sali, banal et usé. Le lit sans rideaux était recouvert d'un tapis blanc; tous les meubles, table, chaises, com-mode, étaient garnis de housses blanches faites au crochet. Sur la table, au milieu de pièces d'ouvrage, dans un pot de verre, était un bouquet de violettes, entouré de pâquerettes sauvages, cueillies probable-ment le long des fortifications, à la prome-nade du dimanche. Dans une petite cage pendue à la fenêtre chantait un serin, qui sans doute alternait avec sa maîtresse, à moins qu'ils ne chantassent en duo.

La jeune fille restait debout.

— Et alors, dit-elle, de son air timide et gêné, Marie n'est pas venue ?

— Pardon ! je ne le lui ai pas demandé; mais, si vous voulez, nous descendrons chez elle.

— Oh ! non ! répondit Lina vivement, et pourquoi ça ?

Puis elle rougit d'avoir ainsi deviné ou peut-être expliqué pour elle-même la cause de son embarras, et elle entama tout de suite les informations nécessaires. Quand ce fut convenu,

— Alors, dit-elle, vous avez l'étoffe ?

— Mais non, dit Albert d'un air surpris.

— Il en faut pourtant, dit-elle en riant.

— Cela est juste. Eh bien... Vous avez de l'encre, mademoiselle ?

Il écrivit à son magasin de nouveautés de fournir l'étoffe nécessaire à la confection de six chemises, au choix de la personne qui re-mettrait le billet. Lina prit le billet et le lut :

— Bien, dit-elle, je ferai ça. Etes-vous pressé ?

— Un peu ; vous aurez la bonté de me les apporter à mesure. Nous sommes voisins.

Allant à la fenêtre de la mansarde, il lui montra sa fenêtre à lui, au-dessous, en face. Elle rougit encore un peu. Peut-être avait-elle vu que de cette fenêtre, ce jeune homme regardait souvent de son côté ?

— Quant au prix, mademoiselle, ce sera trois francs, n'est-ce pas ?

Nouvelle rougeur.

— Non, monsieur ; puisque vous les vou-lez bien faites, ce sera deux francs cinquante; on ne m'a jamais donné plus.

— Mademoiselle, vous êtes d'une délica-tesse... Pourquoi prendre moins que d'au-tres ? J'en ai payé ce prix-là.

— C'est possible, monsieur; mais moi, je n'ai pas assez de réputation pour demander tant, et il n'y a pas de raison pour que vous me payiez plus que mes autres pratiques. Non, je ne veux pas ça ! reprit-elle d'un air décidé.

— Mais ce n'est pas trop, on ne paye pas le travail ce qu'il vaut ; c'est injuste. Vous passerez à chaque chemise, plus d'une jour-née. Ne pas même gagner trois francs, c'est épouvantable.

C'était la première fois de sa vie qu'Albert était en train de faire du socialisme, et pour ce cas particulier;—mais la petite ouvrière y coupa court :

— Si vous pouvez faire hausser les prix, dit-elle en riant, je ne demande pas mieux; mais, en attendant, vous payerez comme les autres, rien de plus, et inutile d'en causer davantage.

En même temps elle regarda l'escalier par la porte ouverte, et Albert, un peu confus, se leva et prit congé d'elle.

— Est-elle farouche ! se disait-il en des-cendant.

Il ne voulut point entrer chez Emmanuel, traversa la rue et remonta chez lui, où il se mit à contempler la mansarde, et, ce fai-sant, il sentait comme des bouffées de printemps lui monter à la tête, un sang nouveau lui affluer au cœur; il avait la fièvre. Suis-je fou? se dit-il. Tout au fond de lui-même, un écho dédaigneux de la rime lui répondit : Amoureux !

Amoureux ! Et Marianne? — Elle était si loin! — Mais pour devenir amoureux d'une autre, il fallait bien qu'Albert eût cessé d'être amoureux de sa fiancée? Peut-être? En dehors de l'amour vrai, qui est l'embrassement de deux consciences, il y a tant de manière d'aimer, je veux dire, tant d'applications de l'égoïsme à ce qu'on nomme encore l'amour !

Albert lui-même n'aurait pu le dire. C'était un garçon qui n'avait jamais de mauvaises intentions déterminées, — à moins qu'il ne les crût bonnes, — mais qui trouvait charmantes, plausibles, excellentes, sans plus d'examen, toutes les opinions qui s'accordaient avec ses instincts raffinés par l'éducation; ces instincts étaient devenus *artistiques*, c'est-à-dire d'autant plus capricieux et ardents. Le bagage classique, la philosophie éclectique et sophistique, l'inglutition indigeste de tant de vocables, privés, par la bouillaison universitaire, des sucs de l'idée, la confusion des systèmes présents et passés, l'absence de doctrine et la phraséologie courante avaient à la fois rempli sa mémoire et rétréci son jugement. Il trouvait doux et commode de penser par les autres et de vivre pour lui-même.

Ouvert d'ailleurs à tout ce qui lui semblait beau, agréable et bon, sensitif et compréhensif jusqu'à l'enthousiasme, il avait l'esprit prompt, facile et court; éclectique en toute chose, Albert ne faisait point le mal exprès, s'il en faisait, simplement pour se distraire. La vie du quartier latin avait accompli cette éducation bourgeoise en le débarrassant, comme on dit, comme il le disait lui-même en riant, de tout préjugé. En somme, un charmant garçon, disaient ses camarades; car il était gai, pas difficile à vivre, et se plaisait à obliger, quand cela ne le gênait pas.

Avec ce caractère — la sincérité, qui n'est pas, comme on sait, obligatoire vis-à-vis des femmes, une fois mise de côté — Albert pouvait très-bien aimer à Paris et à Poitiers, selon qu'il était dans l'un ou l'autre lieu, le plus éloigné des deux amours le cédant à l'autre. Et d'ailleurs, cette explication est-elle nécessaire dans un temps où les choses ont été si bien classées et déterminées qu'il est prouvé, par beaucoup de dissertations et de romans, que l'homme peut donner à celle-ci son esprit, à celle-là son cœur, à telle autre ses sens; chose qui prouve encore, malgré le matérialisme et même dans ses rangs, que le mystère de la très-sainte Trinité n'a rien d'impossible, et que la dualité

du corps et de l'esprit n'est point une chimère.

Albert était donc amoureux, et avec tous les symptômes : langueur, ennui de toutes choses, hors l'objet aimé, désir ardent de s'en rapprocher, émotions quasi-timides, agitation incessante, exaltation du cerveau ou, comme d'aucuns disent, du cœur. Il passait derrière sa vitre des minutes qui faisaient des heures à la fin du jour. Mais il était rare qu'il vît apparaître la tête blonde, à la fois mutine et ingénue, qu'il avait toujours dans l'esprit. Cette petite fille se tenait à son ouvrage avec une assiduité désespérante. Et pourtant la première chemise n'arrivait pas. Albert, furieux, s'en plaignit à Marie qui le regarda en riant, tandis qu'Emmanuel haussait les épaules.

— Laisse-la donc en paix, cette petite. Pour le moment elle est heureuse et tu lui ferais du chagrin.

Emmanuel était fort sombre depuis quelque temps, et Marie avait souvent les yeux rouges. Pourquoi cela? Sans doute parce qu'il allait passer tout prochainement sa thèse et quitter Paris.

L'ouvrière allait chaque matin, vers neuf heures, chercher ses deux sous de café au lait chez la fruitière. Albert imagina de se trouver par hasard à cette heure sur l'escalier, comme s'il eût monté chez Emmanuel. De peur de la manquer, il y alla de bonne heure, si bien qu'il dut faire le pied de grue là pendant vingt minutes, exposé aux regards curieux et peu obligeants de ceux qui montaient et descendaient. Enfin, deux petits pieds, et les cascades d'une voix jeune et fraîche, dégringolèrent ensemble du haut des mansardes; Albert vit une forme légère glisser le long des rampes et passer devant lui comme un trait. Il n'eut que le temps de la saluer; les mots qu'il avait préparés pour l'arrêter au passage lui restèrent dans la gorge.

— Ah çà! je deviens donc imbécile! se disait-il, désolé, quand il s'aperçut — l'amour est plus fin que les amoureux — que c'était un excellent prétexte pour attendre le retour de la jeune fille. Elle remonta bientôt, cette fois, lentement, sa tasse à la main, et de l'étage inférieur, en apercevant Albert à la même place, elle rougit.

— Pardon, mademoiselle, dit-il, si je me suis permis de vous attendre; c'est pour vous rappeler une promesse que vous avez oubliée.

— Ah! dit-elle, pour vos chemises? Eh bien! je vous en porterai deux demain.

— A quelle heure, s'il vous plaît?

— A midi, si vous voulez.

A midi, la chambre d'Albert était en ordre, chose rare, et il attendait Lina. Oserait-il lui

dire ?... Il était dangereux de l'effaroucher.
Et pourtant il ne voulait pas qu'elle vînt et
parlât comme une simple commissionnaire ;
il fallait absolument qu'elle s'arrêtât un peu,
que leur connaissance fût entamée, qu'elle
s'humanisât enfin et commençât à le comprendre. Il soigna son négligé, *fit sa tête*
devant le miroir, et se trouva, ce qu'il était
en effet, un joli garçon.

On sonne ; il va ouvrir, ému. C'était bien
elle, avec son petit paquet dans une toile
blanche, et cet air coquet, ingénu, fier, timide, intraduisible, qui le rendait fou. Mais,
ô dépit ! ô colère ! ô déception ! flanquée de
Marie, qui le regardait en souriant, et que
ce jour il trouva la plus impertinente, la plus
détestable de toutes les cocottes.

Il contint sa colère et fit les honneurs de
sa chambre à *ces dames*. Ce fut pourtant
grâce à Marie que la conversation s'engagea
et devint presque familière. Comme c'était la
première fois qu'elle venait dans la chambre
d'Albert, elle voulut tout voir : gravures,
bimbeloteries.

— Oh ! le drôle de petit bonhomme ! D'où
ça vient-il ?

— De la Forêt-Noire. Le voulez-vous ?

— Oh !... non, merci.

— Je vous en prie, acceptez-le.

— Mais.... je ne veux pas, moi seule, dit-
elle en jetant un coup d'œil sur sa compagne.

Ah ! comme il s'était trompé ! Marie était
au contraire la plus aimable des femmes !
Qu'elle s'entendait bien à remercier !

— Mais je compte bien offrir quelque chose
à mademoiselle, dit-il.

— Moi ! Oh je ne veux rien. Non ! non !
Marie, partons !...

— Que vous êtes donc sauvage ! dit le
jeune homme en prenant les deux mains de
Lina pour l'arrêter. Puisque Marie veut bien
accepter un souvenir de moi, pourquoi ne fe-
riez-vous comme elle ? Ce n'est plus de la
fierté, cela, c'est de l'égoïsme.

— De l'égoïsme ! répéta-t-elle en attachant
sur lui ses yeux de gazelle, doux, étonnés.

— Oui, vous n'aimez donc pas à faire
plaisir aux autres ?

— Oh ! si.

— Alors acceptez cette petite boîte ; ce
sera pour mettre vos économies.

— Puisque je n'en ai pas.

— Alors votre correspondance.

— Personne ne m'écrit.

— Quoi ! vos parents ?

— Je suis orpheline, dit-elle en soupirant.

— Mettez-y ce que vous voudrez, et en attendant laissez-moi y mettre ce que je vous
dois.

Comme elle avait apporté deux chemises,
il mit 6 francs ; mais elle en retira un de la

boîte et le lui rendit avec un regard sévère.

— Allez, c'est une petite entêtée, dit Marie en riant.

Albert ne répondit pas, il eut peur. Cette
petite entêtée voudrait-elle ne pas l'aimer ?
Elle accepta pourtant la boîte, mais comme
à regret.

Cela était assez nouveau au quartier latin : une fille sérieuse, sans coquetterie,
pleine de caractère et de dignité ; aussi le
jeune Brou devint-il de plus en plus affolé
de l'ouvrière. Autre raison qui l'excita vivement, il ne fut bientôt pas le seul à l'admirer. La voix de la jeune fille l'avait également signalée à tous les amis d'Emmanuel,
et plus d'un avait essayé la conquête de la
fauvette. On lui donna ce nom, et il lui resta ; car il lui allait à merveille : elle avait les
airs discrets, les mouvements gracieux et
doux, l'élégance et la vivacité de l'oiseau, en
même temps que sa jolie voix.

Cette Fauvette chassa honteusement Henri
Labobière, qui s'était permis de lui parler
comme à d'autres, et découragea les velléités
de plusieurs. Albert n'en devint que plus
acharné à sa conquête ; il obtint de la conduire au théâtre avec Emmanuel et Marie, en
feignant d'avoir des billets dont il ne savait
que faire. C'était un si grand plaisir pour
elle, la pauvre enfant ! Elle n'y était allée
qu'une fois en sa vie, et depuis elle en rêvait. Elle revint au bras d'Albert très-ani-
mée, et il put être assez tendre sans la fâcher.

Le lendemain matin, levée un peu plus
tard, quand elle ouvrit sa fenêtre, elle vit
avec surprise Albert, qui prenait également
l'air du matin, un étage plus haut qu'à l'ordinaire. Il avait profité d'une vacance de la
chambre au-dessus de la sienne pour monter au quatrième, d'où son œil pouvait plonger dans la mansarde. Il usa et abusa de ce
poste. Désormais la jeune fille ne pouvait
plus lever les yeux sans rencontrer ce regard ardent fixé sur elle ; elle le sentait sans
le voir et ne pouvait plus penser qu'à lui.

Albert écrivit enfin et trouva, moitié dans
sa mémoire et moitié dans la vivacité de son
désir, des expressions heureuses, émouvan-
tes. Ce ne sont pas les solitaires qui ont le
moins soif de poésie et de sentiment. Les lettres d'Albert ne furent pas renvoyées, et la
jolie tête de la Fauvette se faisait de plus en
plus rêveuse. Il la voyait quand elle faisait
son ménage, la fenêtre ouverte, marcher dans
sa chambre, le front penché, l'air absorbé ;
ses mouvements n'avaient plus la vivacité
d'autrefois. Maintenant elle se mettait plus
souvent à la fenêtre, et l'on pouvait voir, du
moins il voyait, lui, malgré la distance qui
les séparait, ses paupières plus lourdes se
soulever lentement en se tournant vers son

voisin d'en face, et son œil briller de feux plus humides.

Les vacances de Pâques étaient proches.

Albert pressentait sa victoire et la hâtait avec une impatience fébrile; car il allait partir pour Poitiers, et cette fois, pour toutes sortes de motifs, ce retour le désolait. Il n'eût pas voulu quitter Fauvette, il n'eût pas voulu revoir Marianne. Mais comment faire? Sous plusieurs prétextes, il retarda son départ: un ami malade, un travail exceptionnel. Huit jours ainsi retranchés aux vacances furent vivement employés par lui près de l'ouvrière: lettres, visites, car maintenant elle le recevait. C'était, il est vrai, en lui disant vingt fois de partir; mais il avait toujours quelque chose à dire, et la pauvre enfant, trop sincère, qui goûtait grand plaisir à le voir, ne se fâchait pas. Ses lettres, il la vit de derrière sa vitre pleurer en les lisant. Elles étaient vraiment éloquentes, plus éloquentes à beaucoup près que celles qu'il écrivait à Marianne; car il écrivait en même temps à Marianne: il ne pouvait s'en dispenser. Faut-il en révéler davantage? Plus d'une fois les mêmes phrases servirent aux deux correspondances; mais c'était Fauvette qui les inspirait. N'était-elle pas le désir le plus vif en ce moment? C'étaient là des faux en écriture, qui ne comptent pas dans la vie d'un honnête homme. S'il s'agissait d'argent, ce serait tout différent, et l'infâme irait au bagne. Il s'agissait pourtant bien de 500,000 fr., la dot de Marianne; mais le mariage légitime efface toutes les fraudes. N'est-ce pas la pierre angulaire de la société?

Deux lettres fondirent sur Albert: l'une, de son père, foudroyante, lui intimait l'ordre de venir à Poitiers, coûte que coûte, immédiatement; l'autre, de Marianne, profondément triste, pour la première fois formulait des doutes précis.

« Depuis longtemps, disait-elle, vos lettres ne sont plus les mêmes; mon impression intime, persistante, ne peut me tromper sur ce point. Vous avez donc changé, Albert? Vous ne m'aimez plus peut-être? En tout cas, vous m'aimez moins, et cela suffit. N'auriez-vous pas conscience de ce changement, qui, à moi, m'est si douloureux? Il n'en serait pas moins grave; car, si votre amour peut fléchir, ne pourrait-il pas cesser entièrement? Si, au contraire, vous en avez conscience, vous devez, vous devriez me l'avouer aussitôt. Aucun motif, serait-ce le plus généreux, ne peut autoriser entre nous une altération de la vérité. C'est mon droit de la savoir, et je la veux toute entière...

» ... En ce qui touche la maladie de votre ami, je ne puis me plaindre de votre retard; mais, quant au travail que vous alléguez maintenant, je sais qu'autrefois aucun travail ne vous eût retenu, quand il se serait agi de nous revoir, après cinq mois et demi d'absence. Il est vrai que votre motif est raisonnable, et j'ai tâché de me le dire; mais mon cœur n'y veut entendre... Je suis bien obligée de voir que le vôtre est moins exigeant...

» ... Albert, ce ne sont pas là des reproches, c'est un appel à votre franchise. Si j'ai cessé d'être aimée, c'est ma faute sans doute plus que la vôtre, je le croirai du moins. Soyez franc avec moi: je n'ai point perdu mes droits à votre confiance... »

Bien plus que la colère de son père, qu'il craignait cependant, ces plaintes si douces et si tristes de Marianne effrayèrent Albert et le dégrisèrent un peu.

— Un jour de plus, je serais perdu, se dit-il.

Et vite il fit sa malle et courut chez Lina.

— Pardonnez-moi de vous déranger, lui dit-il; je n'ai pas voulu quitter Paris sans vous dire adieu.

— Adieu! répéta-t-elle en pâlissant; Adieu!...

— Oui, ma famille s'impatiente de mes retards. Je ne voulais pas, je ne pouvais pas partir; Paris, cette rue, cette chambre où vous êtes, Lina, je ne comprends plus un autre monde. J'aurais voulu rompre avec tout le reste: c'est impossible. Adieu donc!

Il l'approchait quand il la vit porter les deux mains à la gorge et pâlir horriblement; elle se trouvait mal. Il la secourut avec l'ardeur d'un amant désespéré de voir souffrir celle qu'il aime, et, sans trop d'audace toutefois, pensant qu'elle avait besoin d'air, il portait la main à son corsage; elle se ranima subitement par un effort de pudeur et l'arrêta. Puis elle fondit en larmes. Il baisait ses cheveux, son front, avec des paroles passionnées; enfin il osa toucher ses lèvres. Elle le repoussa.

— Laissez-moi! laissez-moi! dit-elle en sanglotant. Oui!... Ah! vous allez me laisser en effet!... Ah! pourquoi vous ai-je connu? et pourquoi n'ai-je pas pu vous cacher...

— Ne regrette rien, mon ange adoré, s'écria-t-il en l'entourant de ses bras; tu me rends le plus heureux des hommes. Il faut en effet que je parte, hélas! et cette absence en ce moment me déchire. Mais ce ne seront que huit jours de torture et je reviendrai près de toi, heureux, ivre de joie, sachant que je suis aimé. Car tu m'aimes, Lina, tu m'aimes, fauvette chérie, je le sais maintenant, et je t'en remercie à genoux.

— Quoi! s'écria-t-elle, ce n'est pas pour tout à fait que vous partez, seulement pour quelques jours?

— Une semaine, pas davantage.

— Ah! vous êtes cruel! dit-elle en portant la main à son cœur. J'ai cru mourir.

Et ses larmes redoublèrent. Albert ne pouvait plus partir, il ne le voulait plus, et il serait en effet resté au moins un jour de plus, si elle eût voulu. Mais la pauvre enfant n'allait pas si vite, même dans sa pensée. Bon gré, mal gré, avec cette petite ouvrière, il fallait être patient et réservé, comme avec une femme du monde. Albert donc partit, le soir même, heureux et furieux, maudissant Poitiers, les exigences de famille et les vacances.

Mais il y a dans le sang de la bourgeoisie des instincts de prudence que bien peu d'émotions peuvent étouffer. Hors de Paris, au grand air de la route, Albert se ravisa.

— Je ne puis pourtant pas, se dit-il, sacrifier mon avenir pour cette petite fille, si ensorcelante qu'elle soit. Si je me montre froid, distrait près de Marianne, si je ne sais pas lui cacher... je suis perdu... Après tout, ce n'est pas Fauvette que je puis épouser! Marianne est la vraie femme, la seule digne de moi, la future compagne de ma vie! Pauvre Marianne! Elle est bien charmante aussi! C'est ce diable de stage qui est si long! Et puis cette petite, elle est vraiment affolante. Je ne suis pas le seul qui le trouve, et je suis le seul aimé. Chère petite créature, va!... Diable! Il faudra pourtant la laisser là-bas, si je ne l'emmène en Poitou,... Je le lui ai bien assez juré; mais, bah! il faut toujours jurer avec les femmes. Elles sont folles de serments... C'est avec Marianne que la chose est rude! Elle vous a des yeux si singuliers, si perçants dans leur douceur!... Chaque fois que je la revois, c'est effrayant, je la retrouve plus intelligente; je ne sais plus comment... elle me démonte... J'en ai presque peur. Cela pourtant ne devrait pas être. Voilà, c'est qu'on donne aujourd'hui trop d'instruction aux femmes; on les développe d'une façon dangereuse, et l'on ne pourra bientôt plus... Oui, ça me gêne avec elle, et c'est peut-être pour ça que je lui trouve moins de charme. Parbleu! oui, c'est une raison, et il faudra que je la lui donne. Ce sera d'abord une leçon pour elle, et, qui l'engagera peut-être à ne pas tant lire... Et puis c'en sera une, raison, et je n'en ai pas en masse...

A mesure qu'il se rapprochait de Poitiers, la famille, le milieu, l'attirait, le reprenait, lui mettait la main dessus pour ainsi dire. Et en effet, il faut remarquer que tous ces petits ou grands bohèmes, ces irréguliers de passage, ne rompent jamais leur laisse entièrement, restent toujours sujets... est-ce du sentiment? est-ce de la coutume? Qui le sait? Mais admettons, et ce ne sera pas leur faire tort, que ce soit des deux. Entre ces deux extrêmes, la vie de famille et la vie de l'étudiant, l'officiel et la bohème, où est la norme? la doctrine? la conscience? Nulle part.

Et c'est ce qui fait de l'homme de ce temps un être double et flasque, sans ressort et sans signification. Oui, étrange et fausse époque, où, chacun cherchant sa foi dans l'opinion, tout oscille au gré de courants incessants, divers et souvent contraires.

Les arbres et les champs de la Touraine, si semblables à ceux du Poitou, défilaient sous les yeux d'Albert, et déjà il entrait en pensée dans la maison paternelle; il recevait les embrassements de sa mère, l'accueil sévère de son père; il voyait un nuage sur le front de Marianne, dont les lèvres un peu serrées prenaient ce pli que déjà il connaissait, et qui malgré tout lui seyait si bien; quelque chose à la fois de sérieux et d'enfantin, une tristesse douce et convaincue. Le désir de dissiper cette tristesse le reprenait. Il s'y appliquait, il trouvait les paroles qu'il fallait dire, et bien plus, les sentiments qu'il fallait avoir; il rentrait en grâce près de sa chère fiancée. Bientôt il fut pressé d'arriver.

Son père, inquiet, l'attendait à la gare, l'espérait du moins. C'est dire qu'Albert subit un long sermon, des bords de la Boivre aux hauteurs de Blossac. Pour se défendre, il amoncela les prétextes et prodigua les promesses. En somme, cette douche remit tout à fait Albert, et son entrée fut excellente. Il se laissa gronder ce qu'il fallait pour laisser évaporer la mauvaise humeur amassée pendant l'attente; puis il répéta ce qu'il avait dit à son père, et celui-ci, changeant de rôle, voulut bien confirmer par quelques mots toutes ces bonnes raisons. Alors Albert osa interroger le regard de Marianne, ces yeux si clairs, où toutes les impressions se réfléchissaient, et il lui sembla que la tristesse persistait encore; le doute déjà n'existait plus. Cela le pénétra! — Ah! chère adorée, — c'était le même mot. Mais n'étaient-elles pas adorables toutes les deux? Et que pouvait un brave garçon comme Albert, sinon vibrer à tous les souffles qui l'agitaient?

Dans le tête-à-tête qui ensuite eut lieu entre eux, en effet il la trouva triste, s'abstenant de tout reproche, mais nullement résignée.

— Je vois bien, disait-elle, que vous avez eu d'excellents motifs et que je n'étais pas raisonnable.

Et elle penchait la tête d'un air mélancolique et songeur.

— Raisonnable! Ah! Marianne, si ce n'était pour abréger le temps de mon exil! Pouvez-vous douter que loin de vous la vie ne me soit cruelle? Ne suis-je pas dévoré de la soif d'être auprès de vous, mais d'une façon définitive, éternelle, et qui ne soit pas comme aujourd'hui, dans nos courtes entrevues, l'image irritante d'un bonheur qui fuit toujours.

Il parlait avec feu; elle attachait sur lui sa prunelle sombre et lumineuse, douce, mais en même temps étrangement pénétrante. Il ne put s'empêcher de tressaillir.

— Marianne, vous doutez de moi?

— Non, dit-elle étonnée. Comment pouvez-vous?... Si je doutais...

— C'est votre regard. Il devient si observateur!... Vous lisez, vous étudiez trop, Marianne.

— Moi! dit-elle avec une surprise nouvelle, mais non, bien peu... trop peu... Quoi donc? peut-on étudier trop?

— Sans doute. Le calme de la pensée, la candeur des impressions, en sont nécessairement diminués; la science tue la foi.

— Quand la foi n'est qu'une erreur, dit-elle en souriant, — et, sous ce rapport, j'ai fait depuis quelque temps bien des découvertes, — mais la vraie science ne peut conduire qu'à la vraie foi...

— Ou au doute.

Elle réfléchit un instant:

— Au doute sur ce qui n'est pas prouvé, soit, et cela est un bien; mais on la foi sur ce qui touche les vérités démontrables.

— Ah! Marianne, en êtes-vous à ce point de ne plus croire sans preuves?

— Non, pour ceux que j'aime. Cependant, ajouta-t-elle après un instant, il en est une que je ne suis pas libre de ne pas employer.

— Laquelle?

— Je n'ose pas trop vous le dire. Si cela vous fâche un peu, pardonnez-le moi en songeant que moi-même j'en suis victime. C'est la comparaison que je me fais sans cesse, malgré moi, de votre sentiment au mien. J'attends toujours vos lettres plus tard qu'elles n'arrivent; elles sont toujours plus courtes et moins intimes que je n'aurais besoin de les trouver. A propos de telle ou telle chose, souvent la parole que vous me répondez n'est pas celle que j'espérais. Mon cœur enfin subit sans cesse comme un perpétuel refroidissement. Sans doute, j'ai tort, et je suis honteuse de me prendre ainsi moi-même pour mesure de nos sentiments; le mal est que je ne puis m'en empêcher. D'où vient cette différence entre nous? Je ne sais; peut-être ai-je un besoin d'amour trop grand, trop absolu. Et pourtant, au commencement, c'est vous qui aimiez le plus; c'est moi qui me reprochais... Pourquoi ce changement?

Ni l'un ni l'autre ne le savaient, et pourtant c'était bien simple. Chez Marianne, le respect de l'amour entraînait un attachement profond à la foi jurée; chez Albert, ce respect n'existait pas. Il s'en prit à ses occupations, à sa fièvre de travail, qui n'était au fond, disait-il, que la fièvre de son amour, concentrée sur les moyens de réaliser au plus tôt leur union. Elle l'écoutait, le croyait, se repentait de ses doutes et lui en demandait pardon; mais il revoyait bientôt, à la moindre occasion, sur son visage, cette empreinte de tristesse vague, méditative, qui malgré lui le mettait mal à l'aise, lui faisait peur.

En peu de jours cependant, il parvint à retrouver toute sa bonne foi vis-à-vis de Marianne, et, par contre à la rassurer presque entièrement. Elle était si charmante, si adorable, sa belle fiancée! Il en était si fier! si ébloui de l'avenir d'amour et de splendeur qu'elle lui promettait. En même temps, l'image de Fauvette reculait sans cesse; elle n'était plus dans son cœur, pas même à Paris, mais en Chine, aux antipodes. Marianne! ô cher et pieux idéal! joie, orgueil, et bonheur de la vie entière! Albert se laissa facilement entraîner à rester quelques jours de plus, et il se disait sincèrement: Ah! si je pouvais rester pour toujours.

Mais, une fois en chemin, seul, et à toute vapeur dévorant l'espace, il retourna ses pensées du côté de Paris. Pauvre petite! elle l'attendait avec impatience. Ah! sans doute il avait eu tort... mais à présent elle l'aimait, et si ingénument! Il allait peut-être la trouver au désespoir; car il avait dit huit jours au plus, et il en était resté douze. Il ferait mieux peut-être de n'y pas aller?... Mais, oh! ce serait trop cruel; maintenant, elle l'aimait!

Après tout, il a si longtemps encore à rester dans ce Paris, car il n'espère guère être reçu à la fin de cette année. On ne peut pourtant pas vivre comme un ours.

Les femmes ne sont pas raisonnables. On les aime quand elles sont là. Que peuvent-elles demander de plus?

A l'aspect de Paris, son cœur battit vivement, et toute sa passion pour Fauvette le reprit.

— C'est une fièvre parisienne, se dit-il avec résignation.

Le soir même, dès son arrivée, ne prenant que le temps de secouer la poussière du voyage, il courut frapper à la porte de l'ouvrière.

En le voyant, elle jeta un grand cri de joie; puis elle voulut bien lui reprocher son retard, son silence, mais à peine pouvait-elle parler. Elle essaya aussi d'être fière et réservée, comme elle le l'était tant promis, et ce lui fut impossible. Il avait tant de bonnes raisons à alléguer! Et surtout ses yeux brillaient de tant d'amour! Il y avait sur ses lèvres tant d'éloquence! Il baisait ses pauvres mains travailleuses, lui, ce jeune homme instruit, élégant, ce prince des contes de fées qui venait illuminer sa pauvre mansarde ! Il était si beau, si bon, et si fort, hélas ! de l'aveu qu'elle avait laissé échapper ! Et puis elle avait tant craint de ne pas le revoir, tout en se disant : « Cela vaudrait mieux. » Mais non, tout son cœur protestait contre cette parole ; elle eût mieux aimé mourir, se perdre, et le revoir....

— Ah ! dit-elle avec un grand soupir, en laissant retomber sur ses genoux ses deux mains qui la défendaient contre les baisers d'Albert ; ah ! que cela est terrible de ne pouvoir s'empêcher d'aimer !

Alors il l'entoura de ses bras et devint tout à coup audacieux ; car il avait beau la trouver pure et charmante, il ne pouvait perdre cette idée, qu'avec une petite ouvrière les choses ne devaient pas traîner en longueur. Il se trompait, et il dut le reconnaître en la voyant le repousser et se lever, saisie d'une vive exaltation....

— Ah ! voilà pourquoi vous m'aimez ! s'écria-t-elle. Voilà... vous êtes venu ici pour me séduire, je le sais, je le vois bien. Les hommes sont comme ça... c'est une chose horrible ! Vous ne m'aimez pas, non ! Ah ! pourquoi me suis-je laissée aller ? pourquoi n'ai-je pu m'empêcher ?... Je m'étais bien dit pourtant que ça ne m'arriverait jamais... Et voilà... on a un cœur... et vous savez si bien, vous, parler d'amour ! Oui, mais pour aimer de vrai, pas plus que les autres. Qu'êtes-vous venu faire ici ? Allez, je le sais, me prendre, si vous pouvez, me garder le temps qu'il vous plaira, et me rejeter ensuite comme un vieux chiffon. Et pourtant vous croyiez que j'étais une fille honnête ! Eh bien ! non, je ne veux tromper personne, moi ! Je ne le suis pas ; j'ai été trompée à quinze ans, quand je ne savais seulement pas... par un homme de plus de trente ans, qui m'a rendue misérable comme les pierres. A la fin, je l'ai quitté et je me suis dit : Jamais, jamais, un homme ne m'aura plus ! On m'a privée d'être une femme honnête, je veux le redevenir, et peut-être qu'un jour il se trouvera un honnête homme, un bon homme, avec qui je pourrai élever des enfants, être une bonne mère de famille. Oui ! Et quand même ça ne serait pas, tant pis ! au moins je ne ferai pas une malheureuse, comme celles que je vois, dont les hommes se font un jouet. Ah !... mais qu'êtes-vous venu faire ici, vous ?... Pourquoi vous êtes-vous acharné après moi comme ça ?... Je ne voulais pas vous voir, vous le savez bien... Et maintenant je ne le veux plus, je ne le veux plus du tout. Allez-vous en !...

Stupéfait de cette ardente colère, de l'état violent où il voyait pour la première fois cette douce créature, Albert priait et protestait, mais en vain.

— Non, je sais, répétait-elle. Je vois tout à présent, et je veux me sauver de vous. Laissez-moi ! Partez !

Dépité, désespéré, voyant qu'il fallait céder enfin, qu'il ne pouvait rester chez cette femme malgré elle, et qu'elle lui échappait sans doute pour toujours, il se dirigea vers la porte, et là, se tournant vers elle une dernière fois, l'irritation, la passion déçue, firent jaillir des larmes de ses yeux.

Il en était honteux, quand il entendit Fauvette tout à coup pousser un cri, la vit bondir et se sentit enlacé de ses bras, tandis que la bouche brûlante de la jeune fille pressait sa joue, et que ses larmes ruisselaient sur celles qu'il venait de verser.

— Tu pleures ! disait-elle d'une voix entrecoupée. Pauvre !... Oh ! cher Albert ! C'est moi qui te fais du mal ! Ah ! pardonne-moi ! Je t'aime ! Je ne veux pas que tu pleures. Viens ! viens ici !...

Elle le conduisit à une chaise, le fit asseoir, et s'assit près de lui, mais penchée vers lui, presque prosternée.

— Quoi ! tu pleurais ! Tu m'aimes donc vraiment ? tu souffrais donc bien ?... Oh ! je ne peux pas te voir pleurer !

— Fauvette ! si je t'aime ! Ah ! mille fois plus que je ne pourrais te le dire. Tu es plus qu'un ange ! tu es la meilleure des créatures... je ne te connaissais pas. Oui, je mourrais de te quitter.

— Tu le crois ?

— J'en suis sûr. Jamais ! non, jamais ! Te quitter, toi !...

— Hélas ! tu vois bien les autres. C'est impossible ! Marie pleure depuis quelque temps parce qu'Emmanuel va retourner chez ses parents ; c'est toujours ainsi. S'aimer, et puis se quitter, n'est-ce pas affreux ? Et dire que je ne puis pas te renvoyer ! Ah ! je voudrais être morte !...

— Je ne te quitterai jamais, dit-il. Nous vivrons toujours ensemble. Tu seras plus que ma femme. Je resterai médecin à Paris.

— Vrai ? dit-elle en tressaillant de bonheur.

— Oui, je te le jure ! Penser à te quitter, je ne le pourrais seulement pas ! Pauvre petit ange ! Oh ! tu es divine !

— Tes parents voudront te marier à une demoiselle riche. C'est toujours comme ça, et dans ce temps-là peut-être...

— Ah ! tais-toi, je te dis que c'est impossible ; nous nous aimons pour l'éternité.

Elle l'écoutait avec ivresse, le regardait avec adoration, et, tantôt pleine de confiance et d'abandon, elle lui racontait ingénument combien elle avait souffert pendant son absence, combien elle l'aimait, qu'elle n'avait plus un moment à ne pas rêver de lui, qu'elle ne pourrait supporter la vie sans le voir; tantôt elle pâlissait, frémissait, lui disant avec prière :

— Oh ! mais est-ce bien vrai? sera-ce possible, dis ? Ne me trompe pas? Si c'était pour me quitter, il vaudrait mieux..... Non, je ne veux pas que tu me trompes! Si tu ne m'aimais pas... vraiment... ce serait bien mal ! Tu vois que je ne suis pas comme les autres, moi. Je ne puis pas aimer, comme elles font, pour s'amuser. Je pleure, moi aussi, tu vois. Si tu veux que je t'aime, ce sera pour toujours. Le veux-tu bien ?

Albert redoubla de protestations, de serments ; il se jeta aux genoux de Fauvette, lui jura qu'il était à elle pour la vie, qu'il n'aimerait jamais qu'elle au monde.

— Ah ! dit-elle en cachant dans ses mains son visage, pourras-tu me pardonner?..... Ce n'a peut-être pas été beaucoup de ma faute; car alors j'étais si jeune, si ignorante et si sotte ! Mais c'est égal, j'en suis bien malheureuse, à présent surtout.

— Chère ange ! répondit-il en la serrant dans ses bras; non, ce n'est pas ta faute ! Pauvre, ignorante, abandonnée... Je t'ai vue, je te connais, ma Fauvette, et la vertu courageuse vaut plus d'une couronne de fleurs d'oranger. Il ne partit qu'au lendemain. Il était enivré de bonheur et d'enthousiasme, non pourtant sans une secrète gêne au fond du cœur. Si son exaltation était vraie, sa parole était menteuse, et il se sentait comme écrasé par l'ardente sincérité de Fauvette. Il la trompait, elle qui se donnait toute à lui, qui venait de lui sacrifier sans marchander cet avenir de vie familiale, pure et paisible, qu'elle s'était plu à rêver. Dans quelle voie l'avait-il rejetée? Que deviendrait-elle en apprenant que cet amour où elle avait mis toute son âme n'était aussi que pour s'amuser? Mais ces pensées importunes, Albert ne voulait pas les entendre; il eût d'ailleurs au besoin pour sa défense allégué l'excuse bien connue que les femmes ont besoin de serments, et que ce serait une imbécillité de ne pas leur donner ce qu'elles demandent pour couvrir décemment leur défaite, — ce qui peut être vrai dans certains cas. — Mais alors où retrouver la bonne foi humaine, si ce n'est dans le respect de l'amour?

En descendant, Albert rencontra Emmanuel sur l'escalier. Après une cordiale poignée de main,

— Tu sais que je suis docteur? dit Emmanuel.

— Je ne le savais pas, mais je t'en félicite vivement. A vrai dire, je ne l'aurais pas deviné, à la mine un peu triste.

Emmanuel haussa les épaules.

— Eh ! mon cher, c'est qu'il faut partir, laisser là cette pauvre Marie, qui m'aimait et que j'aimais... Elle ne fait que pleurer. Ne l'as-tu pas vue?

— Non, pas encore.

— Ah ! tu viens de chez Fauvette. Tu as tort. Laisse donc cette pauvre fille; elle est honnête et paisible, elle chante comme un oiseau... Laisse-la. Vois-tu, c'est une triste chose : on a vécu ensemble, on a partagé les bons et les mauvais jours, on s'est aimé... et puis là, tout à coup, oui... c'est cruel et contre nature. Que va-t-elle devenir à présent? J'ai mis dans sa pauvre vie plus d'aisance, de gaieté, de l'amour et du loisir... Elle s'est habituée à cela. Va-t-elle retourner à sa misère? en aura-t-elle la force? Non, sans doute. Je lui enverrai bien quelque chose de temps en temps d'abord, mais ça ne pourra pas continuer toujours. Je le voudrais, que je ne le pourrais pas, une fois marié surtout, car il va falloir que je me marie là-bas... C'est tout cela qui me rend triste... Laisse donc la pauvre Fauvette, va.

— Il est trop tard, dit Albert.

— Ah ! tant pis ! Tu sais, Paul Théry est aussi reçu. Il y a plus d'un an qu'il reculait de passer sa thèse... Ses parents l'y ont forcé à la fin. Il est donc reçu, et là aussi c'est une désolation encore, bien plus grande. Je ne crois pas que Louisa supporte cette séparation. Théry, lui, ne dit rien; mais il est d'un sombre !

Il soupira profondément, serra la main d'Albert, et dit encore en le regardant :

— Pauvre Fauvette !

XIII

Peu de jours après, Emmanuel partait, Marie restait veuve; elle pleura beaucoup. A la fin du mois, elle alla habiter une petite mansarde près de celle de Fauvette, et elle disait à tous ses amis :

— Maintenant, je vais recommencer à tirer l'aiguille du matin au soir.

Ce qui renouvelait ses larmes.

Cependant elle avait perdu la moitié de sa clientèle, et surtout n'avait plus l'habitude de ce travail acharné, si triste et si fatigant. Fauvette lui passait de l'ouvrage et l'encourageait, mais sans beaucoup de succès, et parfois la pauvre enfant, saisie du chagrin de son amie, et peut-être agitée de vagues pressentiments, pleurait avec elle.

— Tu vois ce que c'est, disait-elle à Albert; à présent, Marie n'a plus la tête au travail, elle ne fait que regretter et se dépiter. Elle aimait bien Emmanuel, elle se dit qu'il ne pense déjà plus à elle, et elle n'a pas tort, puisqu'il a bien voulu la quitter. C'est plus triste vraiment que s'il était mort, parce qu'elle a trop d'amertume en pensant à lui.

— Quand je songe qu'il va se marier, me disait-elle hier encore, est-ce que j'ai du cœur à lui rester fidèle ? Ça ne serait toujours pas pour lui.

— Vois-tu, Albert, Marie finira par en prendre un autre ; il me semble déjà voir ça par bien des petites choses, et ça me fait tant de peine d'y songer.

— Et pourquoi cela, petite Fauvette? ça ne te regarde pas.

— Oh! non; pourtant... Parce que, vois-tu, un seul qu'on aime bien, ou plusieurs, ça n'est plus la même chose. Où va-t-on ainsi ? Elle deviendra donc comme ces autres qui font les crânes et qui disent tant de bêtises, et changent d'amants plus souvent que de chambre, à ce qu'il paraît. Je me suis trouvée une fois dans une société comme ça, moi; ça m'a fait trop de honte. Ah! je croyais bien alors!... Mais moi ce n'est pas la même chose; je t'aime et je n'aime que toi. On sait bien qu'avec tes parents, nous ne pouvons pas nous marier ; mais c'est comme si nous l'étions. N'est-ce pas, Albert? et nous nous aimerons toujours ?

— Toujours! répétait-il, toujours ! en appliquant chaque fois un baiser sur les lèvres roses de sa jolie maîtresse.

— Et puis, je veux toujours gagner ma vie, moi, reprenait-elle à mi-voix, comme se parlant à elle-même.

Elle avait en effet, la pauvre fille, entrepris de se suffire à elle-même comme auparavant. Ce n'était pas facile, Albert lui prenant et lui gaspillant son temps, ce que d'ailleurs elle ne songeait pas à regretter. En voyant une nuit la fenêtre encore éclairée à une heure du matin, il s'aperçut qu'elle passait la moitié des nuits au travail et il l'en gronda vivement. Elle allégua de l'ouvrage pressé, la nécessité de conserver ses pratiques.

— Je vois que tu te réserves de me quitter quelque jour, dit-il en riant.

Elle se jeta dans ses bras en poussant un petit cri :

— Tais-toi! tais-toi! on ne dit pas ces choses-là.

— Mais alors...

Il s'arrêta, honteux d'insister ainsi; car, au fond, il savait bien qu'elle avait raison, que c'était prudent.

— Ce n'est pas cela, reprit-elle ; je ne te quitterai jamais, tu le sais bien, et si, toi, tu étais capable de m'abandonner. Après cela, je n'aurais besoin de penser à rien. Non, mais seulement j'aime mieux que ce soit ainsi.

— Et moi, je ne veux pas que tu te brûles le sang à travailler les nuits, au lieu de dormir. Voici de l'argent ; un peu plus tard, je t'en donnerai d'autre...

Fauvette repoussa l'argent. Il insista. Elle se mit à pleurer.

— Non, je ne veux pas. C'est mon idée.

Albert ne put vaincre son obstination, et, bien qu'il en fût contrarié, il oublia d'approfondir l'impossibilité de la tâche que s'imposait la jeune ouvrière. Il avait d'ailleurs pour habitude d'être toujours à court d'argent. Seulement il usa de son crédit, dans le magasin de nouveautés dont il était débiteur, pour obliger sa maîtresse à accepter des cadeaux de toilette : une robe de soie légère, un mantelet, un chapeau. C'est qu'ils allaient le dimanche se promener hors Paris, et il avait besoin de la voir élégante et jolie, attirer à son bras l'attention de tous, l'envie de plusieurs. Dans les premiers temps cependant ils ne cherchaient que la solitude. On les voyait, dans les bois de Meudon ou de Saint-Cloud, passer vite le long des allées fréquentées et s'enfoncer dans les bosquets les plus solitaires. Là ils marchaient, serrés l'un contre l'autre, en se becquetant comme des colombes; ils causaient, ils riaient. Fauvette, enivrée par le grand air, par l'odeur des aubépines et des muguets, par tous les charmes de la grande nature, défiait de sa voix agile et mélodieuse les pinsons, les linottes et les merles du bois, ou entamait un duo avec la chanteuse ailée dont elle portait le nom. C'était un charme de la voir trotter, vive et sautillante, sous le bois, au travers des ombres et des rayons tremblants, se baisser et se relever, et rentrer dans l'allée chargée de fleurs. Quand ils étaient bien las, ils s'asseyaient sur quelque talus de mousse, Albert passait le bras autour de la taille de Fauvette, elle appuyait la tête sur l'épaule de son amant, et ils se taisaient dans un repos plein de charme ; puis recommençaient bientôt après à s'entretenir à demi-voix, se murmurant leur amour.

— Chère petite ! disait Albert, que tu es charmante et bonne ! que je t'aime ! Qu'y a-t-il au monde de plus doux et de plus joli que toi? Tu es une harmonie vivante, ma fauvette. Tu me rends la poésie que l'académie de médecine, le café, les cocottes et les camarades avaient mise en fuite. Comme tu enchantes la vie ! comme on est bien avec toi !

Elle souriait, le sein palpitant, le cœur gonflé de ces douces paroles, et, jalouse de recevoir de lui plus qu'elle ne lui donnait :

— Et moi, disait-elle, ne vois-tu pas que ma vie avec toi ressemble à l'autre comme ce beau rayon qui se joue là, devant nous, ressemble à ce morceau de bois mort, qui est à mes pieds? Tu ne sauras jamais, toi qui étudiais, qui voyais toujours du monde, combien j'étais seule dans ma chambrette, à coudre, toujours coudre, sans voir âme qui vive, excepté quand j'allais reporter l'ouvrage et qu'on me chicanait pour le prix ou la façon. Quelquefois aussi une voisine me disait un mot en passant, mais c'était rare; et quand même, ça n'était pas bien enchanteur. Je n'avais rien dans l'esprit, que des chagrins passés, je ne voyais rien de sûr devant moi que la misère au bout de ma vie. Tout ce qui me riait, c'était une petite promenade, le dimanche, après midi. Mais j'avais le cœur vide, je ne t'aimais pas, je pâlissais comme une plante en cave. La tristesse tombait sur moi comme un brouillard; il me semblait qu'elle rendait plus épais l'air de ma chambre, et je la sentais peser sur moi. J'avais froid dans les os; je souffrais des épaules, à force de coudre; enfin je manquais de vie, de soleil, d'amour. Tu m'as donné tout cela, toi; oui, tu m'as donné la vie que je n'avais pas. Je ne suis plus une pauvre petite machine à coudre; je suis une femme, une vraie femme, qui aime et qui est aimée. A présent, mon sang court chaud dans mon cœur, je ne sens plus la fatigue, je suis forte et joyeuse. Tu es dans ma vie comme un éblouissement de bonheur; je ne songe plus au passé ni à l'avenir, je ne vis que pour t'aimer.

Quand, à force de courir et de s'adorer, ils s'apercevaient qu'ils mouraient de faim, ils se rapprochaient d'un village, achetaient des provisions et revenaient dîner dans le bois, sur les genoux de Fauvette. On mangeait de grand appétit, on riait beaucoup, on s'embrassait encore, et, la nuit venue, l'on se hâtait vers la station du chemin de fer, les mains chargées de fleurs et le cœur tout plein de cette belle journée. Albert ne se réveillait qu'à dix heures le lendemain, mais Fauvette se mettait au travail dès l'aube. Désormais on l'entendait rarement chanter quand elle était seule.

— Pourquoi? demandait Albert.

— Autrefois je chantais pour me tenir compagnie, répondait-elle; aujourd'hui j'ai ma chanson dans le cœur.

Elle avait conservé sa petite chambre. Albert, on le sait, ne voulait pas de ménage; il montait chez elle plusieurs fois par jour, et, quand elle avait quelque chose à lui dire, elle allait de même chez lui.

Un matin, elle y courut, et, à peine entrée, jetant les bras autour du cou de son amant, elle fondit en larmes.

— Qu'as-tu donc? s'écria-t-il avec inquiétude. Qu'est-il arrivé?

— Tu vas me gronder, mais je ne puis pas m'en empêcher. C'est Marie qui a pris un autre amant!

— Eh bien! c'est son affaire, ce n'est pas la tienne. Qu'est-ce que ça te fait?

— Je sais: elle dit qu'elle ne pouvait pas vivre comme ça. Elle n'avait pas assez d'ouvrage, c'est vrai; mais aussi je voyais bien qu'elle ne pouvait plus se faire à coudre du matin au soir. C'est égal, ça me fait beaucoup de peine; je ne puis pas dire pourquoi, mais... d'abord je l'aime bien, Marie. Et qu'est-ce qu'elle va devenir?

— Une étudiante de profession, parbleu! c'est bien sûr.

— Oui, une femme qui cherche des amants pour vivre. Oh! c'est affreux!

Et elle se remit à pleurer. Albert sentit quelque chose le pincer au cœur, et il jeta sur Fauvette un regard triste.

— Pauvre petite! que deviendrait-elle un jour, elle aussi?

Mais il se hâta de se rassurer.

— Elle est courageuse, elle, travailleuse...

Il ne voyait pas qu'elle s'exténuait de veilles, sans pouvoir suffire à payer sa chambre et maigre nourriture à cause des heures de nuit ou de jour, qu'il lui prenait sans cesse. Et comment aurait-elle suffi quand auparavant, en tirant l'aiguille quinze et seize heures sur vingt-quatre, elle n'avait pu éviter les dettes et la maladie?

Elle était encore chez Albert quand on frappa vivement à la porte. C'était Labobière, avec un visage triste et défait.

Il dit brusquement à Albert:

— Tu sais la nouvelle?

— Quelle nouvelle?

— De Paul Théry?

— Non, qu'est-ce donc?

Labobière fit un grand geste qui signifiait à la fois beaucoup de chagrin et la stupéfaction d'une chose excentrique:

— Il s'est suicidé avec sa maîtresse.

— Suicidé! cria Albert en pâlissant; mort?

— Mort! pardieu! Elle aussi. On les a trouvés tous deux ce matin. Il y avait deux lettres cachetées pour les parents et ces lignes ouvertes pour tout le monde:

« Il fallait nous séparer; nous avons préféré mourir ensemble. »

— Ils se sont asphyxiés.

— Grand Dieu! dit Albert.

Fauvette ne disait rien; elle était toute pâle, ses bras tremblaient, et enfin de grosses larmes se mirent à rouler sur son visage.

— On les enterrera demain, reprit Labobière; nous voulons nous concerter. Viens-tu?

— Certainement, dit Albert.

Et il prit son chapeau. S'approchant alors de Fauvette:

— Voyons, chérie, ne te fais pas trop de mal.

Mais elle sanglotait.

— Quelle folie! dit Labobière. S'aimer à en mourir! On ne voit plus ça. Aurait-on cru pareille chose de Théry, qui était si intelligent et paraissait raisonnable ? On n'a pas tort de dire que l'amour est une maladie.

— Une maladie ! s'écria Fauvette avec explosion.

— Vous voyez bien qu'on en meurt. Ils se sont monté la tête l'un et l'autre. Et voilà ce que c'est que la fidélité. Du diable si je me tue jamais pour une femme !

— Soyez tranquille ! dit Fauvette exaspérée.

— Pourquoi cela, mademoiselle ?

— Aucune femme ne se tuera non plus pour vous.

— Mais j'en serais désolé. Je ne demande à l'amour que de la joie. Il n'est fait que pour cela, et non pas pour les effets tragiques. Retenez bien cela, mademoiselle Fauvette, vous qui avez bec et ongles ; ce que je ne savais pas.

Ils sortaient, quand Fauvette rappela Albert :

— Je te verrai ce soir, dis. Veux-tu que j'aille chez eux ? Je ne les connaissais pas, mais je les aime, comme s'ils étaient mon frère et ma sœur. Je ne voudrais pas qu'il y eût près d'eux des êtres comme ce Labobière. Ils ont besoin qu'on pleure sur eux. Je veux y aller. Dis-moi où c'est.

Il lui donna l'adresse, et elle y courut aussitôt, tandis qu'Albert et Labobière allaient s'entendre avec leurs camarades. Malgré tout, ces sceptiques voulurent et obtinrent des parents de Théry, que Louisa ne fût point séparée de son amant, et le lendemain un long cortège panaché de toilettes un peu voyantes et de tournures assez excentriques, mais grave et recueilli, suivait au cimetière Montparnasse les deux cercueils. On voyait là des femmes en toilette tapageuse et fripée, qui de temps en temps portaient leurs mouchoirs à leurs yeux. Radou, reconnaissable à son chapeau montagnard et à son ample gilet, y marchait en silence, près de Stephan Basilowitch; Mérut y avait amené Carline, et Nestor Miletin, le chapeau en arrière, poussant à la marche ses bras et ses jambes, y portait sur son visage de cire une sorte d'hébétement de deuil. Beaucoup regardaient en chuchottant une dame en robe de soie noire, manteau de dentelle, chapeau de tulle noir relevé d'une plume blanche, dont l'élégance de bon goût contrastait avec la friperie de la plupart de ces autres dames. C'était Marina, plus fraîche maintenant et toujours belle, au bras d'un homme élégant. Tout le quartier Latin enfin était là, plus quelques bourgeois et bourgeoises, amis ou voisins du pauvre Théry et de sa femme, et deux professeurs qui regrettaient en leur élève un homme d'avenir. En avant marchait, accompagné d'un autre parent, le père, écrasé sous la responsabilité de ce double suicide.

Arrivée au cimetière, la foule se rangea autour de la tombe. Il n'y avait pas de prêtres ; les dernières volontés de Paul Théry les repoussaient, et l'Eglise, à moins de bonnes raisons officielles ou financières, n'accorde point ses prières aux suicidés. L'absence de toute consécration, de tout adieu, fut pénible aux assistants.

« Il faut prononcer quelques mots, dirent à la fois plusieurs voix ; on ne peut pas s'en aller ainsi. »

Deux jeunes gens alors sortirent en même temps de la foule et se rencontrèrent sur le bord de la fosse. Il y eut entre eux un court débat de politesse ; puis l'un d'eux, qui, dit-on, était l'ami intime de Théry, prit la parole. Il fit l'histoire de son ami, parla de son caractère, de ses vertus, de sa rare intelligence, de l'affection qu'il inspirait, et finit par une allusion courte et rapide à la passion si profonde et si fatale qui avait tranché subitement cette noble existence.

Alors le second des deux jeunes gens prit la parole à son tour:

« Le devoir pieux que nous sommes venus remplir ici, dit-il, ne serait pas complet si, en face de ces deux cercueils, nous n'avions de paroles et de regrets que pour un seul, quand notre ami a prouvé si éloquemment que dans celle qui repose à côté de lui était la plus grande part de sa vie. Tous ceux d'ailleurs qui étaient les amis de Théry étaient ceux de Louisa, et nous avons pu apprécier, et nous devons dire à ceux qui ne l'ont pas connue quelle était cette jeune femme, loin de laquelle la vie a paru à Théry plus dure que la mort.

» Elle-même elle l'aimait comme on respire, elle avait tout quitté pour lui : sa famille, son pays, ses amis, et lui avait tout sacrifié : l'estime publique, la sécurité, l'avenir d'épouse et de mère. Elle avait donné, je le lui ai entendu dire à elle-même, sa vie entière pour trois ans d'amour, et jamais, dans ses paroles, rien ne témoigna que sa pensée allât au delà de ce terme ; elle ne s'inquiétait plus d'elle après cela. Tout dans ses actions et dans sa physionomie, révélait la puissance de cet amour unique ; mais Louisa n'en était pas moins bonne pour tous, et tout malheur, toute misère, la trouvaient sensible, active, dévouée ; les amis de Théry étaient aussi les siens, non pas d'une façon banale et superficielle, mais d'un vrai sentiment, qu'appuyaient au besoin les actes.

» Jamais épouse ne fut plus respectable et plus respectée ; et que lui manquait-il pour l'être en effet ? Rien, en vérité, rien, si l'opinion enfantine des hommes ne mettait pas encore le mot au-dessus de l'être, et ne prenait pas la formule pour l'essence des choses. Elle était la femme, la vraie, la légitime épouse de Théry. Les préjugés stupides, les folles vanités qui voulaient rompre ce lien, n'ont pu que briser leur vie. Eux-mêmes, quelque peu atteints de ces préjugés ou du moins intimidés par eux, ne comprenaient pas toute la sainteté de leur amour; ils en ont éprouvé la force. De loin, ils semblaient résignés à leur séparation ; de près, ils n'ont pu la supporter. Les forces de notre nature ont, heureusement pour nous, plus de stabilité que celles de notre esprit; celles-là nous crient le vrai, quand celles-ci l'abjurent. Oui, je dis *heureusement*, car je trouve ces époux plus grands et plus heureux dans leur tombe qu'ils ne l'eussent été dans leur parjure, vivant de cette vie froide, légère et fausse, plus vide que la mort, qui est non pas même l'oubli de la justice et du vrai dans les rapports humains, mais l'incapacité de les sentir et de les comprendre. Louisa Chélin, Paul Théry, adieu, mes amis, et merci pour tous ! Votre vie a été belle, car vous avez profondément aimé ; votre mort a été peut-être plus belle encore, plus féconde, puisqu'en face de ce monde impie pour la vraie religion humaine, vous avez affirmé l'amour, et que, ne fût-ce qu'un moment, au milieu de nos immondices, dans les cœurs les plus éteints vous avez fait jaillir l'étincelle. »

Il cessa de parler, plein d'émotion ; mais il avait excité dans la foule des impressions qui se traduisirent aussitôt par des exclamations, des sanglots, des mouvements spontanés. Deux femmes s'élancèrent vers l'orateur, et l'une d'elles vint tomber presque à ses genoux en tendant ses bras vers la fosse. Un instant, la plupart des cocottes se trouvèrent changées en Madeleines, et beaucoup de ces dissolus d'habitude et d'opinion furent occupés à contraindre leur attendrissement pour n'avoir pas l'air de *bêtas*. On vit Radou passer la main sur ses yeux, et Labobière lui-même eut besoin de mordre sa moustache pendant cinq minutes avant de retrouver l'air dégagé qui devait accompagner ces mots :

— En voilà-t-il des blagues sentimentales !

— C'est de l'occidental tout pur, lui répondit le Russe.

Mais ils furent à peu près les seuls qui protestèrent, toute l'assistance s'écoula pleurante ou recueillie; il y eut même le soir moins de bruit dans les cafés et les orgies ne recommencèrent que le lendemain.

Fauvette, après le discours, était restée à sa place; elle n'avait pas fait de démonstrations, mais, chancelante d'émotion, baignée de larmes, elle serrait le bras d'Albert.

— Dis-moi le nom de celui qui a parlé ? demanda-t-elle, aussitôt que sa voix put se faire entendre à l'oreille de son amant.

— Pierre Démier ! répondit-il.

— Ah ! qu'il est noble ! Tu le connais? Pourquoi n'est-il pas ton ami ? Je veux qu'il le soit et je veux aussi le connaître.

Comme ils suivaient ensemble, au retour, les allées du cimetière, ils se trouvèrent à marcher côte à côte d'une femme longue et maigre, enveloppée d'un vieux châle à palmes, sur une robe à falbalas de couleur claire, et coiffée d'un chapeau rose qu'elle avait recouvert, soit pour dissimuler son peu de fraîcheur ou pour atténuer cette couleur trop peu funèbre pour la circonstance, par une voilette noire en lambeaux. Le tort de cet arrangement était de laisser voir son visage, fané, tanné, jauni, et, qui pis est, empâté de rouge et de blanc, sur lequel des larmes avaient tracé des sillons d'un aspect bizarre. La personne qui portait ainsi les marques éclatantes de sa sensibilité ne paraissait pas se douter de l'effet grotesque qu'elle produisait, et ce fut d'un ton très-sérieux et très-pénétré que voyant pleurer Fauvette, elle lui adressa quelques mots sur le sujet commun de leur émotion. Fauvette y répondit poliment, et la vieille cocotte s'adressant alors à Albert :

— Vous êtes M. Brou, n'est-ce pas, de Poitiers?

— Oui, madame.

— Ah ! j'ai connu votre père, jeune homme. C'était comme vous un bien beau garçon, aimable et léger... trop léger; car, s'il s'était mieux inspiré des sentiments de ces pauvres défunts et qu'a si bien exprimés ce jeune homme tout à l'heure... c'est un jeune homme bien remarquable, vraiment...

— Dis donc, Florentine, dit Radou en passant près de cette femme, toi aussi, tu as pleuré, ma vieille? Mais ça paraît trop, je t'en préviens.

Florentine rougit sous cette apostrophe et parut très-confuse.

— Comme il est grossier, ce Radou. Voilà ce que c'est : j'étais si affectée de la mort de ces deux jeunes gens, que j'en étais toute pâle. Alors je me suis dit : Il ne faut pourtant pas faire peur aux autres; on me croirait malade, et j'ai mis un peu de rouge, voilà. Est-ce que cela paraît beaucoup, madame? poursuivit-elle en s'adressant à Fauvette.

— Non, pas trop, répondit celle-ci.

Malheureusement, l'assertion était plus obligeante que vraie, comme le prouvaient les coups d'œil et les exclamations que la pauvre Florentine recueillait sur son passage. A la sortie du cimetière, ce fut bien pis. Des gamins, postés là, éclatèrent de rire en la voyant et s'attroupèrent autour d'elle. Albert était prêt à se débarrasser, n'importe comment, de cette fâcheuse qui s'obstinait à les suivre, quand Fauvette, émue de pitié, lui dit à l'oreille :

— Prends une voiture, mon chéri, je suis fatiguée...

— C'est bien ce que je veux faire, dit-il.

— Oui, reprit-elle en pressant doucement son bras, et tu y feras monter avec nous cette pauvre femme qui n'arriverait pas chez elle sans avanies. Je t'en prie, ajouta-t-elle, voyant qu'il hésitait.

Albert céda, quoique fort contrarié, car il avait compté être en tête-à-tête avec sa maîtresse, et cette femme vieille, laide et infortunée, avait excité beaucoup plus son mépris que sa compassion. Il prit donc un fiacre fermé et ils y montèrent tous les trois. L'obligée, par reconnaissance, voulut être aimable et causa tout le temps; elle parla de nouveau du père d'Albert et dit aussi clairement que possible qu'il avait été son amant, le premier; car, ajoutait-elle, j'étais si jeune alors ! Même, en évoquant ces souvenirs, des larmes revinrent à ses yeux flétris, et l'état de ses joues en devint épouvantable. Cette ruine plâtrée, fardée, coquette encore, était, vraiment effrayante à voir. Elle s'épuisa en congratulations près d'Albert et de Fauvette, et pria celle-ci de lui donner son adresse.

— Car je vous dois une visite de remerciements, madame, et je suis si heureuse d'avoir fait votre connaissance !

Albert recevait tout cela d'assez mauvaise humeur, Fauvette mettait à y répondre de la bonne grâce, pour deux. Ils conduisirent Mlle Florentine chez elle, au bout extrême de la rue Saint-Jacques, et revinrent dîner ensemble au café des Écoles; mais Fauvette n'avait pas faim, elle ne pouvait dominer sa tristesse et les larmes l'étouffaient.

Les jours qui suivirent, elle parla plusieurs fois à Albert de M. Démier, demanda s'il l'avait vu et manifesta naïvement le désir de le rencontrer. Albert fit la sourde oreille : d'abord il ne rencontrait Pierre qu'aux cours de la Faculté de médecine et l'abordait rarement, ils n'avaient point d'habitudes communes; puis il se serait bien gardé de mettre en rapport avec sa maîtresse le voisin de sa famille, le fils de Mme Démier, avec laquelle Marianne était toujours en relations fréquentes. Assurément il ne craignait pas une dénonciation, mais il était plus prudent d'éviter de tels hasards.

Un jour, cependant, Pierre et Albert se rencontrèrent à la sortie de l'école, suivant le même chemin. Ils échangèrent une poignée de main, se mirent à causer du cours, et ayant atteint le boulevard Saint-Michel, ils le remontèrent ensemble. Au coin de la rue des Écoles, Albert, pensant que son compagnon allait le quitter, s'arrêta, en effet Pierre s'arrêta en même temps et tendit la main à Albert; mais, après qu'ils eurent ainsi fait mine de se séparer, ils se remirent à marcher du même côté.

— Vous allez dans cette rue ? dit Albert.

— J'y habite depuis quelques jours.

— Ah ! nous sommes voisins alors.

Ils échangèrent encore quelques mots ; puis, arrivé à la porte de sa maison, Albert, s'arrêtant, donna de nouveau une poignée de main à Pierre ; ils prirent de nouveau congé l'un de l'autre et se retrouvèrent épaule contre épaule devant la porte.

— Quoi ! c'est ici que vous habitez ?

— Oui.

— J'en suis charmé. Alors montons ensemble.

Ils s'arrêtèrent du même côté, sur le même palier.

— Ce n'est pas dans ma chambre que vous demeurez ? demanda Albert avec un peu d'inquiétude, car il n'y avait là que sa porte et celle d'un couloir qu'il ne supposait pas habité.

— Je ne pense pas, dit Pierre en ouvrant la porte du couloir. Vous ne voudriez pas être si mal logé.

— Il y a une chambre là-dedans ?

— Oui, au fond ; une chambre ou plutôt un cabinet. C'est petit ; mais cela donne sur un jardin, et je préfère cette vue à celle de la rue. En outre, ce n'est pas cher et j'ai besoin d'économie. Voulez-voir ma cellule ?

Albert le suivit; Pierre ouvrit à tâtons une porte obscure, et ils se trouvèrent dans un cabinet, éclairé par une fenêtre, par laquelle on apercevait des arbres, un grand espace ouvert. Pour tous meubles, une couchette en fer, une table, deux chaises, une commode et des rayons de bibliothèque, pleins de livres. Une porte était pratiquée dans la cloison en face de la fenêtre.

— Eh ! mais, n'est-ce pas vous qui seriez mon voisin ? dit tout à coup Albert en regardant cette porte. N'avez-vous pas toussé fort, il y a trois jours, en entendant certaine conversation ?

— Une voix de femme ? dit Pierre. Oui. Comme avant moi, je crois, cette chambre n'était pas habitée, j'ai voulu prévoir...

— Vous avez fort intimidé certaine petite personne de ma connaissance, dit Albert en riant ; depuis ce temps, on ne s'embrasse plus que du bout des lèvres et on ne se dit plus de tendresses qu'à demi-voix.

C'est Pierre qui avait rougi.

— Mais voyons, reprit Albert.

Il regarda par le trou de la serrure.

— Je ne vois rien, dit-il. Ah ! je me rappelle maintenant ; c'est ma commode qui est devant cette porte. Eh bien ! je suis charmé que ce soit vous, mon cher Démier, qui soyez ce voisin, que nous avons un peu maudit, sans le connaître. Justement, ma...

la jeune personne en question désirait tant faire votre connaissance...

Il venait de réfléchir et de se dire : Après tout, je ne puis l'éviter ; il sait qu'il en existe une. Celle-ci ou une autre, qu'importe ?

— Vraiment, répondit Pierre étonné, et pourquoi cela ?

— Pour votre discours de l'autre jour, qui a mis le feu à bien des têtes. Grâce à votre thèse de l'amour fidèle, toutes les pécheresses du quartier Latin voudraient être relevées par vous, sauf à retomber ensuite. J'en excepte pourtant celle dont je parlais tout à l'heure, ajouta-t-il, non sans émotion ; car c'est une personne fort décente et qui m'est très-attachée.

Pierre ne répondit pas ; sa physionomie avait pris une expression de tristesse embarrassée, qu'Albert comprit sans doute ; car le même embarras le gagna. Oui, celui qui avait vu Marianne au bras d'Albert et qui la savait sa fiancée, qui la respectait et l'admirait, ne pouvait, accueillir légèrement une pareille confidence.

Albert rentra chez lui et s'assit à sa table pour travailler. Mais il n'était pas en train, pas du tout : une foule de pensées importunes, que la présence de Pierre avait éveillées, le tarabustaient ; il éprouvait un profond malaise. Comme tous les caractères peu accusés, Albert subissait extrêmement l'influence du milieu, des êtres qui l'entouraient. Pierre venait de lui rappeler, de replacer en quelque sorte sous ses yeux le pays, la famille, l'engagement d'honneur qui le liait à Marianne, tout ce qu'il oubliait au loin si facilement. Il se retrouvait en pensée dans la chambre d'Henriette, avec Marianne et Pierre ; il revoyait la douleur et l'indignation de sa fiancée, que Pierre partageait. Ah ! que ce témoin était important ! Et qu'il en eût mieux aimé un autre !... Il est vrai qu'un autre l'empêcherait probablement de travailler, tandis que Pierre l'aiderait plutôt, au besoin. Et puis, ne savait-il pas que tous, ou presque tous... excepté lui, Pierre, peut-être ! et encore, qui sait ?

Ne pouvant l'éloigner, il éprouva d'instinct le besoin de le séduire et se montra plein de prévenance pour lui. Dès le lendemain, deux amis étant dans sa chambre, il leur offrit du malaga et des liqueurs dont sa mère lui envoyait une provision de temps en temps, et frappa aussitôt à la porte de son voisin. Pierre était dans sa chambre ; il répondit. Albert écarta la commode, tira le verrou qui fermait la porte de son côté ; la serrure tenait à peine, elle céda, et une communication facile et rapide se trouva établie entre les deux chambres. Toutefois Albert se garda bien d'incommoder son camarade, qu'il savait un travailleur acharné ;

il sut être fraternel et agréable sans importunité.

Un jour que la porte de communication était ouverte, Albert, de sa fenêtre, fit signe à Fauvette de venir, et quand elle fut là, sans préambule, il lui présenta Pierre Démier. Fauvette rougit, balbutia, sourit et serra la main de Pierre avec des larmes dans les yeux.

Petite sorcière, se disait Albert en la regardant. S'il ne comprend pas mon excuse !... Il oubliait que la vue de cette charmante fille et l'amitié que Pierre conçut bientôt pour elle ne pouvaient, pour un jugement sérieux, qu'augmenter ses torts, au lieu de les atténuer. Il était traître deux fois.

Pierre n'était pas un puritain, du moins dans ses allures. Il passait, calme en apparence et silencieux, au milieu de ses compagnons dissolus, recherchant de préférence les plus sérieux, mais ne fuyant pas les autres, ne s'écartant que de leurs plaisirs. Comme il vivait retiré, on le remarquait à peine et on l'estimait comme intelligence, sans se préoccuper de sa vie intime, le laissant dans l'ombre où il s'enfonçait lui-même. Son discours sur la fosse de Louisa et de Paul Théry avait été une explosion de ses sentiments et de ses opinions, à laquelle on ne s'attendait pas ; mais comme il avait révélé en même temps un certain talent de parole, on avait discuté, blâmé ou approuvé les idées, sans jeter de ridicule sur l'homme. Nul d'ailleurs n'avait rien contre lui ; il n'était pas gênant et il était serviable ; plus d'un lui devait d'excellentes explications, et des prêts de livres ou de cahiers.

Chacun des camarades d'Albert accueillait donc Pierre sans hostilité, même avec plaisir. Mais, tout en acceptant la camaraderie créée par le voisinage, Pierre sut la maintenir dans des limites étroites. Il dit simplement à Albert :

— Quand je ne répondrai pas, ne m'appelez pas deux fois, à moins que vous n'ayez besoin de moi.

Pour Fauvette, qui venait d'ailleurs assez rarement chez Albert, le jeune Démier la vit plus rarement encore, et il fallut une circonstance particulière pour déterminer entre eux quelque intimité.

Cette circonstance fut une maladie de Fauvette.

Elle eut lieu au commencement de juillet, environ trois mois après l'époque où la jeune ouvrière était devenue la maîtresse d'Albert. On l'a vue s'épuiser de travail et prendre sur son sommeil pour regagner les heures qu'Albert lui faisait perdre. Malgré ses efforts, elle ne pouvait aboutir à payer sa chambre qu'en retranchant sur sa nourriture, déjà insuffisante, et elle avait ainsi profondément affaibli ses forces. Mais une autre cause, encore plus active, était venue miner la santé de Fauvette et la jeter dans cet état de faiblesse et d'irritation nerveuse où le moindre accident peut déterminer un désordre grave. Elle avait peu à peu senti décroître l'enthousiasme d'Albert ; les visites de son amant étaient devenues moins fréquentes ; il était parfois distrait près d'elle, et quand, impatiente de le voir enfin, elle montait chez lui, l'étude, qui autrefois à sa vue s'envolait à tire d'ailes, comme un oiseau farouche, tenait bon maintenant et lui disputait ces regards qu'elle venait chercher, ce front qu'elle voulait couvrir de baisers. Une fois même, ennuyé d'être dérangé, il avait dit à Fauvette : « Laisse-moi donc tranquille ! »

À cela elle n'avait rien répliqué, la pauvre enfant. Elle était tout de suite descendue ; puis, remontée dans sa chambrette, elle était tombée sur une chaise en sanglottant, et avait passé le reste du jour à pleurer, sans plus s'inquiéter de l'ouvrage. Qu'avait-elle besoin de vivre, si Albert ne l'aimait plus ?

Le lendemain, il avait vu ses yeux rougis, sa feinte froideur, sa douleur amère, et l'avait consolée par de vives caresses et par de nouveaux serments, en alléguant une excellente raison, l'époque des examens, le besoin de faire sa thèse. Fauvette avait accepté cette excuse et s'était rassérénée pendant quelques jours ; mais d'autres symptômes, ou plutôt les mêmes qui persistaient, étaient venus lui rendre son chagrin, son cruel doute. Pourquoi n'aimait-il plus leurs promenades solitaires dans les bois autour de Paris, qui l'enivraient tout d'abord ? Maintenant il préférait les promenades en commun, à deux ou trois couples ou davantage. On allait où va la foule, dans les fêtes champêtres des environs ; on riait bruyamment avec des étrangers, au lieu de s'aimer à deux en silence. Au lieu de se contempler l'un l'autre, on allait voir quelque chose, qui pour elle n'importait en rien, car ses yeux, comme son esprit, comme sa vie, tout cela était renfermé dans son amour. Il avait fallu qu'elle, l'ouvrière laborieuse et rangée qui n'avait à se reprocher que l'abandon de sa jeunesse et un amour sincère, consentît à se mêler à ces femmes qui cherchent un entreteneur dans leur amant. Ce n'est pas qu'elle s'indignât de leur compagnie,—les filles du peuple, élevées comme elle dans les hasards de la misère, n'ont pas de ces morgues,—non ; mais elle en souffrait, parce que la nature de ces femmes était contraire à la sienne, qu'elle rougissait de leurs propos ou ne les comprenait pas. Et puis, dans ces parties, Albert était aux autres bien plus qu'à son amante ; ce bienheureux jour du dimanche, ce jour de son culte à elle, on le lui prenait, ou plutôt Albert volontairement le lui retirait, pour le donner à ses amis, et c'était là pour Fauvette le trait empoisonné qui lui dévorait le cœur et servait de thème aux plus désolantes pensées. Albert n'était plus le même, il l'aimait moins ; peut-être un jour ne l'aimerait-il plus du tout !

L'aiguille alors tremblait dans les doigts de Fauvette ; ses yeux voilés de larmes ne distinguaient plus les fils de l'étoffe, et de plus en plus sa mémoire impitoyable lui rappelait mille preuves du changement d'Albert ; elle avait des crises de larmes, de désespoir, et tombait ensuite dans une atonie profonde, les yeux fixés sur l'abîme où elle se sentait entraînée.

Il faut dire qu'Albert la rassurait mal. Il s'occupait en effet de passer sa thèse, comme il l'avait promis à Marianne, à son père, qui espéraient cette année le voir revenir docteur. Mais il avait perdu bien du temps, il sentait qu'il était peu fort et craignait beaucoup un échec. Cela le rendait soucieux et irritable. Puis l'étude le fatiguait, parce qu'elle l'ennuyait. C'est pourquoi il avait besoin de bruit et de mouvement pour se délasser et se distraire, et non des doux entretiens d'amour que regrettait Fauvette. Pour lui, le temps en était passé. Un amour auquel manque la foi en lui-même, qui vit l'œil fixé sur le point où il finira, ne peut se nourrir de longues contemplations ; toute sa saveur est continue dans l'émotion des premières faveurs, dans la nouveauté des impressions, dans la difficulté vaincue. Tout le reste, la pénétration intime des deux êtres, les longs projets, les éternels serments, tout ce que recherchait Fauvette enfin, c'était pour lui des mensonges, et c'est une fatigue et une répugnance que de mentir.

Au retour des courses de la Marche, où ils étaient allés en char-à-bancs avec Marie et son amant, un étudiant berrichon, Lacasse, Carline et Mérut, Labobière et une jeune échevelée qui se faisait appeler Ninon, Fauvette fut prise d'un étourdissement. On l'en plaisanta fort, d'autant qu'elle n'avait pu manger au dîner, Albert fronça les sourcils et se montra de méchante humeur ; de telles plaisanteries étaient loin de lui plaire. Il ramena sa maîtresse chez elle, et lui dit bonsoir assez froidement, en sorte que Fauvette s'abstint de se plaindre. Elle souffrait cependant beaucoup. La nuit elle eut la fièvre, et le lendemain, vers 11 heures, quand Albert, s'apercevant enfin que la fenêtre de la mansarde était restée fermée, vint la voir, il la trouva au lit, en proie au délire, et tout à fait malade.

Ne se fiant pas à lui-même, le jeune

homme appela un médecin. Fauvette avait une angine, maladie épidémique alors et dangereuse. Aucune amie ne voulut s'exposer pour soigner la malade, Marie en exprima ses regrets, mais Lacasse le lui défendait, Albert et Pierre, aidés par la concierge de la maison, se relayèrent près de Fauvette. Celle-ci, dans le délire même, gardait une lucidité tenace, effrayante d'intensité. Elle voulait être aimée, rester belle et poétique aux yeux de son amant, et, dans cette idée, elle l'écartait d'elle, soit comme garde-malade, soit comme médecin. Parfois ses yeux s'attachaient sur ceux de Pierre avec une expression ardente d'angoisse, de confiance et de prière. Il comprit, sacrifia son temps, se fit assidu et vigilant comme un frère et entra dans les rues de la pauvre enfant, ne laissant à Albert que le rôle d'amant et de consolateur.

Heureusement, à l'aide insuffisante de la concierge, vint s'en ajouter une plus efficace.

Mlle Florentine, peu de jours après la cérémonie des funérailles, où elle s'était trouvée l'obligée de Fauvette, était venue, selon sa promesse, lui faire visite, et bien que le ton et les manières de la vieille étudiante ne plussent pas à la jeune fille, celle-ci, que la bonté rendait perspicace et qui avait connu la misère, la devinant dans cette ruine, avait été bonne, engageante. Charmée de cet accueil, Mlle Florentine était revenue, avait affiché pour Fauvette une grande sympathie, et s'était fait parfois offrir un dîner, une ou deux fois le prêt d'une pièce de 5 francs que Fauvette exigeait d'Albert. Apprenant la maladie de sa jeune amie, Florentine accourut s'établir à son chevet.

— Pour moi, je n'ai pas peur, disait-elle; si je tombe malade, on me portera à l'hôpital, et si je meurs, personne ne me regrettera, ni moi non plus.

Elle soigna Fauvette avec beaucoup de zèle, tout en goûtant pour sa part la volupté profonde de se voir apporter, matin et soir, un plat de chez la fruitière. Plus tard, quand Fauvette fut rétablie, Florentine ne pouvait se résoudre à la quitter.

— Non, non, ma petite chatte; vous n'êtes point encore assez forte. Gardez votre petite maman près de vous quelques jours de plus, il faut tant prendre garde aux rechutes!

— Mais vous êtes si mal couchée sur ce vieux canapé!

— Moi, pas du tout. Oh! j'y passerais bien des nuits encore! Je m'y trouve très-bien.

Quand Albert, ennuyé de trouver toujours Florentine chez Fauvette, exigea qu'elle partît, la pauvre étudiante dut avouer qu'elle n'avait plus de domicile.

— Vous comprenez, dit-elle, je devais là-bas, rue Saint-Jacques, cinq ou six termes, et la portière, qui est une femme sans délicatesse, me faisait mille avanies. Je me suis dit : Il est bien inutile, puisque je couche chez Fauvette, de devoir quinze jours de plus. J'ai emporté mes hardes petit à petit, en deux ou trois voyages, et maintenant je ne n'y puis pas retourner.

Elle ne pouvait pas davantage louer autre chose, n'ayant pas un sou d'avance à donner. En termes fort délicats, elle fit entendre combien les temps devenaient durs et les protecteurs rares, surtout pour une personne qui n'admettait d'autre choix que ceux du cœur; elle se trouvait momentanément dans la peine, comme elle pouvait demain rouler sur l'argent. On ne sait ce qui peut arriver, mais il y a parfois des temps difficiles pour les personnes qui se respectent.

— La petite mansarde au-dessus de ta chambre est libre, dit Fauvette à Albert; c'est tout petit et pas cher : 15 francs par mois. J'ai parlé à la concierge ; cette pauvre fille mérite bien qu'on l'aide pour les soins qu'elle m'a donnés. Tu aurais payé plus cher une autre garde.

— C'est fort bien, répondit Albert d'un ton maussade ; mais j'aimerais mieux qu'elle allât ailleurs. Je ne veux pourtant pas entretenir cette vieille.

Il paya cependant, mais la dernière phrase fit pleurer Fauvette. Qu'était-elle autre chose elle-même à présent qu'une entretenue? Sa maladie avait beaucoup coûté. Albert avait dû payer le mois arriéré de sa chambre avec les nouveaux; le médecin avait absolument défendu qu'elle se livrât de longtemps à la couture plus de quatre ou cinq heures par jour; ses pratiques la quittaient. Ce qu'elle n'avait pas voulu accepter lui était donc imposé fatalement, et cela quand elle souffrait déjà de trouver plus tiède l'amour d'Albert!

Elle eut une angoisse nouvelle quand Albert lui annonça qu'il attendait prochainement une visite de sa famille, et que pendant ce temps ils ne pourraient guère se voir.

— Il faudra beaucoup de prudence, ajouta-t-il.

— De prudence! mais ils ne viennent pas loger chez toi?

— Sans doute. Il est probable même qu'on ne mettra pas le pied dans ma chambre; mais enfin c'est égal, il est bon de prendre garde. Si ma mère... si mon père venaient à soupçonner que j'ai une liaison... sérieuse, ils seraient très-mécontents.

— Ils sont donc bien sévères? Il y a ta sœur aussi?

— Oui, dit sèchement Albert.

— Est-elle... bonne, jolie? T'aime-t-elle bien?

— Oui.

— Que je voudrais la voir !

— Ah ! par exemple ! exclama-t-il d'un air scandalisé, qui amena des larmes dans les yeux de Fauvette.

— Tu m'en crois indigne, je le vois bien, dit-elle.

— Ce n'est pas cela, c'est que tout bonnement la chose est impossible.

— Oh ! rassure-toi, je ne songeais pas à lui parler. Je dis que je voudrais la voir seulement, et mes yeux ne lui feraient pas de mal, car ils l'aimeraient à cause de toi.

Elle était devenue susceptible, à cause de sa situation dépendante, dont elle souffrait ; de son côté, s'il l'aimait encore, il n'avait plus beaucoup d'enthousiasme. Elle avait pâli, maigri ; elle devenait triste, et sa jolie voix ne se faisait plus entendre. Cependant, après s'être froissés réciproquement quelquefois, ils revenaient à des retours d'affection et s'embrassaient tendrement. En cette circonstance, Fauvette fut un peu consolée de voir qu'Albert lui-même paraissait fort contrarié de cette visite de famille.

En effet, cela le dérangeait. Il n'avait pas trop d'espoir pour son examen de docteur, cela allait lui faire perdre un temps énorme, après tout, ce serait une raison à donner, s'il échouait, — mais encore, il ne savait pourquoi, l'introduction de sa famille et surtout de Marianne dans sa vie d'étudiant, lui déplaisait. Ils auraient bien pu attendre ! se disait-il. Et il ajoutait : Drôle d'idée de venir marier Emmeline à Paris !

Voici ce que lui mandait son père à ce sujet : « Notre voyage à Paris est décidé. Ces dames me tourmentaient un peu pour cela ; mais je n'y voyais pas d'utilité, quand une lettre de Mme Milhau nous a décidés, ta mère et moi. Il s'agit d'un mariage avantageux pour Emmeline. Comme nous ne voulons pas faire causer à Poitiers et qu'il faut se voir avant de s'engager, c'est nous qui nous déplaçons. Notre amie te mettra au fait. Naturellement ta sœur ne sait rien. Tout cela va un peu te déranger, car il va sans dire que nous ne pourrons pas nous passer de toi pour cicerone ou pour compagnon ; mais je suppose que tu as assez mis le temps à profit cette année pour qu'une quinzaine de plus ou de moins ne te fasse pas tort. Nous te laissons d'ailleurs les matinées. Travaille plus fort en attendant... »

Suivaient des lettres d'Emmeline et de Marianne, exprimant la joie de voir Paris et de revoir Albert. Elles arrivaient à la fin de juillet, et la saison était assez mal choisie ; mais il y avait encore des spectacles et l'on tenait surtout à voir la ville, ses musées et ses monuments. Enfin l'on n'avait pu décider plus tôt le docteur, trop occupé.

Albert alla aux renseignements chez Mme Milhau, et la bonne dame avec enthousiasme se mit à lui expliquer son projet. Il s'agissait d'un parent à eux, un homme riche, qui avait mené jusque-là une vie fort légère, et que plus d'une fois Mme Milhau avait essayé de marier ; mais cela n'avait pas été possible. On se désolait de le voir continuer à dissiper sa fortune et sa santé dans les plaisirs, après l'âge où les autres hommes se rangent. Ce n'est pas qu'il fût âgé, il avait à peine quarante ans ; mais enfin il était temps de le laisser là les coquines qui le grugeaient et d'épouser une jeune fille chaste, aimable et raisonnable, pour se faire un intérieur.

En ce moment, M. Beaujeu était dans les griffes d'une femme qui n'était plus jeune ni même belle, à ce que disait M. Milhau, qui l'avait vue, et pourtant — on ne comprend pas l'empire de ces femmes-là ! — elle lui menait à la baguette et lui rendait la vie impossible. C'étaient des fantaisies extravagantes et des scènes parfois de jalousie !... Dans un de ces moments-là, il était venu dire à sa cousine : « Cette fois, j'en ai assez ; mariez-moi. Il faut que cela finisse ! » Mme Milhau alors avait pensé à cette chère Emmeline, qui serait une petite femme charmante pour son cousin. On ne faisait pas les choses à la légère. M. Milhau connaissait le chiffre des dettes, et il restait deux cent mille francs bien intacts. Avec cela, M. Beaujeu, qui avait de belles connaissances, se décidait à accepter une place de sous-préfet, qu'on lui avait offerte plusieurs fois. Il serait préfet quelque jour ! C'était donc un magnifique parti pour Emmeline. Dans les dispositions où il était, il ne regardait pas à épouser une femme moins riche que lui. M. et Mme Milhau lui avaient tout dit, la famille lui plaisait ; il demandait seulement à voir la jeune personne avant de s'engager ; on ne craignait pas cette épreuve. Emmeline est si bien !... On était sûr qu'elle plairait. Alors, avant de faire la demande en mariage, M. Beaujeu enverrait un congé formel à Mlle Marina.

— Car nous avons tout prévu, vous pensez bien, pour le bonheur d'Emmeline : c'est M. Milhau qui se charge lui-même de porter le congé. Les fiancés n'auront donc plus qu'à être heureux ; tout peut être fait d'ici un mois, et nous aurons, j'en suis certaine, arrangé là un excellent mariage pour votre sœur comme pour notre parent.

Albert crut devoir remercier Mme Milhau, et s'en revint cependant un peu offusqué des quarante ans du prétendu. Quelque chose encore le gênait dans la Marina, mais on conviendra que sur ce point ses susceptibilités ne pouvaient être bien vives. Faire passer des bras d'une *coquine* dans ceux d'une *chaste jeune fille* un homme qui avait vécu de plaisirs pendant vingt ans, cela n'avait rien de nouveau pour lui, ni d'absolument étranger Il était toutefois moins enchanté que l'honnête bourgeoise, et attendit sans impatience aucune de savoir s'il aurait ou non pour beau-frère l'amant de Marina.

— Marina, se dit-il, ça pourrait bien être celle que j'ai remarquée au bal Bullier? Ce serait drôle si M. Beaujeu était cet amant qui l'a conduite à l'enterrement de Théry. Du diable si je pensais... Eh bien! c'est Marina qui sera furieuse!

Et il se rappela les paroles de Miletin: « Celui-là, le dernier, elle le tiendra bien! »

D'ailleurs sans inquiétude: que peut contre la morale et la famille, sous l'invocation desquelles allait se conclure le mariage de M. Beaujeu et de Mlle Brou, une de ces maudites qu'on ne prend que pour les abandonner?

XIV

La famille Brou descendit, rue Saint-Domi-nique-Saint-Germain, à l'hôtel du bon La Fontaine, qui leur avait été recommandé par le chanoine comme un hôtel respectable et comfortable, au dire de plusieurs vicaires.

Mme Brou commença par visiter les draps. —Elle apportait à Paris un certain nombre de préventions invétérées contre la grande ville. — Disons tout de suite qu'elle les trouva nets et, selon toute apparence, fraîchement dépliés, mais ne sentant pas la bonne lessive. Elle trouva encore à redire à bien d'autres choses, qui ne se faisaient pas comme à Poitiers. Ce n'est pas qu'elle ne fût pleine de respect pour Paris à d'autres égards, pour le Paris consacré par la gravure et la tradition; bien au contraire, car elle s'apprêtait d'ores et déjà à tout admirer, et particulièrement les Tuileries, qu'elle estimait devoir être le plus beau des monuments, puisque c'était le palais des souverains.

Sur ce point, Emmeline était dans des intentions toutes pareilles; cela n'admettait aucune discussion, c'était fait d'avance. Mais ce qui ne l'était point, où elle se promettait un plaisir plein de sincérité, de vraies jouissances et de raffinements d'admiration, c'étaient les beaux étalages des magasins de nouveautés, de modes et de bijouterie. Elle avait arrêté d'emporter, soit par la persuasion, soit de haute lutte, certaines emplettes dont la liste était faite dans sa tête, et sans lesquelles elle ne voulait point rentrer à Poitiers, à moins que... à moins qu'il ne s'agît de l'enchantement d'une parure complète

et des délices d'un ameublement... sous les auspices d'un voile de mariée et d'une couronne de fleurs d'oranger...

Oui, en si grand secret que M. et Mme Brou eussent discuté le but de ce voyage, Emmeline, si elle ignorait le nom du prétendu, les détails, savait parfaitement à quoi s'en tenir sur le fond des choses: elle savait qu'il s'agissait de la marier. Comment l'avait-elle appris? Elle-même eût été embarrassée de le dire; mais ne lisait-elle pas à livre ouvert dans les physionomies de son père et de sa mère, ne savait-elle pas bien la signification de leurs réticences? et l'habitude qu'on a dans les familles de parler devant les jeunes filles à mots couverts ne les rend-elle pas singulièrement aptes à tout comprendre?

Mais Emmeline avait, comme sa mère, le culte des convenances; la persuasion intime où elle était qu'il s'agissait pour elle d'un mariage soigneusement préparé n'avait donc en rien altéré la candeur de son ignorance au milieu de tous les préparatifs, et ne donnait même qu'une saveur plus ingénue à ses observations ou à ses réparties, sans apporter le moindre obstacle aux arrangements paternels et maternels. Marianne en tout ceci était la seule ignorante, bien qu'on n'eût d'autre raison de lui cacher ce secret que la crainte qu'elle en laissât percer quelque chose vis-à-vis de l'héroïne.

— Elle serait si embarrassée, cette pauvre petite, dans une pareille entrevue! avait dit Mme Brou.

Ce n'était pas à son mari, seul confident légitime du complot, qu'elle disait cela, mais à son amie de plus en plus intime, la *bonne* Mme Touriot; car cette chère Marthe était vraiment si attachée à la famille, elle aimait si tendrement ces demoiselles, surtout Emmeline. A l'égard de Marianne, elle était, sur bien des points, de l'avis de Mme Brou; elle avait tant de déférence pour le jugement de la doctoresse, que celle-ci ne pouvait lui rien cacher. Il est si doux de se confier et d'être approuvée en toutes choses par une amie dévouée. On avait beaucoup calomnié cette *petite femme*, parce qu'elle était jolie et spirituelle d'abord, et puis qu'elle était un peu imprudente, ne mettant de malice à rien. Mais elle gagnait énormément à être connue, et elle avait aussi beaucoup gagné — Mme Brou, quoique modeste, était bien forcée de l'avouer — dans la société d'une mère de famille sérieuse et capable de donner de bons conseils comme l'était Mme Brou. Aussi la confiance de la femme du docteur en *sa jeune amie* était-elle complète, et bien que la jeune amie demandât continuellement des conseils à Mme Brou, c'était pourtant Mme Brou qui se conformait en tout aux inspirations de la belle Marthe.

Le docteur ne s'en apercevait pas : sa volonté, quand il l'exprimait, ayant toujours force de loi ; il était lui-même d'ailleurs enlacé par l'amabilité et les flatteries de la jeune femme, que Mᵐᵉ Brou, — pourtant ombrageuse encore en fait de jalousie, — laissait facilement en tête à tête avec lui, Emmeline, dont Marthe soignait les intérêts de toilette et de vanité, trouvait son compte à ce gouvernement occulte, et il n'y avait que Marianne, l'objet secret de l'intrigue, qui commençait à se défier de l'enchanteresse, après avoir subi le charme, elle aussi.

Les caractères droits ont une certaine fierté que la flatterie fatigue et inquiète : Marianne l'avait éprouvé. Puis l'obstination de Mᵐᵉ Touriot à parler d'Horace Fauque et à le présenter sous le jour le plus intéressant, bien qu'enveloppée de tant d'ingénuité, de tant de simplicité apparente ; cette obstination avait fini par la frapper la mettre en défiance. Car était-il possible que vivant dans l'intimité de la famille Brou, Mᵐᵉ Touriot n'eût pas compris les liens qui existaient entre Albert et Marianne ou même peut-être n'en eût pas reçu la confidence ? En ce cas, c'eût été une trahison..... D'autres pensées avaient traversé l'esprit de la jeune fille. Qui sait si Mᵐᵉ Touriot n'estimait pas, ne croyait pas que celui des deux qui aimait le plus Marianne n'était pas Albert ? Ne s'était-elle pas aperçue peut-être ?... Avait-elle appris ?...

De telles pensées ne s'achevaient pas, elles n'avaient pas même de contours précis; mais elles n'en remplissaient pas moins l'esprit de Marianne d'une troublante inquiétude.

Moins que jamais, elle était satisfaite des lettres d'Albert. Ce n'est pas qu'il y eût rien à reprendre. Elles étaient fort bien faites; il y avait de l'esprit, de la littérature, de l'amour, du moins des phrases amoureuses. Et cependant elle les sentait froides entre ses mains brûlantes. Elle les lisait et relisait, sans qu'aucune étincelle en jaillît, sans en sentir émaner aucune chaleur. D'où venait cela ?

Avec sa loyauté scrupuleuse, la jeune fille se demanda si la cause de ce phénomène n'était point dans son propre cœur. Mais elle ne pouvait le croire : les inquiétudes, les doutes qu'elle éprouvait, ne faisaient qu'irriter et développer encore son besoin d'aimer ; parfois elle était effrayée des étendues qu'elle découvrait en elle-même. Son aspiration était ardente, autant que sa déception douloureuse, et toutes ses pensées d'amour se concentraient sur Albert.

Assurément elle ne pouvait s'en demander davantage. Un psychologue eût pu poser la question si le besoin d'aimer qu'éprouvait cette jeune fille, combiné avec la loyauté de son caractère, n'étaient pas les seules raisons de son attachement pour Albert : en d'autres termes, s'il existait entre eux des affinités particulières, un lien plus vivant que la simple parole donnée ? Ce qui eût été par le fait poser la question, plus vaste et plus difficile à résoudre, de la nature même de l'amour et du rôle absolu ou relatif qu'y joue l'être particulier. Mais Mˡˡᵉ Aimont n'en était pas à ces préoccupations métaphysiques. Elle croyait à l'amour unique, absolu, prédestiné ; du moins, elle le voulait tel dans son chaste et poétique rêve, et ne souffrait que des contradictions qu'elle percevait entre ce rêve et la réalité, entre elle-même et son fiancé. L'idée d'un autre choix ne lui venait même pas, les effets du doute se bornaient chez elle à la souffrance; même elle le combattait, ce doute, avec énergie ; mais sans cesse il revenait.

Quelquefois, chez Mᵐᵉ Touriot, fréquemment, dans les réunions de leur monde, elle rencontrait Horace Fauque, fidèle à son rôle d'amant malheureux. Marianne était fort touchée de voir que sans aucun espoir, — elle le croyait ainsi, et c'était bien dans cette attitude que posait Horace, — il ne cessât point de rechercher sa présence, sa conversation, et les occasions d'un dévouement qui, s'il ne pouvait s'exercer qu'en de petites choses, se était assurément signalé dans les grandes avec un plus grand bonheur. Ce prince des beaux-fils de famille poitevins, légers et dissipateurs, s'était rangé complètement; on ne citait plus de lui aucune fredaine locale ; seulement, les méchantes langues assuraient qu'il allait, de temps en temps, se dédommager à Paris.

— Ah ! madame, quelle indignité de prétendre pareille chose ! Ce pauvre garçon va tout simplement remplir des missions que lui donne son oncle. Il est devenu si travailleur, si rangé ! C'est une véritable conversion, un nouveau miracle du Père Eleuthère. Ne voit-on pas avec quelle dévotion il assiste aux exercices du soir dans la chapelle ? C'est pourtant bien beau et très-touchant, mais l'esprit du siècle est si douteur !

Ainsi parlaient pour le bel Horace les dévotes qui suivaient la bannière des jésuites, et assistaient aux cérémonies religieuses dans la chapelle de leur collège, rue des Feuillants.

C'est là que se rendait toute la belle société des bien-pensants. Et quel cœur n'eût été touché du luxe de l'autel, du bon goût de tout le programme, du choix de la musique et de sa bonne exécution ? Les mères y amenaient leurs filles et les plus jolies femmes y venaient toutes seules pour s'accouder, avec des grâces infinies, sur un prie-Dieu, pencher la tête et lever les yeux au ciel.

On ne voyait là que volants, dorures et peintures; on n'entendait qu'accents mélodieux, on ne respirait que parfums, et peut-être devenait-il assez difficile, au milieu de cet embaumement des sens, de séparer l'idéal mondain de l'idéal divin, qui était le prétexte de ces rendez-vous.

Le théâtre de la ville, sec, maigre, pauvre en décors, ayait, à coup sûr, bien moins de prestige, et de plus le spectacle religieux avait l'avantage d'être gratis; du moins on ne payait que les chaises, petit commerce lucratif, dont le cliquetis accompagne dans tous les temples la parole sacrée. Mais de combien la générosité des assistants, excitée par toutes sortes de mobiles, ne dépassait-elle pas les exigences d'un prix d'entrée! Les constructions des pères jésuites, dans leur bonne ville de Poitiers, y compris leur église et leur couvent de la rue des Carmélites, sont évaluées à deux millions.

Il est vrai que les conseils distribués par les révérends pères à tant de consciences — particulièrement aux plus délicates, aux plus mondaines et aux plus tendres, dit-on, — sont inappréciables. Et combien sont séduisants leurs sermons, qui allient une entente si délicate de la vie sociale avec les exigences du salut! Aussi, après les familles légitimistes, les familles bourgeoises bien pensantes ont-elles à cœur de confier leurs enfants à des hommes si éclairés, et le collège des jésuites compte quatre cents élèves, en attendant que par la création d'une Faculté, il en compte bien davantage.

Mme Brou était des plus dévotes aux bons Pères, car cela était convenable et bien porté. Puis elle avait là la joie de rencontrer là Mme la marquise de C..., Mme la baronne de T..., Mme de..., et de pouvoir causer ensuite des toilettes de ces dames, de leurs figures, de leurs enfants, etc., de corroborer du témoignage de ses propres yeux les commérages recueillis à la cuisine ou chez les fournisseurs sur la vie intime de ces nobles personnages. C'était là qu'on échangeait de polits saluts discrets avec les personnes les plus comme il faut de la ville; on faisait pour y aller de jolies toilettes. Emmeline y était charmante dans le demi-jour, ou à la lumière adoucie des lampes; on la regardait beaucoup. Tel et tel aussi regardaient fort Mmes X..., Mlles Z...; il y avait fort à voir. Eh mais, et Dieu le père et Dieu le fils? et le Saint-Esprit? et la vierge Marie? Ça, c'était l'affaire du livre de prières, qu'on marmottait entre deux coups d'œil. Après cela, il faut bien avouer qu'on ne connaît pas assez ces gens-là pour s'occuper d'eux autant que des autres.

Dans ces soirées religieuses, le bel Horace parlait des yeux à Marianne, en évitant avec un art infini les regards d'Emmeline et surtout ceux de Mme Brou. Ces déclarations muettes et gênées n'en étaient que plus brûlantes et plus vives, elles inspiraient à Marianne un triste embarras; pour les éviter, elle tenait les yeux baissés. Mais alors, en pensée, elle supposait et croyait sentir le regard d'Horace constamment fixé sur elle, et le don Juan comptait bien sur cette impression. Une chose sur laquelle il ne comptait pas, c'était l'inébranlable fixité du cœur jeune et sincère qui, s'étant donné, n'admettait pas la possibilité de se reprendre. Horace Fauque réussissait à se faire plaindre, il obtenait des marques d'intérêt et de bonté; mais cet intérêt n'aboutissait chez Marianne qu'au désir de le voir guéri de son amour, et non pas au besoin de le consoler.

La présence de Mlle Aimont aux cérémonies catholiques n'était déjà plus qu'un acte de déférence et d'obéissance envers sa famille. Née logicienne, comme beaucoup d'autres jeunes filles, mais ayant de plus qu'elles la volonté de l'être, depuis longtemps elle avait senti dans le christianisme l'opposition de l'acte et de la parole, sans parler des révoltes de sa raison contre le dogme lui-même. Son séjour à Poitiers, au milieu d'une société dévote, du moins en apparence, avait activé chez elle le travail, si fréquent à notre époque, et si pénible, et si inutilement imposé, par lequel l'être humain actuel doit rejeter la nourriture grossière et indigeste des civilisations primitives. Conduite par sa tante au confessionnal des bons pères, Marianne avait de bonne foi cherché dans leur parole des clartés sur les doutes qui l'agitaient; elle avait été saisie d'indignation en ne trouvant dans cette prétendue morale que la sanction de toutes les injustices, l'absolution de tous les vices, la justification de tout fait produit par la force, l'obéissance et l'abnégation imposées aux faibles, les forts toujours bénis et encensés. Mais, au premier désir exprimé par elle de cesser tout exercice religieux, Mme Brou avait jeté de tels cris, et M. Brou avait fait valoir des considérations politiques si profondes, que Marianne avait dû se résigner à attendre sa majorité pour assumer la responsabilité de ses opinions.

Obligée de suivre aux églises sa tante et sa cousine, dont la ferveur ne valait guère mieux au fond que la sienne, mais qui eussent été désolées de ne pas afficher leur élégante dévotion, de plus en plus, Mlle Aimont avait pénétré les artifices de cette doctrine caduque qui, pour ne pas perdre ses adorateurs, affecte le langage nouveau, les allures nouvelles, se plie à toutes sortes d'accommodements et de maquillages; sérieuse et pensive, elle écoutait les sermons, et ils n'avaient, le plus souvent, d'autre effet que d'éveiller en elle des idées contraires, d'asseoir dans son esprit des jugements opposés. Cette éducation contradictoire est, faute d'une meilleure, celle de la plupart des esprits robustes. Elle aida Marianne à progresser plus vivement qu'elle n'eût pu le faire par des réflexions solitaires. En ce qui concerne particulièrement le rôle de la femme, suivant l'esprit de l'Eglise (qui diffère si peu de celui du monde), la jeune fille avait reculé de dégoût devant ce type d'esclave abjecte et rusée, devant cette abdication de la dignité et de la sincérité, qui sont l'idéal du monde et de l'Eglise, et grâce auxquels l'Eglise gouverne le monde en faisant de la femme son instrument.

Elle comprit tout cela peu à peu, et ces deux années de solitude morale et de réflexion secrète mûrirent singulièrement son esprit, arrivé d'ailleurs, d'après les lois naturelles, à une époque sérieuse de développement. Toutefois, grâce au milieu qu'elle occupait, Mlle Aimont avait forcément tourné dans le même cercle, et les voiles des convenances, encore épaissis par Mme Drou, lui dérobaient en bien des choses la réalité. Elle le sentait, et éprouvait, quoique mêlé d'un peu de crainte virginale, le vif désir de savoir davantage. Cet aveuglement qu'on impose aux jeunes filles sur leurs plus proches intérêts n'avait chez elle du moins rien de volontaire; mais sa curiosité, comme sa faculté de deviner, différaient du tout au tout de celles d'Emmeline, qui trouvait souvent sa cousine obtuse et prenait avec elle des airs de matrone. La curiosité de Marianne s'appliquait à des sujets où le bonheur de sa vie et le calme de sa conscience, elle le comprenait bien, étaient attachés. Cet amour d'Albert auquel elle vouait sa vie, qu'était-il ? Contenait-il vraiment les trésors d'affection et de vérité qui pouvaient alimenter une existence entière ? Ou bien cette tristesse, ce vide, cette inquiétude, qui l'envahissaient déjà, devaient-ils s'accroître et lui faire une solitude sans espérance ? Que devait-elle attendre ? Que devait-elle donner elle-même ? que se passait-il autour de ce fiancé, dont la vie lui restait cachée, tandis que la sienne à elle n'était qu'une attente de leur union ? Son cœur était-il trop exigeant ? Avait-elle raison ou tort ?

Pour cet inventaire, la réalité lui manquait. Elle était comme un prisonnier doué d'une excellente vue, enfermé dans une chambre sans fenêtres. Dans sa pensée confuse, dans son sein agité, mille idées, mille impressions naissaient et mouraient, sans vérification possible. L'annonce du voyage à Paris la fit tressaillir de joie. Qu'y verrait-elle ? qu'apprendrait-elle ? Elle ne savait pas, mais n'en espérait que davantage. Comme beaucoup de jeunes esprits, il y avait en elle un ardent mélange de timidités et d'audaces, d'incompréhension et d'intelligence. Elle arrivait émue, inquiète et vaillante, ouvrant largement ses yeux candides, et, si elle rencontrait sur sa route l'urne du destin, prête à y plonger la main sans hésiter.

A la descente du train, Albert était là. L'émotion peinte sur ses traits, son empressement, firent battre doucement le cœur de la jeune fille. On prit deux voitures, Albert monta dans l'une avec sa mère et Marianne. Il était dix heures du soir; à la faveur de l'ombre, il prit la main de sa fiancée, et, tandis qu'ils parlaient à trois des objets qui passaient devant leurs yeux, il la serrait doucement. Pour elle, cela ne pouvait signifier qu'une chose : amour! ce qui voulait dire encore : amour éternel! Et déjà elle se reprochait ses doutes. De temps en temps, quand un bec de gaz les éclairait, elle voyait briller une flamme d'amour dans les yeux d'Albert. Les quais se déroulaient sous leurs yeux. Il nommait tour à tour le pont d'Austerlitz, le jardin des Plantes, l'île Saint-Louis, la Cité, Notre-Dame; la Seine, çà et là étincelante, glissait sous les arches; de plus en plus épaisses, couraient les guirlandes de lumière. On entrait au cœur de Paris, on côtoyait le Pont-Neuf; là-bas, c'était le Louvre. On tournait enfin la rue des Saints-Pères, on touchait au quartier latin. Marianne, toute émue d'impressions vraies et charmantes, souriait, avec de grands yeux demi-attentifs et demi-rêveurs. Que cela est bon d'être aimée! Que cela est beau d'être à Paris!

— Au loin, ses études l'absorbent; mais de près il est toujours le même, se dit-elle en s'endormant paisible et joyeuse, tandis que les mots tendres qu'Albert lui avait glissés bourdonnaient encore à son oreille.

Il y avait trois mois qu'Albert n'avait vu sa fiancée, et depuis trois mois il voyait Fauvette chaque jour. C'en était assez pour qu'un changement s'opérât. D'ailleurs, si le temps et d'autres impressions avaient altéré le premier enthousiasme de son amour pour Marianne, il n'avait jamais cessé de voir en elle la fiancée de ses rêves, l'objet le plus précieux de ses affections; et près d'elle, à la regarder, à l'écouter, l'enthousiasme revenait aisément. Marianne ne se trompait point à la vivacité de ses regards, à la sincérité de ses déclarations.

On alla dans la matinée visiter le Louvre, les quais, et l'on se rendit, aussitôt après déjeuner, chez les Milhau.

— Elle a vraiment embelli! dit à demi-voix Mme Milhau, en regardant Emmeline, qui, les yeux baissés, était tout oreilles.

Mme Milhau invita la famille à dîner pour le lendemain.

— Oh ! mais, sans cérémonie, chère madame, n'est-ce pas ? dit Emmeline, parce nous courrons toute la journée, et nous sommes faites comme des provinciales en voyage.

— Sans cérémonie, assurément, répondit Mme Milhau. Cependant je vous veux en toilette, mes petites belles ; car j'entends vous mener ensuite au concert des Champs-Elysées.

— Au concert des Champs-Elysées ! Quel bonheur ! Oh ! alors, madame, je veux me faire très-belle... pour vous plaire, et pour le concert.

Ces messieurs échangèrent un demi-sourire d'intelligence.

— Chère enfant ! murmura Mme Brou à l'oreille de Mme Milhau, si elle savait...

— Vous voyez, cela s'arrange à merveille, répondit l'obligeante amie.

A merveille ! en vérité ; car dès lors, en toute innocence, avec une adorable candeur, Emmeline ne fut plus occupée que de se composer une délicieuse toilette. Elle entraîna ses parents dans les magasins et choisit un joli chapeau, un canezou de dentelle des plus gracieux, d'élégants brimborions ; Mme Brou, très-discuteuse à l'ordinaire sur les choix, ne la contraria pas trop, et M. Brou, très-regardant d'habitude sur les prix, cette fois ne refusa rien, condescendance qu'Emmeline ne sembla point remarquer. Elle était si préoccupée de.... ce concert ! Elle voulut se faire coiffer et mit à sa toilette tout le soin et la perfection dont elle était capable.

— Tout cela s'arrange on ne peut mieux, disait Mme Brou à l'oreille de son mari ; elle sera ce soir ravissante.

Jamais en effet les intérêts de la coquetterie ne furent mieux servis par l'ignorance. Ce fut à peine si Emmeline fit attention à ce convive imprévu que le hasard sans doute avait placé près d'elle ; mais elle n'en fut que plus gaie, plus naïve et gentille. Le concert des Champs-Elysées revenait à chaque instant dans ses discours, et toute sa contenance témoignait de sa préoccupation.

— Tu aimes donc la musique à Paris plus qu'ailleurs ? ne put s'empêcher de lui dire Marianne, un peu étonnée.

— Ma chère, tu sais bien, je l'aime partout, mais à Paris ce doit être plus beau qu'ailleurs. Et puis ce concert est un rendez-vous des Parisiennes élégantes ? N'est-ce pas, monsieur ? ajouta-t-elle en se tournant tout à coup pour attacher sur son voisin de beaux yeux candides.

— Oui, mademoiselle.

— Ah ! quel bonheur, Je vais donc voir ces belles toilettes qu'on imite partout et ces femmes qu'on dit si gracieuses !

— Je pourrai, mademoiselle, vous désigner un grand nombre d'entre elles et vous les nommer, si vous me permettez de vous offrir le bras, dit avec empressement M. Beaujeu.

— Quoi ! vraiment, monsieur ? Oh ! j'en serai si heureuse ! Vous me ferez un plaisir ! Vous les connaissez ?

— M. Beaujeu est un Parisien pur sang, dit Mme Milhau.

— Que c'est beau d'avoir toujours vécu à Paris ! s'écria Emmeline d'un air rêveur.

— Vous aimeriez beaucoup habiter Paris, mademoiselle ?

— Oh ! monsieur ! Est-ce une question ?... Je crois bien !... Mais un pareil bonheur ne m'arrivera jamais.

— Ce serait alors votre faute, car les Parisiens ont des yeux...

Emmeline baissa la tête avec une charmante pudeur :

— Oh ! monsieur, ce ne sont pas de pauvres petites provinciales qui peuvent prétendre à lutter avec des Parisiennes...

— Mademoiselle, permettez-moi de vous dire qu'il y a peu de Parisiennes qui valent certaines provinciales...

Un frémissement d'intelligence parcourut les visages des quatre instigateurs du complot ; M. et Mme Milhau, M. et Mme Brou ; Marianne elle-même jeta un regard attentif sur M. Beaujeu. Emmeline eut la chance de rougir, prit un petit air surpris et effarouché ; mais elle n'eut pas l'embarras d'une réponse. M. Beaujeu continuait :

— D'ailleurs toutes les Parisiennes ne sont que des provinciales.

— Vraiment ?

La conversation continua sur ce sujet entre M. Beaujeu et sa voisine, et, grâce à l'ingénuité de celle-ci, devint presque intime. Il est vrai qu'il ne s'agissait que de gracieux enfantillages ; mais ces enfants innocentes donnent tout de suite leur confiance, et il est évident qu'Emmeline avait donné la sienne à M. Beaujeu. Au reste, cela ne tirait pas à conséquence. Lorsqu'on se leva de table, elle planta là son voisin, et alla passer le bras autour de la taille de Marianne, à laquelle elle se mit à dire des riens en grand secret, riant ensuite de tout ce que disait son frère. M. Milhau s'approcha de M. Beaujeu.

— Eh bien ! mon cher, qu'en dites-vous ?

— Véritablement elle est charmante ; moins belle peut-être que sa cousine, mais beaucoup plus piquante. Et cela sans art, la pauvre enfant. Mais c'est cette naïveté même qui me touche. Ah ! quand on n'a connu que des femmes... du mauvais monde, cette simplicité, cette innocence, rafraîchissent le cœur !...

— Très-bien ! mon cher, très-bien ! Je vous l'avais dit.....

On partit pour les Champs-Élysées. Pour descendre de voiture, Emmeline trouva la main de M. Beaujeu, qui lui offrit ensuite le bras. Tandis qu'ils se dirigeaient vers l'enceinte du concert :

— Eh bien ! ma chère dame, dit M. Milhau à Mme Brou, j'en étais sûr, notre parent est déjà charmé.

— Vraiment ?

— Il me l'a dit.

— Chère petite ! C'est que, voyez-vous, elle ne se doute de rien. Comme cela, point d'embarras : un naturel, une gaieté.....

— Charmante, oui ; une simplicité, une candeur.....

— Oh ! je l'avais toujours dit. Il faut qu'elle ne se doute pas, sans quoi elle serait gênée et ne paraîtrait pas à son avantage. Eh bien ! je suis contente. Mais voilà, quand elle saura..... Il est très-bien, ce monsieur ; il s'exprime convenablement, il est très-poli. C'est un homme distingué..... Mais il n'est pas jeune.

— Ah !... Je vous l'avais dit : il s'est laissé tout doucement arriver à la quarantaine...

— Hum ! n'a-t-il pas un peu plus ? J'ai remarqué... Il a la patte d'oie, et puis il est bien jaune, il paraît fatigué..;

— Dame ! que voulez-vous que je vous dise, un an de plus ou de moins..., Enfin il s'est amusé... longtemps .. Je ne vous ai rien caché. Cependant cela sera une garantie de bonheur de plus ; un homme de cet âge et las de plaisirs se donne facilement tout à sa femme et il ne sera pas difficile à Emmeline, pour peu qu'elle soit adroite, de lui faire faire tout ce qu'elle voudra. Du moins je le pense, vous savez ; car après tout je ne veux rien garantir.

— Oh ! la chère petite ; elle est si innocente et si sincère !... Elle ne songera qu'à ses devoirs.

— Je le crois, mais la plus innocente des femmes a toujours ses petites malices. Eh ! eh ! eh !

— Ah ! monsieur Milhau, vous avez cette idée-là ?

— Je crois que c'est une affaire faite, si cela convient à Emmeline, disait Mme Milhau à M. Brou. La chère enfant, sans y songer, a été charmante.

— Ma fille fera ce qu'elle voudra, ma chère dame ; je ne prétends la contraindre en rien. Je crois M. Beaujeu un homme très-honorable, très-aimable, seulement... il est temps qu'il se range au moins !... savez-vous ? On ne cache pas ces choses à un vieux praticien comme moi ; il se teint les cheveux.

— Oh ! vous croyez ? Bah ! qu'est-ce que cela fait ? Emmeline est trop raisonnable... Songez donc, mon cher monsieur, deux cent mille francs, et une préfecture quelque jour !

— Savez-vous pourquoi ce monsieur est venu dîner avec nous ? demandait Marianne à Albert.

— Vous vous en doutez, je le vois. Eh bien ! oui, c'est un prétendant pour Emmeline. Mais ne le lui dites pas, elle est à cent lieues de s'en douter, et cela vaut mieux, jusqu'à ce que ce monsieur fasse une demande formelle.

Emmeline continua donc de ne rien savoir et d'être charmante sans y songer, et son innocence était si robuste qu'elle ne s'étonna pas de revoir M. Beaujeu, qui leur procura des cartes de faveur pour Cluny, la Sainte-Chapelle, le Luxembourg, les Gobelins, et leur offrit enfin une loge à l'Odéon.

Ces assiduités, pour rien au monde, Mme Brou ne les eût souffertes à Poitiers. On sait bien que lorsqu'un mariage se conclut, il est absolument convenable que les deux conjoints soient aussi étrangers que possible l'un à l'autre ; mais l'on était à Paris, et à Paris tout est permis, au dire des provinciaux, parce que rien ne se sait.

Au fond, le teint jaune et les cheveux teints n'étaient pas le prestige des 200,000 fr. et de la préfecture en perspective. Emmeline n'avait que 60,000 fr. de dot, c'est-à-dire l'équivalent d'une place de l'État ou d'une clientèle ; or, pour se marier richement, il faut bien sacrifier quelque chose. M. et Mme Milhau avaient eu le tort, quant à cette dot, d'en laisser le chiffre dans un vague qui avait pu permettre à M. Beaujeu de le croire plus élevé. Il n'était donc pas mauvais que l'effet des grâces naïves d'Emmeline fût aussi complet que possible, et l'on ne pressait rien pour tout mieux assurer.

Ils allèrent à l'Odéon ; on y jouait une pièce qui depuis longtemps disparu de l'affiche, mais qui alors avait du succès, semblable d'ailleurs à beaucoup d'autres, faites auparavant et depuis. Il s'agissait des folies d'un jeune homme qui dissipait sa fortune et sa santé dans le monde des hommes de plaisir et des courtisanes, et d'une jeune fille aimable, belle, riche et honnête, qui l'aimait secrètement, sans se rebuter de rien, et qui, sans quitter ses ailes d'ange, le disputait à ses maîtresses et finissait par le leur arracher. Le jeune débauché tombait aux pieds de son ange gardien, se déclarait subitement épris des douceurs et des devoirs de la famille, et voyait sa vertu récompensée par son union avec la belle héritière.

C'était la pièce principale ; mais, comme elle n'avait que trois actes, deux petites pièces l'encadraient. L'une était la peinture des remords et du supplice d'une femme adultère que son mari exilait, en lui retirant l'éducation de sa fille ; l'autre était la réhabilitation d'une courtisane, qui se mourait d'un amour pur, c'est-à-dire du chagrin de sa rupture avec un amant dont elle n'était pas digne. Cet amant, il est vrai, était un jeune débauché ; mais, fils de bonne maison, et destiné, lui aussi, à passer de la pratique de la vie de bohème à l'exercice des vertus de famille.

Tout cela était dit en fort bons termes ; il n'y avait pas un mot dont une oreille délicate pût s'effaroucher. Mais les scènes étaient parlantes, et il fallait bien comprendre, à moins de ne pas entendre le français. Mme Brou ne tarda pas à s'agiter sur son siège et à rouler des yeux formalisés en regardant son mari. Le docteur haussa les épaules. Ils y étaient, il fallait y rester. Au foyer, dans l'entr'acte, Mme Brou s'en prit à M. Milhau.

—Mais en vérité, cher monsieur, ces pièces-là ne sont pas du tout convenables pour des jeunes filles. Vous m'aviez dit les connaître et alors j'avais pensé...

— Ma chère dame, il n'y en a pas d'autres ; elles sont toutes comme ça. Il faudrait alors ne pas aller au spectacle. On y va tout de même. Il ne manque pas de jeunes personnes dans la salle, si vous avez remarqué. A Paris, ça ne fait rien.

— Ah ! si c'est ainsi...

— Il est certain, dit le docteur, que j'ai examiné l'affiche des spectacles depuis deux jours, et les titres seuls... ce ne sont que bâtards, ingénues, filles de marbre, pays latin, demoiselles, vie de bohème, femmes coupables ou autres titres plus enveloppés, mais non moins suspects. Ah ! les mœurs publiques sont tombées dans un triste état !

Mme Brou en parut affligée ; elle poussa un grand soupir.

—Après tout, dit-elle, Emmeline est si innocente que je suis bien sûre qu'elle n'y comprendra rien. Mais voyez-la donc avec M. Beaujeu ! Ils sont réellement fort bien ensemble. Pourtant... cela est bien compromettant, cher monsieur Milhau. Si nous n'étions pas à Paris comme dans un désert.

C'était en effet au bras de M. Beaujeu qu'Emmeline marchait dans le foyer, suivie à deux pas d'Albert et de Marianne, et les deux couples ne paraissaient guère moins intimes l'un que l'autre, sauf qu'Emmeline, tout en recevant, avec une grâce charmante, les empressements et les compliments de M. Beaujeu, persistait toujours à n'y rien comprendre.

Tout à coup Mme Brou fit un soubresaut.

—Qu'avez-vous, chère madame ? lui demanda M. Milhau, au bras duquel elle venait d'imprimer une vive secousse.

— Anatole ! Anatole ! murmura Mme Brou d'une voix étouffée, en s'adressant à son mari, je viens d'apercevoir M. Horace Fauque. Il est ici.

— Horace Fauque ! répéta le docteur d'un air contrarié en cherchant des yeux.

— Bon Dieu ! chère madame, est-ce donc un personnage dangereux que ce monsieur-là ?

— Il est de Poitiers, dit Mme Brou avec désespoir.

—Eh bien ! reprit M. Milhau, ne saisissant pas ce que les compatriotes des Brou pouvaient avoir de si terrible.

— Vous ne comprenez pas ? Il a vu Emmeline au bras de ce monsieur ; il est dans la salle et nous a déjà remarqués sans doute dans notre loge. Cela va faire des commérages là-bas !... Ah ! bon Dieu ! Et moi qui croyais qu'on ne se rencontrait jamais à Paris. Ah ! nous avons fait là une imprudence. Voyez-vous, monsieur Milhau, il faut que votre parent se décide tout de suite ou bien... Je n'entends pas que ma fille soit compromise.

—Tu te seras trompée, je ne le vois pas, dit le docteur après avoir dévisagé toutes les personnes qui se trouvaient au foyer.

— Je l'ai très-bien vu, mais il n'a fait que paraître et disparaître. Quand il a rencontré mon regard, il s'est immédiatement dérobé par cette porte là-bas. Il était avec une femme pâle. On a bien raison de dire que c'est toujours un mauvais sujet.

— Voyons, reprit M. Brou, tu n'en sais rien. Et puis peut-être ne nous a-t-il pas vus ? Nous allons rentrer dans la loge et je me placerai près d'Emmeline.

C'est ce qu'il fit, séparant ainsi sa fille du galant M. Beaujeu ; mais Mme Brou ne fut pas rassurée pour cela. Jugez donc ! Et si ce mariage venait à manquer ? Et quand bien même il réussirait, qui sait ce qu'on pourrait dire ? Qu'on était venu chercher ce monsieur, qu'on lui avait fait des coquetteries ; que Mlle Brou se promenait à son bras dans les théâtres !... O ciel ! Mme Brou, qui avait rêvé d'éblouir Poitiers de ce beau mariage, beau de 200,000 fr. du prétendu, et de l'annoncer à son heure et dans toutes conditions favorables pour produire un bel effet ! Quoi ! pour un moment de relâchement, on pourrait avoir à lui reprocher une chose non convenable, à elle Mme Brou ! Et dans l'œuvre la plus délicate de sa tâche maternelle, le mariage de sa fille ! C'était horrible à penser. Ah ! cet Horace, comment, pourquoi s'était-il permis de venir à Paris ? Cela était indigne ! Il n'avait pu avoir que de mauvais motifs pour cela.

Elle le chercha obstinément des yeux dans la salle, mais ne put le découvrir. Du reste, on eût dit que M. Beaujeu devinait la gravité des circonstances ; car, au lieu de chercher à reprendre la conversation avec Emmeline, qui parfois tournait obligeamment la tête de son côté, il paraissait ne songer qu'à se cacher derrière l'abri que lui offrait le dos du docteur. M. Milhau, remarquant cette attitude, s'approcha de son parent :

— Qu'avez-vous donc ? lui demanda-t-il à demi-voix.

— Elle est là ! répondit plus bas encore M. Beaujeu, et sûrement elle se doute de quelque chose; voyez comme elle nous regarde.

— Où donc ?

— Là-bas, dans l'avant-scène de gauche.

— Ah !... oui, ma foi !

Et le regard de M. Milhau s'arrêta sur une femme pâle, aux grands yeux noirs, aux traits fatigués, mais animés d'une sorte de beauté passionnée, qui, le buste penché hors de la loge, lorgnait Emmeline avec une affectation impertinente. C'était Marina. Sa toilette sombre, assez étrange, relevée seulement par deux bouquets de fleurs de grenadier sur le sein et dans les cheveux, son attitude tout à la fois hardie et lâchée, où se devinaient toutes les audaces d'un être sans pudeur, son front orageux, ses yeux ardents, sa bouche mordante, lui donnaient quelque chose de fatal et de menaçant.

— Eh bien ! voyons, vous n'en avez pas peur, j'espère ? dit M. Milhau à l'oreille de son cousin. Qu'elle dise et fasse ce qu'elle voudra, elle ne peut rien contre vous. Une femme qu'on abandonne n'a qu'à en prendre son parti, et voilà tout.

Malgré ces encouragements, M. Beaujeu restait pétrifié, et Emmeline n'était pas sans éprouver, de cette attitude embarrassée, un étonnement que partageait son père. Mme Brou semblait plongée dans des réflexions profondes, Marianne, très-sérieuse, suivait la pièce avec attention. Il n'y avait qu'Albert dont l'esprit fût parfaitement libre, et qui, lorgnant de temps en temps les actrices, écoutant la pièce, revenait sans cesse à regarder Marianne et se penchait souvent à son oreille pour lui adresser quelques mots.

Le rideau se baissait à peine, que Mme Brou sortit de sa préoccupation pour émettre cette phrase :

— Si nous allions souper dans la chambre d'Albert ?

— Dans ma chambre ! exclama le jeune homme stupéfait.

— Pourquoi pas ? Ce serait charmant. Je ne connais pas encore ta chambre; tu m'as dit qu'elle était grande. Eh bien ! il n'y a qu'à y faire porter le souper commandé au restaurant. C'est tout près ; nous serons là chez nous, en famille. Ce sera bien mieux. Moi, je ne peux pas me souffrir dans ces restaurants, où il y a toute sorte de monde.

Le souper était une galanterie de M. Beaujeu, qui, à l'abri du nom de M. Milhau, avait voulu prolonger la soirée. Un mot de Mme Brou, demandant si les magasins de pâtisse-rie seraient ouverts à la sortie du spectacle, avait fait naître cette idée, et avait rendu la proposition toute naturelle. Mme Brou, quand elle veillait, ne pouvait se coucher sans prendre quelque chose. On avait donc commandé un souper et Mme Brou n'avait rien trouvé à redire. Mais à présent qu'elle savait là Horace Fauque, il ne manquait plus, pensait-elle, qu'on les vît entrer au restaurant pour souper en compagnie de M. Beaujeu ! Mais alors, grand Dieu ! ce voyage à Paris, transporté à Poitiers, allait y devenir une orgie échevelée ! Justement le restaurant était à la porte du théâtre; Horace Fauque ne manquerait pas de les épier. Jamais !... Non !... Mme Brou serait morte de faim plutôt !

On ne pouvait pourtant pas faire l'affront à ces messieurs, — car M. Beaujeu transparaissait ici clairement sous le pseudonyme de M. Milhau, qui ne se livrait pas d'ordinaire à de pareilles fantaisies, — on ne pouvait pas faire au prétendant l'affront de refuser ce souper commandé, accepté. Le moyen proposé par Mme Brou aplanissait tout; Horace Fauque ne les suivrait pas rue des Écoles.

Elle fit en peu de mots comprendre à son mari les avantages de ce plan, qui d'abord avait paru au docteur assez fantastique, et ils furent très-surpris l'un et l'autre de voir M. Beaujeu l'adopter avec empressement; lui aussi craignait d'être vu de Marina, ou plutôt de subir une scène dont il la savait capable. Les jeunes filles applaudirent : elles étaient charmées d'aller chez Albert. Dans la journée même, elles avaient voulu monter chez lui, il les en avait empêchées sous un prétexte. Pourquoi ? Sa chambre n'était pas prête, il y voulait faire une revue auparavant; puis il éprouvait une grande répugnance à faire entrer Marianne dans cette chambre où d'autres avaient passé. Albert était du nombre des gens à conscience instinctive, que les objets impressionnent plus que le fait moral et qui changent d'idées avec les lieux. Hors de cette chambre, ses torts à l'égard de sa fiancée étaient beaucoup moindres que dans cette chambre; que dis-je ? hors de cette chambre, il n'y pensait plus. Mais là, vis-à-vis d'elle !!!

Albert était donc le seul à qui le plan ne sourît pas. Le voyant déconcerté, son père inquiet lui dit :

— Je parie que ta chambre est en désordre. Va l'arranger.

— C'est juste, dit Albert.

Il se leva, sans se laisser arrêter par les assurances de sa sœur et de Marianne que ce n'était pas la peine, et partit au moment où le rideau se levait sur la dernière pièce.

Après avoir prévenu le traiteur, comme il

en avait reçu la commission, Albert ne fit qu'une enjambée jusqu'à la rue des Ecoles, et entra dans sa chambre de fort mauvaise humeur. Pendant qu'il cherchait sa bougie, il vit une raie de lumière à la porte qui donnait chez Pierre et l'idée lui vint de l'appeler, Pierre l'aiderait, il n'y avait pas de temps à perdre, et puis il ne serait pas seul, chose qu'il ne pouvait supporter quand il avait des sujets d'ennui. Il frappa donc à la porte de communication.

— Pierre, si vous n'êtes pas trop occupé, voulez-vous m'aider ? D'ailleurs, vous serez dérangé, bon gré, mal gré ; ma chambre va devenir tout à l'heure une salle de réception.

Ayant reçu une réponse affirmative, Albert dérangea la commode et ouvrit la porte; puis il mit Pierre au courant de sa situation. Pierre écouta sans mot dire et se prit aussitôt à regarder autour de la chambre. Il y avait des gravures bêtes, cocasses ou impudiques, dont plusieurs avaient été accrochées là par Armantine ; il les enleva, pendant qu'Albert arrangeait les livres et les papiers dont la table était encombrée.

— Elles n'ouvriront pas les livres, j'espère, dit-il.

Cependant il en confia plusieurs à Pierre pour qu'il les abritât dans sa chambre. C'étaient des livres érotiques. Un plâtre qui était moins une nudité qu'une indécence, laissé par un ami, fut également porté chez Pierre. Ensuite ils ôtèrent tant bien que mal la poussière accumulée sur les meubles, rangèrent sous le lit en bon ordre une armée de souliers vieux ou neufs, qui traînaient dans tous les coins, s'efforcèrent enfin de donner à la chambre un air élégant. Ils avaient fini par se piquer de goût artistique et Pierre travaillait avec ardeur à un trophée d'armes, tandis qu'Albert coiffait d'un vieux chapeau une tête phrénologique et lui nouait une cravate, quand un coup fut frappé à la porte.

— Sapristi ! s'écria Albert en tressaillant, déjà !

— Ce n'est que moi, dit en entrant Florentine.

Elle s'approcha d'Albert d'un air mystérieux.

— Savez-vous ce que je suis venue vous dire ? Vous devriez aller voir Fauvette. Elle est dans un état, cette pauvre petite ! Nous venons de l'Odéon, c'est elle qui est venue me chercher pour l'accompagner. Elle avait des soupçons, voyez-vous ; depuis deux jours qu'elle ne vous a pas vu. Nous sommes donc allées à la comédie ; nous étions à l'amphithéâtre aux places d'en face, et nous vous avons très-bien vu, et, dame ! il est clair que vous courtisez cette demoiselle, qui est très-

bien d'ailleurs. Fauvette vous a vu sortir; elle a attendu encore un moment, mais elle était vraiment malade, et c'est moi qui lui ai dit :

— Venez, ma chère, vous vous trouveriez mal ici. Je vous dis qu'elle est dans un état à faire pitié ; je l'ai laissée au pied de son escalier ; elle n'a pas voulu que je l'accompagne. Alors, comme j'ai vu de la lumière chez vous, je me suis dit : Je vais lui parler. Vraiment, Albert, vous n'avez pas de cœur pour cette pauvre enfant, qui est si gentille ! Ah ! vous êtes bien comme votre père ! lui aussi se souciait peu de briser un cœur fidèle. Quand je l'ai revu ce soir, ça m'a donné un coup !... Et qu'il est changé !... j'ai eu bien de la peine à le reconnaître, si je n'avais pas su que c'était lui... Hélas ! c'est comme cela que vous faites tous avec les pauvres femmes qui se fient à vous...

Albert avait écouté ce monologue avec un mélange d'irritation et de contrariété. Ne sachant que répondre, il prit le ton de la raillerie, et regardant Florentine, dont les épaules maigres étaient affreusement décolletées :

— Vous devez avoir produit un effet superbe là-haut. Hein ? Je parie que vous avez fait des conquêtes.

— Non, pas une seule, dit-elle en minaudant, il n'y avait là que des croquants. Mais qui donc est-ce que vous attendez dans votre chambre que vous faites tout si beau. Est-ce que vous allez donner à souper ?

En disant ces mots, sa poitrine efflanquée se gonfla sous une aspiration, sa bouche s'ouvrit sur ses dents longues et ses yeux brillèrent d'un éclat famélique.

— Fâché de ne pouvoir vous inviter, dit Albert ; ce sont mes parents, que j'attends, et même, si vous n'avez plus rien à me dire, je vais continuer mes préparatifs.

— C'est bon, je m'en vais, dit-elle en soupirant, puisque je vois que c'est inutile... Oh ! oui, vous êtes bien tous les mêmes !

Elle fit quelques pas jusqu'à la porte, et puis, revenant, d'un ton plaintif :

— Vous n'auriez pas quelque chose pour me réchauffer l'estomac, dites ? J'ai là un creux... On ne trouve plus rien, il est trop tard.

— Allez au diable ! murmura Albert, qui cependant alla ouvrir un placard et remit à Florentine une bouteille contenant un reste de liqueur.

— Là, merci ! dit-elle tristement.

En se retournant, elle vit Pierre qui avait couru dans sa chambre et lui rapportait en souriant un morceau de pain.

— Ah ! merci, reprit-elle ; vous êtes bon, vous.

Et elle sortit, rayonnante.

— Ce n'est pas malheureux ! dit Albert en

la voyant disparaître, il n'aurait plus manqué...

— Cette femme meurt de faim, dit Pierre gravement.

— Parbleu! avec son âge et son métier, ça peut-il être autrement? A moins qu'on ne leur bâtisse un hôtel des Invalides...

— Il vaudrait mieux supprimer le métier, répondit Pierre.

— Vous en parlez bien à votre aise, vous qui êtes un puritain. Je suis sûr que vous me blâmez beaucoup, bien que vous ne disiez rien, ou plutôt c'est à cause de cela que j'en suis sûr. Eh! que voulez-vous, mon cher, la nature est faible ou forte.

— La nature est forte, parce que la volonté est faible, ou plutôt parce que la volonté, en tant qu'obstacle, n'existe même pas. Comme d'avance vous croyez ne pouvoir et ne voulez pas faire autrement...

— Oh! mon cher, quel moraliste vous faites!

— Vous me rendrez cette justice, que je ne fais pas de morale sans provocation. Je n'aime pas les choses inutiles.

— C'est vrai, c'est moi qui ai parlé le premier... mais aussi votre silence, mon cher, est plus lourd que des paroles. Je n'aurais pas dû vous prier de m'aider. Ces choses-là sont indignes de vous...

— Je n'ai fait aucune réflexion quand vous m'avez appelé, dit Pierre; mais à présent je crois que vous n'avez plus besoin de moi. Bonsoir, Albert.

Il se dirigea vers sa chambre. Albert courut à lui.

— Pierre, je vous en prie!

Pierre s'arrêta, et, voyant Albert ému qui lui tendait la main, il y mit la sienne.

— Mais je ne suis pas fâché, dit-il avec un sourire.

— Je le crois, vous êtes un excellent camarade; c'est moi qui ai de l'humeur malgré moi. Vous allez dire que c'est la conscience, tout ce que vous voudrez. C'est vrai que j'aimerais mieux recevoir ma cousine ailleurs qu'ici. Aidez-moi cependant jusqu'au bout, je vous en prie. Quand je vous ai appelé, c'était, bien entendu, pour vous prier de souper avec nous.

Pierre parut étonné, presque troublé, de la proposition.

— Non, certes, je connais trop peu ces dames... Et pourquoi?... Je vous remercie. J'ai beaucoup à étudier cette nuit.

— Bah! vous avez aussi besoin de repos. Mlle Aimont sera enchantée de vous voir, elle vous estime beaucoup. Quant à moi, vous me ferez le plus grand plaisir, ça animera la conversation...

La porte qui s'ouvrait lui coupa la parole, et il leva les bras et retint un cri en voyant entrer Fauvette.

— Pour le coup... dit-il en lançant à Pierre un coup d'œil désespéré.

La jeune ouvrière entrait d'un air sombre; elle avait les yeux rouges, les traits altérés.

— Tu es étonné de me voir si tard? dit-elle; mais depuis deux jours je ne puis te rencontrer. Tu es donc bien occupé?

Pierre avait fait un pas vers sa chambre; Albert l'arrêta, et prenant Fauvette de l'autre main:

— Ecoute, ma petite Fauvette, je te promets, je te jure d'aller te trouver bientôt, dans une heure, deux heures au plus tard; je t'en donne ma parole d'honneur! Mais tu vas partir tout de suite. Tu vois Pierre, il attend avec moi quatre internes de l'hôpital et nous allons ensemble disséquer un cadavre. Tu ne voudrais pas être là, hein? Et moi non plus, je ne veux pas qu'on te voie. Ce ne serait pas convenable. Va-t'en donc bien vite. Aussitôt qu'ils seront partis, le temps de me laver les mains et je cours chez toi.

Elle le regardait d'un air indigné et, pour la première fois il vit bien qu'elle ne le croyait pas.

— Comment, tu ne crois pas cela possible? reprit-il. C'est pourtant vrai. Seulement, c'est un cadavre de singe; mais il est effroyable et je ne veux pas... Cela te ferait peur. Allons, viens, je vais te conduire.

Il passa le bras autour d'elle et voulut l'entraîner; elle se dégagea brusquement.

— Ta parole d'honneur, n'est-ce pas? dit-elle en le regardant fixement.

— Certainement, répondit-il avec un léger frisson, mais sans hésiter.

Alors Fauvette regarda Albert avec plus d'indignation encore et, tendant le bras pour le repousser:

— Ah! dit-elle, c'est comme ça que tu jures... toi aussi?... Oui, oui, tout ce qu'on m'a dit est vrai. Ah!... non, je ne l'aurais jamais cru!...

— Qu'est-ce qu'on t'a dit, reprit Albert avec inquiétude. Voyons, ne sois pas comme ça, petite Fauvette; je te promets de t'expliquer tout... dans une heure. Va seulement...

— Oui, je vois bien que tu ne penses qu'à une chose, à me renvoyer, parce que c'est peut-être ta fiancée que tu attends?

— Ma fiancée? répéta-t-il.

— Je sais tout! s'écria-t-elle.

Et ce visage, à l'ordinaire si doux, éclatait, au travers de sa douleur, d'une sorte de haine.

— Je l'ai vue! Je t'ai vu près d'elle. Tu peux mentir, va; tu ne me tromperas plus.

— Tu viens de l'Odéon? demanda-t-il d'un air calme, comme s'il le devinait à l'instant même.

— Oui.

— Eh bien! tu m'as vue près de la femme de ce monsieur qui était avec nous. Je devais être poli avec elle, je l'ai été.

C'était avec malaise que Pierre assistait à ce colloque; il sembla n'y pouvoir tenir davantage et se glissa dans sa chambre. Quant à Fauvette, elle jeta ses mains sur ses yeux et poussa un gémissement; puis, regardant Albert tout à coup par un brusque mouvement :

— Tu mens! tu mens! tu mens! cria-t-elle.

— Fauvette!... Vous croyez, s'écria-t-il ensuite, que je me laisserai insulter ainsi? Je vois que vous voulez une rupture, eh bien!...

La pauvre fille laissa échapper un cri de douleur qui semblait sortir de ses entrailles; puis elle recula, se laissa tomber sur une chaise et fondit en larmes.

Ce n'était pas le compte d'Albert de la voir s'établir ainsi dans sa chambre, et il n'avait pas le temps d'être touché. Il s'approcha d'elle.

— Écoute, Fauvette, lui dit-il; tu te fais un mal énorme, et pourquoi? Parce que des gens, qui évidemment sont nos ennemis, t'ont dit des mensonges. Quelles sont ces personnes, dis? Je les confondrai.

Elle secoua la tête.

— C'est une femme, dit-elle; tu n'as pas besoin de la menacer, elle se moquerait de ta colère.

— Son nom? Je veux lui parler devant toi.

— J'ai promis de ne pas le dire.

Il prêta l'oreille du côté de l'escalier. Non, ce n'était rien encore. Mais ils tardaient, il n'y avait pas un moment à perdre.

— On t'a trompée, dit-il à Fauvette, et je te le prouverai; mais encore une fois il faut que tu partes sur-le-champ. Tu veux savoir la vérité; cette fois la voici; ce sont mes parents que j'attends, c'est ma mère et ma sœur qui vont venir ici. Comprends-tu maintenant qu'il faut que tu te hâtes? Vous ne devez pas même vous rencontrer sur l'escalier?

— Ah! vraiment! je suis méprisable à ce point? s'écria-t-elle.

Albert laissa échapper un geste d'impatience. Mais il n'avait pas le temps de se fâcher, il embrassa Fauvette.

— Méchante! tu sais bien que je t'adore, et tu sais bien aussi que je ne suis pas libre vis-à-vis de ma famille! Si l'on savait... On emploierait tous les moyens pour me séparer de toi, et je ne le veux pas; car je t'aime, Fauvette, ma petite Fauvette! mon cœur! mon amour!

— Tais-toi, dit-elle en frémissant; ne mens pas.

— Je ne mens pas, je t'aime! Tout à l'heure, si je t'ai dit autre chose, ne comprends-tu pas que c'était par délicatesse pour toi? Je ne voulais pas le dire : Ma mère et ma sœur viennent; il faut que tu t'enfuies. Mais cela est pourtant nécessaire, ma pauvre chérie; car ils vont venir, oui, et je tremble à tout moment.

— Je le vois bien que tu trembles, répondit la jeune fille, dont les larmes s'étaient arrêtées; mais, dis-moi, pourquoi parles-tu seulement de la mère et de ta sœur, et ne parles-tu pas de ta fiancée?

— Elle n'est pas ma fiancée, mais seulement ma cousine. Est-ce ma faute, à moi, si ma famille a des vues que je n'approuve pas, dans lesquelles je n'entrerai jamais, entends-tu, petite ingrate? Oui, ingrate! Douter que je t'aime! elle, mon amour!... Ah!...

Il l'avait soulevée de sa chaise, et, entourée de ses bras, l'entraînait vers la porte. Silencieuse, inquiète encore, mais à demi gagnée elle se laissait faire, quand Albert tressaillit et pâlit. Il entendait monter... des voix... Oui, c'était... c'était bien eux. Ah! malédiction! Que faire? il n'avait plus le temps... S'ils allaient la voir sortir... Marianne!... Jamais!... Un mouvement de rage le prit, et il l'eût volontiers brisée, anéantie, cette créature qu'il venait de nommer des plus doux noms, car elle le perdait! Tout à coup, il eut une inspiration, et, se rejetant vivement en arrière, il poussa Fauvette dans la chambre de Pierre en lui disant :

— Les voici! Il ne faut pas, à aucun prix, qu'ils te voient. Prends garde! pas d'imprudence! pas de folie! ou je ne te pardonnerai jamais! Prends garde! répéta-t-il d'un ton plein de menace.

Et il referma la porte de Pierre.

On frappait à la sienne l'instant d'après. Il alla ouvrir et, tout en couvrant ses traits d'un sourire de satisfaction, il se dissimulait dans l'ombre, derrière la porte, pour achever de se remettre.

Mme Brou, Marianne, MM. Brou, Milhau et Beaujeu entrèrent.

— Le souper n'est pas encore arrivé, dit Albert; j'ai pourtant scrupuleusement fait la commission.

— Nous venons d'y passer aussi, dit M. Milhau; le garçon nous suit.

— Voici donc ta chambre? mon pauvre enfant, s'écria Mme Brou en promenant les yeux autour d'elle; mais elle n'est vraiment pas mal.

— Je l'ai préparée de mon mieux pour vous recevoir, dit Albert, qui, le masque hilarant, et plein d'empressement, se donnait l'aspect d'un maître d'hôtel en fête.

— Est-ce pour cela que tu as mis la commode au milieu de la chambre? demanda Emmeline en riant.

Marianne aussi se mit à rire.

— Mais oui, reprit Mme Brou, qu'est-ce que cela veut dire ?

M. Brou, tout le premier, avait attaché un œil inquiet sur cette commode hors de sa place, qui livrait passage sur une porte fermée, mais il n'avait rien dit.

— Ça, répondit Albert, qui seulement alors s'aperçut de son oubli, c'est une surprise !

— Agréable ? demanda le docteur.

— Certainement.

— Alors c'est bien.

— Mesdames, messieurs, prenez place, reprit Albert, s'empressant de nouveau avec une affectation, due à l'émotion qu'il n'avait pu dominer encore, dans son rôle de maître de maison. Il est vrai que nous manquons de siéges, mais voici un fauteuil pour maman ; ces demoiselles, sur le divan avec papa, en se gênant un peu, seront fort à l'aise. Voici les commodités de la conversation, messieurs, ajouta-t-il en offrant à M. Milhau et à M. Beaujeu les deux chaises qu'il possédait.

— Et vous ?

— Et toi ? lui dit-on.

— Moi ! dit-il.

Prenant deux gros dictionnaires, il les mit au milieu de la chambre et s'assit dessus.

— Voilà !

— C'est charmant ! s'écria Emmeline.

Marianne souriait.

— Eh bien ! ce souper ne vient pas ?

— Je meurs de faim, dit Mme Brou, et puis il est tard.

— Il n'est que minuit.

— Bah ! nous nous lèverons à midi demain.

Les yeux de Marianne erraient doucement autour de la chambre. C'était là qu'Albert passait sa vie loin d'elle ! C'était là ce lieu inconnu qu'elle avait tant de fois cherché dans sa pensée ! Elle en parcourait les détails, et, sans trop se l'avouer, y cherchait, y sondait les mystères pressentis. Elle se leva pour aller voir les photographies qui décoraient la cheminée, et bientôt un frisson passa dans les veines d'Albert : elle avait pris le portrait de Fauvette et le regardait avec une attention pleine de sympathie. Quoi ! justement celui-là ! Il y en avait plusieurs autres, des amis, de simples amies... Après tout, qu'est-ce que cela faisait ? Il n'y avait pas de nom, pas de dédicace, rien qui pût révéler... Pourtant il souffrait de lui voir dans les mains ce portrait, et, contre toute raison, il avait peur. En même temps, il prêtait une oreille inquiète du côté de la chambre de Pierre, où il lui semblait entendre parler. Oh ! quand ce supplice aura-t-il cessé ?

— Quelle douce et gentille figure ! dit Marianne. Quel est ce portrait, Albert ?

— Ça, dit-il en feignant de se tromper, c'est un de mes bons camarades...

— Mais non ; c'est une femme, une jeune fille plutôt.

— Ah ! celle-là ? c'est... oui, c'est Mme Carvalho..., dans son rôle de Marguerite.

— Quelle charmante expression ! Est-il possible qu'elle soit encore si jeune et qu'une célèbre actrice ait cet air simple et naïf !

Et Marianne voulant faire partager son admiration, passa le portrait à son voisin le plus proche, M. Milhau. Il ne put retenir un sourire en regardant le portrait, et le passa de même à M. Beaujeu, qui pinça les lèvres en jetant un regard très gai sur Albert. Mme Brou et sa fille admirèrent également la charmante cantatrice ; le docteur demanda :

— Est-elle à Paris ?

— Oh non ! en Angleterre, dit Albert.

Et M. Milhau sourit encore.

A ce moment, arrivèrent les garçons porteurs du souper. Pendant le mouvement qu'ils occasionnèrent, M. Brou s'approcha de son fils, et, lui montrant un petit fichu bleu en crêpe de Chine, évidemment féminin, qu'il avait caché dans sa poche après l'avoir cueilli sur le bras du fauteuil, où Fauvette l'avait jeté en entrant :

— Qu'est-ce que c'est que ces bêtises-là ? Il me semble que ce n'est ni le lieu ni le moment... Je te croyais plus prudent... Et qu'est-ce qu'il y a aussi derrière cette commode ?

— Pierre Démier, répondit Albert avec assurance.

— Ah ! à la bonne heure !

Marianne contemplait toujours la photographie de Fauvette.

La table était servie et les garçons se retiraient lentement, de cet air qui demande une gratification, quand M. Brou, ne payant pas le souper, crut devoir se charger du moins de donner les pièces. Il mit donc ostensiblement, et malgré l'opposition de M. Beaujeu, une monnaie dans la main de chaque garçon. L'un d'eux fit la grimace, mais se retira en silence ; l'autre, plus effronté, ouvrant sa main toute grande pour y laisser voir les 5 sous déposés par M. Brou, dit d'un air à la fois insolent et piteux :

— Monsieur croit peut-être avoir donné 5 francs ?

Le malappris fut chassé avec indignation, mais ce petit incident mortifia tout le monde. Cependant, au regard embarrassé de M. Milhau, M. Beaujeu répondit par un sourire plein d'indulgence, qui disait clairement :

— Après tout, un beau-père avare n'est pas à dédaigner.

Il fallait une diversion ; de plus, il fallait bien donner la surprise annoncée. Albert, non sans inquiétude, alla frapper à la porte de Pierre. Celui-ci entre-bâilla.

— Eh bien! mon cher, on vous attend pour se mettre à table.

— Mais non, je vous prie, n'insistez pas.

— Il le faut, je vous assure. Maintenant j'ai promis. Venez, je vous prie.

Et tout bas, il ajouta :

— Elle est partie?

— Non, répondit Pierre.

— Ah! sac... Il le faut pourtant. Mettez-la à la porte, que diable!

Pierre ne répondit pas, et la porte se referma.

— Eh bien, qu'est-ce que ces pourparlers? demanda Mme Brou. Tu as donc un voisin?

— Oui, et une connaissance. Nous allons mettre un couvert de plus.

— Mais, mon enfant, il n'y a déjà pas moyen de ranger à table.

— Il y a les malles, maman.

Et Albert, traînant gravement une grosse malle au bout de la table, y mit une serviette et trois couverts; après quoi, il posa par terre les deux coussins du divan et le dictionnaire.

— A la turque dit-il ensuite en s'asseyant, les bras et les jambes croisés; luxe oriental!

Les jeunes filles riaient. Emmeline s'empressa de s'asseoir à la petite table, et M. Beaujeu se plaça près d'elle.

— Ah! M. Pierre Démler!

C'était Marianne qui s'exclamait ainsi, et l'accent de sa voix et l'expression de son visage disaient tout le plaisir que lui causait cette surprise.

Pierre était là en effet, saluant en silence; il avait l'air réservé et même étrangement triste.

— M. Pierre Démler! répéta Mme Brou. Et d'où sort-il?

Le docteur, plus au fait, mais qui semblait toujours flairer quelque anguille sous roche, vint donner la main à Pierre, très cordialement; Marianne arrivait en même temps que lui.

— Oh! monsieur Pierre, que je suis contente de vous trouver ici! Il y avait bien longtemps que nous ne nous étions rencontrés!

Variabilité des jugements humains! Cette phrase naïve et sincère, et la poignée de main qui l'accompagnait, qui l'une et l'autre rafraîchirent le cœur de Pierre, furent extrêmement désagréables à Mme Brou.

— Non, jamais elle ne sera convenable, se disait-elle de sa future belle-fille avec désespoir.

Elle voyait si bien, elle, Mme Brou, comment Marianne aurait dû recevoir ce jeune homme, le fils du charpentier, leur voisin... avec une légère inclination de tête, gracieuse mais affable, c'est-à-dire condescendante, une bonté marquée... si marquée, qu'elle eût

marqué en même temps la différence des rangs. Et ce fut justement ainsi que Mme Brou salua Pierre d'une façon quasi-royale. Il ne sourit pas, et, sans doute il ne vit pas même cela? Qu'avait-il donc?

Il n'était pas non plus convenable qu'Emmeline restât assise à la petite table ou, si l'on veut, à la grosse malle, à côté de M. Beaujeu. Mais vraiment tout le monde, à l'exception de Mme Brou, avait perdu la tête ce soir-là. Quelle idée avait eue Albert d'inviter ce... garçon, pour être témoin de leur intimité avec M. Beaujeu? Il est vrai que ce... garçon n'était sans doute pas fort sur les usages et n'y verrait rien... Ce n'était guère plus inquiétant que l'observation des domestiques, dont Mme Brou s'inquiétait si peu... et puis elle avait décidément grand faim, ce qui coupa court à ses réflexions, et, sur l'indication de son mari, elle s'assit sans protester entre M. Milhau et Pierre, qui eut à sa gauche le docteur et enface de lui Marianne.

Le souper était fin quoique simple : un chapon, des perdreaux truffés, une galantine, quelques condiments, une crème à la vanille, un gâteau, un panier de fruits confits, une boîte de bonbons, du pomard et du champagne. Mme Brou et la plupart des convives firent largement honneur au festin. La petite table était dans son rôle, elle faisait l'enfant; on y riait fort.

— Qu'avez-vous donc, mademoiselle Marianne? vous voilà de nouveau préoccupée, dit M. Milhau.

— De nouveau? répéta-t-elle pour répondre quelque chose.

— Oui, vous l'étiez déjà beaucoup au théâtre, pendant les entr'actes, et même en venant ici; vous m'avez avoué que la pièce ne vous plaisait pas et vous m'avez promis de m'expliquer pourquoi.

— La pièce, mais d'abord laquelle? demanda le docteur.

— Elles me semblent toutes la même, dit Marianne.

— Comment? pas du tout. La première est une leçon à l'adresse des épouses légères ; la seconde, une conversion de l'enfant prodigue, la troisième... ma foi c'est assez difficile à dire : la Folle aux jasmins. La connaissez-vous, monsieur? dit M. Milhau s'adressant à Pierre.

— Oui, monsieur, je l'ai vu jouer. C'es—permettez-moi de parler comme un étudiant en médecine—c'est un des nombreux produits de la maladie littéraire de notre temps; l'étude de l'insanité, la préoccupation de la courtisane?

— Il est certain, reprit M. Milhau, qu'on s'en occupe un peu trop; il n'y a plus que ça dans le théâtre et dans les romans. D'où cela vient-il?

— De ce que la plupart des littérateurs ne connaissent pas d'autres femmes ni d'autres amours.

— Oh! cependant... jeune homme, vous êtes sévère; je connais plusieurs de ces messieurs, ils sont mariés.

— Le sont-ils vraiment, répliqua Pierre, voilà la question. Vivent-ils dans la famille ou en dehors? Ne sont-ils pas de ceux qui prétendent ou répètent qu'il y a deux sortes de femmes, celles qu'on épouse pour le pot-au-feu et celles qu'on a pour son plaisir?

— Décidément vous faites le procès aux littérateurs.

— Oh! la plupart ne sont que des imitateurs inconscients. Sur toutes les routes de l'esprit humain, il y a les quatre cinquièmes au moins de gens qui suivent les autres, simplement parce que ceux-ci ont pris les devants. Ce qui se passe aujourd'hui est la queue de la vie de bohème et des échevelés de 1839. Mais c'est bien le cas de dire: Dans la queue, est le venin.

— Vous semblez avoir des idées très-arrêtées sur ces questions, monsieur, dit le docteur en intervenant d'un ton important.

— Oui, monsieur le docteur, et je vous demande pardon de les exprimer avec autant de sans façon, répondit Pierre. C'est une histoire que je viens de lire qui m'a échauffé la bile là-dessus. Mais ce n'est pas une raison...

— Et il s'interrompit pour offrir à boire à Mme Brou.

— Mais pas du tout. Ce que vous dites nous intéresse beaucoup, reprit le docteur.

— Oui, dit M. Milhau, d'autant mieux que je ne vois pas encore où vous voulez en venir ou du moins je le vois bien, c'est aux pièces morales...

Pierre ne put s'empêcher de sourire. Il allait laisser tomber la conversation, quand il rencontra un regard éloquent de Marianne qui le suppliait de continuer.

— Les pièces de théâtre, dit-il, sont surtout des effets de la corruption régnante. Elles peuvent augmenter la corruption en la répandant, mais elles sont produites elles-mêmes par des idées formulées déjà. On n'innove pas au théâtre, sauf dans la forme; car un livre choisit son public, mais il faut qu'une pièce plaise à tout le monde. C'est pour cela que le théâtre actuel est à la fois dissolu et réactionnaire...

— Réactionnaire! s'écrièrent à la fois M. Brou et M. Milhau.

— Oui, réactionnaire. Permettez que je m'explique, dit Pierre, dont le regard vague à l'égard de ses deux interlocuteurs, ne se posait éloquent et rapide, que sur Marianne, pour laquelle seule il parlait, et avec laquelle seule, il le sentait bien, il pouvait s'entendre.

— Il n'y a pas, dit-il, que la politique dans les idées modernes, et vous savez bien la litanie des accusations qu'on porte contre elles: religion, famille, propriété. Au théâtre, qui n'admet que la reproduction de la vie, que la peinture des mœurs, c'est de la famille qu'il s'agit toujours, plus ou moins, dans la pièce la moins raisonnée comme dans la plus sérieuse, et par cela seul que les personnages y sont posés en de tels rapports plutôt qu'en tels autres.

Le mouvement philosophique du 18e siècle, repris par les socialistes sous la Restauration, éclate dans la littérature en 1830. Le mariage est une tyrannie; on réclame la liberté de l'amour. Opprimée, désabusée, trahie, la femme, naturellement, aime un autre que son tyran, et tout l'intérêt est pour l'amour adultère, le mari est détesté comme despote; ne le fût-il pas, l'amour est déclaré supérieur à la loi. C'est surtout dans le roman que cette protestation s'étale, car elle n'est pas assez générale pour être admise au théâtre. Cependant, elle y retentit dans *Antony, Henri III, Ruy Blas, Angelo,* et bien d'autres pièces, moins célèbres. Là revivait le souffle révolutionnaire; là, malgré tout, était le progrès...

— Quoi! interrompit timidement Marianne, vous approuvez?...

— Mais, monsieur... disait le docteur.

— Non, mademoiselle; assurément il y avait mieux à faire que de détruire le mariage, il y avait à l'établir sur des bases justes et saines. Mais, que voulez-vous? l'homme n'est pas fort, il ne voit le vrai que peu à peu, et la première action de sa critique est de tout abattre. Ce n'en était pas moins une juste protestation contre l'esclavage de la femme dans l'amour, et remarquez bien — ce qu'on ne veut jamais voir — c'est qu'on n'inventait rien; on donnait à la femme la même liberté qu'à l'homme, voilà tout. C'était l'égalité dans l'immoralité; on ne s'avisa pas de la mettre dans la vertu.

— Oui, dit M. Milhau; c'était le beau temps des romans de George Sand.

— George Sand! reprit Pierre vivement, voilà justement l'esprit qui préside à tous les jugements en ces choses. Parce qu'au premier rang de cette école, figurait l'œuvre d'une femme, il a fallu que ce fût cette œuvre, ce nom, qui fussent chargés de tout l'anathème. On l'a crié, répété; tout le monde le croit encore, et encore aujourd'hui, de temps en temps, la plume lâchée de quelque écrivailleur plus ou moins libre dans ses mœurs et déshabillé dans ses écrits, osera jeter sur ce nom des gouttes d'encre sale. C'est une énorme injustice, et je n'en sais pas de plus propre à caractériser la partialité, l'aveuglement absolu de l'opinion sur ou plutôt contre la femme. Je ne défends pas l'œuvre de ce temps-là, remarquez-le bien. Elle fut belle d'élan, de talent et d'énergie ; mais elle était engagée dans une voie fausse, et la morale relâchée qu'elle prêcha et popularisa est pour beaucoup dans la corruption actuelle. Il n'en est pas moins certain que l'œuvre de George Sand, cette étude ardente, inquiète, qui proteste contre la servitude et le mensonge, qui s'égare parfois, mais avec sincérité, cette œuvre est chaste et le plus souvent morale. Elle a pour but la recherche de l'amour vrai ; tandis que les productions de tant d'autres romanciers, dont beaucoup lui jettent la pierre, n'étaient que l'amour des sens et posent en principe le droit de l'homme à la débauche. On ne trouve dans George Sand aucune des dépravations accumulées dans beaucoup d'ouvrages de ses contemporains, qui jouissent à cet égard de l'étrange immunité : Balzac, Mérimée, Théophile Gautier, etc. N'ai-je pas trouvé l'autre jour, dans le même journal, une insulte nouvelle à George Sand et une glorification de ce livre impur, Mlle de Maupin, qu'on vante à l'envi, sans pudeur, comme un chef-d'œuvre, sans même ajouter que c'est un chef-d'œuvre d'insanité ; en sorte que le lecteur honnête va tomber sans défiance dans cet égout, et qu'à la faveur de cette recommandation, le nombre doit être grand des imaginations qu'un tel livre a dépravées. Mais, pardon ! madame, dit Pierre en offrant à boire à Mme Brou, qui étouffait, je parle beaucoup trop, et j'oublie peut-être...

— Vous parlez très-bien, monsieur, répondit-elle non sans un air étonné, car elle ajoutait intérieurement : — Il parle comme comme ferait un garçon de bonne famille !

Mais cet éloge ne s'adressait qu'à la forme et à l'abondance ; car Mme Brou, très-occupée d'une part à déguster le souper, et de l'autre à surveiller la petite table, n'avait fait aucune attention au fond du discours.

— Je vois, monsieur, observa le docteur avec ironie, que vous êtes pour l'émancipation de la femme. C'est un camp bien restreint actuellement.

— Oui, nous sommes en pleine réaction, dit Pierre.

— Ah ! dit M. Milhau, vous avez oublié de nous expliquer comment, à votre avis, le théâtre actuel est réactionnaire.

— C'est bien évident. Tout ce que nous voyons maintenant au théâtre est la réponse du conservatisme aux protestations d'avant 1848, à cette revendication de la liberté et de l'égalité dans l'amour, à cette justification ou du moins à ce plaidoyer des circonstances atténuantes de l'adultère. Les pièces sérieuses n'ont guère d'autre but — à part l'idéalisation de la courtisane — que d'intimer à la femme ses devoirs, que de représenter comme le plus grand des crimes l'adultère commis par elle et de le châtier ; tandis que les pièces légères ne sont en général qu'un éclat de rire autour de l'adultère des maris ou des bonnes fortunes des jeunes gens. C'est enfin d'une part la sujétion de la femme honnête, et d'autre part la poétisation de la femme vénale, par un monde qui parle toujours de la femme, de sa vertu, mais qui n'en veut pas moins deux sortes de femmes toutes différentes : l'une dévouée à ses intérêts, l'autre à son plaisir. Non-seulement l'héritier de 93 entend être roi dans sa maison, mais il lui faut aussi des joies de sultan. C'est donc bien, ainsi que je le disais, la réaction du vieux despotisme et du préjugé sur la recherche de la justice, réaction analogue en morale à celle que nous subissons en politique, et cela est si vrai que les coryphées du théâtre actuel, ceux qui le doivent de leurs succès, sont en général d'outrés réactionnaires.

Non, ce ne pouvait être pour M. le Dr Brou, ni pour M. Milhau, que Pierre avait ainsi parlé. M. Milhau était bien de l'opposition, manteau commun qui recouvrait alors tant de partis divers ; mais il n'en était pas fait davantage pour goûter de telles considérations. Quant à M. Brou, franchement ami de l'ordre et du pouvoir, il écoutait les sourcils froncés, et prit aussitôt la parole pour dire, en phrases très-longues et très-solennelles, que les lois de la société étaient conformes à celles de la nature et par conséquent éternelles, que sans approuver l'excès, il fallait excuser les erreurs inévitables de la jeunesse. Il y avait réaction peut-être dans le sens propre du mot ; oui, réaction juste et légitime, et les réactions vont toujours plus loin qu'elles ne devraient aller ; mais réaction dans le sens opposé au progrès, non parce que... et il répéta ce qu'il avait déjà dit. Pierre semblait peu soucieux de convaincre le docteur ; il ne répondit pas, et M. Milhau, bonhomme complètement dépourvu de talent oratoire, qui s'était donné pour spécialité de faire parler les autres, dit alors :

— Mlle Marianne n'a pas donné son avis sur la pièce de ce soir, malgré sa promesse.

— Oh ! dit-elle, je crois que mon oncle aura raison, tant qu'il y aura des jeunes personnes aussi parfaites que celle dont la pièce de ce soir nous donne le modèle.

Un sourire ironique achevait sa pensée ; mais Pierre seul, aidé du regard qu'elle avait en même temps jeté sur lui, la comprit, et, chose étrange, les deux hommes, appesantis peut-être par l'heure ou par le souper, s'y trompèrent complètement et crurent que la jeune fille se rangeait du côté des bons principes. Cela dissipa toute l'humeur que M. Brou avait conçue contre Pierre, outre que le silence du jeune homme avait été interprété par lui comme un hommage plein de déférence à l'autorité de ses opinions, si bien qu'au champagne, ce fut d'un air paternel qu'à demi-voix il railla Pierre Démier sur sa partialité en faveur des femmes.

— Eh! cela dépend des caractères, et c'est toute la différence du singulier au pluriel. Quand on adore une femme, on les défie toutes; quand on aime les femmes, c'est différent. Vous devez être amoureux...

— Non, certes, dit Pierre avec vivacité.

Ce qui fit rire le docteur.

— On dirait que vous en avez peur, observa-t-il.

Et voyant une rougeur monter au visage de Pierre, cela mit le docteur tout à fait en gaîté.

La petite table en débordait, grâce aux lazzis d'Albert. Pour une jeune personne bien élevée, Emmeline riait un peu fort. Ce que voyant, Mme Brou, elle cessa enfin de croquer des bonbons et se leva de table.

— Il est temps de partir, dit-elle.

— Déjà? s'écria Emmeline étourdiment.

— Combien je donnerais pour prolonger cette soirée! lui dit M. Beaujeu tendrement. C'est la plus délicieuse que j'aie passée jamais.

— Vous, monsieur, dit-elle en baissant les yeux, vous qui allez dans le monde de Paris?

— Ce ne sont pas des grâces naïves et pures qu'on y trouve, répliqua-t-il, et quand on a le bonheur d'en rencontrer...

— Ne pourrais-je pas vous être utile demain, madame? demanda-t-il à Mme Brou, qui s'était approchée d'eux.

— Monsieur, ce serait abuser...

— Non, madame, ce serait me rendre heureux!

— Ces dames, dit le docteur, vont tout bonnement visiter les églises : Notre-Dame, Saint-Etienne-du-Mont, le Panthéon, et M. Milbau m'a promis de leur servir de cicérone avec Albert, car j'assiste demain à une séance.

— Moi, s'écria Albert, je suis de service à la Pitié. Il ne faut pas compter sur moi.

— Alors, mesdames, dit M. Beaujeu, si vous vouliez, aux lieu et place de M. Albert... accepter mon bras?

Cette instance gênait un peu les Brou; cependant ils ne voulurent pas refuser.

— Monsieur, demanda Marianne à M. Beaujeu, seriez-vous un peu archéologue?

— Hélas! non, mademoiselle.

— Ah! oui, s'écria Albert, un archéologue! Il faut un archéologue à Marianne. Elle m'a fait une scène hier, parce que je suis ignorant comme une carpe à cet égard.

— Une scène? répéta doucement la jeune fille, d'un ton scandalisé.

— Pardon, ma chère cousine, l'expression est impropre, je le reconnais, vous êtes incapable de faire des scènes; mais avouez qu'il vous faut un archéologue.

— Je trouve, répondit-elle, qu'il est désolant de visiter ces vieux monuments sans en bien connaître l'histoire; on perd ainsi tout le charme et l'utilité de sa visite; mais c'est à moi seule que je m'en prends, car j'aurais dû m'arranger pour savoir moi-même.

— Eh bien! en voici un archéologue, reprit Albert en prenant Pierre par la main. Voici un savant qui connaît Notre-Dame, comme Victor Hugo, et généralement tout le vieux Paris.

— Ah! dit Marianne.

Elle s'abstint d'exprimer davantage son désir, mais jeta un regard de prière à son oncle.

— Ce serait déranger beaucoup M. Démier, dit le docteur, d'un ton qui attendait la réponse de Pierre.

Celui-ci parut surmonter une légère hésitation.

— Je suis à la disposition de ces dames, dit-il enfin; mais on a beaucoup surfait ma science.

— Ah! merci, monsieur, s'écria Marianne; je serai bien contente de ne pas voir Notre-Dame comme une idiote, grâce à vous.

Tout le monde était debout, et les dames reprenaient leurs chapeaux, qu'elles avaient laissé pour le souper. Pierre convint avec Mme Brou de l'heure à laquelle il devait aller la prendre à l'hôtel, et Albert, voyant tout le monde prêt à partir, s'accouda sur la commode avec une lassitude visible. Sans doute, les efforts qu'il avait faits pour paraître gai, au milieu d'une anxiété constante, l'avaient fatigué, car il était pâle. Marianne vint près de lui.

— Qu'avez-vous, cher Albert? dit-elle. Vous souffrez?

Elle parlait ainsi, à côté de la porte derrière laquelle Fauvette pouvait être encore, et qu'allait-elle dire de plus? Il eut peur, il eût voulu l'emmener au fond de la chambre; mais les autres étaient là, groupés, barrant le passage et causant tranquillement. Qu'allait-elle dire? L'imagination excitée d'Albert lui montra Fauvette ouvrant tout à coup la porte en disant: « Ah! vous êtes sa fiancée? Eh bien! moi, je suis sa maîtresse. » Mais non, quelle folie! elle n'est pas de caractère à faire cela! Toutefois il avait peur.

— Je suis très-bien, répondit-il en grimaçant un sourire.

— Oh! croyez-vous pouvoir me tromper, Albert? et pourquoi? Ce n'est pas bien. Votre gaîté de ce soir était forcée, je l'ai vu.

— Quand je vous aurai dit que j'ai un fort mal de tête, et que je me serai plaint ainsi comme un enfant...

— Pauvre ami !...

— Deux heures du matin ! s'écria Mme Brou. Grand Dieu ! sauvons-nous ! Rentrer à cette heure ! Heureusement nous sommes bien accompagnées !

Car Mme Brou prenait Paris pour un coupe-gorge.

Tout le monde alors s'écoula ; Albert alla éclairer sur l'escalier. Quand il rentra dans sa chambre, Pierre l'attendait.

— Est-elle encore là ? demanda le regard d'Albert.

— Je ne sais.

Il se dirigeait vers la porte, quand elle s'ouvrit et Fauvette parut, toute défaite.

— Que faisais-tu là ? lui dit Albert brusquement.

— J'écoutais.

— C'est joli !

— Oh ! ne me fais pas de reproches, parce que...

— Bonsoir ! dit Pierre.

Il rentrait, Fauvette le saisit par le bras.

— Dites-moi la vérité, vous, Pierre, dit-elle en fondant en larmes. Je sens qu'il me trompe ; à présent, je ne le crois plus.

— Ce n'est pas moi qui puis vous la dire, Fauvette, répondit Pierre tristement ; je puis dire seulement à Albert qu'il vous la doit.

Et il rentra et ferma sa porte. Fauvette alors, s'approchant de son amant :

— J'ai tout entendu, lui dit-elle.

Il se mit à rire.

— Tout cela n'est pas grand'chose, mon enfant.

— Ah ! vous riez ! Elle vous a pourtant appelé : son cher Albert.

— Ne t'ai-je pas dit qu'elle est ma cousine ?

— Vous m'avez dit, ah ! vous m'avez dit bien des choses qui n'étaient pas vraies. Et maintenant... je ne me fie plus à vous. J'ai vu comment vous la regardiez au théâtre, j'ai entendu comme elle vous parlait. — Pauvre ami ! — Elle a dit ça comme je l'aurais dit, moi... Ah !... allez, je comprends tout : c'est une belle demoiselle, avec de belles manières, et de la fortune sans doute ? Et vous vous êtes dit : C'est bon pour plus tard ; en attendant, je vais aimer cette petite ouvrière ! ça me fera prendre patience. — Elle jeta tout à coup un cri : —Mais c'est indigne ! C'est un crime que de mentir ainsi ! Tu sais bien que je t'aimais, moi !

Elle avait une expression énergique et touchante toute particulière. Les angoisses de son cœur étaient sur ses traits ; un espoir y flottait, mêlé au soupçon ; elle dévorait des yeux son amant. Lui restait indécis, las, dégoûté peut-être de son double rôle.

— Réponds donc ! lui cria-t-elle.

— Puisque tu veux absolument m'accuser...

— Eh bien ! ai-je tort ?...

— Tu ne me crois pas.

Fauvette s'affaissa sur une chaise et se mit à pleurer silencieusement, les mains jointes sur ses genoux, les yeux fixés devant elle, comme si elle eût regardé l'abîme invisible où elle se sentait glisser.

— Décidément ! on ne se couche pas cette nuit, murmura Albert.

Il disait cela dans ce langage fanfaron de légèreté qu'ont adopté les jeunes gens, toutefois non sans émoi ; devant cette douleur qu'il ne savait comment consoler, et il se sentait d'ailleurs envahi par un profond malaise. Dans ses prévisions, Marianne et Fauvette ne devaient jamais se rencontrer, rester même complètement inconnues l'une à l'autre, et son roman avec l'ouvrière devait se dénouer comme se dénouent tous ces romans-là. Cela ainsi lui avait toujours paru fort simple. Mais leur rencontre et ce débat le jetaient dans un trouble extrême. D'un côté, il avait peur ; de l'autre, quelque chose s'agitait en lui qui ressemblait assez aux reproches de la conscience. Un moment, il eut la pensée de saisir cette occasion pour rompre avec Fauvette ; oui, mais qui sait si les éclats de sa douleur ne retentiraient pas... trop loin. Ne valait-il pas mieux attendre que Marianne eût quitté Paris ? Et puis... c'était bien cruel et... c'était dommage aussi, car elle était bien jolie, Fauvette, avec ses yeux éloquents de douleur et de passion ; il l'avait aimée, il l'aimait encore, et sa voix lui remuait le cœur. Enfin il était deux heures du matin et l'on avait bu du champagne.

Il résulta de ces considérations que les craintes de la pauvre fille furent apaisées ; qu'Albert fut complètement justifié, que la barbarie de son père se trouva être la seule raison de ses attentions pour Marianne, parce que jusqu'à ce qu'il fût docteur, c'est-à-dire indépendant, il avait besoin de garder des ménagements extrêmes ; mais ensuite... en suite... Il n'aimerait jamais, toujours que sa Fauvette.

Elle voulut douter encore : impossible ! Les baisers et les arguments s'entrecoupaient avec une irrésistible abondance, et une femme qui aime prend toujours des baisers pour des arguments. Au fond, que désirait-elle ? Croire. Elle se laissa donc persuader.

XV

Quand Pierre vint à l'hôtel du Bon La Fontaine à dix heures, l'heure indiquée par Mme Brou, on le fit entrer dans un salon, et bientôt après il vit paraître Marianne seule. Elle vint directement à lui, la main tendue. Un doux sourire et une expression affectueuse éclairaient son front sérieux. Elle était vêtue d'une petite robe de soie grise à carreaux, ornée de simples biais, un élégant négligé de courses à pied ; mais elle n'avait ni gants ni chapeau.

— Ces dames dormaient encore, dit-elle ; je les ai prévenues, mais sans beaucoup de succès, et je crois que notre course est manquée pour ce matin.

Et cependant elle s'asseyait et invitait du geste Pierre à s'asseoir ; il dit avec un peu de roideur :

— En ce cas, mademoiselle, je reviendrai cette après-midi, à... une heure ?

Et il s'apprêtait à la quitter. La figure de Marianne exprima un vif désappointement.

— Quoi ! vous partez ?

— Mais puisque...

— C'est vrai, dit-elle tristement, nous abusons déjà... Vous travaillez beaucoup, monsieur, et votre temps est précieux.

— Il m'est très précieux, répondit-il, quand il peut vous être utile.

— Oh ! monsieur Pierre, voilà une phrase de politesse mondaine qui de votre part m'étonne.

— Elle est très-vraie, mademoiselle.

— Alors pourquoi avez-vous hâte de partir ?

— Mais je n'ai pas la prétention...

— Vous avez bien tort, monsieur, reprit-elle. Ayez, je vous en prie, la prétention très-justifiée de m'être utile, agréable, et restez un peu au moins jusqu'à ce que MM. Milhau et Beaujeu arrivent. Si vous saviez quelle joie c'est pour moi que de pouvoir causer avec vous !

— Quelle bonté ! dit-il en rougissant.

Pourtant une expression pénible passa ensuite sur ses traits.

— Oh ! ce n'est pas de la bonté, reprit Marianne ; c'est de la fraternité, monsieur Pierre. Rappelez-vous quels nobles conseils vous m'avez donnés, quelles émotions nous avons partagées, et laissez avec moi le ton cérémonieux. Je vous dirai, moi, tout simplement que j'ai vivement regretté de ne pas vous avoir vu depuis ce temps, que j'ai été heureuse de vous rencontrer hier, et plus heureuse encore de vous voir lié avec Albert, parce que... parce que cela me promet que nous nous verrons souvent plus tard. Vos pensées, vos réflexions, ont une science que

n'ont pas les miennes ; mais nous pensons de même, et si vous saviez combien je suis heureuse de vous entendre exprimer et si bien raisonner mes sentiments !...

L'émotion de Pierre semblait profonde, mais il ne l'exprima pas et se contenta de serrer la main que lui tendait Marianne. Déjà il s'était assis. Comme il ne parlait pas, elle reprit :

— Hier encore, j'étais agitée de colère et d'indignation après ce spectacle. Vous m'avez fait un bien !.. Cependant j'ai senti que vous ne disiez pas toute votre pensée, et vous avez bien fait, car... on ne vous l'eût pas pardonné. D'ailleurs ce que vous ne m'avez pas dit, il me semble le savoir aussi bien que ce que j'ai entendu.

— C'est pour vous que je parlais, dit-il, entraîné par les paroles de la jeune fille, et il ajouta d'une voix très-émue : Je suis bien heureux...

— Monsieur Pierre, y a-t-il beaucoup de jeunes gens qui pensent comme vous ?

— Il y en a certainement que je ne connais pas, répondit-il. Puis on peut être d'accord sur tel point et non sur tel autre. J'ai deux amis intimes, un seul eût été hier tout à fait de mon avis.

— Un seul ! dit-elle tristement.

Elle resta silencieuse et demanda un instant après :

— Pouvez-vous me dire son nom ?

— Certainement ! Aristide Chéneau.

Marianne baissa la tête. Ce n'était pas Albert. Il y eut encore un silence, puis elle revint à sa préoccupation.

— Mais Albert aussi est de vos intimes, puisque vous habitez presque ensemble ? Ah ! n'est-il pas l'autre peut-être ?

— Non, mademoiselle... Albert et moi nous sommes de bons camarades simplement. C'est le hasard qui a réuni nos logements.

— Mais vous causez avec lui sur... des sujets sérieux ?

— Non, répondit Pierre en hésitant un peu et sans autre explication.

— Je le regrette, dit la jeune fille avec un regard qui contenait une prière muette.

— Nous n'avons pas le même caractère et nos habitudes sont différentes, dit Pierre doucement. Albert est le fils d'un bourgeois ; moi, d'un charpentier. Non-seulement j'ai l'amour du travail, mais la nécessité rend ce travail opiniâtre, car j'ai hâte de décharger mes parents du fardeau de ma longue éducation.

— Devez-vous passer votre thèse bientôt, monsieur ?

— Oui, mademoiselle, très-promptement.

— Et vous espérez réussir ?

— Oh ! oui.

Pierre disait cela d'un ton si affirmatif que

Marianne le regarda avec un peu d'étonnement. Il sourit.

— J'ai fait mes études, dit-il, moins en vue du diplôme que de la fonction; aussi ai-je voulu étudier et voir, jusqu'à ce que ma conscience me permit elle-même d'exercer.

— Et maintenant elle est rassurée?

— Non, mademoiselle, mais elle tremble moins. D'ailleurs je compte bien étudier toujours.

— Vous comptez vous fixer à Poitiers?

— Il le faudra sans doute, à cause de mes parents; sans cela j'irais m'établir dans un village.

— Dans un village? s'écria-t-elle tout émue. Oh! comme vous pensez bien! comme c'est bien! cela. Vous resterez pauvre, monsieur?

— Pauvre et soignant les pauvres, dit-il gaîment. Mais mon rêve a ses charmes: une petite maison proprette, avec un jardin et...

Il s'arrêta. Marianne leva sur lui son regard pur.

— Et une famille nouvelle, ajouta-t-elle. Oh! la femme que vous aimerez sera heureuse, monsieur Pierre, et je voudrais bien être son amie, comme la vôtre.

Pierre se troubla.

— Je ne sais comment vous remercier, balbutia-t-il; mais ce rêve ne sera peut-être jamais qu'un rêve. Il est... difficile...

— Pourquoi?

— Je suis trop ambitieux...

— Pour le mariage? Ah! vous avez raison. Il faut penser de même, s'entendre absolument de cœur et d'esprit, n'est-ce pas?

— Oui.

— Ah! sans doute cela est difficile, reprit-elle.

Et elle devint rêveuse. Quand elle releva les yeux sur Pierre, elle le vit sombre.

— Vous ne m'en vouliez pas, bien sûr?

— Et de quoi? mademoiselle.

— De vous avoir retenu.

— Ah! mademoiselle.

— Je suis si heureuse de parler avec vous comme je pense. Il faut que vous sachiez que cela ne m'arrive presque jamais. Quand je m'épanche un peu, on me gronde, on m'accuse d'avoir des idées excentriques: ce qui est, je ne sais si vous le savez, le tort le plus fâcheux, dans le monde où je vis. On me prend donc en pitié et cela me mortifie, d'autant mieux que ce que j'éprouve de mon côté, c'est justement aussi du dédain, quelquefois même de la colère contre les idées au nom desquelles on me condamne. J'étouffe souvent de ne pouvoir parler; je sens aussi le grand besoin que j'aurais de converser avec des personnes indépendantes d'esprit et généreuses de cœur, afin de pouvoir contrôler mes propres pensées, les étendre, et faire un peu d'ordre dans cette confusion incertaine. La chose que je désire le plus quand je serai libre, c'est un milieu de ce genre. N'est-ce pas que c'est une nécessité morale?

— Assurément, dit Pierre; mais ce milieu est rare, plus rare que vous ne pensez. Ce n'est guère qu'à Paris qu'il se rencontre.

— Est-il possible que la routine soit si chère aux gens! Mais, monsieur, cela reviendrait à dire que la majeure partie de l'humanité ne pense point.

— Elle pense véritablement très-peu dans le sens que nous donnons à ce mot, c'est-à-dire qu'elle n'emploiera la plus grande somme de son énergie intellectuelle qu'à des intérêts journaliers et personnels. Enfin, ce qui est pire, c'est que, parmi ceux qui pensent, la plupart, tout en méprisant la routine, les vieilles croyances, les observent et au besoin les défendent.

— Et pourquoi? demanda-t-elle.

— Par intérêt... à ce qu'ils croient.

— Qu'est-ce donc que l'intérêt? dit Marianne avec un sourire et un vif éclair dans le regard.

— Ah! vous l'avez compris? s'écria Pierre, qui, se levant de sa place, alla serrer la main de la jeune fille, dans un mouvement irrésistible, lui tout à l'heure si réservé.

— Mais... savez-vous?...

— Oui! je sais, j'ai vu que vous l'avez compris, l'intérêt supérieur qui seul rend la vie large et féconde.

— Et multiplie notre bonheur par celui des autres, dit-elle.

— Oui, comme il nous impose la sainte et sublime souffrance des maux de l'humanité.

En se regardant, leurs yeux devinrent humides. Tout à coup, Pierre jeta sa tête dans ses mains. Pour Marianne, un vague sourire aux lèvres, heureuse, inspirée, elle restait sous le charme de cette rencontre profonde.

— Vous voyez bien, dit-elle d'une voix grave et douce, en rompant la première le silence, que nous sommes amis. Quel bonheur de s'entendre ainsi! C'est la première fois que je le goûte avec plénitude.

Il y eut un silence, puis Marianne reprit d'une voix un peu altérée:

— Albert!

Et il était facile de voir, à sa voix et à son air, qu'elle parlait comme elle pensait, dans toute l'expansion de la confiance, dans toute la sincérité de son âme.

— Il n'a pas en ces choses d'initiative. Quel dommage, car il est si aimant, si généreux et si bon! Mais vous m'aiderez, n'est-ce pas, monsieur Pierre? et je suis sûre qu'il arrivera à penser comme nous.

Pierre ôta ses mains de son visage, et la

jeune fille fut étonnée en le regardant ; tout ce que ses traits avaient d'un peu rude préhait à ce moment quelque chose d'âpre, de sauvage, mais illuminé d'un rayon qui donnait à ce masque énergique une étrange beauté.

— Que pensez-vous ? lui demanda-t-elle émue.

Il sourit amèrement.

— Eh ! moi aussi, je suis comme les faux penseurs dont je parlais tout à l'heure : fort en théorie, pauvre en pratique. Mais on peut s'élever et j'y parviendrai.

— Comment ? que voulez-vous dire ?

— Oh ! laissez-moi ce secret de ma faiblesse ; d'ailleurs je serai tout à vous.

Marianne le regardait un peu hésitante, étonnée, quand entrèrent MM. Milhau et Beaujeu. Eux aussi, vu leur veille précédente, s'étaient attardés dans le sommeil, et, arrivant assez honteux, ils furent enchantés d'apprendre que Mme Brou et sa fille n'avaient pas donné signe de vie. Marianne remonta s'enquérir des paresseuses : elles étaient presque prêtes ; après avoir pris leur chocolat à la hâte, elles parurent enfin. On se mit en route aussitôt.

Ils entrèrent dans l'église de Notre-Dame, Emmeline donnant le bras à M. Beaujeu, Mme Brou à M. Milhau, Pierre à Marianne. Mme Brou avait eu déjà le temps de dire à M. Milhau qu'il fallait absolument que la demande eût lieu le jour même, car elle ne voulait pas compromettre plus longtemps la réputation de sa fille, et d'ailleurs il n'était pas convenable que des rapports préliminaires aussi longs — quoi ! cela datait déjà de quatre jours ! — puissent avoir lieu entre des jeunes gens.

— Bon ! ma chère madame, ce sera pour ça voir. Mon cousin n'a nullement envie de reculer, au contraire. J'espère que, de votre part, vous comptez sur le consentement d'Emmeline ?

— À vous parler franchement, oui, je l'espère ; elle est si raisonnable ; mais je n'ai pas voulu lui parler avant...

— Au moins, vous l'avez sondée ?

— Un peu. Elle m'a dit qu'elle trouvait M. Beaujeu fort aimable, mais autrement elle ne songe pas du tout... et même quand je lui ai dit : Emmeline, il ne faudrait pas tant donner le bras à M. Beaujeu ; prends plutôt le bras de M. Milhau, avant que ce monsieur ait pu t'offrir le sien ; elle m'a répondu de son air candide : Oh ! maman, à Paris, qu'est-ce que cela fait ? M. Beaujeu me raconte comment tout se passe à Paris, et cela m'amuse tant ! Elle est d'une innocence !

— Bon, bon ! Mais elle sait cependant qu'elle est en âge de se marier, et pour moi je pense qu'elle doit s'attendre à quelque chose et ne dira pas non.

Cet entretien expira au seuil du temple, où Mme Brou, s'arrêtant dès les premiers pas, plongea dévotement ses doigts dans l'eau bénite. Sa fille l'imita, mais non Marianne.

— Vous n'êtes plus catholique ? demanda Pierre tout bas à la jeune fille.

— Qui vous a dit cela ?

— Je vois que vous laissez à d'autres les bénitiers.

— C'est par égard pour vous, répliqua Marianne avec un sourire. On assure que l'eau bénite brûle les hérétiques, et j'aurais craint que quelque goutte, par mégarde, vous tombant...

— Non, non, ce n'est pas pour moi ni pour aucun autre. Si vous étiez catholique, vous vous seriez signée devant tous les libres-penseurs de la terre, et même vous n'auriez eu garde de l'oublier.

— Comment pouvez-vous me si bien connaître ?

— Je vous connais, et puis, nous ne pouviez plus être catholique, j'en étais sûr. Vous êtes des croyants de la seule vraie religion, qui est la recherche de la vérité ; vous êtes de ceux — si rares — dont les sentiments sont à eux-mêmes. Je sais cela depuis le temps où vous avez soutenu celle que tout le monde condamnait.

La main de Marianne serra doucement le bras de Pierre.

— Merci de me parler d'elle. Je ne l'ai point oubliée, et j'aurais souvent besoin d'en parler. Tout à l'heure, en entrant sous ces voûtes, élevées par l'idéal d'un autre temps, j'ai pensé à elle. C'est une religion aussi que l'amitié, que le souvenir des morts aimés, tombés dans le gouffre de l'inconnu. Ces temples du passé sont-ils donc vraiment l'expression d'un sentiment religieux, impérissable même dans ses transformations successives ?

— Peut-être. Ou bien nous sommes encore assez près de cette forme pour en ressentir l'influence.

— Henriette ! murmura Marianne ; pauvre Henriette !

Elle pencha la tête d'un mouvement doux et recueilli, et Pierre vit une larme sur sa joue.

— Eh bien ! monsieur Démier, dit assez haut Mme Brou, ne voulez-vous pas nous montrer un peu l'église ?

C'était presque dire à Pierre qu'on ne l'avait invité que pour cela. Il regarda la digne bourgeoise avec un sourire.

— Assurément, madame, je n'ai point oublié la promesse que j'en ai faite à Mlle Aimont.

Il commença par les ramener à l'entrée pour observer l'ensemble de l'architecture, et fit l'historique des constructions successives et des vicissitudes du vieux monument. Sa parole simple, imagée, ressuscitait les époques et montrait presque la scène quand la basilique servait d'abri aux assemblées communales, sous la protection des évêques, de refuge aux révoltés ou aux criminels, et que dans cette bizarre confusion de la vie matérielle et religieuse que présente le moyen-âge, les nefs latérales étaient des halles de marchands. Pierre montra saint Dominique prêchant sous ces voûtes la destruction des Albigeois ; Raymond VII, en chemise, abjurant l'hérésie, au pied de l'autel où plus tard Henri d'Angleterre est couronné roi de France, et où retentit bientôt après le *Te Deum* des victoires de Charles VII. En 1593, étrange spectacle : Notre-Dame est remplie d'hommes d'armes, mêlant les cantiques aux jurements. Ce sont les troupes populaires de la sainte Ligue qui l'ont prise pour caserne, et qui tantôt jouent aux dés ou folâtrent avec leurs ribaudes, tantôt s'agenouillent, le chapelet à la main, devant quelque moine ligueur. Deux cents ans après, quelle est cette belle femme, assise sur l'autel ? C'est la déesse Raison. Et peu après, les officiants de Notre-Dame sont les théophilanthropes.

Ensuite, le jeune archéologue expliqua la pierre elle-même, depuis les grandes sculptures du Jugement dernier jusqu'aux fantaisies grotesques ou impies de l'artiste solitaire, chargé de son pendentif ou de son chapiteau. Il montra sous les restaurations modernes la splendeur des rosaces et des vieux vitraux, et tint pendant deux heures ses auditeurs sous le charme des grands souvenirs.

La visite se termina par l'ascension des tours.

En face du panorama si vaste et surtout si plein, qui s'étendait sous leurs yeux, de cette ville immense, aux collines fertiles et peuplées ; de cette foule de monuments qui, de toutes parts, s'élevaient, mystérieux témoins des âges écoulés, tandis que de ces quais, de ces places, de ces rues tumultueuses, montait la respiration concentrée de l'humanité actuelle, palpitant ici au point le plus intense de sa vie, Marianne eut un moment d'ivresse. Des Thermes de Julien, du silencieux et penché Cluny, ses yeux se portèrent à la tour Saint-Jacques, au Louvre, à l'Arsenal, et s'arrêtèrent à la colonne de Juillet, marquant la Bastille disparue. Puis elle regarda la colonne Vendôme, le Palais-Royal, l'Étoile, et ses regards, devenus vagues, cherchèrent, dans les brumes de l'avenir, des monuments nouveaux, dont sa pensée ne voyait pas les contours distincts, mais qu'elle appelait et pressentait, comme une mère voit l'enfant dans ses rêves. C'était la vie tout entière de l'humanité qui avait ainsi passé devant elle en peu d'instants, ici croyante et morne, là douleuse et batailleuse, héroïque, chercheuse, plaintive, indignée, exultante enfin dans un nouveau dogme, et venant aboutir à ce pandémonium de forces éteintes et latentes, à cette gestation mystérieuse et troublée, à ce combat terrible de l'heure présente, entre un monde sénile et un monde enfant. Elle voyait fourmiller sous ses pieds, dans une agitation fiévreuse et sous des costumes divers, un peuple entier, et de cette production incessante d'actes, de sentiments, de pensées, il lui semblait que, vaporeuses et tangibles, les idées aussi montaient vers elle avec les bruits. Jamais elle n'avait tant vu, tant compris la vie ; jamais elle ne l'avait sentie si forte, si puissante, si pleine d'avenir ; elle-même était animée d'une nouvelle force et d'une foi plus vive. Instinctivement, elle chercha le regard de Pierre ; il était sur elle, ils se fondirent. Alors Marianne sentit dans sa poitrine comme une électricité foudroyante qui l'étreignait. La respiration lui manqua ; elle se retira machinalement à la balustrade et ferma les yeux. Quand elle les rouvrit, surprise de ce trouble, elle se dit à elle-même : Qu'ai-je donc ? Et aussitôt elle se demanda où était Pierre ; mais elle n'osa plus regarder de son côté. Ce fut seulement quand elle descendit l'escalier qu'elle l'aperçut ; il était fort pâle.

Cette visite de la cathédrale avait duré longtemps ; l'heure était avancée. On tint conseil sur le parvis, et il fut décidé qu'on renoncerait pour ce jour-là à visiter les autres églises. Mme Brou avait une emplette à faire ; déjà le docteur devait être de retour à l'hôtel.

— Cela vous contrarie peut-être, Marianne ?

— Non, ma tante ; je ne me sens pas très-bien.

— Vous êtes fraîche comme une rose pourtant ; je ne vous ai jamais vu cet éclat.

— C'est vrai ! dit M. Milhau avec une surprise pleine d'admiration.

— En revanche, M. Pierre paraît fatigué. Monsieur, vous avez dit de fort belles choses ; nous vous sommes bien obligés. Si cela ne vous ennuyait pas trop, nous serions bien charmés que vous voulussiez nous montrer encore les autres églises. C'est vraiment bien intéressant de savoir ainsi ce qu'on voit, et vous vous exprimez avec tant de science et de poésie !....

Pierre affirma qu'il serait charmé lui-même de remplir une seconde fois le rôle de cicérone ; mais il refusa formellement l'invitation à dîner que crut devoir lui adresser Mme Brou, et il prit immédiatement congé.

— En vérité, j'ai cru lui devoir cette politesse, dit Mme Brou après son départ. Comme il s'est donné de la peine pour nous !....

A Paris, un dîner ne tire pas à conséquence. Mais vraiment ce jeune homme est étonnant pour sa condition ; il parle comme un savant et même comme un homme du monde. C'est bien singulier.

— Croiriez-vous, monsieur, poursuivit-elle en s'adressant à M. Beaujeu, que c'est le fils de notre charpentier ? Nous ne le voyons pas à Poitiers, bien entendu ; ici c'est la faute d'Albert, qui s'est lié avec lui. Puis, dans ce siècle, il ne faut pas être trop difficile sur les rangs, au moins pour de simples connaissances.

— En effet, madame, toutes les vieilles distinctions sont bien effacées, et c'est dommage. On pouvait autrefois être fier de son nom ; maintenant...

— Je sais, monsieur, que votre famille est très-distinguée.

— Oui, madame, je puis m'en flatter, une des meilleures du Beaujolais ; nous sommes même alliés aux de Quigrogne, un des beaux noms de la province.

— Vraiment !... C'est fort bien, monsieur ; mais votre nom semble même... être noble : Beaujeu, de Beaujeu, cela va parfaitement.

— Je me suis laissé dire, madame, que mes ancêtres le portaient ainsi, et il ne serait peut-être pas difficile de retrouver de vieux parchemins.

— Il serait possible, et vous avez négligé cela ?

— Mon Dieu ! oui, madame. J'ai eu jusqu'à présent le tort de négliger les affaires sérieuses ; mais ce tort, je ne l'aurai plus, si mes vœux peuvent être remplis.

— Ils méritent de l'être, monsieur !

Et Mme Brou rentra à l'hôtel, toute enivrée de cette nouvelle perspective : sa fille s'appeler de Beaujeu !

Le soir même, M. Beaujeu, escorté de M. Milhau, demandait solennellement la main de Mlle Brou, et recevait du docteur la réponse la plus encourageante, le consentement d'Emmeline réservé. Aussitôt après cette visite, Emmeline fut appelée dans la chambre de ses parents. En apprenant ce dont il s'agissait, elle poussa un petit cri de surprise et mit sa tête dans ses mains, d'un air confus.

— Tu ne te doutais de rien, ma pauvre petite ? dit Mme Brou en l'embrassant.

— Mais non, comment donc ? Il était bien empressé près de moi, c'est vrai ; mais n'est-ce pas l'usage des messieurs ?...

— Je le voyais bien, parce que tu étais si gentille et si à ton aise.... Enfin il est amoureux fou, à ce qu'il paraît. Eh bien ! qu'en dis-tu ?

— Je ne veux avoir d'autre avis que le vôtre, dit Emmeline en prenant subitement l'air composé d'une jeune fille bien élevée, esclave des bons principes.

— Chère enfant ! Cependant il faut aussi que ton cœur parle et que tu te décides volontairement. Interroge donc tes sentiments ; nous ne voulons que ton bonheur.

Et là-dessus, afin que le cœur d'Emmeline pût répondre, M. et Mme Brou se livrèrent de nouveau à l'énumération des avantages offerts par le prétendant : une bonne famille, alliée à la noblesse du pays, et peut-être même un de, appuyé de parchemins ; 200,000 francs de fortune, la promesse d'un emploi administratif qui devait aboutir quelque jour à une préfecture ; un caractère honorable, affirmait M. Milhau ; aimable, disait madame, qui avait toujours eu avec ce cousin son franc-parler ; on pouvait tout lui dire avec certaines précautions. Enfin, grâce à la liberté dont on jouit à Paris, Emmeline avait vu ce monsieur cinq fois, avait causé avec lui très-intimement, et pouvait d'après cela voir facilement s'il lui plaisait et si elle voulait passer avec lui sa vie.

Ce discours fut terminé d'un grand air de satisfaction ; car en vérité on ne pouvait faire mieux ni même aussi bien à l'ordinaire.

— Il n'y a qu'un petit inconvénient, reprit Mme Brou, c'est qu'il est un peu âgé. Mais comme tu es raisonnable... Après tout, il faut qu'un mari soit plus âgé que sa femme, dix ans au moins. Et comme cela ce n'est qu'une dizaine d'années de trop qu'a M. Beaujeu.

— Il ne serait pas mal sans cela, dit Emmeline ; pourtant cela me gêne un peu.

— Il n'en sera préfet que plus tôt, mon enfant, que veux-tu ? Car il a, paraît-il, de belles relations. Il est bien difficile de tout réunir.

— Enfin, dit le docteur, réfléchis, ma fille. A mon avis, c'est un beau parti qui s'offre à toi ; mais je ne veux pas te contraindre. J'ai promis une réponse décisive pour demain. D'ici là, réfléchis, interroge-toi, prends ton temps ; ne précipitons rien. Demain matin tu me diras ta décision, et je l'écrirai à M. Beaujeu.

— Je sais que j'ai le meilleur des pères, s'écria Emmeline en se jetant dans les bras du docteur.

Après cette conversation avec ses parents, Emmeline courut dans la chambre de Marianne. Ce n'était pas se plonger dans la réflexion ; mais pour les natures communes, le meilleur moyen de réfléchir à une chose, c'est d'en parler, la méditation étant chez elles de si faible contexture que le fil s'en rompt à chaque instant, quand un argument extérieur ne lui fournit pas d'appui. Emmeline avait-elle aussi des besoins de poésie dramatique ? ou ressentait-elle vraiment l'angoisse de sa destinée ? Elle se jeta dans les bras de sa cousine en lui demandant conseil.

— Ma chère, c'est un bon parti certainement, et mes parents désirent ce mariage; mais si tu savais, je suis toute tremblante! Epouser ce monsieur! Je ne dis pas qu'il n'est pas aimable, mais il est bien un peu âgé, n'est-ce pas? Qu'en dis-tu? comment le trouves-tu?

— Je te croyais décidée, je l'avoue, dit Marianne; mais puisque...

— Décidée, ma chère, et comment?

— Mais tu étais fort aimable avec lui.

— Sans doute; savais-je, moi, de quoi il s'agissait?

Marianne regarda sa cousine, et l'effet de ce regard fut tel qu'Emmeline rougit. Les jeunes filles ne peuvent guère se tromper mutuellement sur de tels sujets.

— Mais voyons, reprit Mlle Brou, un peu confuse, personne ne m'en avait rien dit.

— Mais tu t'en doutais, et alors, s'il ne te plaisait pas, il ne fallait pas chercher à lui plaire.

Emmeline ouvrit de grands yeux.

— Tu es toujours étonnante, ma chère; alors on ne serait jamais demandée qu'une fois par son mari?... Ce serait bien agréable! Non, l'on ne risque rien à être aimable et l'on est toujours libre de refuser. Savais-je d'abord si c'était un parti avantageux, moi? Rien du tout, puisqu'on ne m'avait rien dit; mais je n'aurais voulu pour rien au monde que ce monsieur se retirât sans avoir fait sa demande : c'eût été mortifiant pour moi. Maintenant je vais voir, et c'est à présent seulement que je puis me décider.

— Et s'il t'aimait réellement, s'il avait espéré, d'après ta manière d'être avec lui?...

— Oh! répondit Mlle Brou, en relevant la tête fièrement, tu dois penser que je ne me suis pas compromise.

— Mais tu pourrais lui avoir causé un vif chagrin.

La jeune fille secoua la tête en riant.

— Bah! il se consolerait... plus tard. Les hommes ne sont pas si susceptibles... ni si loyaux.

Cette réponse rendit Marianne un instant pensive.

— Non, se dit-elle, ni de l'un ni de l'autre côté, la loyauté n'est la règle de ces rapports d'homme à femme, qui devraient être sacrés.

— Tu ne crois donc pas à l'amour? dit-elle ensuite.

Emmeline haussa les épaules en faisant une petite moue.

— Je ne sais pas.

— Et tu te maries?

— Tu es drôle! Ne faut-il pas se marier? Ce serait gentil de rester vieille fille! Oui, je ne dis pas, j'ai rêvé d'amour quelquefois, et c'est pourquoi j'aimerais mieux un jeune homme avec de beaux yeux... A propos as-tu remarqué les yeux de M. Pierre Démier?

— Oui, répondit Marianne, que cette question troubla, sans qu'elle sût pourquoi. Ils sont pleins d'intelligence...

— Et d'amour, ma chère; du moins il me semble. Il n'est pas beau, du reste, mais ses yeux!... Cela m'a donné une foule d'idées... M. Beaujeu n'a pas des yeux comme cela... non, mais lui, c'est un homme du monde, un bon parti, voilà... et les beaux yeux ne sont pas tout dans la vie.

Elle poussa un grand soupir et prit un air de femme raisonnable.

— Ecoute, dit Marianne, au bout d'un silence, en entourant de son bras la taille de sa cousine, je sais que nous ne pensons pas de même et que probablement nous ne pourrons pas nous entendre sur ce sujet; mais je veux te dire malgré tout une pensée qui me vient à l'instant, et qui me fait peur. Elle eut un frémissement, et d'une voix troublée, indéfinissable, elle ajouta : pour toi! Si tu épouses M. Beaujeu, ce sera certainement sans amour.

— Mais oui, dit Emmeline. Comment veux-tu? Je ne sais pas, moi.

— Eh bien! pourquoi bannir ainsi l'amour de la vie? N'est-ce pas là déjà un malheur? Et peux-tu seulement être sûre de l'en bannir? Si tu venais à aimer, une fois mariée?

— Oh! Marianne, comment peux-tu supposer?...

— Mais l'amour n'est pas volontaire, ou bien ce ne serait pas un sentiment puissant?

— Une femme honnête aime toujours son mari.

— Tu sais bien que non, Emmeline. Tu connais plus d'un ménage où l'on ne s'aime pas. Ne te paye pas de mots quand il s'agit de décider de ta vie entière. Il me semble que se marier sans amour, c'est s'exposer à aimer un autre homme que son mari. Penses-tu combien ce serait affreux?

La jeune fille parlait d'un accent si vrai, et son visage exprimait si bien l'impression de terreur qu'elle ressentait à cette idée, qu'elle réussit à faire passer un frisson dans les veines de sa légère compagne. Mais ce ne fut qu'un instant; Emmeline en revint bien vite aux leçons qui l'avaient formée.

— Mais qui me dit, ma chère, que j'aimerai jamais! Et puis-je attendre cela toute ma vie? Songe que j'ai vingt ans et qu'il commence à être grand temps que je me marie. Je ne voudrais pas, pour tout au monde, arriver à être majeure!... Oh! non, je l'ai toujours dit. Et enfin aimer, comment? Je voudrais bien le savoir. Est-ce possible seulement? Est-ce que nous connaissons des jeunes gens? Des danseurs, oui;

tout au plus. Or est-ce en dansant ensemble et en se disant des paroles en l'air qu'on peut s'aimer ? Moi, je n'en sais rien ; mais ça m'a toujours paru drôle. Tu sais bien que nous ne pouvons pas voir des jeunes gens : on en causerait. Il faut se marier tout de suite. Eh bien ! alors, que veux-tu ? Je fais comme tout le monde. C'est plus sage.

— Et si cet homme avait un tel caractère que tu ne puisses pas l'aimer ?

— Ce serait terrible ; mais que veux-tu que j'y fasse ? En vérité, ma chère, tu n'es guère secourable ! J'étais venue près de toi pour chercher des encouragements et tu ne me dis que des choses pénibles.

En même temps, Emmeline se mit à pleurer. Étonnée d'avoir à se justifier, Marianne allégua qu'elle n'avait fait que chercher à éclairer sa cousine. Mais ce n'était pas ce que celle-ci demandait, et Marianne finit par s'en convaincre au cours de l'entretien ; car, l'ayant laissé dès lors diriger exclusivement par Emmeline, il ne roula plus que sur les mérites personnels de M. de Beaujeu, son air, sa mise, sa figure, sa fortune, ses espérances, sa manière de se présenter et de s'exprimer. Avait-il vraiment l'air âgé ? lui donnerait-on 40 ans ? pouvait-on dire qu'il n'en avait que 38, 39 ? Ce qui est une grosse différence ! Les méchants pouvaient-ils prétendre au contraire qu'il avait passé la quarantaine, et que ce n'était pas un homme d'esprit ? En un mot, ce mariage pouvait-il éblouir les gens ou s'exposait-il à être dénigré ? C'était l'oracle de l'opinion qu'Emmeline était venue demander à Marianne, ne pouvant le demander à d'autres, et, à part l'impression passagère que lui avaient faite les paroles de sa cousine, c'était là le plus gros de son inquiétude.

Il y avait trop longtemps que Marianne avait constaté la différence de ses vues et de celles d'Emmeline pour qu'elle se flattât de voir accepter les conseils qu'on lui demandait. Elle était triste de voir sa cousine s'engager ainsi à l'aveugle ; mais elle n'y pouvait rien et le sentait. Quant à son avis personnel sur M. Beaujeu, il ne satisfit pas non plus Emmeline. Sur l'âge, ce point important, l'opinion de Marianne était indécise ; il semblait d'ailleurs que cette question fût pour elle plutôt secondaire, et elle ne posait pas la question du tout comme il fallait, à savoir si l'époux, le jour des noces, aurait bonne mine à l'autel et ne ferait pas dire de lui : « Mais il est trop vieux. » Emmeline enfin sortit de la chambre de Marianne fort impatientée et tout aussi indécise qu'auparavant ; car elle n'avait pas trouvé l'interlocuteur qui lui fallait.

M. et Mme Brou s'y entendaient mieux ; ils firent briller les perspectives de luxe et d'am-

bition. Le soir, Albert déclara que M. Beaujeu était un parfait homme du monde. Non sans hésitation et sans trouble, Emmeline le lendemain donna sa réponse affirmative sous cette forme pleine de convenance et plus vraie au fond qu'elle-même ne pensait : « Puisque ce mariage convient à mes parents !... »

M. Beaujeu témoigna d'une vive allégresse et fut admis à baiser la main de sa fiancée. M. et Mme Milhau furent très-fiers et très-enchantés d'avoir fait un beau mariage. M. et Mme Brou se prodiguèrent avec émotion : « Nous avons assuré le bonheur de notre enfant ! » Et plus prosaïquement se félicitaient in petto d'avoir opéré convenablement cette grosse affaire de bien marier leur fille, et se plaisaient aux perspectives orgueilleuses que leur ouvrait l'espoir d'un gendre préfet. Marianne seule tremblait pour sa cousine d'inquiétude et d'émotion, et disait à Albert : « Se marier sans amour, que cela est triste et sans connaître à fond l'être à qui l'on se donne ! »

En raison de ce mariage, le séjour des Brou à Paris dut se prolonger. Il fallait faire ses achats dans la grande ville. À courir les magasins, à se livrer aux emplettes, à préparer tout ce qui devait mettre en relief son orgueil et sa beauté, Emmeline, un instant perplexe et troublée, avait repris tout son entrain et toute sa gaieté. M. Beaujeu faisait des cadeaux superbes, et commandait un ameublement délicieux. Il avait été visiter ses amis, ses protecteurs, et avait la promesse à peu près certaine d'une sous-préfecture en septembre. C'est à la fin de ce mois qu'était fixée la date du mariage, et l'on n'attendait que de rentrer à Poitiers pour le publier officiellement.

En attendant l'essai des costumes de la fiancée, confiés à une couturière en renom, et la solution de maints détails, on continuait mollement à visiter Paris. Pierre fut de nouveau prié, par l'entremise d'Albert, de remplir son rôle de cicérone ; mais il se trouva que des occupations multipliées ne le laissèrent pas libre au jour fixé. Marianne en éprouva un sentiment pénible. Au moins pensait-elle qu'il viendrait faire une visite ; il ne vint pas. Il dédaignait donc son amitié ! Ce fut pour elle une vive déception, si vive qu'elle en pleura dans le secret de sa chambre. Mais presque aussitôt, dans son âme loyale, cette impression fut corrigée par une autre ; car il y avait en elle un malaise de conscience, confus, mais troublant, que cette solution apaisait. Elle se dit qu'Albert, lui du moins, savait bien aimer. Plus tard, quand ils vivraient ensemble, sûrement, ils s'entendraient tout à fait. Et puis aimer, aimer sûrement, pleinement, c'est l'essentiel. Oh ! oui, cher Albert.

Elle le voyait chaque jour de longues heures. Les merveilles de l'art, de la science, de l'industrie, leur fournissaient des sujets inépuisables d'entretiens, où leurs jugements se confondaient avec charme, où leurs âmes semblaient emportées du même essor. Une ou deux fois, que des différences essentielles se produisirent et que Marianne un instant fut affligée, Albert se rangea bientôt et de si bonne grâce à l'avis, ou plutôt au sentiment de sa fiancée, qu'elle ne fit que l'en aimer davantage. Au milieu de tout cela, il semblait plus amoureux que jamais, et cette ivresse mêlée aux autres effaça bientôt chez Marianne le souvenir de la déception que Pierre lui avait causée. Maintenant elle croyait plus que jamais à l'amour de son fiancé, plus que jamais au bonheur que leur promettait un même avenir.

Quant à Emmeline et M. Beaujeu, la sympathie latente qui existait entre eux avait pris, depuis les accords du mariage, un développement extraordinaire. Ils étaient nés évidemment l'un pour l'autre, à quelque vingt-cinq ans de distance; mais cela ne faisait rien, ils s'adoraient, ils regardaient les étoiles ensemble : on les eût pris pour des amoureux d'inclination. M. et Mme Millhau, M. et Mme Brou, contemplaient leur œuvre avec des yeux attendris.

Mme Brou était la seule à laquelle cette prolongation de séjour à Paris ne fût pas agréable; elle en éprouvait même de grands ennuis ; et cela pour des raisons diverses.

Mme Brou, comme on l'a vu, avait apporté à Paris de grandes préventions contre cette capitale de la France et dès oisifs de l'Europe. Elle était persuadée que Paris était le repaire des voleurs de l'univers, et même quelque peu un coupe-gorge. Son fils et son mari même l'avaient beaucoup raillée là-dessus ; mais Mme Brou s'était vengée de leurs railleries, à son grand émoi, par les faits suivants :

Une fois en omnibus elle avait été débarrassée de son porte-monnaie, chose vraiment étonnante et très-irritante pour une femme qui veillait à toutes choses avec tant de soin et se piquait de tout voir et tout prévoir. On avait pu mettre la main dans sa poche sans qu'elle s'en aperçût !... Mme Brou avait été indignée, et dès lors elle s'était avisée d'un expédient : elle ficelait sa poche au bas de l'ouverture. C'était un peu gênant quand il fallait payer ou même satisfaire un besoin de la nature en dépliant son mouchoir, — et justement Mme Brou s'était enrhumée sur les tours de Notre-Dame — mais qu'importait ? Plutôt que d'être victime de ces infâmes filous, Mme Brou se serait soumise à des gênes plus graves... Quand un

jour — ô stupéfaction ! — Mme Brou, en tirant sa poche pour dénouer la ficelle, ne trouva plus rien au bout. Rien !... la poche avait été coupée ! Et coupé également le lé de la robe, une robe de 6 fr. le mètre !... C'étaient là des choses épouvantables ! Et comment faire désormais, je vous prie, dans une pareille ville ?

Cependant, pour les emplettes relatives au mariage d'Emmeline, Mme Brou était obligée de se charger de valeurs — depuis quelque temps le docteur l'accompagnait rarement; — elle avait donc eu l'idée de placer sa bourse dans son corset, asile inviolable et spacieux, où toute une fortune se pouvait loger. Ici encore la gêne était grande, car les convenances...—Oui, mais l'argent ?.... Mme Brou s'était fiée à son tact pour tout arranger, et c'était avec des ruses et des adresses infinies qu'elle manœuvrait pour gagner le coin le plus retiré du magasin, ou se confiait à quelque demoiselle obligeante, à qui elle faisait éloquemment le procès de Paris en racontant les tours indignes dont elle avait été victime. Eh bien ! ce fut sans doute par cela même qu'une aventure, plus terrible que toutes les autres, arriva à Mme Brou.

Elle sortait d'un magasin où elle avait, avec une extrême délicatesse, retiré de leur cachette plusieurs billets de banque et les y avait de même réintégrés, après en avoir remis au marchand. Peut-être, pour éviter les regards des commis, avait-elle, dans cette opération, quelque peu affronté les regards des curieux penchés au dehors sur l'étalage, — Mme Brou toutefois n'admet pas cette explication. — Toujours est-il qu'à peine eut-elle quitté le magasin, — elle était seule, — elle entendit marcher derrière elle d'assez près et avec une régularité si persistante qu'elle se retourna.

Entre autres préventions contre Paris, on juge bien que Mme Brou était de ceux qui accusent sévèrement les mœurs de la *Babylone* moderne. Elle n'aimait pas à conduire seule ses filles dans les rues, même en plein jour, et même sa propre solitude ne la laissait pas absolument tranquille, malgré toutes les bonnes raisons qu'elle avait de l'être. S'étant donc retournée, elle vit un homme d'une quarantaine d'années, assez bien mis, et qui, rencontrant ainsi les yeux de la dame, la salua d'un air galant. Mme Brou lui tourna le dos vivement, toute hérissée de courroux et rougissante moitié de pudeur, moitié de colère.

— Quelle sentine de vices est ce Paris ! se dit-elle. Je croyais être à l'abri de telles poursuites ! Eh bien, non ! Une mère de famille ! une femme de mine respectable ! Non, à Paris, il n'y a de respect pour rien.

Pour tout dire, au fond de l'âme, la surprise causée par cet incident n'était pas toute désagréable.

— Il paraît que je ne suis pas encore trop mal !... Paris est vicieux, mais il a des yeux exercés à découvrir les charmes enfouis sous l'épaisseur de quarante-six étés !...

Mais ces réflexions secrètes n'ôtaient aucune énergie à la vertu de Mᵐᵉ Brou ni à la vivacité de sa marche; elle s'essouffla même un peu. Ce que voyant, le suiveur eut l'audace de lui offrir son bras.

— Monsieur! je ne sais pour qui vous me prenez...

Elle se rengorgea, son troisième menton déborda sur sa poitrine : elle était vraiment imposante. Mais ces Parisiens...

— Madame, vous méconnaissez la pureté de mes intentions. Madame, votre visage m'a frappé : une ressemblance bien chère! Laissez-moi vous expliquer...

— Monsieur, mon devoir me défend de rien entendre.

— Ah! madame, que vous êtes cruelle! Si je pouvais seulement vous entretenir cinq minutes en tête-à-tête...

— Monsieur, votre proposition est indigne. Je suis mariée.

— Ah! madame, quel homme heureux!

Il continua de la suivre.

Le jour tombait. Ils étaient à ce moment dans la rue Saint-Honoré, non loin de la halle, au milieu d'un va-et-vient de voitures étourdissant.

— Quelle figure je fais avec cet homme à ma suite! se disait Mᵐᵉ Brou toute éperdue. Est-ce inconvenant! Et si quelqu'un de Poitiers...

Tout à coup, elle se sent saisie avec force et attirée dans une allée sombre. Son premier cri est étouffé par deux lèvres audacieuses, et une main, peut être plus audacieuse encore, cherche à détacher le haut du corsage... Mais l'effroi n'a pas paralysé la digne épouse du docteur, et l'indignation lui prête des forces; elle pousse des cris perçants. A ce moment, par un hasard — providentiel; du moins Mᵐᵉ Brou l'affirme toutes les fois qu'elle raconte cette dramatique histoire — un homme vient du fond de l'allée sombre; car de la rue, dans le tapage effroyable qui s'y faisait, les cris n'eussent point été entendus, à la vue d'un témoin, le lâche agresseur prend la fuite, et Mᵐᵉ Brou rentra à l'hôtel dans une surexcitation, que Marianne et Emmeline ne purent s'expliquer, Mᵐᵉ Brou jugeant à propos de ne point leur révéler à quel comble d'immoralité Paris peut atteindre. Elle prit seulement à part son mari pour lui raconté l'épouvantable danger auquel venait d'échapper l'honneur de sa femme. Le docteur fut très-étonné; puis il s'informa des circonstances préalables et dit brusquement.

— C'était tout bonnement un voleur. Il t'a vue, à travers les vitres du magasin, mettre les billets de banque dans ton corset, et sa galanterie n'était qu'un prétexte.

— Par exemple, s'écria Mᵐᵉ Brou déconcertée; mais pas du tout, j'ai bien vu...

Puis elle cita nombre d'observations confirmant la version première, et n'a jamais voulu admettre l'explication du docteur.

Elle croyait donc plus que jamais à l'immoralité de la Babylone, et c'est pourquoi les fréquentes absences de son mari lui étaient devenues un sujet de chagrin.

— Ma chère amie, je suis heureux de me replonger dans le monde scientifique, répondait le docteur aux doléances de sa femme.

Le monde scientifique! Il n'y avait rien à dire à cela. Mais était-ce bien le monde scientifique où se plongeait le docteur? Ce qu'il y avait de certain, c'est que ce monde, quel qu'il fût, l'absorbait extrêmement et le rendait incapable de toute conversation conjugale. Les serpents de la jalousie déchiraient le sein de Mᵐᵉ Brou, et elle hâtait les préparatifs que les couturières et les modistes, les amoureux et le docteur lui-même, tout heureux d'être en vacances, s'attachaient d'un commun accord à retarder.

Il n'y avait d'ailleurs guère plus d'une semaine que les Brou étaient à Paris, et la durée de leur voyage avait été primitivement fixée à quinze jours.

Un matin que M. Brou venait de sortir et que ces dames attendaient M. Beaujeu, on vint les avertir qu'un monsieur les demandait au salon. Marianne, croyant que ce pouvait être Pierre, n'hésita pas à descendre avec sa tante et sa cousine. Elles furent étonnées de se trouver en présence d'un inconnu.

— Mesdames, dit-il, c'est dans l'intérêt de M. Albert Brou, votre fils et frère, que je me permets cette démarche près de vous.

— De quoi s'agit-il? demanda Mᵐᵉ Brou avec dignité.

— D'une somme de 8,265 fr. dès à présent exigible que doit M. votre fils, madame, et qui doit être payée demain, à peine de poursuites auxquelles son créancier est très-décidé à recourir.

— 8,200 francs! s'écria Mᵐᵉ Brou suffoquée; mais c'est impossible, monsieur.

— La chose est facile à prouver, madame, et il n'y a là rien d'extraordinaire; ce sont péchés de jeunesse, folies d'étudiant. M. Albert, comme tant d'autres, a voulu connaître les plaisirs de la vie à Paris avant de retourner s'enterrer en province. Il a même agi avec modération : le café, les femmes, mènent souvent plus loin que ça. Nous avons prêté volontiers des sommes à M. Albert, parce que nous avons su que sa famille est aisée, et qu'il nous a dit en outre qu'il allait faire promptement un riche mariage.

— Monsieur, cria Mme Brou, qui perdait la tête, tout cela ce sont des calomnies !...

— Des calomnies ! Alors il nous a trompés en nous promettant de nous payer dès le lendemain des noces ? C'est indigne de sa part. Raison de plus pour nous adresser à la famille et poursuivre au besoin...

— Quelles infamies ! exclama de nouveau Mme Brou, près de s'évanouir. Sortez, mesdemoiselles, vous ne devez pas entendre...

— Pardon, madame, dit Marianne, j'en ai trop entendu pour ne pas vouloir apprendre le reste. Monsieur s'exprime et continuera de s'exprimer en termes convenables... Vous oubliez d'ailleurs que moi seule peut-être je puis trouver un moyen de dégager Albert.

Elle parlait ainsi d'un ton ferme, empreint même de l'accent d'une volonté absolue, et eût semblé calme sans sa pâleur.

Mme Brou joignit les mains avec une profonde angoisse et ne vit pas sans doute autre chose à faire. Ce fut Marianne qui reprit la parole :

— Votre créance, monsieur, est-elle prouvée ?

— Oui, mademoiselle, assurément, et M. Albert Brou ne la niera pas ; vous n'avez qu'à lui en parler. D'ailleurs j'ai ici la copie des pièces : il y a d'abord deux prêts faits à deux époques différentes : le premier, en juillet de l'année dernière ; le second, au mois de janvier de cette année, plus un mémoire du marchand de nouveautés, acquitté par nous ; plus la note du café de la Jeune-France. En tout, avec les intérêts composés, 9,265 fr. Je ne parle pas des centimes. Car je puis vous assurer, mademoiselle, qu'aucune exagération ne peut nous être imputée ; nous ne sommes pas des usuriers, mais d'honnêtes gens, qui font tout simplement valoir leur capital selon les lois de l'offre et de la demande. M. Albert Brou n'a pas été poli vis-à-vis de nous. Il est vrai que nous avions tacitement adhéré à sa prière de ne réclamer la somme qu'après son mariage, mais on ne peut jamais prévoir l'avenir, et il nous est arrivé des malheurs. Une maison avec laquelle nous avions des relations commerciales très-étendues a fait faillite, ce qui nous oblige à faire rentrer tous nos fonds exigibles. Le billet de M. Brou est dans ce cas ; ce n'est pas notre faute. Nous avons dit tout cela à M. Brou ; mais il s'est emporté, s'est déclaré dans l'impossibilité de payer, a refusé soit de parler à son père, soit d'emprunter d'un autre côté ; il nous a même dit des paroles blessantes, et cependant la démarche que je fais près de vous en ce moment vous témoigne que nous répugnons à employer la rigueur. Nous ne voudrions pas

traîner devant les tribunaux un jeune homme de bonne famille, car nos sentiments sont trop délicats... Et c'est pour cela que nous avons préféré nous adresser à la mère et aux sœurs. Le cœur d'une mère contient d'inépuisables trésors... de tendresse. Je dois même vous avouer que cette idée vient de moi. Mon associé est un peu plus dur, et si l'on ne paye pas demain...

— C'est impossible ! gémit Mme Brou.

— Alors, madame, je le regrette ; car je n'obtiendrais pas de mon associé... Nous avons nos engagements à remplir.

— Vous aurez une réponse ce soir, monsieur, dit Marianne, et je ne doute pas qu'en présence de bonnes garanties et d'un payement très-prochain...

— Je verrai, mademoiselle, je ferai mon possible...

Il dit encore beaucoup de paroles sur l'honorabilité de sa maison, sur les regrets qu'il éprouvait... sur l'inflexibilité de son associé, sur leurs embarras, etc., et finit par mettre dans les mains de Marianne les copies de ces créances ; après quoi il donna son adresse et se retira.

Les trois femmes, restées en présence, se regardèrent avec des expressions diverses : Marianne était pâle et silencieuse ; Emmeline et sa mère, au milieu de leur désolation, l'observaient avec inquiétude.

— Mon pauvre enfant ! s'écria Mme Brou.

— On calomnie Albert, cela est certain, dit Emmeline.

— C'est indubitable ! répéta Mme Brou.

Et presque aussitôt, elle ajouta :

— Mais comment le tirer de là ? Grand Dieu ! Quant à parler à M. Brou, ce serait terrible ! Vous savez combien il est sévère..., surtout en ce qui regarde les dépenses d'argent ; ce seraient des scènes entre Albert et lui... Mon Dieu ! comment faire ?

— Je n'oserais pas, dit Emmeline, en parler à M. Beaujeu, bien qu'il me soit tout dévoué.

— Jamais ! s'écria sa mère. Garde-t'en bien ! Ce serait la démarche la plus imprudente... ! Hélas ! le bonheur d'une femme tient à si peu !... J'ai 200 fr. d'économies, ajouta-t-elle en soupirant, et je les destinais à te faire un cadeau, ma fille, à l'occasion de ton mariage... Mais qu'est-ce que 200 fr. ?

— Une simple bouchée pour ces faiseurs de folie ! dit Emmeline avec dépit. Ils s'occupent bien !... Au reste, dit-elle en se reprenant, je les sacrifie de bon cœur, maman, et ne t'en remercie pas moins...

— Je te reconnais bien là, ma fille ! Tu ne m'as jamais donné, quant à toi, que des sujets de satisfaction. Ah ! ce n'est pas qu'Albert !... Tout cela est la faute des mauvaises compagnies ! s'écria-t-elle avec courroux, à l'instar de toutes les mères de fils coupables; oui, c'est la faute de ceux qui l'ont entraîné. J'ai toujours cherché à le prémunir contre ces gens-là; mais il ne m'a pas écoutée, jusqu'à voir ce Pierre Démier, qui est connu pour ses idées de désordre.

— J'espère, dit tout à coup Marianne, avoir trouvé le moyen de satisfaire ou du moins d'apaiser ses créanciers; mais il faut avant tout que je voie Albert.

— Sans doute, vous avez raison, ma chère fille, se hâta de dire Mᵐᵉ Brou; car il y a certainement beaucoup à rabattre dans tout cela... si même la chose est vraie. Que sait-on? Eh bien! venez, nous allons courir chez Albert.

— Mais, maman, s'écria Emmeline, et M. Beaujeu qui va venir!

Mᵐᵉ Brou devint fort perplexe, quand Marianne trancha la difficulté.

— Je veux parler seule à Albert, dit-elle.

— Seule, Marianne! Y pensez-vous? Aller seule chez lui! Je ne puis vraiment pas permettre...

— Il faut pourtant que ce soit ainsi, madame, reprit la jeune fille; j'ai aussi mon intérêt en ceci.

— Mais vous n'y songez pas, Marianne? dans sa chambre!...

— Eh! qu'importe, que ce soit dans sa chambre ou dans une autre? répondit-elle avec le suprême dédain de la chasteté. J'irai seule trouver Albert ou je n'irai pas. Car, en tout ceci, la somme n'est rien, il y a autre chose, et ce qu'il y a, je veux le savoir.

— Bon! n'allez pas vous faire des idées... Vous ne connaissez pas les jeunes gens, ma chère enfant. Vous sentez bien que ce ne sont pas des demoiselles. Il ne faut pas prendre les choses de si haut. Albert, je vous le dis, n'a d'autre tort que de s'être laissé entraîner par d'autres. Quel est le jeune homme qui n'en a pas fait autant? Il faut en passer beaucoup aux hommes, voyez-vous? Je ne vous l'aurais pas dit, parce que c'était inutile; mais puisque cette occasion se présente...

— Une voiture s'arrêtait à la porte de l'hôtel.

— Maman! s'écria Emmeline en se précipitant à la fenêtre, voici M. Beaujeu!... Oui, c'est lui!

— Grand Dieu! que faire? s'écria Mᵐᵉ Brou, éperdue.

Marianne se dirigea vers la porte du salon.

— Où allez-vous, Marianne?

— Prendre mon chapeau, madame. Veuillez ne pas m'arrêter, le temps est précieux. Vous savez qu'il faut une réponse ce soir?

— Alors je vous accompagne, c'est mon devoir.

— Mais, maman, s'écria Emmeline en grand émoi, tu ne peux pas me laisser seule avec M. Beaujeu?

En effet, quelle extrême inconvenance! laisser en tête-à-tête deux prétendus! Mais d'autre part, Marianne!... c'était des deux côtés la même énormité. Mᵐᵉ Brou se trouvait dans la situation de ce philosophe qui voyait un abîme ouvert devant ses pas, à cette différence qu'elle en voyait deux. Jamais elle n'avait été à pareille épreuve. A ce moment, M. Beaujeu entra, et derrière lui Marianne sortit. La raison de Mᵐᵉ Brou se noyait dans les perplexités. Mais le tout-puissant décorum la saisit par les cheveux, car M. Beaujeu était devant elle; il fallait faire bonne contenance et ne point laisser voir ses troubles de famille à ce prétendu jusqu'au mariage, étranger qu'il eût été si dangereux de mettre au courant de ces choses fâcheuses; il ne devait les savoir que lorsqu'il ne lui serait plus possible de s'en retirer. Admirable probité des choses humaines!

Mᵐᵉ Brou arbora donc pour son futur gendre le plus doux sourire, et soutint la conversation jusqu'au moment où M. Beaujeu, proposant une promenade à ces dames, demanda si Mˡˡᵉ Marianne ne venait pas avec eux.

— Elle est fort souffrante aujourd'hui, dit Mᵐᵉ Brou, et m'a demandé la permission de garder la chambre. Aussi nous sortirons volontiers, ma fille et moi, mais à la condition de rentrer au plus tard dans deux heures, car nous ne pouvons pas laisser longtemps seule cette chère enfant.

Elles montèrent alors pour prendre leurs gants et leurs chapeaux; et coururent tout d'abord à la chambre de Marianne. Elle était fermée et vainement elles frappèrent. L'enfant terrible était partie. Mᵐᵉ Brou leva les mains au ciel.

Elle l'avait bien prévu, mais ne pouvait prendre son parti d'une pareille inconvenance. Ah! si elle avait su quel caractère...

— Mais, maman, observa Emmeline, il fallait bien s'occuper de sauver Albert, à moins d'avouer à papa...

Mᵐᵉ Brou frémit à cette seule idée. La cause de son fils était la sienne; depuis le temps qu'elle le gâtait, cachait ses méfaits et le défendait contre son mari, elle avait fini par mettre tout son amour-propre et tous ses efforts à le faire trouver impeccable. Puis elle frémissait en pensant aux vivacités d'une explication entre le père et le fils, entre l'autorité despotique de M. Brou et la verve mordante d'Albert, choc d'où pouvait sortir une longue mésintelligence. Après tout, Marianne était une sorte d'enfant perdue, réfractaire aux saines traditions, dont Mᵐᵉ Brou avait depuis longtemps désespéré. Il y eut donc dans ses soupirs un mélange de résignation, et elle n'en poussa pas un seul de plus qu'il n'était convenable, afin de ne pas faire attendre M. Beaujeu.

Marianne était sortie avec la hâte d'une résolution violente et ferme. Après avoir marché quelque temps dans la rue, désormais à l'abri des obsessions de sa tante et seule vis-à-vis d'elle-même, elle s'aperçut de l'étreinte affreuse qui lui brisait la poitrine, contempla de nouveau la cruelle révélation qui venait de lui être faite et sentit le besoin de rassembler ses idées avant d'agir. Elle avait un peu d'étourdissement et ses jambes tremblaient sous elle. Elle se détourna pour entrer à Saint-Germain des-Prés, et se jetant sur une chaise, dans un des bas-côtés de la vieille église, elle mit sa tête dans ses mains et s'abîma dans ses réflexions.

Albert! son fiancé! l'homme qu'elle aimait et que de bonne foi, comme tous ceux qui aiment, elle croyait à part entre tous, plein de son amour pour elle et ne travaillant qu'à leur union, il aurait comme d'autres recherché des plaisirs vulgaires, peut-être coupables; il aurait vécu à part d'elle en la trompant, car c'était bien la tromper que de lui cacher tout un côté de sa vie, surtout en lui écrivant: « Je ne pense qu'à vous, je ne vis que pour vous, je ne travaille qu'à nous réunir. » S'il jouait ainsi double rôle, s'il savait ainsi mentir et mentir vis-à-vis d'elle, elle ne pouvait plus avoir confiance en lui; toute sa foi croulait en même temps; car la confiance de l'amour n'admet pas de degrés; où l'on se donne tout entier ou l'on ne se donne point.

Pourtant la jeune fille se retenait dans cette chute, épouvantée, à tout ce qu'elle trouvait sous sa main: souvenirs, habitudes, protestation du sentiment qui ne veut pas admettre ce qui le tue, qui veut encore vivre et croire à tout prix. Si tout ce qu'avait dit cet homme était fort exagéré?... si c'était faux?

Toutes les paroles de l'usurier revenaient à la mémoire de Marianne: *les cafés, les femmes*, avait-il dit. Il a fait *comme les autres*. Et cet homme avait l'air de trouver tout cela fort simple. Oui, mais qu'en savait-il? Est-ce qu'elle ne connaissait pas Albert? Et si ces dettes avaient été contractées dans un noble but? Pourquoi pas? Non, il n'était pas possible qu'Albert se fût avili, qu'Albert l'eût trompée.

Mais qui donc, si ce n'était Albert, avait appris leur mariage à l'usurier?

De tout ce qu'avait dit cet homme, c'est cela qui pour Marianne était le plus sensible. Albert s'était vanté d'un riche mariage; il avait d'avance escompté la fortune de sa fiancée? Cela ressemblait tellement au calcul vulgaire qu'elle en frémissait et avait beau se dire:

— Non, c'est impossible! nous ne pouvons être tombées là !... Il ne peut s'être changé en un autre! c'est un rêve!?. Elle souffrait atrocement.

Tout à coup, elle se souvint des papiers que l'usurier lui avait remis et les prit dans sa poche. Elle lut les reconnaissances des prêts aux dates indiquées; parcourut tristement une note interminable de soupers, de punchs, de sorbets et de cafés, et déroula enfin le mémoire du magasin de nouveautés, où elle lut:

« Fourni le 20 mai, à Mlle Armantine Garelin, une robe de taffetas violet rayé, 65 fr.

» Châle faux-crêpe de Chine, 25 fr.

» Ombrelle, 10 fr.

» Gants, 6 fr. 50.

» Jupe et tournure, 35 fr. » Etc. etc.

Après quoi venait un mémoire de l'année courante où étaient portées de nouveau une robe de soie, un châle, des gants, un canezou, etc., sans indication de la personne à qui ces parures étaient destinées.

Marianne éprouva le vertige qu'on a en tombant d'une grande hauteur, au point qu'elle se retint instinctivement à la chaise placée près d'elle, et un long moment s'écoula pendant lequel tout lui parut faux, confus, amer dans la vie, jusqu'à souhaiter de mourir. Puis un grand mouvement de dégoût et d'indignation la souleva et elle se retrouva sur ses pieds, droite et frémissante, le long de la rue Sainte-Marguerite. Elle allait remplir la promesse faite à Mme Brou, sauver Albert de son embarras et de la colère de son père; lui jeter avec mépris ces mots: « Vous ne m'aimiez pas! vous m'avez trompée! » et vomir après la vie, si elle pouvait.

XVI

En montant l'escalier d'Albert, Marianne se demandait: Sera-t-il là? Car il avait allégué le besoin de travailler. Mais savait-elle maintenant si tout dans ses paroles n'était pas mensonge? Elle frappa, subit une attente de quelques secondes pendant laquelle son cœur s'étouffait.

— Entrez! dit la voix d'Albert.

Elle entra. Il se leva vivement en la voyant et fut encore plus étonné, au second coup d'œil, de la trouver seule.

— Quelle surprise, chère Marianne! Mais, qu'y a-t-il?... Quoi!... vous venez?.. Marianne, cria-t-il en la regardant de plus près, il y a un malheur? Mon père?... ma mère?... quoi donc?

— Rassurez-vous, dit-elle en faisant un effort pour parler, il n'est rien arrivé de fâcheux à aucun des vôtres.

— Alors, qu'avez-vous, chère amie ? Quoi... L'émotion d'être ici peut-être ? Vous avez quelque chose à me dire ? Ah ! chère Marianne, mon adorée fiancée, remettez-vous ; asseyez-vous là ! Que je suis heureux et honoré de votre visite. Mais comment avez-vous fait ?...

Il s'assit près d'elle et voulut lui prendre les mains ; elle les dégagea.

— Albert, je suis venue pour une raison grave, que votre père ne doit pas connaître. Nous avons vu votre créancier...

Le jeune homme sauta en l'air.

— Il est allé vous trouver !... En voilà une infamie ! Ce drôle veut donc être châtié ? Sur ma parole, il le sera ! Mais cela n'a pas de nom, c'est une trahison indigne !

En proie à une exaspération, où l'étonnement luttait avec la colère, il parcourait la chambre avec de grands gestes, se frappait le front et poussait des exclamations étouffées mais furibondes. Peu à peu cependant, une autre idée sembla le gagner, et la confusion remplaça chez lui la colère. Il s'approcha de Marianne.

— Que devez-vous penser de moi ? lui dit-il. Je comprends maintenant la froideur de votre accueil. Ah ! Marianne, assurément je suis coupable, mais... laissez-moi vous dire... Mon père ne comprend pas les exigences de la vie d'aujourd'hui ; il me fait une pension ridiculement étroite... Ce n'est pas moi, mais on ne peut pas vivre comme un loup, il faut faire comme les autres... Vous comprenez, n'est-ce pas ? qu'on a besoin de se délasser de temps en temps. Les autres font des folies, et l'on se trouve en être pour sa part. Voilà un crime. A présent toutefois j'en rougis. Oui, j'aurais dû être plus raisonnable... Mais, par moments, la douleur d'être loin de vous me prenait si vivement, la lassitude de ma vie solitaire était si profonde, j'avais tant besoin de me délasser d'une étude acharnée !... Je sortais, j'allais me plonger, me détendre dans le mouvement, dans le bruit, sans trop savoir ce que je faisais. D'un autre côté, croyez-le bien, ces usuriers ont doublé tout simplement... Quand une fois on s'est laissé aller à une dette, on est à la merci de ces gens-là... sans compter le café, qui lui-même exagère les consommations prises à crédit... Enfin il n'y a pas que cela, j'ai prêté à des camarades dans le besoin, et, je vous l'avoue, Marianne, je ne puis m'en repentir...

Il parlait ainsi, improvisant à mesure sa défense, comme il avait fait pour Fauvette, et épiant dans les yeux de Marianne le succès de ses arguments ; mais les regards de la jeune fille se détournaient, et elle restait impassible dans sa douloureuse froideur. Il s'écria :

— Marianne ! ces légèretés vous paraissent des crimes, je le vois. Ah ! je vous croyais plus indulgente ! Vous êtes trop sereine, vous, pour comprendre ces faiblesses. Le monde ne fait que vous distraire, l'étude vous contente ; vous ignorez ces abattements pendant lesquels on livrerait sa fortune au monde extérieur pour obtenir seulement en échange un peu de bruit qui endorme vos tristesses ; l'absence ne vous donne point à vous de ces fièvres d'amertume qu'il faut étourdir à tout prix. Vous ne connaissez que les conseils de la raison ; mais tant de sagesse est-ce beaucoup d'amour ? Ah ! si vous saviez combien de fois votre chère image m'a rendu l'étude impossible et m'a fait fuir cette chambre, que votre seul portrait, là, dans ce tiroir, rendait trop pleine de vous ! Vivre sans elle ainsi, l'attendre longtemps, me disais-je ; non, c'est impossible, je ne pourrai pas ! Et je fuyais, je courais sur le boulevard pour ne pas courir à Poitiers, où l'on m'eût reçu comme un fou. Je n'ai pas été prudent, c'est vrai ; j'aurais dû me défier de cette nuée d'écorcheurs et de parasites qui m'entouraient, je ne l'ai pas fait. C'est un malheur dont je comptais me relever par une année de travail, quand je pourrai enfin gagner moi-même... Ce misérable m'avait promis d'attendre. Quel mobile le pousse ? Je n'y comprends rien. Ses prétendus embarras sont des mensonges, il est riche, et d'autres, à ma connaissance, lui doivent des sommes plus élevées qu'il ne réclame pas. Je lui ai demandé hier qui le payait pour me tourmenter ainsi ; je l'ai malmené, je l'avoue. Est-ce pour se venger qu'il s'est adressé à vous ? En ce cas sa vengeance est trop cruelle, elle est infernale ! Oh ! oui, Marianne, car vous continuez de détourner les yeux, et je vois que cette épreuve est trop forte pour votre amour.

Tout cela ne touchait pas le point vif de la blessure, et Marianne éprouvait un étrange malaise de voir présentés comme des preuves d'amour des excès de consommation, en compagnie de fous joyeux. Elle n'avait pas évidemment accepté la théorie qui eut tant de cours en ce siècle et veut en avoir encore, de l'alliance des grandes pensées et des nobles sentiments avec des habitudes débraillées ; elle croyait, elle sentait qu'un amour noble et vrai n'admet pas de tels dérivatifs. Néanmoins elle avait à l'égard des effets de la passion, comme ont beaucoup de femmes, par cela seul qu'elles l'ignorent, une sorte de respect craintif, et pensait qu'Albert pouvait souffrir de l'absence autrement qu'elle-même. Elle eût donc pu, non sans regret et froissement, admettre l'explication, s'il ne se fût agi que de dépenses de café ; mais toute l'éloquence d'Albert venait échouer contre le souvenir des fournitures payées à Mlle Armantine Garetin et à l'inconnue qui lui avait succédé. C'était là que l'esprit de Marianne restait attaché; seulement, plus son indignation et sa douleur étaient grandes, moins elles pouvaient s'exprimer. Elle regardait cet Albert, ce fiancé, qu'elle avait si longtemps considéré comme la plus chère partie d'elle-même, et pour la première fois, le regardant ainsi avec plus d'attention que de tendresse, elle percevait en lui des traits douteux, étrangers, certaines dissonances. Alors elle détournait ses regards avec souffrance, avec une sorte de honte pour ses propres sentiments flétris, et quand elle sentait le besoin de répondre enfin, en accusant celui qu'elle avait autrefois comblé de son amour et de sa confiance, une pudeur plus délicate encore et plus haute que sa pudeur de femme, lui coupait la voix.

— Marianne! dit enfin Albert, votre silence est inexplicable, il est cruel! Un mot, je vous en supplie! Si ce ne peut être un mot de pardon, que ce soit un mot de colère; mais parlez-moi!

La jeune fille alors fit un effort, mais ne put que dire ces mots d'un ton déchirant:

— Pourquoi m'avez-vous trompée?

Et, tirant les papiers de sa poche, elle les remit à Albert.

— Moi? s'était-il écrié, en réponse à la parole de Marianne.

Mais, ayant ouvert les papiers, en voyant le mémoire, il resta foudroyé; une pâleur presque livide envahit son visage, ses mains tremblèrent, et ses lèvres pâles remuèrent sans parler. Il se sentit perdu vis-à-vis d'elle.

Bien loin d'observer son trouble, la jeune fille évitait de le regarder. Elle reprit d'une voix rauque et brisée:

— Je vous avais donné toute ma confiance et tout mon amour. Vous ne saviez donc pas ce que c'était? Vous m'avez fait le plus grand mal... le plus grand outrage!... Quant à vous-même...

La voix lui manqua. Le silence régna un instant.

— S'il vous plaît de me juger sans m'entendre, dit Albert.

Une flamme brilla dans les yeux de la jeune fille; elle sembla retenir des paroles qui lui venaient aux lèvres et elle se leva. Sans doute, ses jambes avaient peine à la soutenir, car elle s'appuya de la main à la cheminée.

— Laissons tout reproche et toute explication, dit-elle. Nous ne sommes plus fiancés... Je vous prie, soyons frères. Votre mère est dans l'angoisse et je lui ai promis de tâcher que M. Brou ne soit pas instruit... Voici ce que je compte faire et à quoi je vous prie de consentir. Le notaire de mon père, M. An-

drel, m'aime beaucoup, vous le savez. Je vais lui écrire immédiatement, — veuillez me donner ce qu'il faut, — et je lui demanderai de me prêter, à l'insu de votre père, cette somme de 8,265 fr. jusqu'au jour de ma majorité, c'est-à-dire seulement pour deux mois. Il le fera, je le sais, car il a toute confiance en moi et m'a toujours gâtée. Nous irons ce soir chez l'usurier; vis-à-vis d'un payement assuré, prochain, il attendra. Je sais maintenant que vous reconnaissez la créance, c'est tout ce qu'il faut.

Albert avait eu le temps de se remettre et son attitude n'était plus la même; il semblait abattu, profondément triste, mais n'avait plus l'air d'un coupable écrasé par sa faute et condamné en quelque sorte par lui-même.

— Hier, dit-il, je possédais encore, vous venez de le dire, toute votre confiance et tout votre amour, et aujourd'hui vous m'accusez et vous voulez m'obliger, comme si j'étais le dernier des lâches. Reprenez au moins l'offre de vos bienfaits, c'est assez d'une insulte à la fois.

Marianne leva la tête, étonnée, et, fléchissant sur ses jambes, elle retomba sur la chaise d'où elle venait de se lever.

— Acceptez cela, dit-elle, pour éviter des angoisses à votre mère. Le bienfait n'est pas grand. Vous me rendrez la somme, si vous voulez me traiter en étrangère; mais, je vous l'ai dit sincèrement, je désire que vous me traitiez en sœur. La blessure que vous m'avez faite est bien profonde sans doute, mais je n'en veux pas moins respecter entre nous les liens de famille et l'intimité même... Non, ajouta-t-elle en fondant en larmes, je ne veux pas plus rompre avec vous qu'une mère ne peut rompre avec l'enfant qu'elle a porté dans son sein; il y a des épanchements dont le souvenir reste sacré, quand même ils n'étaient que des trahisons. Les liens de l'âme sont-ils donc moins vrais que ceux du sang? Vous avez habité mon cœur bien longtemps. Il ne pourra l'oublier, et ne vous sera jamais complètement fermé... Acceptez cette situation, je vous en serai reconnaissante.

Albert ne comprit pas; il crut voir dans ces paroles une ruse de l'amour, qui reculait devant une rupture définitive et il se raffermit tout à fait.

— Marianne, dit-il, on n'accepte pas une place secondaire dans votre cœur, lorsqu'on y a occupé la première. Vous étiez ma vie, mon bonheur; j'étais honoré de votre estime, de votre tendresse; vous venez de me retirer tout cela sur une apparence. J'avais cru, je l'avoue, que vos sentiments avaient plus de force et de profondeur. Mais quand vous me laissez désespéré, ne me demandez pas ce que je ferai; ne vous occupez plus de moi.

Vous ne m'aimez plus ? C'est assez. N'exigez pas que je me soucie d'autre chose.

— Cependant, reprit-elle, si ce n'est pour vous, je le répète, que ce soit pour votre mère, que l'idée d'une scène entre vous et votre père a bouleversée ; pour votre sœur, pour moi-même, qui souffrirais...

— Pour vous ! s'écria-t-il avec éclat. Vous venez de me briser le cœur, de me faire la plus sanglante injure ; et vous me demandez. Eh bien, oui ! demandez-moi, demandez-moi beaucoup, Marianne ! Que je puisse encore me dévouer à vous ! Mais—sa voix prit un accent de colère—ne me demandez pas de me laisser jeter par vous une aumône. Ayez, ne fût-ce que pour vous-même, plus de vergogne et ne traitez pas comme le dernier des misérables celui que vous avez aimé.

La jeune fille attachait les yeux sur lui et les détournait tour à tour.

— Si ma sollicitude vous blesse, dit-elle, je ne puis vous l'imposer. Mais... votre délicatesse me paraît s'attacher à un point... trop secondaire ; tandis que...

— Ainsi, s'écria-t-il avec reproche, une dénonciation infâme, une feuille de papier remise par un inconnu, ont suffi à effacer dans votre âme plus de deux années d'amour, de serments, un engagement sacré !... Ah ! je croyais votre attachement plus solide, Marianne. A présent, je vois que vous ne m'avez jamais aimé !

Il jeta sa tête dans ses mains.

La jeune fille le regarda avec un étonnement plein d'angoisse.

— Voulez-vous dire que ce mémoire serait faux ? demanda-t-elle.

— Et que puis-je vous dire quand vous doutez de moi, de ma parole, de mon honneur ?...

Il y eut entre eux un silence, au bout duquel Marianne ?

— Parlez, je vous prie ; s'il vous est possible de justifier.

— A quoi bon ? Si vous avez pu douter de moi sur une preuve aussi légère, c'est que vous ne m'aimez plus.

Elle tourna vers lui son visage pâle !

— Je n'ai jamais, répondit-elle, éprouvé une si grande douleur depuis la mort de mon père... Encore celle-ci a-t-elle des aiguillons d'amertume que l'autre n'avait pas. Oh ! répit-elle avec un redoublement de larmes, la trahison en amour... il n'est rien de plus épouvantable ! Oui, mieux vaut la mort, et même la mort de ceux qu'on aime, que cet horrible breuvage où tous les poisons sont exprimés. Albert, oh ! s'il est possible, montrez-moi que cela n'est pas vrai !... Alors c'est moi qui vous demanderai pardon et tâcherai d'expier... Mais vous n'avez rien dit tout d'abord, et puis comment cet homme ?...

— Cet homme ! s'écria-t-il, n'est sans doute qu'un instrument ; mais assurément quelqu'un veut me perdre auprès de vous... oui, cela doit être... Il n'avait nul besoin de vous remettre ce mémoire, il suffisait de vous montrer le billot total souscrit par moi. Il y a dans tout cela une trame... je le sens.

Il pensa rapidement à Fauvette, mais il n'avait pas le temps de chercher et reprit :

— Eh bien ! cette pièce est vraie, seulement ce n'est pas moi...

Il s'interrompit :

— Mais vous ne me croyez plus ?

— Parlez ! je vous en supplie, dit-elle.

— Que je parle ! que je vous dise avoir pris à ma charge les folies d'un autre, d'un camarade, coupable sans doute, mais désespéré !... Quoi ! mais ceci n'est qu'une simple affirmation, et, encore une fois, vous ne croyez plus à ma parole.

Le visage si pâle de Marianne devint plus pâle encore, ses lèvres s'entr'ouvrirent frémissantes, ses regards prirent une fixité solennelle ; évidemment, suspendue entre le doute et la foi, elle était à l'un de ces instants où le moindre mouvement va décider du sort de la vie, où l'être humain, semblable à un voyageur perdu, prend à droite ou à gauche, presque au hasard, entre deux chemins. Celui qu'elle avait aimé, en qui elle avait eu assez de confiance pour lui engager sa vie, était là devant elle, avec tous les souvenirs de deux ans d'amour et de confiance, et de l'autre un simple fait apporté par un inconnu, fait qui pouvait effectivement se rattacher à un autre qu'Albert. L'apparence était contre lui, mais sa parole était pour lui, et elle ne pouvait rejeter cette parole sans fouler aux pieds ses propres sentiments, ses croyances les plus chères, les habitudes de son cœur. Pourtant un autre souvenir se mêlait à ceux-là qui la retenait indécise : c'était le souvenir des doutes et des inquiétudes qui d'eux-mêmes, depuis plus d'une année, étaient nés dans son cœur sous l'empire d'une déception secrète et constante. Aussi, bien qu'elle souffrît de plus en plus d'hésiter, son hésitation ne cessait point. Tous les deux en proie à une vive angoisse, leurs regards se croisaient, s'observant et s'évitant à la fois. La situation à durer devenait insupportable. Albert s'écria :

— Vous ne pouvez plus me croire sans preuve ? Eh bien ! vous l'aurez. Celui dont je porte la faute en ce moment viendra...

— Non ! s'écria-t-elle vivement, non ! Si j'attendais... S'il me fallait cela... tout serait aussi détruit par le doute que par une faute. Vous ne pourriez me pardonner l'insulte, et moi je serais écrasée de honte et de remords devant vous. Non, c'est impossible ! Eh bien, Albert... — Elle s'arrêta, haletante. — Eh bien ! non, reprit-elle avec une exaltation nouvelle, non, je ne puis pas, je ne veux pas croire que vous ayiez pu trahir votre foi, et garder vis-à-vis de moi la même attitude et le même langage. Ce serait une chose infâme, et vous ne pouvez pas être un infâme ! Albert ! Mentir en disant je t'aime ! trahir avec des baisers ! Ce sont les Judas qui font cela, et ils sont maudits par l'humanité entière. Je vous demande pardon, Albert, j'ai douté ; mais du mois je reviens et me fie à vous sans preuves. Ne me dites plus rien ; pas d'explication ! Dites-moi seulement que vous m'aimez, que nos âmes se retrouvent dans un regard, et nous sommes l'un à l'autre comme auparavant.

Elle attachait sur Albert ses beaux yeux encore humides et tout étincelants d'une grandeur suprême, et elle lui tendait la main. Il resta un instant immobile, étourdi. Cette victoire qu'il demandait à la ruse, à l'éloquence, ainsi obtenue, le terrassait. Il eut honte, et tout ce qui restait en lui de généreux et de noble tressaillit à l'appel de ce grand sentiment.

— Ah ! dit-elle, voyant qu'il ne répondait pas, ne pouvez-vous me pardonner ?

Il tomba à genoux, prosterné, la tête dans ses mains, et, saisi de cette pensée : Je suis indigne d'elle, je dois tout lui dire, et, qu'elle me pardonne ou non, ne pas lui voler son amour ! A côté de ce sentiment de justice, une sorte de crainte et quasi de répulsion instinctive se glissait ; il était au malaise vis-à-vis d'elle et se sentait écrasé par la grandeur d'âme de celle qui voulait rester sa fiancée.

Mais, pour l'exécution d'un tel mouvement, il fallait plus de caractère que n'en avait Albert et surtout moins de vanité ; il sentait avant tout que son silence devenait ridicule et prit le plus facile des deux partis, celui du rôle indiqué. Puis, à quoi bon l'affliger ? se dit-il ; mon repentir la vengera, et désormais je serai sincère.

Albert se trompait ; il n'y a pas de sincérité possible en dehors de la vérité. Il ne pouvait plus que mentir. Tandis qu'il exprimait ardemment sa reconnaissance à Marianne, celle-ci, toute à la foi qu'elle venait de ressaisir, s'indignant contre elle-même d'avoir douté, persistait à s'en accuser.

— Oh ! mon ami, disait-elle, c'est vous qui êtes généreux ! Vous aurais-je, moi, pardonné de pareils doutes ? Je ne sais pas. Une pareille insulte !... Oh ! vous valez mieux que moi, Albert !

— C'est que pour une femme, objecta-t-il dans son embarras, l'insulte eût été plus grave, et vous auriez eu raison.

— Plus grave ? répéta-t-elle étonnée, et pourquoi ? Y a-t-il deux sortes de menson-ges ? y a-t-il deux sortes de trahisons ? Oh ! mon ami, ce lui qui s'abaisse vis-à-vis d'un autre à le tromper, qui lui vole ce que l'être a de plus précieux et de plus sacré, la confiance, la bouche qui trahit en baisant, l'œil faux qui met des spectres à la place des reflets naturels de l'âme : tout cela peut-il être plus ou moins mal, suivant la personne qui s'en rend coupable ? Tromper est un crime et une lâcheté ; quand l'homme prétend à plus de force, il ne peut prétendre qu'à plus de sincérité. Ce n'est pas vous, Albert, qui partagez un tel préjugé ?

— Non, sans doute, répondit-il en frémissant ; mais vous accuser, vous, me paraîtrait un signe plus grand que tout autre.

— Hélas ! je l'ai commis vis-à-vis de vous, Albert, et je me demande si vous pourrez jamais oublier...

— Oui, je suis trop heureux de vous retrouver la même.

— Ah ! du moins que jamais pareille crise ne se renouvelle. Cela est trop terrible !

— Jamais ! jamais ! chère adorée ; du moins par ma faute, jamais !

— Ni par la mienne, dit-elle en frémissant ; mais pour cela, laissez-moi vous confesser toute ma faiblesse. Le doute ne m'aurait pas si vite envahie tout à l'heure, si depuis longtemps il ne s'était insinué en moi... oh ! bien faible, mais aussi bien énervant. Il me semblait depuis longtemps que vous m'aimiez moins. Vos lettres étaient mois fréquentes, moins longues ; il y manquait l'accent que j'y trouvais autrefois...

— Ah ! Marianne !...

— C'est que vous étiez occupé, absorbé, je le sais, j'en suis sûre, ne me le dites pas ! Mais moi qui l'étais moins que vous, je souffrais de cet affaiblissement apparent de votre amour, et parfois des idées sombres, mauvaises, me sont venues. Je vous ai laissé voir cette souffrance, et vous m'avez rassurée plus d'une fois par de bonnes paroles ; mais la cause persistait, et la tristesse, les mauvaises pensées revenaient toujours. Désormais nous ne serons pas longtemps séparés, je l'espère ; mais ayez pitié de moi, cher Albert, et ne me laissez plus en proie à ces tourments, qui maintenant auraient des aliments nouveaux. Quand j'attendrais en vain vos lettres, je penserais malgré moi que vous êtes peut-être avec vos amis, dans ces compagnies... Albert, je suis égoïste, je suis jalouse ! Pardonnez-moi ! Mais j'ai un besoin absolu d'être aimée comme je veux aimer moi-même. Oh ! dites-moi si c'est bien vrai que vous pouvez être tout à moi.

— Je vous le jure, dit-il, — et il se disait il voulait croire que pour l'avenir ce serait vrai — je vous le jure ! O Marianne ! comment ne pas vous adorer ? Chère perfection !

Si belle, si bonne et si grande ! Marianne, je veux être digne de vous ; oui, vous serez heureuse, vous serez aimée !

— Vous me gâtez, ami. Vous voyez au contraire combien je suis faible, mauvaise même, ingrate ! Oh ! que je me reproche... et que vous êtes bon, Albert !

Elle penchait son front et de nouveau ses larmes coulaient. Il la serra contre son cœur avec un mélange de honte et d'ivresse.

— Albert, lui dit-elle, soyons plus unis que jamais. Vous aurez toutes mes pensées, donnez-moi toutes les vôtres. Il faut combler ce qui nous sépare. A force de franchise et de bonne volonté, il faut arriver à nous connaître tous deux, comme chacun de nous se connaît soi-même. Alors plus de trouble, plus de doute ; nous serons sûrs l'un de l'autre, et, quoi qu'il arrive, rien ne pourra plus nous séparer.

— Chère bien-aimée, murmura-t-il, ne verrez-vous pas en moi trop de faiblesses ?

— Je les aimerai, dit-elle, et trouverai du charme à les secourir, quand elles m'auront été confiées et données par vous. Et de même, cher Albert, je vous demanderai pour les miennes secours et indulgence. Oh ! murmura-t-elle plus bas, l'amour ne contient-il pas tous les amours, celui de la mère et de la sœur, aussi bien que de l'amante ?

— Ange ! fée ! chère inspirée ! dit-il en la couvrant de baisers ; tu me rendras la force, tu me donneras une vie nouvelle !

Et il le croyait, tout au sentiment d'enthousiasme qu'elle excitait en lui, à l'ivresse que lui inspirait la vue de cette charmante fille, qui restait entre ses bras, les joues humides de larmes, et les yeux et les lèvres brillants d'amour, de sourire. D'abord tout abandon, bientôt cependant elle rougit, l'écarta doucement, et, comme pour se mettre sous la protection publique, alla se placer à la fenêtre, d'où elle jeta les yeux autour d'elle. A la fenêtre d'une mansarde en face elle aperçut une jeune femme qui semblait regarder aussi Marianne et fit un brusque mouvement ; mais ce n'était sans doute pas Marianne qu'elle regardait. Puis la jeune fille se pencha dans la rue ; mais Albert, avec une certaine angoisse, la rappela :

— Je vous en prie, Marianne, vous ne devez pas vous montrer ainsi chez moi.

— A Paris ! observa-t-elle, qui me reconnaîtra ?

— Cela peut arriver, par chance. Il ne faut pas vous y exposer.

— Cela est pourtant étrange, Albert ! Qui m'est plus proche de vous ? qui plus que nous a le droit de se voir et de s'entendre ?

Cependant elle rentra dans la chambre et dit :

— Eh bien ! il est temps que j'aille rassurer votre mère ; mais auparavant donnez-moi pour écrire à M. Audret. Je jetterai la lettre en revenant.

— Ah ! Marianne ! soupira-t-il, faut-il que j'accepte cela de vous ?

— Et pourquoi non ? dit-elle.

Pourquoi non ? Il le savait et en rougissait en lui-même. Cependant il n'avait pas hésité à devoir faire payer par sa femme ce qu'il avait honte d'accepter de sa fiancée, le prix des toilettes de ses maîtresses. Où était la différence ? De même, tout à l'heure, il refusait un bienfait qu'il appelait une insulte, parce que Marianne l'accusait de l'avoir trompée. Et maintenant l'avait-il moins trompée ? Seulement elle le croyait maintenant, et par cela seul il semblait à Albert que ce n'était plus la même chose. C'est dans les mots et dans les apparences que réside ce qu'on appelle la conscience de la plupart des hommes.

Marianne écrivit sa lettre, la plia, la cacheta, et Albert cherchait un timbre pour l'affranchir, quand la porte s'ouvrit sous une main brusque, et parut dans l'encadrement une figure d'une expression étrange : c'était une jeune fille blonde, jolie, à la mise modeste, dont les traits offraient un mélange bizarre d'effarouchement et de décision. A son mouvement emporté, on eût pu croire qu'elle venait pour livrer bataille ; cependant elle s'arrêta, intimidée, sur le seuil, et la voix sembla lui faire défaut pour ce qu'elle avait à dire.

Ainsi la vit Marianne, qui en même temps se demanda où elle avait déjà rencontré cette femme. Ce visage ne lui était pas inconnu. Mais que venait-elle faire ainsi dans la chambre d'Albert ? Ce n'était pas une blanchisseuse ; elle n'avait à la main rien qui justifiât sa présence, et malgré la simplicité de sa mise, son air n'avait rien de vulgaire. Et puis elle n'avait pas même frappé...

Déjà, pendant ces réflexions et même avant de les avoir faites, une lame aiguë avait traversé le cœur de Marianne. Que voyait-elle ? qu'allait-elle entendre ? En un instant, tout le travail qu'elle venait de faire sur elle-même, toute la ferveur de cette réconciliation furent effacés ; elle se retrouva en plein doute comme auparavant, et plus émue, plus terrifiée de ce changement, après ce qui venait de se passer, qu'elle n'eût pu se l'exprimer à elle-même.

Son trouble l'empêcha de voir celui d'Albert. Lui aussi était resté pétrifié de l'apparition de Fauvette ; mais il comprit immédiatement qu'il ne pouvait s'en tirer qu'à force d'audace, et, s'il éprouvait une grande peur, il n'en ressentait que plus de colère. Il marcha donc sur Fauvette avec l'expression terrible du maître en fureur qui va châtier l'esclave révolté ; le visage pâle, les lèvres tremblantes de rage, les yeux fulgurants, il s'avançait d'une démarche calme en apparence, tournant le dos à Marianne et dardant en quelque sorte sur la pauvre Fauvette l'épouvantement de sa colère. Terrifiée, elle recula d'un pas, et ses lèvres s'agitèrent sans former un son.

Mais, quand même il obtiendrait ainsi qu'elle partît, sa présence en serait-elle mieux expliquée ? S'il restait un doute dans l'esprit de Marianne, tout serait détruit aussi bien que par un aveu. Une inspiration lui vint, qu'il saisit au vol. Dominant ses nerfs par un violent effort, et reprenant sa voix naturelle :

— Eh bien ! non, mademoiselle, Pierre n'est pas rentré. Je n'ai pas pu lui faire votre commission ; mais il sera chez lui dans une heure sûrement, et alors vous pourrez le voir...

Il parlait ainsi d'une voix presque douce, quasi-miséricordieuse, et en même temps ses yeux, chargés de haine et de colère, disaient à Fauvette :

— Prends garde, misérable fille, de ne pas me démentir, si tu veux ton pardon ! si tu ne veux pas ma haine éternelle, si tu ne veux pas connaître les fureurs de ma vengeance !

— Ah ! dit la jeune fille en portant la main à son cœur.

Toutefois elle ne s'en allait pas, et ses regards se croisaient avec ceux de Marianne. Allait-il brusquement fermer la porte sur elle ? Mais elle resterait peut-être derrière cette porte ? elle entendrait les explications qu'il serait obligé de fournir à Marianne, et, dans un élan de colère, elle pouvait les démentir ; revenue de cette terreur par laquelle il la domptait pour ainsi dire, elle pouvait se raviser, reprendre la pensée qui l'avait amenée là, achever l'œuvre de sa jalousie. Un mot pouvait tout perdre, et le chemin était long de la porte à la rue dans les trois étages de l'escalier. Albert reprit :

— Vous n'avez donc pas de clef aujourd'hui ? Qu'à cela ne tienne, et si vous voulez attendre Pierre, je vais vous faire entrer par le chemin que vous connaissez.

Il obliqua, sans la quitter du regard, vers la commode, qu'il retira brusquement, et, retournant vers Fauvette, la prit par la main.

— Venez ! lui dit-il tout haut. Et bas : Je reviens, je te dirai tout !

Pâle, fascinée, frémissante, elle obéit et disparut dans la chambre de Pierre.

Albert alors se hâta de revenir près de Marianne.

— Mille pardon ! lui dit-il à demi-voix avec expression, nous ne pouvons plus causer ici ; venez, chère amie.

Mais elle semblait ne pas l'entendre. Les yeux fixes, la main tremblante, elle restait immobile à sa place. Il fut épouvanté de la voir ainsi. Avait-elle percé le mensonge ?... Cependant elle se laissa entraîner par lui. Il tira sa porte, sans la fermer à clef ; mais elle ne prenait garde à rien. Ils descendirent l'escalier sans dire un mot. Quand ils furent dans la rue :

— Voulez-vous une voiture ? chère Marianne.

— Oh ! oui, répondit-elle.

Et à peine y fut-elle montée qu'elle se jeta au fond en sanglotant.

— Cette fois tout est fini, pensait Albert.

Pourtant il eut l'audace de toucher la main de la jeune fille en lui disant d'une voix suppliante :

— Marianne !

Il s'attendait à une explosion : à son grand étonnement, sa main ne fut pas repoussée ; elle la prit au contraire, et la serra fortement. Puis tout à coup :

— Albert, faites marcher doucement, je vous prie. Je ne voudrais pas arriver ainsi, et je ne puis... Oh ! cette déception est trop affreuse !

Il restait éperdu, hésitant, ne sachant que croire, que dire, lorsque Marianne reprit en essuyant les larmes qui ruisselaient abondantes sur son visage :

— Mais pourquoi ?... Peut-être après tout n'est-il pas coupable ? Il aime cette jeune fille ; ils sont fiancés peut-être ? Dites-moi tout, Albert.

Le jeune Brou comprenait enfin, et, sans qu'il se rendît bien compte de ce sentiment, il fut irrité de voir Marianne si émue au sujet de Pierre.

— J'aurais déjà dû, chère amie, dit-il, vous demander pardon du hasard qui vous a rendu témoin tout à l'heure d'un fait qui ne devait jamais tomber sous vos yeux. Les camaraderies d'étudiant ont de ces obligations fatales. Je ne sais quelles ont été d'abord les intentions de Pierre Démier à propos de cette... demoiselle, mais en ce moment ils sont à peu près brouillés, et c'est ce qui vous explique le trouble de cette jeune fille. Elle venait pour la deuxième fois chez moi — sans doute après avoir longtemps sonné à la porte voisine — pour me charger de quelque message, et votre vue l'a intimidée.

— Lui aussi ! dit-elle en cachant sa tête dans ses mains, lui que j'estimais tant !

— Eh ! ma chère amie, ce ne sont pas toujours ceux qui moralisent le plus... Pierre est un brave garçon ; mais, que voulez-vous ? il n'a pas, lui, de fiancée !

Et Albert porta la main de Marianne à ses lèvres. Il était sauvé ! Il respirait ! Quant à la calomnie qu'il venait de lancer contre un autre, le sacrifiant à sa place, et qu'importait? cela ne pouvait pas beaucoup nuire à Pierre dans le monde, et, en ce qui touchait Marianne, mieux valait peut-être qu'elle ne fût pas si entichée de ce rêveur dogmatique. Mais comme elle pleurait! ne semblait-elle pas en vérité aussi frappée que lorsqu'il s'était agi de lui-même? Il trouvait cela monstrueux. Bientôt cependant Marianne essuya ses larmes, aspira l'air par la portière et fit effort pour se remettre.

— Arrivons-nous? demanda-t-elle.

Albert donna l'ordre au cocher, puis il reprit la main de sa fiancée.

— Albert, dit-elle en penchant la tête sur l'épaule du jeune homme, cher Albert, que serait la vie, si nous ne pouvions croire, c'est-à-dire aimer? Pour moi, je préférerais n'avoir jamais vécu. Albert, ô mon ami, je vous en supplie, faites que je puisse toujours croire en vous!

Troublé par cette invocation, et l'accent déchirant et suprême dont elle était faite, il ne sut répondre qu'en appuyant ses lèvres sur le front de sa fiancée. La voiture s'arrêtait. La jeune fille baissa son voile, descendit, et, franchissant légèrement le seuil de l'hôtel, monta dans sa chambre, tandis qu'Albert, apprenant que sa mère ni son père n'étaient encore de retour, entrait au salon.

Il pensait que Marianne viendrait l'y rejoindre; mais il attendit en vain. Seule dans sa chambre, elle avait cédé à un accès de chagrin, pendant lequel elle répétait: « Oh! moi qui le croyais si haut, si fier, si vrai, si pur! Est-il possible? Moi qui abaissais Albert devant lui!

Elle se reprocha de nouveau d'avoir méconnu son fiancé et se promit de le venger par un redoublement d'amour et de confiance; mais la blessure de sa déception à l'égard de Pierre Démier restait horriblement âpre et saignante.

— Ne plus croire, se disait-elle, en cette parole vibrante, en ce regard franc, en ces nobles et sérieux sentiments si fortement exprimés, cela me semble impossible! S'il est trompeur, qui pourrai-je croire jamais? »

Alors elle imaginait des circonstances qui pouvaient l'excuser: sans doute il avait aimé cette femme sérieusement, avec l'intention de l'épouser, et peut être s'était-elle rendue indigne... Mais d'autres pouvaient invoquer pareille excuse, et il n'y en avait pas moins dans une telle situation quelque chose de douteux et d'abaissant pour son héros, quelque chose d'horriblement triste, qui renouvelait à chaque instant les larmes de Marianne, et où elle trouvait la source d'une des plus âpres souffrances qu'elle eût ressenties. Il en fut ainsi jusqu'au moment où

Mme Brou, de retour à l'hôtel, entra dans la chambre de sa nièce, accompagné d'Emmeline, après avoir laissé M. Beaujeu au salon avec Albert.

Marianne leur raconta rapidement ce qu'elle avait fait dans l'intérêt d'Albert, et il fut convenu qu'aussitôt l'arrivée du docteur, elle et Mme Brou sortiraient, sous prétexte d'une emplette, et, prenant une voiture, iraient en hâte s'arranger avec l'usurier. Devant le secours apporté par Marianne, Mme Brou voulut bien ne pas trop lui reprocher l'inconvenance de sa démarche; elle s'en fit toutefois raconter les détails et leva plusieurs fois les mains au ciel.

— Dans sa chambre, grand Dieu!... Tous deux en voiture! Hélas! Marianne... Heureusement que nous sommes à Paris; sans cela, vous seriez perdue de réputation, et ce n'est pas une raison parce que vous devez épouser Albert... car vous devez tenir à honneur de lui apporter une vertu sans tache... Je ne dis pas que vous n'ayez eu bonne intention, ma chère enfant; mais avec un peu plus de patience et de réflexion, un peu plus de confiance en moi, nous aurions arrangé les choses. Vous avez beaucoup pleuré, je le vois, et ce pauvre Albert a dû être bien puni de voir votre chagrin. Je veux aussi le gronder, cela lui servira de leçon, soyez-en sûre. D'ailleurs vous... touchez au terme; vous serez bientôt mariés, et alors ce sera à vous de savoir le retenir à la maison.

L'usurier consentit à attendre, mais ce ne fut pas à la sollicitation de Marianne; car Albert, pour mille excellents prétextes, ne souffrit pas qu'elle fît cette démarche et ce fut lui qui accompagna sa mère. Il rentra chez lui, le soir, brisé de fatigue morale, et ne songeant plus qu'à prendre du repos, après tant de périls courus et l'effort de tant de mensonges. Il n'avait songé à Fauvette que pour se dire: « Il faut que cela finisse; je lui défendrai de mettre les pieds chez moi. » En passant devant la loge du concierge, il demanda sa clef. On ne l'avait pas.

— Vous ne me l'avez point remise ce matin, affirma la concierge, quand vous êtes sorti avec cette dame voilée.

Inquiet, il monta. Sa porte était comme il l'avait laissée, fermée au bouton, sans tour de clef.

— Elle aurait bien pu fermer! se dit-il. Et il alluma. Quand Albert vit clair dans la chambre, il laissa échapper une exclamation: Fauvette était là sur le divan; elle dormait. Sans doute la fatigue l'avait emportée, car elle était seulement assise, et toute repliée sur elle-même. Un cercle noir entourait ses yeux fermés, et au-dessus de ce cercle une ligne d'un rouge vif tranchait sur sa joue pâle, que les larmes semblaient avoir corrodée. La bouche entr'ouverte laissait voir une partie de ses dents blanches sous des lèvres enflammées, où la respiration s'échappait haletante et pénible; un de ses bras pendait presque jusqu'à terre, le bras gauche, au bout duquel son doigt d'ouvrière, piqué, bruni par l'aiguille, se présentait en avant. Sur cette pose donnée par la lassitude, par l'oubli, la vérité, plus forte que tout, avait mis une éloquente empreinte; le désespoir de l'être qui sombre, qui s'abandonne, qui se sent enfoncer dans l'abîme avec horreur. Les larmes étaient séchées; la douleur, vague et suspendue, ne se connaissait plus; mais toutes les larmes versées, toutes les douleurs senties, criées, s'étaient comme cristallisées dans l'attitude. En ce moment, la pauvre enfant ne savait plus qu'elle souffrait; mais elle était restée une image de la souffrance, et l'on souffrait à la voir.

Mais la passion personnelle rend aveugle sur autrui. Dans la disposition où était Albert, las de lutter et résolu à rompre avec Fauvette, ce fut un mouvement de colère que sa vue lui inspira, et il ne chercha pas à le contenir. Après tout, avec celle-là, il n'avait rien à ménager; elle ne lui en imposait nullement. Ce n'était pas une héritière bien née, enviée, dont il eût à conquérir la personne et la fortune; ce n'était qu'une petite ouvrière, une pauvre fille qui l'avait aimé et s'était donnée à lui. Aussi fit-il retentir un jurement sonore. Fauvette, à ce bruit, tressaillit, essaya de se soulever, et, engourdie dans son attitude douloureuse, laissa échapper des gémissements; tandis que ses yeux, brûlés de pleurs, blessés par la clarté de la bougie se refermaient. Enfin elle se redressa, passa la main sur ses yeux; et d'une voix brisée :

— Ah! c'est toi? dit-elle.

— Mon Dieu! oui, répondit rudement Albert, c'est moi qui me permets de rentrer et ne me doutais guère que j'allais vous déranger. Vous aurait-on chassée de votre chambre que vous élisez domicile dans la mienne?

La jeune fille le regarda d'un air navrant :

— C'est ainsi que tu me parles, dit-elle, quand c'est toi, après ce que tu m'as fait ce matin!...

— C'est justement de quoi j'ai à vous demander compte. Comment vous permettez-vous d'entrer ainsi dans ma chambre, quand il y a quelqu'un, et sans même frapper? Ce sont là des façons que je ne souffrirai pas, car je n'entends pas être compromis par vous d'une manière aussi ridicule!

Fauvette le regardait avec stupeur; ses yeux s'agrandissaient, et toutes ses facultés semblaient se réveiller pour souffrir.

— C'est ainsi que tu me parles, répéta-t-elle; ah! c'est toi qui me fais des reproches!

Mais cela ne peut pas prendre, vois-tu, parce que.... Dis-moi d'abord ce que cette demoiselle était venue faire dans ta chambre ce matin, et pourquoi tu me regardais avec de ces yeux qu'on ne voudrait pas faire à un assassin? Tu avais donc bien peur qu'elle sût, dis, que nous sommes ensemble? Et tu oseras après ça me soutenir que tu ne veux pas d'elle et que tu ne lui fais pas la cour? Mais je le sais, je le vois, que tu me trompes, et j'ai été bien trop bête et trop faible ce matin. Hélas! pourquoi n'ai-je jamais su faire autre chose que ce que tu veux? J'aurais dû lui crier : Ma belle demoiselle, je ne suis pas la maîtresse de Pierre, mais la sienne à lui, qui vous conte des douceurs qu'il ne faut pas croire. Ah! que j'ai été lâche; j'ai eu peur de dire, j'ai eu peur de toi. Et puis encore m'as-tu pas de honte de me faire passer pour la maîtresse d'un autre homme? Ah! qui m'aurait dit cela de toi?

Ces paroles s'achevèrent dans un sanglot et elle se leva.

— J'allais vous répondre, dit-il froidement; mais, en effet, il est tard et vous faites bien de partir. Cette explication aura lieu demain.

— Demain! s'écria-t-elle, demain! Non! non! la nuit est trop longue. La journée déjà l'a trop été .... Ah!... t'ai-je attendu!... Te voilà! Et tu crois!.. Non; je ne pars pas! Tu ne sais donc pas ce que je souffre, Albert? Ah! si tu savais ce que je me suis dit pendant cette journée mortelle? que j'en suis brisée, vois tu?... je me suis dit... bien des fois... que tu ne m'aimais plus!...

Il fit un geste d'impatience à cette parole. Quoi! les choses en revenaient à ce, commencement? C'était donc à n'en plus finir? Il faillit tout brusquer et dire : « Eh bien! non, je ne t'aime plus. » Pourtant il n'osa pas; elle était là si frappée, si meurtrie dans toute son attitude, si malheureuse! Elle avait dit ces mots avec tant d'émoi; que tu ne m'aimais plus! comme une chose énorme, impossible, et elle le regardait avec de grands yeux ardents, qui semblaient lui dire : — Dépêche-toi de me crier le contraire. N'es-tu pas indigné d'un tel soupçon? — Pauvre petite! elle l'avait bien aimé. — Et, il s'attendrit un peu malgré lui.

— Tu ne me réponds pas? dit-elle d'une voix rauque. Veux-tu me dire ce que cette demoiselle, qui n'est pas ta sœur, était venue faire dans ta chambre? et pourquoi tu m'as renvoyée avec de tels yeux? Parce qu'à la fin, vois-tu, ces choses-là, j'en ai assez! tu ne sais pas toi ce que je souffre! Et puis, je ne veux pas! Quand est-ce qu'elles partent? Quand tout ça sera-t-il fini? Je ne te vois plus, je ne sais pas ce que tu deviens, et c'est vrai, par moment, qu'on dirait que tu ne m'aimes plus !... Je sais bien que ce n'est pas vrai !... Je le sais !... Mais ça fait mal tout de même... Il y a trois jours que je ne fais quasi plus rien de mes doigts. Cela ne peut pas durer ainsi... Il faut vivre... On aimerait mieux mourir que de vivre ainsi.

Albert marchait lentement dans la chambre, les mains derrière le dos. Que fallait-il dire et faire ? Il s'était promis d'être désormais fidèle à Marianne, de cesser des mensonges qui lui-même le faisaient rougir et mettaient en péril son bonheur et son avenir ; il voulait désormais pouvoir supporter le regard de sa fiancée et goûter la joie de l'aimer, sans cette peur et cette honte qui empoisonnaient tout pour lui. Ce jour même, sous l'influence puissante de la sincérité, de la grandeur de Marianne, il s'était dit, il s'était juré : Je serai digne d'elle ! Et, bien que déjà la chaleur de cette résolution se fût refroidie, elle tenait toujours, et les raisons d'intérêts et de sentiment qui la lui avaient fait prendre étaient toujours présentes à son esprit. Il fallait que cette rupture fut prompte et définitive. Deux fois déjà, le voisinage de Fauvette l'avait mis dans un grave danger.

Sans doute, Marianne ni ses parents ne viendraient plus dans sa chambre, il l'espérait bien ; mais le plus sûr était cependant que Fauvette elle-même n'y mît plus les pieds. Albert n'hésitait donc pas sur le point de la rupture ; il ne savait seulement comment la signifier. Le moment où il eût pu être brutal et impitoyable était déjà passé, et il éprouvait de nouveau l'influence de cette aimante et douce créature, qu'il avait aimée, qui portait en elle tout un passé d'heures charmantes, de bonheurs intimes, et qui déjà souffrait tant, bien qu'elle fût si loin encore de croire à l'abandon. Il craignait l'éclat de sa douleur, et il avait peur de ses reproches.

Sombre, embarrassé, marchant d'un pas fébrile, il se taisait donc, et ce silence indigna Fauvette. Rien n'irrite la passion comme l'inertie : c'est la flamme rouge et brûlante qui crie en rencontrant l'eau, son flasque mais terrible ennemi. Fauvette alla se placer devant Albert :

— Qu'est-ce que ça signifie, s'écria-t-elle, que tu ne dises pas un mot ? As-tu perdu la langue ou le cœur ? Je suis là, moi, tu le vois bien, toute bouillante de peine, et tu sembles un mort !

— C'est pour ne pas te faire encore plus de peine que je me tais, dit-il.

Elle jeta un faible cri :

— Quoi ? quelle peine ? Encore plus ? Ah ! qu'est-il donc arrivé ?... Mais non, mon chéri ; va, ne crains pas ; pourvu que tu m'aimes, la peine ne sera rien.

Décidément elle ne voulait pas comprendre. L'impatience le poussa :

— Il faut nous séparer, dit-il ; c'est inévitable.

Fauvette demeura comme étourdie :

— Nous séparer !... Pourquoi ?...

— Je l'ai promis.

— Tu as promis cela, toi ?...

— Il le fallait ; mon père m'a interrogé. Que veux-tu ? Notre liaison ne pouvait pas durer ; plus tôt ou plus tard... j'ai promis... Je ne te laisserai pas dans la peine ; je t'ai causé bien des dérangements, et tu n'as jamais voulu... Mais, précisément parce que tu es honnête... et pour que tu puisses rester honnête, il te faut un peu d'aide. J'ai là un billet de 50 fr. Prends-le, je te prie ; je t'en enverrai un autre demain. Sois sûre, ma pauvre petite, que, moi aussi, j'ai le cœur brisé... mais mon père le veut absolument, et, je te le répète, j'ai promis...

Il cherchait en même temps dans son portefeuille et lui tendait le billet.

La jeune fille le saisit, le mit en morceaux et le lui jeta à la figure.

— Lâche ! dit-elle.

Et, chancelant, elle alla tomber à deux pas au pied du lit.

Il y eut dans le geste d'Albert, en la voyant presque évanouie, plus d'embarras et de colère que de compassion. Pour les natures faibles, le premier pas seul coûte ; une fois engagées dans une voie, elles s'y précipitent avec d'autant plus d'élan qu'elles ont hésité davantage. Il alla pourtant la relever, mais sans amour, sans pitié même. Après tout, il était minuit ; Albert arrivait las, avec l'intention de se reposer, et de pareilles scènes sont extrêmement désagréables. Puis un homme qui a pris son parti d'une rupture n'en supporte pas volontiers les péripéties. A quoi bon tant de lenteurs quand c'est déjà fait en lui ? Enfin les nerfs des femmes, cela est suspect et ridicule depuis longtemps, et les manifestations de la sensibilité, pour ceux qui n'en ont pas, sont encore des nerfs.

— Ecoute, Fauvette, dit-il, sois raisonnable ; vois-tu, les injures ne serviraient de rien, pas plus que les scènes. Je suis décidé. Quand j'ai donné ma parole...

Elle se mit à le regarder sans parler, mais d'un tel air qu'il rougit, et elle répéta lentement, d'une voix étouffée :

— Ta parole !... c'est à moi que tu dis cela ?...

Appuyée contre le lit à demi assise, ses traits doux exprimaient encore plus de stupeur que de colère ; elle passa la main sur le front :

— Est-ce possible ? C'est lui qui me parle ainsi ! Albert !... Non, je ne croyais que ce fut possible !...

— Que veux-tu, ma pauvre enfant. Notre destinée ne peut pas être la même. Il faut avoir du courage !

Fauvette le regarda d'un air étonné, sans lui répondre. Il reprit bientôt :

— Nous n'étions pas faits pour vivre ensemble, mais nous garderons le souvenir l'un de l'autre. Je penserai souvent combien tu étais bonne, douce et simple. Ne sors pas à présent de ton caractère, quittons-nous doucement et... Pourquoi veux-tu me laisser une inquiétude à ton égard ? Ce n'est pas un payement, tu le sais bien, je n'ai pas pu songer à cela ; mais si tu venais à être malade... Voyons, ne prends pas mal la chose comme cela.

En même temps, il se mit à ramasser les morceaux du billet et à les confronter ensemble. La jeune fille restait les yeux fixes, silencieuse et immobile, sauf un léger tremblement nerveux.

— Rentre chez toi, Fauvette, poursuivit Albert. Sois raisonnable, mon enfant. Si tu le veux absolument, j'irai te parler demain matin ; mais pour ce soir je suis vraiment fatigué.

Elle le regarda plus fixement encore, et, tout à coup, avec un petit rire saccadé :

— C'est que tu as eu si peur tantôt, n'est-ce pas ?...

— Tu crois ?

— Bien sûr. Avoir chez soi une belle demoiselle, une fille riche, ça se voit, qu'on veut épouser, à qui l'on conte qu'elle est adorée, qu'on meurt d'ennui loin d'elle, qu'on ne regarde pas seulement les talons d'une autre ; et puis là, tout à coup, voir entrer sa maîtresse, qui de la fenêtre a aperçu la demoiselle, et qui se doute qu'on la trompe !... Oh ! oh ! oui, tu as eu là une belle peur ! Et moi, bête, folle que je suis, imbécile ! avoir laissé échapper cette occasion ! Hélas ! je n'ai jamais su te résister. Mais je la retrouverai, va, ta demoiselle ; oui, je la retrouverai et je lui dirai ce que tu es : un homme sans cœur, un sans foi, qui vient dire à une femme : Je t'aime comme on dit : J'ai faim ! et qui n'a pas honte de prendre à une pauvre fille tout ce qu'elle a, son âme, sa tranquillité, son pauvre temps, pour la mettre à la porte ensuite en lui disant : Je ne t'aime plus, sois raisonnable ! Va-t-en !

— Oui, va, elle saura ce que tu es, et, à son tour, elle te chassera. Ah ! j'avais bien vu l'autre jour, au théâtre, et tu m'as, le soir, encore fait croire que tu m'aimais. C'est infâme !

— Veux-tu te taire ! s'écria-t-il, tout en contenant sa voix ; car il craignait que de la chambre de Pierre on entendît ; tais-toi, pars. Je ne te crains pas ; mais si tu osais,... prends garde !

— Je ne te crains pas non plus, va ; tu m'as fait tout le mal que tu peux me faire. À présent, que me reste-t-il ? Je n'avais rien que mon cœur et tu l'as tué ! Tu peux bien prendre ma vie aussi, cela me rendra service. Tu m'as fait plus de mal qu'un assassin !

— Fauvette ! dit Albert en prenant un air sévère, j'aurais voulu emporter de vous un bon souvenir, mais vous m'insultez !...

— Et toi, ne m'as-tu pas insultée ? Avais-tu le droit de me prendre pour ton plaisir, moi qui t'aimais ? Si tu m'avais dit : Je suis un garçon pour qui l'amour n'est qu'un passe-temps, je t'aurais répondu : Passez votre chemin ; ça n'est pas ici. Mais vous êtes venu à moi, doux et tendre, avec des yeux qui semblaient dire... tant de choses !... Et vous me répétiez : Je ne songe qu'à vous, j'ai tant besoin de vous voir ! Je vous aime ! — Vous restiez là des heures, les yeux sur ma fenêtre. Ah ! malheureuse que j'étais ! Il me sembla que tout le bien, que le beau de ce monde était en vous, et quand vous m'avez dit plus tard : Je ne peux plus vivre sans toi, je t'aime pour toujours, alors je t'ai cru comme on croirait le bon Dieu. Depuis, combien m'as-tu répété de fois : Ma petite Fauvette, je t'adore ! nous passerons notre vie ensemble. M'as-tu dit cela ? Je le croyais ; j'étais si heureuse de le croire, si heureuse de te donner du bonheur !

— Tout cela, dit-il violemment, ce sont des niaiseries. Je ne vous ai jamais promis de vous épouser, et quand même je me serais laissé aller à le faire, une fille de votre classe doit très-bien savoir qu'elle ne peut pas compter sur ces promesses-là.

— C'est donc impossible qu'un fils de bourgeois soit un homme de cœur ? Oui, tu as raison, j'aurais dû le savoir ; j'en ai vu assez d'autres abandonnées. Mais je te croyais, toi, meilleur que les autres, je t'aimais. Ah ! les filles de ma classe... Eh bien ! il n'est pas fier, votre orgueil !

— Vraiment ? dit-il avec mépris.

— Non, il n'est pas fier. Qu'est-ce donc qui nous manque, à nous autres pauvres filles, pour être épousées ? Rien que de l'argent. Si j'avais des mille francs de dot, combien ? je ne sais pas, moi, autant que la demoiselle de tantôt, alors tu ne me traiterais pas ainsi ; tu me ferais la cour comme à elle, et tu tremblerais devant moi comme tu tremblais ce matin devant elle. Oui, le voilà votre orgueil ! et il est beau. Savez-vous ce que vous êtes vis-à-vis des femmes ? Des voleurs et des mendiants ! Vous faites semblant de les mépriser, et vous ne vivez que d'elles, tant les pauvres que les riches. À celles-ci vous prenez leur fortune ; aux pauvres, leur jeunesse, leur honnêteté, leur âme.

et jusqu'à leur vie souvent : tout cela à force de quémanderies, de lâchetés, de mensonges !...

— Misérable fille, te tairas-tu ? s'écria-t-il, si plein de colère qu'il s'avança sur elle en levant la main.

Fauvette poussa un étrange cri du fond de ses entrailles et le regarda d'un œil hagard. Il s'était arrêté.

— Frappe, lui cria-t-elle, frappe-moi donc !

Albert se détourna brusquement et alla donner du poing dans les vitres. Pour elle, s'affaissant sur le lit, elle éclata en larmes et en sanglots.

Pendant longtemps, on n'entendit que le bruit de sa respiration entrecoupée et de ses gémissements étouffés. Sombre, impatient, la tête dans ses mains, Albert attendait; à la fin, il perdit patience, prit son chapeau et se dirigea vers la porte. Mais elle courut au devant de lui !

— Où vas-tu ? lui demanda-t-elle d'un ton effaré.

Et sa voix était redevenue douce, toute brisée qu'elle était.

— Je vous laisse ma chambre, répondit-il; je fuis le spectacle de vos fureurs et je regrette d'emporter de vous un tel souvenir.

— Quoi ! dit-elle vivement, qu'ai-je dit ?... Tu ne veux pas qu'on se plaigne quand on souffre tant ? Vois, j'ai la tête brisée, et j'ai tant pensé de choses aujourd'hui !... Mais je ne dirai plus rien. Ne t'en va pas, je t'en prie; car il faut que je te parle. Écoute-moi seulement un peu. Vois-tu, je ne peux pas supporter cette idée que je ne te verrai plus; cela me tue, j'en deviendrai folle. Tu savais bien que je t'aimais.

Il fit un geste de lassitude.

— Je t'ennuie ! Rappelle-toi le temps où tu ne vivais que pour me voir. Oh ! est-il possible de changer ainsi ? Je ne puis pas le comprendre. Eh bien ! dis-moi seulement ce que je t'ai fait. Si je t'ai fait quelque chose, si j'ai mal agi, alors c'est différent, alors... je te demanderai pardon... je ne le ferai plus. Dis ? qu'as-tu à me reprocher ? Tu sais que tous ceux qui sont venus tourner autour de moi, je les ai renvoyés; je n'ai vécu que pour toi. Je ne t'ai pas fait de dépenses, excepté quand j'ai été malade; mais ce n'était pas de ma faute. Depuis j'ai mangé du pain sec souvent pour ne te rien demander; j'ai accepté seulement de la toilette, parce que ça te faisait plaisir. Je soignais ton linge et tes habits; tu me l'as dit souvent ! Quelle bonne petite femme tu fais, ma Fauvette ! Oui, je rêvais de passer ma vie ainsi. Ce n'est pas que je n'eusse désiré davantage : oui, j'aurais voulu que nous fussions tout à fait ensemble, travailler près de toi, sans rien dire, heureuse d'être là; et puis... comme d'autres... si heureuses, mon Dieu !... de petits êtres autour de moi..... Oh ! je sais bien que cela ne se pouvait pas. Ç'aurait été trop de bonheur ! Et j'en avais assez d'ailleurs quand je te voyais si content de nos promenades du dimanche, de nos causeries, de nos tendresses ; j'avais le paradis dans le cœur. Cela s'en est allé peu à peu. Je l'ai bien senti. J'en ai tant souffert ! Mais je me disais : c'est qu'il s'habitue. Je ne pensais pas à... Je n'aurais jamais cru... Non ! c'est impossible que tu ne m'aimes plus, Albert ! Moi, je t'aime toujours. Comment fait-on pour cesser d'aimer ? Alors ce n'est pas la peine... Il fallait me le dire alors. Mais non, non ! tu as voulu seulement être méchant n'est-ce pas ?... Tu n'as pas pensé à ce que tu disais. Ce sont tes parents qui t'ont fait croire... C'est cette femme de tantôt. Quelle effrontée ! venir te trouver dans ta chambre ! Voilà comme on te prend...

— Taisez-vous, s'écria-t-il; oser l'injurier, vous ! Quand vous n'avez pas même le droit de parler d'elle !

Blessée, tremblante, elle le regarda plus fixement.

— Ne me parlez pas ainsi, Albert. Vous ne pouvez pas me mépriser... Ah ! que je souffre !

— Gardez cette chambre jusqu'au jour, dit-il en faisant un nouveau pas vers la porte. Je vais à l'hôtel.

— Ne t'en vas pas ! ne t'en vas pas ! s'écria la pauvre fille en se jetant encore au devant de lui. Mais est-il donc possible que tu n'aies plus de cœur ? C'est cette femme qui te l'as pris ? Tu m'as abandonnée pour elle ? comme cela ! si vite, sans raison ! Est-ce juste cela ? N'est-ce pas abominable ?

— C'est ce qui te trompe, reprit-il, et je veux te dire toute la vérité, parce qu'il faut que cela finisse et que tu prennes les choses sérieusement. Je ne suis ni un barbare ni un homme sans foi, comme tu le prétends dans ta colère. Je t'ai offert de t'aider, et c'est toi qui ne veux pas; j'y suis prêt encore. Je ne t'abandonne point pour une autre; tu n'as jamais pu compter que notre liaison durerait toujours, et c'est au contraire ma fiancée que j'ai trahie pour toi, car je suis engagé depuis plus de deux ans. Tu vois donc bien que tu n'as rien à dire et que tes reproches portent à faux. C'est par sagesse que je te quitte. Je suis las des dangers que tu me fais courir, je ne veux plus m'exposer à ces esclandres; c'est une résolution bien définitive et à laquelle toutes tes paroles ne feront rien. J'aurais voulu me séparer de toi en de meilleurs termes, parce que jusqu'ici tu as été une bonne fille, et je m'attendais de ta part à plus de douceur et de raison. Après tout, moi non plus ce n'est pas pour mon

plaisir que je te quitte, mais parce qu'il le
faut. J'aurais aimé à te conserver jusqu'au
bout, crois-le bien; mais cela n'est pas possible. Prends-en donc ton parti, comme je
prends le mien, et puisque tu sembles redevenue plus gentille, séparons-nous bons
amis. J'irai demain chez toi pour la dernière
fois, et j'espère que tu accepteras...

— Tu étais fiancé, dit-elle, tu étais fiancé
quand tu es venu à moi ?...

— Depuis plus d'un an.

— Et tu... l'aimais... elle ?

— Assurément.

— Et alors tout ce que tu m'as dit, c'était
des parjures et des mensonges, tes baisers
des soufflets, et tes caresses...

Fauvette dardait sur lui des yeux étrangement ouverts, d'un regard âpre, intense,
écrasant, d'où sortit à la fin comme un éclair,
dont il se sentit aveuglé. Elle étendit en
même temps le bras vers lui, et tout à coup
se précipita hors de la chambre.

XVII

Pierre Démier avait obéi à des considérations pleines de logique et de sagesse, lorsqu'il s'était décidé à ne plus escorter les Brott
dans leurs visites aux monuments de Paris.
En revenant de Notre-Dame, il s'était trouvé
dans un tel état d'exaltation et en quelque
sorte d'ébriété morale qu'il avait eu peur
très-sérieusement. Il avait franchi sans se
voir les rues qui le séparaient de sa chambre, s'était assis à sa table comme à l'ordinaire, avait pris sa plume, ouvert ses livres,
et s'était mis à penser à Marianne avec de
telles délices qu'il s'était éveillé seulement
longtemps après, n'en pouvant croire l'heure. Ayant alors commencé à travailler, la même image et les mêmes souvenirs l'avaient
repris sans qu'il y songeât, le troublant de
plus en plus, jusqu'à ce qu'il se fût aperçu
avec étonnement qu'il n'était plus maître de
sa pensée, qu'il ne se commandait plus à
lui-même. Il en avait rougi, il s'en était
raillé. Cette nature simple et forte n'était pas
habituée à de telles surprises. Pierre n'avait
eu jusqu'ici qu'une passion dans sa vie, l'é-
tude; qu'un amour, l'amour filial. Les instincts élevés dominaient chez lui; il n'avait
guère eu qu'à se laisser aller pour bien faire;
toutes ses luttes avaient été faibles, et tous
ses triomphes faciles. Parfois il avait subi de
grandes fièvres, auxquelles il se laissait aller
follement et dont le grondait sa mère : des
accès de dévouement, d'enthousiasme où il
risquait sa vie et sa santé. Il avait entrepris
à telle époque des travaux d'Hercule où de

bénédictin, mais jamais il ne s'était trouvé
en opposition avec lui-même. Aussi ne s'ef-
fraya-t-il pas tout d'abord, cela passerait.

Il y avait longtemps que Mlle Aimont était
aux yeux de Pierre la femme idéale qu'il
aurait voulu aimer, si la chose eût été possible; mais comme elle ne l'était pas, il n'a-
vait pas eu besoin de se le dire deux fois, et
il n'avait pas plus regimbé contre ce fait,
qu'il n'eût songé à contre-carrer une loi naturelle. Marianne habitait au fond de sa pensée une place à part, et il l'aimait d'une affection toute intellectuelle, plus tendre
peut-être, plus enthousiaste qu'une amitié
d'homme à homme, mais chaste comme l'a-
mitié. Il comptait également sur son estime;
il se fût adressé à elle à l'occasion, — c'est-
à-dire s'il se fût agi d'une autre personne,
comme pour Henriette, ou d'un intérêt général avec une confiance absolue. Mais il n'avait
pas compté sur la sympathie vive et profonde qu'elle lui avait exprimée tout à coup,
d'une façon si sincère et si charmante;
l'explosion de ce sentiment, ces beaux regards brillants d'intelligence et de pureté,
cette bouche fine et tendre qui disait si bien,
toutes ces grâces de femme qui augmentaient
le charme de la pensée : tout cela à la fois
avait saisi Pierre et l'avait enveloppé. Jusque-
là, ils étaient restés à distance l'un de
l'autre; mais tout à coup ils s'étaient trouvés la main dans la main, les yeux dans les
yeux, et là-haut, en face de l'infini, qu'ils
contemplaient ensemble, un même courant
électrique les avait saisis, tordus et mêlés.

Pierre, aussi bien que Marianne, avait subi
le phénomène sans se l'expliquer d'abord; il
avait cru à une secousse passagère. Mais
l'ivresse persistait; il n'était plus le même,
il ne s'appartenait plus; il était infidèle à
l'étude, sa grande maîtresse. Au milieu de
ses calmes démonstrations, le jeune homme
sentait des bouffées venant d'il ne savait
quel Eden l'envelopper et l'amollir; une voix
chère et harmonieuse répétait à son oreille
des paroles qu'il avait déjà entendues, et
successivement toutes les actions, tous les
gestes de Marianne passaient sous son regard; il se replongeait dans leurs conversations, ou quelquefois se bornait à la contempler, et les heures s'écoulaient ainsi, rapi-
des et délicieuses, jusqu'à ce que des sensa-
tions trop brûlantes vinssent l'éveiller et lui
montrer le fond du gouffre où il se laissait
descendre.

— Non! non! se dit-il résolûment; non,
cela est fou! C'est impossible! Non, je n'irai
pas !

Et le brave garçon, dont la raison et l'indépendance étaient le seul bien et aussi le
culte, se défendit vaillamment; il s'interdit
de revoir Marianne, abandonna pour quel-

que temps l'étude solitaire, et fit à l'hôpital, à l'amphithéâtre, de l'étude en action. Cela ne l'empêcha pas de beaucoup souffrir, et surtout quand il pensait que Marianne devait être étonnée de sa conduite et croire qu'il comptait pour peu de chose l'amitié si haute qu'elle lui avait si franchement exprimée. Lui, causer une peine ! lui, paraître ingrat ! Il se demandait parfois si son propre salut valait l'odieux d'un tel acte.

Puis sa résolution elle-même fut ébranlée. Il ne pouvait plus consentir à ce que Marianne devint la femme d'Albert. C'était une profanation, ce devait être le malheur de cette noble fille. Albert la trompait. Si elle le savait, assurément elle romprait cette union menteuse. Eh bien ! et lui, Pierre, qu'elle avait choisi pour ami, ne devait-il pas l'avertir ? Il croyait par moments que c'était son devoir, et se disait qu'une fausse délicatesse ne devait pas à le bien connaître, une fois mariée, et alors elle serait malheureuse pour la vie. Pierre pouvait la sauver en l'éclairant, et il ne le ferait pas ? par lâcheté, par peur d'être accusé de travailler pour lui-même ? Eh bien ! ne pouvait-il pas se tuer après ?

Mais, arrivé à ce point d'exaltation, une autre figure se présentait aux regards de Pierre, une figure coiffée d'un bonnet d'ouvrière, sous un bandeau de cheveux gris, et dans les traits de laquelle se fondaient la douceur et la bonté. Elle ne demandait rien et même ne savait rien ; mais pourtant de cette tête si douce et si modeste se dégageaient une majesté, une autorité profonde, qui faisaient rentrer Pierre en lui-même, et il frémissait en se disant : « Oh ! non, ma mère, non ! à toi aussi, je dois le bonheur !

Qu'est-ce que la délation ? Peut-elle être un devoir ? Est-ce toujours une infamie ? N'est-elle pas, en bien des cas, dans ce monde où règne le mensonge, condamnée par des préjugés intéressés ? L'esprit de Pierre s'enfonçait et parfois se perdait dans ces questions. Il se dit à la fin que pour juger en matière si délicate, il fallait d'abord être libre de toute partialité, et n'y voulut plus songer.

Savait-il jusqu'à quel point pouvait aller l'attachement de cette jeune fille à son fiancé, et si une telle révélation n'aurait pas simplement pour effet de lui causer une immense douleur, sans la détacher de lui ?

— Je n'ai qu'une chose à faire, se dit-il, me vaincre, et si plus tard nous devons nous rencontrer, me conserver le bonheur de pouvoir être encore son frère, son ami ; de lui être utile peut-être, à son désir, selon l'occasion et sans rien forcer.

Il eut alors plus de calme, mais il tomba dans une tristesse mortelle, où rien ne le touchait. Il ne trouvait plus de goût à la science même, et s'adressait la terrible question : A quoi bon vivre ? que seul l'homme conduit sur les limites de la vie par le désespoir se pose, et à laquelle il n'est pas d'autre réponse que la joie et le désir d'être qui animent tout ce qui vit.

Cependant Pierre ne s'abandonnait pas. Il attendait, morne, impassible en apparence, avec cette philosophie supérieure à la vue même de l'être qui la possède, et qui dit : Je puis changer. Devait-il guérir ? Lui-même l'ignorait, et n'était pas toujours assez sage même pour le vouloir.

Un jour qu'il traversait la rue Taranne, il rencontra Marianne avec Mme et Mlle Brou. Celles-ci marchaient au bras l'une de l'autre, et Marianne se trouva séparée d'elles par un de ces embarras de voitures si fréquents dans ce passage. Un instant, car elle semblait distraite, elle-même courut quelque danger. Pierre s'élança au devant d'elle ; en le voyant, Marianne s'arrêta, pâlit légèrement, fixa sur lui un regard étrange, et se détourna, sans le saluer, d'un air de douleur et de mépris.

Le jeune homme était resté d'abord comme cloué au sol ; il voulut ensuite lui parler, la suivre. Il ne la vit plus !

Cette apparition, cet accueil, le bouleversèrent et, s'il avait gagné quelque chose sur lui-même, détruisit tout. Qu'avait-il fait ? que pensait-elle de lui ? que signifiait ce mépris ? Assurément ce ne pouvait être parce qu'il s'était abstenu de les accompagner, de les visiter, que Marianne l'avait regardé ainsi ; pour ce motif, elle eût pu être froide, non pas méprisante, elle eût respecté la liberté de son ami ; elle ne pouvait pas être injuste, elle ne pouvait pas avoir de colères mesquines, elle, Marianne ! il la connaissait trop bien... Mais alors qu'y avait-il ?

Aurait-elle deviné son amour ? Mais comment ? L'air ne répète pas les soupirs qu'on lui confie, et les lèvres de Pierre n'avaient rien dit, pas même à sa propre oreille. Eût-il parlé en rêve que personne n'eût pu l'entendre, puisqu'il était seul. Et enfin, quand même elle eût deviné qu'elle était aimée, elle eût souffert pour lui au lieu de l'accuser. Oui, il avait droit à sa pitié, il l'aurait osé. Ce n'était pas, ce ne pouvait pas être cela !

Mais ce que c'était, Pierre voulait le savoir et rien au monde ne l'eût détourné de cette recherche. Il n'eut plus, dès lors, d'autre pensée et il en délaissa tout, sans débat. Ce regard méprisant de Marianne plongeait au plus profond de son cœur, plus perçant qu'un glaive. Il fallait l'en retirer ou mourir, il le fallait même dans la mort. Pierre, mort ou vivant, n'accepterait jamais le mépris de Marianne ; non, jamais, à aucun prix que ce fut ! Et s'il ne pouvait deviner, il irait le lui demander à elle-même !...

Fou de douleur, il ne songeait même plus à se dominer.

Après s'être brisé la tête en vain le reste du jour, Pierre vit bien qu'il y avait là quelque chose d'absolument inconnu pour lui et que Marianne seule pouvait éclairer. Mais comment la voir seule ou même comment lui écrire avec sûreté ? Pierre ne savait pas si les lettres de cette jeune fille n'étaient pas soumises à un contrôle. Et comment s'exprimer, s'il devait être lu par d'autres que par elle ? Il fit tour à tour des plans dont lui-même reconnut l'extravagance et finit par s'arrêter à celui-ci, qui n'était pas sans défaut : il allait faire une visite à la famille Brou et remettait lui-même ostensiblement sa lettre à Marianne, en l'annonçant comme celle d'un malheureux qui se recommandait à ses bontés. Il répéta, en s'adressant à lui-même : « Oui ! un malheureux ! » Qu'il était changé, ce jeune homme autrefois si sage, si positif, qui, grâce aux goûts simples, à son courage et à sa bonté, ne souffrait guère que par les autres !

Il écrivit une lettre, sévèrement châtiée, où il demandait avec force une explication, sans déceler, à ce qu'il croyait du moins, ses secrets sentiments ; puis, à midi, il se rendit à l'hôtel du Bon La Fontaine.

La famille Brou venait de partir en voiture, et, devant l'air consterné de Pierre, le suisse crut devoir ajouter :

— Ils sont allés au bois de Boulogne.

— Pourquoi n'irais-je pas ? se dit Pierre ; je puis les rencontrer là comme par hasard et parler plus facilement à Mlle Aimont.

Cette idée d'une rencontre n'avait ce jour-là rien de chimérique : c'était un dimanche. Il y avait fête au Pré-Catelan et au châlet des Iles.

Pierre se dirigea vers la place de la Concorde, prit le chemin de fer américain et descendit à Passy. De là il se rendit au Pré-Catelan. La fête du Châlet des Iles était pour le soir.

Il explora tout le jardin sans rencontrer ceux qu'il cherchait ; il fit vainement le tour du concert, des danses, entra dans les cafés et jusque dans la vacherie. Las enfin de heurter cette foule endimanchée et d'observer ces visages couverts généralement d'une même expression : celle de la vanité qui

cherche ou qui se pavane, Pierre rentra dans le bois et marcha au hasard. Il était plein d'abattement et d'une sourde irritation. Que faisait-il là ? à quel étrange but consacrait-il désormais son temps et ses pas ? Lui, l'homme d'étude, il courait après des désœuvrés... qu'il ne rencontrait même pas. Hélas ! était-elle moins fourvoyée que lui, Marianne, dans ce groupe vulgaire où le hasard l'avait placée, où une erreur de sentiment allait fixer sa vie ? Ah ! s'il pouvait seulement la délivrer ! Il n'eût pas regretté des années d'efforts ; mais à cela il ne pouvait rien, et ce qu'il poursuivait en ce moment n'était qu'une satisfaction personnelle à lui. Pour elle, que lui importait ? Il était si peu dans sa vie ! Elle l'avait mal jugé, sans prendre la peine de vérifier, et si elle en avait éprouvé sur le moment quelque peine, déjà sans doute elle n'y pensait plus. Peut-être recevrait-elle son ardente question avec une hauteur froide et lui répondrait-elle évasivement, poliment, comme à un homme qu'on met à la porte de sa confiance et de son intimité ?

Cette pensée lui causa un déchirement de cœur tel qu'il ne put retenir des larmes, et s'enfonça dans le bois pour y cacher sa faiblesse.

Pierre se trouvait sur le bord d'une de ces allées ombreuses qui vont du Pré-Catelan à Bagatelle. Le bois était plein de chèvrefeuilles qui jetaient d'un arbre à l'autre leur lacis touffu. Il s'appuya contre un de ces arbres, à dix pas du bord, et, protégé par le feuillage, il se laissa aller à la sensation, à la fois douce et amère, que lui causaient cet accès insolite de sensibilité, ces larmes que d'ordinaire il ne savait point verser et qui lui étaient arrachées du fond du cœur par elle, par elle seule. Ce n'était que par la douleur qu'elle lui révélait son influence ; mais qu'importe ? Il frémissait d'une étrange volupté à se sentir ainsi touché par elle et se disait amèrement :

— Je n'aurai jamais d'autre faveur. Mais qu'elle soit bénie d'attendrir ainsi mon cœur ! Merci, Marianne !

En réalité, après les huit jours de souffrance, de tension morale et d'insomnie qu'il venait de subir, ces larmes, les premières depuis des années, le soulageaient. De rares promeneurs passaient dans l'allée, et Pierre ne les voyait ni les entendait, quand son oreille fut frappée d'un accent connu. N'était-ce pas la voix de Mme Brou ? Il écouta et regarda.

C'était bien la doctoresse, accompagnée de son mari, de M. Milhau et d'une autre dame, sans doute Mme Milhau, et qui traitait la grave question de savoir où l'on dînerait. Il était environ cinq heures. « Il y avait un bon restaurant, paraît-il, aux Iles, et comme cela on se trouverait tout porté pour la fête et l'Opéra du soir. » Le docteur intervint :

— Au Chalet des Iles, dit-il, il y aura trop de monde; nous serons mal servis en payant fort cher. Le meilleur moyen d'être bien est d'aller où ne va pas la foule, par exemple à Passy, ou à Neuilly...

— Ce serait bien loin, dit Mme Brou.

— Puis il faut dîner en plein air, observa Mme Milhau. Ce sera beaucoup mieux; il fait si chaud !

— Soit, dit le docteur, en plein air; nous trouverons bien...

Ils passaient, et ces derniers mots se confondirent dans l'oreille de Pierre avec les suivants, prononcés par Emmeline, qui donnait le bras à M. Beaujeu :

— Vraiment, une calèche bleue?...

— N'est-ce pas ce qu'il y a de plus joli ?

— C'est adorable ! justement tout ce que j'avais rêvé ! Je vous l'ai déjà dit : vous êtes l'homme le plus aimable...

— Je mets tous mes soins à vous faire plaisir... Il va sans dire que nous aurons une livrée.

— Une livrée ! Quel bonheur !

— Il faut que Mme de Beaujeu soit la femme la plus élégante de Saint-Jean-d'Angely.

— Je ne regrette qu'une chose, c'est de ne pouvoir montrer ma calèche à Poitiers, quand nous irons.

— Rien de plus facile, on la fait transporter par chemin de fer.

— Oh ! alors je serai trop heureuse ! Ah ! cher monsieur, vous êtes bien celui que je devais aimer !

— Vous verrez, chère demoiselle, que notre petit intérieur sera charmant !

Pierre n'entendait déjà plus, et son cœur battait avec violence, car Marianne suivait près d'Albert.

Elle ne disait rien, et ses yeux rêveurs se fixaient à droite sur le feuillage, du côté où se trouvait Pierre. Oppressé, haletant sous ce regard, il restait immobile et n'avait ni la force ni même l'idée de l'aborder, après avoir cependant poursuivi cette idée pendant tout le jour. Mais la présence d'Albert, ce tête-à-tête, lui causaient une douleur, une répugnance mortelle. En tiers avec lui, que pouvait-il dire à Marianne ?

— Que vous êtes silencieuse ! chère amie, dit Albert. Je m'évertue à vous présenter tous les sujets possibles de conversation. J'ai passé en revue la ville et la campagne, je vous ai même adressé quelques paroles bien senties sur la beauté de ce bois et vous ne répondez que par monosyllabes.

— J'ai entendu vos paroles, Albert, et les ai fort goûtées, répondit-elle en souriant.

En même temps, elle tourna la tête vers lui, c'est-à-dire du côté opposé à Pierre, et prit le bras de son fiancé.

— Mais à mon sens la meilleure façon de goûter la beauté des bois est de s'en imprégner en silence. Vous ne trouvez pas ?

— Si j'étais seulement sûr, dit-il, que vous êtes bien avec moi, que vous ne pensez pas à un autre...

— Oh ! répondit la jeune fille d'un ton grave, — et son visage se rembrunit aussitôt, — encore cette jalousie ? Ne revenez plus sur ce sujet, Albert; j'en serais blessée.

Albert se pencha vers sa compagne pour lui répliquer, et Pierre n'entendit plus rien; il ne vit que le voile bleu de Marianne, qui, déjà à demi détaché, rencontrant une branche d'arbre, s'envola légèrement et vint tomber de son côté.

Se peut-il que Pierre fût suffoqué de cette chose si simple, et qu'à cet esprit nourri de la science moderne, un lambeau de gaze poussé par le vent pût paraître un envoyé mystérieux, mystique, une émanation de Marianne ? L'amour, qui est une exaltation de toutes nos facultés, une fièvre, entraîne-t-il par lui-même la superstition ? Ou plutôt cela tient-il à l'époque où nous sommes, sortis à peine de rêves que nous rend la surexcitation du cerveau et dont l'amour futur serait exempt ? Toujours est-il que Pierre n'eut plus qu'une pensée : s'emparer du voile de Marianne, et qu'il sortit immédiatement de sa cachette de lianes, tout en marchant avec précaution, afin de ne pas produire de bruit qui pût faire retourner la tête aux promeneurs.

Il fut en quelques pas au bord de l'allée, saisit le voile avec transport, d'un mouvement irrésistible, et y posa ses lèvres. Aussitôt, quoiqu'un peu tard, il regarda avec inquiétude s'il n'avait point été vu. Mais l'allée à cet endroit formait un coude, et Marianne et Albert avaient disparu. Pierre plia le voile avec précaution et le cacha dans son sein. Des voix, qu'il reconnut pour celles de la famille Brou, arrivèrent à son oreille du retour de la route. Il écoutait, palpitant, espérant entendre celle de Marianne, quand tout à coup il frémit de la tête aux pieds. C'était elle, elle-même, qui venait vers lui, en courant, à travers les arbres. D'abord il crut à une hallucination, mais c'était bien elle ! Elle courait, et la légèreté de sa démarche faisait, quand il l'envisagea de près, un contraste étrange avec la sévérité de sa figure. Elle s'arrêta devant lui, droite, hautaine, avec cette même expression de mépris qui l'avait, hélas ! déjà tant frappé et qui lui sembla plus accentuée encore. Il cherchait sa voix dans sa gorge, quand elle dit, du ton le plus impérieux :

— Rendez-moi mon voile à l'instant, monsieur !

Pierre rougit, il pâlit; un son inarticulé sortit de sa bouche, il restait comme paralysé.

— Hâtez-vous, reprit-elle; je me suis échappée, mais on va me chercher. Je n'ai rien voulu dire tout à l'heure, parce que si celui qui était avec moi eût vu comme moi... mais jamais je n'aurais consenti à laisser ce voile entre vos mains, eussé-je dû vous envoyer quelqu'un... Dépêchez-vous donc, monsieur !

Il chercha le voile de ses mains tremblantes, et, en le retirant de son sein devant elle, des larmes de douleur jaillirent de ses yeux; tandis qu'elle, rouge et les yeux étincelants, détournait la tête avec indignation et colère. Quand elle avança la main, leurs yeux se croisèrent.

— Que vous ai-je fait ? gémit-il.

— Et moi ? répondit-elle avec un suprême dédain.

— Vous m'estimiez autrefois.

— Je ne vous connaissais pas.

Elle avait déjà repris sa course, et il restait anéanti, sans mouvement, sans pensée, comme s'il eût reçu le coup d'une masse de fer. Où était-il ? qu'avait-il à faire ? qu'était-il même ? De longtemps il ne le sut.

A la fin, il se remit en marche machinalement, poussé par l'instinct de la dignité personnelle, en voyant des gens le regarder et s'interroger sur lui; mais il marcha sans savoir où il allait. Deux idées fixes se choquaient incessamment dans sa tête :

Elle me méprise.

Pourquoi ?

Il était encore incapable de former un plan, mais se disait : Je le saurai ! avec une force de volonté dont il frémissait lui-même.

— C'est vous, monsieur Pierre ? lui dit une voix douce et triste.

Et il sentit un bras se poser sur son bras. D'abord il sursauta, puis s'arrêta en reconnaissant Fauvette.

— Qu'avez-vous, monsieur Pierre ? lui demanda-t-elle; vous n'avez pas votre air ordinaire aujourd'hui. Asseyez-vous et prenez quelque chose, cela vous fera du bien.

Il vit alors confusément devant lui un café dans les arbres, des gens attablés.

— Je n'ai besoin de rien, dit-il.

— Il me semble, reprit Fauvette, que vous êtes malade ou que vous avez beaucoup de chagrin. Eh bien ! asseyez-vous et laissez-moi vous parler un peu, cela vous remettra peut-être. Moi qui vous connais pour si raisonnable, je ne peux pas vous voir comme ça. Écoutez, monsieur Pierre, je suis ici avec des gens. Voyez-vous par ici une femme en robe de soie grise avec des nœuds rouges, à côté de cet homme qui a son chapeau en arrière ?

— Oui, dit Pierre.

— Celle qui vous tourne le dos, poursuivit Fauvette, c'est Marie; l'autre, vous ne la connaissez pas. Eh bien ! ce sont là des personnes qui ne songent qu'à s'amuser et ne regardent pas à boire plus qu'il ne faut, vous savez... Ils m'ont amenée malgré moi en me disant qu'ils voulaient me venger d'Albert, et je suis déjà fâchée d'être ici. Eh bien ! ils vous regardaient venir là, dans l'allée, et disaient... que vous étiez ivre. Moi, bien sûre qu'ils se trompaient, j'ai pensé qu'il vous était arrivé quelque chose de fâcheux, et c'est pour ça que je suis venue vous parler.

— Merci, Fauvette, murmura Pierre. En effet, je ne suis pas bien.

— Vous avez un grand chagrin, cela se voit. Hélas ! moi qui vous croyais si tranquille ! je ne vous demande pas ce que c'est, monsieur Pierre; mais, si seulement je pouvais vous être bonne à quelque chose ?...

— Merci, Fauvette, répéta-t-il, touché par cette sympathie. A ce moment le garçon de café s'arrêta devant eux; Pierre n'y prenait pas garde.

— Apportez à monsieur un sirop à la glace, dit Fauvette.

Et se tournant vers Pierre :

— Cela vous refroidira un peu. Vous êtes tout hors de vous-même.

— Que vous êtes bonne ! reprit-il.

La regardant alors avec plus d'attention.

— Mais vous aussi, Fauvette, dit-il, vous avez du chagrin ? Vous êtes bien pâle.

— N'est-ce pas ? dit la jeune ouvrière, et des larmes vinrent à ses paupières. Je ne fais que pleurer depuis trois jours. Aussi comment font-ils pour me dire que je suis jolie ? Je songe bien à cela ! Je voudrais mourir.

— Qu'avez-vous, ma pauvre enfant ?

— Oh ! vous vous en doutez bien.

Elle tira son mouchoir et essuya de grosses larmes qui descendaient le long de ses joues.

— Albert ? dit-il.

— Oui, tout est fini. Il m'a dit... un autre m'eût dit cela, je ne l'aurais jamais cru, et je me demande encore par moment si c'est possible. Moi qui l'ai tant aimé ! penser qu'il ne m'a jamais aimée, qu'il ne m'a prise que pour son passe-temps... Ça, voyez-vous, c'est trop ! je suis partie en le méprisant, et d'abord il me semblait que je ne pouvais plus l'aimer, que c'était fini, comme si j'avais eu le cœur mort !... Et maintenant... Oh ! ce que je souffre !... Moi qui l'aimais tant ! moi qui le croyais... qui l'aurais suivi dans le feu, s'il avait voulu m'y conduire !... me tromper ainsi !... Est-ce que vous croyez qu'il l'aime, cette femme, monsieur Pierre, vous qui la connaissez? ou bien si ce n'est que pour sa dot?

Pierre ne répondit pas.

— Ce serait toujours bien mal, reprit Fauvette; mais s'il ne l'aimait pas, au moins pourrais-je croire qu'il m'a aimée et que ce n'était pas un mensonge. Cela m'est trop insupportable à penser. Oui, je voudrais savoir s'il en est amoureux. Après ça, peut-être pas trop, puisqu'elle vient pleurer dans sa chambre, à ce que j'ai vu.

— Que dites-vous? de qui parlez-vous? demanda Pierre vivement.

— De cette demoiselle, qui est sa fiancée, comme il me l'a avoué après m'avoir soutenu le contraire auparavant.

— Elle est venue dans sa chambre? Quand donc?

— Il y a trois jours.

— Avec qui?

— Toute seule.

— Ce n'est pas possible!

— Comment! puisque je l'ai vue. J'étais à ma fenêtre, et je la vois à celle d'Albert; elle s'essuyait les yeux. Alors, moi, la jalousie m'a prise; j'ai hésité un moment, et puis tout à coup, n'y tenant plus, je suis descendue en courant. J'ai monté chez Albert, et, sans frapper, j'ai ouvert la porte toute grande. Elle était là comme vous êtes ici; je l'ai très-bien reconnue, allez. Ils étaient tous deux debout près de la table, et elle tenait une lettre à la main. Lui, en me voyant, il est devenu blanc... comme ça; elle, elle m'a regardée avec de grands yeux pleins d'étonnement, et j'ai bien vu qu'elle était en défiance.

Ah! si j'avais eu plus de courage! Mais voilà. Vous savez, je n'ai pas le caractère aux choses hardies, et pas plutôt ai-je eu ouvert la porte comme cela, qu'un tremblement m'a prise. Je voulais pourtant lui parler à cette demoiselle, quand il s'est avancé sur moi.... Voyez-vous, c'était pis qu'un tigre; il avait des yeux blancs et les roulait sur moi comme s'il m'eût dit: Je te hais! je te déteste, et tu n'auras plus en moi qu'un ennemi, si tu ne pars pas de suite. J'étais déjà toute saisie, quand, ce qui a achevé de m'épouvanter, ça été de l'entendre, en si grande colère, me dire d'une voix douce (parce que, voyez-vous, il tournait le dos à cette demoiselle, qui ne voyait que moi), oui, d'une voix tranquille, comme si de rien n'était: « Pierre n'est pas encore rentré, mademoiselle; je n'ai pas pu lui faire votre commission. » C'est alors que j'aurais dû crier: « Ce n'est pas Pierre qui est mon amant; c'est toi, menteur, misérable! » et nous aurions vu ce que la belle demoiselle aurait pensé de ça. Mais je....

— Fauvette! demanda Pierre, d'une voix pleine de sourds éclats, que dites-vous? je ne comprends pas!

— Vous ne comprenez pas qu'il lui a fait croire que c'était pour vous que je venais, que j'étais votre maîtresse et non la sienne, et enfin si bien, qu'il m'a fait passer dans votre chambre par-derrière la commode, comme l'autre jour.

Pierre s'était levé. Il avait la face blanche et convulsée. En l'envisageant, Fauvette jeta un cri.

— Ah! c'est cela! dit-il, je sais enfin! Et vous n'avez pas démenti cette infamie!

— Je le regrette à présent, allez!...

— Adieu, Fauvette!

Elle courut après lui.

— Qu'allez-vous faire? Je suis folle d'avoir vous avoir dit cela. Vous allez tuer Albert!

— Oui! répondit-il, d'un ton sourd, féroce, aveugle, en la repoussant.

Et, la laissant épouvantée, il partit en courant à travers le bois.

Fauvette le suivit des yeux, quand un jeune homme, se détachant du groupe qu'elle avait quitté pour aborder Pierre, vint galamment lui offrir le bras:

— Ce n'est pas un ivrogne, votre monsieur, dit-il, c'est un fou! Comment peut-il vous quitter ainsi quand il a le bonheur d'être près de vous? Mais qu'avez-vous, mademoiselle Fauvette? ajouta-t-il en la voyant pleurer.

— Ah! je crains d'avoir fait un malheur, s'écria-t-elle. Je lui ai dit une chose qui le met en rage, et je croyais que ce n'était rien. Mais pourquoi cela lui fait-il tant de peine?

Elle revint ainsi parmi les autres.

— Fauvette! s'écria en la voyant la femme à la robe de soie grise et aux rubans rouges, qui semblait le chef du groupe, comment! vous pleurez encore? Cela devient trop monotone, ma petite.

— Ne la tourmentez pas, mademoiselle Marina, dit le jeune homme qui était allé chercher Fauvette; il faut tâcher de la distraire plutôt.

— Bon, bon, mon cher, cela vous regarde, et puisque vous y prenez goût, tout est pour le mieux.

Sur cette observation de Marina, Fauvette se tourna vers le jeune homme:

— Je vous suis reconnaissant de votre bonté, monsieur Albin; mais il ne faut pas vous y tromper, mon chagrin durera toujours, et d'ailleurs, quand bien même je me consolerais...

— Allons donc! dit Marie, il faut bien se consoler, ma chère; que veux-tu qu'on fasse? Je le suis bien, moi, ajouta-t-elle avec un soupir.

— Ce qui vaut le mieux, s'écria un autre jeune homme, ce Mérul, qu'Albert avait rencontré un jour au bal Bullier, et qui était l'amant actuel de Marie, c'est de ne pas se chagriner du tout. Se chagriner pour une maîtresse ou pour un amant, quelle bêtise! n'est-ce pas, Carline? demanda-t-il à la petite blonde qui était en face de lui et qui, maintenant accolée à une sorte de rapin aux longs cheveux, avait été la maîtresse de Mérut autrefois.

— Tu as raison, lui répondit-elle.

— Bravo! Carline, c'est ça. Carline est *le*, non, la Pandore du quartier latin. Remercie-moi, Carline, bien que tu ne saches pas la mythologie. C'est moi qui l'ai stylée; elle a un bon petit caractère; faute d'opinion personnelle, elle trouve toujours bien tout ce qu'on dit.

— Ah ça! Marina, qu'attendons-nous ici? demanda tout à coup l'homme au chapeau en arrière, qui se tenait à demi courbé sur une table. Il n'y a pas d'absinthe à ce café. C'est embarlificotant, c'est bête!

— Un peu de patience, Miletin. J'ai donné rendez-vous ici à Pommerin, il ne peut tarder à venir.

— Comment, Marina, c'est-il possible que vous ne puissiez pas vous passer de Pommerin? observa l'amant de Carline, surnommé le Chevelu.

— Oui, mon fils, quand j'ai besoin de lui. Et pour le moment, j'en ai besoin: il fait de la police pour mon compte.

— Oh! oh! Marina, vous prenez des manières de gouvernement.

— Pourquoi pas? Crois-tu qu'à la tête d'un État, je ne me conduirais pas tout aussi proprement qu'une autre? C'est la place qui fait tout, le bien et le mal comme le reste, et surtout la réputation. Je méprise bien assez les hommes pour pouvoir les gouverner, va! Mais quant à vouloir en prendre la peine, c'est différent.

— Tu n'es pas digne d'être reine, dit Miletin, puisque tu laisses tes sujets manquer d'absinthe.

— Tu en auras au dîner... à condition que tu me donneras la réplique.

— Sois tranquille, on te la donnera comme il faut; mais où est-il le dîner?

— C'est Pommerin qui nous le dira.

Pendant cette conversation, M. Albin, assis près de Fauvette, s'épuisait en efforts discrets pour vaincre sa tristesse et sa froideur. Elle y répondait avec distraction, toute absorbée en ses secrètes inquiétudes, quand une femme, qui depuis un moment rôdait autour du café, s'arrêta près d'eux en s'écriant:

— Eh! c'est vous, ma chère Fauvette?

— Ah! vous voilà, Florentine? répondit la jeune fille.

Et, toujours compatissante au milieu de ses plus grands chagrins, elle offrit une chaise à la vieille étudiante, chose qui parut fort scandaliser M. Albin. Celui-ci était un clerc d'avoué fleuri, prétentieux, bien mis, ayant fleur à la boutonnière. Il regardait, avec un mélange d'étonnement et de dédain, cette toilette composée d'étoffes surannées et d'oripeaux flétris, qui faisait penser tantôt à l'actrice de bas étage et tantôt à la mendiante; ce visage plâtré, couronné de cheveux d'un noir rougissant, et cette taille décharnée, horriblement découverte par un corsage largement échancré sur les épaules et fendu par devant jusqu'à la ceinture.

— Cette jolie Fauvette a de drôles de connaissances, semblait-il dire.

La jeune fille ne tint compte de ses dispositions.

— Offrez-lui quelque chose, je vous en prie, dit-elle en se penchant à l'oreille du clerc.

C'était la première chose qu'elle lui demandait. Il s'empressa d'y satisfaire et fit apporter, à l'instigation de Fauvette, un vin chaud et quelques biscuits. Tandis que Florentine se jetait avec avidité sur ce réconfortant, les propos excités par sa présence allaient leur train.

— Toujours jeune et toujours belle, Florentine!

— Florentine, avez-vous fait quelque conquête aujourd'hui?

— Oui, moqueurs que vous êtes.

C'était à Mérut et à Miletin qu'elle s'adressait, les seuls qui parussent la connaître. Quant à Marina, elle avait fait à peine à la nouvelle venue un signe léger, salut de souveraine.

— Oui, moqueurs, j'en ai fait une; seulement je n'en ai pas voulu, parce qu'il était trop grossier. Les hommes ne sont plus polis aujourd'hui.

Sur ce, la pauvre Florentine fut assaillie de questions grivoises, auxquelles elle se contenta de répondre par des haussements d'épaules, tout en dévorant ses biscuits.

— Ça fait que Miletin n'est plus dépareillé, observa le chevelu, qui reçut en réponse le chapeau de Miletin en pleine figure.

— Respect à Nestor! demanda Mérut.

Florentine buvait et mangeait, sans paraître rien entendre, et Fauvette riait en lui parlant.

— Pommerin! voici Pommerin! cria Miletin. Vive Pommerin! vive l'absinthe!

Pommerin était un jeune commis de magasin, de vingt ans à peine, à la mine éveillée, et qui, en s'approchant de Marina, prit des allures non équivoques de soupirant ivre d'espérance. Avec une désinvolture pleine de satisfactions amoureuses et vaniteuses, il s'appuya sur le dossier de la chaise de la lorette et lui dit quelques mots à l'oreille. Elle se leva :

— Eh bien ! partons.

— Où allons-nous ?

— Vous le verrez bien. Qui m'aime me suive ! Vous savez, c'est moi qui paye ; j'ai là tout ce qu'il faut, mes enfants, pour nous faire servir superlativement, et je vous promets que nous allons rire.

Tout le monde se leva, et Florentine fit comme les autres ; mais une angoisse était peinte sur ses traits. Elle regarda Fauvette, et celle-ci s'approcha de Marina.

— Qu'est-ce que vous voulez que nous fassions de cette môme d'Égypte ? répondit d'un ton rude et un peu trop élevé la reine de la fête, à la prière humble et basse de Fauvette.

Miletin s'était approché.

— Sais-tu, dit-il à Marina, qui a lancé Florentine autrefois ? C'est le père d'Albert Brou.

— Bon ! s'écria Marina en éclatant de rire. En voilà une bonne ! Oh ! alors, qu'elle vienne ! « Vous venez avec nous, madame ? » dit-elle aussitôt dédaigneusement à Florentine, qui se confondait en remercîments, que la lorette n'écouta pas. Elle prit le bras que Pommerin s'empressait de lui offrir et passa devant, suivie de Mérut avec Marie et de Carline avec le chevelu.

— Miletin ! Miletin ! crièrent-ils à Florentine.

Et, bon gré, mal gré, le vieil étudiant et la vieille étudiante se donnèrent le bras à la suite des autres.

Un quart d'heure après ils entraient dans un restaurant situé près de la porte Dauphine et de la station, à côté de la rue de la Faisanderie. C'était un de ces restaurants d'été, comme en trouve tant aux environs de Paris, avec des tables en plein air, sous des bosquets, formant chacun un cabinet de feuillage, où chaque groupe se trouve isolé des autres, sinon pour l'oreille, du moins pour la vue.

— Par ici ! dit Pommerin, guidant Marina. S'adressant au garçon venu à leur rencontre :

— C'est moi qui ai retenu ce bosquet... vous savez ? lui dit-il à demi-voix.

— Bien, monsieur ; on va mettre le couvert. Combien êtes-vous ?

— Deux de trop pour être à l'aise, répondit Marina, après avoir jeté un coup d'œil dans le bosquet. Vous mettrez une petite table ici, en dehors, pour deux personnes.

— C'est Miletin qui en fera les honneurs à madame, ajouta-t-elle en désignant Florentine. Ne fais pas la grimace, mon vieux, lui dit-elle à l'oreille ; vous défendrez la sortie, et tu la feras parler.

— Ce sont bien eux ! dit-elle encore à Pommerin, après avoir écouté les voix qui partaient du bosquet situé au-dessus du leur.

— Parfaitement. Soyez sûre que je ne me suis pas trompé ; il s'agissait de vous servir.

— Oui, c'est la voix de Beaujeu ! dit-elle en frémissant.

Malgré le bruit général, car le restaurant contenait un assez grand nombre de consommateurs, on entendait en effet très-distinctement les voix d'à côté, à travers le léger rempart de feuillage. Fauvette se mit à trembler.

— Qu'avez-vous ? lui demanda son compagnon.

— Oh ! rien, répondit-elle, retenant à grand'peine ses larmes.

Elle avait reconnu la voix d'Albert.

Il causait avec M. Beaujeu de la dernière représentation de Mlle Patti à l'Opéra, trois mois auparavant ; Emmeline regrettait de n'avoir pas entendu la célèbre cantatrice. M. et Mme Brou, M. et Mme Milhau mêlaient de temps en temps leur mot à la conversation. Marianne seule gardait le silence. Toujours attentif pour elle, M. Brou lui en fit l'observation :

— Qu'avez-vous donc, ma chère enfant ?

— Un peu de mal de tête, mon oncle.

— C'est pourquoi vous ne mangez pas ?

— Oh ! ce n'est rien. N'y faites pas attention, je vous prie.

Marina avait donné ses ordres au garçon, presque à voix basse. En achevant, elle lui mit 5 francs dans la main.

— À présent, lui dit-elle plus bas encore, servez-nous très-promptement, et faites attendre ceux d'ici, — elle montrait le bosquet des Brou ; — il faut que nous ayons fini ensemble.

Le garçon fit un signe d'intelligence et partit en courant.

Déjà Miletin était installé en face de Florentine, à une petite table en dehors, tout près de l'entrée du bosquet des Brou. À table, dans le leur, Mérut, Carline, Marie et le Chevelu causaient par moment tous à la fois.

— Quel caquetage ! s'écria Miletin. Mes enfants, laissez parler notre reine.

Cette phrase, dite d'une voix claire et retentissante, fixa l'attention des Brou ; Emmeline tourna curieusement la tête vers la paroi voisine ; les dames sourirent.

— Qu'est-ce que ces gens-là ? demanda en souriant aussi M. Brou.

— Des artistes sans doute, dit M. Beaujeu.

— Oui, c'est ça, une reine de théâtre. Voilà bien le monde parisien. Est-il curieux !

La réponse de Marina s'était fait attendre.

— Je n'ai pas envie de parler, mon vieux, dit-elle enfin. Je n'aurais que du noir à verser, et ça serait dommage, à cause de ces enfants là, qui sont gais comme des oiseaux. Ils n'en sont qu'au commencement eux ! Bah ! le monde est une vilaine chose. J'en ai mal au cœur !

— De la philosophie de restaurant, dit en riant M. Milhau.

Ils se regardèrent en riant, et tous écoutèrent. Seul, au son de la voix de Marina, M. Beaujeu avait tressailli, mais il n'en riait pas moins comme tout le monde.

— Allons donc, reprit Miletin, il ne faut pas se laisser aller comme ça. Tu es encore jeune, Marina, et c'est bon pour les vieux de désespérer.

A ce nom de Marina, M. Milhau dressa les oreilles, et sa femme lui fit un signe plein d'effarement. Ils échangèrent un regard avec M. Beaujeu, et tous trois se mirent à dire quelque chose ; mais la verve n'y était pas, et l'on eût dit que M. Beaujeu avait peur de s'entendre.

— Écoutez donc, dit Emmeline.

M. et Mme Brou ne demandaient pas mieux que d'entendre ; aussi, bien qu'un peu inquiets pour les oreilles de leurs filles, ne firent-ils aucune objection. On se laisse aller à tant de concessions à Paris.

— Mon vieux, tu me flattes, par bonté d'âme, et je te sais gré de l'intention. Mais je sens mon mal depuis longtemps, va ; j'ai manqué ma vie. Quand j'étais pas plus haute que ça, j'entendais partout dire autour de moi : Le plaisir, la vie libre, c'est la grande vie ! Ceux qui se gênent sont des imbéciles. Moi, je l'ai cru ; ça n'était pas difficile. J'ai connu Musset, il m'a fait sauter sur ses genoux. Alors c'était à qui serait le plus fou, par gloriole et parti-pris. Eh bien ! vois-tu, il n'y a plus personne, pas même toi, mon vieux Tintin, qui croie à cette bêtise. Tu es comme moi, tu en as par-dessus la tête et tu t'embêtes à mourir. Non, ce n'est pas ça la vie. Après ça, qu'est-ce que c'est ? Je n'en sais rien. Un de ces jours peut-être, on me pêchera dans la Seine. En saurai-je davantage alors ? En tout cas, je ne m'embêterai plus comme ça.

— Ah ! mademoiselle Marina, pouvez-vous parler ainsi ? dit Pommerin d'une voix tendre, tandis que Marie, Mérut et les autres ajoutaient leurs observations, et que, dans le bosquet d'à côté, M. Brou disait d'une voix sentencieuse et contenue :

— Voilà un sermon qui sort d'une étrange bouche, mais il n'en est que plus concluant, et je ne suis pas fâché malgré tout que ces demoiselles l'aient entendu. Il prouve bien que le vice ne donne pas le bonheur, et que les faux plaisirs...

— J'ai encore une ressource, reprit Marina, c'est de me faire dame de charité.

— Dame de charité ! dit Mme Brou en roulant des yeux scandalisés.

Mme Milhau lui répondit par une pantomime non moins expressive.

— Et pourquoi pas, mes enfants ? Il y a assez de misères ; j'en connais moi seule de quoi fournir à plusieurs bureaux. Mais voilà, il faudrait brûler des cierges ; ça ne me va pas. Et encore une autre raison ! Travailler à guérir des misères qu'on laisse se refaire sans cesse, c'est trop bête, hein ? Quand les hommes auront cessé d'exploiter les femmes, à la bonne heure ; autrement... Car ça fait mal au cœur cette balançoire : la débauche d'un côté, la philanthropie de l'autre, et des deux côtés les mêmes gens, infectant ici, soignant par là ; outre que ça n'est pas à guérir, qu'ils sont les plus forts. Quant à s'occuper de supprimer le vice, ils n'y pensent jamais ; ça serait se couper les vivres...

Le sermon n'était plus du goût de M. Brou, et sa femme ne se sentit pas moins formalisée.

— Quelle ville que ce Paris, dit-elle, où l'on est exposé à entendre de pareilles conversations ! N'écoutez plus, mesdemoiselles.

— Il est certain, dit le docteur, que nous sommes mal placés ici ; puis, on ne nous sert pas. Que sont ces garçons ?

Et il frappa sur la table.

— Ah ! Marina, cria Miletin, tu dis tout ça sous l'empire d'un chagrin de cœur. Si tu avais encore ton Armand.... Pourtant veux-tu que je te dise le fond de mon cœur ? Eh bien ! tu le regrettes joliment plus qu'il ne vaut.

— D'accord, mon fils. C'était un jeune homme de cinquante ans, flambé, roussi, teint, fourbu ; parbleu ! je le savais bien, enfin bon à mettre au rencart. Mais, que veux-tu ? c'est bête ; je l'aimais tout de même. Je me disais : Eh bien ! je ne suis plus bien jeune non plus, j'en ai des nausées de la vie libre ; aimons-nous bêtement, conjugalement ; ça vaut mieux que de changer. On finit par avoir besoin de ça. Il me l'avait promis, ça va sans dire.

— Mesdemoiselles, causons donc, dit Mme Brou.

— Mais, maman, je ne sais que dire, observa Emmeline, qui tendait les oreilles de toutes ses forces du côté de ses voisins.

Dans le bosquet bourgeois cependant, chacun s'évertua à dire quelque mot, et M. Brou frappa de nouveau sur la table, mais aucun garçon ne vint. Au fond, chacun, s'il consentait à empêcher les autres d'entendre, tenait pour sa part à écouter, si bien que la conversation s'ébattait à chaque instant, et, par-dessus toutes les voix, la voix haute et claire de Marina se faisait entendre :

— Je le soignais comme un malade qu'il était, je l'aimais comme l'enfant que je n'ai pas. Eh bien ! quand ce ramolli s'est trouvé mieux, savez-vous ce qu'il a fait ? Le voilà qui songe qu'il lui faudrait une jeunesse, à lui, ce poussif, et qu'il est tout à point pour se marier, ce vétéran ! Je n'ai pas besoin de vous dire qu'il a trouvé. Pas difficiles, les demoiselles de bonne maison ; ça vous épouse un sac d'écus et un cul-de-jatte par-dessus le marché. Nous y mettons plus de délicatesse, nous autres ; on se laisse donner bien des choses, oui, des cadeaux, c'est naturel, mais on ne se vend pas à deniers comptant, par-devant notaire. Pouah ! C'est égal, là-dessus ces demoiselles se mettent à empiler des fanfreluches avec de la fleur d'oranger. Elle est propre, leur fleur d'oranger ! Est-ce que tu crois que ces filles-là valent mieux que des cocottes, Mitetin ?

— Moi, non ! je suis de ton avis.

— Je sais bien qu'il y en a aussi parmi nous qui font leur pelote ; mais il n'y en a pas tant après ça. Moi, je n'ai jamais fait ça ; j'ai tout bonnement aimé qui me plaisait, j'ai cherché l'amour, le bonheur... Bah ! avec les hommes, c'est de la blague ; ils sont trop pleutres, ils partagent leur vie au mètre et au poids. Ça dans un tiroir, ça dans l'autre. Ils se disent d'avance : Nous allons jusqu'à cette date être des chenapans, et le reste du temps nous serons les gardiens de l'ordre et de la vertu. Ouiche ! avec ça, pas toujours. Carline, raconte-nous ce que tu sais d'un certain docteur, celui que tu as vu chez Pauline...

Était-ce le vin qui montait à la tête du docteur Brou ? Il était rouge ; il toussa, se remua sur sa chaise et dit d'une voix rauque :

— Ah ça ! l'on n'est pas servi du tout dans ce restaurant.

Il frappa de nouveau sur la table.

— Ce n'est pas moi, disait Carline ; c'est à Pauline qu'il faisait la cour ; et il nous a bien fait rire, parce qu'à cause de sa femme il voulait rentrer avant le jour. Et puis, il se faisait appeler d'un autre nom, et c'est Pauline, qui m'a dit le vrai à l'oreille.

— Puisqu'on ne nous sert pas, dit le docteur, devenu tout à fait écarlate en se levant, nous allons quitter ce restaurant, d'autant mieux qu'on y est en fort mauvaise compagnie.

— Mais nous n'avons mangé que la moitié du dîner, observa sa femme, et l'on nous fera payer le tout ; puis il faudra encore aller dîner ailleurs. Moi, je n'ai pas fini.

— Peu importe, répliqua le docteur ; les convenances doivent passer avant tout.

Comment se fit-il que, sur ce mot d'une doctrine si pure, Mme Brou regarda son mari d'un air soupçonneux et irrité ?

— Dites donc, Florentine, reprit la voix éclatante de Marina, ce docteur-là, c'est justement le vôtre. Le reconnaîtriez-vous ?

— Oui, répondit une voix éraillée, tout près de la porte du bosquet, au moment où le docteur s'apprêtait à sortir, oui, certainement, je le reconnaîtrais, et d'autant mieux que je l'ai revu l'autre soir à l'Odéon. Il est bien changé, allez ! Un homme autrefois si joli ! Mais c'est égal, ses traits sont restés au fond de mon cœur. Jugez donc, j'avais quinze ans alors. C'est lui qui m'a entraînée hors des sentiers du devoir. Sans lui, qui sait ? je serais peut-être une mère de famille honnête et respectée. Oh !...

Elle porta son mouchoir à ses yeux, tout en continuant d'avaler le homard placé sur son assiette, et le docteur revint s'asseoir à sa place, où il essuya son front couvert de sueur.

Albert s'était levé pour parler à son père, mais Mme Brou l'avait devancé. La bonne dame était rouge comme la pivoine. Le travail de la digestion et celui de la jalousie la suffoquaient à l'envi ; les craintes qu'elle avait accueillies depuis quelque temps au sujet des fréquentes absences de son mari la rendaient apte à saisir les plus légères concordances. Aussi dit-elle :

— Eh bien ! Anatole, tu ne sors pas ? Je croyais que tu allais réclamer...

— Oh ! ils vont apporter à la fin. J'ai cru voir qu'on venait...

— Cependant tu étais si décidé tout à l'heure... Dis donc, c'est drôle ce qu'ils disent d'un docteur qui était à l'Odéon l'autre jour, et qui va chez des filles... Qui sait ? tu le connais peut-être...

Le docteur suait sang et eau.

— Je ne te comprends pas, dit-il sévèrement à sa femme, d'écouter de pareilles histoires. Reste à ta place, et cause le plus haut possible avec ces demoiselles. Tout ceci est d'une inconvenance...

— Je le sais bien, répondit aigrement Mme Brou.

Et elle retourna à sa place, mais cette fois, la première de sa vie peut-être, avec l'intention bien arrêtée de ne pas fuir l'inconvenance que son mari était obligé de lui signaler. Le parti assiégé se divisait, mauvais signe.

Albert se pencha à l'oreille de son père :

— Tout ceci me paraît un coup monté, dit-il. Tu sais que Marina est l'ancienne maîtresse de Beaujou ?

— Eh bien, après tout, qu'est-ce qu'ils peuvent faire ? dit le docteur ; tout ceci est fort bête.

— Je crains seulement, à cause de ma sœur, qu'on en vienne à nommer Beaujeu. Il faudrait nous en aller; mais ils sont là, à la porte, et ces gens-là ne reculent pas devant un scandale, surtout quand ils le cherchent, comme il me semble. Si ce n'était la crainte de pis, je leur imposerais bien silence...

— Non, non, dit le docteur; la prudence vaut mieux. Ils sont là plusieurs hommes, je ne veux pas que tu te risques. Seulement va chercher le garçon, obtiens le reste du dîner, dépêchons-nous, et filons le plus tôt possible.

— Fauvette, dit la voix perçante de Marina, vous ne dites rien, ma petite, et pourtant vous n'êtes pas de celles qui ont le moins à se plaindre.

— Fauvette! murmura Albert en s'arrêtant. Allons, tout y est. C'est très-sûrement un coup monté. A présent j'en suis sûr.

— Quoi donc? est-ce que tu aurais quelque quelque chose à craindre? demanda M. Brou, s'oubliant jusqu'à prendre un air sévère.

— Mon Dieu! oui, mon père, répliqua ironiquement Albert : Fauvette, Pauline, Marina, Florentine, il y en a pour tout le monde.

M. Brou se tut, et, heureusement pour sa dignité dans l'embarras, un garçon fit diversion en apportant enfin le rôti, la salade et de nouvelles bouteilles. On se remit à manger; mais l'appétit en général fut languissant, la conversation pleine de lacunes. M. Beaujeu était devenu blême, il riait faux; les Milhau se battaient les flancs pour dire quelque chose; Emmeline était rêveuse et distraite; Mme Brou mangeait en dévorant des yeux son mari, dont la contenance empesée cachait mal les préoccupations; Marianne continuait de garder le silence, excepté lorsqu'on l'interpellait, et la voix d'Albert, qui, avec sa faconde ordinaire, fournissait le plus de paroles, avait baissé d'un ton.

— Fauvette, dit Marina, vous êtes une perle, et le coq qui vous a laissé tomber n'est qu'une bête. Oui, en voilà une qu'il n'a pas fallu longtemps pour connaître. Ce n'est pas une chercheuse de plaisir celle-là, mais une chercheuse d'amour. Cela vit de son aiguille dans son petit coin, douce, modeste, ne voyant que des femmes. C'est bien comme cela qu'elle était, Marie, quand vous lui avez fait connaître son Albert?

— Oui, dit Marie, et je lui avais bien dit qu'il ne fallait pas s'y fier.

— Ah! oui, quand ces petites filles-là aiment, elles se soucient bien des conseils! et quand elles aiment, elles se croient aimées, et quand elles se croient aimées, elles se jetteraient dans l'eau sans savoir nager, pour faire plaisir à celui qu'elles aiment. N'est-ce pas, Fauvette?

— Ne me faites pas de ces questions, madame, je ne peux pas parler de ça, répondit Fauvette de sa douce voix. Et je ne veux pas me venger non plus, ajouta-t-elle d'un ton décidé. Qu'est-ce que ça me ferait, puisqu'il ne m'aime plus?

— Ma petite, reprit Marina, vous êtes de celles dont les hommes abusent toujours, qu'elles soient ouvrières ou duchesses. Regardez M. Albin. Il ne vous a jamais trouvée plus adorable, voyant que vous vous laissez trahir de si bonne grâce. C'est pour ça que les hommes prisent tant la douceur. Si vous aviez été un peu plus méchante, votre Albert ne vous aurait pas quittée si vilainement. En tout cas, on se venge, ajouta-t-elle avec un accent plein d'âpreté; ça fait du bien.

Ce nom d'Albert, répété deux fois, avait frappé l'oreille de Marianne, et maintenant elle écoutait avec plus d'attention qu'Emmeline elle-même. Emue et rougissante de sa propre inquiétude, de temps à autre son regard croisait celui d'Albert. Il causait, il mangeait, il souriait, mais d'un air étrange, d'une insouciance affectée, qui semblait répondre : « Il y a tant d'Albert. » Assurément, mais il ne pouvait empêcher le rictus de la peur d'errer sur ses lèvres, et Marianne le voyait et sentait l'angoisse étreindre son cœur.

— A votre place, Fauvette, puisqu'il a eu la lâcheté de vous avouer qu'il était fiancé depuis deux ans à une fille riche, et ne vous avait prise ainsi que pour passe-temps, je ferais en sorte, moi, de savoir l'adresse de cette demoiselle, et je lui apprendrais comment son fiancé lui garde sa foi.

— Pan! pan! pan!

C'était Albert qui frappait sur la table à coups redoublés.

— Que veux-tu? lui dit son père.

— Mais de l'eau!

— Il y en a.

— Ah! je ne voyais pas.

Il était pâle, et son regard furtif interrogea la figure de Marianne. Elle était plus pâle encore. Il avait mal fait de frapper ainsi, car l'intention n'était guère douteuse, et le bruit s'était produit trop tard.

Le repas devenait lugubre, on se hâtait de finir. Le dessert apporté restait presque intact, et la plupart des têtes, instinctivement, se tournaient vers la sortie du bosquet, vers la délivrance. L'idée de fuir, assurément, dominait. Pour M. Beaujeu, pour Albert, pour le docteur même, c'était le salut, et ils n'aspiraient à autre chose. Mais un autre instinct, le plus impérieux peut-être dans le monde bourgeois, les retenait à leur place : il fallait paraître n'avoir pas entendu, ne pas s'être appliqué surtout les choses dites. Fuir était un aveu. Laisser un dîner non achevé, c'était grave, insolite au premier chef. Et d'un autre côté, la fuite était pleine de périls, car ces gens gardaient les issues ; il fallait passer devant eux, et là peut-être, s'ils étaient décidés à une esclandre, subir des apostrophes directes, des révélations ouvertes. Après tout, qui sait ? Peut-être n'était-ce pas un fait exprès ? peut-être allaient-ils quitter la place ? Ou bien l'on pourrait profiter pour partir, le dîner terminé, d'un mouvement favorable dans le café ? M. Brou songeait à faire appeler le maître d'établissement... C'était une idée, mais dont il n'était pas facile de prévoir les résultats, ces misérables paraissant résolus à braver toute autorité...

Ce qui rendait la situation encore plus difficile et plus tendue, c'était la division du parti. L'ennemi s'était créé des connivences secrètes dans la place, et Mme Brou, à qui surtout il appartenait de quitter la table, semblait avoir pris racine dans le fatal bosquet. Trop occupée des frasques de ce docteur anonyme, elle n'avait donc pas entendu l'histoire de cette Fauvette et de cet Albert, ou bien elle n'y avait rien compris, du moment où aucun docteur n'y était mêlé. M. Brou avait eu l'oreille meilleure, et il avait été au moment de se lever, en déclarant que de jeunes personnes ne pouvant rester plus longtemps exposées à entendre de pareils propos, on allait quitter sur-le-champ cette table inhospitalière. — Mais la jalousie de Mme Brou eut pris texte de cette fuite pour se donner carrière. Et surtout, comment affronter le danger de la sortie ? Florentine l'avait reconnu, Carline était là !

Au milieu de ces pensers pleins d'angoisse, Mariha continuait ses propos de cette même voix haute et claire qui retentissait d'une façon désespérante aux oreilles de ses voisins.

— Vous voyez, disait-elle après avoir parlé des illusions de Fauvette et des promesses d'Albert, vous voyez ce que sont les femmes pour ces garnements. Sages ou folles, riches ou pauvres, dévouées ou légères, pour eux, c'est tout un ; il suffit qu'ils en aient envie, il n'y a pas d'autre loi que leur plaisir. Et ils sont tous comme cela, ces fils de famille. Pendant leur jeunesse, ils trompent et la perdent les filles du peuple, et ensuite ils épousent les filles bourgeoises bien dotées, auxquelles ils font payer leurs fredaines. C'est réglé, convenu, connu, et pas mal imaginé, hein ? Souvent il arrive que la fille du peuple meurt de faim et de misère, quand elle ne se résigne pas à la débauche ou quand elle n'en peut plus vivre. Bah ! qu'est-ce que ça fait ? Il faut que jeunesse se passe.

— Mais, d'un autre côté, la fille bourgeoise, mes enfants, qu'en dites-vous ? C'est elle aussi qui est là-dedans joliment lotie ! Pauvre malheureuse ! si l'autre meurt de faim dans sa vieillesse, du moins elle a été jeune, elle a vécu ; tandis que la bourgeoise... du bifteck, oui, mais de l'amour, niche ! famine complète, néant. Nos vieux restes, à nous autres, et souvent de vilains restes. A la vérité, les moins sottes s'arrangent pour avoir des compensations, et elles nous vengent en se vengeant elles-mêmes. Ma foi ! tenez, je suis bonne fille : si la petite qu'épouse Armand veut faire ça, je lui pardonne. Mes enfants, un toast ! « Aux cornes d'Armand Beaujeu ! »

Le docteur en ce moment, bien qu'il n'osât trop élever la voix, faisait un discours sur l'angine couenneuse. Le toast, lui coupant la parole, tomba comme une bombe sur la table bourgeoise, et pour qu'aucune oreille n'en pût ignorer, il fut répété à la suite par sept autres voix, de l'intérieur du bosquet voisin jusqu'à la porte même du bosquet Brou, où le feu de file s'acheva par les voix de Milétin et de Florentine, répétant en écho l'un après l'autre, quasi dans l'oreille du docteur : « Aux cornes d'Armand Beaujeu ! »

Il n'y avait plus d'ignorance possible. Emmeline fondit en larmes, et pencha la tête, comme si elle allait s'évanouir.

— Ceci est infâme ! cria Mme Brou en se précipitant vers sa fille.

Tout le monde s'était levé.

— Oui, c'est infâme ! répéta le docteur. Sortons.

Il prit sa fille dans ses bras et l'entraîna vers la porte ; Mme Brou et Marianne suivaient. Au fond, les Milhau, Albert et M. Beaujeu s'entretenaient vivement. Au moment où le docteur se présentait à la porte :

— Anatole ! Anatole ! s'écria Florentine, toi que j'ai tant aimé !

M. Brou recula et Mme Brou tomba sur une chaise, mais non privée de sentiment ; car cette épouse, jusque là si parfaite, non contente de rouler des yeux flamboyants, s'exalta jusqu'à montrer le poing à son époux.

— C'est le docteur de chez Pauline, ajouta la voix flûtée mais perçante de Carline presque aussitôt.

Une stupeur désespérée régnait dans le bosquet assiégé, quand Mme Milhau, s'adressant à son mari :

— Voyons, Louis, toi qui n'as rien à te reprocher, sors intrépidement et va chercher la police ; car, vois-tu, cela ne peut pas finir autrement.

Certes M. Milhau devait être flatté du compliment de sa femme, et cependant il restait indécis, embarrassé et ne paraissait pas disposé le moins du monde à l'intrépidité. Que pouvait-il craindre ? C'est ce que lui demanda Mme Milhau, d'un ton légèrement ému. Et devant cette émotion dont il sentit la portée, M. Milhau s'avança ; mais à peine se fut-il montré à la porte que Carline s'écria :

— Tiens ! c'est Milhau !

Car tous les habitants du bosquet voisin, à l'exception de Marie et de Fauvette, étaient venus se ranger autour de la petite table de Milétin et de Florentine, et se tenaient là, épiant la sortie de leurs victimes. Et Marina reprit aussitôt avec un éclat de rire :

— Milhau ! en voilà un type ! Savez-vous ? c'est celui qui a tant vanté à Beaujeu les *joies du mariage*, qu'il l'a décidé à entrer dans la confrérie. Et je vais vous dire un de ses moyens : il a osé me proposer, le bonhomme, de remplacer Armand près de moi !

Un chœur de rires accueillit la révélation de Marina. M. Milhau avait reculé jusqu'au fond du bosquet, et sa femme se livrait près de Mme Brou à l'indignation et à la douleur.

— Il faut pourtant en finir avec ces scandales ! s'écria-t-elle ; sortez, messieurs, nous vous suivrons.

— Oui, sortons ! dit Mme Brou.

— Passez, monsieur, dit le docteur à M. Beaujeu.

— Après vous, monsieur.

— Non, monsieur, pas de cérémonie ; passez !

— Fauvette ! appela la voix perçante de Marina, venez donc, ma chère ; où vous cachez-vous ?

— Voyons, messieurs, s'écria Mme Milhau indignée, ayez du moins un peu de courage, sortez-nous d'ici. Il ne nous reste plus, je l'espère, rien à apprendre.

— Eh bien ! dit Albert, les yeux en feu, venez avec moi, madame, et si quelqu'un ose nous adresser....

Il donna le bras à Mme Milhau et ils sortirent. Le reste de la compagnie les suivait piteusement, quand un grand jeune homme, dont les cheveux étaient en désordre et dont le visage respirait une énergie extraordinaire, vint se planter devant Albert. Qui eût observé ce jeune homme un instant auparavant, l'eût vu entrer rapidement dans le restaurant et parcourir la ligne opposée des bosquets en jetant les yeux dans chacun d'eux. Il revenait se livrer à la même inspection de l'autre côté, quand il aperçut Albert. Poussant alors une exclamation qui avait quelque chose d'un rugissement, il courut se poser en face de lui. C'était Pierre.

— Ah ! vous voilà ? cria-t-il. Je vous cherche depuis assez longtemps, lâche calomniateur !

Trois cris en même temps retentirent à cette apostrophe : d'Albert, irrité dans son orgueil ; de Mme Brou, qui, voyant son fils ainsi attaqué, se jeta au devant de lui, et de Fauvette, qui courut à Pierre et se suspendant à son bras :

— C'est par moi que vous avez su.... Oh ! monsieur Pierre, je vous en supplie, pardonnez lui, ne vous battez pas !

L'aspect de Pierre justifiait ces terreurs. Son visage, dont la rudesse de traits était ordinairement adoucie par une expression toute particulière de sereine intelligence et de grande bonté, à cette heure flamboyait de haine et de colère. Ses cheveux en désordre, presque hérissés, lui donnaient un air plus terrible encore. Sa taille déjà haute semblait plus élevée qu'à l'ordinaire, et de ces regards fulgurants, de cette bouche tonnante, de ces muscles soulevés, de toutes ces fibres tendues par la passion, se dégageait une électricité dont tous ceux qui l'entouraient furent frappés. Il était facile de voir qu'Albert lui-même subissait cette influence. Marianne frémit et sans autre explication comprit tout, et un bouleversement immense se fit dans son cœur.

— Il faut que vous soyez fou pour m'insulter ainsi, avait dit Albert d'une voix où perçait le tremblement intérieur.

— Monsieur ! que signifie ?... Rentrez en vous-même ! Nous sommes ici en public, s'écria le docteur en s'adressant à Pierre.

— Misérable ! comment osez-vous parler ainsi à mon fils ? cria Mme Brou.

— Vous m'avez calomnié ! reprit Pierre, sans prendre garde à ces interruptions ; vous m'avez lâchement enlevé l'estime qui m'était la plus chère et la plus précieuse au monde ! Vous avez introduit votre maîtresse dans ma chambre, en mon absence, en disant : C'est lui qui est son amant ! Vous en avez menti ! Gardez vos infamies, ne me les imputez pas ! Je n'ai pas gardé le respect de moi-même, je n'ai pas lutté contre ma jeunesse depuis des années et conservé une vie pure, pour que vous veniez, en un moment d'embarras, jeter sur moi le panier de vos immondices. Vous savez bien que je respecte, moi, celles que vous vous faites un jeu de trahir ; que la femme, qui pour vous est une chose, une proie, est pour moi un être sacré ! Ce n'est pas moi qui vole ici l'honneur, la paix et la confiance d'une fille pauvre, et là-bas la confiance et la fortune d'une héritière. Je n'ai rien dit, quand peut-être j'aurais dû parler ; mais, quand vous m'attaquez, à mon tour vous m'investissez du droit de défense. Aussi vous rétracterez votre calomnie devant celle à qui vous avez osé la faire, monsieur Albert Brou, ou tenez, car vous m'avez changé en sauvage, je vous tuerai !

— Ou je vous tuerai moi-même ! cria Albert.

Pendant cette véhémente attaque, le jeune Brou avait inutilement cherché à interrompre son adversaire, dont la voix puissante couvrait la sienne; il n'avait d'ailleurs trouvé de meilleure réponse que de le provoquer en duel, provocation qu'il répétait sans cesse, tandis que Mᵐᵉ Brou, gémissante, cherchait à entraîner son fils, que Fauvette pleurait, terrifiée, et que M. Brou, désespéré, prenait le parti d'emmener sa fille et sa pupille.

— Emmeline, Marianne, vous ne pouvez rester au milieu de pareilles scènes; venez.

Emmeline avec empressement donna le bras à son père, mais Marianne refusa.

— Il est trop tard, monsieur, dit-elle avec un calme apparent; j'ai tout entendu. Laissez-moi tâcher d'empêcher un duel.

Et elle s'approcha de Pierre et lui mit la main sur le bras. Il tressaillit, comme s'il ne l'avait pas encore vue, et sa physionomie changea tout à coup; ses yeux se baissèrent, un tremblement nerveux le saisit.

— Monsieur Pierre, lui dit-elle, je viens vous demander pardon; car moi aussi j'ai été coupable envers vous... bien coupable!

— Ah! répondit le jeune homme, aussi humble maintenant qu'il était terrible l'instant d'avant, si vous ne m'en voulez plus, si vous m'estimez encore, je serai trop. Mais est-ce bien sûr?... Qu'ai-je fait? Je viens de céder à un emportement qui ne me laissait pas maître de moi-même, je ne savais pas que vous étiez là.

— Non, je ne vous en veux pas, dit-elle avec une expression singulière, qui à la pâleur de la colère fit succéder sur les joues de Pierre une vive rougeur, et, si vous le permettez, j'oserai vous demander une grâce. N'acceptez pas un duel avec... mon cousin. Je suis sûre que cela est aussi bien contre vos principes que...

Elle s'arrêta.

— Je vous le promets, dit-il d'un ton ferme, et je vous remercie.

Cette scène, ces cris, ces éclats de voix, avaient attiré les consommateurs, qui, joints aux acolytes de Marina, s'étaient groupés autour de Pierre et des Brou. Inquiet, le maître du restaurant arrivait.

— Messieurs, dit-il, qu'est-ce que ce bruit? Je ne veux pas voir mon établissement envahi par la police. Veuillez, messieurs, mesdames, reprendre vos places, et vous, messieurs, pas de provocations ou veuillez sortir.

Ces paroles dispersèrent tout le monde. En peu d'instants, les bosquets eurent retrouvé leurs groupes et les tables de café leurs consommateurs, et Marina, en se retirant à la tête des siens, dit:

— Ce garçon-là, mes enfants, est venu finir la chose. C'est lui qui a donné le coup du lapin, et mieux, ma foi! que je n'aurais pu le faire. Si j'osais, je l'inviterais à souper avec nous; mais il n'y a pas mèche, il refuserait. C'est un oiseau rare, celui-là. Enfin nous avons tout de même gagné notre souper, mes enfants, et moi j'ai goûté le plaisir des dieux. Donc, à présent, buvons du nectar, et qu'on s'en donne!

Ils rentrèrent sous leur bosquet, y compris Florentine et Miletin.

Pendant ce temps, Pierre avait marché vers la sortie du restaurant, d'un pas lent et la tête baissée, recueillit dans l'émotion nouvelle que lui venaient de lui causer les paroles de Marianne. Albert l'avait suivi, en dépit de sa mère, qui s'attachait à ses vêtements.

— Vous aurez demain de mes nouvelles, monsieur, dit-il.

— Je m'expliquerai devant vos témoins, répondit Pierre.

Et il s'éloigna.

Les Brou restaient sur le champ de bataille, non comme des vainqueurs, hélas! mais blessés, meurtris, honteux, éperdus. Les femmes pleuraient, à l'exception de Marianne, qui contenait son émotion, mais se soutenait à peine. Les hommes évitaient leurs regards et se demandaient in petto, les uns par combien de scènes conjugales, de pleurs, d'attaques de nerfs et d'exigences éternelles, ils allaient expier leurs forfaits; les autres, si l'avenir caressé n'était pas à jamais perdu.

Le Dʳ Brou ayant soldé la note, on sortit pêle-mêle du restaurant, non sans avoir essuyé certains quolibets, lancés comme des fusées du bosquet de Marina.

La nuit tombait, l'avenue de l'Impératrice brillait de lumières, et la longue traînée des équipages et des fiacres ruisselait des hauteurs de l'Étoile à la porte du bois, comme un fleuve étrange, étincelant. Le docteur parla aussitôt de prendre des voitures; il n'était plus question du chalet des Îles ni d'aucune fête. Mais l'élan des ressentiments conjugaux qu'avaient suspendu l'arrivée de Pierre et la présence d'un public ne lui laissa pas ces loisirs. On se trouvait, au sortir du restaurant, dans l'allée latérale de l'avenue sombre et presque solitaire. Mᵐᵉ Milhau éclata.

— Après ce qui s'est passé, dit-elle, il s'agit d'autre chose que de rentrer paisiblement chez soi. Je m'éveille d'une sécurité longue, mais bien trompeuse. Et voilà le payement de tant de soins, de confiance, de fidélité! — Mesdemoiselles, poursuivit-elle en s'adressant aux deux jeunes filles, vous êtes plus heureuses que moi! votre sort n'est pas fixé. Vous voyez ce que sont les hommes. A votre place, j'en resterais là pour toujours.

— Ma bonne amie, dit M. Milhau, comment peux-tu ajouter foi à des propos évidemment...

— J'ai surtout ajouté foi à votre propre contenance! s'écria-t-elle, et ce qu'ont dit ces femmes est d'ailleurs trop probable. Ainsi, tandis que vous déploriez hypocritement avec moi les excès de notre cousin, sous prétexte de le retirer de ces débauches, vous n'aspiriez qu'à vous y plonger vous-même.

— Aménaïde, peux-tu parler ainsi ? Quoi ! c'est toi qui prends plaisir à détruire notre œuvre...

— Je m'en inquiète bien à présent de ce mariage... Moi, je n'ai qu'un conseil à donner à Emmeline, c'est de rester fille. Il n'y a que ce moyen d'échapper à d'infâmes trahisons...

Il sembla qu'Emmeline trouvait le parti extrême, car elle ne répondit pas.

M. Beaujeu prit la parole :

— Tout esprit sensé, dit-il, reconnaîtra que nous venons d'être victimes d'un infâme guet-apens et, pour dire le mot, d'une véritable mystification. Il ne serait pas digne par conséquent d'attacher la moindre importance à ces pitoyables plaisanteries et de continuer à nos dépens l'œuvre de nos ennemis. Pour ma part, je nie absolument toutes les sottises qui ont été débitées contre moi par une personne animée d'un dépit inqualifiable, et digne quant à elle-même du plus profond mépris. Je n'en conserve pas même le souvenir, et j'ose espérer que Mlle Emmeline, dont j'ai déjà pu apprécier l'extrême bon sens, ne daignera pas de son côté y prêter la moindre intention. J'ai pu, avant de la connaître, user de ma liberté ; mais elle sera persuadée, j'aime à le croire, que depuis que je la connais, ma liberté n'existe plus, et que je sens désormais toute l'étendue des obligations que des liens sacrés m'imposent.

Ayant débité ce petit discours, M. Beaujeu s'inclina profondément devant Emmeline, et les trois autres hommes le trouvèrent très-fort. — C'est parbleu bien ainsi qu'il faut faire et ne pas se laisser démonter ! — D'autant plus qu'un magnifique succès couronna son éloquence. Emmeline lui tendit la main :

— Vous avez raison, monsieur, de n'avoir pas douté de moi, dit-elle. Votre conduite passée ne me regarde pas, et c'est avec une confiance parfaite dans l'avenir que je vous renouvelle l'assurance de mes sentiments. D'ailleurs, ajouta-t-elle avec moins de solennité, en reprenant l'air candide et léger qu'elle venait de déposer un moment, je n'ai rien entendu, moi. Maman m'avait défendu d'écouter.

Elle s'avançait peut-être un peu, et c'est ce que lui fit observer Mme Milhau — qui décidément avait brandi le drapeau de la révolte — en objectant aigrement :

— Alors, ma chère enfant, il ne fallait pas vous trouver mal ; il est bien extraordinaire !...

— Oh ! reprit aussitôt Emmeline, c'est d'avoir entendu seulement le nom de M. Beaujeu. Cela m'a fait un si étrange effet...

— Pauvre chère enfant ! dit Mme Brou entre deux sanglots.

— Fort bien, ma chère, reprit Mme Milhau ; faites comme les autres, allez-y à l'étourdie. Faites de la générosité, on vous le rendra en mensonges, en trahisons. Vous êtes femme, donc faite pour être dupe. Quant à moi, je me vois ainsi payée de vingt ans de soins, de confiance, et de dévouement ; j'en ai assez et je prends mon parti. — A dater de ce moment, monsieur, poursuivit-elle en s'adressant à M. Milhau, nous sommes séparés. Je vais chez ma sœur, et, s'il vous plaît, nous nous arrangerons à l'amiable. Je ne gênerai plus votre liberté.

— Aménaïde, je t'en supplie, prends le temps de la réflexion. J'ai beaucoup à te dire, mon amie, tu juges sur de simples apparences...

— En ce cas, monsieur, ce n'aurait pas été de votre faute. Peu importe ! ma résolution est prise, et je ne reculerais pas au besoin devant un procès... Adieu.

En même temps, la résolue Parisienne fila du côté de la station et disparut bientôt dans l'ombre. Le désolé M. Milhau hésita un instant, puis la suivit.

— Elle va pour prendre le train, dit M. Beaujeu ; mais il vient de partir, et il y a une heure à attendre. Ils ont le temps de se réconcilier.

— L'espérez-vous, monsieur ? demanda Emmeline.

— Oui, mademoiselle. Ma cousine est très-vive, mais elle connaît ses intérêts et n'aime pas le scandale. M. Milhau est un mari faible, il fera toutes sortes d'excuses et de promesses et se laissera gouverner plus qu'auparavant ; car c'est là un des torts de ma cousine, elle oublie trop qu'une femme ne doit jamais prendre le rôle prépondérant. Je vous parle comme à une personne sérieuse.

— Certainement, dit Emmeline ; je suis bien de cet avis.

Pendant ce colloque, Albert et Marianne, séparés par Mme Brou, qui s'appuyait au bras de son fils, gardaient le silence, et Mme Brou ne faisait que gémir et soupirer. Albert reprit l'idée d'aller chercher une voiture ; mais M. Brou insista pour y aller lui-même, heureux sans doute d'échapper à l'embarras que lui causaient les pleurs de sa femme, qu'il ne pouvait essayer d'apaiser sans toucher à un sujet impossible à traiter devant leurs enfants. Il s'échappa donc, après avoir recommandé à Albert de tâcher de faire asseoir sa mère; car, un soir de fête, la recherche d'une voiture pouvait être longue.

En suivant l'allée, ils finirent en effet par trouver un banc, et Mᵐᵉ Brou, dont les idées étaient décidément brouillées sur tout autre sujet que celui de sa jalousie conjugale, domina sa suffocation pour demander à Albert ce que signifiait cette inqualifiable agression de ce Pierre Démier; quel était le sujet de leur querelle. Albert alors commença une explication embarrassée, d'après le système de M. Milhau, c'est-à-dire fondée sur la seule malice des apparences. Pris à l'improviste, craignant d'éveiller la jalousie de Marianne, anxieux de ne pas voir recommencer un malentendu dont il avait trop souffert, il s'était débarrassé en l'imputant à Pierre, d'une visite importune que rien n'autorisait, sauf ces familiarités habituelles d'étudiant à étudiante, dont il regrettait maintenant de n'avoir pas su se préserver.

— Pauvre cher enfant! dit Mᵐᵉ Brou en gémissant, et voilà pourquoi il t'a traité comme le dernier!... Mais ce Pierre est un monstre! un fou! Il faut porter plainte contre lui... et par-dessus tout ne pas l'exposer... Cet homme n'est pas de ton rang, mon fils, et les gentilshommes ne se battent qu'avec leurs égaux. Ah! si tu ne veux pas rendre ta mère folle de douleur...

— Sois donc tranquille, maman, je l'ai dit qu'il n'était pas question de cela. Pierre n'y songe pas plus que moi.

Marianne avait écouté sans dire un seul mot les allégations d'Albert. Il sentit le poids écrasant de ce silence, il se vit maladroit, et comprit trop tard qu'un aveu sincère, le jour où elle était venue chercher elle-même une explication, aurait pu le sauver peut-être; en tout cas, ne l'eût pas déshonoré aux yeux de Marianne.

— Eh bien! ma chère, dit Mᵐᵉ Brou, vous voyez qu'il n'y a dans tout ceci rien de grave. J'espère que vous lui pardonnerez sa légèreté, qui ne l'empêche pas de vous adorer, et que vous vous joindrez à moi pour lui persuader de ne pas se battre avec ce misérable charpentier. Oui, car je crains qu'il ne me dise pas là-dessus la vérité. Grand Dieu!...

— Ma tante, répondit Marianne avec l'intonation grave que prenait sa voix en de certaines circonstances, et qui faisait un contraste touchant et charmant avec sa jeunesse et la douceur de ses traits, je veux en effet tâcher d'empêcher ce duel, et je prie Albert d'en venir causer avec moi, au salon, demain matin, à sept heures.

— J'y serai, Marianne, répondit-il avec empressement.

Emmeline et M. Beaujeu, à l'autre bout du banc, causaient, les mains dans les mains.

Plus d'une demi-heure s'était écoulée quand le docteur revint. Il était fort essoufflé, trempé de sueur, et n'avait pas trouvé de voiture. Les quatre-places manquaient absolument, deux fiacres étaient introuvables. On agita la question de prendre le chemin de fer; mais, pour des habitants de la rive gauche, cela n'avançait guère. M. Beaujeu affirma que si ces dames avaient le courage de se rendre à pied jusqu'à la place de l'Étoile, on trouverait là sûrement aux environs le véhicule demandé. Il offrit également de l'aller chercher; mais on jugea qu'il valait mieux y aller ensemble. Les jeunes personnes étaient bonnes marcheuses. Mᵐᵉ Brou seule était bien suffoquée, mais elle assura que le mouvement la distrairait; elle en avait grand besoin!... Et poussant un soupir énorme, elle prit le bras de son fils.

Mais la bonne dame avait trop présumé de ses forces. Elle se traînait, ne marchait pas, et de temps en temps s'arrêtait pour jeter au vent son haleine et ses soupirs. On mit près d'une heure à se rendre place de l'Étoile, et là on fit halte, pendant qu'Albert et M. Beaujeu couraient à la station des Champs-Élysées.

Ils revinrent désespérés; la station était absolument vide. Que faire? Aller voir aux Ternes peut-être? Mais cette nouvelle désastreuse parut avoir épuisé le courage de Mᵐᵉ Brou. Elle mit tout à coup la main sur sa poitrine en disant:

— Mes enfants, mes chers enfants, le chagrin, la fatigue... j'étouffe!... Il me semble que je vais mourir.

Il y avait un troisième terme, le dîner, dont elle ne parlait pas, mais qui, ajouté aux deux autres, devait fortement agir. Le docteur y songea, et tout en soutenant sa femme avec empressement, il dit à Albert:

— Conduisons-la chez le pharmacien. Un digestif énergique et un peu d'éther...

Du côté des Ternes, une pharmacie, tout proche, montrait à la lumière du gaz ses bocaux verts et rouges. On y traîna Mᵐᵉ Brou. Sa fille la délaça; les secours de l'art médical lui furent prodigués, et moins d'une demi-heure après, la bonne dame soulagée, rattachant tant bien que mal sa robe, se disait à peu près remise de son attaque de nerfs, et de nouveau l'on s'occupait de trouver une voiture, ou parlant de prendre au pis-aller l'omnibus, quand une voiture de remise découverte, arrivant au grand trot de l'avenue de l'Impératrice, s'arrêta devant la pharmacie.

— Un médecin! un médecin! cria un jeune homme en sautant à terre; il y a ici une femme qui se meurt!

— Me voici ! dit le docteur.

On s'empressa autour de la voiture, où une jeune personne, saisie de terreur, soutenait dans ses bras le corps convulsé d'une autre femme, rejetée et comme tordue en arrière, la bouche écumante. Albert et Marianne tressaillirent en reconnaissant Fauvette; quant à la mourante, c'était Florentine.

Elle fut transportée dans la pharmacie, où le docteur, dominant quelque émotion, s'efforça, aidé de son fils, de triompher du mal. D'abord qu'avait-elle ?

— Je ne puis vous dire que peu de chose sur cette dame, que je ne connais pas, dit le jeune homme, qui n'était autre que M. Albin. Elle faisait partie d'une société joyeuse où je me trouvais. Nous avons soupé et bu copieusement. J'ai insisté pour faire accepter une voiture à mademoiselle, qui voulait rentrer chez elle, — poursuivit-il en montrant Fauvette, — mais elle n'a consenti qu'à la condition que cette personne monterait avec nous. A peine étions-nous en voiture, que cette dame s'est trouvée mal, et le mal est devenu si terrible que nous nous sommes hâtés de chercher du secours.

— C'est une indigestion épouvantable, dit le docteur, voilà tout. Mais il faut que cette femme...

Il n'osait achever sa phrase, Albert le fit.

— C'est un estomac perdu par le jeûne, dit-il; elle n'aura pu résister ce soir au plaisir de la bonne chère, et vraiment elle est bien mal.

Fauvette avait abandonné Florentine aux soins du docteur, d'Albert et du pharmacien, qui l'entouraient; elle s'était retirée dans un coin, debout, toute saisie, et les larmes coulaient sur ses joues. Placée en face d'elle, Marianne la regardait; maintenant elle retrouvait la ressemblance qui l'avait frappée; c'était cette tête douce et jolie qu'elle avait admirée dans la chambre d'Albert, et qu'il lui avait dit être le portrait d'une grande artiste. Quel entassement de faciles mensonges, et comme elle le sentait impossible à combler l'abîme de défiance qui désormais les séparait ! Elle se glissa près de Fauvette.

— Mademoiselle, lui dit-elle à demi-voix, je désirerais beaucoup vous parler; voudriez-vous me donner votre adresse, et puis je aller chez vous un matin, de très-bonne heure ?

— Vous, mademoiselle ! dit la jeune ouvrière tremblante.

— Ne vous défiez pas de moi, je vous en prie.

— Non... non !... Eh bien ! venez; rue des Écoles, n°, tant matin que vous voudrez, et demandez Mᵉ la lingère.

— Merci, au revoir !

Tout le monde était trop préoccupé pour qu'on s'aperçût de ce colloque. Les remèdes du docteur paraissaient agir, les spasmes qui agitaient la malade s'apaisaient; elle reprit ses sens et tourna les yeux autour d'elle. M. Brou s'était reculé de quelques pas; Florentine ne vit qu'Albert et Fauvette, qui s'étaient rapprochés.

— Ah ! leur dit-elle, que je souffre !... Faut-il qu'un si bon dîner...

De nouveaux gémissements lui échappèrent, puis elle reprit avec effort :

— Ce n'est pas, au moins, que j'aie été bien gourmande... non, c'est que... voyez-vous... je n'avais rien mangé depuis trois jours !

M. Beaujeu amenait enfin une voiture; Mᵐᵉ Brou se hâta d'y monter avec sa fille et appela Marianne au moment où celle-ci remettait sa bourse à Fauvette pour Florentine.

— Quelle horreur que ces débauchées ! s'écria Mᵐᵉ Brou quand elle se fut établie à l'aise sur les coussins. N'avoir pas de quoi manger, et faire des orgies ! On frémit de se trouver en présence de telles créatures. Ah ! Paris est un lieu bien compromettant ! Vous vous êtes approchée de l'autre fille, Marianne, je l'ai vu. C'était pour lui donner quelque chose ? Mais c'est égal vous avez eu tort; une demoiselle comme vous n'approche pas de ces personnes-là. Il fallait laisser faire la chose à ces messieurs. Et puis c'est une charité mal placée. Ces filles-là ne méritent aucune pitié.

On attendait le docteur. De nouveaux gémissements s'échappèrent de la pharmacie, dont la porte était ouverte.

— Les spasmes l'auront reprise, dit Albert; je ne crois pas que la malheureuse en revienne.

Quelques instants s'écoulèrent, puis le docteur vint et monta en voiture. Il était livide.

— Eh bien ? dit Albert.

— Elle est morte, répondit-il.

XVIII

Le lendemain, quand Albert et Marianne se rencontrèrent dans le salon de l'hôtel, ils purent deviner l'un et l'autre, en se regardant, que leur nuit n'avait été des deux parts qu'une insomnie. Cependant, si la jeune fille avait les paupières fatiguées et les joues pâles, si tout en elle exprimait la souffrance et comme la meurtrissure d'un grand coup reçu, elle n'en avait pas moins dans l'attitude quelque chose d'indéfinissable, qui n'était pas du calme, car elle était vivement émue, et pourtant y ressemblait : une simplicité forte, effet, sans doute, d'une résolution prise. Albert, au contraire, était violemment agité. Il ne savait évidemment ce qu'il devait attendre, et ses pensées oscillaient entre la crainte et l'espoir. Mais, par-dessus tout, la honte l'écrasait devant celle dont il avait trahi l'amour et tant de fois trompé la confiance. Le sentiment profond qu'il avait de la chasteté et de la loyauté de Marianne lui faisait comprendre en ce moment, pour la première fois, sa propre bassesse, par cela seul qu'il n'était plus couvert, comme autrefois, par le voile de ses mensonges et se voyait à nu devant elle. Son regard était fiévreux, ses joues pâlissaient et rougissaient tour à tour; il baissait le front, et la brusquerie, aussi bien que la gêne de ses mouvements, décelait un état nerveux et fébrile.

Arrivé le premier, il se leva vivement à l'aspect de Marianne et la salua sans oser lui toucher la main. La phrase qu'il avait méditée lui échappa; il s'empressa en silence de la faire asseoir, et ne s'assit auprès d'elle qu'après l'invitation qu'elle fit en lui montrant un fauteuil assez éloigné du sien et qu'il n'osa rapprocher.

Il ne l'avait jamais vue mise avec tant de simplicité, on eût dit qu'elle s'était exprès négligée : un peignoir de toile grise, attaché seulement au cou par une cravate de mousseline; les cheveux sans ornement, liés d'un ruban noir. Mais qu'avaient-ils besoin d'ornements, ces admirables cheveux blonds, qui, sans aucun souci de sévérité quant à eux, jouaient, folâtraient sur son front et se roulaient par derrière en boucles, d'autant plus charmantes que chacune d'elles s'était arrangée à son gré? Le peignoir avait beau dissimuler les inflexions de la taille, il n'en marquait pas moins la courbe pure des épaules et le plan ferme et élevé de la poitrine; il fallait bien que ces belles mains et ce poignet délicat sortissent des manches, et parussent d'autant plus gracieuses que la manche elle-même était droite et triste. D'un regard furtif, Albert considérait aussi les traits fins et expressifs de ce visage, empreints d'une sévérité à la fois triste et candide, qui leur donnait un nouveau charme, et, en ce moment où il craignait de la perdre, il la trouvait plus belle, plus désirable que jamais, et la pensée qu'elle pouvait lui être ravie lui inspirait une colère, une peur immenses. Non, non, il n'y consentirait pas! Mais qu'allait-il faire désormais pour la reprendre? Mentir n'était plus possible. Eh bien! il l'aimait, il la voulait; il crierait sa douleur, implorerait son pardon et triompherait cette fois à force d'éloquence sincère.

Il se dit tout cela en un instant, jeta à la mer tout ce bagage de détours, de faux-fuyants, de mensonges, qui l'avait si mal servi, et résolut de s'en fier pour la première fois à la vérité même, aveuglément. C'était hardi, c'était désespéré; mais, en réalité, n'y avait pas autre chose à faire. L'amour-propre en devait souffrir; mais, pourvu que l'amour fût sauvé, tant pis!

Il se laissa donc aller tout naïvement, tout bêtement, eût-il dit; et, comme il était embarrassé, garda le silence. La jeune fille n'était pas non plus sans embarras; elle souffrait, elle aussi, d'une honte : cette honte généreuse qu'éprouvent devant un coupable convaincu, ceux qui respectent la nature humaine. Elle aussi détournait ses yeux de ceux d'Albert.

Enfin, raffermissant sa voix, elle dit :

— Albert, j'ai beaucoup souffert à cause de vous...

Il l'interrompit en joignant les mains :

— Ah! Marianne !...

— Il y a longtemps que je sentais, sans savoir... et cependant avec beaucoup de souffrance... que vous ne m'aimiez plus...

Albert fit un bond :

— Que je ne vous aimais plus, Marianne ! Ceci est un blasphème, je n'ai jamais cessé de vous adorer.

La jeune fille détourna la tête avec une pénible confusion :

— Par respect pour vous et pour moi-même, dit-elle, ne me parlez plus ainsi ! Me croyez-vous donc aveugle et sourde, Albert ? Il n'y a plus que votre mère que vos paroles puissent... J'ai été longtemps sans doute à comprendre; mais enfin ma conviction est faite, et plus rien, je vous l'assure, ne peut l'ébranler.

— Ah! Marianne, reprit-il, plus confus que jamais et attendri malgré lui-même par cette sublime ignorance de l'infamie, je ne cherche plus à nier mes crimes; vous les connaissez, je le sais. Et pourtant, si j'ai été léger, perfide, infidèle, hélas ! il n'en est pas moins vrai que je n'ai jamais cessé de vous aimer, de vous regarder comme la seule et unique femme avec laquelle je puisse goûter l'amour vrai, le vrai bonheur !

Dans ses yeux candides, qu'elle tenait fixés devant elle, il vit passer l'étonnement et une épouvante mêlée d'incrédulité.

— Je ne puis vous comprendre, reprit-elle après un silence, mais laissons ce point. Je voulais seulement vous dire que j'avais beaucoup souffert par vous, et si vous n'admettez pas que j'ai quelque droit à vous demander une réparation ?

— Oh! oui, répondit-il, ne vous donnez pas la peine de me faire des questions semblables. Vous avez tous les droits sur moi, tous !

Non, reprit Marianne, je ne réclame que celui-là; mais je crois que c'est justice. Eh bien ! la réparation que je vous demande, que j'exige de vous, puisque vous la devez, c'est de ne pas penser à un duel avec M. Démier.

— Ah !... vous avez peur... pour lui ? demanda-t-il amèrement.

Elle répondit froidement :

— Pour lui et pour vous.

— Ainsi, s'écria-t-il, sans vouloir comprendre combien il avait peu de droits à la jalousie en ce moment, vous nous mettez déjà sur la même ligne ! Cela promet...

Marianne devint plus pâle :

— Non, je ne vous mets pas sur la même ligne, répondit-elle lentement.

Albert sentit le mépris contenu dans ces paroles et il en fut atterré.

— Marianne, dit-il douloureusement, êtes-vous implacable ? Combien vous faut-il d'années d'expiation ? Quels sacrifices ?... dites. Laissez-moi seulement un rayon d'espoir.

— Nous parlerons de cette question, si vous l'exigez, plus tard ; mais vous n'avez pas répondu à ma demande. Voulez-vous me faire le sacrifice de ce duel ? Vous ne trouverez pas d'opposition du côté de M. Démier. Le duel, cela est si simple qu'il est inutile de le démontrer, est une chose absurde et coupable. Il y a eu double injure : vous l'avez faite, elle vous a été rendue. Vous êtes quittes par conséquent. Cette folie n'aurait d'autre effet que de risquer deux vies et de mettre votre mère au désespoir. Quant à moi, si vous me donnez cette satisfaction, Albert, je ne vous ferai jamais un reproche.

A entendre cette phrase, il crut que son pardon était à ce prix, qu'il restait le fiancé de Marianne, et contenant sa joie :

— Ah ! dit-il, pour obtenir ma grâce, tout me serait possible, hors le sacrifice de mon honneur. Y songez-vous ?

— Votre honneur ! répéta-t-elle en frémissant. Votre honneur, vous le placez dans un acte mauvais et stupide, jugé depuis longtemps, et vous n'avez pas craint... Je vous en supplie Albert, veuillez réfléchir, ne faites pas ainsi dépendre votre vie, votre conscience, de phrases toutes faites, qui ne supportent pas l'examen.

— Je ne suis pas indépendant à ce point de l'opinion, dit Albert froissé ; j'ai besoin de l'estime de mes concitoyens.

Elle rougit à son tour, blessée de ce crétinisme moral, pour qui le mot et le préjugé sont tout, et murmura découragée :

— Nous ne pouvons nous entendre.

— Jamais, dit-il, je n'accepterai ce jugement ; je veux au contraire que désormais... Oui, ma pensée fera tous ses efforts pour se rapprocher de la vôtre. Soyez seulement un peu indulgente, Marianne. Vous voulez que ce duel n'ait pas lieu. Je voudrais pouvoir vous satisfaire. Eh bien ! cherchons ensemble... mais auparavant... oh ! dites-moi que vous croyez à mon repentir, et que vous daignerez me pardonner.

— Vous m'avez imposé, dit-elle d'une voix altérée, la plus cruelle déception qui puisse atteindre, à vingt ans, un cœur sincère. Mais je vous pardonnerai en effet, Albert, si vous réparez, par votre loyauté vis-à-vis d'une autre femme, votre conduite envers moi.

— Vis-à-vis d'une autre femme ! s'écria le jeune homme étourdi, que voulez-vous dire ? Il n'y a qu'une femme au monde que je puisse aimer !...

Il se reprit :

— A qui je puisse consacrer ma vie.

Marianne ouvrit la bouche ; mais elle parut vouloir contenir des paroles trop vives, et sa pensée ne se traduisit que par un sourire amer.

— Ah ! Marianne ! s'écria le jeune homme en joignant les mains, j'ai cédé, il est vrai, à des entraînements, au mauvais exemple ; je vous ai gravement offensée. Mais, croyez-moi, je suis maintenant au désespoir de pareilles erreurs ; elles me sont impossibles désormais. Votre douleur m'a désolé ; votre généreux élan de confiance, l'autre jour, m'a changé l'âme. Ah ! si vous saviez combien alors j'ai souffert de vous tromper ! J'aurais tout avoué, si j'avais cru pouvoir espérer votre pardon. Du moins, je me suis juré à moi-même d'être tout à vous. J'avais pris des résolutions irrévocables. J'étais sauvé, guéri par vous, Marianne ! Et c'est alors que cette femme... Ah ! combien je la déteste !... Hélas ! le mensonge forcé au mensonge. Il m'a paru que celui-là encore était nécessaire ; je me disais qu'il serait le dernier. Fatalité !... Oh ! mais vous aurez pitié de moi, Marianne ; vous croirez à mes remords, ils sont éternels. Désormais je vous appartiens tout entier ; je n'ai plus d'autre pensée que de mériter mon pardon et de consacrer ma vie à votre bonheur. Oh ! croyez-en mon désespoir, Marianne, chère Marianne ! si vous saviez quelle nuit j'ai passée ; je pleurais comme un enfant, je me prosternais devant vous, je vous criais : Marianne, oh ! chère fiancée, pourtant je t'aime, va, je t'aime, n'accuse pas mon cœur des erreurs...

Il s'était jeté à genoux ; mais aussitôt la jeune fille s'était levée, droite, indignée, une vive rougeur à la joue. Du geste, elle lui coupa la parole :

— Assez, Monsieur, lui dit-elle ; vous n'avez plus le droit de me parler ainsi !

Il se releva fort pâle.

— Quoi ! vous refusez de me pardonner !... Vous briseriez nos liens, Marianne ? Oh ! c'est impossible ! Plus de deux années d'amour, de serments... un engagement sacré...

La jeune fille le regardait avec stupéfaction.

— C'est vous, s'écria-t-elle, c'est vous qui réclamez !... Cet engagement... sacré en effet, qui l'a brisé ? qui s'en est moqué ? Cet amour, ces serments !... Ah ! je m'étais promis de ne pas vous dire de choses amères. Vous quitter suffit. Mais il faut être par trop dépourvu de cœur et de pudeur pour ne pas sentir que de tels souvenirs ne sont plus pour moi que des insultes... oui, bien douloureuses à ma fierté ! Vous m'avez volé, monsieur, ce qu'il y a de plus cher et de plus respectable dans l'être. Les effusions les plus pures de mon âme se sont exhalées vers vous, l'amant d'une autre ! Les sources les plus vives de mon cœur vous ont été ouvertes, et vous les avez souillées ! Je vous croyais, je vous aimais, je vous disais tout ; vous me répondiez, et ce n'était qu'une comédie infâme ! Vous ne m'avez pas seulement trahie, vous m'avez humiliée, et peut-être découragée à jamais ! Quand j'y pense, j'ai besoin de beaucoup de force pour ne pas vous haïr. Ah ! vous ne comprenez pas cela !... Que vous m'avez fait de mal !... À vingt ans, vous me faites douter de tout, moi qui ai besoin de croire pour vivre. Non, je ne pourrai jamais vous pardonner.

Sous de telles paroles, sous les éclairs d'indignation qui partaient de ces yeux mouillés de larmes, Albert un instant resta foudroyé, et le désespoir le prit à l'idée que cette belle et riche Marianne, sa conquête enviée, allait être perdue pour lui. Tout à la fois il pensa aux railleries dont il serait l'objet, aux avantages de luxe et d'importance qui lui échappaient, aux rares qualités de cette fiancée, qu'il n'avait jamais vue si belle, et l'amour, l'ambition, l'amour-propre réunis lui causèrent un transport de passion tel, qu'il se traîna aux genoux de Marianne en l'implorant dans les termes les plus vifs et les plus touchants. Cette fois, il était sincère ; il eût été difficile d'en douter, à son trouble, au désordre de ses paroles, aux larmes qui mouillaient ses yeux.

— L'expiation la plus cruelle, Marianne, des années d'épreuve, s'il le faut, tout ! Je le sais, j'ai tout mérité. Mais ne m'ôtez pas l'espoir. Êtes-vous implacable ? Pouvez-vous rester insensible au désespoir de celui que vous avez tant aimé ? Relevez-moi, rendez-moi digne de vous. Avez-vous pensé aux dangers qui m'entournent ? Les pouviez-vous apprécier seulement ? Soyez juste. Quand je suis arrivé à Paris, plein de vous seule, tout à notre amour, j'ai trouvé chez les autres la raillerie, le spectacle constant de leurs mœurs. Et qui blâme cela ? Personne. Tout le monde l'ac-

cepte ; les hommes graves, les mères de famille, cette Mme Milhau qui trouve maintenant étrange que son mari soit ce qu'il était. J'aurais dû résister, je le sais ; une femme telle que vous doit être méritée. Mais j'ai été faible. J'en ai souffert ; je me maudissais, je rougissais devant vous. Est-il donc impossible de se racheter, Marianne ? Vous qui ne croyez pas à l'enfer, n'y a-t-il pas de pardon dans votre cœur ? On ne se console pas de vous avoir perdue. Mieux vaudrait me condamner à mort !

Elle était émue de pitié ; ses mains tremblaient, des larmes coulaient sur ses joues.

— Albert, épargnons-nous... écoutez-moi...

— Vous pleurez ! s'écria-t-il en essayant de prendre ses mains ; vous pleurez ! Oh ! merci, Marianne ; je savais bien que vous ne pouviez pas être sans pitié pour moi !

— Sans doute je souffre, et cruellement.

— Et moi donc ? Ah ! Marianne, il n'y a que douleur, vous le voyez bien, hors de l'amour.

— Albert, je ne puis vous tromper, même par pitié. Oui, cet amour arraché laisse une plaie profonde, mais il ne peut plus revivre, et je le voudrais même, Albert, voudrais-je ? je le voudrais, que ce serait impossible ; tout ce qu'il y a en moi de plus intime s'y opposerait. Vous êtes l'amant d'une autre femme, vous ne pouvez plus être le mien.

— Marianne, s'écria-t-il, c'est là une exagération de votre délicatesse, que tout le monde traiterait de folie. Mais regardez un peu la vie, interrogez, ouvrez les yeux... nul ne comprendra...

— Je comprends, moi, je sens, et cela suffit, puisqu'il s'agit de moi. Cependant, s'il vous faut une autre raison, je la donnerai ; car ce qu'il y aurait, il me semble, de plus cruel serait de vous laisser un espoir inutile. Il y a une chose, Albert, qui est l'âme, la racine même de l'amour, et que vous avez arrachée de moi, c'est la confiance. Je puis, comme parent, vous aimer encore ; me donner à vous, jamais ! Je ne vous crois plus.

À cette déclaration si nette, il pâlit et resta de pierre. Elle-même rougit d'émotion d'avoir frappé un tel coup, et reprit d'une voix douce en s'approchant de lui :

— Pardonnez-moi ; j'ai cru devoir en finir sur ce point. Mes ressentiments et mes paroles sont trop vifs peut-être ; mais, je vous l'ai dit, moi aussi, je souffre beaucoup... Pardonnons-nous réciproquement, Albert, et gardons entre nous l'amitié de famille. Je voudrais que vous me permissiez de vous donner les conseils d'une sœur. Vous vous accusez seulement vis-à-vis de moi ; mais vous avez été plus coupable encore peut-être vis-à-vis d'une autre, et pourtant, si j'en crois mon observation, mon sentiment, cette personne mérite mieux que le dédain. Vous-même l'avez appréciée... Vous l'aimez... Avez-vous le droit de l'abandonner ?

Albert poussa un terrible éclat de rire :

— Achevez ! Proposez-moi de l'épouser ! Sur ma parole ! vous avez juré de m'infliger toutes les insultes à la fois. Vous savez admirablement vous venger, mademoiselle !

Et il sortit brusquement.

Mlle Almont était remontée dans sa chambre, et se laissait aller à l'émotion que cette scène lui avait causée. Des larmes silencieuses coulaient sur ses joues. Elle entendait encore les prières désespérées d'Albert et le voyait se traîner à ses genoux, et cela lui causait encore une âpre souffrance; car son oreille, son cœur, toutes les fibres de son être la connaissaient bien cette voix et n'avaient pu encore se déshabituer de l'aimer. Mais la raison, le sentiment lui-même, n'étaient plus pour lui. Il y avait maintenant des choses que Marianne aimait plus qu'Albert: sa propre pudeur, l'amour vrai, la sincérité, la justice. Autrefois, elle avait cru pouvoir les aimer ensemble; mais une séparation profonde s'était faite entre eux et lui, et elle le voyait si fort au-dessous de ces idéalités saintes et chéries, qu'elle n'éprouvait dans sa douleur aucune hésitation. Elle s'était trompée, elle et lui n'étaient pas faits pour s'unir, et elle frémissait de l'erreur irrévocable qu'elle avait failli commettre, elle s'indignait d'avoir aimé cet homme, qui faisait de l'amour une chose incompréhensible pour elle, mais à coup sûr basse. Elle le sentait bien, à ses révoltes profondes, à l'indignation dont elle tremblait encore, et plus elle réfléchissait et se rappelait certaines paroles d'Albert, plus la pitié s'effaçait, laissant l'impression opposée plus forte. Cette phrase: *J'aurais tout avoué si j'avais cru pouvoir espérer votre pardon*, lui donnait la mesure de cette âme flasque, sans ressort et sans ardeur généreuse. Ainsi il ne pouvait être franc qu'à la condition de n'en pas souffrir ! Le besoin d'être vrai, quoi qu'il en pût arriver, de ne tromper à aucun prix, de pouvoir avant tout s'estimer lui-même, ce besoin lui était étranger ! Et cette femme séduite et abandonnée qu'il osait maudire ! Il l'avait aimée pourtant, ou, s'il ne l'avait pas aimée, comment ?... pourquoi ?... Triste mystère !... devant lequel la chaste imagination de Marianne s'arrêtait, prise de peur et de dégoût; mais en pensant à ces choses elle se rassurait : un tel homme ne pouvait être inconsolable, et quoi qu'il en dît, elle ne pouvait plus se croire aimée.

La porte s'ouvrit, et un obus entra dans la chambre. C'était Mme Brou, qui fit explosion ainsi :

— Est-ce possible ce que vient de me dire Albert, que vous voulez rompre avec lui. Vous n'avez pas pu dire cela sérieusement, je vous estime trop pour le croire. Mais vous l'avez mis dans un état épouvantable. Venez vite le consoler.

Elle parlait avec tant de conviction, que Marianne resta muette, entrevoyant l'impossibilité de se faire comprendre.

— Je vois que vous êtes fâchée, reprit Mme Brou, et vous voilà maintenant à pleurer de votre côté ; vous êtes bien peu raisonnable ! A quoi bon faire de ces sottises ? Si vous aviez la raison d'Emmeline, tout cela n'arriverait pas, et je serais plus sûre du bonheur d'Albert. Mais enfin, allons, suivez-moi ; car il n'est pas convenable qu'il vienne dans votre chambre. Et puis, ma chère enfant, que ce soit fini, toutes ces histoires. Il y a des femmes qui croient se faire aimer davantage en se faisant valoir, je le sais; mais cela a bien aussi ses inconvénients, cela fait voir les défauts du caractère. Le devoir d'une femme est de pardonner, et on l'aime ensuite davantage. Vous devriez croire cela, Marianne.

Était-ce l'effet des explications de la nuit passée entre le docteur et sa femme que Mme Brou transmettait généreusement à sa pupille? On peut le croire, car l'harmonie sembla dès lors rétablie entre les deux époux et M. Brou ne quitta plus sa femme un instant pendant le court séjour qu'ils firent encore à Paris.

— Madame, dit Marianne, — car il fallait enfin répondre, — je regrette d'avoir à vous le dire, puisque vous m'en blâmez d'avance ; mais ma résolution est très-sérieuse. Je ne crois pas qu'une union désormais puisse être heureuse entre Albert et moi.

— Ah ! vous ne croyez pas !... s'écria Mme Brou et elle s'arrêta suffoquée. Tenez, vous êtes folle ! cria-t-elle ensuite. Vous êtes folle ! je l'avais toujours dit.

— En ce cas, madame répondit la jeune fille blessée, vous n'avez qu'à me remercier de ma décision et je m'étonnerais de votre insistance.

— Ainsi, reprit la mère d'Albert, sans s'arrêter à l'argument, c'est à cause des calomnies de ces misérables d'hier que vous rompez un engagement si ancien et qui est devenu public ? Vous vous fiez plutôt à la parole de ces gens qu'à celle de mon fils ?

— Quand l'évidence... Mais d'ailleurs, madame, Albert m'a tout avoué.

Ce mot causa une suffocation nouvelle à Mme Brou.

— Tout avoué ! répéta-t-elle, cela n'est pas possible !

— C'est trop dire peut-être, en effet; mais enfin il m'a avoué... qu'il avait trahi notre engagement.

— Non, mademoiselle; on ne trahit un engagement que lorsqu'on refuse de le tenir, et mon fils ne demande qu'à tenir le sien.

La jeune fille rougit.

— Puisqu'il faut s'expliquer plus nettement, madame, votre fils m'a avoué qu'il avait eu des maîtresses.

— N'avez-vous point de honte, s'écria Mme Brou, de vous occuper de pareilles choses, vous, une demoiselle? Est-ce que vous devriez savoir seulement ce que cela signifie? Mais voilà ce que produit l'esprit d'indépendance et d'insubordination. Je vous ai toujours prêché les convenances, Marianne; vous n'avez jamais voulu en tenir compte, et voilà que vous osez vous immiscer dans des choses où une demoiselle qui se respecte ne doit jamais regarder.

— Quoi! madame, je ne dois pas m'inquiéter de la conduite de l'homme que j'épouse?

— Non, parce que pour l'apprécier, il faut savoir des choses que vous devez ignorer.

— Vous n'y pensez pas! il y va de mes intérêts les plus chers, et je n'aurais pas le droit...

— Non, mademoiselle, au nom de votre pudeur...

— Ah! s'écria Marianne indignée, la vôtre et la mienne ne sont pas les mêmes; car c'est ma pudeur à moi qui m'oblige de m'éclairer et me défend d'être la femme d'un homme qui ne respecte pas l'amour. Étrange pudeur, madame, que celle qui interdit de savoir à qui l'on se donne; si c'est là une vertu, je n'y prétends pas, et pour tout dire, j'ai plaint sincèrement hier Emmeline de la pratiquer.

— Vous êtes aussi incapable de juger Emmeline que de l'imiter, riposta Mme Brou. Mais puisque vous teniez tant à vous instruire, mademoiselle, il faudrait tout savoir et ne pas juger la conduite des hommes sur vos propres idées. — Écoutez, Marianne, dit la doctoresse en se rapprochant d'un air plus doux et presque confidentiel, sachez donc, puisqu'il le faut, que les hommes ne sont pas obligés comme nous à des mœurs sévères, je veux dire avant le mariage. A partir de ce moment, un homme se doit à sa femme; c'est différent, et encore, s'ils commettent des manquements à la foi conjugale — Mme Brou poussa un long soupir — n'est-ce pas du tout la même chose. Pour une femme, c'est un crime irréparable, et pour eux ce n'est qu'une faute, qu'il faut bien pardonner, quelque douleur... — elle s'essuya les yeux; — mais, pour ne parler que des jeunes gens, ils ont le droit de faire avant le t... je ce qu'ils veulent, et, voyez-vous,

ma chère enfant, on se moquerait de vous d'avoir seulement l'idée d'une telle exigence. Je ne dis pas qu'Albert n'eût pas mieux fait... Je lui ai même donné de bons conseils. Je lui ai dit: Tu vois Marianne; elle est charmante, elle t'aime, elle veut bien attendre; tu lui dois d'être le plus sage possible, et surtout de ne faire aucun excès qui puisse compromettre ta santé.

Je lui disais cela, parce qu'il faut toujours faire de petits sermons aux jeunes gens; mais, en définitive, je savais bien qu'une fois ou l'autre, il céderait à la tentation: les hommes ne sont pas des anges, et, pourvu qu'ils ne se laissent pas accaparer par une de ces créatures jusqu'à faire des folies pour elle, on ne peut pas demander plus. Albert a fait des dettes, c'est un mal; mais enfin vous le lui avez pardonné. Quant à avoir eu des maîtresses, que voulez-vous? c'était inévitable; la jeunesse a ses aspirations. Enfin je vous en ai assez dit, je crois, pour vous prouver que vous avez tort, et que votre prétention d'avoir un fiancé sans reproche est tout simplement ridicule. Si vous abandonniez Albert pour cela, vous auriez chance d'avoir pis; car, je puis le dire sans partialité, c'est encore un des plus sages et des plus gentils, bien qu'il soit vif et ardent. Non, vous ne savez pas quels trésors... Pauvre cher enfant! Et dire que vous me le mettez au désespoir.

Mme Brou se tut, attendant l'effet de sa harangue. La jeune fille, assise près d'une table, avait mis le front dans ses mains, et semblait affaissée sous le poids des révélations qu'on jetait ainsi sur elle. Mme Brou la crut sans doute ébranlée; elle jugea bon de poursuivre:

— Voyez-vous, ma fille, les choses sont ainsi. Vous avez vu ces misérables femmes, la honte de notre sexe! — Et c'est, par parenthèse, une chose dont je ne me consolerai jamais; car nous n'aurions pas dû nous rencontrer avec de pareilles espèces, nous!... C'est la faute de ce Paris!... Il ne faudra jamais parler de cela, Marianne, à personne, même en confidence. — Je disais donc: Vous avez vu de ces créatures dont le métier est de distraire les jeunes gens, — et trop souvent, hélas! d'autres. — Eh bien! ma chère enfant, ces femmes-là, qui sont à mépriser comme la boue des rues, n'en sont pas moins nécessaires. Il en faut pour les bonnes mœurs, parce que sans cela les honnêtes femmes seraient exposées à des insultes. Oui, et même dernièrement moi-même n'ai-je pas été l'objet d'une attaque brutale, indigne?... Oui, ma chère, un homme, qui me suivait depuis longtemps, s'est jeté sur moi et m'a poussée dans une allée obscure, où il m'a embrassée, oui, embrassée, et, sans un passant qui est survenu... ah ! tout le sang m'avait fui !... J'étais dans un état... Je n'ai pas voulu vous en parler alors, par respect pour votre ignorance ; mais puisque vous voulez raisonner de choses dans lesquelles vous devriez vous laisser guider par mon expérience, à moi qui remplace votre mère, il faut bien vous parler de tout. Maintenant, Marianne, j'espère que vous êtes convaincue, et que vous ne vous obstinerez plus à traiter comme des crimes de simples petites erreurs, inévitables chez un jeune homme, et dont une demoiselle bien élevée ne s'occupe jamais. Il est vrai qu'à l'ordinaire elle n'en sait rien, il eut été à désirer que tout se fût passé de même entre Albert et vous ; mais enfin, puisque le hasard ne l'a pas permis, ce n'est pas une raison pour vous rendre malheureux l'un et l'autre. Venez donc avec moi, Marianne, consoler un peu ce pauvre enfant ; venez !...

En même temps, Mᵐᵉ Brou toucha le bras de la jeune fille, qui tressaillit et se recula.

— Laissez-moi, s'écria-t-elle, ne me parlez plus, laissez-moi ! Vous me faites mourir de honte et de chagrin.

Et elle éclata en larmes et en sanglots.

Mᵐᵉ Brou leva les yeux au ciel. Elle s'était juré d'être patiente ; mais, en vérité, cela était bien difficile.

— Jamais je n'ai vu un pareil caractère, dit-elle ; on ne sait vraiment comment vous prendre. Ainsi je ne pourrai pas tirer de vous une seule parole de cœur et de raison. Voyons, vous ne songez donc pas au chagrin de ce pauvre Albert ? Eh bien ! voulez-vous que je vous l'amène ?

Devant cette insistance, Marianne fit un effort :

— Puisqu'il faut vous le répéter, madame, je suis bien décidée à ne pas épouser Albert.

— C'est impossible ! cria Mᵐᵉ Brou ; je ne vous crois pas, c'est impossible !

— Pourquoi ?... je vous prie...

— Parce qu'on ne commet pas une pareille violation de toutes les convenances ; votre réputation vous le défend. Tout le monde sait que vous êtes fiancés depuis longtemps, Albert et vous ; on ne rompt pas un mariage dans de pareilles conditions. Si vous aviez le moindre respect humain...

— Je préfère le respect de moi-même...

— Eh bien ! c'est justement pour cela que vous ne pouvez pas rompre...

— Je ne l'aime plus ! s'écria Marianne, exaspérée.

— Vous ne l'aimez plus ?... cria d'un ton furieux la mère d'Albert, ce n'est pas possible !... Eh bien ! reprit-elle, quand ça serait vrai, ça ne fait rien ; à présent, c'est une chose finie, et vous ne pouvez pas, ne serait-

ce que pour le monde, vous dispenser de tenir votre engagement.

— Mais, madame, cela est insensé !

— Insensé !... vous osez me parler ainsi ? Tenez, vous êtes un monstre de perversité ! Je vous laisse, car vous me mettez hors de moi. Nous verrons si le docteur pourra vous faire entendre raison.

Et Mᵐᵉ Brou sortit de la chambre aussi brusquement qu'elle y était entrée, furieuse de ce que ce monstre de perversité ne voulait pas épouser son fils.

Après le départ de sa tante, Marianne s'enferma résolument dans sa chambre. Elle était dans un accablement qui réclamait la solitude ; elle avait surtout besoin de ne plus entendre une voix, des paroles comme celles qui venaient de retentir si cruellement à son oreille. Oh ! quelle honte elle éprouvait !... quelle douleur !... Pourquoi lui avait-on dit ces choses ?... Ce n'était pas vrai ; non, ce n'était pas vrai ! Quelles infamies ! Des femmes nécessaires ! avait-on dit, nécessaires aux plaisirs des jeunes gens et à l'honneur des autres femmes... de celles qu'on appelle honnêtes, et que ces mêmes jeunes gens épousent ensuite !... Horreur !...

Et Marianne mettait la main sur son front, et elle pleurait.

Comme elle avait dit cela, cette mère de famille, sans émotion, sans pitié ! Plus méprisable que la boue des rues ! Et pourtant, madame, si à votre avis elles sont nécessaires, nécessaires à votre bonheur, à celui de votre fille, c'est de la reconnaissance que vous devriez avoir pour ces victimes, et votre honneur devrait se sentir humilié devant leur opprobre !

— Mais cela n'est pas vrai, cria-t-elle encore du fond de sa conscience ; non, cela n'est pas vrai ! Non, le mal n'est pas nécessaire ! Non, ce n'est pas avec de l'infamie qu'on fait de la vertu ; pas plus qu'on ne fait, dans l'humanité, de la science et du bonheur avec de l'ignorance et de la misère !

Elle pleurait, et, par une opposition frappante avec la sauvage tranquillité de la mère de famille qui avait dit : « Cette abjection est nécessaire à notre honneur, » elle se sentait, elle, la chaste fille, comme touchée d'un fer rouge par la révélation de la honte infligée à d'autres femmes, et son front pur se courbait et rougissait sous la boue qu'il sentait rejaillir jusqu'à lui.

Dans la route que trace l'humanité, il y a des zones obscures et d'autres plus éclairées où des choses apparaissent qui étaient restées cachées dans l'obscurité des zones précédentes. Entraînée par sa nature élevée et généreuse, Marianne montait, par la seule force du sentiment, vers les rayons qui dorent les cimes nouvelles ; elle souffrait, grand bonheur ! où d'autres sommeillent, et son jeune front déjà était tout baigné de l'aube où de plus en plus la solidarité humaine devait se révéler à elle comme une science et une religion.

Cependant elle trouvait la vie bien dure à apprendre, et elle saignait de la voir à ce point avilie. Les accusations de Mme Touriot n'étaient rien à côté de tout ce que Marianne venait de voir et d'entendre. La parole seule reste vague, se fait peu comprendre; le fait s'impose avec une terrible éloquence, il réveille et saisit toutes les facultés à la fois. Elle voyait, elle touchait, elle était révoltée, et, avec cette passion qui anime les êtres jeunes, se sentant inévitablement liée à cette vie humaine qui à ses yeux s'abaissait ainsi, Marianne eût voulu par moments la repousser et la fuir.

Dans ce naufrage, un seul appui se présentait à sa pensée avec persistance, un caractère noble et vaillant, un homme qui pensait comme elle et savait plus qu'elle: Pierre. Elle eût voulu lui parler, — non, lui écrire, — c'était plus facile, mais elle n'usait pas; et cependant ce désir devenait obsédant, presque irrésistible. Peut-être ce qui la retint fut la crainte de voir entrer le docteur; car, à chaque instant, d'après les dernières paroles de Mme Brou, elle s'attendait à l'entendre frapper. Mais il ne vint pas, jugeant plus prudent de ne pas fatiguer sa pupille et de la laisser aux inquiétudes, à l'angoisse de sa détermination. Certains caractères têtus, pensait-il, ne font que s'irriter par les objections d'autrui, et, livrés à eux-mêmes, se trouvent fort embarrassés des résolutions qu'ils ont annoncées; aujourd'hui le mariage est trop avancé, trop public, pour que Marianne ose le rompre, faire un tel éclat. Elle usera donc elle-même sa résistance, et, quand je reviendrai, affectueusement, sérieusement, lui fournir de bonnes raisons, elle sera bien aise de s'y rendre.

Toute personne qui résistait au docteur était un caractère têtu.

Les heures donc s'écoulèrent, et, quand midi sonna, ce fut Emmeline qui vint chercher Marianne pour le déjeuner.

— Quoi ! tu n'es pas encore habillée, ma chère ? Passe donc ton joli peignoir ruché et viens tout de suite. Tu as les yeux rouges ? Quelle folle, ma pauvre enfant ! Baignons-les bien vite avec de l'eau parfumée. Dépêchons-nous.

Marianne refusa d'abord de déjeuner, mais il fallut céder aux instances d'Emmeline.

— Ah ! par exemple, je ne te laisserai pas là toute seule à te morfondre. L'appétit vient en mangeant. Bon gré, mal gré, je t'emmène. Papa me l'a dit. Ma chère, je sais bien ce que tu as. Moi-même, tu penses, je n'ai pas été

enchantée; mais, que veux-tu ? puisqu'il paraît que ça ne peut pas être autrement. Quand nous nous rendrions malades ? Les hommes ne sont pas beaux, mais ils sont comme cela : il faut bien s'en arranger.

— Nous ne sommes pas obligées de nous marier, répliqua Marianne.

— Peut-on dire de pareilles choses ! Te voilà toujours avec tes exagérations. Ne pas se marier, bon Dieu ! Et qu'est-ce que nous signifierions alors ? Vieille fille ! J'aimerais mieux être une huître sur un rocher ! Allons, viens, ma belle, je t'en prie !

Marianne se laissa entraîner. Après tout, on mangeait dans une salle où se trouvaient souvent d'autres personnes ; les garçons étaient là, on ne pourrait pas la tourmenter. Puis il fallait bien qu'elle s'habituât à cette lutte. Elle descendit. Albert n'était pas encore là, et Mme Brou mourait d'inquiétude; il avait prétendu être de service à l'hôpital, mais avait promis de rentrer à midi.

— Ce duel ! Il sera allé se battre en duel, répétait la mère au désespoir ; et elle parlait de courir Paris à la recherche de son fils, lorsqu'il parut. Ce fut un transport, dans lequel Mme Brou avoua ses craintes.

— Sois tranquille de ce côté, maman, dit Albert en dépliant sa serviette; M. Pierre est trop intelligent pour vouloir se battre. C'est un homme à qui les idées ne sont pas inutiles à l'occasion, cela lui sert à faire des lâchetés de toutes sortes.

— Ah ! terrible enfant ! tu l'as donc provoqué ? s'écria Mme Brou. Tu m'avais tant promis.

— Sois rassurée, maman ; voici la réponse de ce monsieur, un morceau achevé de haute littérature ! C'est tout ce que mes témoins m'ont rapporté, et je garde le factum pour l'offrir à l'admiration publique.

Albert, en même temps, jeta sur la table une grande lettre pliée en quatre, que son père ouvrit et parcourut.

— Ce n'est pas mal pensé, dit-il ensuite ; mais cela a le tort en effet de pouvoir couvrir la poltronnerie, et M. Pierre s'en relèvera difficilement.

— Voyons ça, dit Mme Brou; lis tout haut, Emmeline.

« Provoqué en duel par M. Albert Brou, au sujet de mots outrageants et de reproches que je lui ai adressés dans la soirée d'hier, voici ma réponse :

« L'ancien jugement de Dieu, le duel, après avoir été une superstition, n'est plus qu'une sottise et peut devenir un crime.

« Un acte dépourvu en soi de justice et de raison ne peut éclairer le bien ou le mal fondé d'une insulte, et n'a rien dont on puisse s'honorer. »

« Un homme qui se respecte et veut rester homme de bien doit donc le rejeter.

« De plus, pour toute personne qui déplore un préjugé, c'est une obligation que de le combattre, et sur ce point le vrai courage consiste à ne pas céder à l'opinion.

« Lorsque entre deux personnes une insulte a eu lieu, qui entache l'honneur de l'une ou des deux, le seul moyen rationnel me paraît être de soumettre l'affaire au jugement de témoins choisis par les deux parties, en nombre suffisant, six par exemple, et de capacité et d'honorabilité sérieuses. Ces témoins interrogent, font une enquête, et, selon le cas, apaisent un différend futile ou déclarent qui des deux a failli à l'honneur.

« Pour ces motifs et considérations, je refuse le duel qui m'est proposé par M. Albert Brou, et je lui propose de réunir des arbitres devant lesquels je ferai la preuve des torts que je lui ai reprochés et qui m'ont donné le droit de flétrir sa conduite.

« Le 20 juillet 18...

« PIERRE DÉMIER.

« Assisté de ses témoins : Aristide Chéneau, Julien Fébure, Paul Saux. »

— Tout ça c'est des raisons ! s'écria Mme Brou, et il est bien clair qu'il a peur.

Puis, se tournant vers son fils et l'embrassant :

— Toi, tu es un héros !... C'est égal, je suis bien contente que les choses se soient passées comme ça. Ah ! tu ne pensais pas à ta mère, méchant enfant !...

Emmeline avait replacé le papier près de son frère avec une moue méprisante.

— Tout cela est fort juste, dit Marianne, et, à mon avis, fort courageux, et je pense, comme ma tante, qu'il serait heureux que tous les conflits de ce genre fussent traités ainsi.

Elle avait fait un effort loyal pour rendre hommage à la conduite qu'elle-même avait inspirée, mais elle ne dit mot aux réponses désobligeantes qui lui furent faites.

Albert s'écria :

— Ce monsieur a besoin pour trouver du cœur d'être souffleté : il le sera.

Mme Brou interdit énergiquement à son fils une pareille folie, et Marianne se dit tout bas que, sur ce terrain, Pierre, avec sa grande taille et sa force apparente, n'avait rien à craindre d'Albert.

Après le déjeuner, le docteur proposa une promenade aux Tuileries ; les dames seules l'y accompagnèrent, Albert prétextant des occupations. Il était sombre, amer, et évitait de parler à Marianne. Pendant que Mme Brou et sa fille regardaient les toilettes, le docteur entraîna sa pupille sur la terrasse du bord de l'eau, et là se plaignit doucement à elle du chagrin dans lequel elle les avait plongés.

— Certes, ma chère fille, lui dit-il, nous devons respecter vos sentiments, si vraiment ils sont changés ; mais permettez-moi d'en douter. Je vous connais peut-être mieux que vous ne vous connaissez vous-même. Vous êtes sensible, loyale, sérieuse ; vous ne pouvez donc à la légère changer d'affection et manquer à vos promesses. Mais vous êtes fière aussi, et, vous croyant trahie, outragée, vous vous imposez l'obligation de ne point pardonner. Si je vous montrais que les faits dont vous vous plaignez sont des faiblesses trop communes, presque inévitables, et non pas des crimes, vous reviendriez aussitôt, je n'en doute pas, avec la même bonne foi, sur votre décision.

— Sans doute monsieur, répondit-elle, naturellement flattée par ce délicat hommage, quand elle craignait de nouveaux reproches ; mais vous ne sauriez changer...

Car elle n'admettait pas la valeur de la preuve offerte par le docteur.

— Eh bien ! dit-il, laissez-moi vous exposer la vérité, ma chère enfant, puisque le malheur a voulu qu'elle doive vous être exposée trop tôt.

Il répéta alors ce qu'avait dit Mme Brou sur les différentes morales à l'usage de l'homme et de la femme, et les exigences des sens chez celui-là ; mais il le fit avec un délicat essai d'expressions tout autre, et un ton d'autorité scientifique fait pour en imposer à une personne à peu près complétement ignorante en ces matières. L'homme et la femme étaient physiologiquement, moralement, intellectuellement, différents, plus même : opposés. La vertu, le devoir, l'honneur, étaient donc pour eux des choses de même absolument différentes, et la plus grande des erreurs était de vouloir établir pour eux une loi commune et de mettre leurs actes sur le même rang. C'était là le mot de la science, et qui pouvait se permettre d'y contredire ?

Ce n'était pas Marianne assurément. Non, elle ne savait pas la physiologie ; et cependant elle restait de glace, non convaincue, froissée, comme d'une double violence, par ces affirmations qui blessaient sa pudeur et, d'autre part, lui semblaient s'emparer indûment ou non d'une science fermée à la plupart des hommes du domaine commun de la morale et de la justice. Elle eût dit volontiers comme Rousseau : « Faut-il avoir consacré des années à l'étude de la théologie pour pouvoir se prononcer sur la religion ? » Le juste et l'injuste ne dépendent heureusement pas d'un texte plus ou moins clair, d'un point plus ou moins prouvé. Elle n'avait pas eu besoin, pour nier l'enfer, le péché d'Adam, etc., de lire les effroyables bouquins sur lesquels se consumaient la pa-

tience et l'effort d'une vie entière. Lui fallait-il donc savoir la médecine pour décider
si l'amour devait être une tromperie ou une
vérité, une satisfaction des sens ou l'exaltation de toutes les facultés, une division
abjecte de l'être ou le doublement de toute
ses forces dans une fusion morale par son
but, sublime par sa nature?

La jeune fille sentit cela avec une grande
puissance, mais le terrain sur lequel le docteur appuyait la discussion lui fermait la
bouche. Elle dit cependant :

— Faut-il donc croire qu'il y a deux natures humaines et deux consciences?

Mais ce n'était pas là un argument phy-
siologique. Le docteur n'y répondit pas. Il
s'étendit sur les devoirs de *la femme* et s'é-
cria :

— Qu'elle abandonne à l'homme ces tristes
et faciles amours où l'entraîne la fougue de
la jeunesse et qui ne sont qu'un tribut obligatoire payé à la tyrannie des sens! Que chaste
et sensible épouse, elle s'occupe de le retenir
par des attentions plus douces et des plaisirs
plus délicats. La gloire de *la femme* n'est pas
dans ses exigences; elle est dans sa douceur, son abnégation et ses vertus.

Il allait poursuivre, elle l'interrompit :

— De quelle femme parlez-vous, monsieur?

— Comment, ma chère enfant? mais de *la
femme* en général, de toutes les femmes.

— En effet, puisque tel est le devoir de la
femme, toutes doivent le suivre.

— Certainement.

— Mais alors comment cette tyrannie des
sens, que vous prétendez irrésistible chez
l'homme, pourrait-elle se satisfaire? La femme vertueuse oblige l'homme à être ver-
tueux, à moins que l'on ne prétende qu'il
n'y ait aussi deux natures de femmes et encore deux morales à cet effet?

Le docteur parut un peu étonné.

— Ceci est... assez... mathématique, dit-il;
mais la vie est autre chose, et le vice, hélas!
supplée abondamment....

— Mais le vice est un mal qu'on ne peut
accepter, qu'il faut combattre; ce n'est pas
l'état normal, la loi, la nature des choses. Or,
si les destinées de l'homme et de la femme
sont différentes sur ce point, il y a là deux
lois contradictoires, dont l'une empêche
l'exécution de l'autre.

C'était le cas de faire de la pathologie et le
docteur n'y manqua pas. Il s'entoura des
voiles de la science et se perdit dans un
nuage de mots, tout en ramenant sa pupille
vers le parterre, où le devaient retrouver
Mme Brou et Emmeline. L'entretien n'avait
pas de conclusion, et le docteur ne paraissait pas tenir à lui en donner. Évidemment
il se réservait le temps et comptait sur lui.
Pendant le reste du chemin, il fit l'éloge des

qualités d'Albert, parla de son chagrin, de
l'influence énorme que Marianne avait sur
lui, et soutint la thèse connue qu'il y avait
plus de chances qu'un homme fût fidèle à
sa femme, lorsqu'il avait fait quelques folies
avant le mariage.

— Car alors, ajouta le docteur d'un ton
pénétré, la comparaison avec les *tristes créatures* qu'on a connues est tout à l'avantage
de l'épouse digne et pure.

Marianne fit un mouvement.

— Qu'avez-vous, ma chère enfant?

— Je vous en prie, monsieur, ne me parlez plus de ces choses!

Elle tremblait et avait les yeux pleins de
larmes. Son tuteur la fit asseoir et lui fit apporter un rafraîchissement.

— Eh bien? demanda confidentiellement
Mme Brou à son mari.

— Je ne sais qu'en dire. C'est, tu le sais,
une nature têtue et raisonneuse, très-ner-
veuse avec cela. Il faut la laisser se calmer
et tout attendre du temps.

Ce jour-là même, le départ des Brou fut fixé
au surlendemain. Le soir, à peine retirée dans
sa chambre, Marianne écrivit la lettre suivante:

« Monsieur Pierre,

» J'étais déjà vivement ébranlée; la scène
d'hier et vos paroles m'ont ouvert les yeux.
J'ai rompu un lien qui n'était plus qu'un
mensonge; mais au prix de quelles colères,
de quelles persécutions, de quelles discussions! Mon sentiment est absolu, invincible; mais je n'ai guère que lui pour me soutenir et mes arguments sont bien plus faibles
que ma cause. Je suis comme ces prévenus
qui ne savent pas plaider pour eux-mêmes
et auraient besoin d'un défenseur.

» Vous qui savez si bien pourquoi vous pré-
férez en toutes choses le bon et le beau à l'i-
gnoble et à l'injuste, monsieur Pierre, quel
service vous me rendriez de m'exposer sur ce
point votre théorie, votre sentiment, votre foi!
Vous savez bien plus que moi, vous avez réfléchi davantage, et vous connaissez mieux
la vie. Je ne saurais vous dire combien je serais heureuse de savoir toute votre pensée à
l'égard de ces relations d'homme à femme,
qui constituent le fond de nos mœurs et pour
chacun de nous la plus grande part de la vie.

» Je sais que c'est là un sujet difficile; mais
ne craignez de ma part aucune fausse délicatesse. Pour moi, je sais d'avance que vos paroles ne me feront point souffrir, comme
celles que j'ai dû entendre ici.

» J'ose encore vous demander cela; hier j'o-
sais vous demander une promesse, que vous
avez si noblement remplie, — j'ai vu votre
réponse à mon cousin — et je me suis à peine
excusée des paroles dures et folles que j'ai
pu vous adresser. Ah! si vous saviez com-

bien j'en rougis et combien je voudrais vous les faire oublier !

»Monsieur Pierre, nous partons après-demain pour Poitiers. Si vous vouliez jeter votre réponse à la poste ce même jour, avant 6 heures du soir, je prendrais mes mesures afin de recevoir moi-même la lettre des mains du facteur. Bien qu'on respecte à l'ordinaire ma correspondance, je craindrais tant pour cette lettre que je préfère prendre des précautions.

» Celle-ci, je la mettrai moi-même à la poste demain matin, en allant faire une démarche bien hardie, que je veux vous dire : Je vais voir cette jeune personne qu'on appelle Fauvette... Sa voix, sa figure m'ont extrêmement touchée, et surtout sa situation ; et il me semble remplir un devoir auquel je sais trop bien que nul autre ici ne penserait. Trouvez-vous ma démarche fausse ou trop extraordinaire ? Moi, je n'ai plus à cet égard la moindre hésitation depuis des paroles qu'on m'a dites et que j'ai trouvées odieuses. Il me semble qu'entre cette femme et moi, il y a une solidarité profonde. C'est à elle que je dois ma liberté, c'est à moi qu'on l'a sacrifiée, et moi, je veux la sauver.

» Si vous ne m'en voulez plus, monsieur Pierre, je vous serre la main d'une grande affection et d'une grande estime.

» MARIANNE AIMONT. »

XIX

Il était à peine six heures du matin quand Mlle Aimont franchit le seuil de l'hôtel, en éveillant le concierge. Enveloppée d'un waterproof gris et voilée, elle glissa rapidement le long des trottoirs jusqu'à la rue des Écoles, sans s'arrêter, sauf près d'une boîte aux lettres, où elle jeta, non sans un battement de cœur, sa lettre pour Pierre.

Ce fut avec une émotion nouvelle qu'elle monta l'escalier de la lingère et frappa doucement à la porte. Un moment après, cette porte s'ouvrait et les deux jeunes personnes se trouvaient face à face. Du premier regard, elles s'enveloppèrent réciproquement ; mais aussitôt, avec une douceur polie, Mlle Aimont détourna le sien, tandis que l'ouvrière continuait d'observer sa visiteuse avec une certaine rudesse.

— Ah ! c'est vous, mademoiselle ? dit-elle, entrez.

Elle s'effaça pour laisser passer Marianne et ferma la porte derrière elle ; puis offrit une chaise, poliment, mais sans rien d'humble ni même de doux dans son air. Marianne s'assit un peu étourdie. Habituée à l'espace et à la clarté, elle était surprise de l'exiguïté de cette chambre, du jour étroit que donnait la fenêtre de la mansarde, et de la pauvreté de tout ce qui l'entourait. En venant chez cette fille, dont la physionomie l'avait intéressée, elle ne pensait pas assurément y trouver le luxe d'une courtisane ; mais elle s'attendait à de l'aisance, à quelque élégance du moins, et elle ne voyait que le dénûment propre et glacé de l'ouvrière qui vit à grand-peine de son travail. A cette heure matinale, la chambre déjà était faite ; un ouvrage de lingerie, placé près de la fenêtre, venait évidemment d'être abandonné. Quant à Fauvette, vêtue d'une robe d'indienne fanée, elle n'en était pas moins coiffée avec goût et avec soin, de ses beaux cheveux blonds, luxe de sa pauvreté.

L'ouvrière s'était placée en face de sa visiteuse, et pendant une demi-minute elles se regardèrent avec embarras.

— Mademoiselle, dit en rougissant Marianne, ma visite doit vous paraître un peu extraordinaire.

— Dame ! c'est vrai, dit Fauvette. — Elle avait ce petit air à la fois brave et intimidé qui est particulier à ces filles du peuple, habituées à faire face, bon gré, mal gré, à toutes les difficultés, à tous les assauts. — Il est sûr que je ne peux pas deviner ce que vous avez à me dire. Vous m'avez demandé l'autre soir, d'un air honnête, de me fier à vous ; je ne pouvais pas vous refuser, mais... enfin dites-moi ce que vous voulez.

Mais, en dépit de la permission donnée, le ton était âpre et marquait de la défiance, une sorte d'irritation. Marianne, peu encouragée, pensa même en ce moment qu'en effet sa démarche était bien étrange, et la timidité qu'elle avait déjà redoubla.

— Pardonnez-moi, dit-elle ; en apprenant qu'un membre de ma famille avait eu des torts graves envers vous, en vous voyant... très-différente des personnes qui vous entouraient, j'ai éprouvé pour vous... de la sympathie, et, bien sûre qu'aucun des miens ne penserait à vous, j'ai voulu... vous demander... si je pouvais vous être utile.

Fauvette avait rougi.

— Je vous remercie de votre politesse, dit-elle, mais je comprends tout de même : vous m'offrez des secours. Merci bien, mademoiselle ; je ne suis pas à l'aumône, et je n'ai jamais rien demandé à personne.

— Vous ne m'avez pas comprise, je vous assure ; mon offre était amicale et le sentiment qui m'amène vers vous...

— Sans doute, c'est un bon sentiment, je le veux bien ; mais, je vous le dis, ce n'est pas moi. Ce que j'ai donné à votre... fiancé, dit-elle en s'animant, je le lui ai donné pour rien. Si vous m'avez prise pour une fille entretenue... regardez ma chambre : c'est celle que j'avais avant, et il n'en a jamais payé le loyer qu'une fois, pendant que j'étais malade. Ça... je voudrais le lui rendre... mais... j'en suis bien fâchée, je ne puis pas. Moi aussi, j'ai passé du temps pour lui, je raccommodais son linge. Même, en fait de cadeaux, je n'ai jamais accepté de lui qu'une toilette de dimanche, parce qu'il fallait ça pour qu'il fût content de se promener avec moi. Du reste, il ne m'a jamais fait que du tort, et puis le chagrin... Tout ça ne sont pas des choses qui se payent, voyez-vous, et votre mari aura beau être riche, il m'en devra toujours. Vous auriez dû penser à ça avant de venir ici... parce que je n'aime pas à dire des choses dures aux gens ; mais ce n'était pas à vous à vous occuper de ces choses-là. Je ne suis qu'une pauvre ouvrière, moi ; mais, si mon fiancé m'avait trompée, au lieu d'aller trouver sa maîtresse pour lui offrir de l'argent, je lui aurais dit, à lui : «C'est bon ! trompe les autres, si tu veux, tu ne me tromperas plus. » Mais il paraît que les demoiselles riches, ça n'est pas la même chose, et que vous trouvez bon qu'on vous prenne pour votre argent, et qu'on nous laisse nous autres pour notre misère.

Elle avait parlé vivement, irrésistiblement, sans que Marianne pût l'interrompre, et cet emportement l'avait rendue toute tremblante ; de vives couleurs animaient le haut de ses joues, pâles autour des lèvres, et des larmes se pressaient au bord de ses yeux.

— Vous avez mille fois raison, mademoiselle, se hâta de dire la jeune fille, et je ne sais comment j'ai pu oublier de vous avertir tout d'abord qu'Albert n'était plus mon fiancé.

Fauvette la regarda, saisie de cette nouvelle.

— Ah ! bien vrai ? vous ne voulez plus ?...

— Je vous l'affirme. Je le lui ai déclaré, je l'ai dit à ses parents.

— Oh ! alors vous êtes une brave fille !... Pardon ! Oui, parce que... vous avez senti que c'était odieux !... Croyez-vous que j'aurais voulu l'aimer, moi, si j'avais su qu'il avait une fiancée ? Non, bien sûr ; ou bien il lui aurait écrit devant moi que c'était fini entre eux... Oh ! oui, c'est affreux de mentir ainsi ! Moi, qui le croyais !... Je sais bien que j'étais folle... mais voilà. On ne peut pas aimer et être de sang-froid. Oui, je croyais tout ce qu'il me disait... parce que cela me faisait plaisir ! Oh ! si vous saviez ce que j'ai souffert depuis... c'est ce qui m'a rendue un peu méchante tout à l'heure. Je vous demande pardon. Je souffrais de vous voir. . Ainsi, vous avez rompu ?... êtes-vous bien sûre qu'il ne vous reprendra pas ? Il sait si bien parler... hélas !... et si pressant quand il veut !... Oh ! que c'est affreux de tromper ! Il y a des moments où je ne peux pas encore m'imaginer.. mais c'est fini, bien fini !...

Elle pleura.

— Pour moi, reprit Marianne, c'est bien fini. Je n'épouserai jamais un homme qui se sera uni à une autre femme et l'aura abandonnée : il me semblerait prendre le mari d'une autre. Mais pour vous, si vous l'aimez encore, peut-être, qui sait ? Tout pourrait n'être pas fini...

— Si je l'aime encore !... Ah ! je ne peux pas m'en déshabituer si vite. Je voudrais et je ne puis pas. Mais je finirai bien par ne plus l'aimer, voyez-vous, parce que... il s'est trop mal conduit vis-à-vis de moi ; quand j'y pense, je ne puis plus l'estimer, et je le vois si différent de celui que j'aimais !... Ce n'est plus le même.

Marianne resta rêveuse. Fauvette essuya ses yeux et la regarda. La figure aimable et franche de Mlle Amont l'attirait ; mais, en y réfléchissant, elle ne s'expliquait pas bien encore sa présence et son langage. Comment venait-elle sans colère cette fiancée qu'Albert avait trahie pour elle, Fauvette, comme il avait, hélas ! trahi Fauvette pour sa fiancée ? Celle-ci, l'ouvrière l'avait maudite ; comment se faisait-il qu'à son tour cette belle demoiselle ne maudit pas l'ouvrière, cause de la rupture de son mariage, et qu'elle vint chez elle ainsi d'un air doux ? Peut-être voulait-elle savoir quelque chose ? et d'abord, disait-elle vrai ?

— Mademoiselle, dit Marianne en relevant la tête, votre figure m'a inspiré de la sympathie, votre situation également. Je ne sais encore en quoi je pourrai vous être utile, mais je voudrais essayer... Et pour cela, il me faudrait vous bien connaître. Voudriez-vous me raconter votre vie..... jusqu'ici ?

Cette demande accrut la disposition défiante de Fauvette.

— Vous raconter ma vie, répondit-elle ; et qu'avez-vous besoin de la savoir ?

— Je vais vous le dire, dans l'espoir de réparer...

— Oh ! pour cela, vous en savez assez de ma vie. Mais quant au mal que m'a fait votre parent, vous n'y pouvez rien.

Marianne se vit avec chagrin aussi peu avancée qu'auparavant, elle fut sur le point de se lever et de laisser simplement son adresse à Fauvette ; mais elle voulut faire un nouvel effort.

— Je vois, dit-elle, que vous ne vous expliquez pas bien ma démarche et mes intentions. Laissez-moi vous dire une chose. N'avez-vous jamais imaginé qu'il puisse se trouver des gens, qui, au lieu de trouver bien tout ce qui se fait et de dire comme tout le monde, se sentent offensés par beaucoup d'injustices qu'ils voient, et voudraient les empêcher ou les réparer autant qu'ils peuvent ? Moi, qui ai été élevée dans la richesse et qu'on traite avec égard, je me suis aperçue que les jeunes filles pauvres, tout au contraire, étaient indignement traitées et sauvagement trahies. Cela m'a fait mal; j'ai trouvé que c'était injuste, odieux, et me suis promis d'user de tous les moyens que je possède pour protéger ou racheter celles que je verrais ainsi victimes de leur faiblesse. Peu de personnes malheureusement ont ces idées-là, et c'est pourquoi celles qui les ont paraissent quelquefois un peu extraordinaires.

— Ah! c'est cela? dit Fauvette. Oh! alors c'est très-bien! Je ne sais qu'un autre qui soit ainsi, et peut-être le connaissez-vous? C'est M. Pierre Démier.

— Oui, dit Marianne, et c'est l'homme que j'estime le plus.

— Vraiment? s'écria l'ouvrière avec joie. Vous êtes l'amie de Pierre Démier? Oh! alors je vous comprends maintenant, et j'ai tout à fait confiance en vous.

— Vous connaissez beaucoup M. Pierre? demanda Marianne.

Et un étrange battement de cœur la prit en attendant la réponse à cette question.

— Oui et non. Je ne lui ai pas souvent parlé, mais les paroles qu'on entend de lui vous restent dans le cœur. En voilà un qui se conduit bien vis-à-vis des femmes! Jamais de galanteries, mais une politesse! Un jour qu'il m'a rencontrée à la porte d'Albert, où je pleurais, nous avons causé, et alors, comme cela, je lui ai dit: Vous n'avez jamais trompé une femme, vous? Non, m'a-t-il répondu, si j'avais une maîtresse, elle serait ma femme; or, comme c'est un grand malheur que d'être lié pour la vie avec une personne qu'on ne peut pas aimer beaucoup, j'attends de l'avoir trouvée. Si tous les hommes pensaient comme cela, mademoiselle, il n'y aurait pas tant de douleurs, de honte et d'abominations en ce monde.

Marianne se rapprocha de Fauvette et lui serra la main; puis, afin de mieux gagner sa confiance, elle raconta comment elle avait connu Pierre et l'histoire d'Henriette. Quand elle eut fini, elles pleurèrent ensemble, et dès lors la confiance était complète.

— Eh bien! à mon tour, dit Fauvette, je vais vous raconter mon histoire, puisque vous la voulez savoir. Mais elle est bien simple, allez, quoique bien triste. Il n'y a que des choses trop communes et qui sont arrivées à tant d'autres, que ce n'est pas bien intéressant.

Mon père était ouvrier dans le bâtiment et ma mère cousait de la lingerie pour les magasins. Jusqu'à l'âge de douze ans, j'ai aidé ma mère à élever mes petits frères, parce que j'étais l'aînée; c'est moi qui les portais et les amusais tout le jour et même qui

leur donnais à manger. A vrai dire, ma mère, travaillant de son aiguille le plus qu'elle pouvait, ne faisait guère que les mettre au monde et les allaiter, et c'était moi qui faisais le reste. Pauvres petits! je les aimais bien; mais c'était une fatigue si grande pour une enfant de mon âge, que parfois j'en pleurais d'ennui et de douleur, j'en avais mal dans les reins; même on a cru longtemps que la taille me tournerait à cause de cela, et ça serait arrivé sûrement si le plus jeune n'était pas mort. C'était pourtant un bel enfant! il était quasi plus lourd que moi et voulait toujours être à mon cou. Ah! que je l'ai pleuré! Et même, quand tous mes chagrins se remuent en moi, je le pleure encore. Il était si bon! il m'aimait tant! Pauvre petit loulou! c'était mon enfant à moi.

Ce qu'il y a d'affreux, c'est que les enfants des pauvres gens, et les pauvres gens eux-mêmes, meurent le plus souvent faute de soins et de remèdes, quand autrement ils pourraient guérir. Ce fut ainsi de mon petit frère, et plus tard d'une sœur plus âgée. Il y a beaucoup plus de morts chez les pauvres que chez les riches, allez! Nous pleurons souvent, nous autres.

Un jour, ce fut le tour de mon père. Il travaillait fort, avec une mauvaise nourriture; il prit froid pour être resté mouillé depuis le matin, sans pouvoir changer de vêtements, et bientôt il ne fit plus que tousser, puis il s'alita. Alors la faim, que nous n'avions jusque-là connue que de temps en temps, entra chez nous et n'en bougea plus. J'entends encore dans mes rêves la voix triste des petits demandant du pain. Ma mère et moi, nous pleurions de les entendre. Elle m'avait appris à coudre et je l'aidais un peu, mais notre pauvre travail n'était rien pour le besoin que nous avions. Il y a, voyez-vous, des gens qui s'enrichissent à donner de l'ouvrage aux pauvres femmes, et qui n'ont pas honte de le payer de telle sorte que la malheureuse, en travaillant douze, quatorze et quinze heures, ne peut arriver qu'à gagner 60 centimes, 75 au plus.

Le père mourut. Nous continuâmes de lutter, ma mère et moi, et de nous tuer de fatigue. On s'adressa au bureau de bienfaisance et cela nous fit perdre plus d'une journée; enfin l'on nous accorda huit livres de pain par mois.

On ne vivait pas, on mourait. J'étais alors si menue qu'on m'eût, comme disait ma mère, enfilée avec une aiguille. Les deux petits et ma sœur cadette cherchaient à manger dans les immondices, et ma mère parlait de nous jeter tous ensemble dans la Seine. Moi, je ne voulais pas; j'étais jeune, et du fond de cette horrible misère, j'avais toujours une clarté d'espérance au fond du cœur.

L'été surtout, quand le soleil brillait, je me disais : Est-il possible? Pourquoi donc ne vivrait-on pas?

Vous pensez bien qu'il n'était pas question de l'école. Pour pouvoir y aller, mes frères et ma sœur manquaient de douze choses, des vêtements et du pain. Pour moi, il en était encore moins question; depuis l'âge de 6 ans, j'étais mère.

Un jour, on nous rapporta mon petit frère et l'on gronda fortement ma mère pour l'avoir laissé en état de vagabondage. Et qu'est-ce qu'elle y pouvait, la malheureuse? avions-nous le temps de le garder?

Alors on mit en fabrique les deux aînés; ils gagnaient 8 sous par jour, et devenaient chaque jour plus maigres et plus pâles. Ces enfants, qui manquaient de nourriture, c'était leur retirer l'air et le libre exercice, qui les soutenaient. Ce fut peu après que ma sœur mourut. L'autre devenait vicieux et nous disait des choses effrontées, qu'il avait apprises à l'atelier. Mais, après la mort de notre pauvre père, il y eut un autre homme dans la maison. Ma mère avait dit : « Il n'y a que ça à faire ou nous tuer tous. » D'abord cet homme avait l'air d'aimer beaucoup ma mère et de nous aimer un peu, ensuite il devint brutal et nous reprochait le pain qu'il nous donnait; il en vint à nous battre et à battre ma mère. Celle-ci était rongée de chagrin; une fièvre qui passait l'emporta.

Je n'avais pas encore 15 ans à cette époque-là. L'amant de ma mère voulut me garder; mais il chassa l'aîné de mes frères, et, c'est effrayant à dire, depuis je ne l'ai jamais revu. J'ai vu seulement une fois notre nom dans les journaux, sur un garçon de cet âge, qui venait d'être condamné à la maison centrale, et j'ai toujours cru que c'était lui.

Bientôt je fus obligée de quitter cet homme, qui voulait faire de moi sa maîtresse. Je louai une petite chambre sous les toits pour 12 francs par mois. Une société de bienfaisance s'était chargée de mettre mon petit frère en apprentissage. A coudre dès l'aube jusqu'au soir, je gagnais de 10 à 15 sous; faut dire que je n'avais pas toujours de l'ouvrage, et que je faisais le métier de couture le plus ingrat, celui de confectionneuse en gros. Mais c'est un privilége que de pouvoir aller en apprentissage, et le plus grand nombre ne le peut pas. Il me restait donc pour le pain et le vêtement 5 à 6 francs par mois. Naturellement je mangeais à peine et payais mal mon loyer. On me donna congé; mais la peur d'avoir à déménager quand je n'avais pas le sou, la fatigue, le chagrin et la faiblesse me firent tomber malade, et je me mourais, abandonnée, quand un homme dont la chambre était voisine de la mienne,

et qui m'entendit gémir, vint me donner à boire, me procura du bouillon, enfin me guérit et soigna ma convalescence. Il paya même mon loyer, mais pour le reste du mois seulement, et ensuite m'offrit sa chambre. Il fallait mourir ou accepter. J'étais abrutie par la souffrance, faible encore, sans courage. Puis je le croyais bon, je croyais qu'il m'aimait et lui en étais reconnaissante. Enfin, depuis l'enfance, je voyais ces choses-là se faire tous les jours, sans protestation.

J'ai été horriblement malheureuse avec cet homme. Il me traitait comme une chose à lui, parce qu'il me nourrissait. Je lui épargnais cependant beaucoup d'argent en préparant moi-même les repas et en entretenant ses vêtements, et cela compensait à coup sûr ma pauvre nourriture. Mais il ne m'en traitait pas moins avec mépris et brutalité. Je suis restée longtemps dans cette situation horrible de vouloir le quitter et de ne pouvoir pas, à moins d'en vouloir prendre un autre. Oh! mademoiselle, vous parlez du malheur de la fille pauvre et vous n'avez peut-être pas compris celui-là, qui est le plus grand : ne pouvoir pas vivre par soi-même, être dans la dépendance absolue de l'homme, non pas seulement comme une servante, mais bien pis! n'avoir qu'à choisir d'une honte à l'autre, être... oui, une sorte de prostituée, pour un seul, c'est vrai, mais qu'on n'aime plus, qui vous repousse le cœur, et que pourtant on ne peut pas quitter... que sous peine de mort! Ah! je croyais tant alors que, si je pouvais une fois échapper à ce malheur, je resterais seule, toujours!... Je ne pensais qu'à ma liberté!

Fauvette était si émue qu'elle dut s'arrêter; elle avait fait effort pour dire ces choses. La sueur au front, les traits contractés, elle voila son visage de ses deux mains.

Ce n'était que par l'exercice de la bienfaisance, et de la façon, la plus restreinte, par intermédiaire le plus souvent, que Marianne connaissait la misère; jamais elle n'avait soupçonné de telles profondeurs de souffrance et d'abjection; aussi restait-elle sous ce récit comme paralysée d'effroi, d'étonnement douloureux. Sa pâleur, son œil qu'on eût dit plus noir, fixé sur Fauvette, parlaient seuls, et semblaient dire : Est-ce un rêve? Cette créature si jeune, intelligente, distinguée d'aspect, qui paraît si modeste, a trempé dans ces fanges et roulé dans ces misères.

Fauvette s'essuya les yeux, et son regard surprit l'épouvante, l'émoi silencieux de la jeune bourgeoise.

— Ah! dit-elle d'un ton brusque, je vous l'avais dit; ce n'est pas une belle, mon histoire, et vous me méprisez, je le vois. Que voulez-vous? Je n'ai pas été élevée comme vous.

Après tout, c'est plus facile d'ignorer ces choses-là que d'en sortir, et quoi que vous en pensiez peut-être, j'en suis sortie. Oui ! oui ! et je n'y veux pas rentrer.

Marianne eut un frémissement nerveux et, se levant, elle alla serrer la main de Fauvette. Celle-ci, à ce témoignage de sympathie, plus délicat et plus doux que des paroles, fondit en larmes.

— Vous avez raison, dit Mlle Aimont ; ce n'est pas votre faute. Merci de me l'avoir rappelé. Non, je ne savais pas à quel point le sort d'une fille pauvre peut être épouvantable. Est-il possible que le travail des femmes soit si insuffisant ?

— Moi, mademoiselle, je vous l'ai dit : j'étais au dernier degré, n'ayant point appris d'état ; mais enfin c'est le grand nombre qui est ainsi. La lingerie fine peut faire gagner aux ouvrières ordinaires de 1 fr. à 1 fr. 50 par jour ; quant aux ouvrières très-habiles, aux maîtresses, elles gagnent jusqu'à 3 fr., 5 fr. même quelques-unes ; mais, de celles-là, il y en a dix sur cent, une sur cent (1). Voyez-vous, ce qu'il y a de plus affreux, c'est que le travail des femmes est toujours payé moitié moins que celui des hommes, quand même il vaut autant, quand il est le même ! J'ai connu une ouvrière typographe ; on les paye au mille, comme les hommes, et le mille de lettres, n'est-ce pas ? est aussi bien fait par elles que par les autres. Eh bien ! pourtant on le paye aux femmes moitié moins. Et c'est ainsi dans tous les métiers (2). Pourquoi cela ? Est-ce donc pour que la femme soit toujours au pouvoir de l'homme ? Et tenez, dans les ateliers, quand la journée des hommes n'est plus maintenant que de dix heures, celle des ouvrières est de douze. Est-ce parce que la femme est plus faible, comme on le dit tant ? Oh ! mademoiselle, allez, c'est une chose injuste que la vie.

Eh bien ! pour finir, ne songeant, comme je vous l'ai dit, qu'à sortir de mon esclavage, je fis toute seule mon apprentissage d'ouvrière en lingerie fine, ayant seulement les conseils d'une femme de chambre de la maison où

j'étais et quelques modèles qu'elle me donnait. Quand une fois je vis mon ouvrage accepté et que je pus gagner vingt-cinq sous par jour, oh ! alors je me sentis comme des ailes. Je fis enlever mon mobilier pendant qu'il n'était pas là ; car il m'aurait tuée plutôt que de me laisser aller, et déjà plus d'une fois il m'avait battue. J'avais loué une petite chambre bien loin, j'avais pris un commissionnaire qui n'était pas du quartier. Je tremblais d'être retrouvée ; car, vous savez, les journaux sont pleins de ces aventures de gens qui tuent les femmes quand elles les refusent : comme si elles étaient leur propriété ! Enfin je fus longtemps dans cette peur, au point que je n'osais pas sortir, et, si pauvre que je fusse, je me trouvai longtemps heureuse, rien que d'être seule et libre.

Depuis cela s'en est allé peu à peu, et j'ai fini par sentir la solitude et l'ennui ; mais je ne voulais point pour cela cesser d'être sage, et je pensais quelquefois que je pourrais trouver peut-être un brave homme gagnant de bonnes journées, que, s'il m'aimait, j'aimerais aussi, et que je pourrais avoir des enfants à moi, car j'aimais tant les enfants des autres que je souffrais de ne pas pouvoir les embrasser. C'était bien de la peine pourtant que je rêvais là, et, sans parler de notre pauvre famille, j'en voyais tant d'autres malheureuses ; mais on a cet instinct-là dans le cœur, plus fort que la raison.

Et puis j'étais allée aux cours du soir, j'avais appris à lire, et alors j'avais été surprise de trouver dans les livres ce que j'avais au fond de moi-même et que seulement je ne savais pas bien dire. Je pleurais en lisant de belles scènes d'amour, où les gens s'aiment plus que tout au monde. Alors mon cœur battait, comme s'il eût voulu s'envoler je ne sais où, et je passais des heures à rêver, tout en tirant mon aiguille. Je ne l'avais point connu, l'amour ; avec cela, je restais toujours dans ma petite chambre. J'y avais mon rêve, et c'était comme un trésor. Quand j'allais reporter ou chercher de l'ouvrage, si quelqu'un me suivait, me parlait, j'en avais peur et horreur, je me sauvais, et l'on disait que j'étais farouche.

Alors — c'est l'année dernière ; j'avais dix-huit ans — une jeune ouvrière que je connaissais, Marie, me parla d'un jeune homme qui lui faisait la cour. Elle me le disait si beau, si charmant ! et elle me le fit voir. C'était un étudiant en médecine. En effet, il était aimable et paraissait bon ; il nous disait des choses que nous n'avions jamais entendues. J'aurais trouvé Marie bien heureuse, s'il l'avait aimée.

---

(1) Dans les chiffres sur le travail, ce sont presque toujours des journées exceptionnelles qu'on donne comme moyenne ; ou bien l'on établit cette moyenne sur l'ensemble des salaires, sans tenir compte du très-faible nombre des hauts salaires. Le prix ordinaire de la longue journée de l'ouvrière, qui travaille chez elle à la grosse confection pour le compte d'un entrepreneur, est de 60 *centimes*. C'est une enquête personnelle qui m'a donné ce chiffre.

(2) Cette différence de moitié entre le gain des hommes et celui des femmes va s'élargissant. Depuis quelques années, par le fait des grèves, les salaires des hommes ont augmenté de 40 0/0 tandis que ceux des femmes restent les mêmes.

— Mais ce n'est pas vrai qu'il t'aime, lui disais-je.

— Pourquoi donc pas ?

— Parce qu'il sait bien qu'il te quittera et ne veut t'aimer qu'en passant.

Elle lui dit cela un jour devant moi ; il protesta que ce n'était pas vrai, qu'il aimerait toujours Marie. Mais il disait cela avec un demi-sourire et je vis bien qu'il n'en pensait rien. Mais Marie, elle, le crut ou...., je ne sais ; pour moi, je l'aurais trouvée heureuse sans cela. Mais je me disais : — Non, on ne peut pas aimer une personne avec l'intention de la quitter, et c'est alors que je pensais de me marier à un brave homme, fût-il laid et pauvre, pourvu qu'il m'aimât.

Alors un jour, chez Marie, je rencontrai... Albert.. Tout d'abord, je vis bien que c'était comme l'autre, car j'avais encore ma raison... Mais voilà, peu à peu, je la perdis, et je crus ce qu'il me disait : qu'il m'aimerait toute la vie, que nous ne nous quitterions jamais... Je l'aimais !... Que voulez-vous ?... Et lui !... Ah ! s'il m'avait aimée seulement de bonne foi et qu'il eût changé sans le vouloir !... Mais il m'a trompée, et c'est ça que je ne peux pas lui pardonner, car j'en ai un trop lourd chagrin !

A deux pas l'une de l'autre, elles songeaient silencieusement chacune à la blessure qu'elle avait reçue, et les larmes les plus âcres, celles d'une trahison en affection, corrodaient lentement ces joues fraîches et pures où l'essor de la jeunesse luttait contre l'effort du chagrin. Au milieu de ce silence résonna le timbre d'une horloge voisine. Fauvette tressaillit.

— N'est-ce pas sept heures, dit-elle, ou bien sept heures et demie ? C'est à huit heures le convoi de Florentine et il faut que j'y sois, car il n'y aura peut-être que moi.

— Sept heures un quart, dit Marianne en tirant sa montre ; alors je vous laisse...

— Oh ! j'ai bien le temps, s'il n'est que sept heures un quart. C'est là tout en face, et je n'ai à mettre que mon waterproof. Si ce n'est que pour ça, ne vous en allez pas, je vous prie.

— Non, car je voudrais vous parler encore. Nous ne nous sommes pas assez comprises, entendues... je voudrais... Mais d'abord dites-moi... Quelle est cette femme au convoi de laquelle vous voulez aller ?

— Celle qui est morte avant-hier soir, presque sous vos yeux, mademoiselle.

Un frémissement parcourut le corps de Marianne.

— Je le pensais, dit-elle. Ah ! quelle scène affreuse ! Et cette femme est morte après un souper, parce qu'elle n'avait pas mangé, — elle l'a dit elle-même, — depuis trois jours !

Elle frémit encore.

— Si vous saviez, dit Fauvette, comme elle était malheureuse, la pauvre créature ! Elle avait été séduite à 15 ans par quelqu'un... que vous connaissez, mademoiselle, et depuis, abandonnée par lui, elle avait été à d'autres, vivant bien ou mal, selon l'amant qu'elle avait ; enfin elle est devenue vieille. Alors plus d'amants... et plus de pain. C'était une pitié que de la voir, usant ses vieilles toilettes et coquetant pour attraper par-ci par-là un dîner, une pièce de 5 francs...

— Oh ! quelle vie infâme !

— Je le sais bien ; mais que vouliez-vous qu'elle fît ? elle n'avait pas d'état. Celui qui l'avait débauchée, pour jouir de sa beauté et de sa jeunesse, ne s'était pas inquiété de savoir ce qu'elle deviendrait. Puisque je vous ai dit que les choses étaient arrangées pour que les femmes ne puissent pas se suffire à elles-mêmes, il faut donc bien qu'elles acceptent l'aide des hommes pour vivre, et bien souvent ce n'est que pour en mourir. Il y en a, au métier de Florentine, qui se tuent : ce sont les plus avisées, elles ne souffrent pas si longtemps. Cette malheureuse ne vivait que de honte et d'avanies, on se moquait d'elle. Ils avaient le cœur de trouver ça drôle. Ah ! les hommes ! Ils disent que les enfants sont cruels !... Au moins les enfants ne savent pas, et, s'ils se moquent des bancals et des bossus, ça n'est pas eux qui les ont faits.

Marianne regardait Fauvette, et une question s'arrêtait à ses lèvres. La jeune femme, elle, regardait une chose invisible, et tout à coup, reculant d'un pas, d'un air d'épouvante, elle mit la main sur son front et sur ses yeux.

— Pour moi, dit-elle, si jamais l'envie me reprend de croire à des serments d'amour... j'aime mieux la Seine.

— Cet homme, demanda Marianne d'une voix émue et timide, qui était l'autre soir avec vous et... cette malheureuse, quel était-il, je vous prie ?

— Ça, mademoiselle, c'est un homme qui me faisait la cour, et il est revenu hier soir. Comme il me sait abandonnée, il pense qu'un jour ou l'autre je le prendrai. Marie, depuis Emmanuel, a déjà eu deux amants. Ils pensent que je vais faire de même aussi, moi. Mais non ! je le dis, non, et si je me sentais glisser là-dedans, je trouverais un moyen, et il serait bon....

— Oh ! vous ne pouvez pas être tentée de cette vie infâme, vous, Fauvette, dit Marianne en lui prenant la main. J'en suis certaine, rien qu'en vous regardant. Mais aussi il ne faut plus voir ces hommes et ces femmes avec lesquels vous allez.

— Je sais bien ; pourtant, de vivre seule, toute seule, c'est trop dur. Et puis, voyez-vous, nous autres, mademoiselle, ce n'est pas comme chez vous : on a des amies, on ne les laisse pas pour ça. Que voulez-vous ? ça arrive tant ! D'ailleurs est-ce à moi à moi de les blâmer ? et puis ce ne sont pas de mauvaises personnes.

— Elles sont blâmables pourtant ; car enfin plusieurs d'entre elles au moins pourraient vivre de leur travail, et c'est par goût de la toilette et de la dissipation...

La jeune fille s'interrompit sous le regard que Fauvette attachait sur elle, regard où se lisait une désapprobation à la fois triste et amère.

— Vous êtes riche, vous, mademoiselle ; vous savez beaucoup de choses, vous avez des livres, de la musique, des promenades, de la toilette, des spectacles ; vous passez votre temps à faire ce que vous voulez...

— Eh bien ? demanda la jeune fille avec un certain malaise.

— Eh bien ? je veux dire que lorsqu'on est si heureux, on ne sait pas ce qu'on dit quand on reproche à une pauvre fille d'aimer la dissipation.

Marianne rougit.

— Pardon ! je ne l'ai pas dit pour vous blesser.

— Je sais bien, allez, tout le monde est comme cela ; on parle de ce qu'on ne comprend pas. Mais, tenez, regardez autour de vous, cette petite chambre : voilà toute notre vie à nous autres : un lit où nous avons six heures à dormir, encore pas toujours ; la commode, toujours trop grande pour notre peu de linge et nos vêtements ; le miroir où l'on se voit jeune et jolie, et dans lequel on peigne ses cheveux et l'on s'en couronne la tête, quelquefois en rêvant, quelquefois en pleurant, parce que c'est naturel, voyez-vous, aux jeunes filles, qu'elles soient riches ou pauvres, d'aimer la toilette et le plaisir ; la chaise et la petite table, où l'on travaille depuis le point du jour jusqu'à la nuit tombée, après quoi l'on allume sa petite lampe pour coudre encore jusqu'à onze heures ou minuit.

Fauvette continua :

— Vous êtes-vous imaginé, mademoiselle, ce que c'est que de toujours coudre ? toujours, toujours ! demain comme hier, toutes les heures les unes après les autres, toujours tirer cette aiguille, et ne pas faire autre chose dans toute la journée, dans toute la vie ! Et ça tout bonnement pour vivre, c'est-à-dire pour ne pas mourir, pour manger du pain et un peu de café au lait, un peu de fromage ; pouvoir s'étendre sur un mauvais lit pendant quelques heures, quand on a le dos brisé, meurtri à crier, par ce petit mouvement du bras, toujours le même, répété des millions de fois... pour vivre, ce qui veut dire seulement pour coudre toujours, sans cesse, comme une machine ou avec une machine pour compagnie... Voilà, mademoiselle ! Eh bien ! moi, qui sais ça, je n'ai pas le courage de les abîmer, les pauvres qui se laissent tirer hors de ce tombeau pour aller se réchauffer un peu au soleil. Pensez-vous qu'il y ait bien de la différence entre la petite chambre où coud l'ouvrière et le cercueil ? La plus grande est que dans celui-ci on ne souffre plus, et que dans l'autre on se sent mourir.

— Pardon ! s'écria Marianne en saisissant les mains de Fauvette, pardon ! J'ai été méchante et stupide tout à l'heure, et vous avez eu bien raison ; je ne savais pas ce que je disais.

Sa voix s'altéra ; elle pencha la tête sur l'épaule de Fauvette, qui se mit à pleurer en la serrant dans ses bras.

— Que vous êtes bonne ! Oh ! jamais je n'en ai connu une comme vous. Laissez-moi vous aimer. Je n'aimerai plus que vous ; ça me remplira le cœur, et comme ça je pourrai rester honnête. Autrement, voyez-vous, vivre sans aimer, vivre sans rien dans sa vie, rien que pour coudre, ça ne se peut pas ; nous ne sommes pas des machines de fer.

— Pauvre !... pauvre sœur ! disait Marianne, je croyais vous plaindre, je croyais vous aimer, et je ne comprenais pas. Oh ! que pourrais-je faire pour vous racheter ? Mais, hélas ! il faudrait d'autres forces que les miennes. Comment se peut-il que des femmes, des êtres humains, soient ainsi traités ?... Oui, comme des machines de fer. Et nul autre refuge que la tentation, l'opprobre, et enfin la misère toujours. Oh ! Fauvette, non, je n'avais pas compris. Et bien d'autres sont de même. Il faudra le dire à tout le monde ; il faut que tout le monde comprenne ces choses-là !

Elles pleuraient ainsi, dans les bras l'une de l'autre, se parlant à phrases entrecoupées, debout, au milieu de l'étroite chambrette, et, bien que tout fût tristesse dans leurs paroles et dans leurs pensées, un rayonnement singulier d'où la joie n'était point absente, une joie supérieure et forte, éclairait leurs fronts. Elles avaient passé de leurs propres souffrances dans celles d'autrui, avec cette ardeur généreuse qui est une force et comporte toujours un rayon d'espoir, et elles goûtaient la joie d'une affection pure, nouvelle, enthousiaste, qui, née à peine, gonflait déjà leurs cœurs. Un silence eut lieu pendant lequel elles restèrent ainsi embrassées, le front rêveur, les yeux brillants de larmes claires et lumineuses, qui roulaient une à une, lentement, sur leurs joues. Marianne enfin se dégagea doucement des bras de Fauvette, la fit asseoir tout près d'elle, et lui prenant les deux mains :

— Écoute, lui dit-elle, il faut que tu sois ma sœur. Nous ferons ensemble pour les autres ce que nous pourrons ; toi du moins, tu seras sauvée ! Tu me remplaceras cette Henriette que j'aimais tant. Je n'ai jamais eu d'amie parmi les heureuses, je ne sais pourquoi ; mais je suis contente que ce soit ainsi. Et toi, Fauvette, veux-tu être mon amie ?

— Oh ! je n'avais rien rêvé de pareil jamais, disait l'ouvrière en pressant de ses mains tremblantes les mains de Marianne. Si je vous aime !

— Dis-moi tu, comme je te le dis ; je te le répète, tu es ma sœur ! Tout à l'heure, en appuyant ma tête sur ton sein, le cœur plein des souffrances que tu venais de me révéler, j'ai compris, j'ai vu, un devoir nouveau, dont je n'avais encore eu l'idée que d'une façon confuse. Laisse-moi te dire : j'ai vu que c'était une chose insensée que les femmes fussent ennemies, comme elles sont, les unes des autres, et divisées en classes qui ne se confondent jamais, se méprisant ou s'injuriant seulement de loin. Car, vois-tu, dans cette exploitation infâme qui se fait de la femme et de l'amour, leur intérêt, à elles toutes, est de s'unir et de se défendre. Quand une fille riche épouse l'amant d'une fille pauvre, elle ne commet pas seulement un crime contre l'abandonnée, mais contre elle-même, contre l'amour, contre la nature. Quand elles consentent à l'abandon et à l'avilissement des autres femmes, elles perdent elles-mêmes l'amour qui, traîné de la débauche au calcul immonde et menteur, n'existe plus. Elles ne sont plus aimées, elles ne peuvent pas l'être ; l'amour, qui devait faire l'honneur et le charme de leur vie, a péri pour elles dans le naufrage de leurs sœurs pauvres, et il ne leur reste plus que le fantôme du mariage et de la maternité, un mannequin solennel dont l'âme est absente. Par l'égoïsme, la femme a perdu l'amour. Moi, ma sœur, je n'ai pas voulu de ce mensonge ; mais je n'avais agi que pour moi-même, par honneur et par fierté ; je ne pensais pas à toi. Aujourd'hui je comprends mon devoir envers toi comme envers moi-même, et je te dis ce que toute fille riche, si elle avait assez de cœur et de sens, dirait à toute fille pauvre : Je fais alliance avec toi, ma sœur. Assez longtemps nous avons été trompées et exploitées l'une par l'autre. Unissons-nous : dans cette alliance, nous retrouverons le bonheur et la dignité ; l'homme retrouvera l'honneur et l'humanité l'amour. Maintenant, si je n'avais pas déjà refusé Albert, si je pouvais l'aimer encore, je te dirais : Je m'incline devant ton droit ; toi seule dois être sa femme, si tu peux lui pardonner.

Fauvette secoua la tête.

— Il ne voudrait pas, dit-elle, et moi...

— Permets-moi d'être juste. Sois ma sœur, je te l'ai déjà dit, et partage avec moi ; quand tu seras riche, M. et Mme Brou consentiront, je l'espère...

— Et Albert aussi, n'est-ce pas ? Lui qui m'a rejetée pauvre ! Non, n'insiste pas. Je veux être ta sœur en effet, mais de cœur seulement et sans dot. Si je pouvais épouser, grâce à l'argent, celui qui m'a repoussée et insultée, serais-je ta sœur ?

— Eh bien ! reprit Marianne en l'embrassant avec transport, soit, tu as raison. Quelque jour peut-être, ton cœur guérira, et tu pourras encore être heureuse. Laisse-moi espérer que tu le seras et permets-moi, chère sœur deshéritée, de me charger de ton avenir. Le 10 octobre prochain, je serai majeure, libre de mes actes et de mes biens. Ce jour-là, tu viendras me retrouver, Fauvette, promets-le moi.

— Oh ! vous voulez vous charger ainsi d'une pauvre fille qui a si peu mérité que moi ? Mais c'est impossible ! Je ne veux pas, je vous ferais tort.

— Ne parle pas ainsi, ne t'éloigne pas de moi déjà ; traite-moi en sœur comme tout à l'heure. Je suis venue à toi, l'âme flétrie de dégoût et de douleur, et, près de toi, j'ai retrouvé l'enthousiasme et l'espérance. J'ai besoin de toi, tu le vois ; tu rassures ma conscience, tu m'indiques mon devoir, et tu seras ma rançon. Car, songes-y, Fauvette, qu'ai-je fait, moi, pour être honorée comme je le suis ? Ai-je souffert le vingtième de tes douleurs ? ai-je subi la moindre de tes épreuves ? Ceux qui oseraient te mépriser me diraient honnête. C'est sans avoir lutté ? Va, tu vaux mieux que moi, et, pour ne pas t'honorer, il faudrait que je fusse abjecte ou stupide. Aie confiance en moi, je t'en prie, et comprends bien mon sentiment devant toi. En me rappelant ta cruelle histoire, je me sens humiliée de mon bonheur, des facilités de ma vie. Je t'ai pris ta part, hélas ! et c'est par moi que tu as souffert ! Laisse-moi te la rendre, Fauvette ; ma conscience le veut, et j'en ai besoin !

La jeune ouvrière palpitait sous cette parole ardente, qui l'éblouissait en l'enivrant d'idées, d'impressions nouvelles. Elle mit sa main dans la main de Mlle Aimont.

— Je me confie à toi, lui dit-elle, car je t'admire et t'aime bien.

Elles s'embrassaient de nouveau avec effusion, quand l'horloge sonna. Fauvette s'arracha des bras de Marianne.

— Je ne veux pas, dit-elle, oublier la malheureuse dans la joie que tu me donnes. N'est-ce pas huit heures ?

— Oui, dit la jeune fille.

Fauvette sauta sur son waterproof, pendu à un clou du mur, et, l'endossant à la hâte :

— Je ne veux pas qu'elle aille seule, et elle le serait sûrement sans moi.

— Voici mon adresse, dit alors Marianne en lui remettant une carte ; je quitte Paris demain. Si tu avais besoin de moi avant le 10 octobre, écris-moi ; mais d'ici là...

Elle voulut lui remettre sa bourse. Fauvette l'écarta vivement.

— Non, non ! cela me gâterait le bonheur que tu m'as donné. Je m'arrangerai, ne t'inquiète pas. J'ai maintenant de la joie et de l'espérance. Tout ira bien.

Elles descendirent ensemble et se quittèrent au seuil de la maison. De l'autre côté de la rue, s'arrêtait le corbillard des pauvres, et seule en effet, un moment après, Fauvette suivait le triste convoi. Quand Marianne rentra à l'hôtel, le plus profond silence régnait encore dans la chambre de M. et Mᵐᵉ Brou et dans celle d'Emmeline. Marianne glissa devant leurs seuils et rentra sans bruit dans sa chambre. Elle n'aurait pas de scène à subir, son escapade restait ignorée.

I

Pierre à Marianne.

Mademoiselle,

Vous voulez connaître mon sentiment et ma foi ? Vous en avez besoin, me dites-vous. Puissent-ils en effet vous aider ! Ils sont à vous, comme le serait ma force entière, si jamais elle pouvait vous être utile. De théorie, je n'en ai d'autre que celle que me donnent à la fois la nature et la justice. Je vais donc vous dire ce que je crois, ce que j'ai compris et pensé. Mais c'est vous qui me le demandez ? vous, qui savez si bien ce qu'on doit faire, et le faites avec tant de décision et de fermeté ? Toutefois je ne discute pas votre volonté. Et pourquoi le ferai-je quand elle me rend si heureux ?

Avant tout, laissez-moi vous dire combien j'admire votre visite à Fauvette. Non, cette démarche n'est pour moi ni fausse ni extraordinaire ; elle est digne d'une âme telle que la vôtre. Je ne suis pas, vous le savez, de ceux qui disent : Fait-on cela ? mais de ceux qui se demandent : Cela se doit-il faire ? Oui, vous avez bien fait. Je connais cette jeune personne assez pour la croire bonne, sincère et fort au-dessus de la situation qu'elle subit. Cependant elle aurait pu y glisser : vous la sauverez. Oui, mademoiselle Marianne, Fauvette et vous, si étrange au premier abord que cela paraisse, vous êtes solidaires. Et vous l'avez deviné ! Ah ! que vos inspirations, mademoiselle, sont grandes et profondes ! Il faut que vous me permettiez de vous le dire, j'en ai trop besoin.

Pour répondre à toutes les questions de votre lettre, sachez bien que je n'ai jamais pu vous en vouloir. Vous, à votre gré, vous pouvez me causer beaucoup de douleur ou beaucoup de joie ; mais je ne saurais vous en vouloir jamais, et cette estime, cette affection dont vous m'assurez me causent un orgueil, un bonheur immense.

La question des relations de l'homme et de la femme, autrement dit celle de la justice ou de la vérité dans l'amour, ou encore la question du droit de la femme, découle d'une question plus générale, posée depuis le commencement des siècles : l'émancipation même de l'humanité. Elle en découle ou plutôt elle y est enveloppée, car elle en est aussi génératrice à beaucoup d'égards. Suivant que ces relations ont été comprises, le progrès s'est fait plus ou moins. Où la loi séquestre la femme, le progrès est nul ; où les mœurs font de l'amour un acte purement charnel, le cerveau humain se pétrifie. Dans les pays, dans les temps au contraire où la femme agit, se mêle à toute chose, la vie court à grands flots dans les veines des peuples, le cerveau pense et le progrès marche. Mais, comme cette action est partout encore détournée, contrainte, obligée pour s'exercer de s'épuiser en détours, les mœurs sont hypocrites, la logique est faussée, la loi est arbitraire.

La question de la femme est permanente ; mais elle reste confondue, noyée dans la question humaine, qui va changeant de phases et de noms selon les temps ; des castes aux cités, des cités aux classes, toujours la même au fond, mais de plus en plus victorieuse de l'injustice et de plus en plus développée, jusqu'à cette proclamation d'affranchissement général et de paix, qui est devenue le champ de bataille actuel : Tous les hommes, — c'est-à-dire tous les êtres humains, — sont égaux en droits.

Proclamation sublime et décisive, préparée par vingt siècles d'efforts, de pensées, de luttes, et dont les adversaires de la femme ont fait une question grammaticale.

C'est à partir de cette époque seulement que le droit de la femme se pose et que sa revendication s'affirme nette et précise. C'est aussi la question des mœurs, mais c'est avant tout la question démocratique elle-même. Il s'agit du droit humain. Je ne sais point deux façons de le comprendre : l'être est autonome par cela seul qu'il est soi, et que la volonté, la doctrine, les coutumes d'un autre, ne sont pas plus faites pour s'imposer à son entendement ou à son désir, que la chaussure d'un autre n'est faite pour son pied. L'être est autonome, parce que la vérité absolue n'appartient à qui que ce soit ; l'être est autonome, parce qu'entre deux opinions, qui se prétendent chacune la meilleure, il n'y a pas de preuve possible, non plus que de juge sans appel. L'être est autonome, parce que chaque être humain est un organisme spécial et complet qui, en dehors de l'intérêt commun, se suffit ; parce que chacun à part est le type humain et renferme l'humanité.

Hors de ce principe, fondement de légalité et base du droit nouveau, je ne vois d'autre foi que le culte de la force, et d'autre organisation que l'esclavage, et j'admire, sans pouvoir m'empêcher d'en rire, la trouvaille de ces démocrates prétendus, qui pour constituer un Etat libre placent à sa base la monarchie familiale. Il est tout simple que les partisans de l'ancien dogme social, sectateurs du droit divin, adversaires de la liberté individuelle ne cèdent que pied à pied le terrain, composent avec le progrès et passent en rechignant de l'esclavage à la féodalité, de la féodalité au rachat des serfs; de là à l'abolition des priviléges nobiliaires, de la contrainte par corps, du livret d'ouvrier, — conservé par force malgré la loi; — qu'ils s'attachent et se cramponnent à toutes les lois restrictives de la liberté, et n'acceptent la femme que sous deux aspects : mère de famille soumise à l'époux ou courtisane; — ceux-là sont conséquent avec eux-mêmes, ils ne reconnaissent pas le nouveau principe. — Mais qu'on prétende dater de la Révolution pour venir contester le droit humain à la moitié de l'humanité et pétrir ce qu'on appelle doctoralement la molécule sociale à l'image de la monarchie, ceci me semble grotesque. Après tout, ce n'est qu'une question de classement. N'est pas démocrate qui se dit tel. Le parti, à côté de dévouements purs et sincères, est composé pour une part, — les événements le prouvent assez, — d'ambitieux hypocrites, qui changent avec la fortune, et de révoltés inconscients, qui imposent des chaînes à autrui avec la même fougue qu'ils ont mise à briser les leurs. La démocratie, dans ces premiers temps, est encore un instinct plutôt qu'une doctrine, une foule plutôt qu'un parti. Pour moi, dans cette confusion, la question de la femme est une pierre de touche, et, sans entrer dans la discussion théorique, où parfois les meilleures volontés se fourvoient, je n'estime démocrate que celui qui ne se rêve point une monarchie au foyer.

D'ailleurs, l'inconséquence est sentie, elle n'est pas sans gêner ceux qui la soutiennent; aussi est-ce —consciemment ou inconsciemment— pour conserver la dépendance sociale de la femme, sans paraître déserter le principe démocratique, qu'a été formulée cette théorie des deux natures et des deux morales, si répandue aujourd'hui. Il fallait bien à ceux qui n'acceptent pas la faute d'Eve un péché originel quelconque. Ce n'est plus Dieu, c'est la nature même qui doit condamner la femme à l'obéissance. On a donc analysé, disséqué, et surtout conclu. Quelques savants ont affirmé, beaucoup de nos savants ont affirmé davantage, que, de par la conformation de son cerveau, la femme était inférieure à l'homme. Or, le fait serait prouvé par de suffisantes expériences, qu'on en pourrait appeler, au nom des habitudes et de l'éducation actuelles; mais il ne l'est nullement ; j'ajoute qu'il est à peine démontrable, fût-il expérimenté dans des conditions tout autres que les conditions ridiculement restreintes et arbitraire dans lesquelles on a prétendu le constater. Enfin, par impossible, il serait absolu qu'il ne détruirait pas le droit de l'être humain à se gouverner lui-même, ce droit reconnu aujourd'hui à l'homme le plus pauvre d'intelligence comme au plus savant; il resterait à mettre la femme en dehors de l'humanité.

Ce n'est pas à vous, mademoiselle, que j'ai besoin de signaler l'illogisme d'une démarcation naturelle et radicale entre deux êtres de même origine, formés des mêmes éléments et si profondément mêlés dans la même matrice. La différence des sexes est dans toute la nature la simple condition du renouvellement de la vie, et ne crée nulle part l'infériorité ni la sujétion. Il fallait que chez l'homme l'ingéniosité de l'égoïsme succédât à sa brutalité pour qu'on arrivât à de telles affirmations. La plus étonnante de toutes est que ce soit au nom de la maternité qu'on ait mis l'intelligence en interdit chez la femme et proscrit pour elle l'instruction. Ainsi la plus grande des fonctions humaines est assimilée à la tâche d'un manœuvre; la reproduction de l'être humain n'est qu'une affaire de chair et de sang, d'où l'on écarte soigneusement tout ce qui peut animer cette boue et la pénétrer du rayon sacré, et c'est parce que la femme doit être mère qu'elle doit rester ignorante et uniquement occupée de détails grossiers et de pensées vides !

Rien de plus insensé ni qui prouve mieux à quel point l'homme a peu le respect de sa propre nature et le sens de son perfectionnement. Et cependant cette grossièreté de conception est presque générale; de grands utopistes ne se sont occupés de la reproduction de l'être humain qu'au point de vue matériel; jusqu'à ne tenir compte dans l'union que des formes extérieures, et l'on entend parler encore en démocratie de choses semblables. Il semble que Prométhée n'ait point encore dérobé le feu du ciel, ou que l'on ignore quelles sont dans l'humanité les forces créatrices par excellence. Ah! si dans l'œuvre sacrée, l'intelligence, l'enthousiasme et le dévouement eussent été appelés au lieu d'être combattus, si l'amour humain eût proscrit l'amour bestial, quelle serait aujourd'hui la vie ?

Vous me pardonnerez d'avoir pris ce sujet à l'origine, parce que c'est à la prétendue infériorité naturelle de la femme que se rapporte nécessairement toute l'argumentation de ceux qui l'infériorisent dans la vie sociale, et que c'est à cette infériorité sociale que nous devons les désordres de nos mœurs et la plupart des misères qui déshonorent notre civilisation.

La femme s'appartient-elle à elle-même ? doit-elle obéir ? Tout est là ; car, si elle doit obéir, elle n'est pas responsable, et la dignité, la vertu, ne sont à son usage que des mots dépourvus de sens. L'amour n'est plus que le plaisir, autrement dit la débauche, et la famille n'est qu'une institution légale. Si la femme doit obéir, elle ne contracte pas seulement les vices de l'esclave, elle donne à l'homme ceux du tyran et du plus abject de tous, le sultan polygame.

Regardez le monde actuel ; partout, à tous les degrés, l'instruction de la femme est inférieure à celle de l'homme ; partout la femme est tenue à part de l'action féconde, intelligente et prépondérante. Riche, elle est condamnée à l'oisiveté et aux vices qui en résultent ; pauvre, au travail le plus infime et le moins rémunérateur, ou, ce qui est encore plus cynique, elle fait les mêmes travaux que l'homme à moitié prix. Avilie par la loi, avilie par l'opinion, il faut bien que sa valeur, économiquement parlant, subisse une dépréciation analogue.

Elle vit donc pour ne pas mourir, travaille de l'aube à minuit pour un peu de pain, est humiliée toujours et souvent insultée. Jeune, elle doit se passer de toute distraction, de toute parure, de tout plaisir, et c'est dans une situation pareille qu'un tentateur vient présenter à ses lèvres la coupe de la vie. Elle se livre à lui pour bien peu ; quelquefois ceux qui lui donnent le travail, ses *maîtres*, la prennent pour rien, sur une simple menace de renvoi. En tout ceci, la débauche règne et déborde ; et cependant il naît chaque année plus de 50,000 enfants sans père et sans mère, dont la charité sociale laisse périr la plus grande part ; il y a un nombre double ou triple de filles jetées hors de la famille, dans l'inconduite ou la prostitution ; les enfants-trouvés qui survivent vont peupler les maisons de correction, les bagnes ; et l'on parle chaque jour de sauver la famille en conservant tout cela !

C'est que pour ces sauveurs, la famille légale, où ils vont retrancher la seconde moitié de leur vie, est tout. La femme étant faite pour l'homme, à ce qu'ils veulent croire, après avoir exploité la fille pauvre pour leur plaisir, en s'imaginant la mépriser, ils vont épouser la fille dotée, qui, en raison de l'infériorité féminine, n'a rien à faire de sa propre vie que d'enrichir un homme et mettre en relief ses vices ou ses talents, en subissant de même son despotisme.

Mais, ainsi formée, la famille n'est qu'un corps sans âme, un cadavre. D'un côté, un homme qui a jeté à l'hôpital, à la voirie, celle qu'il a serrée dans ses bras, les enfants qu'il a créés ; de l'autre, une femme sans pudeur acceptant pour époux ce suborneur d'autres femmes, et pour père de ses futurs enfants celui qui a déjà renié les siens ; car il n'est guère aujourd'hui de fille à marier qui ne sache de l'homme qu'elle épouse a eu d'autres amours. On n'élève pas un édifice solide sur des ruines. Il y a entre ces deux êtres une communauté d'intérêts, non de foi et de sentiment. L'époux ne se croit obligé à rien ; la femme souffre du vide de sa tête et de son cœur. Ici l'oisiveté aboutit aux mêmes fins que la misère : on n'a donné à la femme d'autre but, d'autre poursuite que l'amour ; il faut bien vivre de quelque chose et la vie ne se clôt pas à vingt ans.

Mademoiselle, vous m'avez demandé ma foi, la voici : Je crois la femme égale de l'homme et moitié de l'humanité, en valeur aussi bien qu'en nombre. Je crois que le progrès et les forces humaines seront doublés par les forces de la femme, et son action bien plus que doublée, grâce à l'accomplissement de la justice, dont cette révolution fermera le cycle, celui du moins qu'il nous est actuellement donné de concevoir. C'est dans la famille, commencement des sociétés, que s'inaugure par la tyrannie cette lutte entre l'égoïsme et la justice, qui est l'histoire même de l'humanité ; c'est dans la famille que cette lutte se terminera. Le droit de la femme est, hélas ! le dernier mot du progrès ; mais il l'accomplit.

Je crois de toutes les forces de mon âme à l'amour, à l'amour vrai, à la fois idéal et charnel, aspiration de tout l'être, où la femme n'est plus l'idole d'un jour, mais là compagne, l'amie, l'amante de toute la vie ; à l'amour qui élève, moralise, féconde, et dont la famille est le but et l'une des principales joies. J'y crois non-seulement parce que tel est mon sentiment, mais parce que cet amour est le seul qui réponde individuellement à tous nos besoins, socialement à la justice, de même que physiquement il est le seul conforme aux lois naturelles.

Les hommes et les femmes naissent égaux en nombre ; le résultat, le but naturel de l'union est l'enfant ; l'enfant met vingt ans à devenir homme. Voilà, selon moi, les lois physiques, naturelles, qui établissent la monogamie, en dehors de toutes les raisons d'ordre moral qui y portent les esprits élevés, les cœurs sincères. Vingt ans de soins en commun, de joies, d'espérances communes sur un enfant, sur plusieurs, là se trouve, s'il en est besoin, l'attachement après l'amour, le lien naturel, fort et indivisible, comme l'être autour duquel il se noue.

Je sais que dans la démocratie, un certain nombre d'esprits, qui se définissent la liberté comme l'absence de tous liens, même volontaires, et croient agrandir la vie en enrayant le devoir, ont conçu une organisation où la société remplace la famille, et supprime la maternité, la paternité, dans ce qu'elles ont d'intellectuel, de moral, de responsable. Je crois le système nuisible, parce qu'il matérialise la famille et restreint, au lieu de l'étendre, la vie morale de l'individu. Je le crois faux, parce que la société n'est après tout composée que de l'ensemble des pères et mères, qu'elle n'a point d'existence propre en dehors de la majorité, que, par conséquent ce n'est point comme on l'imagine un être qui disposerait d'une moralité, de facultés supérieures. L'éducation donnée par la société serait justement celle que tous les parents donneraient eux-mêmes, sauf deux exceptions fournies par la minorité progressive et la minorité rétrograde. L'éducation obligatoire serait l'oppression de la première —et sur le point le plus grave,— quant à la seconde, en cas de mauvais traitement de l'enfant ou de non-instruction, la société, comme aujourd'hui, aurait le droit de sévir et l'exercerait avec plus de soin, sans qu'il fût besoin pour cela de supprimer l'exercice des forces morales les plus vives et les plus hautes. N'oublions pas que la société n'est que l'ensemble des individus, et que le droit individuel est la base de l'ordre nouveau.

Ce n'est pas en affaiblissant la famille, mais en l'épurant, et surtout en la rendant accessible à tous, que nous sortirons de l'odieux désordre où nous sommes plongés. Ici, comme en toutes choses, dans le chaos de notre époque indécise, où se heurtent l'ancien principe et le nouveau, c'est à celui-ci qu'il faut recourir. Que dit-il ? *Tous les êtres humains sont libres et égaux en droits.* La femme est donc libre, elle est donc l'égale de l'homme; elle doit donc sortir des limbes et de l'arbitraire où la retient la législation; de la timidité, des précautions injurieuses que lui impose l'opinion; de l'esclavage où la courbe le mariage; de l'ignorance et de la frivolité de son éducation. Elle naît à la vie complète; elle voit, elle sait, devient une force économique en même temps que politique et civile, et se défend désormais contre toute exploitation. Alors la jeune fille pure et fière, que tel homme coupable d'une trahison ou souillé de débauches viendrait demander en mariage, lui répondrait sûrement : « Vous qui avez abandonné votre femme et votre enfant, vous osez vous offrir pour être époux et père? » Ou, à plus juste titre, ce qu'un débauché même se croit aujourd'hui le droit de dire à la femme séduite : « Vous n'êtes pas digne de moi ! »

Quelle femme, si chaste qu'elle soit aujourd'hui, a ce courage ou même cette préoccupation? Vous seule. Et, lors même qu'elle aurait le courage et l'inspiration, a-t-elle la clairvoyance nécessaire? Non; son éducation, l'usage, la retiennent dans une geôle hors de laquelle elle ne voit, quelquefois même ne devine rien. Cependant, il faut le dire, la femme de ce temps, celle qui se pare du titre d'honnête, s'est faite avec impudeur le complice de la dépravation de l'homme; elle consent à la profanation de l'amour, à la honte et au martyre de ses sœurs pauvres, à l'abandon de l'enfant; elle consent à tout, accepte tout; elle jette sur ces crimes sa mansuétude ou son sourire. On voit, on entend là-dessus des choses honteuses. Elles se croient fortes, hélas! en étant égoïstes, et ne voient pas même qu'elles sont dupes. Vices des esclaves que rachète la liberté.

Vous seule avez su dire à ces mœurs infâmes, où le mensonge remplace l'honneur, où le rire se joue des épanchements les plus sacrés, du viol de la loi humaine : « Loin de moi ! Vous me faites horreur ! »

Ah ! si vous saviez combien je vous bénis pour cela, et vous... admire... au nom de l'humanité ! Il est temps que des révoltes généreuses s'élèvent et mettent fin à ces jeux de princes, à ces vanités de bandits, à ces orgies de parvenus ! Car le voilà, l'héritage de 89 ! C'est là ce que la classe aujourd'hui régnante a fait de cette grande, éternelle et vaste revendication de la nature humaine opprimée, insultée par tous les esclavages, qui a jeté dans le monde le cri à jamais retentissant : Liberté, égalité, fraternité ! Ce cri, en même temps qu'il déchirait les chartes et démolissait les bastilles, fermait la petite maison, abolissait le droit infâme du seigneur. Mais ceux qui l'ont aboli contre le seigneur l'ont rétabli pour eux-mêmes; la grande conquête humanitaire est devenue un simple butin, et à la place des Lauzun et des Richelieu, ce sont les Dandin, les Jourdain, les Turcaret, qui se croient le droit de sacrifier à leur débauche l'honneur des filles de manant, la vie et la dignité humaine, et de donner au peuple leurs bâtards à élever ! Pas de fils de famille qui ne se sente né pour exploiter la femme et goûter, aux dépens de la honte et de la misère des filles du peuple, des plaisirs de gentilhomme.

C'est pourtant cette queue de l'ancien régime qui s'intitule : ordre, religion, famille !

et qui accuse de vouloir détruire ces grandes choses ceux qui parlent de nettoyer les vieilles corruptions! L'ordre nouveau ne vient pas détruire, il vient seulement tout agrandir. La religion même, il en apporte une nouvelle : la religion de l'humanité, qui seule a le droit de se dire fraternelle ; car elle n'a ni maudits ni feu éternel, elle n'a que des élus ; certaine, car ses dogmes se démontrent, étant les lois de la vie. L'ordre nouveau ne vient pas détruire la famille ; il veut au contraire qu'il n'y ait plus de femme sans mari, ni d'enfant sans père. Il ne tend qu'à fortifier, en les étendant à tous, les *bases de la société. Tous les êtres humains naissent libres et égaux en droits.* Désormais il n'y a de plaisir, de bien légitime, que ce qui ne nuit à personne et s'étend effectivement à tous. Il est, dans sa clarté rayonnante et pourtant si peu comprise, le principe de 89, le droit nouveau de l'ère nouvelle.

Vous ne m'accuserez pas, mademoiselle, de vous parler politique en vous disant cela; cependant en voilà sans doute assez. Merci mille fois d'avoir cru que vous pouviez avoir besoin de ma parole. Si vous aviez besoin de mon dévouement, sachez-moi bien tout à vous, et faites-moi cette joie immense de vous adresser à moi.

Agréez, mademoiselle, l'hommage de tout mon respect,

PIERRE DÉMIER.

II

Marianne à Pierre.

Vous m'avez dit tout ce qui s'agite en moi et que j'eusse été longtemps à m'expliquer à moi-même. J'ai lu votre lettre avec bonheur, je la relirai souvent. Quelle joie nouvelle vous me faites connaître ! celle de penser et de croire à deux ! C'est elle qui me manquait, sans que je l'eusse bien compris. Je vous suis, cher monsieur Pierre, profondément reconnaissante. J'accepte le dévouement que vous voulez bien m'offrir, et je m'adresserais à vous, en toute occasion, avec une confiance absolue. Moi aussi, je voudrais vous être bonne à quelque chose et vous rendre un peu de ce vous me donnez.

Mais je ne sais. Je ne me rappelle qu'une chose, bien insignifiante en elle-même, qui paraissait vous être agréable, et ce souvenir est mêlé pour moi d'un grand remords.... Je veux parler de ce voile auquel un jour, au bois de Boulogne, vous avez semblé tenir beaucoup, ce qui, pour un homme aussi sérieux que vous, est un enfantillage étrange. Mais je n'ai pas le choix, ne sachant pas ce qui pourrait vous plaire en choses plus

graves. Permettez-moi donc de vous envoyer ce souvenir, en vous priant encore de me pardonner. Quand je serai libre, nous nous verrons, n'est-ce pas? Je serai bien heureuse de vous voir et de causer avec vous.

Votre sincère amie,

MARIANNE.

III

Pierre à Marianne.

Chère mademoiselle, oh ! Marianne, votre lettre, cet envoi, m'ont rendu fou. Je reviens du bois de Boulogne, où j'ai couru tout le jour. Je suis retourné à la place où vous me l'aviez repris avec tant de courroux, ce voile que vous m'avez rendu maintenant, et que je puis couvrir de baisers en osant croire que vous ne le défendez plus. Ah ! Marianne, un mot de plus, je vous en supplie. Ayez pitié de moi. Je suis vraiment éperdu, presque fou, je vous le dis. L'espoir me suffoque et la crainte me tue !... Marianne, je vous sais, je vous comprends trop bien pour ne pas être sûr qu'un seul vous pouviez envoyer ce don et les paroles qui l'accompagnent. Mais alors... Eh bien ! je n'ose pas aller plus loin, et à ce point la logique me semble insensée ; j'ai peur d'être le jouet de quelque hallucination. Non, je ne peux pas être l'élu du bonheur à ce point-là. Parlez-moi, expliquez-vous bien, ayez pitié de mon trouble ; c'est votre parole seule que je puis croire. Et tenez, j'ai peur de ce que je viens d'écrire. Il me semble que vous allez être indignée... me mépriser, d'un si fol orgueil. Ne m'accablez pas ! Ah ! si vous saviez quel respect, quelle adoration !... J'attends à genoux votre parole, et, quelle qu'elle soit, je suis à vous de toute mon âme, pour toujours.

PIERRE.

IV

Marianne à Pierre.

Oui, si vous m'aimez comme je le crois, Pierre, je veux être votre femme.

C'est une conviction profonde qui me dicte cette parole. Depuis que la pensée s'en est présentée à moi, elle m'a saisie toute entière, et ma résolution est aussi inébranlable qu'elle a été soudaine. C'est comme l'impression d'une vérité, d'abord méconnue, qui se dévoile tout à coup, évidente comme la clarté du jour. Ou je serai votre femme ou je ne me marierai jamais.

J'ai un chagrin, c'est d'avoir pu croire que j'en aimais un autre, et d'avoir donné à un autre des effusions qui n'appartiennent qu'à vous. Quand je me rappelle cette illusion, et la ferveur de mon âme, ou plutôt les efforts qu'elle faisait pour être fervente. On m'aimait, on le disait du moins. J'avais consenti, je voulais aimer; j'y mettais toute ma conscience par culte pour l'amour même. Quand je me rappelle cette illusion, je rougis, je souffre et je pleure. Oh! quel malheur, quelle tristesse que de se tromper ainsi! Et vous, Pierre, vous aussi n'en souffrirez-vous pas?

Oui, j'ai le culte de l'amour, et c'est ce qui m'a sauvée. J'ai senti le froid du mensonge, sans y croire, sans le comprendre. Pourtant j'ai failli périr, à force de vouloir croire, à force de vouloir aimer. C'est vous, Pierre, qui m'avez ouvert les yeux par ce grand éclat de sainte colère. Vous êtes venu chercher votre épouse dans les flots qui l'emportaient. Oh! que je vous bénis, et que je vous aime!

Au moins, sachez bien que la signification, l'harmonie des mots ont changé comme le sentiment. Je vois maintenant, à regarder le passé, combien l'amour simple et fort qui naît de la ressemblance des âmes est différent de ce rêve qui s'adresse à l'idéal, au travers d'un être de fantaisie. En faisant cette revue, j'ai découvert que je vous aimais déjà, quand je croyais encore en aimer un autre. Certes, ce n'était pas peu de chose que la profonde et fraternelle estime que j'avais pour vous depuis dix-huit mois; mais, le jour de notre visite à Notre-Dame, vous rappelez-vous? Oh! oui, vous vous rappelez, j'en suis sûre! le même éblouissement nous a frappés, j'ai senti votre impression comme la mienne. Au moment où, élevée par votre parole, je contemplais les choses de plus haut, c'est alors que j'ai senti mon âme voler dans la vôtre et toutes les deux se confondre. Que ce moment a été vrai! Qu'il est beau! J'en suis heureuse! J'aime à me sentir ainsi liée à vous, par la force des choses ou plutôt par nos affinités mutuelles, autant que par ma volonté.

Je subissais alors un état étrange: tandis que je m'obstinais à tenir un engagement brisé par un autre et secrètement dénoué en moi, je me sentais avec trouble saisie par une force nouvelle que je me refusais à nommer. J'ai pleuré de votre apparente indifférence quand vous n'êtes pas revenu. Pourquoi n'êtes-vous pas revenu, Pierre? Je veux le savoir, mais j'espère bien l'avoir deviné.

Oh! oui, j'ai été dure le jour où j'ai repris ce voile de vos mains; cruelle, prenant plaisir à frapper, moi qui ne suis pas méchante. N'avez-vous pas aussi deviné pourquoi? J'étais désespérée de vous croire l'amant de Fauvette. J'en ai pleuré devant mon cousin, qui, dans son peu de conscience, n'a pu s'empêcher d'en être jaloux. J'en pleurais encore dans ma chambre, et cette blessure était si âpre que j'en oubliais tout autre souci. Ce m'était un supplice inacceptable que de vous voir déchu. Et pourtant la raison m'objecta que vous pouviez ne pas l'être, que cette femme et vous pouviez être unis par un amour chaste et fidèle. Mais je n'écoutais pas l'objection, souffrant évidemment d'une douleur secrète et personnelle. Oh! que l'on a de peine à se connaître! car je m'irritais en même temps de la jalousie d'Albert et repoussais d'une main fébrile, emportée, la lumière qu'il projetait parfois au fond de mon cœur, Pierre, vous me pardonnerez cette colère; c'était de l'amour.

Vous m'aimiez, j'en étais sûre; votre billet me le dit encore. Oh! Pierre, que j'en suis heureuse! En vous contemplant si bon, si grand que vous l'êtes, je m'étonne parfois de mon bonheur. Je frémis encore, en pensant que nous aurions pu ne pas nous rencontrer, que nous aurions pu ne pas nous comprendre. Déjà, devant cet avenir que j'avais accepté, ce milieu où je devais vivre, ce compagnon aimable en apparence, mais si peu digne en réalité, auquel mon cœur s'était voué, la vie me paraissait fade, incolore. C'était comme un horizon gris, embrumé, qui s'étendait sous mes yeux, toujours le même, et bien souvent mon cœur se serrait. Oh! maintenant que la vie me semble douce, et riche, et vaste! Avec quels d'horizons! que d'action! que de travail! que de bien à faire! Dites-moi bien, Pierre, que vous consentez à ce que notre vie soit une!

Oui, répondez-moi bien vite! J'ai besoin de m'entendre dire par vous-même, bien formellement, que vous m'aimez. Et puis... nous cesserons de correspondre jusqu'au 10 octobre prochain; car on me surveille de près, on est fort irrité contre moi, on m'a déjà défendu de recevoir votre mère. Je dois éviter de basses persécutions; surtout je ne veux risquer, non, pour rien au monde, qu'une de nos lettres tombe entre leurs mains.

Le 10 octobre prochain, à neuf heures du matin, j'aurai vingt-un ans. Vous serez, n'est-ce pas? à Poitiers, ce jour-là, et il serait bon que vous fussiez docteur. A midi, que votre père et votre mère se présentent et fassent leur demande à mon tuteur. Je serai là et je répondrai.

Mais comme j'arrange cela sans vous consulter! Est-il bien vrai que vous m'aimiez, Pierre? Votre

MARIANNE.

P. S. Jusqu'à cette époque, soyez le protecteur de Fauvette. Elle est ma sœur adoptive et doit partager ma vie désormais.

VI

Pierre à Marianne.

Je vous aime! je vous aime! ô Marianne! Tant de bonheur m'éblouit. A présent, j'ai peur de mourir!

Oh! comment ferai-je pour vous rendre assez de bonheur. Vous faire une vie digne de vous? Je veux devenir meilleur, grand, s'il est possible; je voudrais être infini pour vous offrir une vie toujours plus vaste, un amour toujours nouveau. Mais je vous aime tant que, pour l'amour du moins, ce sera peut-être ainsi.

Sans espoir, déjà, Marianne, j'étais à vous, Depuis que je vous connais, aucune femme n'a pu me toucher, et je croyais pourtant n'être que votre ami. Puis l'amour m'a pris, plus fort que ma volonté, et, las de lutter, désespéré, mais heureux malgré tout de vous aimer, je m'étais résigné à vivre de cette douleur, si puissante et si chère que je la préférais à la guérison. Je ne vous aurais jamais parlé. Mais vous m'aimiez, Marianne. Dès lors je n'ai plus, je ne puis plus avoir de scrupules. Il ne me reste qu'à justifier votre choix, et à porter dans votre vie de tels biens que je ne puisse pas rougir d'avoir accepté les vôtres.

O cher idéal! que je croyais ne jamais réaliser...

Mais une lettre d'amour de huit pages paraîtrait bien longue au lecteur, et peut-être même à une lectrice qui n'y serait pas personnellement intéressée. Aussi vaut-il mieux ne pas transcrire cette lettre jusqu'au bout et se borner à enregistrer la seule nouvelle qu'elle contint: il restait encore quelques jours d'examens avant les vacances, et Pierre allait se faire recevoir docteur.

XX

Peu de jours après le retour des Brou à Poitiers, il n'était bruit dans la ville que de mariage de Mlle Emmeline Brou avec un sous-préfet, dont elle avait fait la connaissance à Paris, homme riche, noble, bien en cour, enfin un parti superbe. Les bonnes gens admiraient; les envieux cherchaient *la petite bête* et en trouvaient toujours quelqu'une. La *noblesse* mit ses lunettes pour découvrir l'origine de ce M. *de* Beaujeu, et ricana fort de sa gentilhommerie; les bourgeois en haussant les épaules, raillèrent la *pitoyable vanité* du docteur et de sa famille, et chacun en prit occasion de citer les alliances les plus éloignées qu'avaient pu faire ses ancêtres avec les *de* tels ou tels. Ce n'était pas pour s'en vanter; mais seulement parce que la chose venait à propos. De vieilles Poitevines trouvèrent mauvais que Mlle Brou, Poitevine pur sang, eût été prendre un *étranger*! Il était si simple de se marier à Poitiers, où les jeunes gens *de bonne famille* ne manquaient pas.

— Voyez-vous, ajoutaient-elles, la fille de Pauline Chouron, la petite-fille du père Chouron, de Neuville, épouse un *de*. Ça ne fait-il pas pitié? Il est vrai qu'*il se parait* que ce *de* n'est que de la *frime*.

Les vieilles bourgeoises poitevines dédaignaient absolument de parler français.

— Quel dommage que le vieux et la vieille Chouron ne soient plus de ce monde! La grand'mère viendrait au mariage avec sa cornette, et le grand-père avec ses sabots. Ça n'empêche pas que les Brou font un flafla!... Des diamants, à ce qu'on dit; toutes les robes faites à Paris chez la meilleure faiseuse; comme s'il n'était pas plus simple de donner cette aubaine aux ouvrières de Poitiers!... Ces Brou ont des mérites: la mère est une femme pieuse et respectable, le mari est un homme de science et un homme d'ordre; mais la vanité les perd. Cette petite vous prend des airs! Dieu! quand elle sera Mme la sous-préfète, le roi ne sera plus son cousin.

Les mariages bourgeois s'enlèvent comme une affaire. Quinze jours s'étaient à peine écoulés qu'Emmeline était Mme de Beaujeu. A l'apparition du prétendu, les commérages devinrent formidables. On se mit en campagne pour le voir, on ne fit des visites rien que pour en parler. Il avait assisté à la messe de la paroisse dimanche matin; c'était un homme bien mis et d'assez grande tournure, mais... — Ah! quelle variété de mais: le nez, les cheveux, la barbe, les dents, les rides du coin de l'œil, les bras et les jambes, tout y passa, et, ce criblage terminé, la couleur des cheveux n'avait pas résisté, non plus que certaines parties de la mâchoire, et l'âge avait été reconnu, à une année près.

— Ah! ah! ah! à la bonne heure; on commençait à comprendre. Aussi la petite Brou ne pouvait avoir trouvé pareille pie au nid. Il y avait une grosse tare! C'était un vieux, et il n'en avait pas pour longtemps à faire le beau, surtout prenant une jeune femme, qui vous avait un air...

Ah! si Emmeline avait entendu tous ces propos, elle aurait peut-être soupçonné que sacrifier en ce monde à la vanité est une grosse mystification.

Les *jeunes époux* ne pouvaient pas manquer de faire un voyage. Ils partirent pour l'Oberland.

Albert naturellement assistait aux noces de sa sœur, où il donnait le bras à Marianne. On se disait :

— L'autre mariage suivra bientôt ; les Brou ont une chance ! Le docteur est si intrigant !

Pourtant quelques propos circulèrent autour de Mme Touriot et de la préfecture.

— Il pouvait bien se faire que le jeune Brou ne fût pas *chaussé* comme il pensait. Cette Bretonne, fille de marin, avait un caractère extraordinaire. Certaines dettes, outre des galanteries, étaient venues à sa connaissance on ne sait comment ; elle avait pris la chose au sérieux, paraissait-il, et elle était fort têtue. M. Horace Fauque rôdait autour d'elle et on le voyait toujours sur ses talons, à la promenade ou à l'église. On remarqua beaucoup aussi l'absence d'Albert pendant les vacances. Le père, disait-on, l'avait envoyé à Montpellier, chez un professeur en médecine de ses amis, afin d'y préparer, sans distraction d'aucune sorte, ses examens pour la rentrée. Après cela, se marierait-il ? ne se marierait-il pas ? Mme Turquois avait parié un nougat, contre Mme Prouquière trois douzaines de meringues, que la Bretonne n'était pas pour le fils Brou et lui passerait sous le nez.

Le docteur, en effet, aussitôt après le départ d'Emmeline, avait eu une explication avec son fils. Il lui avait reproché ses folies, ses dettes, ses légères amours ! Il avait pris le ton de l'indignation pour remontrer à Albert où son imprudence l'avait conduit : à la perte possible et même probable d'un mariage magnifique, par lequel un avenir brillant lui eût été assuré ; un mariage que les soins paternels lui avaient mis dans la main, qu'il ne s'agissait plus que de tenir, et qu'il avait laissé échapper ! Le contraste fut vif entre la prévoyance habile de ce père et la coupable légèreté de ce fils. Heureusement la bonté paternelle n'était pas lasse, elle s'efforcerait de tout réparer ; mais il fallait suivre aveuglément ses conseils et que par une conduite désormais irréprochable et des études assidues, Albert secondât les efforts qu'on ferait pour lui.

Il faut convenir que certaines parties, certaines expressions de ce discours avaient été dures à entendre. Albert cependant ne quitta pas l'air soumis et attristé qu'il avait pris au commencement de l'entretien ; mais le ton humble de sa réplique fut singulièrement épicé par des allusions fort transparentes :

Il n'était, quant à lui, ni un don Juan ni un puritain ; son caractère était simple, ses goûts modestes. Il suivait tout bonnement les voies tracées. On lui avait dit, il avait su, que les plus honorables de ceux qui l'a-

vaient précédé dans la carrière avaient eu à pareil âge leurs frasques et leurs faiblesses, — dont sans doute ils étaient parfaitement guéris, quelques méchants propos qu'on eût pu tenir à cet égard ;—mais enfin ils avaient fait des dettes plus considérables que les siennes, mis à mal d'innocentes ou lutté de folie avec plus de perverses ; ils avaient laissé le souvenir de plus d'orgies insensées, trépignantes, hurlantes, dont on parlait encore au quartier Latin ; et cela ne les avait pas empêchés de devenir plus tard les gens les plus respectables, les plus considérés.

Il ne pouvait donc avoir cru mal faire en suivant de loin ces exemples glorieux ; d'autant mieux que la sagesse paternelle ne lui avait interdit que le scandale, ne lui avait recommandé que la prudence... et l'économie. Il avait été prudent et modéré ; il n'avait fait que 8,000 francs de dettes, où d'autres en avaient fait 17,000, et la fortune sur laquelle il pouvait alors compter rendait ce chiffre de 8,000 francs tout à fait mesquin,, une bagatelle. Si la fortune espérée échappait décidément, ce n'étaient pas ces 8,000 francs qui empêcheraient quelque autre mariage, moins avantageux peut-être, mais encore brillant ; car le fils du docteur Brou, soutenu par la réputation et l'honorabilité de son père, pouvait élever ses prétentions assez haut. Enfin Albert protesta de sa docilité à suivre les conseils et les plans paternels, quoique, ajouta-t-il, sans beaucoup d'espérance.

Tout ceci n'avait pas été débité sans interruption. Un instant, le rouge de la colère était monté au visage de M. Brou, et, sur une allusion nouvelle, il avait lancé un « Monsieur!!! » très-retentissant et très-solennel. Ce n'était pas un argument. Cependant Albert, jugeant l'effet suffisant et n'osant le pousser plus loin, en était revenu aux propos flatteurs et aux protestations d'obéissance.

Le plan du docteur était de faire cesser au plutôt la situation d'attente, fausse et pleine de périls, où se trouvait Albert vis-à-vis de Marianne. Il fallait enlever le doctorat, se montrer repentant et désolé, et, les souvenirs du cœur aidant, et surtout peut-être le désagrément de rompre un mariage convenu depuis si longtemps et presque public : toutes ces considérations pouvaient, devaient même, selon le docteur, amener une réconciliation, d'autant plus sûrement que le docteur, pendant ce temps, agirait constamment sur l'esprit de sa pupille en vue de ce résultat.

Albert espérait moins ; il connaissait mieux Marianne et avait encore dans l'oreille la netteté écrasante de son refus, le jour de leur dernière explication. Depuis elle l'avait traité en cousin seulement, et il n'avait osé demander davantage. Il essayerait cependant.

Il était donc parti pour Montpellier et avait pris avec émotion congé de Marianne en lui disant qu'il allait s'efforcer du moins de regagner son estime.

— Vous faites bien, mon cousin, lui avait répondu la jeune fille, de vouloir conquérir le doctorat le plus tôt possible, et j'espère vivement que vous réussirez.

Aussitôt après le double départ d'Albert et d'Emmeline, on alla passer les vacances à Liguge. Là on voyait très-peu de monde; Mme Touriot seule vint assez fréquemment. Elle parlait quelquefois d'Horace Fauque, ce qui, vu l'intimité de cette dame avec la préfecture, n'avait rien d'étonnant. Un jour, en se promenant avec Marianne près de la rivière, Mme Touriot, après une tirade poétique sur le *charme de ces bords*, le bras affectueusement passé autour de la taille de la jeune fille, fut saisie d'un accès de confidence. Elle dit à Marianne que ce *pauvre garçon* (c'était Horace Fauque) était vraiment insensé; il avait entendu dire que tout projet d'union entre le fils du docteur et sa pupille était rompu, et Mme Touriot avait eu beau lui affirmer, — elle n'en savait rien, non plus que de l'union projetée, ne se mêlant point de ce qui ne la regardait pas; mais enfin elle avait cru bien faire de parler ainsi; — elle avait eu beau lui affirmer que ce n'était là sans doute qu'un faux bruit : il persistait à bâtir là dessus des rêves, des espoirs à perte de vue, et il serait charitable peut-être de le détromper.....

Marianne avait senti le piège, et, se dégageant doucement de l'étreinte de Mme Touriot, sous prétexte de cueillir une belle marguerite, elle avait répondu en riant qu'elle n'avait point de confidences à faire aux jeunes gens. Mme Touriot s'était mordu les lèvres, seulement au figuré; car elle avait plaisanté, souri et s'était montrée charmante comme auparavant, mais elle ne faisait plus de confidences à Mlle Aimont.

Dans l'intérieur de la famille, Marianne était comblée d'attentions et de tendresses; on la traitait en fille chérie :

— Car nous n'avons plus que vous, mon enfant, disait le docteur.

Et souvent, après le dîner, il lui prenait le bras, l'entraînait au jardin, dans les prés, et déployait pour elle une amabilité charmante, des effusions toutes paternelles. Mme Brou elle-même ne taquinait plus sa nièce et laissait passer bien de légères inconvenances sans les relever. Le deuil de ce père et de cette mère, privés à la fois de leurs deux enfants, de l'aimable fille qui faisait leur joie,

était bien touchant. Le regret que ce cher Albert ne fût pas là; il aurait été si heureux d'offrir un bouquet à Marianne !

— Mais il reviendra dans trois semaines, reprit Mme Brou, et ce jour-là j'aime à croire qu'il y aura deux docteurs dans la maison.

On prenait le café, midi avait sonné, quand la bonne vint dire que M. et Mme Démier étaient là et demandaient à entrer.

— Le charpentier et sa femme ! s'écria Mme Brou, et qu'est-ce qu'ils veulent?

— Ils ne me l'ont pas dit, répliqua Louison; ils ont dit seulement que c'était une chose qui regardait aussi mademoiselle, et très-importante.

— Je m'étonne, dit Mme Brou, que *ces gens* osent venir ici après les sottises de leur fils; il n'y a pas à dire qu'ils n'en savent rien, car je le leur ai fait dire, et du reste la *femme Démier* ne m'a jamais abordée depuis ce temps-là.

— Puisqu'il s'agit de moi, observa Marianne, permettez-moi d'insister pour qu'on les reçoive.

— Après tout, dit le docteur, le père et la mère Démier ne sont pas personnellement responsables pour leur fils, et cependant j'avoue qu'il m'est désagréable...

— Mon oncle, reprit Marianne, je vous en prie !

— S'il en est ainsi, ma chère enfant, je n'ai rien à vous refuser, surtout aujourd'hui.

Et il dit à Louison :

— Faites entrer.

Un instant après, M. et Mme Démier étaient introduits dans la salle à manger. Ils étaient en grande toilette et paraissaient fort embarrassés. Le charpentier était rouge comme s'il eût été menacé d'apoplexie, et le visage de la bonne femme était presque aussi blanc que son bonnet. Marianne alla au devant d'eux, embrassa Mme Démier et serra la main du père de Pierre; puis elle leur offrit des sièges, toutes choses qui parurent plus que singulières au docteur, et qui horripilèrent Mme Brou.

Les deux braves gens s'assirent après force révérences, mais leur embarras ne diminua pas. Le charpentier, assis les jambes écartées, le dos courbé, tournait son chapeau entre ses mains; Mme Démier, toujours très-pâle, regardait son mari, comme pour l'encourager à prendre la parole.

Enfin M. Brou demanda « quel motif lui procurait l'honneur de cette visite ». Cette fois, le charpentier partit :

— C'est justement, monsieur Brou, ce que je voulais vous dire. Mais voilà, vous en serez peut-être étonné. Cependant on peut dire, j'ai entendu dire, à ce qu'on dit, que tous les honnêtes gens se valent, n'est-ce pas ?

— Certainement, monsieur, répondit froidement le docteur ; et puis...

— Eh bien ! alors justement parce que nous sommes des gens bien connus dans le quartier, n'est-ce pas ? Moi, j'avais quinze ans quand je suis venu à Poitiers, que mon père m'avait dit : « G'ny a pas d'pain pour toi à la maison ; vas gagner ta vie, et si tu peux faire fortune... » Quant à la fortune, on ne peut pas dire... Mais enfin ce que j'ai, je l'ai rudement gagné, parce que, voyez-vous, si je fais travailler les autres, je travaille aussi, et c'est moi le dernier couché comme le premier à l'ouvrage dans le chantier, bien que j'aie cinquante-cinq ans passés, monsieur Brou.

— Je sais tout cela, maître Démier ; mais sûrement vous avez autre chose à me communiquer ?

— Oui bien, monsieur, et c'est là justement le difficile, parce que... Vous savez les enfants, au jour d'aujourd'hui, se font des idées... des idées de l'autre monde, et pour moi, je suis un bon père, et je sais que mon fils est un garçon... dame ! comme on n'en trouve pas à la douzaine... cependant... Et même je lui ai dit :

— Vois-tu, Pierre, il ne faut pas t'imaginer, car je sais que tu as de l'esprit ; mais, pour moi, je ne crois pas manquer de bon sens, et à vrai dire, bien que tu as du mérite, — ça n'est pas moi qui dirai le contraire, —pourtant ça n'est pas naturel, non, ça n'est pas naturel, et j'ai peur d'emporter, comme on dit, une fameuse veste. — Ouf ! il fait diablement chaud aujourd'hui, monsieur le docteur.

Et le brave charpentier s'essuya le front qui ruisselait.

M. et Mme Brou se regardaient, elle, d'un air sardonique et méprisant à l'adresse de ses hôtes ; lui, tout près de perdre patience. Marianne, inquiète et embarrassée, plongeait ses grands yeux intelligents dans ceux de Mme Démier, comme pour lui inspirer la pensée. Poussée par cette incitation et par l'amour maternel, l'excellente femme surmonta sa timidité :

—Excuse-moi,Tonin, dit-elle, et vous aussi, messieurs et dames ; je vois que mon mari a trop de peine à dire ce dont il s'agit, et que ça vous impatiente d'attendre. Eh bien ! moi, je le dirai donc tout de suite, puisqu'il le faut... Voilà ce que c'est... Mon fils Pierre aime Mlle Marianne et nous a chargés... de venir... la demander en mariage...

La voix mourut dans sa gorge au dernier mot. Devant cet exemple de vaillance, le charpentier avait repris du cœur, et se levant et saluant :

— Eh bien ! oui, s'écria-t-il, puisque c'est dit...

Mais le docteur s'était levé également, superbe d'étonnement princier, d'indignation contenue et de froid mépris, et sans même consulter Marianne du regard :

— De la part de M. Pierre, dit-il, rien ne m'étonne plus ; mais ce qui m'étonne, c'est que vous, maître Démier, vous ayez pu vous laisser berner par votre fils au point d'engager vos cheveux blancs dans une pareille aventure, dans une si pitoyable plaisanterie !..

— Mon oncle, s'écria Marianne, c'est moi qui dois...

Mais sa voix fut couverte par celle de maître Démier :

— Une plaisanterie ? répéta-t-il.

Et le rouge de la colère, lui montant au visage, vint renforcer celui de l'émotion première qui baissait.

— Qu'appelez-vous mes cheveux blancs ? cria-t-il. Est-ce que nous sommes des gens méprisables ? Vous n'êtes pas forcés de vouloir ce mariage, mais vous devez nous recevoir poliment, nom de Dieu ! ou bien...

Il frappa du poing sur sa chaise, qui en gémit.

— Grand Dieu ! s'écria Mme Brou, Marianne ! sonnez le domestique, je vous prie. Qu'il mette ces gens à la porte. C'est une abomination !

— A la porte ! reprit le charpentier, à la porte ! nous autres ! Ah ! c'est vous qui parlez comme ça, mamzelle Chouron ? Dites donc, si j'manie la hache, vot' père portait des sabots, à ce qu'il me semble, et vot' mère la bride, que ma femme n'a jamais portée ! Ah ! c'est comme ça que vous prenez la chose ? Dirait-on pas que vous êtes sortie de la cuisse de Jupiter ? Eh ben ! puisque c'est ainsi, j'avais perdu ma langue tout à l'heure ; mais à présent j'en dirai long. C'est-il parce que vous avez marié vot' fille avec un ramolli qui se fiche un de de contrebande que vous êtes si fiers ? ou ben parce que vot' fils a fait là-bas un tas de bêtises, au lieu d'étudier. Il est docteur, mon fils, et le vôtre ne l'est pas. Je sais que nous ne sommes pas riches ; mais nous ne faisons pas de manigances, nous autres, pour le devenir, et c'est en tout bien, tout honneur et tout franchement que nous sommes venus vous dire : Voilà : notre fils aime votre nièce. Voulez-vous, oui, ou non ? Vous avez, comme je dis, le droit de dire non, mais pas de nous insulter, parce que pour l'honnêteté, là, je ne dis que ça, on vous vaut, allez !

Pendant cette sortie, Mme Démier s'attachait à son mari pour obtenir son silence, et Marianne, éperdue, saisissait les mains de docteur, qui allait sonner :

— Non, mon oncle, je vous en supplie ! Il ne faut pas de public ici ! C'est une réponse calme que je dois...

— En effet, dit le docteur. Eh bien! cette réponse calme, je la ferai.

Et se tournant vers maître Démier, qui venait de fermer la bouche.

— Monsieur, dit-il froidement, ma nièce et moi vous remercions de l'honneur que vous nous faites, mais nous ne pouvons l'accepter; M¹¹ᵉ Aimont a un autre engagement.

— Pardon! mon oncle, dit la jeune fille d'une voix émue mais vibrante, vous ne m'avez pas consultée; puisque je suis majeure aujourd'hui, permettez-moi de répondre moi-même, et, si ma réponse est contraire à la vôtre, veuillez me le pardonner, car il s'agit du bonheur de ma vie: j'aime aussi M. Pierre Démier et je consens à être sa femme.

— Elle est folle! s'écria Mᵐᵉ Brou en levant les bras au ciel.

Et, si l'argument n'était pas nouveau dans sa bouche, du moins jamais il n'avait été aussi convaincu.

Le docteur était resté pétrifié; en ce moment il voyait l'abîme creusé entre lui et sa pupille et n'espérait plus. Devant cette jeune fille à l'air doux, à la voix tremblante d'émotion, qui acceptait sans hésiter une telle alliance, et à l'instigation de laquelle sans doute cette démarche avait eu lieu; devant cette Bretonne aux traits fins, aux cheveux dorés, qui depuis plus de deux mois, au milieu d'obsessions constantes, n'avait pas dit un mot qui pût faire prévoir sa résolution, mais n'en avait pas dévié; il sentait que toute représentation, tout effort nouveau, étaient inutiles. Aussi, accablé de douleur de voir cette riche proie lui échapper, ne chercha-t-il pas à contenir sa colère.

— Si telle est votre immuable résolution, mademoiselle, dit-il, et que ce soit là le fruit des leçons que nous vous avons données, des sentiments de respect pour vous-même et de convenance que nous avons cherché à vous inspirer...

— De convenance! exclama Mᵐᵉ Brou, en levant la main vers son époux, jamais jamais je n'ai pu réussir!... mais une pareille fin, grand Dieu!

Elle se voila le visage et M. Brou poursuivit:

— Si tel est ce résultat, nous n'avons plus évidemment aucun motif pour continuer des soins aussi infructueux.

— Vous me chassez, monsieur? s'écria Marianne.

— Je respecte trop ma maison et la présence de ma fille, qui va bientôt y rentrer, pour y loger une jeune personne qui prétend déshonorer par les pires excentricités le nom qu'elle porte; je n'y abriterai jamais plus la future épouse de M. Pierre Démier, le lâche insulteur de mon fils!

— Comment? lâche! s'écria le charpentier en levant le poing sur la tête du docteur; tu en as menti, misérable.

— Faut-il envoyer chercher la police? dit le docteur, pâle de rage, en se précipitant sur la sonnette.

Marianne prit le bras de Mᵐᵉ Démier.

— Vous avez prononcé des paroles, monsieur, dit-elle au docteur, qui m'interdisent de me séparer de vous comme j'aurais voulu le faire. Je ne puis plus insister: tout est fini.

Et se tournant vers le charpentier et sa femme.

— Mon père, ma mère, dit-elle d'une voix touchante, voulez-vous dès à présent me recevoir chez vous?

— Oh! chère bénédiction de mon Pierre! murmura pour toute réponse la bonne mère en serrant le bras de Marianne.

Et maître Démier répondit avec dignité:

— Certainement, ma bru, ça aurait été mieux et plus convenable, comme ils disent, autrement. Mais puisque les autres ne font pas leur devoir, nous ferons le nôtre. Venez, ma chère demoiselle, nous serons bien heureux de vous recevoir.

— On le croit sans peine, lui lança le docteur comme une flèche, au moment où le charpentier, suivant sa femme et Marianne, lui tournait le dos.

— Taisez-vous, lui cria maître Démier en se retournant brusquement, nous n'avons pas fait de manigances, nous autres; mais, pour dire le vrai, ça ne vous a pas réussi.

Cinq minutes après, Pierre, étourdi de bonheur, voyait Marianne franchir le seuil de sa maison.

Le docteur et sa femme restaient en place l'un et l'autre, furieux et ahuris. Mᵐᵉ Brou, plus suffoquée que jamais, levait de temps en temps les bras au ciel et ne pouvait que répéter cette exclamation:

— Ce n'est pas possible! non, ce n'est pas possible!

Ce ne l'était que trop. Le docteur n'en doutait pas; aussi restait-il vert de rage, de stupéfaction et de douleur devant cette ruine d'espérances si longtemps caressées, et qui même avaient compté comme certitudes.

Les bras de Mᵐᵉ Brou se levèrent de nouveau:

— Et puis un scandale pareil, gémit-elle; une fille de notre maison!

A ce moment, un équipage s'arrêta devant la porte, en face de la fenêtre. Les deux époux regardèrent: c'était la voiture de Mᵐᵉ la préfète, et on la vit bientôt en descendre elle-même, soutenue par son neveu. Mᵐᵉ Brou, étonnée, regarda la pendule; il n'était que midi quarante minutes.

— A cette heure-là? dit-elle; c'est bien étonnant!

— Oui, répondit le docteur; il y a quelque chose...

Il toussa pour rendre sa voix moins caverneuse, et tous deux, poussés par l'instinct des gens du monde, parvinrent, en une minute à rendre aux muscles de leur visage un calme apparent. Ce n'était pas qu'ils prétendissent cacher un événement désormais public, mais il ne faut se montrer aux gens qu'en bonne tenue.

Louison, un instant après, vint annoncer que Mᵐᵉ la préfète et M. Fauque étaient au salon, et que Mᵐᵉ la préfète avait demandé si monsieur était à la maison. Évidemment il s'agissait de *quelque chose*. Raison de plus pour attendre et se composer un peu. Quand M. et Mᵐᵉ Brou entrèrent au salon, ils avaient un sourire — un peu pâle peut-être, — mais enfin un sourire aux lèvres.

On échangea de vifs compliments; jamais Mᵐᵉ la préfète n'avait été plus gracieuse et plus expansive. Horace Fauque, ganté de blanc, avait l'air presque solennel. On demanda des nouvelles de Mˡˡᵉ Aimont.

— Elle se porte fort bien, répondit amèrement Mᵐᵉ Brou.

— Avec des soins tels que ceux du docteur et les vôtres, chère madame, elle vous doit beaucoup; mais aussi c'est une admirable personne et qui fait de grands ravages dans les cœurs. Tenez, il faut bien que je vous dise le but de cette visite matinale; je résiste depuis longtemps aux prières de mon neveu, qui est passionnément épris de Mˡˡᵉ Marianne, parce que j'avais entendu dire que vous aviez vous-mêmes des projets sur elle, bien que vous n'ayiez jamais confié ce secret à notre vieille amitié. Mais enfin on m'a affirmé le contraire, et, comme il ne faut pas d'ailleurs se fier aux commérages, nous avons pris le parti de nous adresser à vous-mêmes pour être éclairés. Je viens donc vous demander pour mon neveu la main de Mˡˡᵉ Aimont.

— Je ne puis, madame, monsieur, répondit le docteur en s'inclinant, que vous remercier de l'honneur que vous vouliez faire à notre famille et vous exprimer combien, ma femme et moi, nous aurions été heureux de votre alliance. Mais la main de celle qui fut, hélas! ma pupille, n'est plus en ma possession...

— Allez la demander à maître Démier, le charpentier d'à côté! s'écria Mᵐᵉ Brou, chez qui cette fois-là — et ce fut, dit-on, la seule — la passion brusqua les convenances.

La préfète en fut abasourdie.

— Quoi! dit-elle, qu'est-ce que c'est?

Et alors l'histoire, l'épouvantable histoire, fut racontée par les deux époux, saisissant la parole l'un après l'autre, méthodiquement, par le docteur, exclamativement par Mᵐᵉ Brou; et bientôt les exclamations et les gestes de Mᵐᵉ la préfète et de M. Fauque se joignirent aux leurs, et ce fut un concert d'exclamations de surprise, d'horreur, d'indignation, accompagné des interjections les plus vives et de la mimique la plus expressive, une explosion enfin et un tableau de tous ces sentiments dont il faut renoncer à reproduire l'éloquence.

— Je ne nierai pas, dit enfin le docteur, qu'il n'ait autrefois existé un projet d'alliance entre Mˡˡᵉ Aimont et mon fils; mais depuis que nous avions pu reconnaître le caractère indiscipliné, fantasque, et les idées extravagantes de cette jeune personne, nous y avions renoncé. Peut-être, placé entre mon devoir de tuteur et mes devoirs d'ami, n'aurais-je pas osé vous avertir. Il faut donc remercier le ciel que cette fugue ait eu lieu, avant que cette malheureuse jeune fille ait pu être ébranlée dans ses étranges projets par l'honneur de votre alliance.

Et tout le monde remercia le ciel, sans que chacun laissât percer autrement que par l'aigreur de sa voix, l'âpre déception, les regrets furieux qui lui déchiraient l'âme.

Puis Mᵐᵉ la préfète prit congé de Mᵐᵉ Brou en l'embrassant et du docteur avec toutes sortes de condoléances et de compliments, et remonta dans sa voiture avec son neveu. Au fond des regrets de la bonne dame, se trouvait une consolation, celle d'être en possession d'une nouvelle extraordinaire, qu'elle pouvait annoncer à tout le monde. Aussi donna-t-elle ordre au cocher de conduire chez Mᵐᵉ Tourlot. Mais, quant au bel Horace Fauque, chez lui l'amertume de la déception ne laissait place à aucune autre sentiment, et il ne put s'empêcher de s'écrier, en se frappant le front avec désespoir, dès qu'il fut assis près de sa tante :

— N'avoir tant travaillé que pour ce croquant!

La rumeur publique à Poitiers autour d'un fait si étrange fut inénarrable; il y aurait des volumes à remplir des suppositions qui furent faites et des propos tenus sur un choix aussi renversant, que rendait encore plus singulier le fait de l'habitation de la riche Mˡˡᵉ Aimont chez le charpentier, son futur beau-père, dans la rustique maison des Démier. En fin de compte, ce furent la révolution et le progrès des mauvaises doctrines qui en demeurèrent responsables, d'autant plus que le mariage ne se fit point à l'église, scandale si rare dans la ville de sainte Radegonde, qui fut peut-être le premier. Il y a des dévotes poitevines qui se signent encore au nom de Mˡˡᵉ Aimont.

Avant ce mariage, un fait confirma les dires de ceux qui déclaraient atteinte d'un peu de folie la fiancée de Pierre Démier : ce fut l'arrivée d'une jeune personne de Paris, qu'on découvrit être une fille de mauvaises mœurs, et à qui Mlle Aimont fit donation, par-devant notaire, d'une somme de cent mille francs. Cette *fille*, que Mlle Aimont appelait sa sœur et à qui elle enseignait la musique, fut la seule femme, avec Mme Démier, qui assista au mariage.

Les Brou se chargèrent d'enlever tout remords à leur sujet à Marianne en lui envoyant, à titre de réclamation, une liste de dépenses faites par elle en dehors de sa pension, et où se trouvaient portés jusqu'aux bouquets qui lui avaient été offerts par Albert ou par M. Brou. Le livre de comptes du docteur a toujours été des mieux tenus.

Albert se félicite maintenant de n'avoir pas épousé sa cousine, et dit en frisant sa moustache, d'un air plein du sentiment de sa dignité : Je l'ai échappé belle !

Emmeline seule, bien qu'elle renie très-haut sa cousine en public, la regrette au fond ; car Marianne était une amie précieuse, et par exemple elle n'eût pas manqué d'ajouter un brillant cadeau à la jolie layette qu'Emmeline brode en ce moment. Que les gentillesses passées de M. Beaujeu aient nécessité d'autres layettes et que ces layettes aient manqué, c'est là le moindre souci d'Emmeline. Elle ne songe qu'à entourer de soins et d'éclat cet héritier de la famille, qu'elle a mis déjà, tout enveloppé de dentelles blanches, *dans sa calèche bleue*, aux bras d'une belle nourrice, couverte de rubans. Regardant plus loin, elle rêve aussi pour lui les plus grands succès dans le monde et les plus hautes dignités dans l'État.

— Oui, c'est dommage que Marianne n'ait pas voulu profiter de sa belle situation. Elle était bonne et généreuse, et Emmeline l'eût aimée pour belle-sœur bien plus que cette autre héritière, égoïste et prétentieuse, qu'Albert a épousée, et qu'avec son mari, en petit comité, elle traite de pimbêche. Mais M. de Beaujeu, qui, sur le chapitre des neveux et des convenances, est très-sévère, a défendu à sa femme toute communication avec son extravagante cousine. Emmeline obéit à son mari.

Pierre et Marianne sont allés se fixer à Trégarvon, où Pierre est déjà adoré de tout le canton, autant que la *chère demoiselle*, comme ces Bretons appellent encore la fille de Jacques Aimont. Une autre personne, qui vit avec eux et passe pour être la sœur de Pierre, est aussi très-bonne et très-aimée : c'est Fauvette. Elle est encore un peu mélancolique, et secoue la tête quand on lui parle de mariage. Une passion nouvelle occupe son cœur pour le bel enfant de Marianne, qui déjà balbutie le mot de *petite tante*, et elle répète qu'elle ne veut point d'autre amour. Cependant, Pierre espère lui faire épouser un jeune homme de ses amis, qui vient quelquefois à Trégarvon, et que la douceur et la beauté de Fauvette ont touché depuis longtemps ; car il l'avait déjà remarquée à Paris.

L'amour de Pierre et de Marianne s'est accru par la vie commune, et sans doute aussi par le bien qu'ils font ensemble. Ils ne se bornent pas à soigner les malades et à soulager les pauvres ; ils s'attachent avec plus de passion encore à éclairer les esprits. Déjà ils ont fondé plusieurs écoles gratuites sur un plan nouveau, et l'on dispose les bâtiments vides du château pour y établir un asile d'enfants abandonnés, qui partageront avec le petit Jacques les soins et les enseignements de M. et Mme Démier.

VIN DE MARIANNE.

A NOS ABONNÉS.

PUBLICATIONS DE LA LIBRAIRIE DU SIÈCLE.

Œuvres complètes de Voltaire (édition du *Siècle*), annotées par G. AVENEL.—9 beaux volumes in-4° de 1000 pages à 2 colonnes.—Prix : 3 fr. le volume broché. Ajouter 1 fr. 75 par chaque volume pour les recevoir par la poste. Port de l'ouvrage complet, par la poste, 15 fr.; par les messageries, 7 fr. 50.

Atlas géographique du SIÈCLE, par G. PAGÈS. — Prix, 4 fr. broché, et 5 fr. 50 c. cartonné, au lieu de 7 fr. 75 et 9 fr. — Par la poste, 1 fr. pour le premier, 1 fr. 50 pour le second. Cet atlas comprend 75 cartes dressées avec le plus grand soin.

Mémoires sur Carnot, par SON FILS.— 4 volumes in-8°. — Prix, 8 fr. Ajouter 2 fr. 70 par la poste.

La Révolution, par EDGARD QUINET.—Deux grands volumes in-8°.—Prix, 7 fr. 50 au lieu de 15 fr. — Par la poste, 9 fr. 50.

Histoire de France, par J. MICHELET. — 17 beaux volumes in-8°. L'ouvrage pris dans nos bureaux, 68 fr. au lieu de 102 fr.; envoyé par la poste, 78 fr.; par les messageries, 72 fr. 50.

Histoire de la Révolution Française, par J. MICHELET. — 6 beaux volumes in-8°. — Prix, 22 fr. au lieu de 36 fr. — Pour recevoir par la poste, ajouter 75 c. par volume. Port de l'ouvrage complet, par les messageries, 2 fr. 50 c.

Histoire de la Révolution Française, par LOUIS BLANC. — 13 forts volumes, format Charpentier. — Prix, 26 fr. au lieu de 46 fr. 50 c.—Pour les recevoir par la poste, 5 fr. 50; par les messageries, 3 fr. 50.

Journal officiel de la Commune. — Collection complète du Journal officiel de la Commune. Un très-beau volume in-4°.— Prix, 4 fr. 50 broché, et 5 fr. 50 cartonné, au lieu de 8 et 10fr.—1 fr. 50 en plus pour le port.

Papiers et correspondances du second Empire (Dixième édition). Imprimée sur papier de belle qualité, elle forme un volume grand in-8° de 443 pages, contenant en outre de nombreux *fac-simile*. Le prix pour Paris est de 2 fr., au lieu de 6 fr., et pour les départements, par la poste, 2 fr. 75.

Cours d'agriculture, par DE GASPARIN, 6 volumes in-8°, avec 233 gravures. Prix, 45 fr. broché; net, 20 fr. Ajouter 7 fr. pour recevoir franco par la poste, 3 fr. 75 par les messageries. — On peut se procurer cet ouvrage par fraction de trois volumes.

L'Écho de la Sorbonne. Cours complet d'enseignement secondaire en trois années, pour les deux sexes, 12 volumes grand in-4° à deux colonnes, 39 fr. au lieu de 72 fr. Chaque année formant 4 volumes 13 fr. Ajouter 3 fr. pour recevoir une année par la poste, et 2 fr. par les messageries. — L'ouvrage complet, 9 fr. par la poste, et 5 fr. par les messageries.

Œuvres complètes de Shakespeare, traduction de BENJAMIN LAROCHE. Deux volumes grand in-4°, à deux colonnes, illustrés, 6 fr. au lieu de 13 fr. Ajouter 2 fr. pour les recevoir par la poste, et 1 fr. 75 par les messageries.

Les grands Poëtes français, par ALPHONSE PAGÈS. Un très-beau volume grand in-4° orné de portraits, au lieu de 15 fr. 7 fr. Ajouter 1 fr. 20 pour le recevoir par la poste.

Paris.— Imprimerie J. Voisvenel, rue Chauchat, 14.

Contraste insuffisant

NF Z 43-120-14

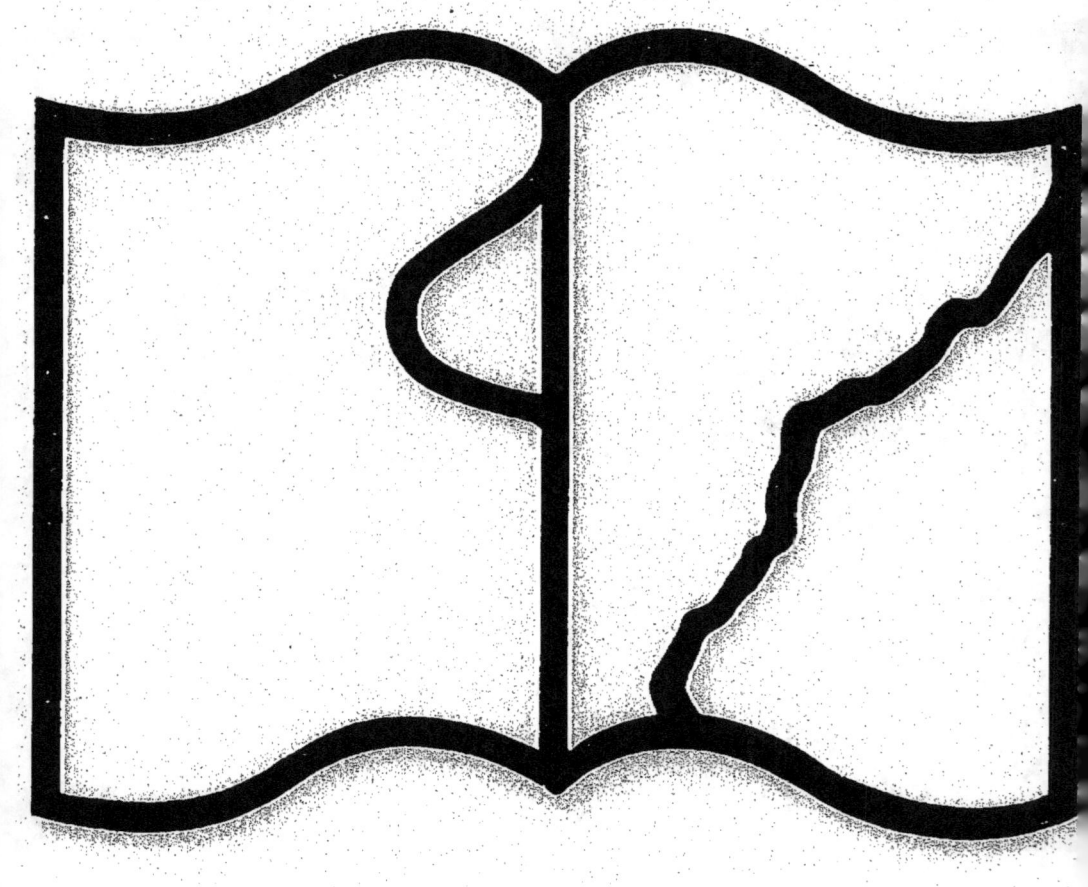

Texte détérioré — reliure défectueuse

NF Z 43-120-11